ANSELM AUDLEY

Die Feuer der Inquisition

Buch

In einem gefahrvollen Kampf ist es dem jungen Fürstensohn Cathan gelungen, seine Heimat Lepidor von der Herrschaft der fanatischen Ranthaspriester zu befreien. Doch die großen Reiche von Aquasilva sind inzwischen alle zerfallen, das magische Wissen des wunderschönen Wasserplaneten beinah völlig verloren gegangen. Die mächtige Kirche des grausamen Feuergottes Ranthas hat alle anderen Religionen so gut wie ausgerottet.

Cathan will nun endlich die rätselhafte Magie ergründen, die von ihm selbst Besitz ergriffen hat. Doch die Rebellen haben ganz andere Pläne mit ihm: Cathan soll die Revolte der unterdrückten Bewohner Aquasilvas anführen und die wütenden Feuer der Inquisition zum Verlöschen bringen, bevor sie den ganzen Planeten verschlingen ...

Autor

Anselm Audley studiert Alte und Neuere Geschichte im englischen Oxford. Bereits als Schüler begann er mit der Arbeit an seiner epischen »Sturmwelt-Saga«. Selten hat der Debüt-Roman eines so jungen Autors für ähnliches Aufsehen gesorgt wie »Die Zeit der Ketzer«.

Bereits erschienen:

Die Zeit der Ketzer. Roman (24150)

Weitere Bände sind in Vorbereitung.

Anselm Audley

Die Feuer der Inquisition

Die Sturmwelt-Saga 2

Aus dem Englischen
von Tim Straetmann

BLANVALET

Die Originalausgabe erschien
unter dem Titel »Inquisition«
bei Earthlight, Simon & Schuster UK Ltd, London.

Umwelthinweis:
Alle bedruckten Materialien dieses Taschenbuches
sind chlorfrei und umweltschonend.

Blanvalet Taschenbücher erscheinen im
Goldmann Verlag, einem Unternehmen der
Verlagsgruppe Random House GmbH.

Deutsche Erstveröffentlichung März 2003

Umschlaggestaltung: Design Team München
Umschlagillustration: Regös
Satz: deutsch-türkischer fotosatz, Berlin
Druck: GGP Media, Pößneck
Titelnummer: 24151
Redaktion: Marie-Luise Bezzenberger
UH · Herstellung: Peter Papenbrok
Made in Germany
ISBN 3-442-24151-0
www.blanvalet-verlag.de

1 3 5 7 9 10 8 6 4 2

Für meine Schwester

Danksagungen

Auch diesmal möchte ich wieder all den Menschen danken, die zur Entstehung der *Sturmwelt-Saga* beigetragen haben; speziell für *Die Feuer der Inquisition* geht mein Dank an meine Eltern und meine Schwester, Fred Dulwich, Naomi Harries, John Roe und Ben Taylor. Er geht auch an meine Freunde aus Somerset und Oxford, die sich mit meinem unheiligen Interesse an Ketzern, Inquisitoren und ähnlichen Dingen abgefunden haben. Schließlich und ganz besonders gebührt mein Dank meinen hervorragenden Agenten James Hale und Rosie Buckman. Vielen, vielen Dank euch beiden.

Umfang am Äquator laut den Berechnungen der Ozeanografen-Gilde 65,397 Meilen

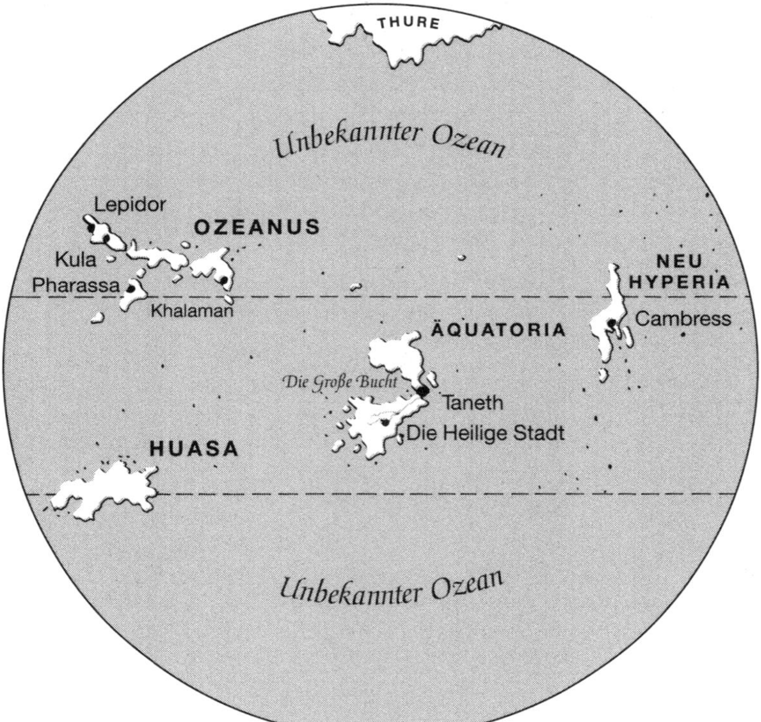

Kontinente

Anmerkung:
Mit einem Durchmesser von ca. 20.000 Meilen ist Aquasilva ein weit größerer Planet als die Erde; aus Gründen der Lesbarkeit sind die Kontinente daher größer dargestellt, als es der Wirklichkeit entspricht.

Kreon Eirillia
Kartograf seiner Kaiserlichen Majestät
Orosius Tar'Conantur

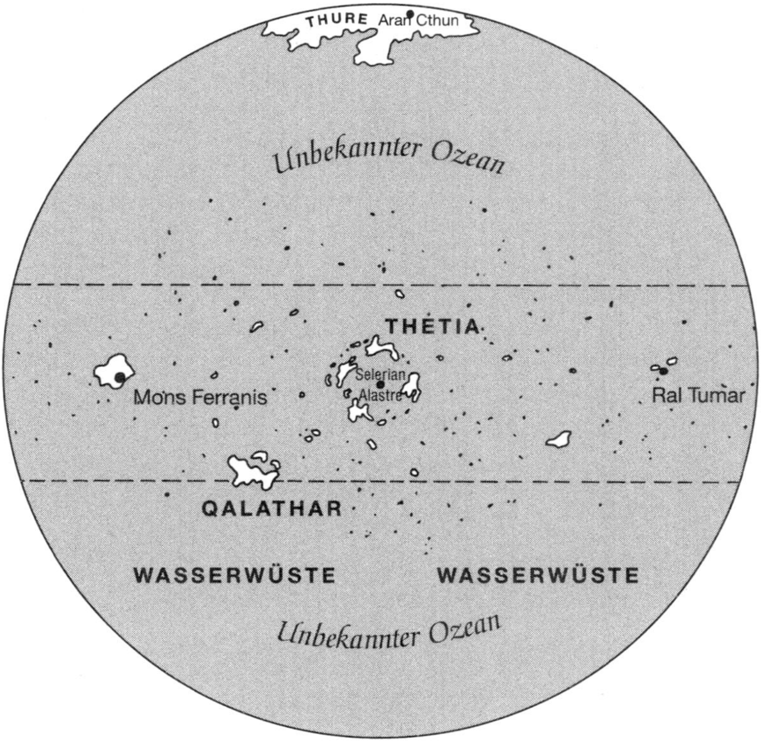

Inselgruppen

Anmerkung:
Mit einem Durchmesser von ca. 20.000 Meilen ist Aquasilva ein weit größerer Planet als die Erde; aus Gründen der Lesbarkeit sind die Kontinente daher größer dargestellt, als es der Wirklichkeit entspricht.

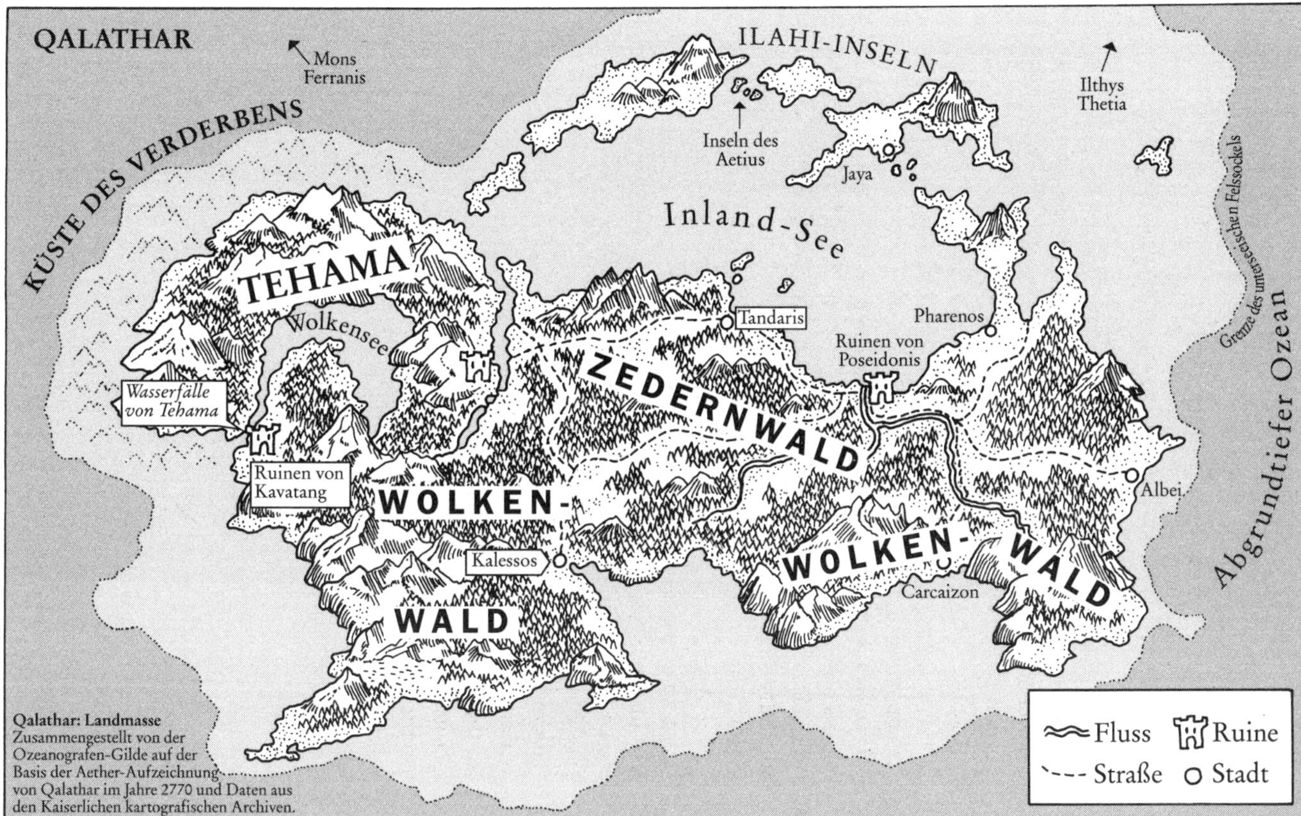
QALATHAR
Mons Ferranis
KÜSTE DES VERDERBENS
ILAHI-INSELN
Inseln des Aetius
Jaya
Ilthys Thetia
Grenze des unterseeischen Felssockels
Abgrundtiefer Ozean
Inland-See
TEHAMA
Wolkensee
Wasserfälle von Tehama
Ruinen von Kavatang
Tandaris
Pharenos
Ruinen von Poseidonis
ZEDERNWALD
WOLKEN-
WALD
Kalessos
WOLKEN-
WALD
Carcaizon
Albei
Fluss
Ruine
Straße
Stadt
Qalathar: Landmasse
Zusammengestellt von der Ozeanografen-Gilde auf der Basis der Aether-Aufzeichnung von Qalathar im Jahre 2770 und Daten aus den Kaiserlichen kartografischen Archiven.

Was bisher geschah …

Die Domäne hat in Lepidor eine Niederlage erlitten, und die beiden Überlebenden der Invasionsstreitmacht, Midian und Sarhaddon, wurden in Schande nach Äquatoria zurückgeschickt. Cathan vertritt seinen allmählich von dem Giftanschlag genesenden Vater als Graf von Lepidor und genießt mit seinen Freunden die letzten warmen Spätsommertage.

Hamilcar ist wieder nach Taneth zurückgekehrt, und Elassel wird ihm zu einem späteren Zeitpunkt folgen. Seine Fehde mit Haus Foryth schwelt weiter, wobei Hamilcar im Augenblick die Gelegenheit nutzen könnte, sich mit Haus Canadrath zu verbünden, das nach Cathans Hilferuf auf der Bildfläche erschienen ist.

Der Archipel leidet noch immer unter dem Joch der Domäne. Nicht zuletzt deshalb beabsichtigt Cathan, zusammen mit der ungeduldigen Palatine und Ravenna möglichst bald dorthin aufzubrechen. Schließlich ist Ravenna die von ihrem Volk sehnsüchtig erwartete Pharaonin von Qalathar, eine Tatsache, die jedoch außer ihr nur Cathan und Palatine bekannt ist. Außerdem hofft Cathan noch immer auf Hinweise, die ihm bei seiner Suche nach der *Aeon*, dem alten thetianischen Flaggschiff, helfen können.

Sagantha und seine Leute sind wieder aufgebrochen und verfolgen ihre eigenen, nicht unbedingt geradlinigen Pläne.

Und im Kaiserlichen Palast von Selerian Alastre spinnt der Kaiser an seinem Netz aus Intrigen …

Prolog

»Ist alles aus?«

»Sämtliche Systeme sind ausgeschaltet, Admiral. Ich wollte gerade den Reaktor herunterfahren.«

Tiefblaues pulsierendes Licht zuckte über die vier Menschen, die mitten im Raum standen, und warf ihre Umrisse als unruhige Schatten an die Wände. *Fast wie Gespenster, die hinter ihnen stehen,* dachte Admiral Cidelis schaudernd.

»Überprüfe, ob die Reserven über ausreichend Energie verfügen.«

Zenturio Minos nickte und ging zu der großen, schimmernden Kugel hinüber, die mitten auf der Brücke stand; das Licht ließ sein Profil wie gemeißelt erscheinen. Abgesehen von der kleinen Lichtinsel lag der Rest des Raums in grauem Zwielicht, sämtliche Anzeigen und Bildschirme waren erloschen.

Als sich Cidelis ein letztes Mal auf der Brücke seines Flaggschiffs umblickte, herrschte für einen Augenblick völlige Stille. Es war viele Jahrhunderte älter als er und würde ihn mit etwas Glück noch einmal genauso lange überdauern. Doch er würde es niemals wiedersehen. Er versuchte, sich jede noch so winzige Einzelheit einzuprägen: Minos, der die Hände in die Schnittstelle schob, Erista, die mit resignierter Miene an der Fackel herumfummelte. Und Hecateus, der Waffenmeister, der links von Erista stand und ihren kostbaren Instrumentenkoffer hielt, den Blick auf die Sphäre geheftet.

Sie alle wussten, dass sie Abschied nahmen – voneinander ebenso wie von dem Schiff. Der Kaiser hatte astronomisch hohe Preise auf ihre Köpfe ausgesetzt, was es selbst zu gefährlich machte, gemeinsam zu fliehen. Da draußen war eine ganze Welt; sie war vielleicht etwas geschrumpft, aber es gab immer noch unzählige Orte, wo man leben konnte. Für manche.

»Mehr als genug«, erstattete Minos Bericht. »Soll ich ihn jetzt runterfahren?«

Cidelis schüttelte den Kopf. »Du hast deine Aufgabe hier erfüllt. Ich bringe es zu Ende – ich werde das Schiff zu seiner letzten Ruhestätte bringen.«

»Ihr werdet hier bleiben, nicht wahr?«, fragte Erista, während weiße Flammen aus dem Ende der Fackel schlugen und die Schatten noch verrückter tanzen ließen.

»Wo sollte ich denn hin?«, fragte Cidelis und lächelte sie an. Die junge Wissenschaftlerin war bestimmt für irgendjemanden eine gute Partie, und dreißig Jahre früher hätte er es vielleicht selbst in Erwägung gezogen, dieser Jemand zu sein. Das Leben würde für eine Wissenschaftlerin jetzt gewiss nicht einfach sein, bei all den Pogromen und den Fanatikern, die alles denunzierten, was auch nur ein kleines bisschen unnatürlich aussah. Aber sie war mehr als klug genug, irgendwo ein Auskommen zu finden, vielleicht als Ozeanografin. Auf die Gilde konnten noch nicht einmal die Priester verzichten.

Sie protestierte nicht, was ihn überraschte. Ebenso wenig wie Zenturio Minos, dessen Idealismus ungeachtet all dessen, was geschehen war, noch immer intakt zu sein schien.

Hecateus trat vor, hängte sich dabei den Instrumentenkoffer lässig über eine muskulöse Schulter. Er trug noch immer die Überreste einer Marineuniform, auf deren durchgescheuertem Kragen stolz sein Rangabzeichen prangte.

»Lebt wohl, Herr. Es war eine Ehre, Euch gekannt zu haben.«

Es gab niemanden, von dem Cidelis diese Worte lieber gehört hätte. Nicht einmal von seiner Frau, die beim Untergang von Selerian Alastre abgeschlachtet worden war. Hecateus war vor fast einem Vierteljahrhundert Schiffsjunge auf dem ersten Schiff gewesen, das Cidelis befehligt hatte, und seit damals hatte er für ihn jede Mannschaft zusammengehalten. Er hatte für diesen letzten Auftrag sogar den Posten eines Stellvertretenden Generalquartiermeisters abgelehnt – vor wenigen Monaten erst.

»Ich danke dir, Hecateus. Viel Glück in Neu-Hyperia.«

Sie hatten vor ein paar Wochen – kurz bevor die Himmels-Augen den Betrieb eingestellt hatten – einen Funkspruch vom ehemaligen Flaggschiff der Kaiserlichen Flotte aufgefangen, in dem alle überlebenden Schiffe der Flotte dringend dazu aufgefordert worden waren, sich einer Kolonisierungs-Expedition zum zerstörten Kontinent Neu-Hyperia anzuschließen, der frei war von der Tyrannei des Kaisers. Hecateus, der nie etwas anderes als die Marine gekannt hatte, hatte beschlossen, es damit zu probieren.

Minos und Erista, die er kaum kannte, sagten noch einmal Lebewohl und folgten Hecateus von der Brücke, wobei sie die Fackel mitnahmen.

Cidelis, der jetzt allein auf der Brücke stand, wartete, bis das Echo ihrer Schritte verklungen war, ehe er sich wieder in seinen Admiralssessel setzte, um das Schiff die letzten paar Meilen zu steuern. Dann, als schließlich jede Bewegung erstorben war, hob er die Reisetasche auf, die auf dem Fußboden lag, entzündete eine Fackel und machte sich in die entgegengesetzte Richtung auf. Wie auf ein Stichwort pulsierte das tiefblaue Licht ein letztes Mal und erlosch dann, machte aus der Kugel in ihren Kardanringen einen schwarzen Ball. Sie war so dunkel, dass sich nichts auf ihrer Oberfläche spiegelte.

Es war ein Marsch von einer Viertelstunde durch den leeren Mittelgang des Schiffes bis zu jenem Ort, zu dem er unterwegs war. Die großen Doppeltüren öffneten sich lautlos vor ihm, und er schritt den Gang hinauf, wie ein winziger Fleck Fackellicht in der riesigen Halle. Die Wände waren durchsichtig und gingen auf das Meer hinaus, doch so tief unten war nichts als Schwärze zu sehen.

Noch ehe er die Stufen erreichte, sah Cidelis die Gestalt auf dem Thron am Ende des Ganges, ein schattenhafter Umriss im Dämmerlicht. Am Fuß der Treppe angekommen, blieb er stehen, stellte die Tasche ab und steckte die Fackel in die Fassung eines Fahnenmasts auf dem Fußboden.

Dann zog er sich langsam und ohne jede Eile um, legte seine Galauniform an, korrekt bis auf die letzte Kleinigkeit, bis hin zu den Sternen, die seinen Rang kennzeichneten, und der Gürtelschließe, die er fünfunddreißig Jahre lang getragen hatte. Schließlich schnallte er sich auch noch sein Zeremonienschwert um; das Silber auf dem Heft glänzte kalt.

Peinlich genau bis zum Schluss nahm Cidelis die Tasche mit seinen abgelegten Kleidern und stopfte sie in einen Schrank seitlich hinter dem Thron, dann ging er zurück in die Mitte der Halle und stieg erneut die Stufen hinauf, um feierlich vor dem Leichnam niederzuknien, der auf dem Thron saß. Tiberius Galadrin Tar'Conantur, der Kaiser von Thetia, starrte ihn blicklos an, die tiefgrauen Augen über den edel geschnittenen Wangenknochen waren unberührt von jeglichem Verfall und sahen genauso aus wie damals, als er noch gelebt hatte. Um seine Lippen spielte ein schwaches, trauriges Lächeln, und das Gewand, das er trug – es war von der gleichen dunkelblauen Farbe wie Cidelis' Uniform –, verbarg die tödliche Wunde in seiner Brust. Zu seinen Füßen lag eine versiegelte Wachstafel, die Cidelis bereits für den nächsten wahren Erben beschrieben hatte, der seinen Fuß in dieses Schiff setzen würde.

Nur eine Kleinigkeit war falsch, doch die hatte selbst Cidelis nicht in Ordnung bringen können. Die Krone auf den rabenschwarzen Haaren des toten Kaisers war das Diadem des Hierarchen, nicht die Krone der Sterne. Die saß auf dem Kopf des Usurpators, des Verräters …

Eine tiefe Traurigkeit überkam Cidelis, als er sein Schwert zog – ein Schwert, das noch niemals Blut geschmeckt hatte – und es umdrehte. Einen kurzen Augenblick lang zögerte er, dann schaute er erneut zu Tiberius auf, sah den Vater anstelle des Sohnes.

»Oh, Aetius, warum? Warum musstest du uns verlassen? Warum konnte nicht einer von uns an deiner Stelle gehen?«

Er bekam keine Antwort, was er natürlich gewusst hatte. Er hatte sein Lebewohl gesagt.

Und dann rammte sich Cleomenes Cidelis, der Erste Admiral des Kaiserreichs Thetia, ohne zu zögern sein Schwert ins Herz. Als die Nebel seinen Geist umwölkten, glaubte er, die Stimme seines Kaisers zu hören, die ihn rief …

Erster Teil

Die Stadt der Begegnungen

Kapitel I

»Der Winter hat begonnen. Die Gilde hat es bestätigt.«

Ich setzte mich auf und blinzelte in die Nachmittagssonne, um zu sehen, woher die Stimme kam. Einen Augenblick später hörte ich Schritte auf dem Pfad unter uns, und dann tauchte hinter den Felsen ein Kopf auf.

»Ist es dieses Mal sicher?«, ließ sich eine weibliche Stimme zu meiner Rechten vernehmen.

»Wann sind sie sich nicht sicher?« Die Frau, die als Erste gesprochen hatte, kletterte das letzte Stück zu uns herauf und kam um die Felsen herum, um sich auf einem mit dürrem Gras bewachsenen Fleckchen Erde niederzulassen.

»Letztes Jahr haben sich die Priester um zwei Wochen vertan.« Die Sprecherin verlagerte ihr Gewicht und betrachtete kritisch ihre Laute, wischte ein verirrtes Samenkorn vom Griffbrett.

»Das waren ja auch die Priester. Die haben keine Ahnung.«

»Sollten sie aber haben – sie sind die Einzigen, die es einigermaßen genau voraussagen können.«

Ich schaute zum wolkenlosen blauen Himmel empor, als könne ich irgendwo da oben die gleichen Zeichen entdecken wie die Priester, die uns sagten, dass die Temperaturen bald sinken und die Stürme deutlich schlimmer werden würden.

»Die Gilde wäre viel besser darin, den Winter vorauszusagen, wenn die Priester sie nur machen ließen.«

»Lass uns nicht schon wieder damit anfangen, Cathan«, sagte die Frau, die als Letzte gekommen war, und lehnte sich gegen den Stamm der vereinzelten Zeder, die etwas abseits des Wäldchens ziemlich nahe am Rand der Klippe stand. »Wir haben noch ein paar Tage vor uns, an denen es warm genug sein wird, um draußen zu sitzen, und es gibt keinen Grund, sie zu vergeuden. Wenn es erst richtig Winter ist, haben wir noch alle Zeit der Welt, um uns zu streiten.«

»Und wann wird das sein?«

»Sobald diese unnatürliche Hitzewelle vorbei ist.« Obwohl es bereits Herbst war, trug sie nur eine dünne Tunika und Sandalen. »Höchstens noch zwei oder drei Tage.«

Zwei oder drei Tage. Nun, nichts dauerte ewig, und wir hatten ganz sicher nicht damit gerechnet, dass so spät im Jahr noch einmal derart sommerliche Temperaturen herrschen würden. Es wäre sogar noch besser gewesen, wenn ich nicht so viel Zeit mit Arbeiten verbracht hätte. Aber ich hatte mich um die Geschäfte des Clans zu kümmern, während mein Vater sich von dem Anschlag auf sein Leben erholte. Seine Genesung schritt zwar rasch voran, doch er war noch immer nicht kräftig genug, sich um all den Papierkram zu kümmern, also blieb das an mir hängen. Es war eine Arbeit, die ich zutiefst verabscheute, aber mittlerweile erschien sie mir nicht mehr ganz so schlimm wie am Anfang. Was möglicherweise damit zu tun hatte, dass ich inzwischen weit Schlimmeres erlebt hatte.

»Habt ihr irgendetwas Sinnvolles getan?«

»Das hängt davon ab, was *etwas Sinnvolles* bedeutet, Palatine«, sagte Ravenna, die neben mir an dem Baumstamm lehnte. Neben ihr lag ein Buch auf dem Boden, ein Buch, in dem sie bereits seit einiger Zeit nicht mehr gelesen hatte – zumindest nicht, seit ich mir das letzte Mal die Mühe gemacht hatte, darauf zu achten.

»Etwas Sinnvolles wie das, was du zu tun angekündigt hast.« Palatine war zwar bereits achtzehn Monate von der gewundenen Sprache ihrer Heimat weg, ihr Verständnis der archipelanischen Grammatik jedoch war manchmal noch ein bisschen lückenhaft.

»Du meinst, dieses Buch nach etwas zu durchforschen, was ganz offensichtlich nicht drinsteht.«

»Wenn es nicht drinsteht, warum machst du dir dann die Mühe? Warum suchst du dann nicht woanders danach?«

»Sobald du uns sagst, wo wir anfangen sollen.«

Palatine verdrehte die Augen und begann, abwesend einen grünen Schössling zwischen den Fingern zu zwirbeln; wie immer war sie unfähig, völlig still zu sitzen. Sie war die Einzige von uns, die sich nicht über die Hitze – und damit die Chance, so wenig wie möglich zu tun – gefreut hatte.

Ravenna seufzte leise, dann nahm sie das Buch wieder auf und las weiter. Ich hatte ebenfalls ein Exemplar, hatte jedoch nicht den Schimmer einer Ahnung, wo ich es hingelegt hatte. Ich konnte mich nicht daran erinnern, es mit nach draußen genommen zu haben … nein, es lag ganz unten in der Truhe in meinem Zimmer, wo niemand es zufällig entdecken und darin lesen würde.

Ich rückte ein bisschen herum, versuchte, auf der breiten Baumwurzel eine bequemere Position für meinen Kopf zu finden. Es war wirklich zu heiß, um irgendetwas anderes zu tun als im Schatten herumzuliegen. Außerdem bestand auch gar keine Notwendigkeit, etwas zu tun. Für heute hatte ich den ganzen Papierkram erledigt – und der Rest des Clans war genauso lustlos; bei solchem Wetter verspürten die Menschen keine große Neigung, sich mit so ermüdenden Dingen wie Hauptbüchern oder Petitionen herumzuschlagen. Und die Befürchtung, dass mit dem Einbruch des Winters eine ganze Menge solcher Aufgaben anfallen würden, verbannte ich schnell wieder aus meinen Gedanken.

Erneut schloss ich die Augen und begann wieder, zufrieden vor mich hin zu dösen; dabei ignorierte ich die Wurzel, die sich unangenehm in meinen Rücken bohrte, genau wie das höchst lästige Gurren einiger Tauben in dem Wäldchen hinter uns. In kleinen Portionen waren Tauben etwas Feines, aber der Lärm, den sie machten, ging mir schnell auf die Nerven. Das gedämpfte Rauschen der Wellen, die unter uns an den Strand rollten, war da weit besser, und als die Lautenspielerin ein paar Minuten später zu spielen begann, gab dies eine hervorragende Begleitung ab.

»Palatine, wie um alles in der Welt konnten die Thetianer eigentlich diesen Krieg gewinnen?«, fragte Ravenna plötzlich.

»Wie meinst du das?«

»Nun, sie müssen die ganze Zeit betrunken gewesen sein. Schau her, der Mann, der das hier geschrieben hat, war ihr Hohepriester, aber er geht binnen einer Woche auf mehr Feste als eine ganze Herde Damen der feinen Gesellschaft.«

»Wir genießen eben das Leben«, meinte Palatine. »Wenn wir Zeit haben, liegen wir nicht unter Bäumen herum und starren verträumt aufs Meer hinaus.«

»Wenn es so toll ist, warum willst du dann nicht zurück?«

Ich konnte den Blick, mit dem Palatine sie daraufhin bedachte, fast spüren, machte mir jedoch nicht die Mühe, die Augen zu öffnen. Palatine war schon seit mindestens einer Woche gereizt, wenn nicht noch länger, und mittlerweile war ich daran gewöhnt.

»Hört auf zu streiten«, sagte die Lautenspielerin, ohne ihre Melodie zu unterbrechen. »Ihr stört meine Konzentration.«

»Entschuldige, Elassel«, sagte Palatine, doch es klang nicht so, als meine sie es ernst.

Elassel gab keine Antwort, und meine Gedanken trieben wieder davon, weit fort von den sonnengesprenkelten Küsten Lepidors.

Ich wusste, warum Palatine so ungeduldig war; wir alle wussten es. Schuld daran war das, was ich tat – oder genauer gesagt nicht tat. Während sie sich ärgerte und wollte, dass wir abreisten, war ich damit zufrieden, zu warten – und nichts zu tun. Nicht, dass ich darin keine Unterstützung gehabt hätte, denn auch von den anderen schien es niemand eilig zu haben.

Ich hatte niemandem erzählt, warum wir immer noch hier waren, warum wir uns so viel Zeit ließen, wenn es ganz offensichtlich unmöglich war, für immer hier zu bleiben. Ich hatte die Verpflichtungen vorgeschützt, die ich dem Clan gegenüber hatte, und knapp einen Monat lang hatte das auch ausgereicht, solange mein Vater noch stärker unter den Auswirkungen seiner Vergiftung gelitten hatte. Aber sie wussten alle, dass dies nicht der eigentliche Grund war, dass kein dumpfer Papierkram, egal wie wichtig er für den Clan sein mochte, meine Anwesenheit notwendig gemacht hätte. Schließlich waren meine Mutter und unser Erster Ratgeber genauso tüchtig wie ich – und viel, viel geduldiger.

»Ich nehme an, es ist zu gewagt, zu fragen, ob wir aufbrechen, wenn der Winter hier wirklich angefangen hat?«, fragte Palatine und stieß mir den Finger in die Seite. Ich warf ihr einen ungehaltenen Blick zu; das helle Sonnenlicht blendete mich einen Augenblick.

»Ich werde nicht nur deswegen aufbrechen, weil sich das Wetter ändert.«

»Wann dann? Wenn die Sterne vom Himmel stürzen und die Ozeane ansteigen, um alles zu überfluten? Wenn ein Priester den

Mund aufmacht, ohne von Ketzerei zu sprechen? Oder wenn alle anderen an Altersschwäche gestorben sind?«

»Wir haben es dir schon mehrmals erklärt. Ich werde erst aufbrechen, wenn ich eine Ahnung habe, wo ich überhaupt hin will.«

»Aber was nützt es dir, in Lepidor zu bleiben? Hier gibt es nichts, was dir helfen könnte – mit Ausnahme von diesem elenden Buch.«

»Und wo sollen wir sonst hin?«

»Du könntest vielleicht eine Bibliothek in Betracht ziehen. Dort gibt es Unmengen von Büchern – sogar spinnwebenüberzogene Schriftrollen –, in denen du wahrscheinlich finden könntest, was du wissen willst.«

»Na klar, weil die Leute, die sich die allergrößte Mühe gemacht haben, das Ding zu verstecken, anschließend hingegangen sind und überall Botschaften verteilt haben, in denen steht ›*Wir sind hier*‹. Palatine, ich weiß, wie sehr du das Nichtstun hasst, aber das hier dürfen wir nicht überstürzt angehen. Und was ist, wenn die Inquisition etwas erfährt? Wenn sie es in die Finger bekommen, ist das das Ende jeglichen Aufbegehrens gegen die Meinung der Domäne.«

»Habe ich denn nicht zumindest einen Anspruch darauf, dass du mir sagst, worauf du eigentlich wartest? Haben wir den nicht alle?«

Sie blickte die beiden anderen Unterstützung heischend an, und ich tat es ihr nach. Elassel war ganz und gar in ihr Lautenspiel vertieft und ging anscheinend vollkommen in ihrer Musik auf.

Ravenna legte das Buch wieder beiseite und sah mit ihren grauen Augen erst mich und dann Palatine ernst an.

»Du wartest auf jemanden, stimmt's? Auf jemanden ganz bestimmten?«

Ich schluckte eine ärgerliche Antwort hinunter und nickte. Vielleicht war ich doch nicht so schlau gewesen, wie ich gedacht hatte.

Palatine vergrub das Gesicht in den Händen; wie immer übertrieb sie maßlos.

»Dann können wir hier noch bis in alle Ewigkeit sitzen. Warum ist mir das nicht eher klar geworden? Ich hätte an Bord eines der anderen Schiffe von hier verschwinden können. Cathan, es dauert Monate, bis Tanais irgendwo auftaucht, und niemals da, wo man ihn gerade gerne hätte.«

»Er hat gesagt, er würde zurückkommen, wenn Lepidor wieder sicher ist.«

»Aber in der Zwischenzeit hat er sich womöglich um irgendeinen Clanaufstand kümmern müssen, oder um einen Priester, der Ärger macht, oder um den Bevollmächtigten von irgendjemandem, und steckt wochenlang irgendwo im Hinterland fest.«

»Würdest du eine Seereise unternehmen, ohne vorher mit einem Ozeanografen gesprochen zu haben? Tanais taucht vielleicht nicht genau dann auf, wenn wir es wollen, aber er war da, als es verschwunden ist. Wenn irgendjemand weiß, wo es ist, dann er.«

»Ich wünsche dir viel Glück.« Palatine stand auf und ging zum Ufer; binnen weniger Augenblicke verschwand sie hinter dem Stamm einer anderen Zeder.

»Es wird immer schlimmer werden mit ihr«, bemerkte Ravenna und starrte hinter ihr her. »Und sie kennt Tanais viel besser als du.«

»Das ändert nichts. Wir müssen trotzdem auf ihn warten.«

»Ich weiß, ich weiß. Aber was ist, wenn er nicht kommt? Willst du den ganzen Winter über hier bleiben, während die Inquisition ihre Intrigen spinnt? Wir haben hier vielleicht einen Sieg errungen, aber sie sind ziemlich schlechte Verlierer, und wenn wir hier bleiben, lenken wir gewiss wieder ihre Aufmerksamkeit auf uns. Es ist am besten, immer in Bewegung zu bleiben.«

Irgendetwas raschelte in den Zweigen der Zeder über uns, vielleicht eine dieser elenden Tauben. Elassels Laute erklang noch immer, begleitet von einem Chor von Zikaden.

»Wenn sie etwas gegen uns unternehmen, geben sie zu, dass das, was geschehen ist, nicht nur das Werk einiger Abtrünniger war, und die Leute werden anfangen, sich zu fragen, was sie vorhaben.«

»Das ist mittlerweile Schnee von gestern, Cathan. Und ein Fanatiker vergisst niemals einen Rückschlag.«

»Wie es scheint, tut das auch sonst niemand.«

»Wenn du damit unsere Verbündeten meinst, warum bist du dann so mürrisch?« Sie nahm meine Hand und griff wieder nach dem Buch, doch in diesem Augenblick ertönte ein scharfes Knacken. Kleine Zedernästchen regneten auf uns beide herab, begleitet von einem Zapfenhagel.

»Jerian!« Ich schüttelte den Kopf und versuchte, die vom Baum gefallenen Stücke wieder aus meinen Haaren zu bekommen, während Ravenna sich ebenfalls die Zweige abstreifte. Ich schaute auf und erblickte das grinsende Gesicht meines Bruders, der zu uns herunterstarrte.

»Das hab ich mir doch gedacht!«, sagte er triumphierend.

Er war drei oder vier Äste über uns und somit ein ganzes Stück außerhalb unserer Reichweite, doch noch bevor er irgendetwas hinzufügen konnte, ertönte zu meiner Rechten ein erstickter Aufschrei.

»Aah! Du kleiner ... Es wird eine Ewigkeit dauern, den ganzen Staub wieder aus meiner Laute zu bekommen!« Elassel nahm sich gerade noch die Zeit, ihr kostbares Instrument vorsichtig beiseite zu legen, dann sprang sie auf und rannte zur anderen Seite des Baums. Wenige Augenblicke später wurde das siegessichere Grinsen meines Bruders zu einem entsetzten Aufschrei, als Elassel so leicht zu ihm hochkletterte, als liefe sie am Strand entlang. Ich hatte keine Ahnung, wo sie gelernt hatte, Schlösser zu knacken oder so mühelos an Wänden oder Bäumen hochzuklettern wie gewöhnliche Sterbliche Stufen hinaufstiegen, doch ihre Fähigkeiten hatten sich schon mehr als einmal als nützlich erwiesen.

»Was Jerian betrifft, können Erwachsene nicht auf Bäume klettern«, flüsterte ich Ravenna zu. »Mit etwas Glück versucht er so etwas nicht noch einmal.«

»Ich hoffe es«, sagte sie und klopfte sich die Kleider ab. »Du siehst schrecklich aus.«

»Das musst du gerade sagen. Ich finde, dieser Hauch Primitivität steht dir, besonders der Zweig in deinem Haar.«

Ravenna fuhr sich mit den Händen durch ihre dichten schwarzen Locken, ehe sie mein Grinsen sah und begriff, dass dort gar kein Zweig war.

»Wenn ich es nicht besser wüsste, würde ich glatt sagen, du musst mit Jerian verwandt sein.« In ihren Augen lag plötzlich ein trauriger Ausdruck, und mir fiel ein, dass sie einmal einen jüngeren Bruder erwähnt hatte, der von den Gefolgsleuten der Inquisition getötet worden war, jenen mörderischen heiligen Kriegern, die sich Sacri – die Geheiligten – nannten. Ob sie tatsächlich geheiligt waren oder nicht – devot waren sie ganz sicher. Devot in ihrer fanatischen Hingabe an die Religion des Blutvergießens.

Ein steter Strom von Protesten und Entschuldigungen kam jetzt von oben aus dem Geäst der Zeder und wurde lauter, als Elassel wieder hinter dem Stamm auftauchte und dabei das Handgelenk meines Bruders umklammerte.

»Was soll ich mit ihm machen?«, fragte sie mich und versuchte ein Lächeln zu unterdrücken. Elassel schien von Natur unfähig zu sein, über eine längere Zeitspanne hinweg Wut oder Ärger zu empfinden – außer, wenn es um die Haletither ging. Sie hasste dieses Volk mit solcher Leidenschaft, dass mir mittlerweile der Verdacht gekommen war, sie könnte ihnen vielleicht ihre Fähigkeiten im Umgang mit Schlössern und im Sich-Davonstehlen verdanken. Aber sie hatte nie ein Wort darüber verloren, und keiner von uns wollte sie fragen.

»Wir könnten ihn ja ein bisschen einweichen«, schlug ich vor und deutete auf den Strand, der nur ein paar Fuß tiefer lag.

»Ich habe eine bessere Idee«, sagte Ravenna. Sie trat zu Elassel und flüsterte ihr etwas ins Ohr. Jerian, der gelauscht hatte, stimmte ein lautes Protestgeheul an.

»Ich habe Neuigkeiten«, brüllte er los, um sicherzugehen, dass auch alle auf ihn achteten. »Ich erzähle sie euch aber erst, wenn ihr mich loslasst.«

»Schön, dann tun wir das«, sagte Elassel, bückte sich und hob eine Hand voll Rindenstückchen und kleine Zweige auf. Nachdem sie sie auf Jerians Kopf hatte herabregnen lassen, ließ sie sein Handgelenk los. »Also, was sind das für Neuigkeiten?«

Jerian warf ihr einen düsteren Blick zu, reckte sich und schüttelte den Kopf.

»Irgendwelche wichtigen Leute sind von einem wichtigen Ort gekommen und haben eine wichtige Botschaft mitgebracht.«

»Das Meer ist immer noch ganz in der Nähe«, bemerkte Elassel, doch Jerian hatte ihre Neugier geweckt.

»Es ist ein großer Manta«, verkündete Jerian. »Aus Pharassa, und der große Blonde aus dem Haus Canadrath ist an Bord. Er sagt, es gibt Neuigkeiten aus Taneth, und er hat nicht sehr glücklich ausgesehen. Ach ja, Courtières ist bei ihm.«

»Die Halethiter«, sagte Elassel unverzüglich und schob ihre Laute in eine lederne Schutzhülle. Ravenna und ich sahen einander an, und sie nickte ganz leicht. Wir hatten beide den gleichen Gedanken.

»Jetzt werdet ihr auf dem ganzen Rückweg mies gelaunt sein«, maulte Jerian mit der ganzen Intoleranz, die ein Siebenjähriger Problemen entgegenbrachte, die ihn nicht direkt betrafen.

»Nein, werden wir nicht«, erwiderte ich und zwang mich zu einem Lächeln.

Jerian plapperte fröhlich drauflos, während wir auf dem kürzesten Weg nach Lepidor zurückkehrten, zunächst den Pfad hinunter und dann am Strand entlang. Es gab auch einen richtigen Weg, der durch den Wald zur Straße der Holzfäller führte, doch der bog und schlängelte sich, um Hindernissen auszuweichen, und wand sich um einen kleinen Hügel herum, und keiner von uns wollte zu viel Zeit verlieren. Ich vermutete, dass Palatine in die Stadt zurückgegangen war, denn sie war nirgends auf der zehn Fuß hohen Felsenklippe zu sehen, die den Wald vom Strand trennte und nicht zuletzt als Damm wirkte.

Schon bald kam die Stadt in Sicht; sie lag von uns aus gesehen auf der anderen Seite der weit geschwungenen Bucht. Einige der Gebäude innerhalb ihrer Mauern waren immer noch eingerüstet, und viele Dachgärten fehlten. Das lag an dem Sturm, den wir vor etwas mehr als einem Monat entfesselt hatten, ironischerweise in dem Versuch, die Stadt zu beschützen. Doch der größte Teil der Schäden war mittlerweile repariert: Die Mauern waren verstärkt worden, und auch das neue Torhaus zwischen dem Palastviertel und dem Hafenviertel war bereits im Bau.

Als wir uns der Stadt näherten, kehrten meine Gedanken jedoch zu Jerians Neuigkeiten zurück, besonders zu der Tatsache, dass Oltan Canadrath eingetroffen war. Wir kannten ihn und sein Haus erst seit jenem Tag vor einem Monat, als sie die Entsatz-Streitmacht angeführt hatten, und auch wenn wir sie für ihre Hilfe belohnt hatten, waren sie immer noch eine mehr oder weniger unbekannte Größe. Warum also war der Sohn von Lord Canadrath höchstpersönlich den ganzen Weg hierheraus gekommen, um schlechte Neuigkeiten zu überbringen?

Wir betraten die Stadt durch ein kleines Seitentor im Palastviertel, das nur über einen hölzernen Steg erreichbar war, der unterhalb der Mauern verlief. Er wurde immer wieder von Wind und Wasser beschädigt, aber es war nie jemand auf die Idee gekommen, ihn durch einen gepflasterten Weg zu ersetzen; das hätte Feinden unfehlbar einen Weg in die Stadt gewiesen.

Die Soldaten, die das Tor bewachten, blickten uns neugierig entgegen.

»Habt Ihr ein Staubbad genommen, Erbgraf?«, fragte der eine, während seine Blicke über Ravennas Haare wanderten.

»Mein Bruder hat einen operativen Eingriff an einem Baum vorgenommen«, entgegnete ich, ehe er etwas Zweideutiges von sich geben konnte. »Unglücklicherweise hat er sich nicht die Mühe gemacht, vorher zu überprüfen, welchen Baum er operiert.«

»Du kannst gern auch zu mir kommen und meinen Olivenbaum ausputzen. Ist ein Riesending, da wirst du 'ne Woche oder so beschäftigt sein«, sagte der andere Wächter zu Jerian, wobei sich sein bärtiges Gesicht zu einem breiten Grinsen verzog. »Euch allen noch einen schönen Tag.«

Das Tor öffnete sich auf eine schmale Straße, die nur ein kurzes Stück vom Palast entfernt war. Wegen der Hitze standen alle Haustüren weit offen, und zwei alte Männer, die im Schatten einer Kolonnade Karten spielten, winkten uns grüßend zu, als wir vorbeigingen. Hier war es kühler als draußen am Strand, was nicht zuletzt daran lag, dass die drei- oder vierstöckigen Gebäude und die Wäsche, die an Leinen über der Straße hing, uns vor der Sonne schützten. Überall war fröhliches Geplätscher zu hören, das von den unzähligen kleinen Springbrunnen stammte, die man allenthalben in Nischen und an Straßenecken fand. Früher einmal hatten diese Brunnen die Stadt mit Wasser versorgt, doch seit die Idee – und ihre gleich darauf folgende praktische Umsetzung – von Wasser, das in Röhren ins Innere der Häuser geleitet wurde, Lepidor vor fünfzig Jahren erreicht hatte, dienten sie jetzt in erster Linie dazu, die Luft im Sommer kühl und frisch zu halten.

Die beiden Soldaten, die am Palasttor Dienst hatten, winkten uns hindurch in den kleinen, weiß getünchten Hof dahinter; auch wenn seit der Invasion die Kontrollen ein bisschen gründlicher geworden waren, hatten sie es nicht nötig, meine Identität zu überprüfen. Auch das Palasttor war eingerüstet, und die Türen waren noch nicht fertig. Aus diesem Grund wurden jeden Morgen und Abend unter beträchtlicher Lärmentwicklung hölzerne Barrikaden aufgebaut beziehungsweise abgeräumt.

»Da seid ihr ja!«, ertönte plötzlich Palatines Stimme. Ich schaute auf und erblickte sie auf dem Balkon am oberen Ende der Treppenflucht, die an der rechten Mauer nach oben führten. »Was um Himmels willen hast du denn gemacht, Ravenna? Wolltest du dir die Haare färben?«

»Das war Jerian«, sagte ich, während mein Bruder vor uns die Stufen hinaufhuschte.

Mein Vater und seine Gäste seien im Empfangszimmer, berichtete uns Palatine; sie wirkte trotz ihres besorgten Stirnrunzelns so lebendig wie schon seit Tagen nicht mehr. Ravenna und ich versuchten so gut es ging, uns den Staub aus den Haaren zu klopfen, wobei wir eine polierte Bronzeplatte als Spiegel benutzten.

»Kommt schon, das muss reichen«, sagte Palatine schließlich. »Wenn sie ohne jede Vorwarnung auftauchen, können sie nicht erwarten, dass ihr untadelig ausseht.«

Wäre es nur Courtières gewesen, der älteste Freund meines Vaters, so hätte ich mir keine Sorgen gemacht; dem jungen Canadrath jedoch war ich bisher nur ein einziges Mal begegnet. Auch damals hatte ich nicht gerade einen guten Eindruck hinterlassen, hohläugig und mit blauen Flecken übersät, auch wenn ich extra eine lange Robe getragen hatte, um die graublauen Male auf meinen Armen und Beinen zu verbergen. So gesehen war dieses Mal auf alle Fälle eine Verbesserung.

Ein Diener wartete an der Tür zum Empfangszimmer und kündigte uns ohne weitere Formalitäten an.

»Ah, da seid ihr ja«, sagte mein Vater und unterbrach sein Gespräch mit den anderen beiden Männern.

»Erbgraf Cathan«, sagte der zweite Mann und vollführte die übliche steife Verbeugung, die einem Gleichrangigen zustand. »Ich bin froh zu sehen, dass Ihr Euch guter Gesundheit erfreut.«

Auch ich verbeugte mich, wobei mir auf absurde Weise bewusst wurde, dass sie alle drei ein ganzes Stück größer waren als ich. Oltan Canadrath, der mich begrüßt hatte, war hellhäutig und blond, was an sich schon selten war, ganz besonders aber in Taneth, das fast am Äquator lag. Meine zweite Begegnung mit ihm bestärkte mich nur in der Überzeugung, dass er den falschen Beruf hatte. Mit seinem glatten Bart und dem Schnurrbart, ganz zu schweigen von seiner beeindruckenden Statur, hätte er eigentlich einer jener Piraten aus dem Norden sein müssen, die in alten Zeiten den Archipel unsicher gemacht hatten und damals in den jetzt verschwundenen urzeitlichen Wäldern von Thure beheimatet gewesen waren.

»Er hat Recht, Cathan«, sagte Courtières mit einem freundlichen Lächeln. »Als ihr euch das letzte Mal begegnet seid, hast du wirklich schrecklich ausgesehen.«

Nachdem wir uns alle begrüßt hatten, verteilte Palatine Getränke, und Oltan berichtete mir und Ravenna seine Neuigkeiten.

»Die Halethiter haben Ukhaa eingenommen und das Delta besetzt«, sagte er übergangslos. »Wir haben jetzt alle Gebiete auf dem Festland verloren, und dreißigtausend halethitische Soldaten lagern direkt vor unserer Nase.«

»Aber da Taneth nun einmal Taneth ist, rennen alle Handelsfürsten aufgeregt herum und suchen nach Dingen, die sie den Halethitern verkaufen könnten«, fügte Courtières mit beißender Ironie hinzu. Er sah zwar aus wie ein Bär, doch er hatte einen scharfen Verstand und war normalerweise sehr viel taktvoller als mein Vater.

Oltan nahm keinen Anstoß an der Bemerkung. »Ich fürchte, der Graf hat Recht. Lord Barca und ich haben versucht, Druck auszuüben, um militärische Schritte einzuleiten, aber die anderen Häuser zögern, etwas zu verändern, was sie als den neuen Status quo ansehen.«

Einen Augenblick lang wurde es still im Raum. Jeder, der auch nur über ein Fünkchen Verstand verfügte, wusste, dass dies wirklich schlechte Nachrichten waren. Taneth mochte eine Handelsstadt sein, die auf Inseln erbaut war, aber sie lag ziemlich nahe am Festland, und die halethitische Armee hatte sich bislang als unbesiegbar erwiesen. Lepidors Zukunft und auch die der meisten anderen

Clans hingen von einem freien Taneth ab, das von den Handelsfürsten regiert wurde. Unter der Militärherrschaft der Halethiter könnte Taneth niemals ein Handelszentrum bleiben, vor allem da diese normalerweise die Städte ausplünderten, die sie erobert hatten. Ich spürte, wie meine gute Laune dahinschwand.

»Tun sie denn überhaupt nichts?«, wollte Ravenna wissen.

Oltan schüttelte den Kopf. »Absolut nichts. Oh, der Rat der Zehn hat eine Protestnote an den König der Könige gesandt, aber die Tinte hätten sie sich genauso gut sparen können.«

»Machen die Halethiter Anstalten, die Stadt anzugreifen?«

»Noch nicht«, erwiderte Oltan. »Sie haben noch immer keine Flotte. Sie können uns das Leben schwer machen, mehr aber auch nicht. Noch nicht.«

Da begriff ich, warum der Erbe des Hauses Canadrath, eines der bedeutendsten Häuser von Taneth, zu uns hierheraus gekommen war. Lepidor verfügte über die größten Eisenvorkommen von ganz Ozeanus, und bald würden wir auch der größte Waffenhersteller sein. Oltan wollte sicherstellen, dass unsere Waffen nicht an die Halethiter gingen.

»Ändert das irgendetwas?«, fragte ich meinen Vater, der eine weite grüne Robe trug, die einst förmlich gewesen sein mochte, jedoch eindeutig schon bessere Tage gesehen hatte. Er wollte nicht, dass die Mitglieder unseres Clans sahen, wie viel Schaden das Gift angerichtet hatte, und trug die Robe, um zu verbergen, wie abgemagert er war. Die meisten wussten, dass es anders war, aber niemand sagte etwas. Zum Glück hatten uns Courtières' berühmte Heiler versichert, dass mein Vater mit der Zeit wieder zunehmen würde.

»Es macht unseren Waffenhandel noch fragwürdiger«, sagte er. »In Anbetracht der Tatsache, dass Waffen, die wir nach Taneth schicken, möglicherweise irgendwo landen, wo wir sie nicht haben wollen, ist es vielleicht keine gute Idee, sie zu verschiffen.«

Wo wir sie nicht haben wollen. Damit meinte er nicht nur die Halethiter. Sie waren die unmittelbare Bedrohung, das stimmte, doch hinter ihnen stand die Priesterschaft – die Domäne mit ihren Träumen von Kreuzzügen und Blut. Genau aus diesem Grund hatten sie versucht, Lepidor in ihre Gewalt zu bekommen, um hier die Waffen für einen Kreuzzug herzustellen. Nach allem, was hier geschehen war, war der bloße Gedanke, ihren Verbündeten Waffen zu verkaufen, in höchstem Maße absurd.

Und zufällig war das Haus Canadrath dadurch zu seinem Reichtum gelangt, dass es im Archipel Waffen verkauft hatte – an jenem Ort, den die Domäne mit heiligem Feuer und ihren Inquisitoren säubern wollte.

»Willst du die Waffen dann woanders verkaufen?«, fragte Ravenna.

»Darüber müssen wir mit Hamilcar sprechen, denn er erwirtschaftet seinen Profit dadurch, dass er unser Eisen und unsere Waffen nach Taneth bringt.« Hamilcar war unser offizieller Geschäftspartner in Taneth, mit dem wir den Kontrakt über den Transport des Eisens geschlossen hatten. Und der Mann, der während der Invasion uns allen das Leben gerettet hatte. »Aber wenn es im Archipel einen Markt gibt …«

Waffen zu verkaufen, die dazu dienen würden, Sacri zu töten – das war etwas ganz anderes. Ich sah das dünne Lächeln, das um Ravennas Lippen spielte. Für sie waren die Sacri die Schlächter, die ihre Familie niedergemetzelt hatten. Sacri waren noch nicht einmal menschliche Wesen.

»Ich habe noch ein paar andere Informationen, die Ihr vielleicht nützlich finden werdet«, meinte Oltan. »Es geht um die beiden Priester, die die Aktion hier überlebt haben. Avarch Midian und … ich glaube, der andre hieß Sarhaddon.«

Ich spitzte die Ohren. Die beiden waren die einzigen Überlebenden der Streitkräfte der Domäne gewesen, welche versucht hatten, Lepidor einzunehmen, und ihr Schicksal wäre ein guter Hinweis darauf, wie die Domäne reagiert hatte.

»Fahrt fort«, sagte mein Vater ruhig.

»Sie sind in die Heilige Stadt zurückgekehrt, wo sich anscheinend Primarch Lachazzar persönlich mit ihnen befasst hat.« Das war wahrscheinlich keine besonders angenehme Erfahrung gewesen; Lachazzar, der den Spitznamen »Koch der Hölle« trug, neigte dazu, Untergebene des Verbrechens anzuklagen, mit den Häretikern gemeinsame Sache zu machen, wenn sie scheiterten. Doch Oltans nächste Worte straften diesen Gedanken Lügen. »Sarhaddon wurde zum Inquisitor befördert und in den Archipel geschickt. Der Generalinquisitor ist bereits dort, mit der Anweisung, jeden Gedanken an Unabhängigkeit in Qalathar im Keim zu ersticken.«

»Sie geben niemals auf«, sagte Ravenna traurig. »Sie haben eine ganze Generation getötet, und es hat ihnen nicht gereicht. Sie haben die Herrschaft über das Land übernommen, und es hat ihnen nicht gereicht. Die Menschen, die sie foltern und verbrennen, sind diejenigen, die Qalathari lernen oder die Geschichte der Herrschergeschlechter bewahren, wisst Ihr.«

»Es tut mir Leid, das war mir nicht klar«, sagte Oltan mitfühlend. »Als wir uns das letzte Mal gesehen haben, habe ich Euch für eine Thetianerin gehalten, aber mein Irrtum hätte mir sofort klar werden müssen, als ich Euch wiedergesehen habe. Es gibt keine Thetianer, die so aussehen wie Ihr.«

Der Erbe des Hauses Canadrath hatte Recht, dachte ich, während Ravenna schwach lächelte; die gute Laune, die sie noch vor wenigen Minuten an den Tag gelegt hatte, war durch diese Neuigkeiten dahin. Jahrelang hatte sie ihr von Natur aus lockiges schwarzes Haar geglättet, hatte ihre Augenfarbe verändert und so viel Zeit wie möglich draußen verbracht, um ihre Haut, die für eine Qalathari blass war, dunkler erscheinen zu lassen. Sie hatte wirklich fast wie eine Thetianerin ausgesehen, doch mit ihren braunen Augen und der Unmenge schwarzer Locken konnte jetzt niemand mehr auf diesen Irrtum verfallen.

»Was ist mit Midian?«, erkundigte sich Courtières.

»Ihm ist ein Posten im Archipel verliehen worden, ich weiß nicht genau, was für einer. Ich glaube nicht, dass es irgendwas Wichtiges ist, aber es bedeutet, dass er mitten im Geschehen ist.«

»Aber warum gibt Lachazzar ihnen eine zweite Chance?«, fragte Palatine. »Es gibt doch noch viele, die genauso sind wie sie.«

»Das glaube ich ehrlich gesagt nicht«, warf mein Vater ein. »Sarhaddon ist außergewöhnlich klug, auch wenn er es nur selten gezeigt hat, als er noch als Akolyth hier war. Er muss außerdem ungewöhnlich loyal sein, und Lachazzar ist nicht dumm. Die Niederlage, die sie hier erlitten haben, war nicht Sarhaddons Schuld. Und was Midian betrifft, er stammt aus einer mächtigen halethitischen Familie. Ihm kann man so gut wie nichts anhaben, denn er ist ein Mitglied des alten Adels der Domäne. Diese Geschichte mag seiner Karriere einen Rückschlag versetzt haben, aber er wird es dennoch eines Tages zum Exarchen bringen.«

Die Vorstellung, dass dieser arrogante Flegel eines Tages zu einem der höchsten Ämter im Dienste Ranthas' aufsteigen würde, machte mich krank. Selbst wenn ich mit ihren Lehren konform gegangen wäre, hätte ich für die Domäne nichts übrig gehabt, wenn Männer wie Midian oder Lachazzar an ihrer Spitze standen.

»Wir wissen, dass er einen Kreuzzug wollte«, sagte Palatine und spielte dabei gedankenverloren mit einem Glas. »Da wir seine Pläne durchkreuzt haben, muss er den Archipel irgendwie anders treffen, und die Inquisition ist das beste Mittel. Für ihn«, fügte sie hinzu, als sie Ravennas Gesicht sah. Ich konnte mir nicht vorstellen, was sie durchgemacht haben musste, als sie hatte mit ansehen müssen, wie ihr Heimatland von den Sacri systematisch in Stücke gerissen wurde, die es seit dem Kreuzzug – also fast schon ein Vierteljahrhundert lang – verwalteten.

Ravenna war einige Jahre später geboren worden und hatte niemals ein freies Qalathar kennen gelernt. Von ihrem Großvater, der während des Kreuzzugs verbrannt worden war, hatte sie den Titel einer Pharaonin geerbt, doch das war nie mehr gewesen als eine hohle, höhnische Erinnerung an das, was sie verloren hatte. Ich fühlte mit ihr. Einen Titel zu erben war schon schlimm genug, was mich betraf, auch ohne die Agonie durchleben zu müssen, die Qalathar durchgemacht hatte.

»Wir sind in der Lage, Hilfe zu leisten », sagte mein Vater und richtete den Blick auf Oltan. »Wenn wir uns auf einen Kurs für die Waffen einigen können, der Taneth links liegen lässt und direkt in den Archipel führt, könnten wir vielleicht auf der Rückfahrt Leute herausholen.«

Der Erbe des Hauses Canadrath machte ein zweifelndes Gesicht. »Große Häuser müssen vorsichtig sein, nicht in Schmuggelgeschäfte verwickelt zu werden«, begann er, doch Courtières unterbrach ihn.

»Wenn alle, denen Ihr Waffen verkaufen wollt, in den Gefängnissen der Domäne vermodern, kann Euch niemand mehr bezahlen. Wenn es hingegen da draußen irgendwo eine Art von organisiertem Widerstand gibt, habt Ihr immer noch eine Chance.«

»Das ist wohl so«, stimmte Oltan zu, schien jedoch immer noch Zweifel zu hegen. »Es könnte allerdings unseren Ruf als Händler ruinieren, wenn wir erwischt werden. Waffen nach Qalathar zu importieren ist illegal, darauf steht Exkommunikation, also werden wir uns ein drittes Land suchen müssen, in das wir liefern. Ich glaube allerdings, der erste Schritt wäre, Lord Barca ein Angebot zu machen.«

Kapitel II

Wenn man einen ganzen Tag damit verbracht hatte, über irgendwelche geschäftlichen Einzelheiten zu feilschen, sollte das Ergebnis es besser auch wert gewesen sein, dachte ich. Ich stand im Empfangsraum von Lepidors Unterwasserhafen, während der Manta des Hauses Canadrath, der unsere Besucher an Bord hatte, sich von der Andockbrücke löste. Es würde mindestens drei Wochen dauern, bis wir eine Antwort erhielten, oder, was wahrscheinlicher war, einen etwas abgeänderten Gegenvorschlag, über den man dann auch wieder würde diskutieren müssen.

Den Tag nach Oltans Ankunft – den letzten Sommertag – hatte ich im drückend schwülen Arbeitszimmer meines Vaters verbracht und mich mit den Schwierigkeiten herumgeschlagen, die der Handel mit den Großen Häusern mit sich brachte. Ich hatte es noch nie besonders mit Zahlen gehabt, und als mein Vater schließlich seinen Ersten Berater, den wohlbeleibten Atek, hereingerufen hatte, um uns dabei zu helfen, Handelsspannen und Bestechungsgelder zu berechnen, war ich kurz davor gewesen einzuschlafen.

Doch eines Tages würde ich Graf von Lepidor sein, und daher gab ich mir Mühe, mich auf die Zahlen zu konzentrieren, die Atek auf

Pergamentstücke schrieb, und kämpfte dagegen an, stattdessen auf das ruhige, einladend blaue Meer hinauszustarren. Darum ging es dabei, ein Graf – oder eine andere Art von Herrscher – zu sein, und ich musste zugeben, dass ich es beinahe ebenso sehr verabscheute wie ich das Gefühl hasste, dass alle anderen mich anschauten und erwarteten, dass ich sie führte. Natürlich war es ein gutes Gefühl, wenn alles gut lief und keine schweren Entscheidungen zu treffen waren; während der Invasion der Domäne jedoch hatte ich die schlimmsten Seiten einer solchen Position kennen gelernt, und ich wollte diese Erfahrung nie mehr wiederholen.

Obwohl mein Vater sich schnell erholte, war er noch nicht in der Lage gewesen, einen ganzen Tag lang mit Oltans Tempo mitzuhalten, und daher hatte ich vom Nachmittag an Lepidor bei den Verhandlungen vertreten. Und um meines Clans willen durfte ich nicht eher aufgeben, bis jeder mit dem, was wir beschlossen hatten, zufrieden war. Bei Sonnenuntergang, als der westliche Himmel von Horizont zu Horizont in einem unnatürlichen, rötlich goldenen Glanz erstrahlte, wusste ich, dass der Winter jetzt wirklich da war, und schützte Verpflichtungen für den Clan vor, um noch ein letztes Mal in einem Meer zu schwimmen, das immer noch warm von der Hitze des Tages war. Das war nicht die Handlungsweise eines Clanführers, und ich hatte das Gefühl, meinen Vater im Stich zu lassen, aber wer konnte schon sagen, wann ich wieder einmal eine solche Gelegenheit haben würde?

Es war nicht genug Zeit, sich besonders weit von der Stadt zu entfernen, sonst würde ich erst im Dunkeln zurückkehren, daher ging ich ein Stück die Küste entlang zu dem Strand, an dem wir erst vor kurzem gesessen hatten.

Nachdem ich in dem merkwürdigen, unheimlichen Licht aus meiner Tunika geschlüpft war, schaute ich aufs Meer hinaus. Der Wald hinter mir war fast vollkommen still. Die Sonne war ein orangerot leuchtender, brennender Ball vor dem erstaunlich kupferfarbenen Himmel und tauchte die Stadt und das Ufer in ein geisterhaftes, fast schon Unheil verkündendes Licht. Mein eigener Schatten war grotesk verzerrt, ein dürres Gespenst, das über die Baumreihen und den goldenen Sand wanderte.

Doch am fremdartigsten von allem war das Meer. Umgeben von den Farben dieses spektakulären Sonnenuntergangs, schimmerte die geriffelte Oberfläche des Ozeans in einem fleckigen, tiefen Blutrot.

»Die purpurne See«, murmelte ich, wobei mir erst klar wurde, dass ich laut gesprochen hatte, als mir jemand antwortete.

»Genau das habe ich auch gedacht«, sagte Ravenna und erhob sich von dem Stein, auf dem sie im Schatten eines Felsens gesessen hatte. Wir vermieden es geflissentlich, irgendwo anders hinzusehen als ins Gesicht unseres Gegenübers.

Der thetianische Dichter Ethelos hatte vor beinahe sechshundert Jahren gelebt, doch er musste einen solchen Sonnenuntergang auf einer der alten Inseln gesehen haben, lange bevor die Menschheit den Fuß auf die Küsten von Ozeanus gesetzt hatte.

»So habe ich es noch nie gesehen«, sagte ich und deutete auf das Panorama aus Meer und Himmel.

»Ich auch nicht.« Ravenna kam den Strand entlang und trat neben mich, ein zweiter großer Schatten. »Noch nicht einmal zu Anfang des Winters, wenn es immer wunderbare Sonnenuntergänge gibt. Es ist wirklich merkwürdig, wie all die Farben, die die Domäne so liebt, so schön erscheinen können. Sie beflecken alles, was sie berühren, warum also nicht auch den Sonnenuntergang?«

»Sonnenuntergänge gibt es schon sehr viel länger als die Domäne, und es wird sie noch geben, wenn diese religiösen Eiferer längst vergessen sind.«

»Ich beneide die Menschen, die eines Tages so etwas sehen werden und niemals etwas von Häresie oder Inquisitoren gehört haben.«

»Das wird uns niemals möglich sein«, sagte ich, »aber das verspreche ich dir hier und jetzt: Eines Tages werden wir vom Meerespalast in Sanktion aus einen solchen Sonnenuntergang betrachten, so wie es die alten Hierarchen getan haben.«

Ihr stockte einen Augenblick lang der Atem, und sie sah mich an, dann schüttelte sie verwirrt den Kopf.

»Es gibt so viele Dinge, die du damals fast genauso gesagt hast.«

Das stimmte, und bei vielen davon war es mir selbst erst sehr viel später klar geworden. Es klang irgendwie merkwürdig, ein solches Versprechen zu machen, doch wir beide wussten, was es bedeutete.

Sanktion. Aquasilvas uralte, heilige Stadt, die verschwunden war, als die Domäne an die Macht gekommen war. Niemand von uns war in der Lage, sie zu betreten, solange die Domäne existierte, wenn die Geschichte über ihr Verschwinden wahr war. Und zweihundert Jahre, in denen man die Stadt weder zu Gesicht bekommen noch etwas von ihr gehört hatte, waren ein eindeutiger Hinweis darauf, dass die Berichte tatsächlich stimmten.

Doch an all dem war noch mehr, und wenn ich gewusst hätte, was noch alles geschehen würde, hätte ich das niemals gesagt. Ravenna war klüger als ich und hatte bereits Dinge begriffen, die zu sehen ich zu blind war. Und was weder sie noch ich erwähnte – um keinen Preis –, war, was das Ritual des Betrachtens für die Hierarchen persönlich bedeutet hatte.

»Gehen wir schwimmen?«, fragte Ravenna nach einigen Augenblicken der Stille.

Wir genossen die Wärme des dunklen Wassers, bis die Sonne schließlich verschwand und am westlichen Himmel nur ein purpurfarbenes Nachglühen zurückblieb, vor dem indigofarbene Wolkensilhouetten dahintrieben. Wir sprachen nicht mehr über den Augenblick, als wir uns die Tuniken wieder über die noch immer nassen Körper streiften und zum Palast zurückkehrten.

Am nächsten Morgen verhüllte eine undurchdringliche Schicht aus tief hängenden Wolken die Berggipfel, und die Luft war bitterkalt. So war mittlerweile der Winter, auch wenn es nicht immer so gewesen war. Es gab eine absolute Trennung zwischen Sommer und Winter, eine Grenze, die wir am Ende eines jeden Jahres überschritten. Nach jenem Datum würde die erste Sturmfront, die losbrach, monatelang bleiben. Ein Drittel eines jeden Jahres, mal ein paar Wochen mehr, mal ein paar weniger. Nur die Domäne mit ihrer Fähigkeit, das Wetter zu kontrollieren und von oben zu »sehen«, wusste, warum das so war, und natürlich lag es nicht in ihrem Interesse, irgendjemanden an ihrem Wissen teilhaben zu lassen.

Vom Empfangsraum des Unterwasserhafens aus schaute ich eine Weile zu, wie der Manta des Hauses Canadrath mit leichten Schlägen seiner großen Flügel ins Zwielicht davonglitt. Erst als ihn die

Wassermassen vollständig verschluckt hatten, drehte ich mich um und entließ die beiden Soldaten, die mir als Eskorte gedient hatten. Ich hatte noch im Palast zu tun, doch es gab keinen Grund, dass sie mich weiter begleiteten.

Das einzig Gute am Winter, überlegte ich, als ich die Stufen zu meinem Arbeitszimmer im Palast hinaufstieg, war, dass die Stunden, die man drinnen verbrachte, nicht ganz so schlimm waren. Es gab draußen nichts zu tun – außer wenn es schneite, und auch das verlor seinen Reiz, sobald die Kälte durch die Kleidung drang. Ich war nicht in Ozeanus geboren worden und war mit der Kälte nie so richtig glücklich gewesen, sosehr ich es auch gewollt hatte. Ein Jahr im Archipel, wo es niemals schneite, hatte ausgereicht, mich davon zu überzeugen, dass ich es wirklich nicht sonderlich vermisste.

Mein Vater hatte mir das Arbeitszimmer schon vor Jahren eingerichtet, und ich hatte es seit damals nur sporadisch benutzt. Im Laufe der letzten Wochen hatte ich allerdings begonnen, es als meinen Schildkrötenpanzer zu betrachten. Einer der Bediensteten hatte bereits das Feuer angezündet, und der Raum war angenehm warm und einladend – das war mehr, als man von den Dokumenten auf meinem Schreibtisch sagen konnte.

Ich setzte mich und nahm das oberste Blatt von dem Stapel. Mein Interesse erwachte, als ich Palatines wilde Handschrift erkannte. Einen Augenblick war ich erstaunt, doch dann fiel mir ein, was es wahrscheinlich sein würde. In einer Pause während der Verhandlungen hatte ich ihr gegenüber gestern die Bemerkung fallen lassen, dass wir sie über Thetia ausfragen müssten. Sie hatte sich die Bemerkung ganz offensichtlich zu Herzen genommen, denn ich hielt zwei Seiten mit dem Titel *Das Geschäftsleben in Thetia* in der Hand. Der erste Punkt, der mehrfach unterstrichen war, um seine Bedeutung hervorzuheben, war *Thetia wird vom Kaiser regiert*, gefolgt von dem ähnlich gekennzeichneten Satz *Die Thetianer hassen die Tanethaner.*

Für einige Worte hätte man die Dienste eines Dechiffrierungsspezialisten in Anspruch nehmen müssen, um sie zu entschlüsseln, aber ich erriet diejenigen, die ich nicht auf Anhieb entziffern konnte. Nachdem ich zu Ende gelesen hatte, lehnte ich mich auf meinem

Stuhl zurück, starrte das Papier einen Augenblick lang an und fragte mich dabei, ob unser Vorschlag tatsächlich so eine gute Idee gewesen war. Es gab keinen anderen Ort, der so geeignet wäre, Waffen an die qalatharischen Dissidenten zu verkaufen: Thetia lag zentral, war neutral, und genau wie in Taneth konnte man dort alles, wirklich alles kaufen oder verkaufen.

Andererseits hatte Palatine auf ein paar eklatante Nachteile hingewiesen. Die thetianischen Clans machten Tanethanern, die im Kaiserreich Handel treiben wollten, das Leben so schwer wie möglich. Viele von ihnen waren sehr protektionistisch, setzten auf eine Politik der Schutzzölle und vergeudeten ihre Kraft mit politischen Rangeleien. Am anderen Ende des Spektrums gab es Clans wie Palatines eigenen – wilde Kämpfer und Anhänger des Kaisers, trotz ihres Glaubens an die republikanische Staatsform.

Und was Selerian Alastre anbelangte, die legendäre Hauptstadt Thetias ... bei den Göttern! Bei einigen Dingen, die sie niedergeschrieben hatte, musste sie übertrieben haben, aus welchen Gründen auch immer. Gewiss konnte doch wohl niemand Präsident eines Clans sein und an drei von vier Abenden Feste besuchen, oder? Und was die Orgien anging, die sie erwähnt hatte ... das las sich eher wie die Beschreibungen der verderbten Stadt Malyra im Buch von Ranthas, die, wie man annahm, vor Hunderten von Jahren durch den Zorn der Götter zerstört worden war.

Ich musste sie persönlich danach fragen. Ich zog am Glockenstrang, und wenige Minuten später erschien einer meiner jüngeren Verwandten an der Tür, der für Botendienste eingeteilt war.

»Könntest du Palatine suchen und sie bitten, zu mir zu kommen, sobald sie es einrichten kann?«

Er nickte und verschwand wieder. Ich hätte es eigentlich vorgezogen, sie selbst zu suchen; es kam mir irgendwie unhöflich vor, ihr einen Boten zu schicken. Doch ich wusste, wenn ich jetzt losging, um sie zu suchen, würden Stunden vergehen, ehe ich wieder an den Schreibtisch zurückkehren könnte.

Ungefähr eine halbe Stunde später kam Palatine zu mir herauf. Ich dachte gerade über einen Antrag der Stadt Gesraden auf eine außergewöhnliche Zuwendung von Clan-Geldern nach: Der dortige

Clan Tenth wollte sie in ein neues Wasserversorgungssystem investieren, weil die alten Rohre bereits auseinander fielen. So, wie es sich anhörte, hatten die pharassanischen Vertragspartner, die sie ursprünglich verlegt hatten, schlechte Arbeit geleistet. Es hatte keinen Sinn, die gleichen Arbeiter noch einmal anzuheuern – ich würde herausfinden müssen, welche Gruppe es gewesen war. Bei den Elementen, was war das alles langweilig …

»Cathan?«

Ich blickte auf, stieß einen erleichterten Seufzer aus und schob die Petition aus Gesraden beiseite. Das konnte warten; niemand würde im Winter neue Wasserleitungen verlegen. »Ich hoffe, ich habe dich nicht von etwas Interessantem weggeholt; du tust wahrscheinlich gerade etwas weitaus Wichtigeres als ich.«

»Du willst mit mir über Thetia reden«, sagte sie und trat um den Tisch herum zu mir. Es sah nicht aus, als ob sie fröstelte, also war sie nicht draußen gewesen. Sie war ziemlich sicher nur deswegen ausgerechnet jetzt gekommen, weil sie sich langweilte, doch das konnte ich ihr nicht verdenken.

»Ich habe deinen Bericht gelesen, aber ein paar Dinge –«

»– sind nicht leicht zu glauben. Unglücklicherweise ist alles wahr.« Sie zog sich einen Stuhl aus der Ecke heran, und ich schob meinen vom Tisch zurück, um ihr mehr Platz zu verschaffen.

»Das ist doch wohl nicht dein Ernst! Sogar die Geschichte von dem Präsidenten des Clans Decaris und seinem Bordell?«

»Cathan, was solche Dinge angeht, bist du immer noch ein naiver Provinzler. Thetia ist ein Wrack, und wenn die Dinge so schief gehen, wie sie dort schief gegangen sind, fangen die Menschen an, sich sehr merkwürdig zu verhalten.«

Ich nahm ihren Bericht zur Hand. »Aber wenn das alles wahr ist, wie kommt es dann, dass das Thetianische Kaiserreich noch immer so mächtig ist?«

Sie antwortete nicht sofort, starrte nachdenklich in die Ferne.

»Thetia hat zwei Gesichter … Ja, einerseits gibt es diese Dinge, von denen ich geschrieben habe und die dich beunruhigen. Die Clans kümmern sich um fast überhaupt nichts, außer um Ansehen, Geltung und ein gutes Leben. Das gilt natürlich nicht für alle«, fügte sie hinzu und meinte damit vor allem ihren eigenen Clan, die kriegerischen Canteni. »Und all diese Dinge sind auch das, was man von Thetia zu sehen bekommt – in Selerian Alastre und den anderen großen Städten. Aber du vergisst, dass die Thetianer die besten Seeleute der Welt sind. Du und ich, auch wir sind Thetianer, und wir sind beide nicht glücklich, wenn wir weit vom Meer entfernt sind. Für dich ist das Meer sogar noch mehr … Aber jeder weiß, wenn es um Schiffe geht, sind die Thetianer die Besten.«

Und das war – allen anders lautenden Aussagen tanethanischer Handelskapitäne oder cambressianischer Admiräle zum Trotz – ganz sicher richtig. Der Rest der Welt betrachtete den Ozean als eine Straße, eine Handelsroute, oder auch als riesige natürliche Fischfarm, doch es schien, als wäre er für die Thetianer mehr. Kein Gott, keine Göttin, auch kein gigantischer lebender Organismus, wie die halbmythischen Exilanten glaubten, aber dennoch mehr als nur ein Ort, durch den man reiste oder in dem man erntete. Und außerdem hatten die Thetianer die Ozeanografen-Gilde gegründet.

»Du meinst also, ihre Flotte sorgt dafür, dass sie immer noch so mächtig sind.«

»Ihre Flotte – und der Kaiser.«

Der Kaiser. Das eine Thema, das sie bislang ausgespart hatte. Sie hatte ihn in ihrem Bericht nicht erwähnt, was mich verblüfft hatte. Wie konnte man über das Geschäftsleben in Thetia schreiben, ohne den Mann zu erwähnen, der zumindest dem Namen nach über mehr Autorität verfügte als jeder andere Mensch auf Aquasilva? Selbst die Cambressianer schreckten davor zurück, sich öffentlich mit dem Kaiser anzulegen, obwohl sie eines mehr als alles andere wollten: sich frei fühlen von thetianischer Vorherrschaft, selbst von der Illusion einer solchen Vorherrschaft.

»Ihn hast du bis ganz zum Schluss übrig gelassen.«

Sie nickte. »Er ist gefährlicher als alle anderen zusammen.«

»Wie ist er? Als Mensch, meine ich.«

»Er ist wahrscheinlich der hervorragendste Kaiser, den wir jemals hatten. Wenn man mit ihm spricht, hat man immer das Gefühl, dass er einem mehrere Schritte voraus ist. Natürlich spielt er Schach, und er verliert nie. Aber er ist herzlos, kalt, skrupellos – alles in der Art, was einem so einfällt. Er ist kein guter Herrscher für Thetia, denn er will ein absoluter Monarch sein, und das lassen wir nicht zu.«

»Ich dachte, das wäre das Wichtigste bei einem Kaiser?«

»Nicht bei *unserem* Kaiser«, sagte Palatine, und in ihrer Stimme schwang ein bisschen Stolz mit. »Der Kaiser von Thetia – oder auch die Kaiserin, schließlich hatten wir auch schon ein paar Frauen auf dem Kaiserthron – ist nicht so wie ... sagen wir mal der halethitische König der Könige. Er kann nicht einfach jemanden ohne Gerichtsverhandlung hinrichten lassen, und er kann auch nicht einfach Edikte erlassen, wenn ihm danach ist. Genau betrachtet« – sie unterbrach sich kurz, die Fäuste geballt, als konzentriere sie sich auf etwas, das sich knapp außerhalb ihrer Reichweite befand – »ist er nicht einmal ein richtiger Kaiser. Er steht an der Spitze der Flotte und der Versammlung der Clans. Aber in Wirklichkeit erlassen die die Gesetze – er ist nur das Gegengewicht. Ohne ihn lägen die Clans die ganze Zeit miteinander im Streit. Mit ihm streiten wir nur manchmal. Orosius will mehr als das. Er will selbst regieren – er will das alte Kaiserreich zurückhaben. Aber weil die meisten Clans so schlecht organisiert sind, kann er nichts erreichen, und daher wendet er sich um Hilfe an die Domäne.«

Was das größte Problem war. Ein Größenwahnsinniger auf dem thetianischen Thron war in Anbetracht des geschwächten Zustands des Kaiserreichs noch gar nicht einmal so schlimm – wenn er jedoch mit der Domäne gemeinsame Sache machte, war das etwas ganz anderes.

»Mein Vater hat gesagt, er steht unter der Knute des Exarchen – und dann hat er noch irgendetwas von einer Krankheit erzählt.«

Exarchen waren die Potentaten der Domäne, die nur den vier Primarchen Gehorsam schuldeten – und manchmal nicht einmal das. Der Exarch des Archipels, ein durch und durch widerlicher Kerl, hatte das Territorium, für das er auf spirituellem Gebiet zuständig war, wie ein weltliches Reich regiert, seit der Kreuzzug ein Machtvakuum im Archipel hinterlassen hatte. Der Exarch von Thetia war zwar nicht so mächtig, aber er hatte dennoch enormen Einfluss, der dem des Königs meines eigenen Heimatkontinents Ozeanus gleichkam.

»Das stimmt in gewisser Weise«, meinte Palatine. »Als er dreizehn war, war er sehr krank, und das hat ihn verändert. Manchmal hat er solche Kopfschmerzen, dass er ohnmächtig wird, und dann bekommt man ihn tagelang nicht zu Gesicht. Du solltest froh sein, dass du nicht an seiner Stelle bist, du hättest genau das gleiche Problem.«

Das war etwas, woran ich mich nur ungern von ihr erinnern ließ. Wir waren beide mit Orosius verwandt; Palatine war seine Kusine, und ich war wahrscheinlich sein Vetter, obwohl ich das bis jetzt noch nicht genau wusste. Und obwohl ich es niemals zugegeben hätte, erschreckte mich dieser Gedanke. Sollten der Kaiser oder die Domäne das jemals herausfinden, würde ich mich schneller auf dem Scheiterhaufen wiederfinden, als ich mit den Augen zwinkern könnte, und diesmal wäre kein Handelsfürst in der Nähe, um mir zu helfen. Orosius hatte bereits versucht, Palatine umzubringen, und als Frau war sie in den Augen der Domäne eine viel geringere Bedrohung. Und was die Krankheit anging – ich konnte mich daran erinnern, denn ich war in genau demselben Alter krank gewesen.

»Aber wie sehr steht er unter dem Einfluss des Exarchen?«

»Das kommt darauf an.« Sie lehnte sich in ihrem Stuhl zurück, zog eine Falte ihrer schweren Wintertunika glatt. »Wenn Orosius krank ist, führt der Exarch im Grunde genommen das Regiment, und in der übrigen Zeit verlässt Orosius sich auf ihn als Ersten Ratgeber. Außerdem gibt es da noch einen Mann namens Zarathec, der den Geheimdienst leitet. Diese beiden und Tanais sind die einzigen Menschen, denen er vertraut.«

Wir hatten uns ziemlich weit von unserem ursprünglichen Thema – dem Geschäftsleben von Thetia – entfernt, doch das störte mich nicht. Tanais hatte versprochen, meine Identität zu enthüllen, wenn er zurückkehrte, und es hatte genauso viel damit zu tun, dass ich in dieser Sache Gewissheit haben wollte, wie auch mit Informationen, auf die ich wartete, dass ich unseren Aufbruch hinausgezögert hatte. Mit ein bisschen Glück wusste die Domäne nichts davon, dass noch ein weiterer Vetter von Orosius existierte.

Was mir Kopfzerbrechen bereitete, war die Frage, wie es ursprünglich überhaupt möglich gewesen war, dass man meine Spur verloren hatte. Ich wusste, dass ich ein geborener Tar'Conantur war, ein Mitglied des kaiserlichen Clans von Thetia, und dass der damalige Reichskanzler mich aus irgendwelchen Gründen entführt hatte, als ich kaum ein paar Stunden alt gewesen war. Doch es war nichts von einer Suche zu hören gewesen, also war der ganze Vorgang vermutlich vertuscht worden. Aber warum hatte er sich den ganzen Ärger überhaupt aufgehalst?

»Wird das Kaiserreich etwas davon mitbekommen, wenn wir die Waffen in Selerian Alastre verkaufen?«, fragte ich und wechselte damit abrupt das Thema. Aus irgendwelchen Gründen hatte ich keine Lust mehr, noch länger über den Kaiser zu sprechen.

»Selerian Alastre ist eine sehr weltoffene Stadt«, sagte Palatine. »Sie hat zwar nicht so viele Einwohner wie Taneth, aber sie liegt auf einer viel größeren Insel. Und es ist sehr schwierig, mitzubekommen, wer was tut. Solange sie also nicht nach uns suchen ...«

»Tanethanische Kaufleute, die in der thetianischen Hauptstadt Waffen verkaufen? Das ist ja nun auch wirklich nichts Auffälliges.«

Sie ignorierte den Sarkasmus. Eine Windböe rüttelte an den Fenstern. Ich warf einen Blick nach draußen und sah, dass die zuvor riesige graue Wolke jetzt in Fetzen aufs Meer zujagte. Sie hatte einen etwas dunkleren Ton angenommen, fast schon purpurn; es würde also einen Sturm geben. Ranthas allein wusste, wie lange er dauern würde.

»Ich nehme an, du wirst eine Übereinkunft mit einem thetianischen Clan unterzeichnen müssen. Nicht mit einem der ehrgeizigen wie etwa meinem, sondern mit einem kleinen. Einer, der nicht zu viele Handelsinteressen hat und nicht zu sehr im Zentrum des Geschehens steht. Einer der großen Clans wäre natürlich besser, aber die hassen alle die Tanethaner zu sehr. Das ist das Einzige, worin sie sich einig sind.«

»Ist es denn normal, so etwas zu tun?« Ich kritzelte ein paar Worte unter ihren Bericht, die mir als Gedächtnisstütze dienen sollten.

»Es ist schon vorgekommen.«

»Könntest du mir vielleicht irgendjemanden empfehlen?«

»Ich kann dir ein paar Tipps geben«, sagte sie und fröstelte. »Aber in dieser Hinsicht wäre Haus Canadrath nützlicher; die Dinge müssen sich verändert haben, seit ich Thetia verlassen habe. Und warum ist es hier drin so kalt?«

Mit einem übertriebenen Seufzen stand ich auf und trat zum Heizungsventil. Im Winter und während der Stürme wurde der Palast mit heißem Wasser geheizt, das in Rohren durch jeden Raum geleitet wurde. Im Keller gab es einen Flammholz-Ofen, der das Wasser erhitzte; das ganze System war im Unterhalt ziemlich teuer, aber in Anbetracht der eisigen Temperaturen mitten im Winter absolut notwendig.

Wie wäre es wohl, fragte ich mich, während ich das Ventil etwas weiter aufdrehte und wieder zu meinem Platz zurückging, irgendwo zu leben, wo es wärmer wäre? Im Archipel oder in Thetia gab es solche Winter nicht, die Elemente mochten wissen, warum. Oh, auch dort war es kälter als im Sommer, und es gab weniger Sonne. Aber im Archipel war dies die Zeit der Monsune, in der es jeden Tag regnete, und das manchmal wochenlang. Soweit es mich betraf, war das eisigen Temperaturen und haushohen Schneewehen deutlich vorzuziehen.

»Komm mit und bleib eine Weile in Thetia, dann siehst du, was ein zivilisiertes Klima ist«, sagte Palatine.

»Im Regen ertrinken, meinst du wohl.« Ich versuchte Lepidor zu verteidigen, obwohl meine persönlichen Gefühle ganz anderer Natur waren. Dies war mein Zuhause, und wenn ich auch die Kälte auf Grund meines thetianischen Bluts deutlicher spürte, so war ich andererseits an das Klima gewöhnt.

»Ich dachte, du bist gerne nass?«

»Es ist nicht ganz das Gleiche, ob man im Meer schwimmt oder die Straße hinuntergeschwemmt wird», erwiderte ich. Palatine grinste.

»Es würde dir gefallen. Ich bin mir ganz sicher, dass du zum Teil ein Seehund bist – niemand außer dir hat ein solches Verhältnis zum Meer.«

»Und eben hast du mir noch erklärt, alle Thetianer hätten eine Verbindung zum Meer. Wenn du nicht aufpasst, klingst du eines Tages noch wie eine Tanethanerin.«

»Ich ziehe Taneth vor«, sagte sie, plötzlich wieder ernst. Das merkte ich daran, dass sie anfing, mit einem Stift herumzuspielen; sie schob ihn entlang der Schreibtischkante auf und ab. »Taneth wächst. Die Stadt entwickelt sich. Das merkt man, wenn man Oltan zuhört. Canadrath ist ein großes Haus, mit sicheren Handelsrouten und Unmengen von Geld. Sie könnten einfach auf ihrem Hintern sitzen und zusehen, wie das Geld eingeht, und sich darauf konzentrieren, in den Rat der Zehn hineinzukommen. Doch stattdessen – weil sie in der Lage sind, ein Problem bereits frühzeitig zu erkennen – haben sie vor, ein gefährliches neues Unternehmen aufzuziehen. Mit Haus Barca, das sie kaum kennen. In Thetia würden sie so etwas nie tun. Sie würden ihren Rivalen das Messer in den Rücken stoßen und sich nicht damit aufhalten, sich nach draußen zu wagen und etwas Neues zu versuchen. Thetia zehrt von seiner ruhmreichen Vergangenheit, und das scheint niemanden zu kümmern.«

Palatine wirbelte den Stift so heftig herum, dass er ihr aus der Hand und quer durch den Raum flog und gegen die schweren Wintervorhänge prallte. Auf ihrem Gesicht lag ein verlegener Ausdruck, als sie aufstand, um ihn zurückzuholen.

»Aber warum?« Sie hatte nur selten über Thetia gesprochen, und ich hatte nie richtig verstanden, wie der Niedergang eigentlich begonnen hatte.

»Du passt bei allem, was nichts mit Naturwissenschaften zu tun hat, nicht genug auf.« Ich musste zugeben, dass sie damit Recht hatte. Ich war wie ein Adliger aufgewachsen und von meinem Vater, der eine umfassende Bildung für etwas Sinnvolles hielt, unterrichtet und erzogen worden. Doch ich hatte nur dann ernsthaft an etwas gearbeitet, wenn es mit Wissenschaft zu tun gehabt hatte. Geschichte, Theologie, Jura, Grammatik – all diese Themen langweilten mich zu Tode, vor allem Theologie. Und was die Schriften der thetianischen Philosophen anging ... eine Weile hatte ich Thetia schon allein dafür gehasst, dass es so viele Philosophen hervorgebracht hatte.

»Jedes Land hat seinen großen Augenblick«, fuhr Palatine fort. »Vor zweihundert Jahren hat Thetia den Krieg gegen die Tuonetar gewonnen und hatte danach die Chance, sich weiterzuentwickeln. Aber dann ist die Domäne auf den Plan getreten, der Hierarch hat seinen Vetter ermordet und den Kaiserthron bestiegen, und alles ist zerfallen. Und du hast ja gesehen, wie die Domäne die Geschichte neu geschrieben hat, um uns zu den Schurken des Krieges zu machen.«

»Aber warum habt ihr das zugelassen? Ich weiß natürlich, dass du nicht dabei warst – aber warum hat Thetia sich nicht gewehrt?«

»Wer weiß?« Sie gestikulierte heftig mit dem Stift. »Es ist passiert, und die Clans haben nach und nach alles Taneth überlassen. Vor zweihundert Jahren hat Taneth noch nicht einmal existiert.«

Daran zumindest erinnerte ich mich, genau wie an Bruchstücke der Geschichte der anderen Kontinente. Taneth war von Flüchtlingen gegründet worden, die vor den Verheerungen des Krieges geflohen waren und die Inseln in der Kluft des zerschmetterten Kontinents Äquatoria für sicher genug gehalten hatten, um sich auf ihnen anzusiedeln – durch ein paar Meilen Wasser vor den unaufhörlichen Kämpfen auf dem Hauptkontinent geschützt.

»Was ein Mann getan hat, kann ein anderer wieder in Ordnung bringen.«

»Jetzt zitierst du wieder thetianische Dichter, und dabei habe ich immer gedacht, du kannst sie nicht ausstehen.«

»Neun von zehn Dingen, die sie sagen, verstehe ich nicht, aber manchmal kann man ihre Sprüche doch gebrauchen.«

»Du würdest in Thetia niemals zurechtkommen. In der Versammlung diskutieren sie über Poesie – sämtliche Clanführer haben alles gelesen. Ich kann mich erinnern, dass ich einmal, als mein Vater noch am Leben war, an einer Sitzung teilgenommen habe, in der sich die Präsidenten des Clans Mandrugor und des Clans Nalassel darüber gestritten haben, ob Severian in seinen Epen dem Krieg wohlwollend gegenübergestanden hat.« Palatine lächelte schwach. »Völlig belanglos – das zeigt, wie tief wir gesunken sind. Aber immerhin haben wir überhaupt noch etwas: unsere Poesie und unsere Musik. Manchmal können wir sogar über Philososphie diskutieren.«

»Aber die Domäne hat doch alle Akademien geschlossen, oder?«

»Du musst im Hinblick auf Thetia etwas verstehen, wenn du dich mit Ravenna zusammentun willst. Ich sage Thetia, aber für Qalathar und den Rest der Inseln gilt das Gleiche. Als wir da waren, hast du nicht so viel davon mitgekriegt, denn wir haben in einer abgelegenen Ecke gesessen. In Thetia leben die Menschen draußen. Unsere Städte sind um Plätze herum gebaut, unsere Häuser und Paläste um Innenhöfe und Gärten, sogar der Kaiser hält häufig draußen Hof. Und selbst drinnen gibt es so viele offene Räume wie möglich.

Und das bedeutet, dass wir miteinander reden. Wir verbringen Stunden in Cafés, Parks, Kolonnaden, verbringen unsere Zeit mit Freunden. Wir sitzen nicht allein oder zu zweit in irgendeinem Zimmer und spinnen Intrigen. Nichts bleibt geheim, und es gibt keine Möglichkeit, zu verhindern, dass Ideen die Runde machen. Die Domäne hat die Akademien geschlossen, hat Demonstrationen als ketzerisch verboten und eine Glaubenspolizei eingesetzt, um dafür zu sorgen, dass nicht über Häresie diskutiert wurde.

Aber trotz alledem sind sie gescheitert. Du kannst die Menschen im Archipel nicht daran hindern, miteinander zu reden, genauso wenig, wie du die Sonne daran hindern kannst aufzugehen. Das ist der wahre Grund, warum sie Qalathar hassen – warum sie alle Archipelbewohner hassen. Sie können uns nicht so kontrollieren wie alle anderen.«

»Aber die Tanethaner verbringen auch die ganze Zeit draußen«, protestierte ich.

Palatine schüttelte den Kopf. »Nicht auf die gleiche Weise. In Taneth dreht sich alles um die Großen Häuser, und alle wichtigen Leute gehen nur vor die Tür, um von einem Gebäude ins andere zu gelangen. In Thetia spielt sich alles Wichtige draußen ab, und du kannst kein Clan-Präsident sein, wenn die Leute dich nicht zu Gesicht bekommen. Du kannst dich nicht verstecken. Und aus diesem Grund können die Domäne und der Archipel auch nicht dauerhaft nebeneinander existieren. Egal, wie lange es noch dauert – früher oder später wird eine der beiden Kräfte die andere vernichten.«

Kapitel III

Wir warteten zwei weitere Wochen, und noch immer kam Tanais nicht wieder. Der Himmel über Lepidor blieb eintönig grau und trübe, und die einzige Abwechslung war ein fünftägiger Wintersturm, der aus dem Süden kam. Es war ein launischer Orkan, der drei Sturmbänder kreuzte und in der Stadt Gesraden und in Courtières' Land weiter die Küste hinunter beträchtlichen Schaden anrichtete.

Achtzehn Tage, nachdem Oltan uns verlassen hatte, traf der Manta des Hauses Barca, der alle zwei Monate das Eisen abtransportierte, in Lepidor ein und brachte eine versiegelte Botschaft von Hamilcar.

Als ich den Brief die Treppe hinauftrug, war ich froh, dass mein Vater zum Glück den größten Teil seiner Pflichten mittlerweile wieder selbst übernommen hatte. Ich kümmerte mich immer noch um mehr Clan-Angelegenheiten als früher, doch das geschah nur aus Pflichtgefühl.

»Komm herein«, sagte mein Vater, als ich an seine Tür klopfte.

Er saß hinter seinem Schreibtisch, wie ich ihn schon so oft gesehen hatte, und er sah auch fast genauso aus. Doch er hatte Falten um die Augen, die nie wieder verschwinden würden, und ich verspürte einen Augenblick lang Hass auf die tote Primarchin, die uns Lepidor hatte entreißen wollen.

Hoffentlich trieb sie in der Leere des Jenseits, abgeschnitten von den Göttern, die zu verehren sie vorgegeben hatte.

Ich übergab meinem Vater den Brief, der in einem wasserdichten Umschlag mit eingenähten Gewichten steckte. Er zog viel sagend die Augenbrauen hoch.

»Da scheinen Dinge drin zu stehen, die ganz offensichtlich nicht jedermann zu Gesicht bekommen soll.« Damit stand er auf und ging hinüber zu dem blauen Globus, einem liebevoll gearbeiteten Modell von Aquasilva, das auf einem Podest in der Ecke stand. Ein winziger Aether-Generator im Fuß hüllte das Modell unserer Welt in ständig wechselnde Wolkenmuster. Mein Vater drehte leicht an dem Gestell und zog einen dünnen Metallstreifen aus dem Nordpol des Globus.

»Ganz schön gefährlich für ihn, seinen Hals durch einen Brief zu riskieren.«

»Du hast nicht genau hingesehen«, erwiderte mein Vater, während er zum Schreibtisch zurückging. »Schau dir das Siegel auf dem

Umschlag an. Es trägt den Aufdruck der Domäne und das Zeichen eines Primarchen. Bestimmt ein Geschenk seines Vormunds.«

Sein Vormund, der zufälligerweise Lachazzar war, dachte ich und ärgerte mich darüber, dass ich das winzige Symbol mit den lodernden Flammen nicht selbst entdeckt hatte. Hamilcar hatte während der Invasion von Lepidor seine Loyalität bewiesen, aber Ravenna traute ihm wegen dieser Verbindung zu Lachazzar immer noch nicht ganz. Schließlich war er trotz allem ein tanethanischer Kaufmann aus Taneth, und es gab Dinge, von denen er um seiner eigenen Sicherheit willen nichts zu wissen brauchte.

Der Metallstreifen war sehr fein und in einem besonderen Muster unregelmäßig gezackt, mit dem sich einzig und allein das Siegel auf diesem Umschlag öffnen lassen würde. Hamilcar hatte ihn uns gegeben, bevor er aufgebrochen war, für den Fall, dass er vertrauliche Botschaften schicken musste. Ich hatte nicht damit gerechnet, dass das schon so schnell geschehen könnte.

Der Umschlag bestand in Wirklichkeit aus einem feinen Metallnetz, das von eingeöltem Tuch umhüllt und am oberen Ende mit einem zylindrischen Schloss verschlossen war – einem Schloss mit vier Schlüssellöchern, um die Dinge noch komplizierter zu machen. Er musste ein Vermögen gekostet haben, denn die Verarbeitung war hervorragend. Nur Könige, Exarchen und Handelsfürsten konnten sich solche Sicherheitsmaßnahmen leisten, und alles Geld der Welt hätte nicht gereicht, das Zeichen des Primarchen auf dem Siegel zu bezahlen.

Mein Vater schob den Schlüssel in ein Schlüsselloch, drehte ihn und schob ihn dann noch ein Stückchen weiter hinein, bevor er den Umschlag öffnete und einen mehrseitigen, auf teurem Pergament geschriebenen Brief herauszog.

Es herrschte Stille, während wir ihn durchlasen, eine Stille, die nur von Rufen aus dem Garten unterbrochen wurde, wo einige meiner Verwandten und ihre Freunde das bisschen Sonne ausnutzten, das der heutige Tag uns bescherte.

»Was meinst du?«, fragte mein Vater, als ich am Ende der letzten Seite angekommen war und aufblickte.

»Er geht kein Risiko ein. Garantien der Dissidenten, dass sie interessiert sind, die Bestätigung, dass sie bezahlen können, Kommunikation über Dritte. Selbst in diesem Brief ist niemand ausdrücklich erwähnt.«

Mein Vater nickte. »Er ist viel vorsichtiger als das Haus Canadrath. Aber in Anbetracht seiner Situation wundert mich das überhaupt nicht. Sie können eine ganze Reihe neuer Unternehmungen beginnen, er nicht. Aber er will die Geschäfte bis in den Archipel ausdehnen, sobald es irgend geht, und dann auch mit etwas anderem handeln als nur mit Waffen. Wenn du meine Vermutung hören willst – ich würde sagen, er vertraut nicht unbedingt darauf, dass Taneth überleben wird.«

Davon hatte ich nichts bemerkt, und mein Vater las mir anscheinend den Missmut im Gesicht ab.

»Ärgere dich nicht. Ich lese schon seit dreißig Jahren politische Briefe. Man muss Dutzende gelesen haben, bis man eine Lüge als solche erkennt, oder etwas herausliest, das nicht deutlich gesagt wird. Und selbst dann entgeht einem manchmal etwas.«

»Er will, dass wir mit den Anführern der Ketzer in Qalathar Kontakt aufnehmen«, sagte ich und hoffte, dass ich nicht noch mehr übersehen hatte.

»Durch Ravenna, ja, aber er sagt nichts von Palatine und Thetia. Sie war die Tochter eines Clan-Präsidenten – ich hätte gedacht, dass er ihre Kontakte nutzen würde.«

Ich wusste beim besten Willen nicht, wo mein Vater das nun schon wieder herausgelesen hatte; selbst als ich den Abschnitt noch einmal las, konnte ich nicht erkennen, was er meinte. Hamilcar wollte, dass wir – durch Ravenna – Kontakt mit den Anführern der häretischen Dissidentenbewegung in Qalathar aufnahmen. In erster Linie, um festzustellen, ob sie genug Geld hatten, dass es sich lohnte, mit ihnen Geschäfte zu machen, nahm ich an.

»Ich muss Palatine und Ravenna fragen, ob sie mitkommen wollen«, sagte ich.

»Natürlich. Aber Qalathar ist gefährlich. Wenn ihr drei nach allem, was hier geschehen ist, jetzt dort hinfahrt, heißt das, das Schicksal herauszufordern. Die Domäne beobachtet sehr genau, wer dort ankommt und abfährt.«

»Wie wäre es, einen anderen Treffpunkt auszumachen, einen neutralen Ort wie Ral Tumar?«, schlug ich vor. »Es würde länger dauern, alles vorzubereiten, wäre aber besser für alle Beteiligten.«

»Das klingt zwar gut, aber ich glaube, ihr würdet Probleme bekommen. Es wird für euch leichter sein, nach Qalathar zu gelangen, als für sie, dort wegzukommen. Wir hätten Sagantha fragen können, aber inzwischen müsste auch Ravenna in der Lage sein, uns zu helfen. Du bist dort in ihrer Hand; es ist ihr Land, und es sind ihre Leute, die darunter zu leiden haben, wenn etwas schief geht.«

In diesem Augenblick erwachte der Aether-Kommunikator auf dem Schreibtisch meines Vaters summend zum Leben.

»Wer ist da?«, fragte er; seine Stimme klang ungehalten.

»Die Ozeanografen-Gilde.« Es war Tetricus, ein Ozeanograf, den ich kannte, seit ich denken konnte. Obwohl der Kommunikator seine Stimme leicht verzerrte, hörte ich, wie aufgeregt er war. »Graf, es tut mir Leid, Euch zu stören, aber wir haben in einer der Ozeansonden gerade eine Aufzeichnung von einem Leviathan gefunden. Der Meister sagt, Ihr wollt sie Euch vielleicht ansehen. Wir haben Cathan nicht erreicht, aber wenn Ihr es ihm sagen könntet …«

»Er ist hier, und wir sind gleich bei Euch.« Er brach die Verbindung ab.

Ich war bereits aufgesprungen, konnte kaum glauben, was Tetricus gesagt hatte. Ein Leviathan, so nah beim Land? So etwas hatte ich noch nie gehört. Und die Gelegenheit, einen zu *sehen* …

Mein Vater lächelte schwach, als er Hamilcars Botschaft in seinem Schreibtisch verstaute und nach seinem Umhang griff. Die Aufzeichnung würde natürlich auch später noch da sein, aber Sichtungen von Leviathanen waren selbst im tiefen Ozean so selten, dass viele Menschen ihr ganzes Leben lang keinen zu sehen bekamen. Mein Vater hatte schon einmal einen gesehen, ich hingegen noch nie.

Wir konnten weder meine Mutter noch Ravenna oder Palatine finden, doch mein Vater trug den Wachen auf, ihnen auszurichten, dass sie so schnell wie möglich zum Gebäude der Ozeanografen-Gilde kommen sollten, wenn sie wieder auftauchten.

Obwohl die Sonne schien, war es ein stürmischer Tag, und der Wind zerrte an unseren Umhängen. Trockenes Laub regnete von den Dachgärten herunter, die noch nicht für den Winter versiegelt worden waren. Windstöße wirbelten die Blätter herum wie kleine Meeresströmungen. Es waren ein paar Leute auf der Straße, doch die Marktbuden, die sonst immer dort standen, waren abgebaut worden. Die Stadt wirkte leerer ohne sie.

Leute winkten uns zu, als wir an ihnen vorbeigingen, und ich musste eine fünfminütige Wartezeit ertragen, als ein Hauptmann an einem der Torhäuser mit meinem Vater die Überlegung erörterte, die Wachmannschaft zu verringern, damit mehr Soldaten in das verwüstete Gesraden geschickt werden konnten. Elnibal ertrug solche Verzögerungen mit fast übermenschlicher Geduld, und obwohl ich meine Ungeduld zu verbergen suchte, bemerkte er sie dennoch.

Anscheinend hatte sich die Neuigkeit noch nicht herumgesprochen; das schloss ich zumindest daraus, dass sich auf den Stufen des Gebäudes der Ozeanografen noch keine Menschenmenge versammelt hatte. Die Station war im gleichen Stil gebaut wie die anderen Gebäude in Lepidor, nur besaß sie statt eines Dachgartens eine türkis geflieste Kuppel und einen großen Ausrüstungshof. Unter der Station befanden sich die Andockbuchten für den Manta der Gilde und für meine *Walross,* die sie mir überlassen hatten, anstatt sie einzumotten, als sie zu alt geworden war. Ich war zurzeit nur selten hier, daher griff die Gilde auf sie zurück, wenn sie ein zweites Schiff brauchte.

Sobald wir uns im Innern des Gebäudes befanden, war unschwer festzustellen, wo wir hinmussten. Stimmengewirr drang aus einem Raum auf der linken Seite, und wir stellten fest, dass sich der gesamte Stab der Gilde in die kleine Kammer gequetscht hatte, die Augen auf einen Aether-Bildschirm von etwa zwei Ellen im Quadrat gerichtet, der über einem Berg von Aufzeichnungsgeräten und Verstärkern an einer Wand hing.

»Das ist ja kaum zu glauben«, stieß eine der Assistentinnen des Meisters gerade hervor.

»Lass es noch einmal durch den Filter laufen«, ordnete der Meister, der auf einem der beiden Stühle saß, an. »Es ist immer noch zu blau, man kann keine Einzelheiten erkennen.«

»Und wenn wir auch den Kontrast verändern?«, schlug jemand

anders vor, dessen Gesicht hinter dem hochgereckten Kopf eines Lehrlings verborgen war.

Der Meister nickte, und sein Seehund-Schnauzbart hüpfte auf und ab. »Gute Idee. Macht schon, ich kann nicht den ganzen Tag hier herumsitzen.«

Tetricus, der an der Rückwand stand, trat ein wenig zur Seite, um uns Platz zu machen, und ließ den Blick dann über die Versammelten schweifen.

»Der Graf und der Erbgraf sind hier«, verkündete er, und die Aufmerksamkeit der Anwesenden wandte sich vorübergehend vom Bildschirm ab und richtete sich auf uns.

»Macht Euch um uns keine Sorgen«, sagte mein Vater. »Wir können sehen.«

Das stimmte nicht ganz. Da ich so klein war, konnte ich den Bildschirm nicht richtig sehen, weil mir Tetricus' Kopf im Weg war, doch er machte mir genug Platz, dass ich weiter in den Raum schlüpfen konnte und freie Sicht hatte.

»So ist es besser«, bellte der Meister. »Halt.«

»Tatsächlich!«, sagte die Assistentin entzückt; verblüffter Ausdruck lag auf ihrem normalerweise gelassenen Gesicht. In dem Raum herrschte eine beinahe greifbare Atmosphäre der Erregung, an der auch die Enge nichts änderte. »Seht euch diese Flossen an!«

Meine Augen waren starr auf den Bildschirm gerichtet, und ich sah, wie eine Stelle im Meer plötzlich dunkler wurde, als etwas aus dem Zwielicht auftauchte. Noch immer war es nur verschwommen zu erkennen, doch ich konnte ein Paar Flossen ausmachen … aber die konnten doch gewiss nicht so groß sein, oder? Dann begann sich das Geschöpf zur Seite zu drehen, und ich keuchte auf. Süße Thetis, es war riesig! Ich hatte immer gedacht, Plesiosaurier wären groß, aber das hier … wenn der Hals auf dem Bildschirm einen Zoll einnahm, musste er zehn Schritt lang sein, und diese Kiefer hätten einen Hai verschlingen können.

Wie betäubt schaute ich schweigend zu, wie ein riesiger, narbenübersäter Körper vor dem Aufzeichnungsgerät entlangglitt; obwohl er mehrere hundert Schritt entfernt war, füllte er das Blickfeld vollständig aus. Der Körper war völlig schwarz, weil das Aufzeichnungsgerät in dieser Tiefe und auf diese Entfernung nur Umrisse und Bewegungen erfassen konnte, doch das spielte für mich keine Rolle. Es war die Ehrfurcht gebietendste Kreatur, die ich je gesehen hatte – kein Wunder, dass die Domäne Leviathane für Abkömmlinge des Chaos' hielt. Neben solch einer Kreatur verblassten Lachazzar und die gesamte Domäne zur Bedeutungslosigkeit.

»Schaut euch diese Haut an«, sagte Tetricus. »Die muss sechs Zoll dick sein.«

»Habt ihr schon eine Längenmessung bekommen?«, fragte der Meister jemanden, den ich nicht sehen konnte, da er neben einer der Maschinen in der Ecke kauerte. »Er muss mindestens siebzig Schritt lang sein.«

»Wovon um alles in der Welt ernährt er sich?«, fragte die Assistentin. »Der Bursche muss doch jeden Tag einen Wal verspeisen.«

»Ich glaube, sie fressen alles«, sagte Phraates, der Tier-Experte und setzte zu einer detaillierten Beschreibung von Filtern und Garnelen an. Er verstummte, als der Schwanz ins Bild kam.

»Vielleicht sogar noch ein bisschen länger«, sagte der Meister und schlug mit der Faust auf den Tisch. »Achtzig, schätze ich – vergleicht die Aufzeichnungen lieber mit früheren Sichtungen.«

Mit ein paar Schlägen seines langen, geschwungenen Schwanzes verschwand das Monstrum wieder im Zwielicht, und irgendjemand hielt die Aufzeichnung an.

»Heiliger Ranthas!«, brummte Tetricus. »Wie um alles in der Welt kann etwas so groß sein?«

»Und was noch viel wichtiger ist – was macht es hier oben?«, fragte der Meister rhetorisch. »Es ist eine Kreatur der Tiefe, das wissen wir. Da unten gibt es kein Licht, und mit dieser Panzerung sollte es acht Meilen tief oder tiefer tauchen können.«

»Ich frage mich, warum es nicht angegriffen hat«, grübelte Phraates laut und runzelte die Stirn. »Die Sonde ist mehr als einen Schritt breit – das Biest muss sie bemerkt haben.«

»Es kann wahrscheinlich nicht besonders gut sehen«, sagte der Meister. »Und vielleicht ist es wie ein Delphin – ihr wisst schon, diese merkwürdigen Klicklaute.«

Es erschien mir bizarr, jenes riesige Wesen, das da gerade durchs

Bild geschwommen war, mit einem Delphin zu vergleichen – andererseits jedoch weniger bizarr als die Vorstellung, dass etwas so Großes überhaupt existieren konnte. Wir sahen uns die Aufzeichnung noch einmal an, dieses Mal begleitet von einem hitzigen Streit zwischen Phraates und der Assistentin, der sich an der Frage entzündete, warum die Kreatur aus ihrer lichtlosen Heimat so nahe an die Oberfläche gekommen sein mochte.

»Was ist die größte Tauchtiefe, die ein Schiff je erreicht hat?«, fragte Tetricus, während der Meister die beiden Lehrlinge anwies, unter dem Säulendach der Vorhalle einen weiteren Bildschirm für all die Leute aufzustellen, die sich hier einfinden würden, sobald sich die Neuigkeit herumsprach.

»Neun Meilen, glaube ich«, sagte Phraates und unterbrach seinen Streit mit der Assistentin einen Moment.

»Dreizehn«, sagte ich im selben Moment.

»Wann war denn das?«, wollte Phraates wissen. »Wenn Ihr an die *Offenbarung* denkt, die größte Tiefe, die sie je verzeichnet haben, war neun Meilen.«

»Wir wissen allerdings nicht, wie tief sie bei der letzten Expedition gekommen sind« wandte Tetricus ein. »Es könnte deutlich tiefer gewesen sein, selbst wenn wir darüber keine Aufzeichnungen haben. Aber ich kann mich nicht erinnern, dass irgendwer behauptet hat, dreizehn Meilen tief getaucht zu sein.«

»Während des Krieges gegen die Tuonetar ist das tethianische Flaggschiff dreizehn Meilen tief getaucht«, sagte ich. Ich ging bewusst ein Risiko ein, indem ich ihnen das erzählte, doch es war etwas, was nur Ozeanografen interessierte. Und außerdem konnten sie mir vielleicht helfen.

»Ich kann mich nicht erinnern, etwas darüber gelesen zu haben«, sagte Phraates streitlustig. Tetricus zuckte die Schultern, sah mich jedoch verblüfft an.

Ich hatte keine Zeit mehr, noch etwas zu sagen, denn in diesem Augenblick stieß mir der Meister seinen Gehstock in die Rippen. Ich drehte mich um und sah ihn an. Er machte ein grimmiges Gesicht.

»Warum habt Ihr Eure letzte Überprüfung nicht ins Logbuch

eingetragen?«, wollte er wissen. »Die Wassertemperatur am Rande der Bucht ist um zwei Striche gesunken, und Ihr erzählt mir nichts davon? Kommt in mein Büro und erstattet mir mündlich Bericht. Ihr mögt der Erbgraf sein, doch solange Ihr ein Mitglied meiner Gilde seid, werde ich solche Nachlässigkeit nicht dulden.«

Ich wurde wütend. Er hatte keinerlei Veranlassung, mich wegen solch einer Kleinigkeit so heftig zurechtzuweisen, doch dann sah ich sein unmerkliches Nicken. Während ich ihm in sein Büro folgte, nagte die Kränkung immer noch an mir; der Meister schloss die Tür, sperrte den Lärm aus dem Vorraum aus.

»Tut mir Leid wegen gerade eben«, sagte er barsch und setzte sich an den kleinen, mit Papieren überladenen Schreibtisch, der in einer Ecke stand. Es gab neun Ozeanografen in Lepidor, ein großer Stab für eine Stadt dieser Größe, und der Platz in der Station reichte nicht aus, um sie alle angemessen unterzubringen. »Aber Ihr wart im Begriff, etwas zu sagen, das Ihr eines Tages bereuen würdet.«

»Wie meint Ihr das?« Ich hockte mich auf die Kante eines Stuhls, auf dem sich Flossenlos, die Katze der Station, breit gemacht hatte. Die meisten ozeanografischen Stationen hielten eine Katze – als Glücksbringer –, aber Flossenlos war wie die meisten ihrer Art in Lepidor eine halbe Wildkatze. Und sie wurde wirklich wild, wenn sie gestört wurde. Daher war ich vorsichtig.

»Es ist keine gute Idee, ausgerechnet jenes Schiff zu erwähnen«, sagte er. »Besonders vor anderen.«

»Meint Ihr die *Aeon*?«

»Was sonst?«, wollte er wissen. »Das thetianische Flaggschiff während des Krieges – natürlich rede ich von der *Aeon*. Aber jeder, der seinen Verstand beisammen hat, hält den Mund, wenn es um dieses Schiff geht.«

»Wisst Ihr denn, wo es ist?«

»Seid kein Dummkopf. Ich weiß, dass es existiert, und das wissen auch ein paar der anderen Meister. Wenn wir wüssten, wo es sich befindet, hätten wir diese Diskussion nicht. Aber zum Wohle aller Menschen ist die Domäne besser dran, wenn sie es nicht weiß. Was ich von Euch erfahren möchte, ist Folgendes: Warum sucht Ihr es?«

»Wegen der Stürme«, antwortete ich. »Die *Aeon* hatte Zugang zum System der Himmels-Augen – sie konnte das Wetter von oben sehen. Wenn wir die Stürme vorhersagen könnten, würde das der Domäne viel von ihrem Vorteil nehmen.«

Das Gesicht des Meisters wurde hart. »Damit Ihr anderen Städten das antun könnt, was Ihr hier getan habt? Das gefällt mir ganz und gar nicht.«

»Wenn Ihr tatsächlich glaubt, dass ich so etwas tun würde, dann kennt Ihr mich offensichtlich nicht besonders gut.«

»Warum sich dann also um das Schiff Gedanken machen?«, beharrte er. »Das Wetter zu kontrollieren kann Euch nur dann helfen, wenn Ihr beweist, dass die Domäne die Menschen nicht davor schützen kann. Und die einzige Art und Weise, wie Ihr das beweisen könnt, ist, einen Sturm auf eine der Städte loszulassen, in denen sich zufällig ein Inquisitor befindet.«

»Wäre es Euch denn lieber, wenn ich die Inquisitoren einfach weitermachen ließe? Nach alledem, was sie hier angerichtet haben?«

»Ihr streitet noch nicht einmal ab, was ich sage, Cathan. Hier in Lepidor habt Ihr uns alle vor dieser verrückten Primarchin und ihren Intrigen gerettet. Und es ist völlig in Ordnung, dass Ihr den Sturm auf diese Weise benutzt habt, um Euren Clan, Euer Mädchen, Eure Freunde zu schützen. Aber wenn Ihr die *Aeon* benutzt, um die Stürme irgendwo anders einzusetzen, dann seid Ihr in der Offensive, und Ihr werdet den Tod vieler Menschen verursachen.«

Er wollte es nicht so sehen wie ich, was mich sehr traurig machte. Ich hatte gehofft, dass die Gilde mir helfen würde, doch der Meister war nun einmal ein typischer älterer Ozeanograf.

»Wenn die Domäne sich nicht so verhalten hätte, wie sie es getan hat, bräuchte ich die Stürme nicht einzusetzen.«

»So ist eben die Welt, Cathan. Es gibt nur einen Gott, und sie sind Seine Anhänger. Sie sind im Moment gefährlich, das stimmt, aber das ist noch lange kein Grund, Euer Leben zu riskieren und die wahre Religion aufzugeben. Euer Vater ist kein Gläubiger, aber er war immer damit zufrieden, sich seine Nische zu bewahren. Allerdings seid Ihr nicht der wahre Sohn Eures Vaters, daher sollte mich das nicht überraschen.«

Ich starrte ihn einen Augenblick lang an. Ich kannte den Meister seit meinem siebten Lebensjahr, und wenn er auch immer barsch und streng gewesen war, so war er doch auch immer gerecht gewesen. Jetzt schien er sich plötzlich gegen mich gewandt zu haben, schien nicht mehr der Meister zu sein, den ich kannte. Mir war zu Mute, als hätte er mir gerade ein Messer zwischen die Rippen gerammt.

»Wenn Ihr mir nichts über die *Aeon* sagen wollt, wer wird es dann tun?«

»Niemand. Soweit es die Gilde betrifft, ist das Schiff verschollen, und kein Ozeanograf außer mir wird Euch etwas anderes sagen. Diese Welt mag es nicht, wenn man störend auf sie einwirkt, Cathan, und Ihr habt das schon einmal getan.« Sein verwittertes Gesicht verzog sich zu einem Lächeln, doch mir erschien es wie Hohn. »Ihr wärt ein hervorragender Ozeanograf geworden. Wirklich schade.«

Voller Bitterkeit stand ich auf und streichelte die schlafende Katze ein letztes Mal. Ich bezweifelte, dass ich sie je wiedersehen würde. »Mein richtiger Vater ist tot, Meister Domitius, aber ich bin mir sicher, dass er nicht schlechter war als der Graf.«

»Cathan!«, bellte der Meister, als ich den Raum so schnell wie möglich verließ. »Was wollt Ihr –« Die Tür fiel hinter mir zu und schnitt seine Worte ab, und ich wischte mir heftig über die Augen. Im Vorraum waren immer noch eine Menge Leute, doch mein Vater schien zum Glück gegangen zu sein, und Palatine und Ravenna waren nirgends zu sehen. Ich nahm meinen Umhang, rannte beinahe auf die Straße hinaus und schlug eine Richtung ein, die mich noch weiter vom Palast wegführen würde.

Ich fühlte mich furchtbar gekränkt, als ich blindlings auf das neue Stadtviertel zuschritt, und konnte noch immer nicht glauben, was der Meister zu mir gesagt hatte. Warum war er so feindselig gewesen? War es das Schiff oder die ganze Vorstellung von Häresie? Doch während ich weiterging, wich das Gefühl, zurückgewiesen worden zu sein, allmählich kalter Wut. Wenn die Ozeanografen mir nicht helfen wollten, wenn alles, was sie sehen konnten, nur ihr schmaler Ausschnitt der Welt war, dann brauchte ich sie nicht. Vielleicht war man in Qalathar, wo die Inquisitoren Tag für Tag Menschen folterten, eher willens, mir zu helfen. Und falls nicht, dann würde ich die *Aeon* eben mit Hilfe Palatines und Ravennas und meiner Freunde aus dem Archipel finden und einsetzen. Ich hatte nicht vor, die gewaltige Macht eines Sturms auf irgendjemanden loszulassen, doch nach dem, was die Domäne mir und einigen anderen hatte antun wollen, durfte ich mich nicht zu lange mit solchen Bedenken aufhalten.

Erst am Abend hatte ich Gelegenheit, mit Palatine und Ravenna über das zu sprechen, worüber mein Vater und ich uns am Morgen unterhalten hatten. Statt mein Arbeitszimmer zu benutzen, das zu groß war, um behaglich warm zu werden, machte ich ein Feuer in dem kleinen Lagerraum, den ich zum Wohnzimmer umfunktioniert hatte. Die Gobeline an den Wänden machten ihn im Sommer unangenehm heiß, im Winter jedoch hielten sie sehr wirkungsvoll die Kälte ab.

»Wo warst du denn die ganze Zeit?«, fragte Palatine und ließ sich auf den Stuhl direkt vor dem Kamin fallen. »Als wir bei den Ozeanografen angekommen sind, wusste niemand, wo du hingegangen bist. Und außerdem hat der Meister dich gesucht.«

»Der kann suchen, solange er will«, knurrte ich und setzte mich neben Ravenna auf die gepolsterte Sitzbank. Dann wechselte ich das Thema. »Wir haben heute Morgen einen Brief von Hamilcar bekommen. Er stimmt mit Haus Canadrath überein, aber er will sich erst festlegen, wenn er sicher ist, dass die Dissidenten bezahlen können.«

»Du meinst, er will, dass wir nach Qalathar fahren«, ergänzte Palatine unverzüglich.

Ich nickte.

»Wie zuvorkommend von ihm«, sagte Ravenna bissig. »Ich komme endlich wieder nach Hause und helfe ihm, seine Bedenken zu überwinden. Wirklich sehr praktisch.«

»Nur nach Qalathar?«, fragte Palatine. Die Aussicht darauf, überhaupt etwas zu tun, hatte ihre Miene merklich aufgehellt. »Nicht auch nach Thetia?«

»In Thetia hat er seine eigenen Kontakte«, meinte Ravenna. »Dort Geschäfte zu machen, ist sicher, aber er darf sich nicht dabei erwischen lassen, dass er sich mit Qalathar einlässt – sein Vormund könnte empört sein.«

»Das ist jetzt ungerecht. Du würdest auch keine Geschäftsvereinbarung mit einer Organisation unterzeichnen, von der du überhaupt nichts weißt. Und außerdem bist du von Geburt her ihre Anführerin, Ravenna.«

»Wie viele Menschen in meinem Heimatland haben mich jemals gesehen? Wenn ich dort auftauche und sage, dass ich die Pharaonin bin, dann sperren sie mich erst ein, während sie meine Angaben überprüfen, und dann lassen sie mich weiter eingesperrt, damit ich nicht wieder verschwinden kann. Das gilt allerdings nur unter der Voraussetzung, dass die Domäne nichts davon mitbekommt und mir stattdessen eines ihrer Gefängnisse anbietet. Mit größeren Ratten, aber wärmer.« Sie lächelte nicht bei diesen Worten.

Ich hatte in den letzten sechs Wochen herausgefunden, wie unsicher Ravennas Anspruch auf den Thron von Qalathar war. Er gründete sich hauptsächlich auf die Vermutung, dass der Rest ihrer Familie – die sie seit dreizehn Jahren nicht gesehen hatte – tot war. Und selbst wenn dem so sein sollte, wäre sie immer noch die zweite Pharaonin ihrer Dynastie. Ihr Großvater Orethura, der während des Kreuzzugs im Archipel umgekommen war, hatte den Thron nach einem Interregnum von fünfzig Jahren bestiegen, ohne ein echtes Anrecht darauf zu haben. Vielleicht noch beunruhigender als das – falls jemand beschließen sollte, Ravennas Anspruch anzuzweifeln – war die Tatsache, dass es anscheinend niemanden mehr gab, der ihre Verwandtschaft mit Orethura beweisen konnte – zumindest niemanden, der noch am Leben war.

Andererseits ... was die Einwohner von Qalathar betraf, so war die Pharaonin weiblich und ungefähr in Ravennas Alter, also wussten sie vielleicht sogar etwas, was sie selbst nicht wusste. Und die Domäne schien sehr gründlich vorgegangen zu sein, als sie ihre Familie niedermetzeln ließ.

»Eines Tages musst du zurückkehren«, sagte Palatine sanft. »Sie glauben an dich, aber sie können diesen Glauben nicht ewig aufrechterhalten. Je länger du wartest, desto mehr werden sie sich ein Bild von dir machen. Und wenn sie dich wirklich zu einer Art Messias machen, dann verursacht das genauso viel Probleme, wie es löst.«

»Es würde ja vielleicht schon reichen, die Domäne zu vertreiben«, erklärte ich. »Der Archipel hat schon genug durchgemacht.«

»Möglicherweise hast du Recht«, sagte Palatine nachdenklich. »Ich glaube, die Domäne kann nicht mehr Druck ausüben als im Augenblick. Wenn sie die Grenze überschreiten, sehen sie sich womöglich dem nächsten Aufstand gegenüber.«

»Der letzte Aufstand hat zu einem Kreuzzug geführt«, unterbrach sie Ravenna. »Und wenn ihr jetzt mal damit aufhören könntet, die Zukunft meiner Heimat zu planen – ihr habt mich noch nicht davon überzeugt, dass es einen sicheren Weg nach Qalathar gibt.«

»Nichts ist jemals wirklich sicher, das solltest du doch wissen. Aber wir kennen genug Häretiker im Archipel, um ein paar Ansprechpartner zu haben. Wie viele Menschen wissen, wer du wirklich bist?«

»So ungefähr sechs«, gab Ravenna zu.

»Wer?«

»Spielt das eine Rolle?«

»Aber gewiss. Sagantha ist natürlich einer davon – und wer noch?«

»Die beiden Vormunde, die ich vor ihm hatte – sie wohnen in Weltende und Ilthys –, die Schwester meines Vaters in Tehama, Präsident Alidrisi und Fernando Barrati.«

Mir sagte keiner dieser Namen etwas, Palatine dagegen schon. »Präsident« war, wenn ich mich recht erinnerte, im Archipel und in Thetia die Entsprechung für »Graf«, nur dass Präsidenten normalerweise gewählt wurden statt ihren Titel zu erben.

»Alidrisi könnte ein Problem sein; er ist immer noch in Qalathar und tut so, als wäre er ein frommer, zuverlässiger Clanführer. Fernando Barrati – woher weiß der denn Bescheid? Er ist nur ein Müßiggänger und Schürzenjäger und verbringt die ganze Zeit damit, hinter den Mädchen her zu sein, genau wie der Kaiser.«

»Sein älterer Bruder hat mich aus den Klauen der Domäne befreit, als ich noch ein Säugling war, und Fernando hat einmal dafür bezahlt, dass ich einen neuen Vormund bekommen habe.«

»Irgendwann musst du mir mal erzählen, wie der Clan Barrati in diese Sache hineingeraten ist. Aber wenn Alidrisi der Einzige ist, mit dem wir es zu tun bekommen, sollte es möglich sein, dich als im Exil lebende Dissidentin auszugeben, mit den richtigen Verbindungen.«

Es dauerte noch eine halbe Stunde, bis es Palatine gelang, Ravenna zu überreden. Ich unterstützte sie nach Kräften, doch meistens redete sie, erklärte das Ganze, als wäre es einer ihrer verzwickten und normalerweise erfolgreichen Pläne. Das Problem war – dieses Mal *musste* das Unterfangen Erfolg haben. Während der Invasion von Lepidor war ihr Plan nur dank Hamilcars Eingreifen nicht vollständig fehlgeschlagen, und in Qalathar würde es keine solche zusätzliche Absicherung geben.

Palatine sah sehr zufrieden aus, als wir schließlich aufstanden, um zu Bett zu gehen; in erster Linie wahrscheinlich, weil wir endlich wieder etwas unternahmen. Ich hätte gerne noch ein bisschen länger gewartet, doch wir würden in zwei Tagen an Bord des Küstenseglers *Parasur* nach Pharassa aufbrechen, der Hauptstadt von Ozeanus. In Pharassa konnten wir ein Schiff nach Ral Tumar nehmen, der größten Stadt der Inselbewohner außerhalb des Archipels, und von dort dann eines nach Qalathar selbst.

Ich hatte keine Zeit mehr, auf Tanais zu warten. Ich wollte gar nicht herausfinden, wie eng ich mit dem Kaiser verwandt war, denn irgendwo ganz tief in meinem Innern wusste ich es bereits. Und ich fürchtete mich mehr vor dieser Wahrheit, als ich mich vor sechs Wochen davor gefürchtet hatte, auf dem Scheiterhaufen verbrannt zu werden.

In dieser Nacht hatte ich einen jener schrecklichen Albträume, die mich als Kind gequält hatten, und aus denen mich nicht einmal der Heiler hatte aufwecken können. Das meiste war zu schrecklich, um sich daran zu erinnern, doch als ich erwachte, hörte ich in meinem Kopf noch immer Orosius' kaltes, wahnsinniges Gelächter.

Kapitel IV

Ral Tumar war die erste Stadt des Archipels, die ich je besucht hatte, und sie war anders als alle andere Städte, die ich bisher gesehen hatte. Zwischen den Bauwerken, die sich auf einem Hügelhang inmitten üppiger tropischer Wälder verteilten, glitzerten Dutzende von Kuppeln, wenn für einen Moment ein Sonnenstrahl darauf fiel. Einen Augenblick lang blendete die weiße Farbe der Häuser regelrecht, dann schloss sich die Lücke in der Wolkendecke wieder. Trotz des finsteren Himmels bot die Hauptstadt der Provinz Tumar einen unglaublichen Anblick.

Selbst der Geruch war anders, dachte ich, und sog tief die warme, feuchte Luft ein, die nach der trockenen Sterilität an Bord des Manta und der feuchtkalten Luft von Lepidor eine willkommene Abwechslung bot. Und sogar im Winter, wenn ganz Aquasilva von Wolken eingehüllt wurde, war es in Ral Tumar dank der Nordtropischen Strömung noch immer angenehm warm.

»Es ist wunderbar, wieder die richtige Temperatur zu spüren«, sagte Palatine. Wir standen am Eingang zum Unterwasserhafen und schauten die breite Hauptstraße entlang, die keinerlei Ähnlichkeit mit den in einem bestimmten Muster angelegten Straßen von Taneth hatte. Stattdessen schwang sich die Straße um einen flachen Gebirgsausläufer herum und verlief dann in großen Schleifen auf den Palast auf der Kuppe des Hügels zu.

»Was sind das für kleine Türme, die hier überall stehen?«, fragte ich verwirrt, während wir zwischen Marktbuden hindurch, deren Besitzer sich vom Wetter nicht im Geringsten beirren ließen, hügelan schritten.

»Minarette«, sagte Palatine. »Jedes Haus hat eines – manche sind so groß, dass sie Zimmer im Innern haben. So wie das da drüben.« Ich folgte ihrem ausgestreckten Arm mit den Blicken und sah einen kreisrunden Turm mit einer zwiebelförmigen Kuppel und bepflanzten Balkonen auf beiden Stockwerken. Auch hier gab es Dachgärten, doch in den Straßen war viel mehr Grün zu sehen, und alle paar Dutzend Schritte war anscheinend ein Park angelegt worden.

»Hier wird es im Sommer so heiß, da brauchen sie die Parks, um es einigermaßen kühl zu halten«, erklärte Palatine. »Und jetzt sollten wir lieber aus dem Weg gehen.«

»Warum?«

Die Antwort war ein lautes Trompeten hinter uns, und ich quetschte mich, gefolgt von Palatine und Ravenna, in die schmale

Lücke zwischen zwei behelfsmäßigen Verkaufsbuden. Ich drehte mich um, weil ich wissen wollte, wer oder was diesen Lärm gemacht hatte, und meine Augen wurden riesengroß, als ich zwei Elefanten erblickte, die würdevoll die Straße entlangschritten. Statt einer Sitzbank trugen beide eine Art Geschirr auf dem Rücken, an dem Packkisten und Truhen befestigt waren.

»Hast du noch nie einen Elefanten gesehen, Cathan?«, fragte Ravenna und schenkte mir eines ihrer immer seltener werdenden Lächeln.

Ich schüttelte den Kopf – und dann wurde ich blass, als der Geruch der Elefanten uns erreichte. Er war unangenehm, allerdings hauptsächlich wegen der schieren Menge an Elefanten, die da vorbeistapfte.

Die Archipelbewohner benutzten häufig Elefanten, hatte mir einmal jemand erzählt, während auf einem der Kontinente noch nie welche eingesetzt worden waren. Es hatte etwas mit den kleineren Waldflächen zu tun – die Tiere mochten kein kühleres, trockeneres Klima. Genau wie Palatine gehörten sie in die dampfende Hitze der Inseln, die ich, wie ich zugeben musste, noch nie als unangenehm empfunden hatte. Vielleicht lag es daran, dass ich eigentlich Thetianer war und das Klima mir lag.

Das war ein weiterer Grund, warum mir Ral Tumar gefiel. Ich war selbst für einen Bewohner des Archipels klein, aber hier waren die meisten Leute zumindest nicht sehr viel größer als ich, und ich verschwand eher in der Menge, als dass ich mich von ihr abhob. Das hieß, im Vergleich zu den Einheimischen. In den überfüllten Straßen drängten sich alle möglichen Menschen – von blonden Männern wie Oltan Canadrath bis hin zu einer Gruppe dunkelhäutiger Krieger, die ihre Schuppenrüstungen trugen, als wögen sie nicht mehr als Seidentuniken. Sie hätten von Mons Ferranis stammen können, doch irgendwie bezweifelte ich das. Mons Ferranis, an der westlichen Route in den Archipel gelegen, war eine blühende Handelsstadt, deren Bewohner sich nicht mit Waffen und Kriegen abgaben, wenn es sich irgendwie vermeiden ließ. Die Krieger konnten von überall aus den unbekannten Gebieten des Archipels kommen, die sehr viel ausgedehnter waren als jene, die auf den Karten eingezeichnet waren.

Vielleicht irgendwo aus dem Süden, vom Rande der äquatorialen Wasserwüste, wo die Hitze zu groß war, um dort zu überleben.

»Was glaubst du, wo ist die Frachtbörse?«, fragte ich Palatine, als wir uns wieder in Bewegung setzten. Während wir in gebührendem Abstand hinter den Elefanten weiter hügelan schritten, umgingen wir vorsichtig die Dunghaufen, die noch nicht beseitigt worden waren.

»Dein Vater hat gesagt, sie wäre an einem ungewöhnlichen Ort, nicht im Hafen und nicht im Palast. Zumindest hat Ral Tumar eine angenehme Größe und ist nicht so eine aufgeblasene Monstrosität wie Taneth.«

Was wiederum stimmte, dachte ich, als wir um eine Ecke bogen und auf einen weiten, palmenbestandenen Platz kamen, auf dessen gegenüberliegender Seite sich der Tempel befand. Zwischen den weißen, mit Kuppeldächern gekrönten Häusern von Ral Tumar wirkte er mit seinen rot gestrichenen Wänden und der halethitischen Architektur himmelschreiend fehl am Platz.

»Entschuldigt bitte, wo ist die Frachtbörse?«, fragte Palatine eine in grüne Seidengewänder gekleidete Frau, die an uns vorbeiging; wahrscheinlich eine Händlerin.

»Über den Platz und dann links, der Eingang ist auf der Seite.« Der tumarianische Dialekt war rauer als das normale Archipelanisch, doch für jemanden, der in Ozeanus aufgewachsen war, immer noch verständlich. Der größte Teil der bekannten Welt sprach die eine oder andere Abart des Archipelanischen – mit einer einzigen, bemerkenswerten Ausnahme: das Kaiserreich Thetia, dessen Sprache keinerlei Ähnlichkeit mit irgendeiner anderen aufwies.

»Ich danke Euch«, sagte Palatine. Die Händlerin nickte freundlich, ging quer über den Platz davon und steuerte auf eine von Palmen gesäumte Taverne zu.

»Zumindest ist es gut, wieder in einem zivilisierten Teil der Welt zu sein«, bemerkte Ravenna, während wir uns in die Richtung wandten, die die Frau uns gewiesen hatte.

»Ja, es ist wirklich ein großer Unterschied zu Taneth.«

Die Frachtbörse war ein palastartiges Gebäude, das zweifellos mit den Einnahmen aus Tumars lukrativen Zollgebühren gebaut worden war. Ral Tumar hatte es geschafft, den Kreuzzug zu überstehen, obwohl es auf dem Kurs der Kreuzfahrer gelegen hatte, indem es sofort kapituliert hatte. Dies war eine erprobte, bewährte Vorgehensweise für Ral Tumar, eine Stadt, die immer die arme Dritte im Archipel gewesen war, hinter Selerian Alastre und Poseidonis, der in Trümmern liegenden ehemaligen Hauptstadt von Qalathar. Und jetzt begann Mons Ferranis, das auf der westlichen Route von Thetia nach Taneth lag, Ral Tumar ebenfalls zu überholen.

»Sie können sich noch nicht einmal entscheiden, zu wem sie eigentlich gehören«, sagte Palatine voller Empörung und deutete auf den geschlossenen Haupteingang der Börse. Die Flagge von Tumar hing zwischen dem kaiserlichen Delphin und den goldenen Schuppen von Taneth.

»Und wo ist die Flagge des Archipels?«, fragte Ravenna. Es war eine rhetorische Frage, denn obwohl Tumar nominell ein Teil des Archipels war, der seinerseits nominell ein Teil von Thetia war, war die Flagge des Archipels geächtet.

Der Eingang in die Börse führte in einen Hof mit Tamarisken und einem von einem Löwenkopf gekrönten Springbrunnen, von dem aus Wasser in einen langen Kanal spritzte, der am Rand des Hofes verlief. Die Stadt mochte eine Rivalin Thetias sein, doch die Spitzbögen und geometrischen Muster gehörten zum gleichen architektonischen Stil wie der, den ich auf Bildern von Selerian Alastre gesehen hatte.

Dies hier war natürlich ein Teil des Archipels, und daher war der Hof der Brennpunkt aller Aktivitäten. Es gab Büros, die vor Wind und Wetter geschützt im Schatten hinter den Spitzbögen der Kolonnaden verborgen lagen, doch die eigentlichen Geschäfte wurden nicht dort gemacht. Kleine Gruppen bevölkerten den Hof, in lebhafte Gespräche vertieft, während ein paar wenige Männer und Frauen allein oder zu zweit da standen und darauf warteten, dass potenzielle Kunden in ihre Reichweite kamen.

Obwohl wir wahrscheinlich wie eine ziemlich armselige Beute aussahen, kam eine in bauschige seidene Gewänder gekleidete Frau auf uns zu, noch ehe wir uns entscheiden konnten, bei wem wir unser Glück versuchen sollten.

»Friede sei mit Euch«, sagte sie. Es war eine der vielen traditionellen Grußformeln, die im Archipel verwendet wurden.

»Und auch mit Euch sei Friede«, erwiderte Palatine.

»Passagiere oder Fracht?«, wollte die Händlerin wissen. Der wachsame, angespannte Ausdruck auf ihrem Gesicht strafte ihre mütterliche Erscheinung Lügen.

»Passagiere, nach Qalathar.«

Die Augenbrauen der Frau zuckten in die Höhe, doch der interessierte Ausdruck verschwand schnell wieder. »Habt Ihr Geld? Das ist eine teure Reise von hier aus, es sei denn, Ihr habt vor, sie mit langsamen Booten zu machen.«

»Das könnte eine Weile dauern.«

»Das stimmt, aber niemand überprüft die langsamen Boote. Von Ral Tumar nach Qalathar ist es eine sehr lange Reise, und keine, die man ohne gute Gründe macht. Es ist nicht gut, nach Qalathar zu fahren, ohne einen Grund zu haben.«

Ich warf Ravenna einen Blick zu, die andeutungsweise die Schultern zuckte und ihrerseits Palatine ansah. Unser Grund sollte geheim bleiben, und die Sacri überwachten jeden Verkehr nach und von Qalathar. Wenn drei Inselbewohner wie wir ohne besonderen Grund an Bord eines Manta ankämen, könnte das durchaus Verdacht erregen.

»Fährt irgendjemand nach Ilthys?«, fragte Palatine.

»Wollt Ihr als Deckspassagiere auf einem Manta reisen?«

Palatine nickte, und die Frau rief einen schnurrbärtigen Mann herbei, der sich am Rande der Menge mit einem Kollegen unterhielt.

»Ich schulde dir noch etwas, Demaratus«, sagte sie, als der Mann zu uns trat. Sein Schnurrbart verlieh ihm zwar das Aussehen eines Räuberhauptmanns, seine Haltung jedoch hatte etwas Militärisches, und sein Gang war mehr ein Marschieren als ein Stolzieren. Sein Gürtel war mit dem Emblem des Clans Tumarian bestickt, einem Wirbel in Grau und Grün.

»Versuchst du, mich billig zu bestechen, Atossa?«, fragte er, doch sein Tonfall klang freundlich.

»Das muss Euch schon öfter passiert sein«, sagte Palatine freundlich.

»Sie wollen eine Passage nach Calatos«, erklärte Atossa. Calatos, so hoffte ich, war die Hauptstadt des Clans Ilthys.

»Nur Ihr drei?«, fragte Demaratus. »Keine Fracht?«

Palatine schüttelte den Kopf.

»Dreihundert Corons«, sagte er nach einem Augenblick. »Pro Person.«

»Wollt Ihr uns ausrauben? Das ist ja lächerlich. Hundertfünfzig.«

»Ihr habt vielleicht Nerven! Für hundertfünfzig kommt Ihr nicht einmal bis nach Thetia. Wollt Ihr, dass ich Bankrott gehe?«

»Was kostet es Euch denn, uns dabei zu haben? So gut wie nichts.«

»Ich kann meine Kabinen an Leute vermieten, die froh wären, wenn sie die Überfahrt für weniger als vierhundert machen könnten.«

»Und wo sind diese Leute?« Palatine breitete die Arme aus, um anzuzeigen, dass niemand in der Nähe war. Atossa lächelte zustimmend, dann sah sie weitere lohnende Ziele durch den Torweg hinter uns kommen und ging ihnen entgegen.

»Sie werden kommen, wenn ich losfahre. Aber ich gehe auf zweihundertfünfzig runter und hoffe, dass Ihr keine Einzelkabine für jeden erwartet.«

»Zweihundert, und zwei von uns können sich eine Kabine teilen.« An Bord eines jeden Manta, ob er nun den Clans oder den Tanethanern gehörte, gab es ein paar Kabinen, die immer für zahlende Passagiere freigehalten wurden. Die Bevollmächtigten des Clans entschieden, welche Fracht transportiert wurde, doch der Kapitän und die Mannschaft konnten ihre eigenen kleinen Geschäfte machen; im Falle des Kapitäns schloss das die Mitnahme von Passagieren ein.

»Das hängt davon ab, wie voll wir sind. Ihr reist als Deckspassagiere, merkt Euch das – wenn Ihr mehr Bequemlichkeit wollt, müsst Ihr dafür bezahlen. Zweihundertvierzig.«

»Das Deck ist schon in Ordnung. Zweihundertzwanzig.«

»Zweihundertdreißig«, grollte Demaratus. »Wenn Ihr mich noch weiter runterhandeln wollt, warte ich lieber auf andere Passagiere.«

»Abgemacht.« Sie schlugen ein und besiegelten so den Vertrag.

»Die Hälfte bevor wir losfahren, die andere Hälfte in Calatos«, sagte Demaratus sofort. »Das sind die Clanregeln, ich kann sie nicht ändern. Mein Manta ist die *Sforza,* Andockbucht elf im Clanhafen. Sie legt in vier Tagen ab, zur siebten Stunde. Wir legen in Mare Alastre und Urimmu an und sollten Calatos in zwölf oder dreizehn Tagen erreichen. Es ist Winter, das heißt, es wird gelegentlich stürmisch werden.«

Die beiden tauschten die üblichen höflichen Abschiedsfloskeln aus, dann verließen wir die Börse. Atossa verhandelte wild mit einer Gruppe klein gewachsener, untersetzter Männer, deren Archipelanisch sich anhörte, als wären sie es nicht gewohnt, diese Sprache zu sprechen; sie bemerkte uns nicht, als wir vorbeigingen.

»Ich glaube, wir haben uns da drin gerade ganz gut geschlagen«, sagte Palatine. »Vier Tage sind keine allzu lange Wartezeit, und er nimmt eine ziemlich direkte Route. Die Frage ist jetzt nur, was wir bis dahin machen. Irgendwo eine Bleibe zu finden, sollte nicht schwer sein, und wir könnten uns genauso gut ein bisschen umsehen. War jemand aus Ral Tumar in der Zitadelle, wisst ihr das noch?«

Ich dachte zurück an die Menschen, die ich in meinem Jahr in der Zitadelle kennen gelernt hatte, einer häretischen Festung auf einer unbewohnten Insel am Rande der bekannten Welt. Mikas Rufele, Palatines Rivale, und seine Freunde waren Cambressianer gewesen, Ghanti ein Untertan der Halethiter, Persea, die den größten Teil des Jahres meine Gefährtin gewesen war, stammte aus dem Clan Ilthys ... aber niemand, an den oder die ich mich erinnern konnte, war aus Ral Tumar gekommen.

»Erinnerst du dich an diesen Freund von Ghanti, den, der manchmal Mikas geboxt hat?«, fragte Ravenna, als wir den Platz erneut überquerten, ohne recht zu wissen, wo wir eigentlich hinwollten. »Ich weiß seinen Namen nicht mehr, aber ich glaube, er war von hier.«

»Ich weiß, wen du meinst.« Auf Palatines Gesicht erschien einen Augenblick lang ein Ausdruck heftiger Konzentration, dann gab sie es auf. »Ich kann mich auch nicht erinnern, wie er hieß. Wenn es uns doch noch einfällt, besuchen wir ihn. Aber erst müssen wir uns eine Bleibe suchen. Und, noch wichtiger, etwas zu essen. Ihr beide seid vielleicht dünn wie Bohnenstangen, aber manche Leute haben noch einen Magen, der gelegentlich gefüllt werden muss.«

»Wen nennst du hier Bohnenstange?«, fragte Ravenna ungehalten. »Du warst schon zu lange nicht mehr hier, du hast ganz vergessen, wie heiß es hier ist.«

»Im Winter? Du machst wohl Witze. Wenn es noch kälter wird, erfriere ich.«

»*Das* nennst du kalt? Willst du lieber zurück nach Lepidor?«

Gerade weil es Winter war, fanden wir eine ziemlich solide Herberge zu einem guten Preis. Mein Vater hatte mir so viel Geld mitgegeben, wie er erübrigen konnte, doch er hatte eine Menge dafür ausgegeben, die Teile der Stadt wieder aufzubauen, die Ravenna und ich während der Invasion verwüstet hatten. Zwar hatten Palatine und Ravenna sich ein bisschen Geld verdient, indem sie in Lepidor für ihn gearbeitet hatten, und ich hatte einen Kreditbrief des Hauses Canadrath, dennoch mussten wir sparsam sein, damit es reichte.

Vor allem, da wir immer noch nicht wussten, wohin die Reise letzten Endes gehen würde. Es war gut möglich, dass es einige Zeit dauern würde, eine Verbindung zu den Dissidenten in Qalathar herzustellen, und danach mussten wir immer noch Tanais suchen. Und die *Aeon*, deren Erwähnung den Meister der Ozeanografen-Gilde in Lepidor anscheinend gegen mich aufgebracht hatte. Das Schiff, das ich finden musste.

Am nächsten Tag, als wir in einer Schänke in Ral Tumar saßen und etwas aßen, schien die *Aeon* ziemlich weit weg. Selbst im Winter war es hier warm genug, um draußen unter einer Markise Tische aufzustellen, umgeben von ein paar kleinen Palmen in irdenen Töpfen. Die Schänke befand sich am Rande eines kleinen Platzes ganz in der Nähe der Hügelkuppe, ein bisschen abseits vom Tumult der Hauptstraße und des Marktes.

»In Mare Alastre könnte es gefährlich werden«, sagte Palatine, nachdem sie ihr gefülltes Weinblatt – eine hiesige Delikatesse – aufgegessen hatte. Clan Tumarian war ein großer Weinerzeuger und verschiffte Rot- und Weißwein nach Taneth und Selerian Alastre, und der Überschuss an Trauben bedeutete, dass ein Großteil des Essens irgendetwas mit Wein oder Weinreben zu tun hatte. Es war stärker gewürzt, als ich es von Lepidor gewöhnt war, aber trotzdem köstlich. Nur Ravenna hatte ein Problem damit gehabt, etwas, worüber sie sich in Lepidor aus Höflichkeit niemals beklagt hatte: Die Speisen waren für ihre Verhältnisse noch nicht einmal annähernd stark genug gewürzt.

»Warum?« Ravenna streute etwas auf ihren Teller, ziemlich sicher ein Gewürz, über das ich lieber nichts Genaueres wissen wollte. »Es liegt nicht in deinem Teil von Thetia.«

»Aber es ist immer noch eine der größten Städte, die Hauptstadt des Clans Estarrin. Die Estarrin mögen in anderer Hinsicht ziemlich klein und unbedeutend sein, aber einige von ihnen wissen bestimmt, wie ich aussehe.«

»Sie glauben, dass du tot bist«, wandte Ravenna ein und lehnte sich zurück, um ihr überscharf gewürztes Weinblatt zu genießen.

»Ja, aber wenn sie mich die Straße entlanggehen sehen, dann falle ich ihnen vielleicht auf, und dann werden sie sich fragen, wer ich bin. Würdest du das nicht tun?«

»Wenn Mare Alastre so groß ist wie du sagst, werden wir kein Problem haben«, erwiderte Ravenna. »Wir können uns immer in der Menge verstecken, wenn jemand Wichtiges an uns vorbeigeht, oder du kannst auch auf dem Schiff bleiben. Und wo ist Urimmu? Diesen Namen habe ich noch nie gehört.«

»Es ist die einzige Stadt des Clans Qalishi«, sagte Palatine und zuckte die Schultern. »Das ist ein komischer Haufen, mehr am Kampf interessiert als am Handel. Es gibt noch ein paar andere Clans, die so sind – meistens lassen sie sich als Söldner anheuern. Ich weiß wirklich nicht, warum er dort Halt macht. Ich war noch nie da, aber nach allem, was ich gehört habe, ist es kein besonders beeindruckender Ort.«

»Aber es könnte trotzdem ein Problem geben, wenn wir in Ilthys ankommen. Mit einem Segelschiff dauert die Fahrt nach Qalathar fünf Tage, und nur die wenigsten werden es riskieren. Sie werden Unsummen dafür verlangen.«

»Was bedeutet, dass es schwierig werden könnte, von dort wegzukommen?«, fragte ich und beobachtete müßig eine Katze, die sich an einen Zweig anschlich, der über den Platz geweht wurde.

»Ja. Was ist, wenn wir schnell weg müssen, und es herrscht gerade ein Sturm? Der ganze Plan basiert darauf, dass alles klappt – und das wird es nicht, das tut es nie. Je mehr wir uns unserem Ziel nähern, desto weniger gefällt mir das Ganze.«

»Aber du hast eingewilligt, mitzukommen, und wir müssen es für uns tun, genau wie für Hamilcar.«

»Der will sich nur vergewissern, dass er auch etwas verdient.«

»Er plant, seine sicheren Gewinne aufzugeben und auch keine Waffen an die Domäne zu verkaufen. Du gehst zu hart mit ihm ins Gericht, Ravenna, vor allem, wenn man bedenkt, dass er dir das Leben gerettet hat.«

»Wofür ich ihm dankbarer bin, als ich mit Worten ausdrücken kann. Aber er hat trotzdem seine eigenen Pläne, und wer weiß, was er tut, wenn die Domäne ihm auf die Schliche kommt? Wenn es etwas gibt, was ein Tanethaner nicht ertragen kann, dann ist es der Gedanke, dass seine kostbare Haut in Gefahr sein könnte. Das ist fast so schlimm wie die Vorstellung, Verluste zu machen.«

»Wenn du glaubst, dass es uns irgendwie nützen könnte, können wir in Ilthys Halt machen und nach Persea suchen. Sie hat ganz sicher Verbindungen zu den Dissidenten, und wir kennen den Namen ihres Hauses. Und sie weiß, was so alles vorgeht.«

»Das klingt gut«, lenkte Ravenna ein und strich sich die Haare aus den Augen. »Aber du weißt ja, überall, wo die Domäne ist, sind auch Verräter – und wenn die Domäne auch nur ein Wort davon erfährt, dass ich in Ilthys bin, könnten sie das ganze Land abriegeln.«

»Das ist unmöglich.« Palatine wischte diese Überlegung mit einer Handbewegung beiseite. »Noch nicht einmal sie können ein ganzes Land abriegeln. Schließlich gibt es immer noch Fischerdörfer und Schmuggler. Und sie können es auch nicht für längere Zeit tun, ohne alle gegen sich aufzubringen.«

»Der Exarch hat ein derart dickes Fell, dass es fast unmöglich ist, ihn von dem Plan abzubringen, den er gerade verfolgt. Aber wenn wir erst dort sind, habe ich das Sagen«, meinte Ravenna und starrte uns beide mit ihren braunen Augen eindringlich an. »Ich weiß, wo ich hinmuss, und keiner von euch ist jemals dort gewesen. Wir machen manches anders als alle anderen.«

»Das habe ich bereits bemerkt. Nimm zumindest gelegentlich einen Ratschlag an.«

»Sooft ich einen brauche.« Ravenna streute erneut Gewürz auf ihr Essen, doch ihr Verhalten beunruhigte mich ein bisschen. Es schien sie zu ärgern, dass Palatine stets die Führung übernahm – so, wie es in der Zitadelle gewesen war, bevor sie uns beide besser kennen gelernt hatte. Manchmal hatte ich das Gefühl, als kenne ich Ravenna überhaupt nicht.

Nach dem Essen gingen wir erneut zu den Docks hinunter. Es gab eine große ozeanografische Station in Ral Tumar, und ich hatte meine Papiere bei mir, die mich als Mitglied der Gilde auswiesen, was es mir erlauben würde, einen Blick in ihre Bibliothek zu werfen. Und wenn es dort auch gewiss keinen Hinweis auf die *Aeon* gab – oder zumindest keinen, den ich bei einem so kurzen Besuch finden konnte –, ließ sich vielleicht etwas anderes Nützliches entdecken. Alles was ich über die Bedingungen im tiefen Ozean erfahren konnte, konnte helfen, die Suche einzugrenzen, besonders wenn ich wusste, welches die unterste Grenze war, bis zu der Mantas und Seerochen operieren konnten. Die *Aeon* war in der Lage gewesen, in unerhörte Tiefen zu tauchen, und die Mannschaft hätte sehr viel Schlechteres tun können, als ihr riesiges Schiff so tief zu verstecken, dass niemand zufällig darüber stolpern konnte.

»Haben die Ozeanografen irgendwelche großen Stationen in Qalathar?«, fragte ich Ravenna, die weniger gereizt war, seit es nicht mehr darum ging, was wir als Nächstes tun würden.

»Keine wirklich bedeutende. Ich kann mich nicht besonders gut erinnern, aber ich glaube, ihr Hauptquartier ist in Saetu, an der Südküste. Sie haben die Station, die sie beim Brand von Poseidonis verloren haben, niemals ersetzt. Sie halten sich im Hintergrund.«

»Saetu ist weit weg von den Orten, an denen wir sein werden. Ich werde mich in Calatos umsehen, wenn wir dort durchkommen.« Das war ärgerlich, denn es bedeutete, dass ich die Suche nicht fortsetzen konnte, während wir in Qalathar waren. Andererseits verringerte es das Risiko, der Domäne aufzufallen.

»Und in Mare Alastre, wenn du Zeit hast«, sagte Palatine unerwartet. »In Thetia sind die Stationen der Ozeanografen immer sehr viel größer, weil mehr Menschen der Gilde beitreten möchten.«

»Ich dachte, du willst dich in Mare Alastre nicht blicken lassen?«

»Das schon, aber das gilt ja nicht für dich. Du siehst nicht allzu sehr wie ein Tar'Conantur aus, zumindest nicht so sehr, dass es irgendjemandem auffallen könnte. Die Leute werden dich nur für einen Thetianer halten.«

»Wie tröstlich.«

Wir bogen um eine Ecke und kamen an einem Laden vorbei, in dem Kaffeebohnen verkauft wurden; der scharfe Geruch der gerösteten Bohnen wehte heraus und trieb in eine kurze, breite Straße, in der die Häuser ein Stück weit vom Straßenrand entfernt errichtet worden waren. Die Straße wurde von einem Gebäude dominiert, das mindestens zehn Türme und mehr als ein Dutzend Minarette aufwies, und dessen Zentrum von einer türkisfarbenen zwiebelförmigen Kuppel gekrönt wurde, die trotz des grauen Himmels zu glühen schien. Das Kaffee-Aroma und die Mahlgeräusche wurden vom Geruch nach Pflanzen und dem Geklapper von Scheren ersetzt.

Wir gingen die Straße entlang, wobei wir Abstand zu dem Elefanten hielten, der sich auf der ansonsten leeren Straße aus der anderen Richtung näherte. Als wir fast auf gleicher Höhe mit der Vorderseite des großen Gebäudes waren, öffneten sich die eisernen Tore.

»Ach du liebe Zeit«, sagte Palatine, als der Elefant genau davor stehen blieb. Eine kleine Gruppe kam aus dem Gebäude und unterhielt sich, während der Mahout den Elefanten niederknien ließ. Zwei Wachen stellten einen Holzklotz auf, damit die Passagiere in den Sitz steigen konnten.

»Das ist die Thetianische Hochkommission«, sagte Ravenna. »Ihr sagt, ich entziehe mich meiner Verantwortung, und ihr könnt noch nicht einmal an einem thetianischen Gebäude vorbeigehen.«

»So dumm bin ich nicht. Aber schau dir den Elefanten an – nur jemand mit sehr viel Geld kann sich solchen Schmuck leisten. Und Rot mit Silber sind die Farben des Clans Scartaris. Jemand von diesen Leuten könnte mich erkennen.«

»Dann geh doch einfach weiter.«

Während wir weitergingen und so taten, als hätten wir mit der anderen Gruppe nichts zu tun, wanderten meine Blicke immer wieder zu den Leuten bei dem Elefanten hinüber. Ein großer, vornehm aussehender Herr in weißer Robe sprach mit einem deutlich kleineren Mann, der eine praktisch aussehende, dunkelrote Tunika und einen leichten Umhang trug. Drei Männer schauten zu; zwei von ihnen gehörten zur kaiserlichen Marine, wie ich an ihren blauen Uniformen erkennen konnte, während der dritte ein Berater sein konnte. Er sah auf alle Fälle nicht wie ein Thetianer aus – nicht mit der beinahe kupferfarbenen Haut und den leicht geschlitzten Augen.

Der Berater schien sich nicht ausschließlich auf die Unterhaltung zu konzentrieren, und ein oder zwei Sekunden später begegneten sich unsere Blicke – es geschah zu schnell, als dass ich noch hätte wegsehen können. Er stand kaum zehn Schritte von mir entfernt, und ich sah ganz kurz einen verwirrten Ausdruck über seine unbewegten Gesichtszüge huschen, ehe er sich wieder der Unterhaltung zuwandte. Mein Herz begann wieder zu schlagen, und als wir drei oder vier Schritte weitergegangen waren, versperrte uns der Elefant die Sicht. Ich wagte es nicht zurückzublicken, selbst nachdem wir bereits um die nächste Ecke gebogen waren.

»Cathan, du Idiot, was hast du getan?«, fragte Palatine ärgerlich. »Hast du ihm zugewinkt?«

»Meinst du, er hätte uns sonst nicht bemerkt? War er ein Freund von dir?«

»Ich habe ihn noch nie gesehen. Aber vielleicht hat er mich gesehen, denn er hat ganz offensichtlich einen von uns erkannt. Und das erzählt er vielleicht gerade dem Mann in Weiß, der zufällig der Vizekönig ist. Oder vielleicht auch Mauriz Scartaris, dem Hochkommissar des Clans Scartaris für den Archipel. Oder vielleicht auch Admiral Charidemus, der da in seiner schmucken blauen Uniform steht.«

»Und was soll er ihnen erzählen? Dass er eine tote Revolutionärin hat die Straße entlanggehen sehen?«, sagte Ravenna heftig. »Du sagst, ich bilde mir ein, zu wichtig zu sein, und dann kriegst du einen Anfall, wenn ein kleiner Funktionär dich ansieht. Du bist tot, Palatine, soweit es sie betrifft. Sie werden nichts sehen, was sie nicht zu sehen erwarten, und du brauchst Cathan keine Vorwürfe machen.«

Meine Überraschung darüber, dass sie mich so vehement verteidigte, war größer als mein Ärger über Palatine und die Vorwürfe, die sie mir gemacht hatte. »Selbst wenn er dich gesehen hat und es meldet – wie viele werden ihm glauben?«

»Zunächst einmal Mauriz. Und dann die Männer des Kaisers, die versucht haben, mich zu töten …«

»Palatine, du redest kompletten Unsinn«, unterbrach Ravenna sie. »Ganz Thetia hat von deinem Begräbnis gehört, und alle Anführer der Clans werden die Leiche gesehen haben, von der sie angenommen haben, dass du es warst. Du könntest jemand sein, die aussieht wie Palatine Canteni, weiter nichts. Siehst du jetzt wie die Tochter eines Clan-Präsidenten aus? Ganz und gar nicht. Und jetzt hör auf, dich aufzuführen, als wärst du paranoid, und lass uns zu den Ozeanografen gehen.«

Palatine starrte sie einen Moment lang an; sie schien verblüfft zu sein.

»Du hast keine Ahnung, wovon du redest. Das hier ist nicht Qalathar, wo die Domäne regiert, indem sie Angst und Schrecken verbreitet, und wo sich jeder Einzelne unterordnen muss. Thetia funktioniert mittels Geheimnissen. Dieser Berater arbeitet garantiert als Agent; vielleicht für seinen eigenen Clan, vielleicht für die Marine, vielleicht sogar für den Kaiser. Irgendjemand wird es herausfinden, und dann wirst du sehen, wovon ich spreche. Wir schauspielern im Archipel nicht mehr – oder hast du die Ketten und den Scheiterhaufen so schnell vergessen?«

»Ich habe mich mein ganzes Leben lang vor der Domäne versteckt, und sie sind weit heimtückischer, als es die Thetianer jemals sein könnten.«

»Wenn du unbedingt alles ignorieren willst, was ich sage, dann mach nur weiter – aber erwarte nicht, dass irgendwas Gutes dabei rauskommt.«

»Du bist wirklich eine echte Thetianerin, du kannst dir anscheinend nicht vorstellen, dass ich auch allein etwas hinbekommen könnte. Du musst immer die Angelegenheiten anderer Leute regeln, stimmt's?«

»Mach ruhig weiter. Vergiss einfach, dass wir diese Leute gesehen haben, und bitte mich in Thetia nicht um Hilfe. Du bist genauso schlimm wie dein Großvater – nur Dickköpfigkeit und keinerlei Nachgiebigkeit.« Bevor Ravenna ihr eine weitere Antwort entgegenschleudern konnte, beschleunigte Palatine ihre Schritte und verschwand in einem Gässchen ein Stück weiter vorn. Es waren nur wenig Menschen auf der breiten, gewundenen Straße, und niemand schien von der heftigen Auseinandersetzung Notiz genommen zu haben. In dem Haus, an dem wir entlanggegangen waren, während wir uns gestritten hatten, wurden keine Fenster aufgerissen, und die Kinder im Garten gegenüber waren zu sehr in ihr Ballspiel vertieft, um uns auch nur die geringste Beachtung zu schenken.

»Soll sie doch gehen und sich irgendwo verstecken, für den Fall, dass die thetianischen Agenten sich auf sie stürzen«, sagte Ravenna verächtlich. »Und außerdem – wer ist sie denn, dass sie über Großvater reden kann? Schau dir doch ihren eigenen an – was hat er jemals für Thetia getan?«

Ihre Wut verrauchte den ganzen Weg bis zum Hafen nicht, wo wir wieder in die Hauptstraße abbogen und uns durch das geschäftige Treiben des Marktes auf dem Hauptplatz schoben, wo sehr viel mehr los war als gestern. Allerdings ging sie nicht auf mich los, weil ich es schaffte, nicht auf die deftigen Beleidigungen zu reagieren, die sie – völlig zu Recht – auf die Tar'Conatur und somit auch meine Familie losließ. Die Wahrheit war, dass mir diese Familie herzlich wenig bedeutete, und ich dachte an Palatine nur selten als Kusine.

Als wir uns dem Ufer näherten, wurde das Gedränge noch größer; es schienen noch mehr Menschen auf den Kais zu sein und den Unterwasserhafen zu betreten.

»Ich glaube, die Ozeanografen sind irgendwo da drüben«, meldete sich Ravenna wieder zu Wort und deutete nach Osten. »In dem Gebäude mit der blauen Glaskuppel und dem Balkon.«

Wir waren nur ein kurzes Stück am Strand entlanggegangen, als es auf den Kais plötzlich sehr still wurde; es war kaum noch etwas anderes zu hören als das Kreischen der Möwen, die über dem Hafen kreisten. Ich fragte mich, was wohl geschehen war und ergriff Ravennas Hand, ehe sie weitergehen konnte. Dann drehte ich mich um und blickte zurück.

»Was hast du –«, begann sie und verstummte. Wir waren beide

nicht sehr groß, aber wir standen etwas höher als die Hauptkais und konnten daher genug sehen. Ravennas Hand krampfte sich plötzlich wie ein Schraubstock um meine, doch ich war abgelenkt von einer Furcht, die mir die Kehle zuschnürte.

Als die rot behelmten Gestalten der Sacri in einer Zweierreihe aus dem Unterwasserhafen kamen – wobei ihre Stiefel kaum Geräusche auf den Steinen machten –, teilte sich die Menge weit genug, so dass ich den Kapuzenträger sehen konnte, der mit kaum hörbar raschelnden Gewändern hinter ihnen her ging. Ich spürte hilflose Wut in mir aufsteigen, als ich mich daran erinnerte, wann ich ihn das letzte Mal gesehen hatte.

Die Inquisition war nach Ral Tumar gekommen.

Kapitel V

Die Menge stand in düsterem Schweigen da, als hätte die Gegenwart der Sacri sie zu Stein erstarren lassen. Niemand wollte die Aufmerksamkeit auf sich lenken, indem er oder sie den Kai verließ oder in die entgegengesetzte Richtung davonging. Sie standen einfach nur da, schauten zu und machten Platz, als die Sacri langsam auf die Strandpromenade hinaustraten und dann stehen blieben und eine Zweierreihe bildeten. Es folgten immer mehr von ihnen; sie kamen die Stufen herunter, um sich zu ihren Kameraden zu gesellen, und bildeten schließlich einen vollen Halbkreis um den Eingang.

Hinter ihnen kamen die Inquisitoren, alle fast identisch in ihren weiß gesäumten schwarzen Roben und den spitzen Kapuzen, die den größten Teil ihrer Gesichter verbargen. Sie schienen eher dahinzugleiten als zu gehen, ein Eindruck, der noch dadurch verstärkt wurde, dass die Säume ihrer Roben gerade den Boden streiften. Doch es war ihre fast völlige Lautlosigkeit, die sie am erschreckendsten wirken ließ; sie schienen sich vollkommen geräuschlos zu bewegen. Und die Reihe schien zu wachsen und zu wachsen, bis am Ende fast vierzig Inquisitoren auf den Stufen hinter den Sacri standen.

Wie bei beinahe jedem anderen Gebäude in Ral Tumar lag auch der Eingang zum Unterwasserhafen etwas zurückgesetzt in einem verzierten Torweg, in diesem Fall am Kopf einer kurzen Marmortreppe. Schließlich hatte auch der letzte Inquisitor seinen Platz eingenommen. Und dann trat der Ranghöchste unter ihnen, der mit in den Ärmeln seiner schwarzen Robe gefalteten Händen vor dem Eingang stand, beiseite, um für jemanden Platz zu machen, der nun aus dem im Schatten liegenden Inneren ins Freie trat.

Einen Augenblick später trat ein kräftig gebauter bärtiger Halethiter aus dem Torweg und blieb auf der obersten Stufe stehen. Edelsteine glitzerten auf seiner Robe in einem Flammenmuster in Rot und Orange.

»*Er*«, zischte Ravenna so leise, dass selbst ich es kaum verstehen konnte. »Wie konnten sie nur ausgerechnet *ihn* schicken?«

Ein dritter Mann, in den scharlachroten Gewändern eines Magiers, nahm seinen Platz zur Rechten des bärtigen Mannes ein, während noch mehr Priester – einer in den Gewändern eines Avarchen und noch mindestens ein Dutzend weitere Inquisitoren – hintereinander aus dem Eingang kamen und sich um die drei Männer herum gruppierten. Ich vermutete, dass es sich bei dem Avarchen um den hiesigen Würdenträger handelte; er trug einen unterwürfigen Gesichtsausdruck zur Schau, den er zweifellos für Vorgesetzte reserviert hatte, die ihn mit ihrem Besuch beehrten.

»Im Namen Ranthas', der das Feuer ist und der Welt das Licht bringt, und seiner Heiligkeit Lachazzar, Vize-Gerent Gottes und Primarch der Domäne«, begann der Magier. Er las von einer schweren, beeindruckenden Schriftrolle ab, und seine künstlich verstärkte Stimme hallte von den Gebäuden im Uferviertel wider. »Wisset, dass trotz Ranthas' Gesetzen und den Lehren seiner Domäne die Welt ernsthaft von der Plage der Ketzerei heimgesucht wird. Dass es solche gibt, die da die Lehren des Glaubens leugnen und sich über Ranthas' Autorität hinwegsetzen. Dass sie, obwohl ihre Zahl sehr klein ist, Häresie predigen und so den Geist derjenigen vergiften, die reinen Herzens sind. Dass sie sich vom Wahren Gott, vom Gestalter der Schöpfung abwenden – und von seinem Diener Lachazzar, der durch das Recht der Nachfolge der einzige Gebieter über den Glauben auf Aquasilva ist. Dass sie durch die Zurückweisung des wahren Glaubens ihre Seelen zur ewigen Verbannung von Seinen lebensspendenden Flammen verdammt und ihre unreinen Gedanken über die ganze Welt verbreitet haben.«

Es war ein Universal-Edikt, ein umfassendes Dekret des Glaubens, herausgegeben vom Primarchen höchstpersönlich, eine Verordnung, der alle Mächte im Himmel oder auf Erden gehorchen mussten. Während spezifische Edikte ziemlich häufig waren und immer dann ausgegeben wurden, wenn der Primarch in einer Angelegenheit zu einem Urteil gekommen war, vergingen manchmal Jahre, ohne dass ein Universal-Edikt erschien. Ich war mir der Tatsache nur allzu gut bewusst, dass wir etwas höher standen als die Menge, und ich wagte mich nicht zu bewegen, voller Angst, dass ich irgendwie die Aufmerksamkeit der Männer auf den Stufen auf uns lenken könnte. Ravenna war völlig erstarrt, ihre Hand zerquetschte mir beinahe die Finger. Ich zog leicht, und sie lockerte ihren Griff so weit, dass ich sie wieder bewegen konnte.

»Aus diesem Grund verfügt Seine Heiligkeit, der Vize-Gerent von Ranthas, dass eine Inquisition in allen Ländern und Meeren stattfinden wird. Dass Agenten des Heiligen Amtes der Inquisition in Übereinstimmung mit dem Willen Ranthas' tätig werden, um die Plage der Häresie vom Angesicht der Wasser zu tilgen. Sie handeln mit der heiligen und billigenden Unterstützung von Ranthas und seiner universellen Domäne. Dass niemand diese heilige Pflicht behindern, verzögern, erschweren oder versuchen darf, sie zu vereiteln, und dass alle, die es dennoch versuchen, als Sünder und Häretiker betrachtet werden. Dass jeder Mann und jede Frau, groß und klein, den Agenten des Heiligen Amtes der Inquisition ihren wahren Glauben beweisen sollen, und dass alle, die über jedwede Autorität verfügen, dem Heiligen Amt alle Hilfe und Unterstützung gewähren werden.

In Übereinstimmung mit diesen Dingen ist von Seiner Heiligkeit festgesetzt worden, dass allen, die binnen drei Tagen vortreten und freiwillig ihre Sünden bekennen, die ihre Schuld gestehen und wahrhaft Reue zeigen, die Absolution gewährt wird und sie milde bestraft werden, so dass sie nie wieder von der Wahrheit abfallen oder vom Pfad der Rechtschaffenheit abweichen. Dass jeder Mann und jede Frau, die Kenntnis von den häretischen Umtrieben anderer besitzen, dies dem Heiligen Amt bekannt geben oder, wenn sie es vertuschen, selbst als Ketzer betrachtet werden. Dass gegen all jene Häretiker, die ihre Sünden nicht freiwillig bereuen, das Heilige Amt alle Methoden benutzen darf, die es innerhalb der Gesetze von Ranthas findet und für geeignet hält, uneingeschränkt von irgendwelchen weltlichen Gesetzen. Dass das Heilige Amt autorisiert ist, jene, deren Sünden als zu schwer beurteilt werden, mittels des heiligen Feuers gemäß Ranthas' Lehren zu läutern, und dass all jene, die versuchen, sich einzumischen, für ihre Taten als schuldig beurteilt werden sollen.

Für die Ausführung dieser höchst heiligen und geheiligten Aufgabe in den Ländern des Archipels benennt und ermächtigt Seine Heiligkeit den General-Inquisitor Midian, der in Erfüllung seiner Pflicht niemandem sonst als Seiner Heiligkeit selbst Rechenschaft schuldet, und der auf gleicher Stufe mit Seiner Ehrwürden Talios Felar, Exarch des Heiligen Amtes der Inquisition, stehen soll. Alle sollen seine Autorität anerkennen, oder sie werden aus dem Schutze Gottes ausgestoßen.

Gesiegelt von der Hand seiner Heiligkeit Lachazzar, Vize-Gerent von Ranthas, am ersten Tag des Winters im gesegneten Jahr 2774.«

Die Stille war absolut, als der Magier das Pergament wieder zusammenrollte und sich vor dem bärtigen Mann – dem neu ernannten General-Inquisitor Midian – verbeugte. Dann hob Midian die linke Hand, und wie eine Woge, die ans Ufer rollt, sank die Menge auf die Knie. Wir, zwei ziemlich kleine, dunkelhaarige Menschen inmitten einer Menge sich stark ähnelnder Inselbewohner, fielen nichtsdestotrotz so schnell wir konnten auf die Knie und neigten die Köpfe, wagten es nicht, die Inquisitoren anzublicken. So rasch auf dem harten Stein aufzukommen jagte einen Schlag durch meinen ganzen Körper.

Ich hörte Midians Gebet oder seinen Segen oder was auch immer es sonst war kaum, abgesehen von der seltsam vertrauten Zeile, die alle ermahnte, auf Ranthas' Wegen zu wandeln und die Lehren der Domäne nicht in Frage zu stellen.

Ich hätte niemals zugegeben, dass mich die Inquisition mit Entsetzen erfüllte, denn das zu tun wäre fast schon Häresie gewesen. Doch ich hätte mich nicht geschämt, es zuzugeben. Im Gegensatz zu so ziemlich allen anderen Menschen auf Aquasilva hatte ich Inquisitoren sterben sehen, von Pfeilen durchbohrt. Jetzt jedoch sah ich sie seit damals zum ersten Mal wieder, und aus irgendeinem Grund machte das alles viel schlimmer.

Ich war damals vollkommen ihrer Barmherzigkeit ausgeliefert gewesen – nicht, dass Barmherzigkeit den Inquisitoren irgendetwas bedeutet hätte –, aber sie hatten ohnehin nur Nebenrollen gespielt. Es war nicht um die Frage gegangen, ob Ravenna und ich schuldig waren, und daher hatte für sie auch keinerlei Notwendigkeit bestanden, uns einer Befragung zu unterziehen. Hier in Ral Tumar war ich frei und in der Lage zu fliehen. Aber wenn Sarhaddon auch nur den leisesten Hinweis erhalten sollte, dass wir uns im Archipel aufhielten ...

Midian beendete sein Gebet und entließ die Menge. Einen Augenblick lang rührte sich niemand, erhoben sich einige Menschen ganz in unserer Nähe und verbeugten sich vor dem General-Inquisitor. Die Reihen der Priester auf den Stufen gaben ihre sorgfältige Formation auf und bildeten eine Marschkolonne. Sechs oder acht Sänften wurden von der Seite der Bibliothek herangebracht, hölzerne, thronähnliche Sitze, die von jeweils zwei stämmigen Halethitern getragen wurden. Niemand wagte es zu gehen, ehe nicht alle hochrangigen Priester in ihre Sänften gestiegen waren und die Prozession sich in Bewegung gesetzt hatte – eine schwarzrote Schlange, die sich auf das Herz der Stadt zubewegte.

Dann, endlich, als die letzten Sacri in ihren karmesinroten Rüstungen aus unserem Blickfeld verschwanden, fand die Menge ihre Stimme wieder und begann sich aufzulösen. Ravenna ließ endlich meine Hand los und blieb noch einen Augenblick reglos stehen.

»Komm, wir sollten lieber zurückgehen«, sagte sie in ihrer alten, abgehackten tonlosen Sprechweise. »Jetzt ist nicht der richtige Zeitpunkt, in die Bibliothek zu gehen.«

Wir gingen ein Weilchen mit der Menge am Ufer entlang, bis wir in stummem Einverständnis in eine schmale, steile Gasse abbogen, die zwischen einem Kramladen und einer kleinen Schänke verlief. Als wir die nächste Kreuzung mit einer etwas breiteren, jedoch merkwürdig leeren Straße erreichten, die parallel zum Hafen verlief, blickte ich nervös über die Schulter zurück. Wir wurden nicht verfolgt – warum auch?

»Ich komme mir vor wie eine Maus, die von einem Tiger gejagt wird«, sagte Ravenna schließlich. In ihrem Gesicht war nichts von ihrer üblichen Lebendigkeit oder Energie zu entdecken. »Weil ein Tiger auch eine Katze ist, spielt er mit mir, bevor er mich tötet, doch weil er so groß ist, trampelt er auch auf allen anderen herum, während er seinen Spaß hat.«

»Sie machen das nicht deinetwegen«, wandte ich ziemlich lahm ein.

»Sei nicht blöd«, sagte sie, und einen kurzen Augenblick lang blitzte Wut in ihren Augen auf, war aber ebenso schnell wieder verschwunden. »Ich weiß, dass sie nicht mich jagen, sondern Ketzer. Sie sind ein Tiger in einem ganzen Zimmer voller Mäuse, und das ist keine Übertreibung. Sie lassen uns und alle anderen wissen, dass Lepidor gar nichts war. Dass wir nicht den kleinsten Eindruck bei ihnen hinterlassen haben.«

»Haben wir auch nicht. Wir haben ihm ein Schnurrhaar ausgerissen, und jetzt ist der Tiger wütend.«

»Nein, das ist er nicht. Er ist unerbittlich. Es kümmert ihn nicht. Wenn er genügend Leute platt getrampelt hat, spielen wir keine Rolle mehr. Oh, wenn er uns erwischt, wird er sich mehr Zeit dafür nehmen, uns zu töten, aber davon einmal abgesehen sind wir nichts weiter als eine statistische Größe. Lachazzar hat ein Universal-Edikt erlassen, und niemand auf ganz Aquasilva wird es wagen, ihm auch nur ansatzweise die Stirn zu bieten. Es zielt genau auf den Archipel ab, und nicht einmal Orosius persönlich wird auch nur ein einziges Wort davon in Frage stellen. Nach thetianischem Recht ist praktisch das gesamte Edikt illegal, aber die Domäne ist zu mächtig für ihn.«

»Ravenna, es wird sie nicht ewig geben. Nichts währt ewig. Nach dem Fall von Aran Cthun hat sich den Thetianern auf ganz Aquasilva niemand mehr widersetzt. Dennoch sind sie in sich zusammengebrochen – und schau dir an, was sie heute sind.«

»Sie sind immer noch hier und werden gefürchtet. Ich weiß, dass du mir helfen willst, Cathan, aber das ist nicht nötig. Du wirst tun, was in deiner Macht steht, und das werde ich auch, aber am Ende spielt es keine Rolle. Wir können nicht das Geringste gegen dieses Edikt tun, weil sie uns zerschmettern können, ohne auch nur einen Gedanken daran zu verschwenden.«

»Und was ist mit den Stürmen?«, beharrte ich. »Vielleicht sind wir nicht stärker als alle Magier der Domäne, aber es gibt niemanden, der mächtiger ist als wir beide, wenn wir zusammenarbeiten.«

»Das stimmt, es gibt niemanden; aber selbst als wir halb Lepidor mit jenem Sturm zerstört haben, waren wir gegen den Gedankenmagier doch hilflos. Alles, was wir tun können, ist, sie so lange zu ärgern, bis sie auf uns losgehen – und sag jetzt nicht, dass wir dann noch irgendetwas machen könnten.«

Es gab nichts, was ich darauf hätte erwidern können, denn ich wusste, dass sie Recht hatte. Keiner von uns beiden war daran gewöhnt, sich bedeutungslos zu fühlen, doch verglichen mit der Macht, die wir gerade gesehen hatten, waren wir genau das. Dieses Wissen schmerzte, als ob es tatsächlich an mir nagte, doch mir fiel nichts ein, was ich dagegen hätte vorbringen können.

»Ich schätze, wir müssen unsere Pläne ändern«, meinte sie ein paar Minuten später, als wir die Straße unterhalb der Prachtallee mit den Botschaften erreichten und sie in Richtung unserer Unterkunft in der Nähe der Stadtmauer überquerten. »Qalathar ist bestimmt nicht sicher. Wenn es auch nur einen Verräter unter den Dissidenten gibt, nur eine Person, die einem von uns gegenüber irgendeinen Groll hegt, werden wir eingesperrt. Und selbst wenn wir Glück haben sollten, können sie immer noch jemanden gefangen nehmen, den wir kennen, und ihn verhören.«

»Und was ist mit den Waffen? Sollen wir sie einfach weiter an die Halethiter verkaufen?«

»Du gibst einfach nicht auf, wie? Du bist fast genauso schlimm wie Palatine. Hör zu: Wenn wir jetzt nach Qalathar fahren, kommen wir wahrscheinlich nie zurück. Sie haben hier ein großes Tribunal aufgeboten, und die meisten Inquisitoren werden noch weiterreisen. Sie werden noch mehr Schiffe zu anderen Inselgruppen schicken, aber im Augenblick bewegt Midian sich so langsam wie möglich auf Qalathar zu. Er wird überall Halt machen, wo er kann, wird sein Edikt verlesen lassen und ein paar Tage bleiben, um ein paar Schafe wieder der Herde zuzuführen.

Seine Leute werden schon bald in Qalathar sein. Sie werden ihn beeindrucken wollen, so dass es einen Tag nach seiner Ankunft eine große Zeremonie geben wird, bei der sie so fünfzig bis hundert Leute verbrennen werden. Ihre Verliese werden vor Verdächtigen überquellen, und sie werden jeden genauestens überprüfen, der das Land verlassen will.«

»Das Edikt soll die Leute dazu bringen, sich zu melden und einander zu denunzieren.«

»Das ist die übliche Vorgehensweise, und manchmal gibt es eine Belohnung. Weißt du, wie sie arbeiten?«

»Im Prinzip schon«, antwortete ich und versuchte mich an das zu erinnern, was uns in der Zitadelle erzählt worden war.

»Es ist gut, dass Palatine nicht hier ist; sie hasst es schon, darüber nachzudenken. Es ist die Art und Weise, wie sie arbeiten, die sie am meisten erzürnt, weniger, was sie tun. Du weißt ja, wie fest sie an die thetianischen Gesetze glaubt.«

»Im Gegensatz zu der Art und Weise, wie die Domäne die Gesetze auslegt.«

»Schuldig, bis die Schuld bewiesen ist, ja. Sie klagen dich an, und du musst deine Unschuld in einer nicht öffentlichen Gerichtsverhandlung beweisen, ohne Zeugen, die dir den Rücken stärken könnten. Da ist es keine Überraschung, dass fast jeder verurteilt wird.«

»Was sollte dieses *milde bestrafen* bedeuten? Dass sie einen bewusstlos schlagen, bevor sie einen verbrennen?«

»Du musst ein Zeichen auf deinen Kleidern tragen, musst jede Woche einmal barfuß zum Tempel gehen und wirst jedes Jahr beim Fest von Ranthas rituell ausgepeitscht. Das ist die übliche leichte Strafe. Für gewöhnliche Bürger. Für Adlige kann es anders sein, mal besser, mal schlechter.«

Ich war entsetzt. Natürlich hätte ich es wissen müssen, wenn ich mir meine bisherigen Erfahrungen mit der Domäne ins Gedächtnis rief, aber so etwas milde zu nennen … »Und wie lange?«

»Fünf Jahre, zehn Jahre oder bis an dein Lebensende; das hängt davon ab, für wie aufrichtig sie dein Geständnis halten.«

»Und da melden sich tatsächlich Menschen und gestehen?« Sie nickte traurig. »Für so etwas werden sie es tun, denn wenn jemand sie später denunziert, wird alles noch viel schlimmer. Natürlich werden längst nicht alle verbrannt, aber es gibt Dinge, die fast genauso schlimm sind.« Beinahe abwesend legte sie mir den Arm um die Hüfte, und ich tätschelte ihre Schulter. Wir hatten beide Freunde in Qalathar und im Rest des Archipels, die bekannte Häretiker waren, toleriert und sogar willkommen geheißen von den Gläubigen ihrer Clans. Doch wenn die Inquisition auftauchte, hielt die Clantreue nicht Stand. Persea war genau wie ich schon einmal dem Scheiterhaufen entkommen, doch wie lange würde ihr Glück – oder das der anderen – nach diesem Edikt noch anhalten? Es war nur ein schwacher Trost, zu wissen, dass nur der Archipel das Ziel der Repressalien war, dass Lepidor nicht leiden würde, oder Mikas in Cambress oder selbst Ghanthi bei den Halethitern. Sie wollten den Archipel zerstören, weil er im Vergleich zu allem, an das sie glaubten, zu fremd war, zu anders, um ihre Orthodoxie zu akzeptieren.

Wir erreichten den kleinen Innenhof, von dem aus man in unsere Unterkunft gelangte, ein zweistöckiger Anbau an einem größeren Gebäude, der von dem Haus unterhalten wurde, das dort lebte. Es war wie der Rest der Stadt im typischen Stil der Inseln gebaut – schlicht, aber peinlich sauber, wie es von den Clan-Codices des Archipels diktiert wurde. Gastfreundschaft war im Archipel sehr wichtig, was die Domäne anscheinend schamlos ausnutzte.

Wir stiegen die schmale hölzerne Treppe zu unseren Zimmern hinauf, und Ravenna klopfte an die Tür des Raums, den sie sich mit Palatine teilte. Es kam keine Antwort.

»Sie ist unterwegs, um zu beweisen, dass sie Recht hatte«, sagte Ravenna resigniert. »Ich kann nur hoffen, dass sie Sarhaddon aus dem Weg geht. Wie konnten sie nur ausgerechnet diese beiden schicken – vor allem Midian? Er ist ein böser alter Bock.« Sie rammte den Schlüssel in ein harmloses Schlüsselloch, drehte ihn heftig und gab der Tür obendrein noch einen kräftigen Stoß.

Ich hoffte, dass niemand ihre letzten Worte gehört hatte. Es sah nicht so aus, als wäre Palatine hier gewesen, seit wir mit ihr gestritten hatten; alles war unverändert. Ich hatte nebenan eine winzige Kammer, daher war dies der einzige Ort, wo wir uns unterhalten konnten. Ich zog die Rattan-Rollläden am Fenster hoch, um ein bisschen Licht hereinzulassen; es war nicht heiß genug, um die Läden zu schließen.

»Du willst also nicht nach Qalathar weiterfahren?«, fragte ich sie und setzte mich auf Palatines Bett, dessen gemusterte Decke ordentlich zurückgeschlagen war. »Ich weiß, dass es gefährlich ist, aber ...«

»Aber ich will mich nie wieder von ihnen gefangen nehmen lassen. Sie haben uns letztes Mal nicht gefoltert, aber das werden sie tun, wenn sie uns hier erwischen. Du hast die thetianische *Geschichte* gelesen, also weißt du bestimmt noch, dass Hierarch Carausius von Folter und Magie so verkrüppelt war, dass er kaum noch laufen konnte.«

»Aber es ist nicht sicher, dass sie uns erwischen werden.«

»Willst du das wirklich riskieren? Und erzähl mir bloß nicht, dass du dich nicht ebenso sehr vor ihnen fürchtest wie ich.«

»Aber sie werden uns wahrscheinlich nicht töten, oder? Nicht, wenn sie wissen, wer wir sind.«

Sie setzte sich neben mich, auf ihrem Gesicht lag ein müder Ausdruck.

»Cathan, für all das –« Sie brach ab und setzte dann erneut an, schob beiseite, was auch immer sie hatte sagen wollen. »Du kannst manchmal schrecklich schwer von Begriff sein. Ich weiß, du versuchst mich davon zu überzeugen, dass schon alles gut gehen wird, aber du weißt selbst, dass das nicht stimmt.«

»Aber sie werden uns nicht töten – warum hast du versucht, mich vom Gegenteil zu überzeugen?« Um ehrlich zu sein, ich wusste selbst nicht genau, warum ich immer noch dafür plädierte, nach Qalathar zu reisen, denn ich fürchtete mich tatsächlich und wollte eigentlich nirgendwohin, wo ich der Inquisition wieder in die Hände fallen könnte.

»In Lepidor habe ich mich für den Scheiterhaufen entschieden, statt ihre Marionette zu werden«, sagte sie sanft. »Ich kann dir nicht einmal genau sagen, warum, weil ich es selber nicht genau weiß.

Aber kannst du daraus nicht etwas schließen?« Das andere, was ich nicht verstehen konnte, war, warum sie so ruhig schien, wenn wir uns doch eigentlich hätten anschreien müssen.

»Du wolltest nie nach Hause », beharrte ich. »Selbst als wir noch in Lepidor waren und keine Ahnung hatten, dass so etwas geschehen könnte, hattest du alle möglichen Einwände. Du willst dort nicht hin – und das hat nichts mit der Inquisition zu tun.«

»Glaubst du das wirklich? Als wären dort nicht das ganze letzte Vierteljahrhundert Inquisitoren gewesen.«

»Wie kannst du jemals zurückkehren, wenn du dich vor ihnen fürchtest? Was wir tun, ist alles andere als ungefährlich, und das solltest du von uns allen am besten wissen.«

»Das tue ich auch«, sagte sie. Dieses Mal klang ihre Stimme etwas hitziger. Vielleicht hatte ich doch Unrecht, was ihre Ruhe anbelangte. »Deswegen versuche ich auch, dich und Palatine zu überreden, nicht dorthin zu fahren. Aber ihr seid so dickschädelig, dass ich einen Vorschlaghammer bräuchte, um euch meine Argumente einzubläuen.«

»*Warum?* Du bist alles andere als feige, und du bist noch nie vor etwas zurückgeschreckt. Du wolltest sogar nach Tehama, obwohl du einmal gesagt hast, das sei der schlimmste Ort auf der …«

Ich warf ihr einen scharfen Blick zu und verstummte. Ravenna hatte mir in der Zitadelle erzählt, dass sie aus Tehama stammte, dem Hochplateau über Qalathar, dessen Bevölkerung während des Krieges auf der Seite der Tuonetar gekämpft hatte, und das durch die Vergeltungsmaßnahmen der Thetianer vom Rest der Welt abgeschnitten gewesen war. Tehama klang schrecklich, nach allem, was man so hörte, doch irgendetwas passte nicht zusammen.

»Du hast vor kurzem gesagt, du wärst seit dreizehn Jahren nicht mehr in Qalathar gewesen, seit du sieben warst oder so. Aber ich habe gedacht, du bist in Tehama geboren und aufgewachsen?«

»Das bin ich auch. Ich habe ein Jahr in Qalathar verbracht, weil die Brüder Barrati wissen wollten, wie meine Heimat aussieht. Der damalige Primarch war ziemlich harmlos, und alles ging einige Zeit etwas entspannter zu. Hast du mir nicht geglaubt?«

»Es tut mir Leid«, sagte ich und verfluchte mich dafür, an ihr gezweifelt zu haben, und dann verfluchte ich die Inquisitoren, weil sie überall Misstrauen säten. »Verzeihst du mir?«

Sie lächelte schwach. »Natürlich. Ich bin so daran gewöhnt, alles geheim zu halten, dass ich manchmal vergesse, den Menschen, denen ich vertraue, etwas zu erzählen.«

Ihre Worte gaben mir eine Gelegenheit, die ich nicht nutzlos verstreichen lassen wollte.

»Dann verdiene ich es also nicht, zu wissen, warum du nicht nach Qalathar willst.«

»Wirklich sehr geschickt«, bemerkte sie ärgerlich. »Ich sage etwas, das ich wirklich ernst meine, und du greifst es sofort auf, um unseren Streit in deinem Sinne zu beenden. *Den* Fehler mache ich ganz bestimmt nicht noch einmal.«

»Warum fällt es dir so schwer, es zuzugeben, Ravenna? Ich frage nur aus einem einzigen Grund: Wenn es etwas ist, das wir bisher noch nicht bedacht haben ...«

»Es ist etwas, das du bloß wieder dazu benutzen wirst, mich als emotional abzustempeln«, schnappte sie. »Du willst nach Qalathar, willst ein Geschäft für Hamilcar einfädeln und sehen, ob dort irgendjemand etwas über die *Aeon* weiß. Schön, was die *Aeon* angeht, bin ich deiner Meinung. Aber dafür brauchen wir nicht nach Qalathar zu reisen. Wir *sollten* nicht nach Qalathar reisen.«

Das führte zu nichts. Es war, als kämpften zwei gleich gute Duellanten mit Stöcken. Jedes Mal, wenn ich irgendetwas sagte, erwiderte sie nur, dass sie nicht nach Qalathar wolle, und alles, was ich tun konnte, war, sie nach dem Grund zu fragen. Ich kam mir vor, als hämmere ich erfolglos auf eine verschlossene und verriegelte Tür ein.

»Ich habe schon verstanden. Aber wenn wir dort nicht hinfahren, wie sollen wir dann jemals dieses Geschäft für Hamilcar arrangieren? Wenn wir an die Di... an diese Leute verkaufen«, sagte ich, als mir plötzlich bewusst wurde, dass das Fenster offen war und unsere Stimmen immer lauter wurden. Ich sprang vom Bett auf und trat ans Fenster, warf zuerst einen Blick in den Hof und dann direkt nach unten. Niemand stand unter unserem Fenster, und die einzigen Leute, die im Hof zu sehen waren, drängten sich in dem Obstladen gegenüber und feilschten um ein paar Melonen. »Ehe Hamilcar irgendwelche Abmachungen unterzeichnen kann, muss er sicher sein, dass sie bezahlen können und dass sie wirklich diejenigen sind, die sie zu sein behaupten. Sie sitzen in Qalathar – wo können wir also sonst hingehen?«

»Es gibt auch noch andere Orte im Archipel – Ilthys zum Beispiel. Qalathar mag das Zentrum sein, aber wir können genauso gut irgendwo anders mit ihnen Kontakt aufnehmen und ein Treffen an einem abgelegenen Ort vereinbaren.«

»Was – so dass nicht wir unser Leben in Gefahr bringen, sondern sie das ihre? Wir können uns immerhin selbst verteidigen, aber sollen wir es wirklich riskieren, sie einer Gefahr auszusetzen, nur um unsere Haut zu retten? Sie fürchten sich genauso sehr vor der Inquisition wie wir, und sie sind Bürger von Qalathar.«

»Exakt meine Rede«, sagte sie. »Wenn wir nach Qalathar fahren, sind wir Fremde, ohne dass wir irgendeinen guten Grund hätten, uns dort aufzuhalten. Sie wissen, wie man an der Inquisition vorbeikommt, und sie haben gute Gründe, um nach Ilthys oder sonst wohin zu reisen. Die Domäne kann nicht alle Menschen vom Reisen abhalten oder jeden verfolgen, der ankommt oder wegfährt. Auch wenn ich von dort komme – es ist kein vertrautes Gelände.«

»Dann willst du also, dass wir in Ilthys herumhocken, während sie die gefährlichen Reisen auf sich nehmen?«

»Wie dickköpfig kannst du eigentlich sein, Cathan? Wir muten ihnen kein größeres Risiko zu, indem wir es so machen, wohingegen wir definitiv eine ganze Menge riskieren, wenn wir direkt nach Qalathar fahren, während dort jede Menge Inquisitoren herumlaufen. Du bist keineswegs rücksichtsvoll, sondern einfach nur dumm. Und natürlich wird uns die Inquisition nicht töten, wenn sie uns erwischen – was wäre das auch für eine Verschwendung. Mich werden sie zu einer Marionette auf dem Herrscherthron machen, während du in Ketten zur Heiligen Stadt verschifft wirst, um an der Leine gehalten zu werden, bis sie einen Wassermagier brauchen. Palatine wird wahrscheinlich verbrannt werden. Willst du wirklich, dass das geschieht?« Sie beendete den Satz mit gebieterischem Tonfall und sah mich durchdringend an.

Einen Augenblick lang starrten wir einander finster an; wir waren beide wütend, und keiner von uns war gewillt nachzugeben. Wenn ich nachgab, würde ich nie herausfinden, warum sie nicht nach Qalathar wollte, und wir würden wahrscheinlich niemals hinkommen. Sie übertrieb, da war ich mir sicher. Sie übertrieb die Gefahr, die Wahrscheinlichkeit, gefangen genommen zu werden oder wie sicher ihr Alternativvorschlag für die Dissidenten war. Was bedeutete, dass sie einen tieferen Beweggrund hatte, warum sie nicht hinfahren wollte, etwas, das wahrscheinlich überhaupt nichts mit der Inquisition zu tun hatte.

Und die Tatsache, dass sie ein Ultimatum gestellt hatte, bedeutete wahrscheinlich, dass sie kurz davor war aufzugeben. Wenn ich nur noch ein bisschen durchhalten könnte, dachte ich, während wir uns anstarrten wie Maultiere auf einem Bergpfad, würde sie vielleicht aufgeben. Doch ich konnte nicht umhin, zu erkennen, dass sie mir nicht traute, und das traf mich tief. Nach allem, was in Lepidor geschehen war, hatte ich gehofft, wir hätten das hinter uns. Aber dem war nicht so. Und ich musste zugeben, dass ich mir ihrer auch noch immer nicht sicher war. Oder alledem, was mit ihr zu tun hatte. Es gab noch immer zu viele unbeantwortete Fragen, zu viele Dinge, die unausgesprochen geblieben waren.

Aber während die Sekunden in unbehaglichem Schweigen verstrichen, bröckelte meine Entschlossenheit, wurde von genau dem zermürbt, was mir schon zuvor zum Verhängnis geworden war und es wieder werden würde. Etwas, von dem ich immer das Gefühl gehabt hatte, ich müsste ihm widerstehen, und es niemals gekonnt hatte – nicht, wenn es bedeutete, sie in Gefahr zu bringen.

»Nein«, sagte ich und senkte widerwillig den Blick. Mir war, als hätte ich mich ergeben, was in gewisser Hinsicht auch stimmte. »Aber wir müssen noch mit Palatine reden.« Und Palatine würde mir Vorwürfe machen, weil ich nachgegeben hatte. Manchmal wünschte ich, wir wären zu zweit oder zu viert. Drei war eine unangenehme Zahl – immer zwei gegen einen.

Ravenna sah allerdings nicht besonders zufrieden aus. Sie wirkte eher traurig. Ich hoffte, dass es gut war, doch es gab keine Möglichkeit, es herauszufinden.

Ich stand auf, wollte ihr jetzt nicht mehr nahe sein, und trat erneut ans Fenster. Irgendwo rechts von uns, jenseits der Kuppeln, saßen jetzt Midian und Sarhaddon im Tempel und planten wahrscheinlich ihre Säuberung des Archipels. Sie würden gewinnen, wenn sie genügend Menschen töteten, sie würden es schaffen, der Ketzerbewegung das Herz herauszureißen. Und sie hatten uns schon allein durch ihre Ankunft dazu gebracht, Zugeständnisse zu machen. Ich war nicht besser als all die anderen, die sich mit der Domäne abgefunden hatten und aus Furcht den Blick abwandten. Sie hatten verhindert, dass wir nach Qalathar fuhren, weil wir uns fürchteten – ob es nun meine Furcht war, oder Ravennas, oder die von irgendjemand anderem spielte keine Rolle. Das Versprechen einer Zeit, in der all dies vergessen sein würde – das Versprechen, das ich Ravenna an jenem Strand gegeben hatte, und davor schon einmal an einem anderen Strand – erschien mir plötzlich leer und bedeutungslos.

Kapitel VI

Ich brauchte ein bisschen Abstand von Ravenna, also beschloss ich, meinen aufgeschobenen Besuch bei den Ozeanografen nachzuholen. Da ich mittlerweile nicht nur wusste, wo sich die Station befand, sondern auch mehr oder weniger ahnte, wie ich dorthin kommen konnte, dauerte es nicht sehr lange, durch das Gewirr von Seitenstraßen mein Ziel zu erreichen. Es war immer noch mitten am Nachmittag, und die meisten Menschen waren bei der Arbeit, daher wirkte die Stadt ziemlich leer. Möglicherweise war sie wegen der Ankunft Midians und seiner Inquisitoren auch noch leerer als sonst.

Dankenswerterweise sah ich unterwegs keine Sacri, doch als ich das geschäftigere Hafenviertel erreichte, herrschte dort eine düstere, bedrohliche Atmosphäre, die vorher nicht zu spüren gewesen war. Die Menschen schienen nicht ganz so offen, und ich bemerkte mehr als ein paar misstrauische Blicke; einige galten mir, andere nicht. Ich fragte mich, wie schlimm es wohl in Ral Tumar werden würde. Wahrscheinlich immer noch besser als tiefer im Zentrum des Archipels, denn von allen Clans des Archipels war Tumarian den Clans der Kontinente am ähnlichsten, und er galt als der ungefährlichste.

Während ich den Unterwasserhafen betrat, um nachzusehen, ob Demaratus im Hinblick auf sein Schiff die Wahrheit gesagt hatte, gelang es mir, ein paar Einzelheiten über Midian und sein Gefolge in Erfahrung zu bringen. Sie waren in drei Mantas gekommen, die sie von tanethanischen Großen Häusern gemietet hatten, und sie hatten einen Teil des Unterwasserhafens abgesperrt, was zu einem erheblichen Durcheinander geführt hatte. Noch immer rannten Beamte der tumarianischen Marine herum und versuchten, Liegeplätze frei zu machen.

Drei Mantas. Das bedeutete ziemlich sicher, dass sich das Tribunal nach dem Aufenthalt in Ral Tumar aufteilen würde und nur Midian und seine direkten Gefolgsleute nach Qalathar reisen würden. Wahrscheinlich würden noch zwei weitere Gruppen gebildet werden – eine würde nach Mons Ferranis fahren, und die andere nach Selerian Alastre, um sich dort noch einmal zu teilen.

Nachdem ich den Unterwasserhafen wieder verlassen hatte, kam ich an unzähligen Schänken und ebenso vielen Schiffsausrüstern vorbei und ging dann weiter am Ufer entlang bis zu der kleinen Landzunge, auf der die ozeanografische Station lag. Um weniger Aufmerksamkeit auf mich zu lenken, war ich als Ozeanograf gereist und trug die hellblaue Tunika der Gilde. Da die Söhne von Clanführern – zumindest auf den Kontinenten – normalerweise keine Ozeanografen wurden, gab es eigentlich keinen Grund, meine Tarnung in Frage zu stellen.

Ich hatte wirklich Glück; der Dialekt, den wir im nordwestlichen Ozeanus sprachen, war auch auf vielen Inseln gebräuchlich. Ich war Inselbewohner von Geburt und reiste mit zwei Inselbewohnerinnen. Unter den Clansleuten von Ral Tumar würde ich lediglich als verblüffend thetianisch auffallen. Und Thetianer waren im Großen und Ganzen keine Häretiker. Nicht, dass mich deswegen die Anwesenheit der Sacri weniger nervös gemacht hätte.

Die ozeanografische Station von Ral Tumar war größer und in einem anderen Stil erbaut als die von Lepidor, doch das Gefühl, das sie vermittelte, war das gleiche. Obwohl die Eingangshalle größer und eleganter war, stapelten sich dennoch in allen Ecken Ausrüstungsgegenstände, und jener schwache, unbestimmte Geruch nach Gerätschaften, die sich fast die ganze Zeit im Wasser befanden, lag in der Luft.

Als ich die Halle betrat, war niemand zu sehen, doch ein paar Minuten später kam ein bärtiger Mann in den Dreißigern mit einem Stück Papier in der Hand die Treppe herunter. Er blieb stehen, als er mich sah, und schien ein bisschen überrascht zu sein.

»Guten Tag. Was kann ich für Euch tun?«

»Ich bin auf der Durchreise und habe mich gefragt, ob ich wohl einen Blick in Eure Bibliothek werfen könnte. Ich habe Tagesberichte von der Station im nordwestlichen Ozeanus bei mir – falls die für Euch von Nutzen sein können ...«

»Auf jeden Fall. Kommt, ich werde sehen, ob ich den Assistenten des Meisters finden kann. Der Meister selbst ist im Augenblick nicht da, er ist in Sianor, bei einer Konferenz. Von welcher Station kommt Ihr?«

»Lepidor.«

»Das ist gut. Wir haben schon eine ganze Weile keine Berichte mehr aus Haeden bekommen.« In Anbetracht der Tatsache, dass beide Stationen im gleichen Strömungssystem lagen und eigentlich miteinander Verbindung halten mussten, hörte sich das für mich als Ozeanografen ein wenig beunruhigend an.

Er führte mich durch einen Korridor zum Büro des Assistenten, das größer war als die Kammer unseres Meisters in Lepidor. Der Meister. Ich wollte jetzt nicht an ihn denken. Die Tür zu dem Zimmer stand offen, und der Mann, der drinnen an einem Schreibtisch saß, blickte auf, als wir eintraten.

»Ach, Ocusso. Hast du den Antrag für das Budget schon fertig? Und wer ist das?« Manche Dinge änderten sich wirklich nie. Das Budget kam immer zuerst.

»Das ist ein Ozeanograf aus Lepidor; er würde gerne die Bibliothek benutzen. Wenn ich ihn vielleicht Euch überlassen könnte – ich wollte den Antrag gerade zu Amalthea bringen.«

Der Assistent nickte, und mein Führer verschwand ebenso schnell, wie er aufgetaucht war.

»Willkommen in Ral Tumar …«

»Cathan.«

»Ich bin Rashal, der Erste Assistent von Meister Victorinus; er ist im Augenblick nicht da.« Er hätte von überall aus dem Archipel stammen können. Seine olivfarbene Haut und die langen Haare verliehen ihm fast etwas Löwenhaftes. Meiner Schätzung nach konnte er nicht älter als vierzig sein.

Wir unterhielten uns eine Weile höflich über verschiedene ozeanografische Probleme, und ich übergab ihm die Stationsberichte. Es handelte sich dabei im Wesentlichen um eine Zusammenfassung der wichtigeren Beobachtungen von allem, was für andere Stationen von Interesse sein konnte. Es galt als reine Höflichkeit, dass ein reisender Ozeanograf Abschriften für alle Stationen bei sich trug, die er vielleicht zufällig besuchen würde. Jede Station sollte normalerweise alle sechs Monate einen Bericht zum Hauptquartier der Gilde in Selerian Alastre schicken, doch diese Berichte gingen oft verloren oder waren endlos lange unterwegs. Meine Abschrift würde das Hauptquartier wahrscheinlich noch vor dem offiziellen Bericht erreichen.

»Was wollt Ihr Euch ansehen?«, fragte Rashal schließlich. »Wir haben hier eine ziemlich große Bibliothek, wir sollten also eigentlich in der Lage sein, Euch zu helfen.«

Ich erzählte ihm von dem Besuch des Leviathans und erklärte, dass mein Fachgebiet die Bedingungen in großen Meerestiefen waren. Was zumindest teilweise stimmte. Ich hatte mich immer mehr für die Strömungen und das Verhalten des Ozeans als Ganzes interessiert als für … sagen wir seine Bewohner. Leviathane waren eine Ausnahme. Jeder war von Leviathanen fasziniert.

Rashals Augenbrauen schossen in die Höhe.

»Das ist im Augenblick ein gutes Interessengebiet. Habt Ihr schon von der *Missionar* gehört?«

»Der *Missionar*?«

Rashal grinste und zog einen Stapel Papiere aus einer Schublade seines Schreibtischs. »Sie ist genau das, worauf alle, die sich mit den Tiefen der Ozeane beschäftigen, die letzten vierzig Jahre lang gewartet haben, seit die *Offenbarung* verloren gegangen ist. Eigentlich ist sie eine modernisierte *Offenbarung* – ein ehemaliger Kriegsmanta, der in Mare Alastre zum Forschungsschiff umgebaut wird, und sie planen außerdem auch noch, ein völlig neues Schiff zu bauen, speziell für den Einsatz in großen Tiefen.«

Das hätte mich selbst dann die Ohren spitzen lassen, wenn die erste Neuigkeit es nicht bereits getan hätte. Nur ein einziges Mal hatte die Gilde über genügend Mittel verfügt, um einen Manta umbauen zu lassen, damit er in großen Wassertiefen operieren konnte, und selbst damals hatten das Kaiserreich und die Domäne kräftig dazu beigesteuert. Das Ergebnis war die *Offenbarung* gewesen, ein Forschungsschiff, das Antworten auf eine Menge Geheimnisse geliefert hatte, die die Tiefen des Ozeane umgaben, und das den Tauchrekord hielt – zumindest dachten das alle. Sie war vor knapp vierzig Jahren mit Mann und Maus vor der Küste von Tehama gesunken, ohne dass es dafür jemals eine Erklärung gegeben hätte.

»Auch wieder in Zusammenarbeit mit dem Kaiserreich und der Domäne?«

Rashal nickte. »Lest das«, sagte er und reichte mir den Papierstapel. »Das ist alles, was ich im Augenblick weiß.«

Es war ein Rundschreiben vom obersten Forscher der Gilde in Selerian Alastre, in dem verkündet wurde, dass die Gilde sich den kürzlich außer Dienst gestellten Kriegsmanta *Despina* gesichert hatte, um ihn zu einem Forschungsschiff für große Meerestiefen umzubauen. Der Kaiser und die Domäne hatten freundlicherweise zugestimmt, das Projekt zu fördern; dafür würden sie im Gegenzug sämtliche Einzelheiten aller Entdeckungen und neu gewonnenen Erkenntnisse erhalten und hatten außerdem das Recht, das Schiff jeweils einen Monat im Jahr zu benutzen. Was hatte die Domäne damit vor? Dann kamen die technischen Details, die Umbenennung des Schiffs und die Bitte um Vorschläge, welche spezielle Ausrüstung an Bord installiert werden sollte. Ganz unten erklärten drei Zeilen, dass die Schirmherren außerdem zugestimmt hatten, die Konstruktion eines speziellen Manta zu finanzieren, der ausschließlich für die Erforschung großer Meerestiefen gedacht war, wobei mit dem Bau bereits in wenigen Monaten begonnen werden sollte.

»Ich danke Euch«, sagte ich und gab ihm die Papiere zurück. »Davon wussten wir bis jetzt noch nichts.«

»Das sind gute Neuigkeiten, nicht wahr?« Rashal glühte beinahe vor Stolz.

»Vor allem, weil ich nicht gedacht hätte, dass irgendjemand ausgerechnet jetzt Interesse an so etwas hat.«

Rashal schüttelte traurig den Kopf. »Der Kaiser ist zu beschäftigt damit, seine Untergebenen abzumurksen, und es ist ein Wunder, dass die Domäne sich dafür interessiert, bei all dem Ärger zurzeit.« Er gab damit keiner bestimmten Meinung Ausdruck, ein kluges Verhalten im Umgang mit einem fast völlig Fremden. Ozeanografen waren nur selten Fanatiker, doch allzu sicher durfte man sich trotzdem nicht sein. »Wie auch immer, Ihr wollt hier sicher Eure Zeit nicht vergeuden. Ich bringe Euch zur Bibliothek hinunter, und dann lasse ich Euch in Ruhe, wenn es Euch recht ist?«

»Ja, sehr schön.«

Er führte mich den Korridor entlang und durch eine Tür am Ende in einen großen Raum mit niedriger Decke, an dessen Wänden Bücher und Akten aufgereiht waren. Zwei verwitterte Tische sowie ein paar Stühle standen mitten im Raum, doch es war keine Menschenseele zu sehen.

»Ich sage den anderen, dass Ihr hier seid, und Ihr gebt mir einfach Bescheid, wenn Ihr wieder geht. Die Sachen über die Tiefsee sind da drüben in der hinteren Ecke.«

Es gab nicht besonders viele Werke in der betreffenden Sektion, was daran lag, dass es darüber auch nicht allzu viel zu schreiben gab. Die *Offenbarung* war das einzige Schiff, das jemals tiefer als acht Meilen getaucht war – soweit es die Allgemeinheit wissen durfte –, und ich fand eine Beschreibung ihrer Forschungsfahrten sowie zwei weitere dicke Bände mit detaillierten Angaben über ausgelotete Wassertiefen und gesammelten Informationen. Außerdem ein dünnes Buch über Leviathane, von einem Mann, der sein ganzes Leben damit verbracht hatte, sie zu jagen, und der im Verlauf von fünfzig Jahren nur vier gesehen hatte; ein paar Theorien über das, was tief unter der Wasseroberfläche vorgehen mochte, und eine sehr detaillierte Übersicht über die Höhlen unter der Insel Ral Tumar.

Ich war ziemlich enttäuscht. Es gab hier mehr Bücher als in Lepidor, doch da wir nur die Beschreibung der Reise der *Offenbarung* besaßen, war das eigentlich kaum überraschend.

Das Buch mit den Theorien war trocken und technisch, wobei gelegentlich ein bisschen Humor aufblitzte, wenn der Autor von Meeresströmungen zu anderen Themen abdriftete. Der thetianische Verfasser des Buches musste auch Musiker gewesen sein, denn einmal schweifte er zehn Seiten lang über Walgesänge ab. Ich hatte noch kein Buch eines thetianischen Autors gelesen, in dem nicht vom Thema abgewichen worden war; sie schienen ein ziemlich zerstreutes Volk zu sein.

Ich las so lange in dem Buch, wie ich es ertragen konnte, und überflog dann die Berichte über die Höhlen. Alle Inseln wiesen Höhlensysteme tief unter der Oberfläche auf.

Einige waren kaum mehr als Vertiefungen im Fels, manche jedoch – etwa die unter der Insel Ilanmar in Thetia – erstreckten sich über Hunderte von Meilen und wiesen Katakomben auf, die groß genug waren, um eine kleine Flotte zu beherbergen. Das war auch einmal geschehen, wie ich mich schwach erinnerte. Im Krieg zwischen Thetia und den Tuonetar hatte die eine oder die andere Seite ein Geschwader in den Höhlen versteckt und die unachtsamen Feinde überfallen.

Doch das war nebensächlich für mich, denn die *Aeon* war viel zu groß, um in einem der bekannten Höhlensysteme verborgen zu sein. Ich hatte zwar keine Ahnung, wie das Schiff aussah, doch es war ganz offensichtlich gigantisch – eher eine schwimmende Stadt als ein Schiff. Das Bild, das ich mir aus Hinweisen und Beschreibungen in der von einem thetianischen Anführer verfassten und von der Domäne verbotenen *Geschichte des Krieges mit den Tuonetar* zusammengebastelt hatte, warf mehr Fragen auf, als es beantwortete.

Eigentlich suchte ich nicht unbedingt nach dem Schiff selbst, sondern nach etwas, das sich an Bord befand. Die *Aeon* war die Kontrollzentrale für eine Art Überwachungs-Netzwerk gewesen, das so genannte Himmels-Augen-System. Auf irgendeine geheimnisvolle Weise konnten die Himmels-Augen den ganzen Planeten *von außen* beobachten – den Planeten und die Stürme. Mit ihnen wäre ich vielleicht in der Lage, die Stürme zu verstehen und genau das mit ihnen zu tun, dessen der Meister mich beschuldigt hatte: sie gegen die Domäne einsetzen.

Doch die *Aeon* war vor zweihundert Jahren während der grausamen Machtkämpfe, die auf die Ermordung des Kaisers folgten, verschwunden, als die Domäne gewaltsam an die Macht gekommen war. Und seit damals – nichts mehr. Keine Spur von dem Schiff, von der Besatzung, von dem Kommandanten. Nur abgrundtiefes Schweigen.

Ich nahm die Schilderung der Fahrten der *Offenbarung* zur Hand und starrte sie an. Dies war der einzige autorisierte Bericht über den Abgrund tief unter der Meeresoberfläche. Einen Abgrund, in den die *Aeon*, die Hunderte von Jahren vor dem Krieg gebaut worden war, mühelos hatte vordringen können. Und wenn sie, wie ich glaubte, den kurzen Bürgerkrieg überlebt hatte und von ihrer Mannschaft versteckt worden war, dann war das logische Versteck ein Ort, der so tief lag, dass niemand zufällig über sie stolpern würde.

»Na, ganz in Gedanken versunken?«

Die sanfte Stimme schnitt wie ein glühendes Schwert durch meine Tagträume. Ich ließ das Buch sinken und drehte mich auf meinem Stuhl um. Meine Augen wurden groß, als ich das Gesicht des Mannes erblickte, der vor mir stand.

»Wer seid Ihr?«, wollte ich wissen.

»Das könnte ich ebenso gut Euch fragen.« Mit unheimlicher Eleganz schritt der Besucher die drei Stufen vom Korridor herunter und kam quer durch den Raum auf mich zu. Er hob das Buch auf und betrachtete es mit distanziertem Interesse. »Die Fahrten der *Offenbarung*. Das ist im Moment ein überaus interessantes Gebiet, nicht wahr?«

Ich stand auf, denn ich fühlte mich im Sitzen unterlegen. »Wer seid Ihr?«, wiederholte ich. »Ihr seid kein Ozeanograf.«

»Ich habe nicht das mindeste Interesse an Ozeanografie – außer wenn es mich direkt betrifft.« Seine Marine-Tunika raschelte leise, als er sich einen Stuhl heranzog und mir gegenüber Platz nahm.

»Weiß Rashal, dass Ihr hier seid?«

»Wenn Ihr den Ozeanografen meint, der wird uns nicht stören. So leicht werdet Ihr mich nicht los.«

»Ich kann jederzeit gehen – oder habt Ihr draußen Wachen postiert?«, fragte ich. Sein gefühlloses Desinteresse brachte mich aus dem Gleichgewicht.

»Oh, das würde ich an Eurer Stelle nicht tun. Draußen stehen keine Wachen, aber Ihr werdet hier bleiben, weil ich es wünsche. Wenn Ihr zu gehen versucht, werde ich Euch hier festhalten müssen, was ziemlich demütigend für Euch sein wird.« Violette Augen starrten mich an, ohne zu blinzeln, während ich einen Blick auf seine Taille warf, wo ein leicht gekrümmtes Schwert an seinem Gürtel hing. Ich mochte unbewaffnet sein, doch ... »Und solltet Ihr über ... andere ... Talente verfügen – denen bin ich auch gewachsen. Also setzt Euch wieder, dann unterhalten wir uns wie zwei zivilisierte Menschen.« Das war keine Bitte.

»Ich ziehe es vor, zu wissen, mit wem ich mich unterhalte«, beharrte ich, als ich mich verdrossen wieder auf meinen Stuhl sinken ließ. Vielleicht bluffte er nur, doch er hatte irgendetwas an sich, das mich zögern ließ, das herauszufinden. Mein Herz hämmerte wild.

»Ich glaube, die Vorteile liegen im Augenblick ganz auf meiner Seite, nicht zuletzt deshalb, weil Ihr – im Gegensatz zu mir – etwas zu verbergen habt.«

»Was habt Ihr dann zu verlieren, wenn Ihr mir Euren Namen nennt?«

»Namen können Macht bedeuten ... Cathan. Und in diesem Raum ist niemand, mit dem Ihr sonst noch reden könntet, also besteht keine Notwendigkeit, dass Ihr meinen Namen wisst.«

»Und warum habt Ihr dann eben gesagt, dass Ihr mich fragen könntet, wer ich bin, wenn Ihr es bereits wisst? Ist das ein Spiel der Domäne?«

»Bildet Ihr Euch ein, dass auch die Domäne hinter Euch her ist? Wie ichbezogen Ihr alle seid. Eure beiden Freundinnen scheinen die gleiche Schwäche zu haben – ich frage mich, wie Ihr es eigentlich schafft, miteinander auszukommen.« Sein eckiges Gesicht verzog sich kurz vor Erheiterung. »Streitet Ihr Euch regelmäßig darüber, wer von Euch am meisten in Gefahr ist?«

Ich sagte nichts, und nach einer kurzen Pause lächelte er.

»Die Domäne hat besondere Feinheiten nicht nötig. Wenn ich Euch in ihrem Auftrag jagen würde, wüsste ich von Eurer Schuld und wäre gekommen, um Euch festzunehmen. Und wenn sie nicht gezielt nach Euch suchen – glaubt Ihr wirklich, sie würden dann ihre Zeit derart vergeuden? Nein, ich kann Euch versichern, ich habe nichts mit ihnen zu tun.«

»Warum dann die Mühe? Nur weil Ihr uns heute Vormittag bemerkt habt und erst zufrieden seid, wenn Ihr jeden Menschen überprüft habt, den Ihr zu Gesicht bekommt? Ich habe vielleicht Pa... meine Freundin beschimpft«, verbesserte ich mich hastig, wobei ich mich innerlich dafür verfluchte, dass ich mich beinahe verplappert hätte.

»Glaubt bloß nicht, ich wüsste Palatines Namen nicht. Und jetzt werde ich Euch eine Frage stellen, die mich besonders interessiert: Warum wart Ihr so nervös, als Ihr an der thetianischen Botschaft vorbeigegangen seid? Das deutet auf ein schlechtes Gewissen hin. Eine Botschaft ist eigentlich kein Furcht einflößender Ort.«

»Habt Ihr nichts Besseres zu tun, als möglicherweise vorhandenen schlechten Gewissen nachzuspüren? Weiß der Himmel, es gibt genügend Menschen auf dieser Welt, die die Thetianer nicht mögen. Wenn Ihr jeden überprüft, der dort vorbeigeht, werdet Ihr für immer hier bleiben müssen, und Euer Kaiser wird kein bisschen klüger sein. Außerdem – Ihr seid kein Thetianer, oder?«

»Wie überaus aufmerksam von Euch. Nein, ich bin kein Thetianer; aber Ihr seid ganz offensichtlich einer.«

»Seid Ihr nur hier, um kluge Bemerkungen und vage Andeutungen zu machen? Für so etwas habe ich keine Zeit.« Ich stand auf, entschlossen, wenigstens einen Versuch zu unternehmen. Lieber ein Risiko eingehen, als sich von sanften Worten einschüchtern lassen.

Es stellte sich heraus, dass ihm mehr als nur sanfte Worte zur Verfügung standen. Blitzschnell zuckte sein Schwert aus der Scheide und berührte die Haut an meinem Hals, noch ehe ich mehr als einen einzigen Schritt gemacht hatte.

»Diese Unterhaltung verläuft nach meinen Bedingungen, Cathan«, sagte er. Seine Stimme klang eher gelangweilt als drohend.

»Ihr werdet hier bleiben, bis ich mich entschließe, Euch gehen zu lassen. Und jetzt setzt Euch, ehe ich auf die Idee komme, Euch gar nicht erst die Wahl zu lassen.«

Ich starrte ihn einen Augenblick lang an und platzte dabei beinahe vor Enttäuschung, Wut und plötzlich aufsteigendem Hass. Wer war dieser Mann – und warum glaubte er, so etwas tun zu können? Doch er hielt mir ein Schwert an die Kehle, und ich konnte nichts dagegen tun, nicht einmal mit Magie. Zitternd vor Wut trat ich zurück und ließ mich schwer auf meinen Stuhl plumpsen.

»So ist es besser.« Er setzte sich wieder hin und legte sich das Schwert quer über den Schoß. »Jemand mit mehr Verstand hätte das vielleicht schon früher versucht. Jemand mit weniger Stolz hätte es vielleicht überhaupt nicht versucht. Aber Stolz ist etwas, wovon Ihr eine ganze Menge habt. Eigentlich sogar zu viel, für jemanden in Eurer Position. Ich persönlich habe nichts dagegen, solange dieser Stolz mit anderen Qualitäten Hand in Hand geht.«

»Meint Ihr, wir könnten vielleicht zum Wesentlichen kommen? Oder streichelt Ihr nur ein gigantisches Ego, indem Ihr Euch mir gegenüber als Herr aufspielt?«

»Warum sollte ich das tun? Ihr hingegen solltet mittlerweile eigentlich erraten haben, weswegen – oder genauer, wegen wem – ich hier bin.«

»Ihr wollt, dass ich Euch alles erzähle, was ich über Palatine weiß, damit Ihr sie nicht selbst zu fragen braucht.« Ich mochte ihm zwar auf Gedeih und Verderb ausgeliefert sein, doch ich würde keine weitere günstige Gelegenheit verstreichen lassen.

»Ich weiß eine ganze Menge über Palatine Canteni, aber bis jetzt war ich der Ansicht, sie wäre tot.« In seinem Archipelanisch schwang ein schwacher Akzent mit, kaum zu erkennen wegen der etwas förmlichen Ausdrucksweise. Er klang wie jemand, der die Sprache von Grund auf gelernt hatte, doch es war anscheinend nicht seine Muttersprache.

»Glaubt Ihr das wirklich?«, forderte ich ihn heraus. »Offensichtlich nicht, sonst wärt Ihr wohl kaum hierher gekommen, um mich zu fragen.«

»Ich war außerdem bisher der Meinung, dass sie nur einen einzigen lebenden Verwandten hat. Ihr und sie, ihr seht euch sehr ähnlich – viel zu sehr, als dass es ein Zufall sein könnte.« Was absolut richtig war. Trotz ihrer Figur, und obwohl ihre Haare deutlich heller waren als meine, vermutete jeder, der uns sah, dass wir irgendwie miteinander verwandt wären. Ravenna hatte anfangs gedacht, ich wäre ihr Bruder. »Das wirft im Hinblick auf *Euch* mehr als nur ein paar Fragen auf, von denen ich glaube, dass Ihr sie lieber nicht gestellt bekommen wollt. Falls Ihr mir nicht ein wenig entgegenkommt, könnte ich mich gezwungen sehen, einige unangenehme Schlüsse dahingehend zu ziehen, wer Ihr sein könntet.«

Sollte das bedeuten, dass er etwas wusste, oder war es einfach eine logische Schlussfolgerung? Wahrscheinlicher war Letzteres, denn man brauchte wirklich kein Genie sein, um die Verbindung herzustellen. Deshalb hatte Palatine auch Bedenken, nach Thetia zu fahren. Und obwohl mein Verstand immer noch von Zorneswolken eingehüllt war, konzentrierte ich mich so gut ich konnte. Wer auch immer dieser Mann war – es war so gut wie sicher, dass er für die Thetianer arbeitete. Aber für welche? Für den Kaiser, für die Marine – oder für einen der Clans? Es gab keine Möglichkeit, das jetzt schon zu entscheiden, aber mit ein bisschen Glück würde er genug sagen, so dass ich ihn einordnen könnte.

»Ihr habt Angst vor der Domäne, aus welchen Gründen auch immer. Das werde ich noch früh genug herausfinden. Aber Palatine Canteni hat in den höchsten Kreisen verkehrt und starke Gefühle bei Freunden und Feinden hervorgerufen. Ein Verwandter von ihr mit Euren Gesichtszügen könnte von fast jedem benutzt werden. Auch Thetia hat Freunde und Feinde.«

»Ihr lasst nach«, stellte ich voller Befriedigung fest. »Ihr nehmt Zuflucht zu Drohungen und verweist auf geheimnisvolle Gruppierungen. Das ist normalerweise ein eindeutiger Hinweis, dass jemand im Trüben fischt.«

»Wie wohl recht häufig, wenn es um Politik geht, liegt Ihr hier ziemlich falsch«, erwiderte er und wischte mein Argument beiseite. »Es scheint, als wäre meine Einschätzung, wer von Euch am naivsten ist, ziemlich richtig gewesen. Ihr könnt nicht mit einem solchen Gesicht durchs Leben gehen – schon gar nicht im Archipel – und erwarten, dass die Menschen Euch ignorieren. Sagt mir, von welchem Kontinent kommt Ihr?«

»Ozeanus«, antwortete ich und hatte dabei einen bitteren Geschmack im Mund. Ich hatte geglaubt, besonders schlau zu sein, doch er hatte mich in die Enge getrieben. Es hatte keinen Sinn, zu lügen, wenn man dabei so leicht ertappt werden konnte.

»Und habt Ihr jemals die Ehre gehabt, dort den Kaiserlichen Vizekönig zu sehen oder zu treffen?«

»Könnte sein.«

»Das reicht mir nicht.«

»Ich habe ihn gesehen«, krächzte ich; irgendwie war ich unfähig, mich ihm zu widersetzen.

»Vizekönig Arcadius ist ein entfernter Verwandter des Kaisers, der Sohn einer Konkubine seines Großvaters. Thetianische Kaiser sollten eigentlich keine Konkubinen haben, aber was soll's. Im Augenblick ist er übrigens Thronerbe. Wie auch immer, er ist ein waschechter Tar'Conantur: schwarzhaarig, schlank, mit fein geschnittenen Gesichtszügen und meerblauen Augen. Er hat sich für sein Alter sehr gut gehalten, meint Ihr nicht auch?« Mein Besucher hatte sich vorgebeugt, und als er die Einzelheiten aufzählte, berührte er mit der Spitze seines Schwertes sanft die entsprechenden Bereiche meines Gesichts. Ich verhielt mich vollkommen ruhig.

»Ich bin wohl kaum einzigartig«, knurrte ich so bissig ich konnte, aber ich wusste, dass es trotzdem nicht sehr überzeugend klang. »Euer Herrschergeschlecht hatte im Laufe der Jahre eine Menge Kinder, und anscheinend treten gewisse Merkmale in jeder Generation wieder auf.« Tar'Conantur war der Clanname der thetianischen kaiserlichen Familie.

»Das stimmt, aber es geht auch immer etwas verloren. Tar'Conanturs heiraten immer Frauen eines ganz bestimmten Volkes, was die typischen Merkmale anscheinend verstärkt.« Das war etwas, wovon ich gelesen, das ich aber niemals so recht verstanden hatte. Die meisten Herrschergeschlechter betrieben Inzucht, um ihre charakteristischen Merkmale zu verstärken, was früher oder später dazu führte, dass nur noch Idioten geboren wurden. Die Thetianer schienen es zur Regel gemacht zu haben, dass die Kaiser so gut wie immer Exilantinnen heirateten, Angehörige eines seltsamen Stammes, der draußen auf dem Meer ein Nomadendasein führte und nur sehr selten mit anderen Völkern in Kontakt kam. »Ich bin kein Genealoge, aber ich weiß, dass Tar'Conanturs kaum zu verwechseln sind.«

»Glaubt Ihr denn, ich wäre eine Bedrohung für Euren Kaiser?«

»Was ich glaube ist unwichtig«, entgegnete er knapp. »Ich habe Euch eine Frage über Palatine gestellt, und Ihr habt beschlossen, sie nicht zu beantworten. Ich folge einfach nur dem Gedankengang, den jeder Mensch mit einem bisschen Hirn verfolgen würde. Ob Ihr eine Bedrohung für den Kaiser darstellt, ist unerheblich, denn genau wie die Schönheit liegt auch die Bedrohung im Auge des Betrachters. Also, ich frage noch einmal: Ist dies die echte Palatine Canteni? Seid vorsichtig; versucht nicht noch einmal, mich abzulenken, wenn Ihr nicht wirklich eine Lektion in Sachen Demütigung erhalten wollt.«

»Soweit ich weiß«, sagte ich und fühlte mich gefangen wie ein Insekt im Kiefernharz, »ist sie es.« Ich wollte nicht, dass er weitermachte, doch ein Teil von mir schrie mich innerlich an, dass ich zu schnell klein beigab. Wieso gab ich auf bloße Drohungen hin so bereitwillig nach? Das Schwert diente nur dazu, mich an Ort und Stelle festzuhalten, nichts weiter. Das redete ich mir zumindest ein.

»Hat sie Euch erzählt, was mit ihr geschehen ist, wie sie aus Thetia entkommen ist?«

»Sie weiß es selbst nicht ganz genau, aber sie wurde aus dem Meer gefischt, von einem –« Ich zwang mich, nicht weiter zu sprechen. »Ich werde sie nicht verraten. Nach allem, was ich weiß, könntet Ihr einer von denen sein, die versucht haben, sie zu töten. Ich werde Euch nichts mehr erzählen.«

»Na schön«, sagte er ausdruckslos, stand auf und schob sein Schwert in die Scheide. »Der neue General-Inquisitor wird bestimmt sehr daran interessiert sein, zu erfahren, dass sich eine hochrangige Häretikerin aus Qalathar in einer Herberge am Bekal-Platz aufhält.« Er ging zu den paar Stufen hinüber, die zur Tür führten.

Mein Herz fühlte sich an, als hätte es ausgesetzt, und ich starrte ihn voller Entsetzen an. Er würde doch wohl nicht – aber er war schon fast an der Tür.

»Nein!«, schrie ich verzweifelt und stürzte in dem unbedachten Versuch ihn aufzuhalten durch den Raum. Ich kam schlitternd zum Stehen, ohne ihn auch nur berührt zu haben, als das Schwert wieder zum Vorschein kam.

»Ich stoße keine leeren Drohungen aus, Cathan«, sagte er mit einem mitleidslosen Lächeln. »Wie viel von Eurer kostbaren Würde seid Ihr bereit zu opfern, um sie zu retten?« Er bewegte sich kaum – außer, um mir mit der Schwertspitze auf die Schulter zu klopfen. Ich starrte ihn bestimmt eine Minute lang verständnislos an.

»Ihr elender Bastard ...«, stieß ich hervor, als mir schließlich klar wurde, was er meinte. Fast wäre ich an meinen eigenen Worten erstickt.

»Ich wurde sehr gut ausgebildet », sagte er und wartete.

In mir loderte ein so blinder, heißer Zorn, dass ich beinahe auf ihn losgegangen wäre und sein Schwert und seine überlegene Kraft einfach ignoriert hätte. Doch er würde gewinnen, und dann ...

Langsam kniete ich unterhalb der hölzernen Stufen nieder, mein Kopf war auf einer Höhe mit der Spitze seiner Schwertscheide. Schon zweimal war ich in einer ähnlichen Situation gewesen, beide Male war ich gefesselt und meine Häscher mir zahlenmäßig weit überlegen gewesen. Obwohl ich dieses Mal nicht das Gefühl hatte, wirklich in Gefahr zu sein, fand ich es viel schlimmer, von einem einzelnen Mann, der noch nicht einmal ein Magier zu sein schien, zu einer solchen Kapitulation gezwungen zu werden.

»Nun?«

»Was wollt Ihr? Soll ich mich entschuldigen? Oder Euch bitten?«

»Bittet«, sagte er. Nur ein einziges Wort. Ich würde diesen Mann töten, wer auch immer er sein mochte. Nur dieser Gedanke ließ mich den nächsten Satz hervorbringen.

»Ich bitte Euch ... Ich bitte Euch, der Domäne nichts von Ravenna zu erzählen. Bleibt, und ich sage Euch, was auch immer Ihr wissen wollt.«

Einen langen Augenblick stand er einfach nur da, während ich voll verzehrender, hilfloser Wut zu ihm emporstarrte. Dann, nachdem er anscheinend lange genug zugesehen hatte, wie ich mich wand, ließ er den Türgriff los und ging zurück zu seinem Stuhl.

»Macht Euch nicht die Mühe aufzustehen, Cathan. Dreht Euch einfach um und seht mich an.«

Während ich ihm widerstrebend gehorchte, setzte er sich. Es war, als ließe er sich auf dem Delfinthron nieder und nicht auf einen einfachen Holzstuhl in einer Provinzbibliothek.

»Und jetzt werdet Ihr mir alles über Palatine erzählen, was ich wissen will.«

Seine Befragung war relativ kurz, wenn man all das Getue in Betracht zog, das er darum gemacht hatte, doch sie schien sich endlos hinzuziehen. Als er fertig war, schmerzten meine Knie von dem harten Steinfußboden, doch ich war noch immer wütender als jemals zuvor in meinem Leben. Er stand wieder auf und ging erneut zur Tür. Da ich es nicht wagte, mich ebenfalls zu erheben, verharrte ich in meiner Position und verrenkte mir fast den Hals, um ihm mit den Blicken zu folgen.

»Palatine ist jetzt für mich von geringerer Bedeutung als Ihr es seid, Cathan. Ich bin an Euch interessiert, weit mehr als an ihr. Ich weiß, wer sie ist und wie sie ist, aber bei Euch ist das etwas anderes. Ich bin gekommen, um meine Bedenken zu zerstreuen, aber davon bin ich weit entfernt.«

Seine Umrisse schienen eine Sekunde lang zu verschwimmen, als sähe ich ihn von unter Wasser. Und dann war aus dem fremdartigen Agenten von der Botschaft eine etwas kleinere, jedoch sehr viel einschüchterndere Gestalt geworden: schlank, schwarzhaarig, mit fein geschnittenen Gesichtszügen und meerblauen Augen, in denen eine unheilige Leidenschaft loderte. Er war etwas breiter, größer und sehr viel gebieterischer, als mein Spiegelbild es hätte sein können.

Zum ersten Mal hatte ich wirklich Angst.

»Erkennst du mich jetzt vielleicht, Cathan? Kennst du dieses Gesicht? Es ist das Gesicht des wahren, gekrönten Kaisers von Aquasilva. Mit mir hast du gesprochen, vor mir hast du gekniet, vor dem ersten der vielen Menschen auf dieser Welt, vor denen du dich fürchten solltest. Du wirst meinen Agenten wiedersehen, genau wie du mich wiedersehen wirst.

Es wird Zeiten geben, wo du dich hierher zurücksehnen wirst, Cathan. Wenn du lange genug am Leben bleibst, werden unsere

Wege sich erneut kreuzen. Du hast schreckliche Angst vor der Domäne, aber jetzt hast du etwas, das du noch viel mehr fürchten wirst. Eines Tages wirst du mir persönlich an meinem Hof deine Aufwartung machen und vor mir niederknien, denn wenn du es nicht tust und ich dich dorthin bringen muss, wirst du dir wünschen, nie geboren worden zu sein.

Ich gewähre dir jetzt einen Aufschub. Aber vergiss nie, dass ich weiß, dass es dich gibt und dass ich immer bei dir sein werde. Wo auch immer du hingehst, wo auch immer du dich versteckst, irgendjemand wird dich finden. Vielleicht ich, vielleicht ein Inquisitor. Sorge dafür, dass du das niemals vergisst.«

Seine Gestalt veränderte sich erneut; er wurde wieder zu dem fremden Agenten, der ohne ein weiteres Wort durch die Tür trat und sie hinter sich schloss.

Es war unmöglich.

Doch es war geschehen. Das war keine Illusion gewesen, wie auch immer er es gemacht hatte. Es war nur ein kleiner Trost, dass der Mann, der in der Lage gewesen war, mich so wirkungsvoll zu kontrollieren, nicht einfach irgendjemand gewesen war.

Sondern Kaiser Orosius.

Kapitel VII

Nachdem Orosius verschwunden war, saß ich noch lange in der Bibliothek, ohne mich zu rühren – wenn man davon absah, dass ich zunächst zu dem Stuhl hinüberstolperte, auf dem ich gesessen hatte, bevor er gekommen war. Seit das Geräusch seiner Schritte verklungen war, war es bis auf ein schwaches, unmelodisches Pfeifen, das von irgendwoher in dem Gebäude kam, völlig still. Wahrscheinlich ein Lehrling bei irgendeiner langweiligen Aufgabe, der nicht die geringste Ahnung hatte, wer gerade eben in diesem Raum gewesen war. Oder besser, wessen *Präsenz* hier gewesen war.

Das, was der Kaiser gerade getan hatte, galt als unmöglich. Viele

Dinge waren unmöglich, wenn man den Magiern, die mich unterrichtet hatten, glauben wollte. Unter anderem, den Geist zweier Menschen miteinander zu verbinden oder die Stürme zu beeinflussen.

Doch es gab da draußen – und wahrscheinlich auch anderswo auf der Welt – Menschen, die noch nie von diesen Regeln gehört hatten. Und es gab einige, für die nach allem, was ich wusste, Regeln keinerlei Bedeutung besaßen. Der Allererste dieser Menschen war der Mann, mit dem ich gerade gesprochen hatte – wenn »gesprochen« das richtige Wort war.

Der Rat der Häretiker hatte auf seine eifersüchtige, beschützende Weise in einer Hinsicht Recht gehabt. Es war weit schwieriger, unerkannt zu bleiben, als wir es uns gedacht hatten. Zumindest, was uns drei anbelangte. Vielleicht hätte es ohne die kaiserlichen Komplikationen gar keine Probleme gegeben. Doch es war bekannt, dass manche Dinge vererbt wurden, und Magie war eines davon.

Ich starrte die Bücher auf dem Tisch an und versuchte, mich nicht allzu elend zu fühlen. Ich konnte mich nicht erinnern, dass jemals so viel auf einmal schief gegangen war. Wir waren gerade zwei Tage in Ral Tumar, und schon hatten wir die Wege der Domäne und des Kaisers gekreuzt. Alles, was schlecht war, trat angeblich immer in Dreiergruppen auf, hieß es, und ich wollte gar nicht darüber nachdenken, wem wir hier noch begegnen könnten.

Das Buch über die Reisen der *Offenbarung* lag noch immer dort, wo der Agent des Kaisers es hingelegt hatte, und es war noch immer aufgeschlagen, allerdings etwas weiter hinten, als ich es ursprünglich geöffnet hatte. Ich nahm das Buch wieder zur Hand und blätterte halbherzig zu der Stelle zurück, an der ich gewesen war; ich versuchte mich abzulenken, aber es klappte nicht. Einen Augenblick später stellte ich fest, dass ich schon wieder ins Leere starrte und darüber nachdachte, was er gesagt hatte.

Ich konnte mir nicht vorstellen, dass er nicht früher oder später auf die Verbindung zwischen der *Offenbarung* und der *Aeon* kommen würde. Wahrscheinlich wusste er mehr über die *Aeon* als jeder andere. Außer Tanais, den wir vielleicht rechtzeitig finden würden – oder auch nicht. Der Kaiser würde sicher nicht wollen, dass die *Aeon* jemand anderem in die Hände fiel. Das war viel zu gefährlich für einen Mann, der behauptete, die Meere zu beherrschen. Die Überlegenheit der thetianischen Marine war Geschichte, war nur noch eine Erinnerung an die glorreiche Vergangenheit des Kaiserreichs, doch ich wusste, dass Orosius in dieser Hinsicht Ambitionen hatte.

Und dann, sehr spät, fiel mir noch etwas anderes auf. Etwas, das mich gleichermaßen verwirrte wie bedrückte.

Eines Tages wirst du mir persönlich an meinem Hof deine Aufwartung machen und vor mir niederknien.

Tatsächlich waren es zwei Dinge. Das eine nur angedeutet, das andere vollkommen offensichtlich, etwas, wovor ich mich die ganze Zeit gefürchtet hatte. Er hatte mich ohne große Anstrengung bezwungen, und wenn der Agent kein Magier war, dann war der Kaiser ganz sicher einer. Es wäre einfach, ja, leicht gewesen, mich in die Botschaft zu schaffen und nach Selerian Alastre verschiffen zu lassen. Nur ein Gedankenmagier hätte Magie benutzen können, um das zu tun, doch es gab noch andere, subtilere Möglichkeiten.

Eine Tatsache war unübersehbar, egal wie ich sie interpretierte.

Er hatte mich laufen lassen. Ich war immer noch hier, weil er es so wollte, weil er mich noch nicht zurückbringen wollte.

Um den zweiten, weniger offensichtlichen Sachverhalt zu erkennen, hatte ich viel länger gebraucht. Aus irgendwelchen Gründen war es wichtig, dass ich nach Selerian Alastre kam. Warum? Warum wollte er mich dort haben? Doch welcher Grund auch immer dahinter stecken mochte, er war zu dem Schluss gekommen, dass das warten konnte; ich hatte allerdings bereits eine deutliche Ahnung, was es sein könnte. Etwas, das mir schon unterschwellig bewusst gewesen war, noch bevor wir von Lepidor aufgebrochen waren.

Unser thetianisches Regierungssystem ist ein Quell der Verwirrung für den Rest der Welt, hatte Hierarch Carausius vor mehr als zweihundert Jahren geschrieben. *Während man andere Nationen als Republiken oder Monarchien bezeichnen kann, sind wir weder das eine noch das andere, sondern irgendetwas dazwischen. Ein Delegierter aus Huasa hat unser Reich vor der Versammlung einmal mit einem zappelnden Oktopus verglichen, einer Kreatur, deren Gliedmaßen schwer zu zählen sind, und die anscheinend auch zu viele davon hat.*

Ich glaube, dies ist die beste Analogie, die ich jemals gehört habe, obwohl jemand anders einmal vorgeschlagen hat, ich sollte sie in einen zweiköpfigen Oktopus abändern. Ich weiß nicht, ob er mir schmeicheln oder einen Witz machen wollte, aber ich werde keine Möglichkeit mehr haben, ihn zu fragen. Für mich persönlich ist das Schönste an unserem System, dass jeder, der versuchen würde, die Macht zu ergreifen, zu dem Zeitpunkt, da er sich mit allen Teilen befasst hätte, so verwirrt wäre, dass er einfach aufgeben würde. Ich habe mir ein- oder zweimal sogar selbst gewünscht, ich könnte das tun.

Selbst Palatines improvisierte Einführung in Lepidor hatte eine Menge ausgelassen; sie hatte die Versammlung und den Kaiser nur kurz erwähnt. Trotz all seiner Macht war Orosius' Stellung stets anfechtbar, und das war etwas, was er offensichtlich ändern wollte. Und die verblüffendste Besonderheit des thetianischen Systems, das größte Gegengewicht zur Macht des Kaisers, gab es bereits seit mehr als zwei Jahrhunderten nicht mehr. Seit der Zeit von Carausius hatte es keinen Hierarchen, keine kaiserliche Priesterschaft mehr gegeben.

Es wurde für mich immer wichtiger, mit Tanais zu reden, doch ich bezweifelte, dass ich den Marschall finden würde, wenn ich ihn suchte. Ich konnte nur hoffen, dass wir ihm wichtig genug waren, dass er aktiv werden, nach uns suchen und uns finden würde. Palatine schien sein Schützling gewesen zu sein, und vor zwei Monaten hatte er in Lepidor zu uns gesagt, es gebe noch mehr, was er uns erzählen müsse.

Ich hatte jegliche Geduld für ozeanografische Studien verloren. Es würde noch mehr Gelegenheiten geben, hierher zurückzukommen und die geringen Bestände genau durchzusehen, doch draußen war es früher Abend, und meine Konzentration war dahin. Ich stellte die Bücher sorgfältig zurück ins Regal, faltete die immer noch leeren Blätter zusammen, die ich mitgebracht hatte, falls ich etwas finden sollte, das es wert wäre, niedergeschrieben zu werden, und verließ die Bibliothek.

Rashal war nicht in seinem Büro, und das einzige Mitglied der Gilde, das ich finden konnte – eine junge Frau, die noch spät im Testraum arbeitete –, wusste nicht, wo er war. Ich bat sie, ihm meinen Dank zu übermitteln, und verließ die Station, trat nach draußen in die reine Abendluft von Ral Tumar. Selbst so spät im Jahr war es immer noch angenehm warm, und die kugelförmigen Aether-Lampen beschienen die Straßen mit ihrem gedämpften Licht. In Ral Tumar herrschte eine ganz andere Atmosphäre als in allen anderen Städte, in denen ich bisher gewesen war; ich war mir nicht sicher, ob das an Ral Tumar im Besonderen lag oder daran, dass ich mich nun im Archipel befand. Palatine und Ravenna, die den größten Teil ihres Lebens hier verbracht hatten, würden es wissen.

Auch diesbezüglich hatte ich noch eine Entscheidung zu treffen – sollte ich ihnen erzählen, was geschehen war? Eigentlich hätte ich es tun müssen, doch dann würde Palatine wahrscheinlich erklären, dass auch Thetia nicht mehr sicher wäre, und am Ende würden wir nirgendwohin kommen. Bei Ranthas, es gab wirklich genügend Orte, die wir eigentlich meiden sollten, und man konnte nicht sagen, was Palatine tun würde, wenn sie erst einmal wusste, dass der Kaiser in die ganze Sache verwickelt war. Die Invasion von Lepidor hatte sie verändert, und das nicht unbedingt zum Guten.

In Gedanken versunken wanderte ich durch das Hafenviertel und die Hauptstraße entlang, auf der es jetzt wesentlich ruhiger zuging; kein Gedränge und keine Elefanten mehr, die einen über den Haufen zu rennen drohten. Der Lärm aus den Oberflächen-Docks war verstummt, und die meisten Schiffe lagen still an ihren Ankerplätzen. Sie waren verlassen; nur ein paar Wachen waren noch an Bord, die sich selbst und ihr Pech beim Würfelspiel bedauerten, das sie zum Dienst an Bord verurteilt hatte, während ihre Kameraden an Land aßen.

Im Unterwasserhafen blitzten noch immer Lichter, und ich konnte einen Schauer nicht unterdrücken, als ich zwei Gestalten in Kapuzenumhängen erblickte, die im Eingang standen und sich unterhielten – schwarze Schattenrisse vor dem hellen Hintergrund. Was machten sie da unten so spät noch? Wollten sie sicherstellen, dass sich keine Ungläubigen im Hafen aufhielten, dass keine Häretiker versuchten, sich mit ihrem Schiff davonzumachen? Das war schon zu normalen Zeiten eher unwahrscheinlich, und erst recht nach der Machtdemonstration, die heute Morgen stattgefunden hatte.

Ich wandte mich dem Stadtzentrum zu und beschleunigte meine

Schritte, wollte die Inquisitoren so schnell wie möglich hinter mir lassen. Das war zwar nicht besonders klug, doch es war eine instinktive Reaktion, die ich nicht unterdrücken konnte. Doch niemand brüllte »Ketzer!« hinter mir her, und es ertönte auch kein Getrappel rennender Füße. Warum auch? Vielleicht waren es nur zwei Priester, die sich über irgendwelchen alltäglichen Verwaltungskram unterhielten und die Vorübergehenden so wenig beachteten, wie das bei Menschen ihrer Art überhaupt möglich war.

Überall entlang der Hauptstraße waren Tische und Stühle ins Freie gestellt worden, und an zusammenklappbaren hölzernen Rahmen hingen Laternen; sie sorgten auf den Straßen für die gleiche Atmosphäre wie auf den Plätzen, verwandelten eine geschäftige Hauptverkehrsstraße in einen Boulevard mit Kaffeehäusern und Tavernen. Viele davon gehörten zu Privathäusern und waren dazu gedacht, dass die Mitglieder der miteinander verbundenen Familien, aus denen die Häuser bestanden, draußen sitzen konnten, ehe das Abendessen begann. Genauso viele jedoch waren für die Öffentlichkeit zugänglich. Schließlich war dies ein großes Handelszentrum.

Theoretisch waren sie offen für alle, doch wie ich nach und nach bemerkte, saßen nicht in allen Gaststätten Menschen von den Kontinenten. Genau wie überall sonst gab es auch in Ral Tumar gewisse feine Unterschiede, so wie es Orte gab, an denen Fremde nicht willkommen waren. Man warf den Bewohnern des Archipels manchmal vor, trotz ihrer Höflichkeit sehr cliquenhaft und engstirnig zu sein, und dieser Ruf schien mir nicht gänzlich ungerechtfertigt. Wir hatten keine Probleme gehabt – was nicht überraschend war, denn wir hatten nichts an uns, was man mit einem der Kontinente in Verbindung gebracht hätte –, aber ich hatte sehr wohl bemerkt, dass Menschen von den Kontinenten in Läden und Tavernen anders behandelt worden waren.

Selbst hier in Ral Tumar, das als die am wenigsten »archipel-typische« Inselstadt galt, gab es unterschwellige Strömungen. Wie es in dieser Hinsicht in Qalathar sein mochte, wollte ich mir im Augenblick gar nicht vorstellen.

Schließlich erreichte ich unsere Unterkunft, wobei ich mittlerweile zu dem Entschluss gekommen war, den Zwischenfall nicht zu erwähnen. Natürlich war mir klar, dass das den beiden gegenüber nicht fair war und ich damit die gleiche Art von Misstrauen an den Tag legte, das ich Ravenna vorgehalten hatte. Sollte es wichtig werden, würde ich es ihnen erzählen, doch aus irgendeinem Grund war ich derjenige, an dem der Kaiser interessiert war.

Niemand antwortete, als ich an Palatines und Ravennas Tür klopfte, doch ich fand einen Zettel, der unter der Tür zu meiner Kammer hindurchgeschoben worden war.

Palatine ist noch nicht wieder aufgetaucht. Ich bin in der Taverne, die du mir gestern gezeigt hast; ich habe auch für Palatine eine Nachricht hinterlassen. R.

Früher hätte ich mich vielleicht gefragt, ob es nicht ein bisschen viel Heimlichtuerei sei, den Namen der Taverne nicht zu erwähnen, doch jetzt nicht mehr. Ich wusste, von welcher Schänke sie sprach, daher ließ ich meine Tasche und den Zettel auf meinem Bett liegen und ging gleich los.

Das Casa al-Malik lag auf einer Terrasse oberhalb des größten Parks der Stadt, und von den Tischen aus hatte man einen wunderbaren Blick hinunter auf eine Oase aus Grün. Der Nachteil dieser Lage – vom Standpunkt des Besitzers der Taverne aus gesehen – war der, dass die Straße zwischen dem Gebäude und den Tischen verlief, daher musste jeder, der die Straße entlangging, den Kellnern ausweichen. Meiner Meinung nach war dies in Anbetracht des wundervollen Ausblicks nur ein kleines Problem. Hinzu kam die Tatsache, dass sie Gerichte servierten, die aus dem Fleisch einiger Wildvögel zubereitet wurden, die es nur am äußersten Rand des bekannten Archipels gab.

Wir waren an der Taverne vorbeigekommen, als wir am Abend zuvor einen Spaziergang durch die Stadt gemacht hatten. Bei dieser Gelegenheit war mir die Speisekarte aufgefallen und die große Anzahl kupferhäutiger Menschen aus dem südlichen Archipel, die dort gegessen hatten. Offensichtlich fanden sie das Essen nicht schlecht, genau wie die Kaufleute aus Mons Ferranis, die ebenfalls dort gespeist hatten. Mons Ferrataner galten als berühmte Feinschmecker, die allerdings keinen Fisch mochten. Das hatte mit einer Besonderheit des Wassers um Mons Ferranis herum zu tun, die allem Meeresgetier dort einen bestimmten Beigeschmack verlieh. Einen Geschmack für Kenner, wie man mir während eines Essens mit einem Mons Ferrataner vor mehr als einem Jahr erzählt hatte.

Es war nicht schwer, Ravenna zu entdecken, die mit einer Flasche Wein und Gläsern an einem Tisch am Rande der Terrasse auf uns wartete. Sie begrüßte mich mit einem halben Lächeln; das war ihre Art, mir mitzuteilen, dass sie alle Unstimmigkeiten vergessen hatte, die wir zuvor gehabt hatten.

»Und – Erfolg gehabt?«, erkundigte sie sich, während sie mir etwas roten Lionan einschenkte. Dass sie mir nur einen kleinen Schluck eingoss, hatte nichts mit Geiz zu tun. Sie wusste, dass ich nicht viel vertrug.

»Eigentlich nicht«, erwiderte ich und bat im Stillen um Verzeihung für diese monströse Lüge. In gewisser Weise stimmte es ja auch, wenn sie *Erfolg* im eigentlichen Sinn gemeint hatte, doch das war eine klägliche Ausrede und meiner nicht würdig. »Es gibt hier nicht viel mehr als zu Hause. Allerdings habe ich herausgefunden, dass sie eine neue *Offenbarung* bauen.« Ich erzählte ihr, was ich über das Projekt *Missionar* wusste.

»Merkwürdig, dass sie so etwas ausgerechnet jetzt tun, wo doch der Primarch alle Mittel braucht, um seine Pläne voranzutreiben.« Sie sprach leise. In diesen Zeiten über Lachazzar zu reden, war keine gute Idee. Und schon gar nicht im Archipel.

»Vor allem, wenn man bedenkt, dass sie nicht das geringste Interesse an der Tiefsee gezeigt haben, seit die *Offenbarung* bewiesen hat, dass dort unten nichts ist.« Nach dem Verschwinden der *Offenbarung* hatte es eine Menge Gerüchte gegeben, dass das Schiff irgendeine Art von göttlichem Gesetz gebrochen hätte, indem es so tief getaucht war. Nur die Menschen auf den Kontinenten hatten sich dabei unbehaglich gefühlt, was kein Wunder war, denn sie betrachteten das Meer als eine Verkehrsader und nicht als die Wiege des Lebens.

»Vielleicht wollen sie auch nur den Prototyp eines neuartigen Kriegsschiffs testen, um das Überraschungselement nicht zu verlieren«, schlug Ravenna vor, doch sie schien nicht sonderlich überzeugt von ihrer eigenen Idee.

»Sie haben es nicht nötig, jemanden zu überraschen. Aber ein

Schiff wie die *Missionar* zu besitzen wird ihnen uns gegenüber einen Vorteil verschaffen. Eine Möglichkeit ...« Ich sprach absichtlich nicht weiter. Manche Dinge waren einfach zu heikel.

»Ich kann nicht glauben, dass sie plötzlich – zum gleichen Zeitpunkt wie wir – Interesse an der Tiefsee entwickelt haben.«

»Es besteht die Möglichkeit, dass es irgendwie den Thetianern zu Ohren gekommen ist«, sagte ich, wobei ich meine Worte sehr sorgfältig wählte. Dem war ziemlich sicher so, aber möglicherweise erst seit heute.

»Die zeitliche Übereinstimmung kann kein Zufall sein, obwohl ich mir nicht vorstellen kann, warum sie sich plötzlich so für die Tiefsee interessieren. Es kann eigentlich nichts mit uns zu tun haben, ganz einfach weil ein Monat nicht ausreicht, um so etwas zu arrangieren.«

»Was mehr Fragen aufwirft als beantwortet.«

»Wie auch immer. Zumindest wissen wir, dass etwas im Gange ist« sagte sie seufzend. »Eine weitere Komplikation, etwas, wovor wir uns fürchten.«

Ich ging schweigend darüber hinweg, dass Ravenna in dieser Hinsicht die Hauptschuldige war. Palatine mochte es widerstreben, Mare Alastre zu besuchen, aber zumindest wollten wir immer noch dorthin. Was das betraf würde ich nicht nachgeben. Ich wollte Thetia mit eigenen Augen sehen, auch wenn es gefährlich war, nach Selerian Alastre zu reisen.

»Aber sie haben trotzdem nicht alle Vorteile auf ihrer Seite«, sagte ich nach einer Pause, während wir beide über den Park und die Kuppeln von Ral Tumar blickten. »Wenn sie wirklich dasselbe suchen, kann ich mir nicht vorstellen, wie die Abmachung Bestand haben soll. Denn wenn sie es tatsächlich finden, wird der Kaiser es nicht hergeben wollen, und die Domäne wird ihm nicht die Kontrolle darüber überlassen wollen.«

»Aber in beiden Fällen hätten wir es auch nicht«, wandte Ravenna ein und wies mich auf den größten Schwachpunkt in meiner Argumentation hin. Vielleicht würden die Thetianer und die Domäne wirklich streiten, aber erst, wenn sie das Schiff in ihren Klauen hatten.

Niemand von uns hatte bis jetzt eine Ahnung, was wir mit der

Aeon machen sollten, falls wir das Glück hätten, sie zu finden. Obwohl wir alle drei gewisse Erfahrung mit Mantas hatten, wäre das gewaltige kaiserliche Flaggschiff etwas ganz anderes. Carausius hatte ziemlich deutlich darauf hingewiesen, dass das Schiff nicht von den Thetianern gebaut worden war. Tatsächlich war es viel älter als das Kaiserreich. Wer es ursprünglich gebaut hatte, war ungewiss, und vor der Entstehung des Kaiserreichs war es niemals erwähnt worden. Es gab nur die Geschichte, wie es gefunden worden war – jenseits der bekannten Grenzen des Archipels in einem toten, leeren Ozean treibend.

Es blieb die Tatsache, dass wir drei ohne seemännische Erfahrung oder ein eigenes Schiff hoffnungslos verloren wären, wenn wir die *Aeon* fanden. In gewisser Hinsicht spielte es nicht einmal eine Rolle, wenn wir sie nicht von der Stelle bewegen könnten, denn ich war am System der Himmels-Augen interessiert, weniger an dem Schiff selbst.

Das war nichts, was man jetzt besprechen sollte, in einer vollen tumarianischen Taverne an dem Tag, an dem Midian mit einem Universal-Edikt des Primarchen angekommen war, um die Häresie im Archipel auszurotten.

Ungefähr eine Viertelstunde später gesellte sich eine bedrückte Palatine zu uns; ihr Gesicht war grimmig.

»Habt ihr es schon gehört?«, fragte sie praktisch sofort nachdem sie sich hingesetzt hatte und nahm das ihr angebotene volle Weinglas mit einer erleichterten Geste an.

»Wir waren dabei.«

»Wie –«

»Ein Zufall«, sagte Ravenna schnell. »Es war einfach Pech, dass wir gerade in der Nähe des Hafens waren, als sie angekommen sind.«

»Sie nennen es die Heimsuchung.« Palatine trank ihren Wein viel schneller, als es die Etikette eigentlich zuließ, doch Ravenna schenkte ihr kommentarlos nach. »Ihr könnt mir genau erzählen, was sie gesagt haben, wenn ich ertragen kann, es zu hören.«

Während wir warteten, wurde mir klar, dass wir uns keine Sorgen zu machen brauchten, weil wir über die Domäne sprachen. Es gab praktisch kein anderes Gesprächsthema in der Taverne, und die

Stimmung war sehr viel düsterer, als es anfangs den Anschein gehabt hatte. Wahrscheinlich wäre es sogar noch mehr aufgefallen, *nicht* über die Domäne zu sprechen.

»Wo bist du gewesen?«, wollte ich wissen. So wie sie aussah, musste es anstrengend gewesen sein.

»Erinnerst du dich an Phocas, den Boxer?«

Das war der Name, an den wir uns zu erinnern versucht hatten, der Junge aus Ral Tumar, der in der Zitadelle gewesen war. Er hatte nicht wie ein Boxer ausgesehen, dachte ich; der Name hatte meiner Erinnerung auf die Sprünge geholfen. Groß und dünn. Jemand, der gerne komische Gerüchte in die Welt setzte. Niemals böswillig, einfach nur ein Spaßvogel. Das war schon alles, was ich von ihm wusste.

»Was ist mit ihm?«

»Ich habe mich irgendwann an ihn erinnert und bin losgegangen, um ihn zu besuchen. Er war sehr nett, wenn man bedenkt, dass er mich kaum kennt. Es hat sich herausgestellt, dass sein Vater dieses Jahr für die öffentlichen Bauarbeiten zuständig ist und zum Vizekönig gerufen wurde, um ihm zu helfen, mit all den Neuankömmlingen klarzukommen. Kannst du dir vorstellen, dass Midian noch schlimmer ist als in Lepidor? Er tut jetzt nicht einmal mehr so als wäre er freundlich.«

»Wie bist du ihm begegnet?«, fragte Ravenna mit starrem Gesichtsausdruck.

»Ich habe Phocas überredet, mich als Dienerin zu verkleiden und mitzunehmen, als sein Vater Hilfe gebraucht hat.«

Sie war tatsächlich in den Tempel gegangen, in dem es von Inquisitoren und Sacri wimmelte?

»Bevor ihr jetzt irgendetwas sagt – so gefährlich war es auch wieder nicht«, fuhr Palatine hastig fort. »Es waren Unmengen von Menschen dort – sogar der Kaiser hätte da sein können, und niemand hätte ihn bemerkt.« Sie hatte natürlich Recht, allerdings nicht ganz so, wie sie es gemeint hatte. »Die meisten Inquisitoren werden nicht allzu lange hier bleiben. Sarhaddon und Midian werden so lange bleiben, bis sie eine Hochmesse im Tempel gehalten und den ersten Schwung Büßer in Empfang genommen haben, dann fahren sie weiter nach Qalathar.«

Die Hochmesse war ein Gottesdienst, der nur von den höchsten Priestern der Domäne zelebriert wurde. Ich war einmal bei einer solchen Messe gewesen, in Pharassa, als ich noch ziemlich klein gewesen war. Am besten konnte ich mich an den Weihrauch erinnern, der von Kohlenpfannen rund um den Zikkurat aufgestiegen war und dessen Geruch selbst in den Pavillons, die für die Grafen und ihre Familien aufgestellt worden waren, überwältigend gewesen war. Hier im Tempel würde es wahrscheinlich noch schlimmer sein. Nicht, dass es ein unangenehmer Geruch gewesen wäre – er war nur immer viel zu stark.

»Das andere, das er ankündigen wird, ist ein neuer *Index*, auf dem eine Menge Bücher aufgelistet sein werden, die vorher nicht darauf waren. Bald werden sie überall im Archipel Bücherverbrennungen organisieren.«

»Um sich über Wasser zu halten, bis sie ein paar Ketzer finden«, fauchte Ravenna wütend.

Das mussten schlimme Neuigkeiten für die Ozeanografen sein, denn es würde unausweichlich auch einige ihrer Bücher betreffen. Ich fragte mich, welche es diesmal wohl sein würden, und hoffte, dass die Gildenmeister ihre Exemplare rechtzeitig verstecken konnten. Trotzdem jedoch würden Werke verloren gehen, genau wie damals, als Vararu während des Kreuzzugs niedergebrannt worden war, nur um den anscheinend unersättlichen Vernichtungshunger der Domäne zu befriedigen.

»Hat der Vizekönig sich schon mit Midian getroffen?«, fragte Ravenna. Sie hatte ihre Finger so fest um das Weinglas gekrampft, dass ich befürchtete, sie könnte es zerbrechen.

»Er ist im Tempel aufgetaucht, während ich dort war. Natürlich war er sehr zuvorkommend zu Midian, hat gesagt, der Kaiser habe ihm aufgetragen, ihnen nach besten Kräften zu helfen. Aber in Wirklichkeit spielt er sowieso keine Rolle – er ist eine Null. Admiral Charidemus ist derjenige, der in Ral Tumar wirklich etwas zu sagen hat, aber den habe ich im Tempel nicht gesehen. Er macht sich überhaupt keine Gedanken über Religion, daher wird er die Anweisungen des Kaisers befolgen, soweit es die Domäne betrifft.«

»Ist das normal?«

»In der Marine schon. Die meisten Offiziere mögen Orosius nicht besonders; unter dem alten Kaiser hatten sie das Sagen, und jetzt hält Orosius sie zurück. Sie halten im Augenblick zur Versammlung und zum Thron. Wenn Orosius ein paar Feldzüge gewinnen würde, wäre die Sachlage anders.«

»Werden wir irgendwelche Probleme haben, von hier wegzukommen?«, fragte ich sie.

»Schwer zu sagen.« Ihr Gesichtsausdruck wurde noch ein bisschen grimmiger. Ich hätte das ehrlich gesagt nicht für möglich gehalten. »Ich weiß, dass sie eine Liste mit Leuten haben, nach denen sie Ausschau halten, und sie haben bereits Wachen am Hafen postiert. Sie werden niemand anderen aufhalten –«

»So gehen die Priester normalerweise nicht vor«, unterbrach sie Ravenna. »Sie lassen die Menschen Furcht verbreiten, setzen Gerüchte in die Welt, so dass alles bereits angespannt ist, wenn sie schließlich ankommen.«

»Genau. Was ich nicht weiß, ist, ob wir auf dieser Liste stehen oder nicht. Vielleicht nicht offiziell, aber für Midian sind wir Freiwild, und er könnte zumindest Cathan darauf gesetzt haben. Ich fürchte, du bist hier legitime Beute, Cathan. Wir müssen davon ausgehen, dass sie versuchen werden, uns zu ergreifen, wenn sie erst mal wissen, dass wir hier sind.«

Ich schaute mich besorgt um, aber alle Umsitzenden schienen voll und ganz von ihren eigenen Gesprächen in Anspruch genommen zu sein. Genau konnte man es jedoch natürlich nicht sagen.

Keiner von uns konnte sofort etwas erwidern, denn ein Kellner – der offensichtlich vor allem wegen seines wilden, südländischen Aussehens eingestellt worden war – kam an unseren Tisch und fragte nach unseren Wünschen. Nach dem, was Palatine gerade erzählt hatte, hatte ich nicht mehr allzu viel Appetit, bestellte mir aber dennoch eines der Gerichte, die ich in der Zitadelle kennen und schätzen gelernt hatte. Dergleichen würde ich wahrscheinlich nicht so bald wieder vorgesetzt bekommen.

Beim Essen sprachen wir nicht viel, und ich war zu beklommen, um das Gericht wirklich genießen zu können, obwohl es sehr gut war. Erst als wir gezahlt hatten und wieder unterwegs waren, wagten wir, erneut über die Domäne zu sprechen. Wir gingen durch eine Allee zu unserer Unterkunft zurück; einige der Lichtkugeln wurden teilweise von Zweigen verdeckt, deren bizarre Schatten die Straße sprenkelten.

»Haben wir irgendeine Ahnung, wie wir aus Ral Tumar wegkommen?«, fragte Ravenna leise. Die Hügel hinter der Stadt verbargen den Sonnenuntergang, und am fast schwarzen Himmel waren weder Mond noch Sterne zu sehen. Um uns herum breiteten sich die Lichter der Stadt aus wie kleine Sternbilder, ein Anblick, der vom Meer her sogar noch eindrucksvoller sein musste.

»Wir wissen doch gar nicht genau, ob es wirklich ein Problem geben wird«, protestierte ich schwach. »Wir sind nicht besonders auffällig, und sie haben keine Beschreibung von uns.«

»Du siehst dem Kaiser zu ähnlich, um unauffällig zu sein. Wir *könnten* trotzdem in Sicherheit sein, nehme ich an, weil uns hier niemand kennt.«

»Außer vielleicht dieser thetianische Agent, den wir heute Morgen gesehen haben«, sagte Palatine, und ich verspürte einen Stich der Angst. Doch sie schaute mich nicht an – sie hatte schließlich keine Ahnung, was an diesem Nachmittag geschehen war –, und ich stieß einen stummen kleinen Seufzer der Erleichterung aus. »Aber genau wissen wir es nicht.«

»Wie könnten wir noch wegkommen?«, fragte ich. »Wenn wir ein Segelschiff nehmen, dauert die Reise Monate, und wir riskieren, in jedem Hafen geschnappt zu werden. Wenn wir dann endlich in Ilthys oder Qalathar ankommen, wird es keine Dissidenten mehr geben, mit denen wir noch Kontakt aufnehmen könnten.«

»Er hat Recht, Palatine«, meinte Ravenna. »Sie wissen nicht, dass wir hier sind. Sie können es unmöglich erfahren haben seit sie Taneth verlassen haben. Midian wird hier nicht nach uns suchen – aber in Qalathar. Dort ist das Zentrum, und er nimmt an, dass wir dorthin wollen. Er weiß nicht einmal genau, ob wir überhaupt im Archipel sind.«

Ich war mir da nicht so sicher, und ich konnte spüren, wie die Zweifel an mir nagten. Was war, wenn der Kaiser – oder sein Agent – beschlossen hatte, der Domäne Bescheid zu geben? Ich schob diesen Gedanken so weit von mir wie ich nur konnte. Es war alles so ungewiss; schließlich hätte er mich einfach zwingen können, ihm zu folgen. Und wer konnte sagen, was Midian tun würde, wenn er mich zu fassen bekam? Wenn ich ihn richtig verstanden hatte, wollte der Kaiser meine Unterwerfung, nicht meinen Tod. Zumindest hoffte ich das.

»Aber er wird für alle Fälle Beschreibungen herausgeben lassen«, erklärte Palatine. »Und wir sind alle nicht schwer zu beschreiben. Es wäre vielleicht nicht schlecht, wenn du dich von dieser Ozeanografen-Tunika trennen könntest.«

»Das wäre genauso auffällig«, hielt ich dagegen. »Schließlich gibt es keine Teilzeit-Ozeanografen. Ich reise als Geselle der Ozeanografen-Gilde, nicht als Erbgraf von Lepidor. Und ich sollte wohl auch besser dabei bleiben.«

»Was machen wir also? Sollen wir in zwei Tagen einfach in den Hafen gehen und hoffen, dass uns die Sacri nicht festnehmen? Wenn das passiert, gibt es keinen Ausweg mehr.«

»Du bist schon wieder paranoid.« Ich verstand ihre Angst, doch ich befürchtete, dass wir für immer hier in Ral Tumar festsitzen würden. Und außerdem war es logisch, dass jede Nachricht an Midian zu spät käme, wenn wir uns nur schnell genug bewegten.

»Man nennt das, sich der Dinge bewusst zu sein, und das hat mir schon einmal das Leben gerettet.« Ich vermutete, dass sie damit auf Thetia anspielte, wo Attentate ziemlich häufig waren. Die meisten davon wurden, soweit ich wusste, auf die eine oder andere Weise vom Kaiser veranlasst.

»Wenn wir erst einmal auf einem Schiff sind, können wir in Ilthys sein, lange bevor irgendwelche Inquisitoren dort ankommen, und Kontakt mit den Dissidenten aufnehmen, solange sie sich noch sehen lassen können.«

»Und was dann?«, unterbrach uns Ravenna. Sie blieb abrupt stehen und drehte sich mit blitzenden Augen zu mir um. »Ihr tut alle beide, als wäre das hier eine Art Schachspiel mit lebenden Figuren. Wir können uns nicht länger an unsere alten Pläne halten, denn die Dinge haben sich geändert. Die Inquisitoren sind hier, um den Archipel endgültig zu vernichten, und dabei werden sie eine Menge

Menschen töten. Mein Volk, auch wenn das für euch vielleicht keine Rolle spielt. Es wird Monate dauern, diesen Waffenhandel in Gang zu bringen, und was würde es uns schließlich nützen? Vielleicht sind gar nicht mehr genug Ketzer übrig, wenn wir das Ganze allmählich auf die Reihe gekriegt haben.«

»Sarhaddon ist hinter uns her, aber er ist auch hinter unzähligen anderen her. Hinter all den Menschen, die wir in der Zitadelle kennen gelernt haben – Laeas, Persea, Phocas und ihre Familien. All denen, denen wir vor einem knappen Monat versucht haben, das Leben zu retten, hinter denen, die keine Stadt auf einem der Kontinente haben, in die sie fliehen können, wenn etwas schief geht.

Ich will genauso wenig von der Domäne gefangen genommen werden wie du, aber wenn die Inquisition Erfolg haben sollte, könnte das bald passieren. Wenn wir den Kontakt für Hamilcar herstellen, haben wir ihm schon geholfen. Wenn wir die *Aeon* finden, könnten wir vielleicht den Spieß umdrehen.

Das allein wird uns auch noch nicht helfen, aber es wäre zumindest einmal ein Anfang. Und ein Zufluchtsort.«

Wir redeten weiter, ohne zu ahnen, dass wir schon längst keine Wahl mehr hatten.

Kapitel VIII

Der nächste Morgen begann friedlich, wenn auch ohne offensichtliche Lösung für unsere Probleme. Da Ravenna darauf bestand, ging ich wieder zur Bibliothek der Ozeanografen, um zu sehen, ob ich dort irgendetwas herausfinden konnte. Ich hatte zwar nicht viel Hoffnung, doch es war einen Versuch wert, besonders jetzt, da uns die anderen Wege verschlossen waren.

Überraschenderweise hatte Palatine nach Ravennas leidenschaftlichen Worten letzte Nacht keine Einwände gegen die Änderung unserer Pläne erhoben. Ich war überzeugt, dass sie anderer Meinung war und ihre Zunge nur im Zaum hielt, um keinen neuen Streit heraufzubeschwören, der unerwünschte Aufmerksamkeit auf uns lenken könnte. Sie war realistischer als Ravenna, doch ich wusste nicht recht, ob das im Moment viel half. Die Lage sah nicht allzu viel versprechend aus.

Sie beschloss, noch einmal zu versuchen, in den Tempel zu kommen, was sich für mich wie eine völlig wahnwitzige Idee anhörte. Doch sie war genauso unnachgiebig, wie Ravenna es gewesen war, und würde sich nicht davon abbringen lassen.

Ravenna bestand darauf, mich zur Gilde zu begleiten, obwohl ich dagegen war. Besonders da womöglich der Agent des Kaisers wieder auftauchen könnte. Außerdem würde es die Ozeanografen vielleicht misstrauisch machen, doch dagegen konnten wir nichts tun, und Ravenna erklärte noch einmal nachdrücklich, dass sie keinesfalls den ganzen Tag nur herumsitzen wollte.

Keiner von uns war besonders scharf darauf, am Unterwasserhafen vorbeizugehen, also stürzten wir uns in das verworrene, enge Straßengewirr im alten Teil der Stadt, der sich um einen kleinen Hügel herumzog, auf dem sich einst der erste Palast und die erste Festung der Stadt befunden haben mussten. Eine eher gewöhnliche Residenz eines tumarianischen Hauses hockte auf gewaltigen Steinfundamenten, die sich aus der Straße darunter erhoben. Diese Fundamente bestanden aus großen Steinblöcken, die ziemlich grob eingepasst waren; das war keine thetianische Konstruktion. Hatte die Macht der Tuonetar einmal so weit in den Süden gereicht?

Rashal war in seinem Büro im Gebäude der Ozeanografen; er ging mit seinem bärtigen Kollegen Ocusso gerade den Budget-Antrag durch.

»Cathan«, sagte er freundlich. Er schien nicht überrascht, mich wiederzusehen. »Und wer ist das?«

Ich stellte Ravenna vor. Zum Glück schien Rashal es nicht merkwürdig zu finden, dass ich sie mitgebracht hatte; falls es doch so war, ließ er sich zumindest nichts anmerken. Er war völlig in die Aufgabe vertieft, dem Hauptquartier der Gilde jeden möglichen Coron zu entringen, und unterhielt sich nur kurz mit uns, ehe er uns vorschlug, einfach in die Bibliothek zu gehen. Er sagte, er käme später nach, um zu sehen, ob er uns irgendwie helfen könnte. Ocusso nickte uns freundlich, aber geistesabwesend zu. Nach seinem Gesichtsausdruck zu schließen, war er weit weniger an dem Budget interessiert als Rashal. Mit dieser Einstellung würde er es nie zum Meister bringen.

Die Bibliothek war auch heute leer, doch ich wusste, dass wir uns nicht darauf verlassen konnten, lange ungestört zu bleiben. Ich erklärte Ravenna so gut ich konnte, wonach wir Ausschau hielten, und gab ihr den Bericht über die Reisen der *Offenbarung* und ein paar Blatt Papier. Ich fand ein faszinierendes Papyrus über die Konstruktion von Mantas, das mindestens hundert Jahre alt sein musste, wenn nicht noch älter. Was mich besonders neugierig machte, war die Tatsache, dass die Abhandlung in der kaiserlichen Schiffswerft von Salemor im südlichen Thetia geschrieben und dort auch veröffentlicht worden war. Jene Werft, in die die *Aeon* gebracht worden war, nachdem Carausius sie geborgen hatte.

»Was ist eigentlich genau mit der *Offenbarung* geschehen?«, fragte Ravenna, nachdem wir meinem Gefühl nach nur ein paar Minuten schweigend gelesen hatten.

»Hast du die Geschichte nie gehört?«

»Meine Lehrer mussten mir immer Dinge in den Schädel hämmern, die uns direkter betrafen, wie etwa die Geschichte des Kreuzzugs.«

»Pech. Ursprünglich war sie ein Kriegsmanta, aber nachdem sie außer Dienst gestellt worden war, haben die Domäne und die Thetianer sie umgebaut, um mit ihr die Tiefen der Ozeane zu erforschen – das Gleiche, was sie jetzt mit der *Missionar* machen. Niemand hat gewusst, ob es da unten nicht vielleicht verborgene Kulturen gab, oder letzte Überbleibsel der Tuonetar. Der Kaiser – ich glaube, es war Aetius V. – hat große Summen in das Projekt gesteckt, um sie zum bestausgerüsteten Forschungsschiff zu machen, das je gebaut worden war.

Ein paar Jahre lang ist sie auf Tauchfahrten gegangen und dabei in immer größere Tiefen vorgestoßen. Ihre Mannschaft hat den Abgrund kartografiert und überall im Archipel Vorträge gehalten. Das hat der Gilde eine Menge eingebracht, und die Thetianer und die Domäne waren froh, zu entdecken, dass in großer Tiefe nichts überleben konnte, so dass sie sich keine Sorgen zu machen brauchten, von unterseeischen Überlebenden der Tuonetar angegriffen zu werden. Die Domäne hat dann allmählich das Interesse verloren, doch es war das Lieblingsprojekt des Kaisers, und daher hat er es weiter finanziert.

Ungefähr drei Jahre nachdem die *Offenbarung* vom Stapel gelaufen war, hat irgendjemand beschlossen, zu testen, wie tief sie tatsächlich tauchen konnte. Sie haben sie mit einem Flottengeschwader ein Stück von Qalathar weggeschickt, sie so gut es ging bereit gemacht und ihr dann befohlen zu tauchen. Neun Meilen tief ist sie gekommen, ehe sie jede Spur von ihr verloren haben. Es hat keinen Notruf gegeben, keinen wirklichen Hinweis darauf, dass das Schiff tatsächlich zerstört worden wäre – sie haben sie einfach verloren.«

»Hätten sie denn nicht Magie einsetzen können, um sie zu finden?«

»Die Domäne hat es versucht. Die *Offenbarung* hatte auch einen Magier an Bord, aber sie konnten ihn nicht finden oder auch nur sagen, ob er noch am Leben war, obwohl das normalerweise eigentlich möglich sein müsste. In ihrem letzten Funkspruch war irgendetwas Seltsames, aber ich kann mich nicht mehr daran erinnern, was genau es war.«

Ravenna blätterte in dem Buch, überflog die Seiten ziemlich am Ende.

»Ihre letzte Nachricht hat folgendermaßen gelautet: ›*Bericht fünfzehn. Neun Meilen und weiter sinkend, Sinkwinkel eins Strich acht, alle Werte stabil. Die Temperatur ist unglaublich; ich habe der Mannschaft erlaubt, sich wegen der Hitze ihrer Uniformen zu entledigen. Wir sind auf eine starke Gegenströmung gestoßen, mit einer Geschwindigkeit von mehreren Knoten Richtung Süd-Süd-Ost, die räumlich eng begrenzt zu sein scheint. Offenbarung Ende.*‹«

»Das war das Ungewöhnliche, diese örtlich begrenzte Strömung«, sagte ich. So etwas würde nur einem Ozeanografen geheimnisvoll erscheinen, denn er wüsste, dass in dieser Tiefe Strömungen Hunderte, wenn nicht gar Tausende von Meilen breit waren und nicht *räumlich begrenzt,* wie der Kapitän der *Offenbarung* gemeldet hatte. Ein Strudel oder eine Gegenströmung wie die, die sie gemeldet hatten, wäre nahe der Oberfläche möglich gewesen, weil der zu Tehama gehörende Teil der Küste von Qalathar ein ganz besonderer Landstreifen mit einem eigenen Strömungssystem war. Es gab dort spezielle Merkmale wie Vorgebirge oder Höhlen, die solche Phänomene verursachen konnten. Aber nicht in neun Meilen Tiefe und ein gutes Stück weg von Tehama. »Es gibt ein paar trügerische Strömungen in der Nähe der Küste, dort, wo das Wasser flacher ist, aber niemand hat diese Gegenströmung jemals erklärt.«

»Warum waren sie so nahe bei der Insel?«, fragte Ravenna. »Ich kenne die Küste, von der du gerade gesprochen hast. Wir nennen sie die Küste des Verderbens, weil dort so viele Schiffe verloren gegangen sind.«

»Sie waren gar nicht so nahe an der Insel. Aus irgendwelchen Gründen haben die maßgeblichen Stellen sich für Tehama entschieden, und sie mussten an einer Stelle tauchen, von wo aus sie eine der nahe gelegenen Inseln hätten erreichen können, wenn ein Sturm aufgekommen wäre. Ich habe keine Ahnung, warum sie sich ausgerechnet die gefährlichste Küste der ganzen Insel ausgesucht haben.«

»Tehama ist ein merkwürdiger Ort«, sagte sie versonnen. »Oben auf dem Plateau gibt es einen See, musst du wissen, vier oder fünf Meilen über dem Meeresspiegel, und an der Westküste stürzt das Wasser bis hinunter in den Ozean. Ich habe den Wasserfall nur von oben gesehen, doch von unten muss er an einem klaren Tag wunderschön sein. In den alten Zeiten war das unser einziger Weg nach draußen, bevor Valdur die Straße gesprengt und das Plateau abgeriegelt hat. Oder zumindest hat er das gedacht.«

Der Rest von Qalathar bestand größtenteils aus Wald, genau wie jede andere Insel des Archipels, nur war alles viel größer. Das Innere der Insel war schon vor langer Zeit erforscht und kartografisch erfasst worden, und es hatte sich herausgestellt, dass es dort nichts anderes gab als unzählige schmale Täler voller Bäume. Dies galt allerdings nicht für das Gebiet im Nordwesten, das unter dem Namen Tehama bekannt war. Die Berge dort ragten bis in die Wolken, und das Innere blieb ein Geheimnis. Außer für Menschen wie Ravenna, die dort gelebt hatte.

»Du hast mir nie erzählt, wie es auf Qalathar ist. Das scheint mir der Ort zu sein, den du deine Heimat nennst, und nicht Tehama.«

»Habe ich dir nie davon erzählt?« Sie schien aufrichtig überrascht. »Ich habe gedacht, du wüsstest es.«

»Ich weiß von den Wäldern und dem Meer, aber das habe ich nicht gemeint.«

Ravenna legte das Buch vor sich auf den Tisch und starrte ins Leere. »Ich weiß wirklich nicht, wie ich es sagen soll. Es ist immer warm, aber niemals heiß, wie es angeblich in Thetia sein soll, und auch nicht so feucht, außer im Winter, dann ist immer alles durchnässt.« Sie hielt inne. »Es klingt schrecklich, wenn ich es so sage, nicht wahr? Überall ist es grün, wohin du auch blickst, Wälder im Landesinnern und entlang der Küste, aber der Anblick wirkt niemals bedrückend. Tehama ist sehr klar und kalt, aber Qalathar ist anders. Es ist schön, das ist alles«, beendete sie den Satz lahm. Sie schenkte mir eines ihrer halben Lächeln. »Du hast dir den falschen Zeitpunkt ausgesucht, um mich zu fragen.«

»Du sprichst nie darüber, das ist alles.«

»Ich denke nicht gern daran. Wenn wir dorthin kommen, werde ich dich mitnehmen und mit dir zusammen die Ruinen von Poseidonis besuchen, und dann wirst du verstehen, warum das so ist. Das heißt, wenn sie immer noch da sind und die Inquisition nicht einen Zikkurat darauf errichtet hat.«

Weder Palatine noch ich hatten das Recht, ihre Entscheidungen zu kritisieren, soweit es Qalathar betraf. Das war mir mittlerweile klar geworden. Es war ihr Land, das von der Domäne im Namen religiöser Orthodoxie systematisch zerstört wurde, und es waren Männer und Frauen aus ihrem Volk, die dort starben.

Ravenna wandte sich wieder den Fahrten der *Offenbarung* zu, und ich begann den verständlichen Teil des Manta-Papyrus zu studieren, über die Geschichte der Werft von Salemor. Der Rest drehte sich zum größten Teil um verschiedene Aspekte der Konstruktion von Mantas, komplett mit Beispielen, Beschreibungen und technischen Details. Möglicherweise könnte man darin etwas Wichtiges finden, doch das würde einige Zeit dauern und musste zunächst einmal zurückgestellt werden.

Die Werft von Salemor war viel älter als alle anderen, von denen ich bisher gehört hatte; sie ging zurück auf die frühen Tage des Kaiserreichs; die Gründungsurkunde war von Aetius II. unterzeichnet worden, dem Enkel des Gründers. Kein Wunder, dass sie die *Aeon* dorthin geschickt hatten, um sie auszurüsten. Ich überflog mehr oder weniger die Zeilen, in denen es um die frühen Jahre ging, den Bau der großen Festung oberhalb der Werft und wie die Werft nach und nach immer größer wurde, um den Anforderungen der aufeinander folgenden Kaiser in ihrem Krieg gegen die Tuonetar gerecht zu werden.

Dann erreichte ich das Jahr der Thronbesteigung von Aetius IV. und stellte fest, dass die Chronik die folgenden einundzwanzig Jahre ohne Vorwarnung einfach ausließ. In einem Abschnitt ging es noch um ein verbessertes Waffensystem, das in den eisigen nordischen Gewässern nicht einfrieren würde. Und im nächsten nahm Valdur I. am Stapellauf des ersten Schiffs einer neuen Klasse teil, um die im Krieg entstandenen Verluste zu ersetzen – Valdur, der Tiberius, den Sohn von Aetius IV., ein Jahr nach dem Ende des Krieges verraten und ermordet hatte. Der Mann, der die Vorherrschaft der Domäne etabliert hatte und ein Freund des ersten Primarchen gewesen war.

»Verdammt!«, knurrte ich und widerstand dem dringenden Bedürfnis, das anstößige Dokument quer durch den Raum zu schleudern. Es machte nicht den Eindruck, als wäre es zensiert worden, es war nur so geschrieben, als hätte es die Jahre des Krieges mit den Tuonetar nie gegeben. So viel zur Geschichtsschreibung.

»Was ist denn jetzt los?«

Ich schob den Papyrus quer über den Tisch zu ihr hinüber, deutete auf den Bruch im Text.

»Wieder einmal die Domäne«, sagte sie angewidert. »Darauf, über jene Jahre zu schreiben, steht der Tod auf dem Scheiterhaufen. Wundert es dich da, dass niemand es wagt?«

Die Domäne konnte es sich nicht erlauben, dass die letzten Jahre des Krieges irgendwo erwähnt wurden. Wenn die wirkliche Geschichte allgemein bekannt wurde, könnte die Domäne eine Menge Unterstützung verlieren, denn die Geschichte, wie sie an die Macht gekommen war, war alles andere als erbaulich. Vor allem die Verfolgungen in Thetia, die von der Domäne im Namen des Kaisers durchgeführt worden waren, um auch noch die allerletzten Magier und Priester anderer Elemente als des Feuers zur Strecke zu bringen.

Irgendwo musste es jemanden geben, der noch Bücher besaß, die die Ereignisse jener Jahre schilderten. In der Zitadelle hatten wir drei Stück gehabt, doch es musste gewiss noch mehr gegeben haben, Berichte, die in der kurzen, friedlichen Periode nach der endgültigen Niederlage der Tuonetar geschrieben worden waren. Als Carausius und seine Familie die Hoffnung auf einen Neuanfang gehabt hatten, auf eine Chance, nach den Verheerungen des Krieges die zerstörten Häuser wieder aufzubauen und das Leben wieder neu zu beginnen.

Ich wandte mich wieder der Rolle mit den Abhandlungen über den Schiffsbau zu und hatte jetzt endgültig die Nase voll. Die Chancen, in irgendeiner Bibliothek etwas zu finden, schienen dünn, wenn die Zensur so effektiv war. Die Große Bibliothek von Taneth war nur so alt wie die Stadt selbst und daher jünger als der Krieg; es war unwahrscheinlich, dass ich dort etwas finden würde, was alt genug war. Und in Selerian Alastre, wo sich die größte Bibliothek von ganz Aquasilva befand, war auch der Kaiser.

Ich konzentrierte mich nicht besonders, als ich weiterlas, nahm nicht wirklich viel auf. Niemand betrat die Bibliothek, aber ich hörte jemanden draußen vorbeirennen, und irgendwo weiter den Korridor hinunter wurde eine Tür aufgerissen.

Gerade wollte ich einen weiteren Abschnitt aufrollen, als mir etwas ins Auge fiel.

Ebenfalls in jenem Jahr begannen schließlich die Reparaturarbeiten an jenem Schaden, zu dem es mehrere Jahre zuvor gekommen war, als die Überlastung eines Reaktorkerns das gesamte Leitungssystem geschmolzen und die Tiefwasser-Konstruktionsbrücken zerstört hatte. Überhitzter Aether hatte die Brücken bis zur Unkenntlichkeit verbogen und verdreht und den Verkehr innerhalb der Werft stark erschwert. Nicephorus Decaris, der die Arbeiten geleitet hatte, sollte über die längste Periode des Wohlstands für Salemor präsidieren, und er war entschlossen, von Anfang an seine Spuren zu hinterlassen. Er entwickelte persönlich die Technik, die die angesammelten Energie-

rückstände von den Überbleibseln entfernte und sie sicher genug machte, dass die Rückgewinnungsmannschaften sie betreten konnten, eine Technik, die in abgewandelter Form bis zum heutigen Tag eingesetzt wird.

Selbst ich wusste genug über die Konstruktion von Mantas, um in diesem Text einige eklatante Widersprüche zu erkennen. Eine Aetherladung wäre nicht länger als den Bruchteil einer Sekunde in einer Brücke geblieben, und sie war auch unter keinen Umständen in der Lage, einen derartigen Schaden anzurichten, wie er hier beschrieben wurde. Und ein solcher Unfall war auch überhaupt nicht erwähnt worden. Vielleicht –

Ein lautes Krachen unterbrach meinen Gedankengang. Ein dunkelhaariger Lehrling mit besorgter Miene stand plötzlich neben mir.

»Rashal sagt, Ihr sollt die Bücher beiseite legen und in die Eingangshalle kommen. Die Inquisitoren sind hierher unterwegs.«

Unsere Blicke kreuzten sich für den Bruchteil einer Sekunde, und dann klappten wir die Bücher zu und packten sie so schnell wie möglich weg. Der Lehrling wartete nicht, sondern rannte gleich wieder durch den Korridor davon. Einen Augenblick später hörte ich, wie er oben etwas rief; jemand antwortete ihm, und dann waren wieder schnelle Schritte zu hören.

»Hast du dir Notizen gemacht?«, fragte ich Ravenna, als wir die Bibliothek verließen.

»Ja, aber nicht sehr viele.«

»Gib sie mir. Ich bin der Ozeanograf, und wenn –«

»Wir können nicht hier bleiben«, sagte sie. »Rashal weiß, wer du bist. Wir können es nicht riskieren.«

Der größte Teil des Personals der Station hatte sich in der Eingangshalle und auf den Treppenstufen versammelt, und auf allen Gesichter lag ein Ausdruck großer Sorge – oder gar Schlimmeres. Rashal stand auf der untersten Stufe und schaute sich um, als wollte er wissen, wer alles da war. Einen Augenblick nachdem wir angekommen waren, erschienen der Lehrling und Ocusso auf der zweiten Treppe.

»Ihr habt es inzwischen ja alle gehört«, sagte Rashal. »Ocussos

Sohn ist vom Tempel hierher gerannt und hat uns die Nachricht gebracht. Anscheinend hat eine Gruppe von Fanatikern uns denunziert, verbotene Künste zu praktizieren, und ein paar Inquisitoren und Sacri sind auf dem Weg hierher.«

Verbotene Künste? Was für Künste sollten das denn sein? Einen Augenblick später bekam ich zumindest teilweise eine Antwort auf meine stumme Frage.

»Seit wann sind es verbotene Künste, Delfine einzusetzen?«, wollte eine empörte Frau ärgerlich wissen. »Versucht das mal den Fischern zu erzählen.«

»Wir haben mehr als das getan, Amalthea, aber das ist jetzt unerheblich.« Rashal schluckte nervös, und mir wurde klar, dass er längst nicht so zuversichtlich war, wie er sich gab. Er hatte wahrscheinlich niemals damit gerechnet, dass eine solche Krise eintreten könnte, und fragte sich, was der Meister wohl getan hätte, wenn er hier gewesen wäre. »Es ist nicht genug, so etwas zu rechtfertigen.«

»Sie werden uns doch sicher nicht nur auf die Aussage von ein paar Fanatikern hin einsperren?«, sagte Ocusso, doch er schien sich seiner Sache nicht besonders sicher zu sein.

»Wir sind Ozeanografen«, rief jemand anders. »Sie brauchen uns.«

»Ich wünschte, ich könnte deine Zuversicht teilen. Aber wenn die Inquisitoren glauben, dass wir die Delfine in Zusammenhang mit Magie benutzt haben, werden sie uns wohl kaum vergeben. Amalthea, du bist unsere Expertin für Delfine. Die Inquisitoren werden in wenigen Minuten hier sein. Kannst du so viel wie möglich von deinen Notizen zusammenpacken und dich zur Andockbucht der Rochen begeben?«

»Du meinst, ich soll davonlaufen?«, fragte Amalthea ungläubig. »Vor der Domäne fliehen? Ich werde als Häretikerin gebrandmarkt werden.«

»Du musst irgendwie ins Hauptquartier gelangen, ihnen die Daten übergeben und ihnen sagen, dass es eine Säuberung geben wird. Pack alles zusammen, was du kannst, und nimm die Hintertreppe. Sofort!«

Nach kurzem Zögern schob sich Amalthea an ihm vorbei und

rannte die Stufen hinauf. Ihr Gesicht war kalkweiß. Ocusso sah aus, als müsse er sich gleich übergeben.

»Sie wird es nicht schaffen«, ließ sich eine Stimme vernehmen, die ich nur allzu gut kannte. Ich wirbelte herum und spürte, wie mich die Panik durchzuckte, als ich den kaiserlichen Agenten, dem ich gestern begegnet war, aus dem Korridor zur Bibliothek kommen sah. War das nun Orosius persönlich oder nur sein Sprachrohr? Ich wusste es nicht. »Der Hafen wird von Sacri bewacht.«

»Wer seid Ihr?«, fragte Rashal voller Angst. Auf den Gesichtern einiger anderer spiegelte sich nacktes Entsetzen, was ich sehr gut verstehen konnte.

»Ich bin kein Priester. Mehr braucht Ihr im Augenblick nicht zu wissen. Eure Gäste sind allerdings persönliche Feinde des General-Inquisitors und werden hingerichtet, wenn man sie erwischt.«

Rashal sah mich an, als hätte ich ihm gerade ein Messer in den Rücken gerammt, und ich hätte mich am liebsten in einer Ecke verkrochen. »Ist das wahr?«, fragte er. Seine Stimme war kaum mehr als ein Flüstern.

Ich nickte elend.

»Es gibt allerdings immer noch eine Möglichkeit. Wenn Cathan und sein Mädchen mir helfen, bringe ich sie beide und Amalthea hier heraus, und Ihr habt ein paar Dinge weniger, über die Ihr Euch den Kopf zerbrechen müsst.«

»Und was bekommt Ihr dafür?«, wollte der dunkelhaarige Lehrling wissen.

»Sie.«

»Um Ranthas' willen, helft ihm«, drängte Rashal flehend. Ich unterdrückte das dringende Verlangen, auf den Agenten einzuschlagen, der mich schon wieder wie einen unbelebten Gegenstand behandelte. Ich drehte mich zu ihm um.

»Was wollt Ihr?«, fragte ich so neutral wie möglich.

Dankenswerterweise zeigte das fremdartige, eckige Gesicht keinerlei Befriedigung. Ravenna durchbohrte ihn förmlich mit ihren Blicken – und mich ebenfalls, woraufhin mir noch elender zu Mute wurde. Warum hatte ich es ihr gestern Abend nicht erzählt? Warum hatte ich ihr nicht vertraut?

»Jemand soll uns zum Fuß der Hintertreppe führen, wo wir uns mit Amalthea treffen können«, gab er seine Anweisungen. »Assistent Rashal, ich schlage vor, dass Ihr alle verbotenen Bücher, die Ihr möglicherweise in Eurer Bibliothek habt, gut versteckt und Euch darauf vorbereitet, Euch zu rechtfertigen. Ihr wart nicht besonders klug, ein solches Projekt ohne die Billigung der Gilde in Angriff zu nehmen, aber ich glaube, Ihr werdet davonkommen. Erwähnt mich nicht – aber Ihr dürft gerne Eure Gäste erwähnen.«

»Ocusso wird Euch den Weg zeigen«, sagte Rashal. »Myroes, du hast gehört, was der Mann gesagt hat. Benutze den geschützten Ort. Und ihr anderen – wir müssen nachdenken.«

»Ich?«, fragte Ocusso ängstlich.

»Ja, du. Mach schnell.«

Schlagartig setzte sich Ocusso in Bewegung; er rannte die Treppe hinunter und einen kleinen Seitengang entlang, wobei er nicht abwartete, ob wir ihm folgten.

»Nach Euch«, sagte der kaiserliche Agent und deutete auf den Korridor. Durch die Fenster konnte ich eine Reihe von Inquisitoren und das matte Karmesinrot der Sacri-Helme auf der Uferstraße erkennen; sie waren ohne Zweifel auf dem Weg zur Station. Dieses Mal würde ich nicht protestieren. Ich zog Ravenna mit und rannte hinter Ocusso her.

Er führte uns ein kurzes Stück den Korridor hinunter und dann in eine Art Lagerraum mit hoher Decke und unebenem Steinfußboden. Die verschiedensten ozeanografischen Ausrüstungsgegenständen waren hier aufgestapelt, von Prüfstationen bis hin zu einer Sammlung von Netzen, die auch in einem Fischerboot nicht fehl am Platz gewesen wären. An der rechten Seite führten ein paar klapprige hölzerne Stufen zu einer Tür im Obergeschoss, während sich gegenüber meiner Meinung nach der Weg zu den Liegeplätzen der Rochen befand. Die Rochen der Ozeanografen wurden manchmal wie Fluchtboote in Buchten vorgehalten statt an Andockbrücken gekettet zu werden; ganz offensichtlich konnte sich die Station von Ral Tumar die Kosten leisten. Nachdem ich gesehen hatte, wie viel Mühe sich Rashal mit dem Budget gemacht hatte, fand ich das durchaus plausibel.

Ocusso ging nervös auf der kleinen freien Fläche auf und ab, die nicht mit Ausrüstungsgegenständen voll gestellt war, wobei er bei jedem Herzschlag zu der Tür im Obergeschoss blickte. Amalthea schien ewig zu brauchen, schließlich jedoch öffnete sich die Tür und sie kam die Stufen heruntergepoltert.

»Rashal sagt, diese Leute werden dir helfen«, murmelte Ocusso. »Und irgendwas davon, dass die Sacri den Hafen bewachen.« Er drehte sich um und rannte davon, ohne auf eine Antwort zu warten. Die drohende Ankunft der Inquisitoren hatte den sanften Ozeanografen in ein furchtsames Kaninchen verwandelt, und nach den Gesichtern zu urteilen, die ich in der Eingangshalle gesehen hatte, war er nicht der Einzige. Um Thetis' willen – warum hatten sie sich ausgerechnet die Gilde ausgesucht? Was hatte dieser Haufen liebenswerter, zänkischer Wissenschaftler getan, um Midians Aufmerksamkeit auf sich zu lenken?

»Kann ich ihm trauen?«, fragte mich Amalthea und deutete auf den Agenten.

»Er ist ein boshafter, gemeiner Spion des Kaiserreichs«, erwiderte ich heftig. Hier bot sich mir zumindest eine kleine Gelegenheit zur Rache. »Aber andernfalls sitzen wir in der Falle.« Das war unglücklicherweise ebenfalls richtig – oder doch nicht?

»Wenn ich nicht dafür sorgen müsste, dass Ihr am Leben bleibt«, sagte der Agent, »würde ich Euch freiwillig an …« Dann unterbrach er sich und schüttelte den Kopf. »Jetzt ist nicht der rechte Zeitpunkt, sich zu streiten.«

»Wird der Hafen wirklich bewacht?«

»Das wird er«, erwiderte der Agent. »Wenn Ihr überleben wollt, tut am besten genau das, was ich Euch sage. Amalthea, bitte tauscht Eure Tunika mit Ravenna.«

Die beiden Frauen begannen zu protestieren, doch in diesem Augenblick hörten wir ziemlich deutlich, wie mit einem Stock an die Eingangstür der Station geklopft wurde. Der Agent ging zur Tür des Raums, in dem wir uns befanden, und schloss sie, während Amalthea und Ravenna sich in das anscheinend Unvermeidliche fügten. Ich schaute weg, als die beiden ihre Tuniken tauschten; Ravennas würde bei Amalthea ziemlich stramm sitzen, doch glücklicherweise war die Ozeanografin nicht ganz so drall wie viele andere Frauen aus Ral Tumar.

»Amalthea, führt uns aus dem Hof«, forderte der Agent sie auf. Dieses Mal stellte sie keine Fragen, sondern öffnete eine der großen Doppeltüren am hinteren Ende des Lagerraums. Graues Tageslicht sickerte herein. Der mit allem Möglichen voll gestopfte Hof war menschenleer, aber ich verspürte ein Prickeln zwischen meinen Schulterblättern und erwartete jeden Augenblick, den Schrei eines Inquisitors hinter uns zu hören.

Doch es blieb still, und wir erreichten ungehindert die kleine Holztür auf der anderen Seite des Hofs. Amalthea schob den Riegel zurück, und wir schlüpften in eine Nebenstraße hinaus, die zwischen der Station der Ozeanografen und ein paar kleinen Lagerhäusern verlief. Die Situation hatte eine unangenehme Ähnlichkeit mit der, die ich ein paar Wochen zuvor erlebt hatte, als ich versucht hatte, den Sacri-Patrouillen im Hafenviertel von Lepidor zu entgehen.

Nur zwei Seeleute befanden sich auf der Straße, und nachdem sie uns einen Augenblick lang angestarrt hatten, gingen sie weiter, als existierten wir überhaupt nicht. Der Agent führte uns ein Stück weiter, in ein schmales Seitengässchen und dann um eine Ecke auf einen winzigen Platz zwischen mehreren Lagerhäusern, in dessen Mitte einsam ein verloren wirkender Feigenbaum stand.

»Ab hier gehen wir getrennte Wege«, verkündete er. Er griff in eine gut getarnte Tasche seiner Tunika und zog ein dünnes, rechteckiges Kupferstück heraus. Dann fischte er ein Medaillon heraus, das unter der Tunika um seinen Hals hing, und drückte es fest gegen das Kupfer. Nachdem er das Medaillon wieder versteckt hatte, reichte er Amalthea das Kupferstück.

»Dies ist ein kaiserlicher Geleitbrief. Benutzt ihn, um nach Selerian Alastre zu kommen, und händigt ihn dort Euren Vorgesetzten aus. In wenigen Stunden läuft das Kriegsschiff *Meridian* von Andockbrücke fünfundvierzig aus; lauft durch die Nebenstraßen zum Hafen und geht unverzüglich an Bord.« Nach kurzem Zögern gab er Amalthea auch eine Börse mit Münzen. »Dies wird Euch helfen, dorthin zu kommen. Was auch immer Ihr tut, geht auf keinen Fall nach Hause. Und wenn man Euch anhält und Fragen stellt, dann habt ihr dies vom Kaiserlichen Geheimdienst bekommen, in dessen Auftrag Ihr der Gilde eine Botschaft überbringen sollt. Habt Ihr verstanden?«

Selbst Amalthea, die bisher die ruhigste von allen Mitgliedern der Gilde gewesen war, sackte jetzt etwas in sich zusammen. Doch dann nickte sie und eilte davon. Ehe sie um die nächste Ecke verschwand, drehte sie sich noch einmal um und sagte: »Viel Glück.« Ihre Worte hatten nicht dem Kaiserlichen Agenten gegolten.

Ihre Schritte waren kaum verklungen, als Ravenna sich mit blitzenden Augen umdrehte und mir eine kräftige Ohrfeige versetzte, die mich zurücktaumeln ließ.

»Das ist dafür, dass du mir nichts gesagt hast«, sagte sie, bevor sie dem Kaiserlichen Agenten ebenfalls eine Ohrfeige versetzte – wobei er dem Schlag gewiss hätte ausweichen können, wenn er es gewollt hätte. »Ich bin niemandes Mädchen, Söldner, und um mich wird auch nicht geschachert.«

Mein Gesicht schmerzte noch immer von dem Schlag – den ich verdient hatte, auch wenn diese Erkenntnis hinter meinem Zorn zu verschwinden drohte –, und daher war es höchst befriedigend, zu sehen, dass sie mit dem arroganten Kaiserlichen Agenten genauso umging. Dieses Mal war es nicht Orosius persönlich, dessen war ich mir ziemlich sicher. Ich bemerkte feine Unterschiede in der Haltung und der Sprechweise, und ich konnte mir nicht vorstellen, dass Orosius den Schlag so einfach hingenommen hätte.

»Ihr befindet Euch in einer feindseligen Stadt und seid mir ausgeliefert«, entgegnete er nach einem Moment des Schweigens. »Außerdem tragt Ihr Tuniken, deren Farbe für sich genommen schon Eure Verhaftung rechtfertigen.«

»In dem Fall sollten wir zurückgehen und uns umziehen«, gab Ravenna zurück. »Kommst du, Cathan?«

Was als Nächstes passierte, ist sehr schwierig zu beschreiben, doch als ich mich in Bewegung setzen wollte, legte sich eine Art Nebel über meinen Verstand, und meine Muskeln versagten mir den Dienst. Ravenna schien einen Augenblick wie durch Sirup zu waten. Dann blieben wir beide stehen.

»Ich habe Euch nur aufgehalten, um zu verhindern, dass Ihr etwas extrem Unkluges tut«, stellte der Agent ruhig fest. »Überall in der Stadt sind Suchtrupps der Sacri unterwegs, und sie alle haben den Befehl, jeden flüchtigen Ozeanografen festzunehmen. Ich bezweifle, dass Ihr es bis zu Eurer Unterkunft schafft.«

Einmal mehr war ich völlig überrumpelt worden, obwohl es diesmal noch schlimmer war, denn Ravenna stand nur ein paar Fuß von mir entfernt, und auf ihrem Gesicht malte sich eine Mischung aus Wut und Erstaunen. Was noch viel bitterer war – und der eigentliche Grund, weswegen ich die Ohrfeige verdient hatte –, war, dass der Kaiser ganz offensichtlich nicht warten wollte. Ich hatte mich geirrt, und wer konnte wissen, was mein verletzter Stolz uns jetzt kosten würde?

»Und wie entkommen wir dann der Falle, die Ihr uns so freundlich gestellt habt?«, wollte Ravenna wissen. »Oder sollen wir gar nicht entkommen.«

Als Antwort ging der Agent zu einem der kleinen Lagerhäuser und klopfte zweimal an die kleine hölzerne Tür. Sie schwang auf, und ich verspürte auf einmal den unwiderstehlichen Drang, hindurchzugehen. Einen Drang, den ich mir dreißig Sekunden später, nachdem er die Tür hinter uns wieder geschlossen hatte, endlich erklären konnte.

»Ich habe gedacht, alle Gedankenmagier müssten Priester werden.«

»Es gibt keine Regeln, wenn es um den Kaiser geht«, sagte er und lächelte grimmig.

Das Lagerhaus ähnelte dem Raum, in dem wir erst kurz zuvor gewesen waren, nur dass es etwas größer und düsterer war. Nur zwei Dachfenster sorgten für ein bisschen Licht. Und eine Fackel, die ein untersetzter Mann in der Hand hielt, der eine scharlachrote Tunika mit silbernen Insignien trug.

Doch es war nicht der Mann mit der Fackel, der die Aufmerksamkeit auf sich zog. Es standen noch drei andere Personen zwischen aufgestapelten Kisten und Körben. Eine war ein Dienstmädchen, wie ich aus ihrer grob gewebten Tunika schloss, allerdings gehörte sie nicht zu der schüchternen, zurückhaltenden Sorte.

Die anderen beiden waren ganz sicher keine Bediensteten.

»Ach du meine Güte«, sagte Mauriz Scartaris, eine gebieterische

Erscheinung im flackernden Fackellicht. Er hatte die Stimme eines Sängers, eine Stimme, die jedem Opernhaus Aquasilvas Ehre gemacht hätte. »Ihr hattet Recht. Die Ähnlichkeit ist unverkennbar.«

Trotz seiner Worte konnte ich hören, wie seine Begleiterin, eine mir vollkommen unbekannte, ganz in Schwarz gekleidete Thetianerin, deren Halskette golden aufblitzte, scharf den Atem einsog. Nicht dass das für mich irgendeine Rolle gespielt hätte – ich begriff im Augenblick überhaupt nichts.

»Wenn diese Ähnlichkeit echt ist«, sagte sie langsam, »dann stellt das eine ganze Menge Dinge in Frage, an die wir lange geglaubt haben. Das führt uns in sehr tiefes Wasser, Mauriz.«

»Im tiefsten Wasser gibt es die höchsten Berge«, erwiderte er; es klang wie ein Zitat. Er lächelte wie jemand, der gerade eben einen Schatz entdeckt hatte und das genau wusste; sein finsteres, aristokratisches Gesicht sah plötzlich überaus zufrieden aus. »Und Fackeln leuchten am hellsten in der Dunkelheit. Ich habe nur wenige Träume Wirklichkeit werden sehen, Telesta, aber hier und jetzt erlebe ich einen, den wir seit Generationen geträumt haben.«

»Träume … oder Albträume?«, meinte die Frau, die er mit Telesta angesprochen hatte, leise.

»Du siehst niemals die Sonnenseiten, was? Du bist wie ein Vogel, der düstere Prophezeiungen in den Wind krächzt.«

Sie schien von seinen Worten nicht verletzt. »Nicht alle Omen sind gut, Mauriz. Vergiss das nicht.«

Kapitel IX

»Dürfte ich vorschlagen, dass wir uns beeilen«, sagte der Agent in die Stille, die auf Telestas letzte Worte folgte. »Wenn die Inquisitoren merken, dass jemand geflohen ist, könnten sie anfangen, dieses Viertel zu durchsuchen.«

Mauriz nickte und wandte sich an die Dienerin, ohne sich zu ihr umzudrehen.

»Mach die Falltür wieder auf, Matifa.«

Matifa verschwand hinter einem Stapel Körbe, und einen Augenblick später wurde einer davon mit leichtem Quietschen beiseite geschoben.

»Tekla, du bildest die Nachhut«, befahl Mauriz und gab dann dem Fackelträger ein Zeichen, voranzugehen. Das also war der Name des Kaiserlichen Agenten, den er mir so beharrlich verschwiegen hatte – oder zumindest war das der Name, unter dem er bekannt war. Es war kein thetianischer Name, kein Name, den ich je zuvor gehört hatte. »Cathan, ich hoffe, ich kann Euch und Eurer Freundin so weit trauen, dass Ihr ohne weiteren Zwang mitkommt.«

Ich nickte und spürte, wie der Nebel, den der Gedanken-Magier auf meinen Geist hatte herabsinken lassen, sich wieder hob. Es war, als stiege man aus einem Honigteich heraus, doch ich hatte kaum Zeit, meine Haltung wiederzugewinnen, dann schob mich Tekla auch schon auf die Öffnung zu.

Treppenstufen führten in einen Gang hinunter, der von der Fackel unstet erleuchtet wurde. Mein Arm streifte an einer feuchten steinernen Wand entlang, und ich hoffte, dass das, was ich gespürt hatte, nur Moos war, das in den Spalten und Ritzen wuchs. Ein Stück weiter blieb Mauriz stehen, bis wir erst ein Knirschen und dann Matifas Stimme hinter uns vernahmen, die uns mitteilte, dass die Falltür wieder geschlossen war.

Die Luft in dem Tunnel war abgestanden und drückend, und die Decke war so niedrig, dass der Fackelträger seine Fackel in Gesichtshöhe halten musste. Zum Glück war der Gang ziemlich breit, aber im Halbdunkel und von Telesta und Ravenna eingeengt, verspürte ich einen Anflug von Klaustrophobie. All meine anderen Ängste stiegen wieder an die Oberfläche, während ich den unterirdischen Gang entlangging, gefangen genommen von einem Kaiserlichen Agenten, den ich hasste. Nicht zu vergessen Mauriz und die schwarz gekleidete Frau, die er mit einem Vogel verglichen hatte, der von schlechten Vorzeichen kündete. Wir konnten nicht sehr weit gegangen sein, als der Tunnel sich zu einer Höhle weitete, die etwas trockener zu sein schien und eine höhere Decke hatte. Allerdings machten wir hier nicht Halt, sondern strebten auf eine von zwei Öffnungen auf der gegenüberliegenden Seite zu.

»Wo sind wir?«, wollte ich wissen.

»Das ist eine Art … Lagerhaus«, sagte Tekla.

»Eine Schmugglerhöhle, meint er«, flüsterte Ravenna. »Damit der Clan Scartaris keine Zollgebühren zu bezahlen braucht.«

Wir kamen an mehreren hölzernen Türen vorbei – alle verschlossen und verriegelt –, die in Felsspalten eingelassen waren. Irgendwie konnte ich mir nicht vorstellen, dass thetianische Clans in unbedeutende Schmuggelgeschäfte verwickelt sein sollten, doch mir wurde sehr schnell klar, wie naiv ich war. Hier ging es um Schmuggel im großen thetianischen Stil, mit einem riesigen Komplex von zu Lagerräumen umfunktionierten Höhlen. Vielleicht hatten die Clans dieses System ursprünglich nicht geschaffen, jetzt jedoch machten sie auf alle Fälle Gebrauch davon.

Wir gingen immer weiter durch ein anscheinend endloses Netzwerk von Höhlen. Die einzigen Geräusche waren unsere Schritte auf dem ausgetretenen Steinfußboden, der völlig eben angelegt war, damit Generationen von Schmugglern ihre Fracht leichter hatten transportieren können. Mauriz, der für einen Thetianer ziemlich groß war, legte ein rasches Tempo vor und blieb niemals stehen.

Wir überquerten eine robuste Holzbrücke, die sich über einen verborgenen Strom spannte, und schritten dann an einem unterirdischen See entlang durch eine lange gewundene Galerie, von deren oberem Teil Unmengen von Stalaktiten herabhingen. Das Geräusch tröpfelnden Wassers hallte unheimlich von der hohen Decke wider, und in der Ferne konnte ich das schwache, aber unverwechselbare Rauschen der Brandung hören.

Schließlich gelangten wir in eine kleine Höhle. Ich schaute mich um und sah, dass sie zum größten Teil geflutet war und ein großer Seerochen an einem kurzen Kai vertäut lag. Die Wände der Höhle verschwanden über unseren Köpfen in der Dunkelheit. Einen Augenblick lang starrte ich die Hörner des Rochens an und blinzelte im Licht der flackernden Fackeln, die in metallenen Haltern entlang des Kais brannten. *Das Silber und Rot des Clans Scartaris,* dachte ich.

»Haben wir irgendwelche weiteren Besucher gehabt?«, fragte

Mauriz den drahtigen Soldaten, der auf dem mattblauen Rumpf des Seerochens saß. Der Mann schüttelte den Kopf, und Mauriz wandte sich an mich. »Cathan und …« Er sah Ravenna an, die mürrisch zurückstarrte. Ihre Augen waren wie Eisstückchen. »Ravenna«, sagte sie aufsässig.

»Ravenna. Um Euretwillen, tut genau, was ich Euch sage. Wir müssen noch einen oder zwei Tage in Ral Tumar bleiben, und da die Inquisitoren Eure Beschreibung haben, werden wir Euch tarnen. Matifa wird sich darum kümmern.« Er gab Telesta und Tekla einen Wink und verließ mit ihnen die Höhle, ging ein Stück in den nächsten Durchgang hinein, bis ihre Stimmen zu einem Murmeln wurden, das von der nicht allzu weit entfernten Brandung übertönt wurden. Mauriz hatte das unverkennbare Verhalten eines Mannes, der es gewohnt war. Befehle zu geben – Befehle, die niemals in Frage gestellt wurden.

»Macht Euch nass, alle beide«, sagte Matifa knapp, bevor sie im Innern des Seerochens verschwand.

Ravenna und ich warfen einander einen kurzen Blick zu. Dann zuckte sie die Schultern, nahm das Papier und ihre Börse aus der Tasche und zog ihre Schuhe aus. »Wir werden es bald genug herausfinden.«

Wir sprangen von dem hölzernen Kai, dessen Oberfläche ein paar Ellen über dem Wasserspiegel lag – und bereuten es augenblicklich. Das Wasser war eiskalt und so tief, dass ich den Boden nicht spüren konnte. So schnell wir konnten kletterten wir wieder heraus und standen schlotternd auf den Holzplanken.

»Kalt?«, erkundigte sich Matifa und lächelte humorlos. »Wir haben Euch aus einer ziemlich brenzligen Lage rausgeholt, also scheint es nur gerecht, dass Ihr hier reinspringen müsst. Kniet Euch hin, das hier geht nicht, wenn Ihr steht.«

Sie trat zu uns, in der Hand eine kleine Schere und zwei Glasphiolen, in denen sich eine dunkelbraune Flüssigkeit befand. Ravenna begriff vor mir, was Matifa vorhatte, und strich sich das nasse Haar aus dem Gesicht, bevor sie sich hinkniete. Obwohl sie sich äußerlich nichts anmerken ließ, konnte ich erkennen, dass sie innerlich immer noch schäumte – um so mehr, nachdem Matifa ihr die Haare ein paar

Zoll kürzer geschnitten hatte. Und ich wusste auch, wer das Ziel sein würde, wenn sie endlich Gelegenheit haben sollte, ihrem Groll Ausdruck zu verleihen.

Zögernd folgte ich ihrem Beispiel und schaute dann zu, wie Matifa eine Phiole entkorkte und einen Teil der Flüssigkeit über Ravennas Haare schüttete. Selbst Ravenna schien erstaunt zu sein, und ich fragte mich, ob Haare normalerweise anders gefärbt wurden.

Meine Knie hatten sich noch immer nicht von der Behandlung erholt, die sie gestern über sich hatten ergehen lassen müssen, und ich drängte Matifa stumm, sich doch bitte zu beeilen, während ich hoffte, dass meine Haare hinterher nicht zu offensichtlich wie gefärbt aussehen würden. An der Art, wie sie das Färbemittel mit fleckigen, abgearbeiteten Händen in Ravennas Haaren verteilte, wobei sie gelegentlich ein bisschen Flüssigkeit nachschüttete, konnte man erkennen, dass sie so etwas wahrscheinlich schon oft gemacht hatte. Mauriz sah auch nicht gerade wie jemand aus, der sich mit Anfängern umgab.

Als sich Matifa schließlich mir zuwandte, war Ravennas immer noch nasses Haar deutlich heller geworden; an einigen Stellen glänzte es von dem Färbemittel. Ihre geborgte Tunika wies braune Streifen auf, doch mit ein bisschen Glück würden uns Mauriz und seine Begleiter wohl neue Kleider geben. Mir war immer noch kalt, und als Matifa mir das warme Färbemittel aus der zweiten Phiole auf den Kopf schüttete, war es fast eine Wohltat.

Glücklicherweise hatte ich nicht einmal annähernd so viel Haare wie Ravenna, daher dauerte es nicht lange, bis Matifa das Fläschchen wieder zustöpselte und ging. »Ihr könnt jetzt wieder aufstehen«, sagte sie im Weggehen. »Aber das war noch nicht alles.«

»Das war noch nicht alles« bedeutete in diesem Fall, dass ein zähflüssiges, süßlich riechendes Öl in unsere Gesichter und auf unsere Unterarme gerieben wurde – um die Haut heller zu machen, beantwortete Matifa meine diesbezügliche Frage – und eine weitere Flüssigkeit auf unseren Händen und Füßen verteilt wurde, um sie härter zu machen, und schließlich, dass unsere Augenfarbe geändert wurde.

Thetianische Alchemisten wurden auf der ganzen Welt beneidet, doch während ihre Kollegen auf den Kontinenten noch immer geheime Studien betrieben und sich an der Umwandlung von Metallen versuchten, hatten sie längst damit begonnen, wesentlich praktischere Anwendungen für ihre Kunst zu finden. Palatine hatte einmal gesagt, die Alchemisten und Kosmetikerinnen ihres Landes könnten einen Geier in einen Paradiesvogel verwandeln. Diese Talente fanden im Spiel der thetianischen Politik auch eine andere, eher düstere Anwendung. Die Thetianer stellten alles her, von Gift bis zu Aphrodisiaka – unter anderem auch, wie ich nun herausfinden sollte, eine Flüssigkeit, mit deren Hilfe man die Augenfarbe ändern konnte.

Erst in diesem Augenblick wurde mir richtig klar, was Ravenna durchgemacht hatte, die ihr ganzes Leben lang ihr Erscheinungsbild auf subtile Weise verändert, sich die Haare geglättet und, was am entscheidendsten war, ihre Augenfarbe abgewandelt hatte. Und sie hatte es die meiste Zeit selbst tun müssen.

»Haltet Eure Augen offen, sonst wird es noch viel schlimmer«, warnte mich Matifa, als ich mich etwas beklommen auf dem unebenen Felsboden ausstreckte. Ravenna und Matifa hatten meinen Protest beiseite gewischt und darauf hingewiesen, dass die Zahl der Menschen auf der Welt mit leuchtend meerblauen Augen so gering war, dass ich auf alle Fälle auffallen würde. Ich wäre gut als Exilant durchgegangen, sagte sie, aber die hatten alle rote Haare, was sogar noch auffälliger war. Ravenna hielt meinen Kopf sehr fest, was in mir nicht gerade viel Vertrauen in das aufsteigen ließ, was gleich geschehen würde.

»Ihr seid ein Mann, also ist das jetzt natürlich eine schreckliche Erfahrung«, sagte Matifa, während sie sich mit einem zierlichen Augentropfer über mich beugte.

Ich hatte keine Zeit zu antworten, denn im gleichen Augenblick tröpfelte eine Flüssigkeit in mein linkes Auge, und dann, eine Sekunde später, in mein rechtes. Ich fragte mich, was sie wohl gemeint haben mochte, dann begannen meine Augen heftig zu brennen. Instinktiv schrie ich auf und schloss die Augen, nur, um sie einen Augenblick später wieder aufzureißen, als ich merkte, dass das nichts half. Ich nahm meine Umgebung nur noch verschwommen wahr, und dann band mir Matifa einen Leinenstreifen um die Augen.

»Sorgt dafür, dass er ihn mindestens fünf Minuten lang nicht abnimmt«, sagte sie und stand auf. »Ihr wisst ja, wie das geht. Wir sind fast fertig.«

Mit einer Unbarmherzigkeit, die sehr gut zu ihr passte, sorgte Ravenna dafür, dass ich zehn Minuten dalag, bevor sie mir die Binde abnahm und zuließ, dass ich mich aufsetzte. Wie durch einen dünnen Schleier konnte ich erkennen, dass sie mir in die Augen starrte.

»Sollten sie so dunkel werden?«, fragte sie Matifa, die mittlerweile zurückgekehrt war.

»Das ist schon in Ordnung«, antwortete die Frau. »Das ist jetzt ein ganz normales Blau, daran ist nichts Ungewöhnliches. Gut. Im Innern des Seerochens sind Kleider in den Farben des Clans Scartaris. Geht hinein und zieht euch vollständig um. Schmeißt das, was Ihr jetzt tragt, in diese Tasche. Beeilt Euch bitte. Wir müssen zu einer Verabredung.«

Als wir die Passagierkabine des Seerochens erreichten, war der Schleier vor meinen Augen mehr oder weniger verschwunden, obwohl sie immer noch brannten. Ich nahm an, dass dies ein Rettungsboot eines Scartaris-Manta war, das für Botenfahrten benutzt wurde oder dazu dienen sollte, die Besatzung in Sicherheit zu bringen, wenn ihr Schiff schwer beschädigt werden sollte. Das Aether-Licht war nach dem angenehmeren Schein der Fackeln schmerzhaft hell, doch nach ein paar Augenblicken hatte ich mich daran gewöhnt.

»Hier ist der Beutel«, sagte Ravenna, die neben einem der gepolsterten Stühle stand. Sie zog zwei komplette Garnituren Bediensteten-Kleidung heraus, mit Tuniken in den Farben des Clans Scartaris. Keine Hosen, was nicht besonders überraschend war; die einzigen Materialien, die für das Klima des Archipels leicht genug waren – selbst im Winter – waren für einfache Dienstboten zu teuer.

In der Kabine gab es keine Rückzugsmöglichkeit, daher zogen wir uns so schnell wir konnten um, leerten die Taschen unserer alten Kleider und stopften sie in den Beutel. Die Tuniken waren ein bisschen zu weit, würden aber wahrscheinlich für das, was auch immer Mauriz im Sinn hatte, durchgehen. Dann betrachteten wir uns das erste Mal in unserer neuen Tracht. Ich sah, wie sich ein Grinsen auf

Ravennas Gesichtszüge stahl – und einen Augenblick später brach sie in schallendes Gelächter aus. Dann sah ich mein Spiegelbild im Fenster, und trotz der Unangemessenheit der Situation stimmte ich in ihr Lachen ein.

Matifa hatte uns von Inselbewohnern des Zentral-Archipels und dunkelhaarigen Ozeanografen in ausländische Bedienstete mit braunem Haar verwandelt. Wir waren einander nicht einmal besonders ähnlich; dafür waren unsere Gesichter viel zu verschieden, und es gab feine Unterschiede in den Dingen, die Matifa mit uns angestellt hatte.

Ich fand es ziemlich demütigend, dass die Verwandlung noch nicht einmal eine Stunde in Anspruch genommen hatte. Ganz zu schweigen davon, wie verstörend es war, das eigene Spiegelbild anzublicken und darin einen völlig Fremden zu sehen. Doch irgendwie hatte das alles auch eine immens witzige Seite, und der Drang zu lachen war überwältigend stark.

Selbst als Matifa uns mit scharfer Stimme unterbrach und wieder nach draußen rief, war ein Teil der Anspannung verschwunden. Aber natürlich nicht alles.

Mauriz und seine Begleiter warteten gegenüber der Tür, während Matifa und der Fackelträger von der Seite her zusahen. Auf eine Geste von Telesta hin hielten wir am Rand des Kais an und standen verlegen da, während die drei uns von Kopf bis Fuß musterten.

»Gut gemacht, Matifa«, sagte Mauriz nach einer Weile. »Das sollte mehr als ausreichen, um diese Narren, die den Hafen bewachen, in die Irre zu führen.«

»Ich könnte noch ein bisschen mehr tun«, sagte Matifa, ohne sich für das Lob zu bedanken. »Was habt Ihr gesagt, wie lange muss das halten?«

»Das kommt darauf an. Ich sage es dir, wenn ich es genau weiß.« Wie Tekla gab er ganz bewusst so wenig wie möglich preis.

»In diesem Fall sollte noch ein bisschen mehr getan werden. Das hier wird ein paar Tage ausreichen, aber nicht, wenn Ihr die Täuschung noch ein bisschen länger aufrechterhalten wollt.«

»Das kannst du machen, wenn wir auf See sind. Im Augenblick gehen sie auf jeden Fall leicht als Bedienstete durch. Cathan, Tekla wird jetzt losgehen, um Palatine zu suchen und zur Botschaft zu bringen. Es würde die Dinge viel einfacher machen, wenn Ihr ein Blatt Papier nehmen und eine Nachricht für sie verfassen würdet. Aber erwähnt den Clan Scartaris nicht.«

Ich hatte kein Wort von Palatine gesagt – in der Hoffnung, dass sie sie vielleicht vergessen würden, doch mir hätte eigentlich klar sein müssen, dass sie für so etwas viel zu gut organisiert waren.

Wir schrieben eine Nachricht, während alle außer Tekla und Mauriz sich an Bord des Bootes begaben. Mauriz verwarf unseren ersten Versuch mit dem Hinweis, dass er zu doppeldeutig wäre, doch der zweite fand seine Zustimmung, und er gab Tekla das Stück Papier. Ich hatte etwas geschrieben, das man auch als Warnung verstehen konnte, doch es bestand wenig Hoffnung, dass Palatine davonkommen würde – und selbst wenn, was hätte das schon gebracht? Wo sollte sie denn hin? Zurück nach Lepidor, um meinem Vater zu sagen, dass ich verschwunden wäre? Ins unvertraute Qalathar? Nein, sie würde genauso sicher im Netz der Thetianer gefangen werden, wie es uns geschehen war.

Als wir an Bord des Seerochens gingen, überlegte ich immer noch, ob ich sie gerade verraten hatte. Jemand hatte versucht, sie zu ermorden, ein Plan, der nur deshalb fehlgeschlagen war, weil ein unbekannter Magier sich eingemischt hatte. Sie hatte immer behauptet, der Kaiser hätte den Anschlag befohlen, um so die letzte verbliebene Galionsfigur der republikanischen Partei zu beseitigen. Selbst ich mit meinen unzureichenden Kenntnissen der thetianischen Politik wusste, dass die Clans Canteni und Scartaris nur höchst selten gemeinsame Sache machten. Hatte ich sie gerade in Mauriz' Hände geliefert? Aber dann erinnerte ich mich daran, dass Mauriz nicht diesen Weg einschlagen würde, wenn er meine Kooperation wollte. Er schien zwar weder Takt noch Feingefühl zu besitzen, doch er war wahrscheinlich gefährlich klug. Und wenn die Ozeanografen redeten, war Palatine ebenfalls in Gefahr.

Von einem der bequemen Polsterstühle aus sah ich zu, wie Tekla die übrigen Fackeln löschte und im Tunnel verschwand, ein kleiner Teich aus Licht, der verblasste und den Rochen in der Dunkelheit zurückließ.

»Bring sie hinaus«, sagte Mauriz zum Steuermann, ehe er mir gegenüber neben Telesta Platz nahm.

»Und wann erfahren wir, was das alles soll?«, fragte Ravenna, während der Seerochen sich allmählich vom Kai entfernte. Ich wusste, dass die gleichgültige Arroganz des Thetianers sie ärgerte. Und ich konnte das gut verstehen, denn mir ging es genauso.

»Ihr seid nicht unsere Gefangenen«, erwiderte Mauriz mit einem Schulterzucken. »Nach thetianischem Recht seid Ihr *Terai,* eine Art vertraglich gebundene Bedienstete. Das ist nur eine Formsache, soweit es Euch betrifft, aber es wird uns sehr gelegen kommen, sollte sich die Domäne einmischen.«

Ravenna platzte jetzt beinahe, und ich konnte an ihrem angespannten Gesichtsausdruck erkennen, dass er es zu weit trieb.

Für wen arbeitete Mauriz? Er hatte nichts mit der Domäne zu tun, aber er war hier und arbeitete mit einem Kaiserlichen Agenten von einiger Bedeutung zusammen. Tekla war kein bloßer Untergebener, nicht, wenn er ein Gedanken-Magier war und in irgendeiner Verbindung zum Kaiser stand. Doch wenn wir vor den Kaiser gebracht werden sollten, was wahrscheinlich schien, warum sich dann mit der Tarnung aufhalten? Mauriz oder Tekla könnten den Inquisitoren einfach eine kaiserliche Vollmacht unter die Nase halten und sagen, dass ich bereits verhaftet wäre.

»Wenn die Domäne sich in was einmischt?«, wollte Ravenna wissen. »Ihr habt über Cathan gesprochen, als wäre er eine Art Messias, und Ihr habt einigen Ärger auf Euch genommen, um uns zur Flucht zu verhelfen. Ist dies wieder eins Eurer kleinen thetianischen Komplotte, die nirgendwohin führen?«

Der Seerochen tauchte und wendete, und das Wasser stieg allmählich über die Fenster, bis wir völlig untergetaucht waren. Es musste einen unterseeischen Durchgang geben, der hinaus ins Meer führte, begriff ich; wie hätten sie auch sonst hierherein kommen können?

»Dies ist mehr als nur ein Komplott«, entgegnete Mauriz. »Viel mehr. Man könnte sagen, es geht um Wiedergutmachung.«

Eine halbe Stunde später und nicht viel klüger standen wir im Zentralschacht der *Polarstern,* einem Manta des Clans Scartaris, und warteten darauf, dass Mauriz sein Gespräch mit dem Kapitän beendete. Aus der Art, wie er Befehle erteilte, schloss ich, dass er in der Hierarchie der Scartaris' ziemlich weit oben stand. Der Kapitän hatte außerhalb der Seerochen-Bucht gewartet, und Mauriz hatte ihn beiseite genommen, um Befehle zu erteilen, während wir unter Matifas wachsamen Blicken im Zentralschacht des Manta stehen geblieben waren. Es war merkwürdig, mit anzusehen, wie jeder in den Hintergrund trat, wenn Mauriz in der Nähe war, als zöge er das ganze Licht an.

Ravenna und ich waren jetzt Bedienstete des Clans Scartaris, zwei Bewohner von Weltende, die es geschafft hatten, der Trostlosigkeit ihrer Heimat zu entfliehen, indem sie in die Dienste eines Clans getreten waren. Nichts davon war ungewöhnlich, und die meisten Menschen würdigten Bedienstete ohnehin kaum eines Blickes. Da jeder, der doch etwas genauer hinsah, feststellen konnte, dass wir daran nicht gewöhnt waren, nahm man an, dass wir erst kurze Zeit beim Clan seien, dass wir gerade erst auf der *Polarstern* angekommen und von Mauriz mit Beschlag belegt worden waren.

Die Tür zum Kartenraum öffnete sich, und Mauriz rauschte heraus und an uns vorbei, wobei er uns mit einer knappen Geste bedeutete, ihm zu folgen. Keiner der Seeleute beachtete uns, als wir ihm durch die Hauptschleuse und die lange, mit einem Glasdach versehene Andockbrücke in Ral Tumars Unterwasserhafen folgten, eine Säule aus Lichtern in der blaugrauen Düsternis.

Im Hafen ging es so geschäftig zu wie immer; es wimmelte von Seeleuten, die Fracht umluden und anderen Menschen. Unter uns, auf dem Frachtdeck, hörte ich thetianische Stimmen miteinander streiten und jemanden fluchen, doch als meine Aufmerksamkeit abzuschweifen begann, brachte mich ein kurzer, scharfer Stoß in die Rippen von Matifa wieder in die Gegenwart zurück. Ich warf ihr einen finsteren Blick zu und rannte beinahe in den Flammholz-Lift, in dem Mauriz bereits wartete; auf seinem Gesicht lag ein ungeduldiger Ausdruck. Er sagte jedoch nichts, als der hagere Matrose, der unser Liftführer war, die Aether-Kontrollen aktivierte und der Lift sich nach oben zu bewegen begann. Ich spürte mein Herz pochen, während wir allmählich in die Höhe stiegen: Irgendwo dort oben waren Inquisitoren, die meine Beschreibung besaßen und den Befehl hatten, mich wegen Ketzerei festzunehmen. *Oh Thetis, bitte mach, dass die Tarnung funktioniert,* betete ich stumm, während Stockwerk um Stockwerk an uns vorbeiglitt und immer neue Menschen den Lift bestiegen und wieder verließen.

Die Zeit verging immer entweder zu langsam oder zu schnell, und ich hatte das Gefühl, es wären nur wenige Augenblicke vergangen, als wir die Oberfläche erreichten und in die wie eine Schüssel geformte Halle am oberen Ende des Unterwasserhafens hinaustraten. Vor uns lagen jene Türen und jene Stufen, auf denen erst gestern Morgen Sarhaddon und Midian gestanden und ihre Botschaft des Todes verlesen hatten. Und auf beiden Seiten standen Sacri und hielten Wache, die Gesichter hinter roten Schleiern verborgen.

»Schau sie nicht so an«, flüsterte Ravenna.

Mauriz trat rasch aus dem Lift und blieb dann ein Stück weiter stehen; er wirkte noch immer ungeduldig. »Ihr beide werdet lernen müssen, mir zu folgen«, sagte er. »Matifa, sorge dafür, dass sie Schritt halten.« Dann blickte er sich um, und ich sah Telesta herankommen und sich zu ihm gesellen. Mauriz hatte erwähnt, dass sie früher von Bord gegangen war, um etwas mit den Hafenbehörden zu klären.

»Alles in Ordnung«, sagte sie, während sie neben Mauriz weiterging. »Die Jontianer brechen nicht vor übermorgen auf.«

Wer um alles in der Welt waren die Jontianer? Ein anderer Clan?

»Solange sie sich an diesen Fahrplan halten, gibt es keine Probleme.«

Während wir die Rampe hinauf auf die Tür zuschritten, war ich mir sicher, dass die Sacri mich anstarrten und dass jeden Augenblick einer von ihnen *»Halt!«,* rufen, vortreten und mir den Weg versperren würde. Doch sie rührten sich nicht und ließen auch durch nichts erkennen, dass sie wussten, wer wir waren. Und dann hatten wir das Hafengebäude verlassen und gingen die Stufen hinunter.

Ich muss wohl einen hörbaren Seufzer der Erleichterung ausgestoßen haben, denn Ravenna warf mir einen Blick zu und nickte verständnisvoll. Wir hatten noch immer einen weiten Weg vor uns, mussten noch eine Nacht und einen Tag in Ral Tumar verbringen, bevor – bevor was geschehen würde? Wo immer Mauriz uns hinbringen würde, wo es sicher war, es würde ein Ort seiner Wahl sein. Nicht unserer Wahl, und es würde uns unserem Ziel, der *Aeon*, keinen Schritt näher bringen.

Zufällig kamen wir gerade rechtzeitig aus dem Hafen, um die Ozeanografen unter Bewachung der Sacri vorbeimarschieren zu sehen. Ein Anblick, der die feuchte Nachmittagsluft mit dem Geistern von Scheiterhaufen, Rauch und brennenden Büchern besudelte. Unzählige Säcke voller Bücher wurden von noch mehr Sacri getragen, die hinter den Gefangenen her gingen. Das gesammelte Wissen aus Jahrhunderten der Forschung, dazu bestimmt, den Flammen übergeben und zu Asche zu werden.

Widerstrebend blickte ich nach links den Kai entlang. Dorthin, wo eine Flagge mit der Flamme von Ranthas über der ozeanografischen Station gehisst worden war, die nun unheilvoll über dem blauweißen Gebäude hing. Jetzt gab es keine Ozeanografen mehr in Ral Tumar. Niemanden, der die Seeleute vor unterseeischen Stürmen warnen, der winzige Veränderungen feststellen konnte, die auf gewaltige Stürme anderswo im Weltmeer hinwiesen. Und das alles nur, um die Lust eines Halethiters an einer Säuberung zu befriedigen, an der kostbaren Geißel seines Gottes.

Aber Midian bestand nicht nur aus Fanatismus, wie die erschreckten Ozeanografen, die jetzt zur Befragung in den Tempel marschierten, schon bald feststellen würden. Der Mann, der uns jagte, war ebenso sehr Politiker wie Fanatiker, wie es die Primarchen von Temezzar bis Lachazzar gewesen waren. Ein Halethiter, für den alle anderen Menschen minderwertig waren, weil sie nicht im Herzland Äquatorias geboren waren.

Und ein Mann mit dem brennenden Wunsch zu herrschen, der von denen, die er verachtete, besiegt und gedemütigt worden war. Vor allem von einem Ozeanografen, einer Bewohnerin des Archipels und einer Thetianerin. Hamilcar, dessen Eingreifen entscheidend gewesen war, war für ihn weit weniger bedeutend. Wegen dem, was wir drei getan hatten, um unser Leben zu retten, würde Midian den Archipel in Ranthas' Namen mit Feuer und Ketten verwüsten.

Es ist jetzt weit über Lepidor hinausgegangen, dachte ich traurig, als wir Mauriz und Telesta, die nun von zwei Scartaris-Soldaten in scharlachroten Schuppenpanzern begleitet wurden, die Hauptstraße hinauf folgten. Midians Zorn musste seit der Befreiung Lepidors geschwelt haben, musste zu einem Krebsgeschwür geworden sein, das an seiner Seele fraß. Woran wir niemals gedacht hatten, was wir jedoch hätten bedenken sollen, war dies: Wenn er Lachazzars Zorn überlebte – was er getan hatte –, würde ihn sein Wunsch nach Rache zum perfekten Instrument machen, um eine Inquisition zu führen. Einer von uns hätte es besser wissen müssen, doch wir waren alle damit beschäftigt gewesen, unseren Sieg zu feiern und uns zu erholen. Ich bezweifelte, dass selbst unsere Gefangennahme und Hinrichtung seinen Zorn besänftigen würde. Das Ganze war zu einer Frage des Stolzes für ihn geworden.

Ich hatte gedacht, Mauriz wollte keinen Elefanten nehmen, um so wenig Aufmerksamkeit wie möglich zu erregen, doch ich hatte mich getäuscht. Nachdem wir etwas mehr als die Hälfte der Hauptstraße zurückgelegt hatten, bogen wir in eine schmale Seitenstraße, die zu klein und zu belebt für einen Elefanten gewesen wäre. Wir schritten an den Eingängen der Häuser vorbei, die zum Garten hin lagen, gingen ein weiteres Gässchen entlang und gelangten schließlich auf einen kleinen, mit Orangenbäumen bestandenen Platz vor dem Scartaris-Konsulat.

Es gab neun thetianische Konsulate in Ral Tumar, hatte Palatine erzählt, genau wie in jeder anderen größeren Stadt. Der Grund dafür war in der verwirrenden Kompliziertheit thetianischer Politik zu suchen. Wichtig war nur, dass dies thetianisches Gebiet – oder, genauer gesagt, Gebiet des Clans Scartaris – war, wo wir unter dem Schutz oder der Bewachung von Thetias zweitmächtigstem Clan standen. Ein Clan, der in den alten Tagen des Kaiserreichs mehr Macht besessen hatte als ganze Kontinente, nun jedoch im Niedergang begriffen war, genau wie das Kaiserreich selbst. Irgendwie hatte ich nicht den Eindruck, dass sich Mauriz' höchste Ambitionen wie bei vielen seiner Landsleute darauf beschränkten, eine bedeutende Persönlichkeit in den gesellschaftlichen Kreisen Selerian Alastres zu werden.

Die Tür wurde geöffnet, noch ehe wir sie erreicht hatten, und Mauriz wurde in eine Eingangshalle mit Marmorfußboden geführt, die trotz ihrer ockerfarbenen Wände hell und luftig war. Ich konnte das Plätschern von Wasser hören, das von einem Innenhof weiter drinnen kam, ein wohl tuendes Geräusch. Ein Hauch von Parfüm hing in der Luft.

»Gibt es irgendetwas Neues?«, wollte Mauriz von dem Mann wissen, der uns die Tür geöffnet hatte. Ich nahm an, dass es der Haushofmeister des Konsulats war, ein noch ziemlich junger Mann, der aussah, als wollte er noch einige Sprossen höher steigen, und der dabei entschlossen war, sich den Aufstieg so leicht wie möglich zu machen.

»Der Konsul befindet sich gerade in einer Unterredung mit einem Repräsentanten vom Clan Eirillian, Hochkommissar. Das Mittagessen ist vorbereitet.«

»Telesta und ich werden jetzt gleich essen – wir müssen uns noch um ein paar Geschäfte kümmern. Die beiden da« – er deutete mit einer herrischen Geste auf mich und Ravenna – »sind Mitarbeiter des Clans, die als neue Bedienstete von Weltende behandelt werden. Matifa hat die Verantwortung für sie, und ich nehme sie mit, wenn ich gehe. Kümmere dich darum, dass sie heute Nacht einen Schlafplatz haben.«

Der Blick des Haushofmeisters huschte kurz über uns hinweg und richtete sich dann wieder auf Mauriz, ehe er den Hochkommissar und Telesta in den Hof hinausführte, eine Erinnerung an die Bedeutung, die Ravenna und ich im großen Plan hatten. Er rief allerdings einen Namen, und einen Augenblick später erschien eine ältere Frau durch eine Tür zu unserer Linken. Im Gegensatz zum Haushofmeister war sie keine Thetianerin.

»Besca«, begrüßte Matifa sie in einem Ton, der zeigte, dass sie die Stellung der anderen als der ihren unterlegen betrachtete. Und dann wiederholte sie mehr oder weniger das, was Mauriz über uns gesagt hatte, und fügte anschließend hinzu, dass wir noch ein paar Sachen brauchten. Unser Gepäck würde aus der Herberge geholt werden, hatte sie uns früher versichert, doch wir würden es jetzt nicht brauchen. Wahrscheinlich würde es durchsucht werden, aber ich glaubte nicht, dass sich irgendetwas Gefährliches darin befand. Den Kreditbrief des Hauses Canadrath hatte ich bei mir, und dass ich ein Häretiker war, wussten sie bereits.

»Wir haben im Moment ziemlich wenig Platz, mit all diesen Soldaten«, sagte Besca. »Ich werde sie in einen Lagerraum stecken müssen, wenn ich in einem ein bisschen Platz schaffen kann.« Warum waren so viele Leute hier? War das eine routinemäßige Truppenbewegung oder Teil von Mauriz' Plänen?

»Ihr schlaft nicht miteinander, stimmt's?«, fragte Matifa frei heraus.

»Nein.« Wir antworteten wie aus einem Munde. Ravennas Stimme klang wütend, ich war einfach nur irritiert. Es war die Vermutung, die sie ärgerte, nahm ich an, aber mir war nie klar gewesen, warum.

»Das hätte ich dir auch so sagen können«, sagte Besca zu Matifa. »Wir werden irgendwo ein Plätzchen finden. Will Seine Lordschaft heute noch etwas von ihnen?«

»Vielleicht heute Abend, aber vorher nicht. Sie dürfen nicht hinaus. Du kannst ihnen Arbeit geben, wenn du willst.« Matifa lächelte säuerlich. »Zeig ihnen, wie man sich als Dienstbote benimmt.«

Es war beinahe so, als wäre ich wieder ein Kind; ich hörte den Frauen zu, wie sie über mich redeten, als sei ich gar nicht da. Doch es fiel mir schwer, Mauriz die alleinige Schuld daran zu geben, so ätzend er auch sein mochte. Wenn ich irgendjemandem außer mir selbst Vorwürfe machte, dann vielleicht Midian und Lachazzar, oder dem namenlosen Fanatiker, der die Ozeanografen denunziert hatte. Was genau hatten die eigentlich mit den Delfinen gemacht? Ich hätte es gerne gewusst, obwohl es dabei um einen Teilbereich der Ozeanografie ging, von dem ich nicht viel Ahnung hatte.

Trotz des vorherrschenden Hasses auf die Domäne, dachte ich, als Matifa davonging und Besca uns durch den Flur zurückführte, aus dem sie gekommen war, gab es bestimmt auch noch andere derartige Fanatiker im Archipel. Fanatische Frömmler, die danach dürsteten, sich an ihren gottlosen Mitbürgern und Mitbürgerinnen zu rächen – Puritaner der schlimmsten Sorte.

Erst mehrere Stunden später, während ich den Fußboden der Kolonnade wischte und Besca im Stillen tausend Qualen auf den Hals wünschte, sah ich Palatine ankommen. Der Haushofmeister besaß ganz offensichtlich ein Büro, von dem aus er den Platz einsehen konnte, denn er war wieder an der Tür und öffnete sie, noch bevor jemand geklopft hatte. Einen Augenblick später führte Tekla, der sich zwei Taschen über die Schultern geschlungen hatte, Palatine in die Eingangshalle.

»Kommissar Mauriz! Euer Gast ist da!«, rief der Haushofmeister. Palatine erblickte mich und beachtete mich nicht weiter; einen Augenblick später jedoch schaute sie mich noch einmal ungläubig an. Doch sie hatte keine Zeit, auch nur ein Wort hervorzubringen, denn Mauriz, der irgendwo in der Nähe gewesen sein musste, kam in die Halle geeilt und stellte sich so hin, dass er mir die Sicht auf Palatine fast völlig versperrte.

»Palatine! Ihr lebt! Es ist eine Freude, Euch wiederzusehen.« Mit einer extravaganten Handbewegung bat er sie hinaus auf die Kolonnade. Weit weg von allen Ohren – mit einer Ausnahme. Und ich war mir sicher, dass das kein Zufall war.

»Ihr habt auf meinem Grab getanzt, Mauriz. Ich kann mir nichts vorstellen, das Euch den Tag gründlicher verderben könnte.«

»Damals wart Ihr nur eine irritierende Canteni, Palatine. Die Dinge haben sich verändert, die Situation ist jetzt anders. Wir haben jetzt zumindest eine Chance; eine Chance, das zu tun, wofür Euer Vater getötet wurde.«

»Und was?« Ich war mir sicher, dass Palatine bereits wusste, wovon Mauriz redete. Und eine Sekunde später, während ich auf den nassen Pflastersteinen beim Schleusentor hockte, wurde mein Verdacht bestätigt, als ich ihn sagen hörte: »Eine Republik zu gründen, natürlich.«

Kapitel X

Vier erschöpfende Stunden später, als Mauriz mich und Ravenna endlich zu sich rief, war ich nicht mehr ganz so bereit, ihm zu vergeben wie vielleicht noch etwas früher.

Sie waren knapp an Arbeitskräften, hatte Besca uns schadenfroh mitgeteilt, als sie uns ins Schlepptau genommen hatte, wegen all der Soldaten, die hier waren. Nicht einfach nur Soldaten, sondern Elite-Soldaten, die Präsidentengarde des Clans Scartaris sowie eine Anzahl Stabsoffiziere, die an das leichte Leben in Selerian Alastre gewöhnt waren. Glücklicherweise würden sie die Stadt morgen an Bord der *Polarstern* verlassen, sagte sie, im Augenblick jedoch seien wir sehr nützlich, um erfahrenere Bedienstete zu entlasten, die sich dann um die Soldaten kümmern konnten.

Besca hatte Ravenna und mir genug zu essen gegeben, dass wir auf den Beinen blieben und uns dann die dringliche Aufgabe erteilt, den Hof zu spülen. Sie hatten alle paar Tage das Recht, den Wasserabfluss, der hinter dem Block verlief, zu benutzen, und gerade heute war dieser Tag, wo sie kaum Leute übrig hatten. Wir mussten die Schleusentore schließen, so dass das Wasser sich staute und stieg und den Hof mehr oder weniger überflutete, und dann mussten wir alle Durchlässe öffnen, um ihn wieder trockenzulegen. Laut Besca war dies für uns eine gute Erfahrung, denn alle Häuser im Archipel taten so etwas, und es konnte nicht schaden, zu wissen, wie es ging.

Als Neulinge, die wir nun einmal waren, brauchten wir viel länger dafür, als wir angenommen hatten, und wir wurden dabei auch ziemlich nass. Was in der feuchten, milden Luft von Ral Tumar, wo nichts trocknete, keine besonders angenehme Erfahrung war. Danach wurden wir – weil wir beide relativ klein und ziemlich beweglich waren – mit der gleichermaßen unangenehmen Aufgabe betraut, die Rinnsteine von den Blättern zu reinigen, die vom Wind hineingeweht worden waren. Als wir damit fertig waren, hatten wir Blasen an den Händen; außerdem taten uns die Muskeln weh, wir hatten jede Menge blaue Flecken und zumindest in meinem Fall das brennende Verlangen, Matifa von einer Klippe zu stoßen, wobei ihr Besca nach Möglichkeit auf dem Weg nach unten Gesellschaft leisten sollte.

Besca gab uns neue Tuniken, die wir am Abend tragen sollten, wenn wir Mauriz, Telesta, Palatine und den Konsul bei Tisch bedienten. Wir hatten so etwas schon früher gelegentlich getan, doch noch niemals unter solchen Umständen. Palatine legte Wert darauf, uns wie Freunde zu behandeln und mit uns zu sprechen, wann immer es möglich war; sie tat das vermutlich, weil es Mauriz ärgerte. Der Konsul war ein gebeugter, grauhaariger Mann, der krank aussah; er aß sehr wenig und beobachtete alles auf merkwürdig abwesende Weise. Wahrscheinlich würde er schon sehr bald sterben, sagte Ravenna in einem freien Augenblick zu mir. Tekla war nicht da.

Erst nachdem sie mit dem Essen fertig waren und der Konsul sich zurückgezogen hatte, um zu Bett zu gehen, ließ sich Mauriz endlich dazu herab, uns als etwas anderes denn als Bedienstete wahrzunehmen; er forderte uns nämlich auf, ins Empfangszimmer zu kommen, wenn wir den Tisch abgeräumt hatten.

»Wir sollten ihn ruhig ein bisschen warten lassen, den arroganten Bastard«, sagte Ravenna, nachdem die anderen den Raum verlassen hatten, während sie die Dessert-Teller aufeinander stapelte. Anscheinend waren Drei-Gänge-Menüs nicht unbedingt üblich, doch Mauriz und Telesta wurden als Ehrengäste behandelt. Das war ein weiteres typisches Merkmal der Thetianer: Sie liebten gutes Essen. Einige Asketen nannten es Sünde, dem Genuss so viel und Ranthas so wenig Zeit zu widmen. Sie wurden in Thetia nicht weiter beachtet, wie es schon immer gewesen war. Dieses eine Mal hätte ich ihnen fast zugestimmt, allerdings nicht aus den gleichen Gründen. Dies war alles, was Thetia unter Orosius zu sein schien: eine kultivierte Fassade ohne Substanz.

»Auf jeden Fall. Aber dann arbeite auch ein bisschen langsamer.«

Wir räumten den Tisch so langsam ab, wie wir konnten, und ich schlenderte mit dem Tischtuch in die Wäscherei, wobei es mir gleichgültig war, ob Besca mich bemerkte oder nicht. Doch obwohl ein paar der anderen Bediensteten durch den Raum kamen, die mir argwöhnische oder feindselige Blicke zuwarfen, da sie genauso wie ich wussten, dass ich nicht wirklich einer von ihnen war, ließ sie sich nicht blicken.

Als ich zurückkehrte, fegte Ravenna gerade den Mosaikfußboden und ließ sich Zeit dabei. Natürlich war das kindisch, aber wir waren beide wütend und fühlten uns gedemütigt. Ich war Mauriz dankbar dafür, dass er unsere Flucht aus der ozeanografischen Station vorbereitet und uns wahrscheinlich das Leben gerettet hatte. Doch seither hatte er aus irgendwelchen Gründen mit mir gespielt, und das wollte ich nicht so einfach hinnehmen. Entweder das, oder es war ihm schlichtweg gleichgültig, was mit mir geschah, wenn ich nicht gebraucht wurde. Wenn ich ihm wirklich bei der Gründung einer thetianischen Republik helfen sollte, hatte er bis jetzt noch nicht den richtigen Weg eingeschlagen.

Obwohl wir unsere Arbeiten so weit wie möglich in die Länge zogen, gab es schließlich irgendwann wirklich nichts anderes mehr zu tun, als quer über den Hof zum Empfangszimmer hinüberzugehen, wo Mauriz, Telesta und Palatine auf niedrigen, mit Kissen bedeckten Diwanen saßen, wie es bei den Thetianern Sitte war. Alle drei hatten ein Glas mit blauem Wein vor sich stehen, und dieses Mal nahmen sie uns zur Kenntnis und unterbrachen ihre Gespräche, als wir kamen.

»Nehmt euch etwas Wein«, sagte Palatine. »Mauriz, warum bietet Ihr ihnen nicht etwas von Eurem hervorragenden Wein an? Wir wollen doch nicht, dass er verkommt.«

»Ihr habt gehört, was meine Freundin vorgeschlagen hat, Cathan«, sagte Mauriz glatt, ohne auch nur einen Sekundenbruchteil zu zögern. »Fühlt Euch wie zu Hause.« Es waren keine Bediensteten – echte Bedienstete – zu sehen, und eine Flasche mit drei weiteren Gläsern stand auf einem niedrigen Beistelltischchen. Ich ging hinüber und goss Wein in zwei der Gläser, Kristall-Kelche, die für besondere Gäste gedacht waren. »Und nehmt doch Platz.«

Ich reichte Ravenna eines der Gläser und betrachtete die Diwane. Ich wusste, dass es in einem Raum immer drei davon gab, jeder breit genug, dass drei Personen sich entweder zurücklehnen oder mit übergeschlagenen Beinen sitzen konnten. Aber wie ich mich auf einem davon verhalten sollte, war etwas, das ich nicht wusste.

Ich wartete, um zu sehen, wie Ravenna mit dem Problem umging, und schaute zu, wie sie sich auf dem einen, noch unbesetzten Diwan niederließ. Sie lud mich mit einem Neigen des Kopfes ein, mich zu ihr zu setzen.

Der Diwan war härter, als ich erwartet hatte, obwohl er mit Kissen und einem reich gewobenen Überwurf bedeckt war, und es war schwierig, sich elegant anzulehnen, wenn man nicht wusste, wie. Es war nur allzu deutlich, dass ich genau das nicht wusste, auch wenn ich kein Glas Wein in der Hand gehabt hätte, und ich verfluchte mich selbst, dass ich mich vor den drei Thetianern wie ein Bauerntölpel benahm. Sie hatten natürlich nicht erwartet, dass ich es wusste, doch das machte das Ganze nur noch schlimmer.

»Ich danke Euch, dass Ihr Euch zu uns gesellt«, sagte Mauriz nach einem Augenblick. Es waren nur leere Worte; in seiner Stimme schwang nichts mit, was an Dankbarkeit denken ließ. Der Raum wurde von getönten Aetherfackeln erhellt, die in den Ecken aufgestellt waren, sowie von einer Lampe, die hoch über dem Zedernholztisch hing, der in der Mitte zwischen den drei Diwanen stand. Ein eigenartiger Geruch hing in der Luft – Weihrauch, vermischt mit irgendetwas anderem, das ich nicht kannte; es roch ein wenig bitter, aber nicht unangenehm.

»Nach dem wunderbaren Empfang, den Ihr uns habt zuteil werden lassen, wollte ich diese Gelegenheit auf keinen Fall versäumen«, erwiderte Ravenna. Ihre Stimme klang gereizt.

Mauriz blickte sie an. »Sprecht zu mir nicht von der Dankbarkeit von Königen.«

»Esst niemals auf einem tanethanischen Fest, denn sie erwarten, dass Ihr bezahlt«, gab Ravenna zurück, aber ich hatte gehört, wie sie bei Mauriz' Worten scharf Luft geholt hatte. Er *konnte* nicht wissen, wer sie war. Es sei denn, Palatine hatte es ihm gesagt.

»Nur diejenigen, die selbst Sklaven waren, sollten welche halten«, entgegnete Mauriz. »Der dritte Vers des Kodex. Geschrieben zu einer Zeit, da Sklaverei in Thetia noch allgemein üblich war, bevor Valentine II., der Gesetzgeber, sie zu einem ungerechten, schlimmen Brauch erklärt hat. Fortan wurden die, die sonst versklavt worden wären, zu *Terai* und mussten nur noch drei Jahre dienen.«

»Eine Praxis, die außerhalb Thetias vergessen ist«, erwiderte sie.

»Mir scheint, Ihr habt den Kern meiner Aussage nicht ganz verstanden. Aetius IV. hat es wesentlich eindeutiger formuliert.«

»Niemand führt das Kommando über meine Armee, der nicht ganz unten in dem Haufen gewesen ist«, sagte Palatine und zuckte entschuldigend die Schultern. »Es verliert ein bisschen durch die Übersetzung.« Ihr Archipelanisch klang im Vergleich zu Mauriz' perfekten, akzentfreien Sätzen rau und unbeholfen.

»Aber wieso reden wir über Armeen und Befehle? Was hat das mit einer Republik zu tun?« Ravenna veränderte ihre Position ein wenig; sie war es genauso wenig wie ich gewohnt, auf einem Diwan zu sitzen. Ich saß so dicht neben ihr, dass ich das Mittel riechen konnte, mit dem ihre Haare gefärbt worden waren. »Ich bin mir sicher, Ihr alle habt dieselben Erfahrungen gemacht.«

»In Thetia ist das ein Zeichen der Ehre.« Er sah nicht so aus, als hätte er jemals irgendjemandem gedient.

»Und wie weit reicht dieses Prinzip? Es ist mächtig, man kann es bis ins Extrem treiben. Die Philosophen streiten sich auf den Marktplätzen gewiss darüber. Darf man nur verurteilen, wenn man selbst auf der Anklagebank gesessen hat? Darf man nur töten, wenn man selbst getötet wurde?«

»Diese letzte Bemerkung ist Eurer nicht würdig«, bemerkte Mauriz im selben Augenblick, als auch Telesta erstmals das Wort ergriff.

»Das führt zu nichts, Mauriz«, sagte sie. Ich hatte zum ersten Mal die Gelegenheit, sie richtig anzusehen, auch wenn sie wie immer von Mauriz überstrahlt wurde. Warum war sie ganz in Schwarz gekleidet, mit dem bisschen Gold am hohen Kragen ihrer Tunika? Und ihr Haar war straff und schmucklos zurückgebunden – es war ein strenger Stil, mehr der einer Priesterin als alles andere. Schwarz und Gold waren die Farben der Gedanken-Magier – aber sie war doch bestimmt keiner von ihnen, oder doch? Die Domäne hatte das Monopol auf Gedankenmagie, wie auch auf alle anderen magischen Fähigkeiten außer dem Heilen. Oder zumindest nahm man an, dass es so war. Tekla musste eine Ausnahme sein, dadurch geschützt, dass er in den Diensten des Kaisers stand.

»Ganz im Gegenteil, dies ist von großer Bedeutung. Meine Gäste beschuldigen mich indirekt, dass ich sie demütige, ein Vorwurf, der alles andere als alltäglich ist. Ich werde also zuerst darauf eingehen.« Es war, dachte ich, nur eine neue Erfahrung, denn kein Mitglied des Clans Scartaris würde sich diesem Mann entgegenstellen. Jeder andere hätte bestimmt mehr als genug Beweggründe, sich zu beklagen.

»Und worauf plädiert Ihr?«, fragte Palatine sofort.

»Schuldig. Doch da ich in diesem Gericht den Vorsitz führe – was es einem kaiserlichen Gericht ziemlich ähnlich macht, meint Ihr nicht auch? –, gestehe ich mir eine Erklärung zu.« Sein Blick wanderte von Ravenna zu mir, bevor er ganz offen sagte: »Es war ein Test.«

»Es war also eine bewusste Entscheidung und kein Versehen?«

»Würde ich so etwas übersehen? Es war ein Test, auch wenn nicht viel Zeit war.« Das klang so, als wäre das die Schuld von jemand anderem, als hätte er gerne mehr Zeit für den Test gehabt. »Ein Test, bei dem es um Beobachtung ging, um Reaktionen. Und darum, ob ich einen Tyrannen oder einen Befreier gerettet habe.«

»Du redest, als wäre dein Plan schon Gewissheit, Mauriz«, unterbrach ihn Telesta. »Ein Befreier … vielleicht. Oder ein Tyrann … möglicherweise. Aber damit sagst du noch nichts über den Menschen. Die Dinge sind nur selten so einfach.«

»So leicht könnt Ihr es nicht erkennen«, sagte Palatine. »Es gibt eine Menge Feinheiten, Reflexe, die auf Jahre der Konditionierung zurückzuführen sind. Wäre er zum Beispiel als Sohn eines … sagen wir mal eines Schneiders aufgewachsen, hätte der Test überhaupt nichts ausgesagt.«

»Er ist aber nicht als Sohn eines Schneiders aufgewachsen. Ebenso wenig wie Ravenna. Natürlich nehmen sie es mir übel. Wenn nicht, gehörten sie ins Kloster und könnten den Rest ihres Lebens mit hasenfüßigen Mönchen verbringen. Doch die Tatsache bleibt bestehen, dass weder Cathan noch Ravenna Ärger gemacht haben.«

»Ihr messt dem zu viel Bedeutung bei«, sagte Palatine und schüttelte den Kopf. »Vielleicht bedeutet es ja tatsächlich etwas, aber nicht so viel wie Ihr sagt.«

»Hättet Ihr dasselbe getan? Ich weiß, das ist keine faire Frage, denn Ihr hättet es getan. Wenn Ihr der Ansicht gewesen wärt, es könnte Euch Informationen bringen. Aber von den Menschen, die Ihr außerhalb Thetias getroffen habt – was denkt Ihr, wie viele hätten das Gleiche getan?«

»Nur wenige. Aber Ihr wollt ihn mit dem Kaiser vergleichen, stimmt's? Was heißen soll, dass Orosius – wäre er so aufgewachsen wie Cathan –, solche Erfahrungen trotzdem nicht so einfach hingenommen hätte?«

»Jemand, der als grausamer und arroganter Mensch geboren wird, wird auch so aufwachsen, ganz egal, wo er lebt. Wie kleinliche Beamte, Könige ihrer eigenen kleinen Welten, und dabei so halsstarrig wie jeder Kaiser in seinem Palast.« Hatte Mauriz das gerade eben *wirklich* gesagt?

Palatine schüttelte den Kopf, während Telesta ungeduldig ihr Gewicht verlagerte. Sie saß neben Mauriz auf dem ersten Diwan. Ich erschauerte ganz leicht, als eine kühle Brise durch eins der Fenster in den Raum wehte. Einen Moment lang wunderte ich mich darüber, dann jedoch wurde mir klar, dass draußen eine Wache stehen würde. Einer von Mauriz' Soldaten oder vielleicht auch jemand, der noch vertrauenswürdiger war. Wie Tekla.

»Ihr seid also anderer Meinung? Orosius ist nicht von Natur aus arrogant?«, fragte Telesta widerstrebend. Wenn sie zum eigentlichen Thema dieser Besprechung kommen wollte, warum zog sie dann die Diskussion in die Länge?

»Der Kaiser ist anders«, beharrte Palatine. »Unkontrollierbar – seit mehr als zehn Jahren hat ihm niemand mehr so etwas wie einen Befehl erteilt. Angesichts der Macht, die er besitzt, wagt das niemand. Es gibt keine denkbare Situation, die dazu geführt hätte, dass Orosius den Diener gespielt hätte, ganz gewiss nicht.«

»Ihr habt mich schon wieder missverstanden.« Mauriz klang, als spräche er zu einem Kind. »Wir alle wissen, dass Orosius niemals eine niedere Rolle akzeptiert hätte, wie Cathan es getan hat; nicht einmal für einen Augenblick. Aber wir haben nicht Orosius auf die Probe gestellt. Ich weiß über Cathan nicht mehr als das, was mir erzählt wurde, daher muss ich mir mein eigenes Urteil bilden. Es wird … von entscheidender Wichtigkeit sein.«

Ich holte tief Luft, und mir war bewusst, dass in diesem Gespräch Nuancen mitschwangen, die ich nicht mitbekommen hatte. Dennoch wollte ich jetzt auch einmal etwas sagen. »Es scheint so«, begann ich sehr bedächtig, »als ob Ihr mich als eine Art Werkzeug betrachtet, Mauriz. Jemanden, den Ihr anheuert, damit er eine Aufgabe erfüllt. Ich nehme an, dass das meiner Zustimmung bedarf.«

»Ihr wollt, dass ich Euch als Gleichgestellten behandle«, sagte er und nahm damit meine nächsten Worte vorweg.

»Ja. Ihr habt mir heute das Leben gerettet, damit ich Euch helfen kann. Daher stehe ich in Eurer Schuld. Und wenn es nötig sein sollte, werde ich in dieser Verkleidung herumlaufen, bis wir uns auf eine Wiedergutmachung geeinigt haben. Macht es denn so viel Mühe, mich als ein bisschen mehr als ein Werkzeug zu betrachten? Einen echten Diener würdet Ihr niemals so schroff behandeln, stimmt's? Schließlich ist der Diener von heute der Präsident von morgen. Ist das nicht so?«

Ich sah, wie sich Mauriz' Gesichtszüge kurz anspannten, und wusste, dass die Spitze gesessen hatte. Die meisten Bediensteten in thetianischen Haushalten waren entweder ziemlich jung und standen am Anfang ihrer Karriere, oder sie waren alt und verdienten sich im Ruhestand noch ein bisschen Geld dazu. Es hatte einmal, vor zweihundert Jahren, eine Zeit gegeben, als die Dinge nicht ganz so im Fluss gewesen waren, als ein Diener des Clans Scartaris sich mit Intrigen den Weg ins Amt des Präsidenten geebnet hatte, indem er sich als Angehöriger eines Clans ausgegeben hatte.

»Heute Abend seid Ihr als Diener verkleidet«, wehrte Mauriz mit einem Schulterzucken ab. »Ihr seid in dieser Stadt nicht sicher, und es gibt hier eine Menge Spione. Hättet Ihr es vorgezogen, wenn ich Euch heute Nachmittag zum Ehrengast erklärt hätte?«

»Ich glaube«, begann Ravenna einen Augenblick später sehr vorsichtig, »dass Ihr die Befriedigung haben wolltet, einen Tar'Conantur in einer Dienertunika Euren Fußboden schrubben zu sehen. Das hat aber ausschließlich mit dem Kaiser und überhaupt nichts mit Cathan zu tun.« Und mit diesen Worten änderte sich die Atmosphäre im Raum ganz leicht – die Unterhaltung erreichte jetzt eine völlig andere Stufe.

Ich sah, dass Telesta Mauriz mit wachsamen grünen Augen anblickte. Sie wartete ab, wie er reagieren würde. Dieses Mal blieb es länger still, lange genug, um draußen leise einen Nachtvogel – ich hatte keine Ahnung, was für einer es sein mochte – rufen zu hören.

»Wie kommt Ihr darauf?«, fragte Mauriz schließlich. Es war keine wirkliche Antwort – zumindest keine ausreichende.

»Sagt uns, was Ihr vorhabt«, sagte Palatine. »Wir werden Stillschweigen bewahren.«

Doch die Antwort kam nicht von Mauriz, sondern von Telesta, die jetzt überaus munter wirkte.

»Im nächsten Monat ist es fünfundzwanzig Jahre her, dass der Primarch einen Heiligen Krieg gegen den Archipel erklärt hat. In Ranthas' Namen hat er all denen, die mitgekämpft haben, einen Platz im Paradies angeboten. Er war ein Kreuzzug, ein glorreiches Unternehmen des Glaubens.

Ihr alle wisst, was geschehen ist. Die Feuer, die Zerstörung, die Massaker. Flammen, überall Flammen. Allein im Kernland mehr als hundertfünfzigtausend Tote. So viel Schönes, Unersetzliches ist in den Ruinen verloren gegangen. Sie haben neunzehn Städte zerstört, bis sich der Archipel vor Poseidonis ergeben hat, um die Insel Qalathar selbst vor der Vernichtung zu bewahren. Sie hatten keine Anführer, keine Flotten, keine Armeen. Sie hatten um Hilfe gerufen, aber niemand war gekommen.«

In gewisser Weise erzählte sie es so, wie es vielleicht ein Historiker geschildert hätte. Kein trockener Akademiker, der nur in den Sälen der großen Bibliotheken hockte, sondern einer, der wusste, wie das Leben war. Jemand, der wusste, was für ein Werkzeug Gefühle sein konnten, der sie jedoch auch ausschließlich als Werkzeug benutzte. Ihre Stimme klang ruhig, ganz im Gegensatz zu Mauriz' ausdrucksvollem Tenor, der es einem schwer machte, ihn trotz all seiner Arroganz zu ignorieren. Doch ich hörte ihr trotzdem zu.

»Die einzige Nation auf der Welt, die hätte helfen können, deren Bevölkerung Verwandte der Bewohner des Archipels sind, tat gar nichts. Kaiser Perseus hat ihre dringenden Bitten nicht erhört, sondern nur eine Botschaft geschickt: Er könne sich nicht einmischen.

Die Domäne hat Qalathar eine religiöse Herrschaft auferlegt, Fanatiker als Stadtgouverneure eingesetzt, mit ausländischen Avarchen, die die Fäden zogen. Der Exarch des Archipels ist der Herr über Leben und Tod im ganzen Archipel, selbst auf jenen Inseln, die außerhalb seines direkten Herrschaftsbereichs liegen. In den Jahren seit dem Kreuzzug hat es mehrere Säuberungen gegeben, eine Unterdrückung, die weiter und weiter gegangen ist.

Ich habe einige Zeit im Archipel gelebt, habe aufgeschrieben, was noch von ihrer Geschichte übrig ist, ehe die Dunkelheit erneut herabsinkt. Sie haben immer gewusst, dass diese Inquisition eines Tages kommen würde, dass sie für den Geschmack der Domäne immer noch zu unabhängig sind. Die Inquisition ist hier, um den Widerstand des Archipels zu zerschmettern und auch noch den allerletzten Ketzer zu verbrennen, und um die Verehrung von Ranthas wieder über alles andere zu stellen. Und die Archipelbewohner sind noch weniger gewappnet, Widerstand zu leisten, als beim letzten Mal, denn jetzt haben sie überhaupt keinen Anführer. Es gibt nur einen tyrannischen Kaiser – einen Mann, den man gleich nach seiner Geburt hätte ertränken sollen.« Ihre letzten Worte waren vielleicht von Herzen gekommen, doch genau konnte ich es nicht sagen. Ich wusste immer noch nicht so recht, was ich von ihr halten sollte.

Allmählich jedoch begann ich voller Unbehagen zu erkennen, wo das alles hinführen sollte, auch wenn eine Frage noch immer ihrer Antwort harrte. Es war, wie ich hoffte, eine Antwort, die von den Anwesenden im Augenblick noch niemand kannte, doch diese Hoffnung würde sich ziemlich sicher nicht erfüllen. Mauriz' nächste Worte betrafen allerdings etwas ganz anderes, und sie sollten sich als schicksalhaft erweisen. Wieder und wieder würde ich mich fragen, ob es etwas gegeben hatte, was ich hätte sagen können oder sollen, ob ich für eine Unterbrechung hätte sorgen sollen, die ihn auf wunderbare Weise davon abgehalten hätte, fortzufahren. Die ihn davon abgehalten hätte, eine Sache vorzutragen, einen Plan, der lediglich häretisch und aufrührerisch gewesen wäre, wenn sich nicht fünf Personen im Zimmer befunden hätten.

»Natürlich gibt es die Pharaonin, und viele Menschen verehren sie, wer immer sie auch sein mag. Aber ihr Wert ist in erster Linie symbolisch, und sie haben einen Fehler gemacht, indem sie sie so lange versteckt gehalten haben. Würde sie jetzt wirklich auftauchen, hätte sie erst einmal allerhand zu tun, um zu beweisen, dass sie die echte Pharaonin ist, und sie würde ziemlich sicher als Marionette der Domäne enden.«

Ich spürte genauso wie ich sah, dass Ravenna sich wütend anspannte, eine Geste, die Telesta bemerkte und missverstehen musste. Sie wussten nicht, wer sie war, und ich wünschte, sie wüssten es.

»Ihr seid aus Qalathar, nicht wahr?«, fragte Telesta Ravenna und unterbrach Mauriz' Vortrag.

»Ihr nicht«, sagte Ravenna zu Mauriz und ließ dabei das Protokoll außer Acht.

»Die Pharaonin besitzt einen großen symbolischen Wert«, wiederholte er. »Aber nicht als Anführerin. Sie ist unerfahren, hat keinerlei Kriegserfahrungen oder was sonst noch nötig wäre, um Qalathar zu retten. Ich fürchte, ein Symbol wird nicht ausreichen.«

»Wer wäre denn besser geeignet?«, unterbrach ihn Palatine. Sie blieb gelassen, doch sie musste ebenso besorgt sein wie ich. Wie hatte er so etwas sagen können, wenn sich Ravenna im Zimmer befand? Es war natürlich unmöglich, dass er Bescheid wusste, doch er musste zumindest davon ausgehen, dass sie eine Anhängerin, wenn nicht gar eine Vertraute der Pharaonin war.

Palatines Frage sollte zwar den Versuch darstellen, die Wogen zu glätten, war jedoch ein Fehler. Das hätte mir klar sein müssen, noch ehe Mauriz weitersprach, doch ich machte mir zu große Sorgen um Ravenna, um die offensichtliche Bedeutung dessen zu erkennen, was Telesta als Nächstes sagte.

»Ihr alle wisst sicher von der alten thetianischen Tradition von Zwillingen im Kaiserlichen Haushalt. Es geschieht in jeder Generation – es hat in vierhundert Jahren nur eine einzige Unterbrechung gegeben.«

Das stimmte, und niemand hatte diese Unterbrechung je erklärt – genauso wenig wie die Tradition. Man glaubte, dass die Linie der Zwillinge mit dem Mord an Tiberius vor zweihundert Jahren geendet hatte. Die Unterbrechung, als Tiberius' Cousin Valdur, Carausius' Sohn, den Thron an sich gerissen hatte. Und die Domäne gegründet hatte.

In den dazwischen liegenden Generationen hatte es allerdings sehr wohl Zwillinge gegeben, wie sich herausstellte, und als er es erklärte, verstand ich endlich das letzte schreckliche Geheimnis meines eigenen Lebens.

»Bevor es die Domäne gab, vor der Usurpation, gab es im Archipel und auf der ganzen Welt mehr oder weniger acht Religionen.« Mit der Usurpation und den Säuberungen, die ihr gefolgt waren, hatte sich die Geschichtsversion der Domäne wieder der Wirklichkeit angenähert.

»Mehr oder weniger« war ein absolut treffender Ausdruck. Acht Religionen der Elemente, allerdings nicht alle mit Anhängern oder dem Potenzial für Anhänger. Wasser, Erde, Feuer, Wind, Licht, Schatten, Geist und Zeit. Alle außer Zeit hatten ihre Geheimnisse gehabt und ihre Magier, ihre Anhänger und ihre Spaltungen.

Wie Mauriz uns außerdem ins Gedächtnis rief, hatte es viele konfessionelle Dispute gegeben, wurden Kriege zwischen den Anhängern der verschiedenen Elementorden geführt. Doch diese Kriege waren nie im Namen der Religion geführt worden, sondern immer aus politischen Gründen. Religionskriege waren eine Erfindung der Domäne, was Mauriz sorgfältig betonte, obwohl wir alle es wussten.

»Aetius II. legte fest, dass die Zwillinge einer jeden Generation den Thron erben würden.« In seiner etwas gönnerhaften Art kam Mauriz jetzt allmählich zum Kernpunkt seines Vorschlags, und mir fiel nichts ein, womit ich die unausweichliche Schlussfolgerung hätte abwenden können. Ich spürte, wie sich mein Magen schmerzhaft zusammenkrampfte. »Der ältere Zwilling wurde Kaiser, während der jüngere, selbst in den seltenen Fällen, in denen er kein magisches Talent besaß, zum Hierarchen gemacht wurde, zum Hohepriester der Hohepriester. Er hatte den Befehl über die Magier des Kaiserreichs, von denen die meisten Anhänger von Wasser waren, und war die höchste religiöse Autorität.«

Seine nächsten Worte hätten mich wohl eigentlich glücklich machen sollen, als er zu verstehen gab, dass er wollte, dass ich das Diadem des Hierarchen anlegte und zu einer Position aufstieg, von der die meisten Menschen nur träumen konnten. In einer idealen Welt wäre das vielleicht sogar so gewesen, doch in einer idealen Welt wäre all das überhaupt nicht notwendig gewesen.

Aquasilva war keine ideale Welt. Hier gab es die Domäne, die die Wiederkehr des Hierarchats auch in tausend Jahren nicht akzeptieren konnte, und den Kaiser, dessen großes Verlangen, mich in seine Gewalt zu bekommen, nun endlich klar wurde. In dem System, dem er folgte, dem System, das durch Valdurs Thronbesteigung für rechtmäßig erklärt worden war, war ich als Orosius' Zwillingsbruder Thronerbe des Kaiserreichs. Zweihundert Jahre lang hatte es kein Hierarchat mehr gegeben; nur der Thron hatte noch eine Rolle gespielt, und meine bloße Existenz war eine Bedrohung für Orosius' Macht.

»Der Hierarch ist die einzige Person, die vom ganzen Archipel und von Thetia anerkannt werden würde. Er hat keinerlei Verbindungen zu irgendeinem Orden oder zu den Häretikern, und er ist jemand, dem die Thetianer – und die Flotte – folgen würden.«

»Jemand, der den Kaiser eines Teils seiner Unterstützung berauben würde und eine thetianische Republik gründen könnte«, fügte Palatine hinzu. »Und darum geht es doch eigentlich, zumindest für Euch.«

»Es gibt noch andere, die so denken«, sagte Mauriz gelassen. »Archipelbewohner ebenso wie Thetianer. Wir waren einfach zufällig zur rechten Zeit am rechten Ort.«

Jetzt schauten die drei mich an, warteten darauf, dass ich das Offensichtliche aussprach, dass ich verstand und bereit war, es zu akzeptieren. Dass ich einen Titel annahm, den es längst nicht mehr gab und mich gegen alle weltlichen und religiösen Autoritäten Aquasilvas stellte. Die, wie ich zugeben musste, bereits jetzt aus dem einen oder anderen Grund hinter mir her waren.

Es wäre vielleicht eine Möglichkeit, den Schrecken der Inquisition zu beenden und den Kreuzzug zurückzuschlagen, der unausweichlich kommen würde. Thetias Flotte hatte beim letzten Kreuzzug den Ausschlag gegeben, und sie könnte es auch dieses Mal tun, wenn sie den Befehl zum Eingreifen erhielt.

Schließlich, als ich mit wachsendem Schrecken erkennen musste, dass Telesta vielleicht Recht haben könnte, stellte ich fest, dass es zwei Probleme gab.

Erstens wollte ich nicht Hierarch werden. Ich hatte in Lepidor auf drastische Weise erkennen müssen, was es bedeutete, Macht zu haben, und meine Entscheidungen hatten beinahe zur Vernichtung der Stadt und zu unserem Tod geführt. Ich wollte nie wieder in einer solchen Position sein.

Zweitens würde ich Ravenna verlieren, sollte ich Mauriz auch nur im Prinzip zustimmen. Was immer zwischen uns war oder vielleicht einmal sein würde, würde binnen einer Sekunde sterben. Sosehr sie auch ihr Erbe hasste, würde ihr Stolz es ihr nicht erlauben, mit Mauriz überein zu stimmen oder daneben zu sitzen, während ein Fremder – was für ein guter Freund er auch sein mochte – zum Retter des Archipels wurde. Sie war die Pharaonin, und in ihren Augen war sie die einzige Herrscherin, die der Archipel anerkannte. Wenn ich meine Rolle in Mauriz' Plan übernahm, gab es keinen Bedarf an einer Pharaonin.

»Und was schlagt Ihr vor – wie sollen wir das machen?«, fragte Palatine, die meinen verzweifelten Gesichtsausdruck bemerkt haben musste. »Mitten in einer Säuberung, mit den Agenten des Kaisers überall?«

»Ihr wisst, dass Tekla direkt für den Kaiser arbeitet?«, mischte ich mich blindlings ein; ich versuchte, sie auf jede nur denkbare Weise von ihrem Plan abzubringen. »Dass er das Sprachrohr des Kaisers gewesen ist?«

»Tekla erstattet dem obersten aller Spione des Kaiserreichs Bericht, und um den hat man sich gekümmert. Wie auch immer, das ist nicht das größte Problem. Wenn wir uns nicht der Unterstützung oder zumindest der Neutralität von Marschall Tanais versichern können, wird es noch schwieriger.«

»Ihr glaubt, Tanais wird zulassen, dass Ihr den Kaiser entthront, nur weil Ihr Cathan habt?«, wollte Palatine wissen. »Das ist ja noch närrischer, als ich gedacht habe.«

»Seine Sorge gilt der kaiserlichen Linie, der Familie. Nicht den einzelnen Mitgliedern.«

»Und Thetia. Was für eine Chance hat diese Familie, wenn sie keinen Thron hat?«

»Tanais war Euer Vormund«, sagte Mauriz leise. »Ihr wart Republikanerin. Ich will wissen, ob Ihr das noch immer seid.«

»Ob ich auf Eurer Seite oder gegen diesen ganzen Plan bin?«

Mauriz nickte, und jetzt rückte Palatine in den Mittelpunkt des Interesses. Sie zögerte, als wäre sie sich nicht ganz sicher, was sie sagen sollte. Ich verlagerte mein Gewicht ein wenig und versuchte, meine unbequeme Haltung erträglicher zu machen. Nach einem Tag ungewohnter harter Arbeit wurde es allmählich unangenehm, längere Zeit auf einem thetianischen Diwan zu sitzen. Meine Schultern schmerzten mittlerweile, genau wie meine Arme und mein Rücken. Doch die zunehmende Unbequemlichkeit war wirklich die geringste meiner Sorgen.

»Ihr habt mir Eure Pläne noch immer nicht mitgeteilt.«

Mauriz schüttelte den Kopf. »Das werde ich auch nicht tun, nicht solange ich Cathans Antwort noch nicht kenne.«

»Und wenn ich mich weigere? Wenn Cathan sich weigert, was er durchaus tun könnte?«

»Dann hat die Inquisition freie Hand, Orosius bleibt an der Macht und Ihr geht wieder irgendwo ins Exil.«

»Aus freien Stücken, Mauriz, eine Entscheidung, für die Ihr mir bisher nur noch bessere Gründe geliefert habt. Ist es nicht arrogant, zu behaupten, dass Euer Weg der einzige ist, der vorwärts führt?«

»Dann zeigt mir einen anderen«, hielt Mauriz dagegen.

»Sie wird Euch ebenso viel über unsere Pläne erzählen, wie Ihr uns über Eure erzählt habt«, mischte Ravenna sich ein. Mühsam unterdrückte Wut schwang in ihrer Stimme mit. »Zumindest haben wir einen Plan, der nicht zwangsläufig die Verdrängung der Pharaonin mit einschließt.«

»Eure Loyalität ist lobenswert, in dieser Angelegenheit jedoch fehl am Platz.«

»Ich gehe davon aus, dass diese Art von Loyalität weiter verbreitet ist als Ihr glaubt.«

Ich erinnerte mich an die Archipelbewohner, die in der Gegend von Lepidor Schiffbruch erlitten hatten, erinnerte mich daran, wie sie beinahe schon fanatisch den Namen der Pharaonin verteidigt hatten. Keiner von ihnen hatte gewusst, wer sie war – keiner außer ihrem Anführer. Und wo Mauriz' Loyalität lag, konnte niemand erraten.

»Ihr wisst genauso gut wie wir, was passieren wird. Was die Inquisition überall im Archipel tun wird.« Mauriz beantwortete Ravennas Frage, doch sie sah ihn nicht an; sie schaute abwechselnd uns an.

»Ich brauche es wohl nicht noch einmal zu beschreiben«, fuhr Mauriz fort. »Sagt mir eins: Wenn ein Anführer auftauchen würde, jemand, der sich für den Archipel der Domäne entgegenstellt – und dem Kaiser, den Halethitern –, glaubt Ihr dann wirklich, es würde die Leute kümmern, ob er die Pharaonin oder der Hierarch ist? Wenn diese Person Unterstützung hätte – genug, um sie zu einem ernst zu nehmenden Herausforderer zu machen –, wer würde ihr dann folgen? Die Bewohner des Archipels wollen ein Ende der Schikanen. Die Thetianer wollen ein Ende der tanethanischen Überlegenheit und einen weniger wahnsinnigen Herrscher.«

»Der einzige Unterschied liegt darin«, brachte Telesta den Gedankengang zu Ende, »dass der Hierarch genügend Unterstützung hätte, um Orosius zu stürzen. Und wenn Orosius nicht mehr da ist, kann die Domäne Thetia nicht mehr kontrollieren.«

»Es gibt ein Wort, das normalerweise für solche Personen benutzt wird«, sagte Palatine. *»Messias.«*

Es stimmte, es stimmte alles. Gut organisiert hatte Mauriz' Plan sehr wohl eine Chance. Er würde uns nicht genau erklären, wie es funktionieren sollte, doch er hatte Recht, solange die Thetianer ihre Versprechen hielten, wenn Orosius erst einmal nicht mehr da war.

Dass sie das taten, war entscheidend. Genau das war die Frage, die ich Mauriz einen Augenblick später stellte, die Frage, die er mir beantworten musste. Thetianer konnten genauso doppelzüngig sein wie alle anderen. Aber wenn Telesta und andere hochrangige Leute beteiligt waren, konnte ich mir nicht vorstellen, wie sie ihr Wort brechen sollten, wenn es darauf ankam. Ich wusste immer noch so gut wie nichts über Telesta. Sie konnte keine unwichtige Rolle spielen – gleichgültig, in welchen Kreisen sie verkehrte –, denn Mauriz behandelte sie auf seine Weise als Gleichgestellte.

Sie war diejenige, die die Tatsache feststellte, die wir alle den ganzen Abend umgangen hatten, und die schicksalhafte Diskussion schließlich zum Abschluss brachte.

»Cathan, Ihr seid der Hierarch, Orosius' Zwillingsbruder. Wie auch immer Ihr Euch deswegen fühlt, Ihr könntet der Schlüssel dazu sein, die Domäne zu vertreiben – etwas, worauf der Archipel schon seit einem Vierteljahrhundert wartet. Deshalb haben wir Euch gerettet.«

Ich konnte ihre innere Anspannung trotz ihres maskenhaften Gesichtsausdrucks erkennen – bei Mauriz war es ebenso – und wusste, dass ich nicht länger ausweichen konnte. Ich fühlte mich elend. Es gab keinen Ort, an dem ich weniger gern sein wollte als in diesem Raum, auf diesem Diwan, konfrontiert mit dieser schrecklichen, unmöglichen Frage. Würde ich aus politischen Motiven einen heiligen Krieg führen? Würde ich zumindest versuchen, den Archipel von der Domäne zu befreien?

Zuzustimmen würde mir eine albtraumhafte Verantwortung aufbürden, viel schlimmer als alles, was mir jemals als Graf von Lepidor hätte zugemutet werden können. Ich würde aus der Frau, die ich liebte, eine erbitterte Gegnerin machen, denn ich würde sie praktisch in den Hintergrund drängen. Und ich würde Orosius gegenübertreten müssen, meinem verhassten, verkommenen Zwillingsbruder.

Ich war nicht stark genug. Mir wurde plötzlich klar, dass es gewissermaßen bereits vorbei war, noch ehe es überhaupt begonnen hatte, denn ich konnte mich nicht entscheiden. Mehr politischer Ehrgeiz oder eine echte Beziehung zu Ravenna hätte die Waagschalen vielleicht in die eine oder andere Richtung gesenkt. So wie die Dinge lagen, tat ich das Schlechteste, was ich hätte tun können, denn sie sahen mich wie ich war. Und indem ich keinen Entschluss fasste, lieferte ich mich ihnen aus. Weil ich mich nicht entscheiden konnte, wussten sie, dass sie in der Lage sein würden, mich zu kontrollieren, dass es keine Probleme mit meiner Zustimmung geben würde, da ich nicht stark genug war, mich ihnen zu widersetzen.

In quälendem Schweigen schüttelte ich den Kopf und warf die Chance weg, die sie mir gegeben hatten, genau wie die Achtung des Menschen, der mir am meisten bedeutete. Ich hatte eine Gelegenheit bekommen, die sich nur den Wenigsten jemals bot – und hatte sie verstreichen lassen. Der verhängnisvollste aller Charakterzüge für einen Anführer. Es half mir nichts, zu wissen, dass ich ihn von meinem leiblichen Vater, Kaiser Perseus, geerbt hatte. Und auch nicht, dass es keine Hoffnung auf Erlösung geben würde – weder für mich noch für diejenigen, die leiden würden, weil ich keine Entscheidung treffen konnte.

Niemand sagte mehr ein Wort, als wir uns von den Diwanen erhoben und den Raum verließen. Ich ging zurück, um mich in einem dunklen Lagerraum auf dem Fußboden auszustrecken und dort eine Nacht in stummem, einsamem Elend und Schmerz zu verbringen.

Zweiter Teil

Träume vom Ruhm

Kapitel XI

Meine erste Ankunft in Qalathar stand unter keinem besonders glücklichen Stern, doch ich sollte sie niemals vergessen. Qalathar war nichts, was man jemals vergessen *könnte.*

Normalerweise reisten nur solche Leute mit einem Segelschiff, die sich die Überfahrt auf einem Manta nicht leisten konnten. Alles war mehr vom Zufall abhängig, die Risiken waren größer und es war weit weniger komfortabel. Im Winter, wenn stürmisches Wetter außer auf extrem kurzen Reisen praktisch garantiert war, würde nur jemand, der wirklich verzweifelt war, eine solche Fahrt unternehmen. Doch wer den Elementen trotzte, um nach Qalathar zu reisen, wurde am Ende der Überfahrt damit belohnt, es zum ersten Mal mit eigenen Augen zu sehen.

In einen riesigen Umhang gehüllt, der nicht tat, was er eigentlich tun sollte – nämlich die Gischt abhalten –, zwängte ich mich auf eine kleine freie Fläche auf dem Vorderdeck, um zuzusehen, wie die grünen Klippen von Qalathar allmählich vor uns aus dem Meer auftauchten.

Es wäre natürlich viel beeindruckender gewesen, an einem Sommertag anzukommen – durch ein ruhiges blaues Meer zu gleiten und die Berge in ihrer ganzen Pracht zu erblicken. Dann hätte ich auch nicht mit einem beißenden Wind kämpfen müssen, der mich bis ins Mark frösteln ließ, und wäre nicht jedes Mal, wenn der Bug des Schiffs in ein Wellental tauchte, mit Gischt überschüttet worden.

Doch obwohl ich Qalathar das erste Mal unter einem schweren dunklen Himmel zu Gesicht bekam, die Berge von Wolken verhüllt, prägte sich mir dieser Anblick unauslöschlich ein. Ein dunkelgrüner Wald wuchs wie eine Mauer über dem Meer in die Höhe und erstreckte sich nach beiden Seiten, vom grauen Wasser nur durch einen schmalen weißen Streifen getrennt – die Brandung, die meilenweit hörbar gegen die Felsen donnerte. Nur eine winzige Einkerbung in der Küstenlinie, deren obere Bereiche hinter dem Wolkenschleier verborgen waren, wiesen auf die Straße von Jaya hin. Dahinter lag die Inland-See von Qalathar – und irgendwo dort war auch diejenige, die versprochen hatte, sie mir zu zeigen.

Sosehr ich mich auch anstrengte, konnte ich doch nirgends entlang der Küste irgendwelche Anzeichen von Leben oder Besiedlung ausmachen. An diesem Ufer lebte so gut wie niemand – kein Wunder, da beständig Stürme darüber hinwegfegten, und Wogen, die in den Weiten des Ozeans geboren worden waren, unaufhörlich und mit schrecklicher Gewalt gegen die dunkelgrauen Klippen und Buchten peitschten.

Die »Insel in den Wolken« wurde sie seit undenklichen Zeiten genannt, ein Ort voller Nebel und Täler im Winter und sonnengetüpfelter Wälder und Strände im Sommer, dessen Städte rund um die Inland-See lagen. Es gab hier Berge, die höher aufragten als alle anderen, die ich kannte; Qalathar war fast der einzige Ort im ganzen Archipel, wo es überhaupt Bergketten gab. Und die Küstenlinie wirkte trotz des Grüns dunkel und geheimnisvoll, als würde sie immer noch von den verborgenen Felsspitzen beschattet.

Es war wild und zugleich auch schön, dachte ich, während ich zuschaute, wie sich die Umrisse nach und nach auflösten, als wir allmählich näherkrochen und die Konturen der Straße von Jaya sichtbar wurden. Ein paar Tropfen rannen mir in den Nacken, und ich schauderte und zog den Umhang enger um mich. Die Luft war von Gischt und Salzwasser erfüllt, und das Knarren der Masten und Spanten lieferte die Begleitmusik zu den klagenden Rufen der Möwen.

Nach drei Wochen auf See hier anzukommen hätte ein Grund zum Feiern sein sollen – schließlich hatte ich schon so lange hierher gewollt. Drei Wochen, in denen ich fast die ganze Zeit nass gewesen war und mich andauernd elend gefühlt hatte und dabei Mauriz und dem einen anderen Passagier aus dem Weg gegangen war, die nicht unter Seekrankheit litten. Einen der Stürme hatten wir nur mit Mühe überlebt, und zwei andere waren schlimm genug gewesen, um selbst mich krank zu machen. Ich war seit meinem vierten Lebensjahr nicht mehr seekrank gewesen. Mein einziger Trost während dieses ewig schaukelnden, von Drogen verursachten Albtraums war die Tatsache gewesen, dass es Mauriz ebenfalls schlecht ging.

Jetzt jedoch, als die gecharterte ilthyanische Galeone die Wellen durchpflügte und auf das fremdartige, urzeitliche Ufer zuglitt, hätte ich alles darum gegeben, irgendwo anders zu sein.

Was auch beinahe der Fall gewesen wäre. Und während der schrecklichen Reise an Bord der Galeone hatte ich mir mehr als einmal ernsthaft gewünscht, es wäre so.

Ich hätte beinahe als treibender Leichnam geendet, als winziger Teil des Treibguts auf der unermesslichen Oberfläche des Ozeans, während meine Seele an einem glücklicheren Ort geweilt hätte. Thetis blickte mit Wohlwollen auf diejenigen, die im Meer ertrunken oder der Tiefe anvertraut worden waren: Sie wurden echte Meeres-Elementare, formlose Strömungen einer höheren Daseinsebene.

Dass ich nicht in Thetis' gesegneten Frieden aufgenommen worden war, könnte sowohl auf göttliche Missbilligung wie auch auf ihre Gunst hinweisen. Es spielte eigentlich auch gar keine Rolle, da ich trotz allem, was geschehen war, immer noch am Leben war. Und eineinhalb Monate nach unserem Aufbruch von Ral Tumar hatten wir endlich unser Ziel erreicht.

»Wir« war vielleicht nicht ganz das geeignete Wort. Nur ein paar von denen, die Ral Tumar zusammen mit Mauriz verlassen hatten, würden Qalathar zu Gesicht bekommen, zumindest im Augenblick. Einige würden es niemals erblicken, es sei denn, ihre Elementar-Geister entschlossen sich, das Land zu besuchen. Einige würden Wochen oder Monate der Genesung brauchen, ehe sie einen Besuch auch nur in Erwägung ziehen könnten. Und eine war bereits hier.

Dafür – und nur dafür –, dass diese eine Person nicht mehr bei unserer Gruppe war, was mich besonders schmerzte, konnte ich Mauriz verantwortlich machen. An allem anderen, was wir durchgemacht hatten, seit wir Ral Tumar verlassen hatten, war einzig und allein die Domäne schuld. Es schien, als hätten sie uns von Beginn an verhext, angefangen mit der frustrierenden, zeitaufwändigen und völlig vergeblichen Durchsuchung der *Polarstern.* Es gab bekannte Häretiker in Ral Tumar, hatte der Inquisitor gesagt, der die Untersuchung leitete, und seine Augen hatten vor fanatischem Eifer geleuchtet. Sie durften auf keinen Fall entkommen.

Mauriz' Rang und seine Verbindungen waren einfach ignoriert worden; die Sacri hatten die *Polarstern* systematisch durchkämmt, während der Inquisitor einem kochenden Scartaris und seinem Gefolge eine Strafpredigt über die Gefahren der Häresie gehalten hatte. Ich wusste nicht mehr, ob ich weitergeatmet hatte, als er uns einen kurzen Blick zugeworfen hatte. Doch er suchte nach dem Erbgrafen von Lepidor und seinem Gefolge, nicht nach zwei mürrischen, niedergeschlagenen Bediensteten aus Weltende und einer thetianischen Adjutantin. Mauriz musste es im Stillen genossen haben, als er Palatine als Mitglied des Clans Scartaris vorgestellt hatte.

Endlich waren die Sacri wieder von Bord gegangen, und ihr Anführer war zum Inquisitor gekommen, um ihm zu melden, dass sich keine blinden Passagiere an Bord befanden und sie keine Spur des abtrünnigen Ozeanografen gefunden hätten. Der Inquisitor hatte ein bisschen enttäuscht ausgesehen, wie ich mich erinnerte, jedoch keineswegs weniger eifrig.

»Man kann sich vor der Inquisition nicht verstecken«, hatte er erklärt. »Ranthas' Auge sieht alles, und in Seiner unendlichen Gnade wird Er uns zeigen, was wir suchen.«

Es hatte keine Entschuldigung für die Verzögerung gegeben, nur die Aufforderung, im Lichte Ranthas' zu wandeln. Dann war der Inquisitor wieder davongerauscht. Seine Robe hatte kurz mein Bein gestreift, und ich hatte mich gefragt, wie jemand einen so rauen Stoff tragen konnte.

Er war natürlich ein Asket, wie viele der Inquisitoren. Manche von ihnen schätzten gutes Essen und Trinken ebenso wie ihre weichen Betten und ihre Konkubinen, und dann gab es andere, die sich selbst geißelten und härene Hemden trugen. Ich vermutete, dass Letztere in der Minderheit waren.

Die Tarnung, für die Mauriz gesorgt hatte, hatte uns vor der Verhaftung gerettet, daran konnte es keinen Zweifel geben. Die Sacri, deren Gesichter hinter karmesinroten Schleiern verborgen lagen, waren schrecklich in ihrer Tüchtigkeit, und sie bewegten sich mit der tödlichen Eleganz geschulter Meuchelmörder. War es Sarhaddon – noch als Novize – gewesen, der gesagt hatte, dass keine Soldaten auf der Welt ihnen gleichkamen, mit Ausnahme der Neunten Legion, der thetianischen Elitetruppe? Der zynische, gutmütige Gefährte meiner ersten langen Reise hatte mich vieles gelehrt, und ich fragte mich immer noch, was ihn in jenen unbarmherzigen Fundamentalisten verwandelt hatte, zu dem er geworden zu sein schien.

Selbst als wir schließlich an Bord der *Polarstern* gingen und von den Hafenbehörden die Erlaubnis zum Auslaufen erhielten, blieb ein gewisses Unbehagen. Die Stimmung der Mannschaft schwankte zwischen Unmut und Angst; dreimal an diesem Nachmittag hörte ich den normalerweise gelassenen Kapitän einen seiner Untergebenen anschnauzen. Selbst Mauriz' gekünstelte Gelassenheit begann abzubröckeln.

Palatine und Ravenna versuchten ihr Bestes, so zu tun, als hätte das Gespräch vom Vorabend niemals stattgefunden, doch ich bemerkte die neuen, mitleidigen Blicke, die sie mir zuwarfen, sehr wohl. Im Stillen verfluchte ich Mauriz, Telesta, den Kaiser, doch ich konnte nicht einmal vor mir selbst leugnen, dass ich das Falsche getan hatte. Schlimmeres als nur das Falsche.

Erst als die *Polarstern* den Hafen von Ral Tumar verlassen hatte und an den äußeren Inseln des tumarianischen Archipels vorbei auf die offene See zuhielt, sagte uns Mauriz, dass wir nach Qalathar unterwegs waren.

»Warum?«, wollte Ravenna wissen. »Warum reisen wir an einen Ort, auf den sich die ganze Aufmerksamkeit der Domäne richtet? Wie wollt Ihr Cathan dort verstecken?«

»Weil es dort eine Widerstandsbewegung gibt«, erklärte Mauriz schulterzuckend. »Wir müssen eine Rebellion beginnen, und das muss in Qalathar geschehen, im Zentrum. Es hat keinen Sinn, irgendwo in einem Randbereich damit anzufangen, den man leicht isolieren kann, selbst wenn es dort weniger gefährlich wäre.«

»Der Plan ist trotzdem alles andere als vollkommen«, wandte Palatine ein. »Die Domäne hat Informanten, Spitzel … Leute, die ihnen beim ersten Anzeichen von Unruhe Meldung machen werden.«

»Aber in Qalathar *erwarten* sie Unzufriedenheit. Wenn, sagen wir mal, Ilthys plötzlich eine Brutstätte der Rebellion würde, würden sie es sofort zerschmettern. Aber sie wissen, dass das bei Qalathar schwierig wird.«

»Und wenn wir Qalathar für uns gewinnen können, ist das Hauptquartier des Exarchen zerstört«, sagte Telesta; in ihrer Stimme schwang ein entschiedener Unterton mit. Vielleicht war es ihr Plan oder einer, den sie unterstützte, doch sie war sich ihrer Sache sehr viel sicherer als Mauriz. »Wenn wir das erst einmal geschafft haben, werden sie sich nirgends im Archipel mehr sicher fühlen und müssen Verstärkung aus der Heiligen Stadt anfordern. Das sollte uns genug Zeit geben, uns um Thetia zu kümmern.«

Allen zuversichtlichen Behauptungen zum Trotz gab es jedoch noch immer keine genauen Pläne, keine Anzeichen dafür, dass sie eine durchdachte Vorstellung davon hatten, wie wir vorgehen sollten. Es war durchaus möglich, dass sie nichts weiter hatten als ein vages Konzept. Vielleicht befand sich die führende Kraft der Bewegung zurzeit in Qalathar, oder vielleicht hoffte Mauriz, dem Anführer des Komplotts die Schau zu stehlen, indem er ohne ihn losschlug – oder ohne sie. Es konnte nämlich auch sehr gut eine Frau sein, wenn es sich um ein thetianisches Komplott handelte, das ursprünglich von den Republikanern ausgeheckt worden war.

Wie auch immer, es gab jedenfalls keine weiteren Einwände. Ravenna zog sich noch mehr zurück und sprach kaum noch mit mir oder irgendjemand anderem. Mauriz ignorierte sie mehr oder weniger, ein Fehler, der absolut verständlich war, da er es ja nicht besser wusste und glaubte, sie wäre einfach nur eine qalatharische Ketzerin, wenn auch von ziemlich edler Geburt.

Vielleicht hatte sie vor, uns ihre Pläne am Ende der zweiwöchigen Reise nach Qalathar mitzuteilen, aber fünf Tage nachdem wir Ral Tumar verlassen hatten, nahm unsere Pechsträhne ihren Anfang.

Ich schlug mehr oder weniger die Zeit tot, indem ich in der Messe saß und schlechte thetianische Gedichte las – die Auswahl an Lesestoff war nicht besonders groß –, als ich plötzlich spürte, wie das Schiff langsamer wurde, und hörte, wie das tiefe Brummen des Flammholzreaktors die Tonlage änderte. Keiner der Soldaten, die um die Tische herumsaßen und spielten oder einander lächerliche Frauengeschichten erzählten, schien es bemerkt zu haben.

Ich legte die Hand auf einen aus der Schiffswand ragenden Spant, um die Bewegung zu spüren – wir verloren definitiv an Fahrt. Nach ein paar Tagen auf See war mir das Geräusch des Reaktors vertraut genug, so dass ich die Veränderung bemerkte. Aber warum wurden wir langsamer? Wir passierten gerade den äußeren Bereich der Sianor-Inselgruppe, doch wir kamen keiner der Inseln so nahe, dass es nötig gewesen wäre, die Geschwindigkeit zu verringern.

Ich stellte das Buch zurück an seinen Platz in der kleinen Bücherecke der Messe und ging zwischen den Tischen hindurch zur Tür. Als ich auf den Korridor trat, hörte ich die Stimme des Kapitäns aus den Lautsprechern der Bordsprechanlage schallen.

»Alle Mann auf Station, klar machen für Bergungsaktion. Die Soldaten nehmen ihre Waffen und sammeln sich am Zentralschacht.«

Augenblicklich brach hinter mir ein Tumult los, als Stühle zurückgeschoben wurden. Eine Bergungsaktion hieß, dass es etwas zu tun gab, eine Unterbrechung der Langeweile, die sich auf langen Reisen an Bord breit machte. Und was noch viel wichtiger war – es bedeutete Geld für alle an Bord des Bergungsschiffs.

Als ich den Schacht erreichte, waren noch keine Soldaten da, nur Palatine kam gerade den Niedergang vom Oberdeck herab.

»Da bist du ja«, sagte sie ungeduldig. »Komm mit ins Observatorium; von da aus kann man es sehen.«

»Was denn?«

»Ein treibender Manta. Als typische Scartaris lassen sie für eine Gelegenheit zum Geldverdienen bereitwillig alles stehen und liegen. Mauriz will ihn bergen.«

»Typisch Canteni«, bemerkte der Zweite Offizier, der sich im Kartenraum befand. »Warum ein bisschen Geld verdienen, wenn man stattdessen Zielübungen machen kann?«

»Und was haben wir davon?«, gab Palatine zurück, während wir bereits die Stufen hinaufstiegen. »Wer gewinnt denn all die Schlachten?«

»Aber wer ist reicher? Das allein zählt«, lautete die Antwort des Zweiten Offiziers, und dann waren wir außer Hörweite. In Zeiten wie diesen war so etwas eine freundliche Neckerei, doch ich wusste, dass die beiden Clans in der Vergangenheit gegeneinander gekämpft hatten und dies zweifellos auch wieder tun würden. Palatines Erzählungen zufolge waren diese Kämpfe nicht sehr blutig gewesen; manche Clans hingegen lagen noch immer in Blutfehde miteinander, was auf frühere Ereignisse zurückzuführen war, als die Kämpfe außer Kontrolle geraten waren.

Als wir ins Observatorium kamen, war Ravenna bereits da und schaute aus den steuerbord gelegenen Fenstern. Sie war allein. Die Besatzung war auf ihren Stationen, während sich Telesta und Mauriz zweifellos auf der Brücke befanden. Ich hatte keine Ahnung, wo Matifa war, doch ich wollte es auch gar nicht wissen.

Nach Schiffszeit war es mitten am Vormittag, und wir befanden uns in Gewässern, die seicht genug waren, um von einem trüben Graublau zu sein. Ich konnte den anderen Manta zuerst nicht sehen, doch dann deutete Ravenna auf einen etwas dunkleren Fleck in der Düsternis genau voraus. Die *Polarstern* bewegte sich nur noch sehr langsam vorwärts und drehte bei, um längsseits des anderen Schiffs zu gehen. Mantas so nah nebeneinander zu manövrieren, dass man sie verbinden und von Schiff zu Schiff gehen konnte, erforderte höchste Präzision; nur erfahrene Steuerleute waren dazu in der Lage.

»Weiß man schon irgendwas darüber, wo das Schiff herkommt?«, fragte Ravenna.

Palatine schüttelte stumm den Kopf, während wir nebeneinander standen und zusahen, wie der dunkle Schatten langsam größer wurde. Er drehte uns mehr oder weniger das Heck zu, so dass die Hörner mit den Identifikations-Zeichen nicht zu sehen waren.

Doch selbst auf diese Entfernung glaubte ich, hier und da an den Seiten schwache Lichtpunkte erkennen zu können – und stiegen da nicht gelegentlich Luftblasen von den Abluftventilen auf? Das würde bedeuten, dass der Reaktor noch immer lief, vielleicht sogar, dass das Schiff nur einfach keine Fahrt machte.

»Das ist sehr verdächtig«, meinte Palatine, als ich es ihr sagte, da ich mit meiner magischen Schattensicht im Dämmerlicht besser sehen konnte. »Wir tun so etwas, wenn wir jemanden überfallen wollen. Die Clans Scartaris, Jonti, Polinskarn – alle fallen darauf herein. Sie sehen ein treibendes Schiff und versuchen alle, es zu bergen.«

»Und ihr werdet nie selbst hereingelegt?«, fragte Ravenna unschuldig.

»Natürlich nicht. Wir haben diesen Trick schließlich damals im Krieg erfunden.« Palatine warf einen kurzen Blick über die Schulter, um sich zu vergewissern, dass inzwischen niemand das Observatorium betreten hatte. »Ein Canteni-Kapitän hat das mit einer Arche der Tuonetar gemacht – er hat so getan, als wäre alles tot, und sie dann überfallen, als sie an Bord gekommen sind.«

Wie die Domäne hatten auch die Tuonetar das Meer gehasst; sie hatten es stets vorgezogen, Schiffe zu entern und Mann gegen Mann zu kämpfen. Wenn sie das geschafft hatten, war ihnen der Sieg meist sicher gewesen, denn ihre Schiffe waren groß und für eine Invasion ausgerüstet gewesen – auf einer einzigen ihrer Archen hatten sich mehr Soldaten befunden, als eine ganze thetianische Flotte aufbringen konnte.

Das war einer der Gründe, warum die *Aeon* während des Kriegs so nützlich gewesen war – weil sie den Thetianern endlich einen Größenvorteil verschafft hatte. Sie war zwar so gut wie unbewaffnet gewesen, hatte jedoch zehnmal so viel Platz geboten wie die thetianischen Armeen gebraucht hätten – und das hatte Aetius IV. bei seinem letzten Angriff auf die tuonetarische Hauptstadt zu seinem Vorteil genutzt.

Um die Ränder der Bullaugen des anderen Schiffes zeigte sich der charakteristische schwach-bläuliche Schimmer der Aetherschilde. Der Kapitän der *Polarstern* ging kein Risiko ein, aber mir schoss der Gedanke durch den Kopf, dass es raffiniertere Möglichkeiten geben musste, einen Hinterhalt zu legen als das hier; die Lichter und die laufende Maschine würden den Kapitän nur argwöhnisch machen.

Es schien eine Ewigkeit zu dauern, bis die *Polarstern* endlich Kurs und Geschwindigkeit an den treibenden Manta angeglichen hatte, wobei der Steuermann sie parallel und etwas höher als den anderen Manta ausrichtete. Abgesehen von der Angleichung von Kurs und Geschwindigkeit gab es bei diesem Manöver nämlich noch eine dritte Schwierigkeit: die Form. Wegen ihrer Schwingen konnten Mantas nicht einfach auf gleicher Höhe längsseits gehen und die Vorderschleusen miteinander verbinden. Aus diesem Grunde gab es zwei

Passagierschleusen am Heck, auf dem Frachtdeck, wo die Form der Mantas es ihnen erlaubte, sich Bug an Heck mehr oder weniger zu berühren.

Unter uns war jetzt Lärm zu hören, der von einem lauten Befehl abrupt zum Schweigen gebracht wurde; dann hörte man die Geräusche vieler Menschen, die sich gleichzeitig bewegten. Wahrscheinlich waren sie vom Zentralschacht zu den hinteren Frachttreppen unterwegs. Es war immer sicherer, beim Entern von einem kleinen Raum in einen größeren zu kommen als umgekehrt.

Der andere Manta war uns jetzt sehr nah; seine matte, fast glatte blaue Hülle verlor sich zu beiden Seiten der Flügel, die uns die Sicht nach unten versperrten, im Zwielicht. Die *Polarstern* machte kaum noch Fahrt; ihre Bewegung war nur dann wahrnehmbar, wenn man das andere Schiff anschaute. Wir waren jetzt dicht unter der Oberfläche in vielleicht dreißig Fuß Tiefe, und die Flügel reflektierten ein trübes graues Licht. Über den Wellen schien keine Sonne.

Einen Augenblick später durchlief ein Zittern die *Polarstern,* gefolgt von einem kräftigeren, eindeutigeren Geräusch, als die beiden Schiffsrümpfe einander berührten. Es war nervenaufreibend, hier oben zu stehen, nichts tun zu können und nur darauf zu warten, was geschehen würde, doch wir wussten alle, dass wir den Soldaten nur im Wege wären, sollte es zu einem Kampf kommen.

Ein weiteres dumpfes Geräusch – jetzt waren die Lukenabschirmungen miteinander verbunden, was es den Soldaten ermöglichte, trockenen Fußes auf das andere Schiff hinüberzugelangen. Dann nichts mehr. Von hier oben gab es kaum noch etwas zu sehen – der andere Manta wurde fast völlig von den Flügeln der *Polarstern* verborgen –, daher gingen wir wieder hinunter in den Zentralschacht. Er war leer, und das Schott zur Brücke war geschlossen; einen Augenblick später jedoch kam ein Soldat den Gang entlanggerannt und eilte zur Brücke. Er sah ziemlich enttäuscht aus, dachte ich.

»Ein qalatharisches Schiff?«, ertönte Mauriz' Stimme sehr deutlich von der Brücke her. »Bist du sicher?«

Ich konnte die Antwort des Soldaten nicht hören, aber einen Augenblick später dröhnte die Stimme des Kapitäns aus der Bordsprechanlage.

»Sofort ein Heiler auf das andere Schiff.«

Der Soldat tauchte wieder auf, Mauriz und Telesta im Schlepptau, und alle drei eilten den Gang entlang, wobei Mauriz uns im Vorbeigehen aufforderte, ihnen zu folgen.

»Was ist denn?«, fragte Palatine.

»Ein Manta aus Qalathar, der vor Sianor schwer beschädigt wurde. Sie haben es bis hierher geschafft, aber ihr Reaktor hält nicht mehr lange durch.«

Das würde den enttäuschten Gesichtsausdruck erklären. Die Mitglieder des Clans Scartaris würden vielleicht etwas für ihre Hilfe bekommen – die sie nach thetianischem Recht leisten *mussten.* Doch wenn an Bord des anderen Schiffs noch immer Menschen am Leben waren und es führen konnten, bestand keine Aussicht auf eine Bergungsprämie.

In dem beschädigten, schwach erleuchteten Zentralschacht des anderen Schiffs trafen wir auf einen scheinbar völlig erschöpften alten Mann in einer roten Tunika, die wie ein Teil einer Uniform aussah. Das Schiff gehörte der nominellen Zivilregierung von Qalathar, flüsterte Ravenna, die allerdings so gut wie keine Macht hatte, hilflos eingekeilt zwischen der Domäne und dem Vizekönig.

»Hochkommissar, ich danke Euch für Eure Unterstützung«, sagte der Mann würdevoll. »Ich will Euch nicht aufhalten, aber wir haben Verwundete an Bord, und unser Reaktor ist beschädigt.«

»Wo ist Euer Kapitän?«, fragte Mauriz.

Wer auch immer die Angreifer gewesen waren, sie hatten das Schiff schwer getroffen. Im Zentralschacht hatte nur eine Aetherlampe inmitten verbogener Metallstreben überlebt. Die Wände waren verzogen oder eingestürzt, und die Treppen waren fort.

»Der Kapitän ist verletzt, und der Erste und der Zweite Offizier sind beide tot, also habe ich jetzt den Befehl. Ich bin Meister Vasudh.«

»Wer hat das getan?«

Vasudh schwieg vielleicht eine Minute lang, dann sah er Mauriz in die Augen und antwortete: »Die Domäne.«

»Die Domäne? Warum?«, wollte Telesta wissen. Die zwei, drei Soldaten im Zentralschacht blickten sich unbehaglich um.

»Sie haben versucht, das Schiff in Sianor zu übernehmen; sie haben gesagt, sie hätten Anweisungen vom General-Inquisitor, dass alle qalatharischen Schiffe der Domäne zur Verfügung gestellt werden sollten. Der Kapitän wollte ihnen das Schiff nicht übergeben, und da haben sie versucht, uns einzusperren. Wir sind ausgebrochen, aber sie haben uns verfolgt und Druckladungen eingesetzt – so viel dazu, dass das böse, ketzerische Waffen wären. Das war vor drei Tagen, und seither haben wir versucht, zu entkommen. Kein einziges unserer Funkgeräte hat den Angriff unbeschadet überstanden, deshalb konnten wir Euch auch nicht warnen.«

»Wie dicht sind sie hinter Euch?«

»Ich habe keine Ahnung. Ich habe geglaubt, wir hätten sie abgeschüttelt, aber der Kapitän sagt, sie können uns auch über größere Entfernungen aufspüren. Wir wollten nach Beraetha, das Schiff versenken und uns auf der Insel verstecken.«

»Ihr bringt uns in eine schwierige Situation«, sagte Mauriz. Seine Miene war besorgt. »Wenn sie Euch einholen und feststellen, dass wir Euch helfen ...«

»Aber das ist das Gesetz der See«, beharrte der alte Mann hitzig. »Ein Gesetz, das weit älter ist als diese Emporkömmlinge von einem der Kontinente mit ihrer krankhaften Angst vor Ketzerei.«

»Ich werde Euch nicht so hilflos zurücklassen«, verkündete der Kapitän der *Polarstern,* der plötzlich hinter uns auftauchte. »Ich will es nicht, und die Mannschaft will es auch nicht. Meister ... Vasudh, wenn wir Euren Reaktor reparieren und Euren Verwundeten helfen, so gut es geht – wird das ausreichen?«

»Ich danke Euch, Kapitän«, sagte Vasudh und verbeugte sich steif. »Das ist alles, worum wir bitten.«

»Ich schicke sofort ein paar von unseren Ingenieuren zu Euch hinüber«, sagte der Kapitän zu Vasudh. »Können Eure Männer ihnen helfen?«

Mauriz sah nicht besonders glücklich aus, doch er sagte nichts, als der Kapitän der *Polarstern* anordnete, was zu tun war. Ingenieure wurden herübergebracht, der Heiler unseres Schiffs kümmerte sich um die Verwundeten, und die Soldaten halfen mit, einen Teil der schlimmsten Verwüstungen zu beseitigen. An den Waffensystemen oder den Schilden wurden keine Reparaturen durchgeführt, doch das hatte Vasudh auch nicht verlangt.

Während die Stunden verstrichen, wurden Mauriz und Telesta immer ungeduldiger. Da wir drei allenfalls leichte Arbeiten verrichten konnten – und da gab es kaum etwas zu tun – dauerte es nicht lange, und wir saßen wieder in der leeren Messe der *Polarstern.*

»So viel zu Bergungsprämien«, sagte Palatine voller Befriedigung, während sie zusah, wie die Soldaten des Clans Scartaris ihre Rüstungen ablegten, ehe sie wieder auf das andere Schiff hinübergingen, um dort Spanten abzustützen – der Manta hieß *Avanhatai* nach einem früheren Herrscher Qalathars. »Sie müssen den ganzen Nachmittag arbeiten und kriegen nichts dafür.«

»Ja, und wenn die Domäne uns erwischt, wird es erst richtig lustig, was?«, schnappte Ravenna, schlecht gelaunt wie so häufig in diesen Tagen. Dies hier war anders als ihre normalen Wutausbrüche – intensiver, düsterer und anhaltender. Wenn ich in Ral Tumar nicht so schwach und unschlüssig gewesen wäre ... doch dann hätte ich Mauriz' Vorschlag vielleicht zugestimmt und Ravenna mir völlig entfremdet. Es war nur ein kleiner Trost, dass ihre Wut sich gegen alle richtete, nicht nur gegen mich.

Drei Stunden später, als die Reparaturarbeiten beinahe beendet waren, schrillte der Alarm durch die ziemlich stille Messe der *Polarstern.* Vielleicht eine Sekunde lang starrten wir einander an, dann sprangen wir auf und rannten zum Zentralschacht. Wir begegneten dem Zweiten Offizier, der von der Brücke kam.

»Sagt allen, sie sollen die *Avanhatai* schleunigst verlassen«, befahl er. »Sofort! Lauft! Die Domäne ist hier. Noch zehn Meilen entfernt.«

Er hätte die Domäne gar nicht erwähnen müssen, die Panik in seiner Stimme hätte bereits ausgereicht. Als wir den Gang entlangrannten, stießen wir auf Mauriz und Telesta, die die Treppe heraufkamen, und berichteten ihnen die Neuigkeiten. Es gefiel ihnen nicht, aber ich achtete nicht auf ihre bestürzten Gesichter und rannte die Stufen hinunter, an den Soldaten vorbei und zum Kapitän der *Polarstern,* der sich gerade mit Vasudh unterhielt.

»Ich fürchte, wir müssen jetzt verschwinden«, sagte der Kapitän zu Vasudh, nachdem er die Neuigkeiten gehört hatte. »Euer Reaktor kann wieder hochgefahren werden, aber in ein paar Tagen werdet Ihr ihn wieder reparieren müssen.«

»Wir brauchen nur ein paar Tage«, erwiderte Vasudh, dann legte er die Hände wie einen Schalltrichter an den Mund und bellte: »Alle Mann von Bord!«

Seine Stimme war ohrenbetäubend laut; sie erinnerte mich an die eines Ausbildungsoffiziers. Vasudh war genau die Sorte Mann, die in den Ruhestand gehen und Segellehrer werden.

Die Mannschaft und die Soldaten der *Polarstern* waren überaus diszipliniert. Binnen einer Minute strömten sie durch den Zentral-Schacht der *Avanhatai* und zurück auf ihr eigenes Schiff, wobei die Ingenieure ihre Werkzeugkisten trugen. Zur gleichen Zeit hastete die grimmig dreinblickende rußgeschwärzte Mannschaft des qalatharischen Manta auf die Kampfstationen, einen Ausdruck trotziger Resignation auf den Gesichtern – ich konnte nur hoffen, dass ihnen die Flucht gelang.

Es war eine sehr schnelle, geübte und effiziente Evakuierung. Wir wurden von Vasudh zurück zur *Polarstern* gedrängt, wünschten ihm viel Glück, und kaum fünf Minuten nach der Warnung des Zweiten Offiziers wurde die Schleusenluke wieder geschlossen und die *Polarstern* war bereit, Fahrt aufzunehmen. Gegen jeden normalen Angriff hätte das auch gereicht.

Während die Mannschaft die Kampfstationen besetzte, die Soldaten wieder ihre Rüstungen anlegten und sich auf ihre Plätze begaben, wurden wir erneut ins Observatorium verbannt, den traditionellen Aufenthaltsraum für Passagiere während eines Kampfes. Unmittelbar vor den Direktsichtscheiben gab es keine Möglichkeiten, sich hinzusetzen, um den Aethertisch in der Mitte jedoch standen Stühle, die mit Sicherheitsgurten versehen waren, um zu verhindern, dass man herausfiel, falls der Steuermann zu Kapriolen neigte.

Der Aethertisch zeigte das gleiche Bild wie sein Gegenstück auf der Brücke – die *Polarstern* und alles, was sich innerhalb ihrer Sensorreichweite von zwölf Meilen befand. Zusammen mit dem Blick durch die Direktsichtscheiben hatten wir so eine hervorragende Aussicht auf den Kampf.

Doch es sollte keinen Kampf geben. Das Schiff der Domäne war noch immer fünf Meilen entfernt, weit außerhalb der Reichweite unserer Waffen, als wir uns von der *Avanhatai* lösten, wobei wir leicht stiegen, um besser wegzukommen. Die Maschine war gerade wieder voll angelaufen, und die *Polarstern* hatte sich vielleicht hundert Schritt vom Rumpf des anderen Manta entfernt, als ich eine gewaltige magische Woge spürte.

Sie traf mich wie ein Peitschenschlag, ein mörderischer stechender Schmerz, der mir schier den Schädel zu spalten schien. Vollkommen überrumpelt schrie ich auf und hörte Ravennas gequälten Schrei.

»Seid ihr … Süße Thetis!«, rief Palatine.

Ich presste die Hände gegen meinen Kopf und warf einen Blick auf den Aethertisch. Ein weiß glühender Funke blitzte unter der *Avanhatai* auf, so grell, dass er eine neue Schmerzwoge durch meinen Schädel schickte. Sekunden später zog sich der Funke in die Länge, wie ein leuchtender Riss im Wasser, und dehnte sich dann weiter aus.

Das Wasser vor den Scheiben begann zu brodeln, wurde zu einem schäumenden Albtraum aus Luft und Dampf, und ich spürte, wie die *Polarstern* in die Höhe geworfen wurde, als wäre sie leicht wie eine Feder. Mein Stuhl neigte sich mit beängstigender Geschwindigkeit seitwärts, bis ich nur noch an zwei dünnen Gurten hing und verzweifelt betete, dass sie nicht reißen und ich in den Zentralschacht stürzen würde.

Mein rechtes Bein knallte so hart gegen die Armlehne des Stuhls, dass ich einen Augenblick lang dachte, es wäre gebrochen; der Aufprall jagte neue Schmerzwellen durch meinen Körper.

Irgendetwas Schweres krachte gegen etwas anderes, und ein schriller, jaulender Ton lag plötzlich in der Luft, wie ein Chor gefolterter Seelen, ein Chaos aus Bewegung und Lärm.

Eine Sekunde später wurde der Raum von einem womöglich noch helleren weißen Licht durchflutet, und in der Sekunde, bevor ich die Augen zukniff, sah ich, wie das Bild der *Avanhatai* verschlungen wurde.

Eine weitere Schockwelle krachte gegen die *Polarstern* und ließ sie sich überschlagen; die Welt drehte sich in einem Wirbel aus Lärm,

Hitze und Schmerz um mich herum. Ich verlor das Bewusstsein nicht, obwohl ich es mir wünschte; doch irgendwie schaffte ich es, meine Sinne beisammen zu halten, während der Manta wild bockte. Eine dröhnende Erschütterung ließ den Rumpf erzittern; ich konnte nicht sagen, woher sie gekommen war.

Ich spürte weitere heftige Einschläge, während das Schiff immer noch ziellos dahintorkelte. Etwas krachte gegen den Rumpf; eine Kraft, die von irgendwoher kam, drückte mich in einem verdrehten, schmerzhaften Winkel in meinen Stuhl, während sich die Stuhlkante in mein Bein und meine Hüfte grub. Das Wasser vor den Fenstern war aus irgendeinem Grund plötzlich weiß, während alles andere nur noch aus dunklen Umrissen zu bestehen schien. Die *Polarstern* bäumte sich erneut auf, und einen schrecklichen Augenblick lang dachte ich, sie würde mit der Oberseite nach unten zurückstürzen.

Dann fiel sie zurück, und ich wurde erneut in die Gurte geworfen, während mich das durchdringende Ächzen des sterbenden Manta beinahe taub machte.

Kapitel XII

Es dauerte einige Augenblicke, bis sich in meinem Kopf nicht mehr alles drehte und ich es wagte, die Augen zu öffnen. Im ersten Moment war alles, was ich erkennen konnte, ein blendendes Weiß, und mich packte die Panik. War ich blind geworden?

Das Gefühl hielt nur eine oder zwei Sekunden lang an, dann konnte ich allmählich Schatten ausmachen, die Umrisse des Observatoriums – alles in Grauschattierungen. Da und dort sah ich aus dem Augenwinkel einen Farbklecks, doch ich konnte ihn nicht richtig erkennen. Ich schloss die Augen und öffnete sie erneut, hoffte, dass die Farbe zurückkehren würde, aber es änderte sich nichts.

Ich löste den Gurt, der mich im Sitz gehalten hatte, und stand so langsam wie möglich auf. Beinahe wäre ich zusammengebrochen und schaffte es nur, auf den Beinen zu bleiben, indem ich mich an dem zersprungenen Aethertisch fest hielt. Meine ganze rechte Körperhälfte schien nur aus Prellungen zu bestehen, doch als ich mich behutsam abtastete, konnte ich zumindest kein Blut entdecken.

Das schreckliche Kreischen hielt immer noch an, als würde das Schiff in einem gigantischen Schraubstock zusammengepresst. Die Außenhülle eines Manta war so gut wie unzerstörbar, doch das hieß nicht, dass das Schiff nicht in sich zusammenbrechen konnte.

»Ich glaube, es wäre keine schlechte Idee, runter aufs Hauptdeck zu gehen«, sagte Palatine, die sich neben mir aufrappelte, unsicher. »Ihr seht beide schrecklich aus. Was war das, kurz bevor das Chaos losgegangen ist?«

»Magie«, antwortete Ravenna. »Viel zu viel Magie.« Sie saß immer noch da, und als sie versuchte aufzustehen, begann sie zu taumeln und sank zurück auf ihren Stuhl.

»Ich glaube, zumindest einer der Götter hat Sinn für Humor«, bemerkte Palatine und lächelte schwach. »Cathan, sie kann sich auf dich stützen, wenn du das schaffst.«

Ich erinnerte mich an Ravennas ätzende Worte vor achtzehn Monaten, als ich zu schwach gewesen war, um aufzustehen, nachdem ich niedergeschlagen worden war. Wenn das hier Gerechtigkeit sein sollte, kam sie mir ziemlich kleinlich vor …

Es war sehr dunkel im Innern des Manta. Sobald wir das Observatorium verlassen hatten, in das graues Licht von der Oberfläche gefallen war, mussten wir uns unseren Weg mehr oder weniger ertasten. Palatine ging voran, schob sich vorsichtig die Stufen zum Hauptdeck hinunter. Die *Polarstern* war groß genug, um drei Decks zu haben, und das Observatorium befand sich auf dem obersten. Ich hörte Schmerzensschreie aus der Dunkelheit unter uns, doch ich zwang mich, nicht darauf zu achten; ich war zu sehr damit beschäftigt, einen Fuß vor den anderen zu setzen und nicht mitsamt Ravenna in die Tiefe zu stürzen.

»Das Schiff macht's nicht mehr lange«, sagte Palatine, als wir die Galerie auf dem nächsten Deck erreichten. »Ravenna, schaffst du es allein diese Treppe runter? Die Stufen sehen ziemlich verbogen aus.«

»Ich versuch's«, erwiderte Ravenna, lehnte sich jedoch weiter an mich. »Du zuerst.«

Das war so untypisch für Ravenna, dass ich es kaum glauben konnte. *Ich versuch's?* Es hatte Zeiten gegeben, da hätte sie mich massakriert, wenn ich angedeutet hätte, dass sie irgendetwas nicht schaffen könnte.

»Wartet hier, bis ich unten bin«, wies Palatine uns an.

»Wer ist da?«, ließ sich eine Stimme von unten vernehmen.

»Palatine Canteni«, rief sie zurück. »Wo ist der Kapitän?«

»Ich weiß es nicht. Sind alle verletzt. Wir müssen raus, das Schiff wird explodieren.« Der Sprecher klang benommen; vielleicht einer der Ingenieure.

»Wir müssen alle in die Rettungsboote schaffen. Cathan, ich bin unten. Die fünfte Stufe von oben ist weg.« Ich hörte Palatines Schritte, und dann sagte sie etwas zu dem Ingenieur, das von einem kreischenden Geräusch übertönt wurde; ich nahm an, dass einer der Soldaten sich aufgerappelt hatte, denn es hatte wie Metall auf Metall geklungen.

»Alles in Ordnung?«, fragte ich Ravenna. »Kannst du gehen?«

»Ja. Ich komme mit.«

Ich zog sanft den Arm zurück, mit dem ich sie gestützt hatte, und tastete mich die Stufen hinab. In meinem Kopf drehte sich noch immer alles. Es gab wieder schwaches Licht. Irgendjemand hatte das Schott zur Brücke geöffnet, und Licht drang durch die Frontscheiben.

»Wo ist der Kapitän?«, fragte jemand. Ich trat von der Leiter weg, um Ravenna Platz zu machen, und wäre beinahe über einen Soldaten gestolpert, der ein gedämpftes Stöhnen von sich gab.

»Bewusstlos«, sagte irgendjemand auf der Brücke. »Und der Aethertisch …« Ich hörte einen leisen Fluch, dann eine andere Stimme. Von irgendwo vom Heck her ertönte ein Krachen, gefolgt von einem Hilfeschrei.

»Das ist der Maschinenraum«, sagte die Stimme, die ich für die des Ingenieurs hielt. Er stand neben Palatine, deren Gesicht ich in dem Licht, das von der Brücke bis zu uns fiel, gerade noch erkennen konnte.

Ravenna erreichte den Fuß des Niedergangs und folgte mir immer noch wacklig zur Brücke. Die meisten Mitglieder der Brückenbesatzung waren bewusstlos. Einige hingen noch immer in ihren Sitzen, doch ein paar lagen auch auf dem Boden.

»Wir haben keine Kontrolle mehr über den Reaktor«, sagte der Zweite Offizier, der in dem Sitz zur Rechten des Kapitäns saß. Er hielt sich mit einer Hand den Kopf. »Kann sein, dass das Schiff zusammenbricht ... oder auch nicht.«

»Dann gebt Befehl, das Schiff zu verlassen«, sagte der erste Sprecher, dessen Stimme ich eben schon gehört hatte, vielleicht der Dritte Offizier. »Es hat keinen Sinn, hier zu bleiben.«

»Wollt Ihr all die Verletzten da draußen selbst zu den Rettungsbooten schleppen? Sie schaffen es nämlich nicht allein.«

»Möchtet Ihr das alles hier lieber der Domäne erklären?«, schnappte der andere. »Ich weiß nicht, ob der Kapitän wieder zu sich kommen wird, also habt Ihr den Befehl.« Er drehte sich um und erblickte uns beide. »Wer seid ... Oh. Wenn Ihr beiden mir vielleicht helfen könntet, den Hochkommissar und seine Freundin zu einem Rettungsboot zu bringen ...«

Er wurde vom Zweiten Offizier unterbrochen. »Und was dann? Das Schiff der Domäne wird in wenigen Minuten hier sein, und dann machen sie mit Eurem Rettungsboot dasselbe wie mit der *Polarstern.*«

»Ich glaube nicht, dass sie noch so viel Kraft haben«, sagte Ravenna zögernd. »Was immer sie auch getan haben, es muss sie erschöpft haben.«

»Magie«, knurrte der Dritte Offizier voller Bitterkeit. »Sie haben das Wasser unter dem anderen Schiff zum Kochen gebracht und haben eine Schockwelle ausgelöst, die auch uns erwischt hat. Deshalb sind wir so übel durchgeschüttelt worden – und dabei haben sie noch nicht einmal auf uns gezielt ...«

»Da, wo das hergekommen ist, haben sie bestimmt noch mehr davon«, sagte der Zweite Offizier. »Habt Ihr etwa vor, das Schiff ohne Befehl zu verlassen und dafür vor ein Kriegsgericht gestellt zu werden?«

»Ich sorge nur dafür, dass der Hochkommissar nicht in Gefangenschaft gerät.«

»Ich verstehe. Sich lieb Kind zu machen ist wichtiger als das

Schiff. Na schön, dann geht, wenn Ihr wollt.« Sein Tonfall war geringschätzig, und ich sah, dass der andere Offizier sich ärgerte, doch er machte lediglich auf dem Absatz kehrt und ignorierte seinen Vorgesetzten. Der Zweite Offizier hatte allerdings keine Gelegenheit mehr, weitere Befehle zu erteilen, denn in diesem Augenblick grollte das dumpfe, vertraute Dröhnen durch das Schiff, das verkündete, dass ein anderer Manta angedockt hatte.

»Zu spät«, bemerkte der Dritte Offzier. »Nun, es sieht so aus, als müsstet Ihr erklären, warum wir diesen Ketzern geholfen haben.«

Ravenna und ich verließen die Brücke. Ich blickte unbehaglich zur Decke hoch, als könnte ich das Schiff der Domäne sehen. Sie würden uns jeden Moment entern, und ohne meine Magie einzusetzen konnte ich nichts dagegen tun. Doch wenn ich es versuchte und scheiterte, wäre unsere Tarnung dahin.

Ravenna schüttelte den Kopf.

»Das ist es nicht wert«, flüsterte sie. Irgendwie hatte sie meine Überlegungen erahnt. »Wir haben so gut es ging Bedienstete gespielt – wir werden versuchen, genauso weiterzumachen.«

»Gute Idee«, ließ sich Palatine hinter ihr vernehmen. Ihr plötzliches Auftauchen ließ mich zusammenzucken. »Sarhaddon oder Midian sind auf keinen Fall an Bord des Domänenschiffs, sie können schließlich nicht an zwei Orten gleichzeitig sein. Das heißt, wir haben eigentlich gute Chancen. Mauriz ist derjenige, der auf ihre Fragen wird antworten müssen.«

»Und der Kapitän.«

»Das Gesetz ist auf seiner Seite. Und jetzt verkriecht euch in eine Ecke und versucht, wie verschreckte Dienstboten auszusehen.«

Es war nervenaufreibend, zu warten, bis das Schiff der Domäne den Andockvorgang beendet hatte. Während Palatine sich mit dem Zweiten Ofizier unterhielt und Mauriz wiederzubeleben versuchte, dröhnte eine Reihe lauter Schläge durch den Zentralschacht.

Dann schwang die Schleuse auf, und Sacri marschierten auf die *Polarstern* hinüber.

Sie mussten so etwas schon öfter getan haben, dachte ich eine oder zwei Minuten später, als einer von ihnen seinem Kommandanten

Bericht erstattete, dass das Schiff sicher sei. Sie waren absolut überzeugt davon gewesen, dass es keinen Widerstand geben würde, und sie hatten Recht gehabt. Niemand war in der Verfassung, auch nur einen Finger zu rühren.

Mir war übel vor Angst; ich war mir immer noch sicher, dass jeden Augenblick einer der Sacri mit dem Finger auf uns zeigen würde, doch nichts geschah. Ravenna und ich saßen unter der beschädigten Treppe, die Knie ans Kinn gezogen, und sahen – wie wir hofften – genauso aus, wie das, was wir zu sein vorgaben: zwei erschreckte Bedienstete. Ein Sacrus stand nicht weit von uns, und im Licht der Flammholz-Fackeln sah er noch bedrohlicher aus als sonst. Wir waren von dem Kommandanten gemustert worden, und er hatte uns angewiesen, uns nicht von der Stelle zu rühren, bis er jemandem gefunden hatte, der hier das Kommando hatte.

Palatine und die beiden Offiziere, von denen der eine den anderen widerwillig stützte, waren in den Zentralschacht gebracht worden und warteten auf den Inquisitor, der gleich vom Schiff der Domäne herüberkommen sollte.

Tatsächlich dauerte es auch nicht lange, bis er eintraf. Ihm voran schritten zwei weitere, weniger hochrangige Inquisitoren und ein Priester in einer braunen und roten Robe. Palatine und die anderen verbeugten sich klugerweise, wie es sich Würdenträgern von höherem Rang gegenüber geziemte. Es hatte keinen Sinn, ihn gleich am Anfang zu verärgern.

»Wer führt hier das Kommando?«, wollte er wissen. Dies war ein anderer Typus von Inquisitor als der Asket, der das Schiff im Hafen von Ral Tumar hatte durchsuchen lassen. Er war ein kräftig gebauter, graubärtiger Halethiter, der zwar nicht zu dick war, aber doch so aussah, als wisse er ein gutes Mahl zu schätzen. Trotzdem war er genauso einschüchternd wie der andere, und möglicherweise war er sogar noch gefährlicher, da er mehr Kontakt mit der Welt hatte.

»Ich bin Vatatzes Scartaris, der Zweite Offizier«, sagte der ranghöchste Offizier der *Polarstern,* der noch bei Bewusstsein war. Seine Hand war blutig, genau wie die Seite seines Kopfes, und selbst im Fackellicht sah er totenblass aus. »Mein Kapitän ist bewusstlos.«

Der Dritte Offizier sah aus, als wollte er etwas sagen, doch er war klug genug, zunächst einmal den Mund zu halten.

»Ihr habt Häretiker und Renegaten unterstützt, was gemäß dem Universal-Edikt von Lachazzar selbst Häresie ist.«

»Das Kaiserliche Gesetz der See verlangt von allen Schiffen, die sich in der Nähe befinden, einem in Seenot befindlichen Schiff zu helfen, es sei denn, es handelt sich um Feinde«, sagte der Zweite Offizier. Er artikulierte die Worte sehr sorgsam, als fürchtete er, er könnte sie nicht aussprechen.

»Ranths' Gesetz steht über jedem irdischen Kodex«, wehrte der Inquisitor barsch ab. »Es verlangt, dass Häretiker zur Strecke gebracht werden, nicht, dass man ihnen hilft.«

»Ich werde niemanden im Stich lassen, der … sich in Seenot befindet«, sagte der Zweite Offizier und biss die Zähne zusammen. Dann begann er zu schwanken, und seine Beine knickten ein. Der jüngere Offizier fing ihn auf, ließ ihn einen Augenblick später jedoch zu Boden gleiten.

»Er ist schwer verwundet – er braucht Hilfe«, sagte er herausfordernd. »Er ist kein Häretiker. Er ist ein verwundeter Offizier eines thetianischen Clans, der den Befehlen seines Kapitäns gehorcht hat.«

Der Inquisitor warf ihm einen mörderischen Blick zu, doch der Priester im braunroten Gewand sagte leise etwas zu ihm.

»Dieser Mann ist ein Mönch des Ordens von Jelath. Er wird sich um Eure Verwundeten kümmern«, sagte der Inquisitor einen Augenblick später, und der Mönch wies zwei Sacri an, den verwundeten Offizier wegzutragen. Ich betete im Stillen zu Thetis, dass er sich erholen möge; die Jelathi-Mönche waren ein Orden der Heiler.

Der Inquisitor wandte sich jetzt Palatine zu und ignorierte den jüngeren Offizier.

»Wer seid Ihr? Habt Ihr hier irgendwelche Autorität?«

»Ich bin Palatine Canteni, Eure Exzellenz, Passagier an Bord dieses Schiffes und Gast von Hochkommissar Mauriz, der verletzt ist.«

»Eine Canteni, die mit einem Scartaris reist?«

Ich revidierte meine Meinung von dem Mann gründlich. Jeder halethitische Inquisitor, der mehr über Thetia wusste als den Namen des Kaisers, war in der Tat höchst gefährlich. Normalerweise beachteten sie das Kaiserreich und seine inneren Angelegenheiten nicht, in die sie sich gemäß der Abmachung zwischen Valsur und dem ersten Primarchen nicht einmischen durften.

»Wir liegen im Moment nicht im Krieg miteinander.«

Der Inquisitor schien plötzlich das Interesse an ihr zu verlieren und rief einen anderen Jelathi-Mönch herbei, der sich um den noch immer bewusstlosen Mauriz kümmern sollte. Der Mönch berichtete kurze Zeit später, dass Mauriz ebenfalls medizinisch versorgt werden müsste.

»Wir dürfen nicht noch mehr Zeit verlieren«, sagte der Inquisitor schließlich. »Dieses Schiff untersteht ab sofort der Domäne. Präzeptor Asurnas, holt ein paar von Euren Männern und ein paar Seeleute herüber, um dieses Schiff hier zu übernehmen. Wir fahren nach Ilthys.«

»Was ist mit der Mannschaft dieses Schiffes?«, fragte der Mann, den ich für Asurnas hielt. Die Flamme auf seinem Wappenrock hatte einen goldenen Saum, was ihn wohl zu einer Art Offizier machte.

»Alle Offiziere und Passagiere werden auf unseren Manta hinübergebracht. Steckt sie in die Zellen für die Häretiker, die stehen ja im Moment leer.«

Der junge Offizier wollte protestieren, doch er wurde durch einen Schlag auf den Kopf zum Schweigen gebracht, der ihn zurücktaumeln ließ.

»Wer seid ihr?«, fragte der Inquisitor, als sein Blick zum ersten Mal auf Ravenna und mich fiel. Ich spürte, wie der Blick seiner dunklen Augen mich förmlich durchbohrte.

»Bedienstete des Hochkommissars, Eure Exzellenz«, brachte ich zögernd über die Lippen.

Meine Angst war aufrichtig genug, und ich hoffte, dass ich genauso entsetzt aussah, wie es von einem Diener aus dem hintersten Winkel des Archipels in einer Situation wie dieser zu erwarten war.

»Wir haben zu wenig Dienstboten. Ihr werdet fürs Erste meine Brüder und mich bedienen. Die Novizen werden dieses Privileg einen Tag lang nicht haben, um die Zerstörung des Renegatenschiffs zu feiern.«

Also war die *Avanhatai* vernichtet worden, genau wie ich es befürchtet hatte, und die Explosion hatte die zweite Schockwelle verursacht, die die *Polarstern* getroffen hatte. Die Hilfe des Kapitäns war umsonst gewesen; wir waren jetzt Gefangene der Domäne, und Meister Vasudh würde Beraetha niemals erreichen. Als wir in den Manta der Domäne getrieben wurden, fragte ich mich, ob der Inquisitor genug über Thetia wusste, um von Palatine Canteni gehört zu haben.

Nach einem Tag und einer Nacht in der stickigen Enge an Bord des Manta der Domäne war ich nur allzu froh, in die warme, feuchte Luft von Ilthys hinaustreten zu können. Die Wolkendecke wies ein oder zwei Lücken auf, und das Wasser in der Nähe der Küste wurde von den Sonnenstrahlen grünlich gefärbt – übrigens die ersten Sonnenstrahlen, die ich zu Gesicht bekam, seit wir Lepidor verlassen hatten. Die stete Wärme des Archipels hatte etwas Betörendes, selbst in Verbindung mit der Feuchtigkeit, die überall hineinkroch. Wäre die Domäne nicht hier gewesen, wäre dies ein sehr viel geeigneterer Ort zum Überwintern gewesen als meine Heimat Lepidor.

An Bord des Manta hatte drangvolle Enge geherrscht, denn er war bis zum Platzen voll Priester, Inquisitoren und Sacri gewesen. Die Innenräume waren umgebaut worden, um den Bedürfnissen der Fanatiker Rechnung zu tragen, und es gab nicht nur Mönchszellen, sondern auch ein Refektorium. Der Manta war eines der wenigen Schiffe, die der Domäne wirklich gehörten. Die meisten anderen, die sie während dieser Säuberungsaktion benutzten, hatten sie wohl von einigen tanethanischen Großen Häusern gemietet. Es gab auch eine Reihe Zellen für gefangene Ketzer, obwohl ich nicht wusste, wieso es überhaupt nötig war, sie zu transportieren. Die Domäne wollte stets aufs Neue Exempel statuieren, setzte Verhöre und Scheiterhaufen ein, um die Bevölkerung zu unterjochen – was hatte es also für einen Sinn, Häretiker durch die Gegend zu fahren?

Diejenigen der Passagiere und der Mannschaft der *Polarstern,* die gehen konnten, wurden von Sacri ans Ufer eskortiert, die uns anscheinend alle für Häretiker hielten. Mauriz, der sich ziemlich übel den Kopf angeschlagen hatte, war erst seit knapp zwei Stunden wieder in der Lage, zu sprechen, daher hatte der Inquisitor entschieden, ihn im Tempel von Ilthys zu verhören.

Ilthys ähnelte Ral Tumar in vielerlei Hinsicht: die gleiche Architektur, die gleiche Mischung aus Kuppeln und Gärten und Spitzbögen. Im Gegensatz zu Ral Tumar lag allerdings der größte Teil der Stadt oben auf den Klippen, ihre steilen Mauern verliefen genau an der Kante. Es war ein beeindruckender Anblick. Ich fragte mich, warum die Stadt wohl so gebaut worden sein mochte, denn soweit ich mich erinnern konnte, war sie niemals angegriffen worden.

Die Domäne war bereits auf der Insel, wie ich feststellte, als wir begannen, die steile, kurvige Straße hinaufzugehen, die sich von der Unterstadt aus seitlich die Klippe emporwand. Und zwar in beträchtlicher Zahl. Der Inquisitor war im Unterwasserhafen vom Avarchen und einem weiteren Inquisitor begrüßt worden, der wie ein waschechter Asket aussah.

Obwohl er nach Qalathar weiterwollte, hatte unser Häscher offensichtlich vor, die Nacht im Tempel zu verbringen, denn Ravenna und ich mussten schwere Taschen schleppen. Das war vermutlich immer noch besser, denn als Gefangene die Straße hinaufzumarschieren, aber auch anstrengender.

»Habt Ihr Brüder in Sianor zurückgelassen, die Eure Arbeit dort weiterführen können?«, fragte der Asket unseren Kerkermeister; er verschwand fast neben der massigen Gestalt des Halethiters, der auch vom Auftreten her viel beeindruckender war.

»So viele, wie sich in so kurzer Zeit ausschiffen ließen. Ich werde einige Brüder bei Euch lassen, bevor wir nach Qalathar fahren, damit sie mit einem anderen Schiff nach Sianor zurückkehren können.«

»Schade, dass das Schiff der Renegaten zerstört wurde«, bemerkte der Asket. »Es hätte uns noch von Nutzen sein können.«

»Es hat zu lange Widerstand geleistet.«

»Mir will scheinen, dass diese Technik ein bisschen grobschlächtig ist. Man muss ein Exempel an diesen Häretikern statuieren, anstatt sie auf der Stelle zu töten. Auf hoher See kann niemand dabei zusehen.«

»Wenn Ihr den Magiern ein paar Änderungen vorschlagen wollt – nur zu; sie werden Euch gewiss zuhören.«

»Das werde ich tun, und ich werde eine Botschaft an Midian in Qalathar schicken. Es ist unsere stärkste Waffe, und sie sollte entsprechend eingesetzt werden. Nicht um zu töten, sondern um die Feinde der Gerechtigkeit zuzuführen. Ranthas fällt über alle ein Urteil, doch Er sollte sich nicht mit den Seeelen von Ketzern abgeben müssen.«

Meine Schultern schmerzten unter der schweren Last, während ich gleichermaßen entsetzt wie fasziniert zuhörte, wie die beiden ruhig ihre Schlächtereien diskutierten. Zwölf Männer, deren Leben, selbst als potenzielle Häretiker, ohne Bedeutung war, waren an Bord der *Polarstern* gestorben. Und was die *Avanhatai* anbelangte, so waren sie mit ihrer völligen Vernichtung nicht zufrieden, sondern bedauerten, dass dieses Ende kein Entsetzen gebracht hatte.

Noch interessanter jedoch war die Spannung zwischen den beiden Männern. Der Asket mochte zwar von seinem dynamischen Kollegen überschattet werden, doch er hatte eine beißende Rüge über die plumpe Taktik des anderen angebracht, und dieser war nicht begeistert darüber gewesen. Beruhte das Ganze auf beruflicher Rivalität oder eher auf persönlicher Abneigung? Sie schienen einander nicht besonders gut zu kennen, und ihre Begrüßung war eher kühl und förmlich gewesen.

Und was die beiläufige Annahme anging, die Domäne wäre besser dazu geeignet, über Seelen zu richten, als der Gott, den sie verehrte …

»Ich bin begierig, von Euren Erfolgen zu hören, Bruder«, sagte der Halethiter. Das war kein besonders subtiler Anfang. »Da ich Sianor so schnell wie möglich verlassen habe, um diese Häretiker zur Strecke zu bringen, hatte ich bisher leider keine Gelegenheit, mich davon zu überzeugen, wie effektiv unsere Ankunft war.« Mit anderen Worten: *Ich habe eine Schiffsladung Häretiker gefangen genommen und ein paar weitere getötet – was hast du getan?* Es kam mir eigenartig vor, dass dieser Mann, der über beträchtliches politisches Wissen verfügte, so ungestüm mit dem weltfremden Asketen umging.

»Die drei Tage der Gnade enden morgen. Ich habe bereits eine bekannte Häretikerin ergriffen, die vom Generalinquisitor gesucht wird – sie wird am Markttag vor Gericht gestellt und verbrannt. Innerhalb der Grenzen der Regel ist es ein langsamerer Prozess. Solltet Ihr feststellen, dass Eure Gefangenen schuldig sind, könnten wir eine größere Zeremonie arrangieren.«

Bei diesen Worten verdüsterte sich das Gesicht des Halethiters; er hatte das Tribunal in Sianor nur mit vier Sacri und zwei Inquisitoren besetzt zurückgelassen, weil er unbedingt die *Avanhatai* hatte aufbringen wollen. Hätte er ein paar Minuten länger gewartet, um noch mehr seiner Leute von Bord gehen zu lassen, wäre sichergestellt gewesen, dass in seiner Abwesenheit alles glatt verlief – und bei der Verfolgung des qalatharischen Schiffes hätte es keinen allzu großen Unterschied gemacht.

»Ich erwarte, dass sich der General-Inquisitor höchstpersönlich für diesen Fall interessieren wird.«

»Sicher wird er Euch für Eure gute Arbeit belobigen.«

Sie schwiegen wieder, und meine Aufmerksamkeit wandte sich anderen Dingen zu. Durch die Spitzbögen in der Mauer schaute ich hinaus aufs Meer, das nun schon ein ganzes Stück unter uns lag. Wie die Oberstadt war auch die Straße an der Außenseite von einer Mauer begrenzt, nur war es eine offene Mauer, die einen Blick auf die See erlaubte. An einem Sommertag, wenn das Wasser blau war statt grau und grün, hätte es ein schöner Anblick sein müssen.

Wir hatten die Kuppe noch nicht ganz erreicht, als ich vor uns Hufgetrappel hörte, und als ich zwischen dem Kopf eines Sacrus' und dem Pferd des Asketen hindurchspähte, sah ich drei Reiter aus dem Tor der Oberstadt kommen und vor uns Halt machen, wobei sie den Inquisitoren absichtlich den Weg versperrten.

Der Halethiter zügelte sein Pferd wie ein geborener Reiter, während ein Sacrus das Reittier des Asketen am Zaumzeug packte und mehr oder weniger mühsam zum Stehen brachte. Die Sacri blieben ebenso wie ihre Herren stehen, und hinter uns kam die Marschkolonne abrupt zum Halten.

»Wer wagt es, die Repräsentanten der Domäne an der Ausübung ihrer Pflicht zu hindern?«, verlangte der Halethiter zu wissen.

Der vorderste der fremden Reiter starrte ihn einen Augenblick an; er saß auf einem prachtvollen Hengst mit goldener Mähne, der gut zwei Handbreit höher war als die Pferde der Inquisitoren.

»Ich glaube, Ihr habt ungerechtfertigterweise einen Manta des Clans Scartaris angegriffen und die Besatzung festgenommen. Ist das wahr?«

Der Sprecher war ein noch ziemlich junger Mann, stellte ich fest, ein typischer Thetianer mit dunkelbraunen Haaren und olivfarbener Haut; die Augen blitzten in seinem erregten Gesicht. Seidene Gewänder, eine Goldbrosche auf seiner Tunika – er musste ziemlich hohen Ranges sein. Und er war der Erste, den ich im Archipel zu Gesicht bekam, der nicht bereit zu sein schien, vor einem Inquisitor die Augen niederzuschlagen. Seine Begleiter, die ähnlich protzig gekleidet waren, sahen beide aus, als wären sie es gewohnt, dass man ihnen gehorchte. Die eine war eine Frau mit goldblonden Haaren – die konnten eigentlich nicht natürlichen Ursprungs sein, nicht bei dieser Hautfarbe. Vielleicht war es die Konsulin des Clans Scartaris – sie trug jedenfalls ihre Farben.

»Wer seid Ihr, dass Ihr Euch erdreistet, Ranthas' Werk zu behindern?«, schnappte der Asket.

»Ithien Eirillia, im Namen der Versammlung Gouverneur von Ilthys. Ich bin für das Wohlergehen meiner Landsleute in Ilthys verantwortlich, und das schließt auch diese Menschen mit ein.«

Ich drehte mich zögernd – um nicht aus der Rolle zu fallen – nach Mauriz um, der schwach lächelte. Das Stirnrunzeln, das er zuvor gezeigt hatte, war verschwunden.

»Sie wurden unter dem Verdacht der Häresie verhaftet.«

»Auf Grund welcher Anklage?«

»Ich brauche Eure Fragen nicht zu beantworten. Und jetzt geht aus dem Weg, bevor ich *Euch* wegen Begünstigung von Häresie verhaften lasse.«

Der Halethiter beugte sich zur Seite und flüsterte dem Asketen etwas ins Ohr.

»Ich bin ein Offizier des Thetianischen Kaiserreichs«, erwiderte Ithien, ohne sich von der Stelle zu rühren. »Euer Edikt gibt Euch die Erlaubnis, Häresie im Archipel auszurotten. Aber dies sind thetianische Bürger, und für sie gilt das Edikt nicht.«

»Das Edikt verlangt, dass alle weltlichen Autoritäten mit uns zusammenarbeiten, sonst droht ihnen die Exkommunion.« Was immer der Halethiter auch zu seinem Kollegen gesagt hatte, es hatte den Ton des Asketen nicht gemäßigt. Er war weder Halethiter noch Tanethaner; es war mir praktisch unmöglich, zu sagen, woher er stammte. Ich nahm an, dass er irgendwo weit, weit entfernt von Thetia geboren worden war.

»Das mag wohl sein«, sagte Ithien. »Ihr werdet uns von den Umständen ihrer Festnahme berichten, und sollte sich erweisen, dass es sich um eine stichhaltige Beschuldigung handelt, werden sie vor ein weltliches Gericht gestellt.«

»Aus dem Weg!«, befahl der Halethiter. »Wir sind Geistliche, Repräsentanten von Ranthas auf Aquasilva. Wer uns behindert, behindert Ranthas' Werk. Euer Kaiser hat uns seine volle Unterstützung gewährt, also lasst uns vorbei.«

»Der Kaiser verfügt nicht über so viel Macht wie er glaubt«, sagte Ithien. »Ich komme wieder.«

»Bringt einen Canteni mit, Ithien«, rief Mauriz von weiter hinten. »Denen steht ein Schock bevor.«

»Einen Canteni? Ich bringe einen mit und noch mehr. Vertraut mir, Mauriz.«

Ithien und seine Begleiter wendeten ihre Pferde und trabten zur Stadt zurück, ganz so, als wäre die Domäne gar nicht da. Thetia und die Thetianer schienen noch weit komplizierter zu sein, als ich mir es vorgestellt hatte. Die Arroganz, die Ithien gerade gegenüber Leuten an den Tag gelegt hatte, die vom ganzen Rest der Welt gefürchtet wurden, war einfach atemberaubend. Als Mensch besaß er, wie ich schon bald entdecken sollte, ein ungewöhnlich hohes Maß an Selbstvertrauen. Nicht jedoch für einen Repräsentanten des Kaiserreichs. Und seine Autorität war sogar noch größer als die von Mauriz.

Als die Inquisitoren sich wieder in Bewegung setzten, konnte ich mir immer noch nicht vorstellen, wie Ithien unsere Freilassung erreichen wollte. In der Stadt gab es bestimmt Truppen des Clans Scartaris, doch sie würden den Sacri niemals gewachsen sein, und es war undenkbar, dass die kaiserliche Garnison sich einmischte. Indem er die Waffen gegen die Domäne erhob, würde ein Clan sich selbst der Verdammung anheim geben, egal, wie mächtig er auch sein mochte. Und er konnte die Umstände nicht kennen – warum war er also so zuversichtlich?

Als wir durch die Straßen marschierten, machten die Menschen unserem Zug Platz; auf vielen Gesichtern zeigten sich Angst und Unbehagen, auf manchen sogar Bitterkeit. Was, wie ich feststellte, als sie an mir vorbeiblickten, um den nächsten Sacrus anzustarren, den Häschern und nicht den Gefangenen galt.

Glücklicherweise lag die Oberstadt mehr oder weniger auf einer Ebene; sie stieg nur leicht zu einem festungsähnlichen Palast am hinteren Ende der Stadt hin an, der hier und dort zwischen den Hausdächern zu sehen war. Die Stadt selbst schien irgendwie anders als Ral Tumar, wobei ich nicht sagen konnte, was genau anders war. Außerdem war sie kleiner, und ich sah auch nicht so viele Fremde.

Der Tempel lag wie gewöhnlich an der Hauptstraße in der Nähe des Marktplatzes, eine unwillkommene Unterbrechung der Kolonnaden, die sich links und rechts der Straße dahinzogen. In dieser Hinsicht ähnelte Ilthys eher Taneth, obwohl die Architektur anders war. Selbst der Tempel, drei Stockwerke hoch und mit einem großen blinden Spitzbogen versehen – er war viel zu groß, um eine Tür zu sein –, der die Fassade dominierte, war im Stil des Archipels erbaut worden. War er womöglich älter als die Domäne, ein Thetis-Tempel, den sie übernommen und umgewandelt hatten?

Eigentlich war es ein sehr ansprechender Tempel, auch wenn die Domäne alles versucht hatte, um das zu ändern. Sie führten uns durch eine von Balken getragene Eingangshalle, deren Decke mit Sternen bemalt war, und um das Allerheiligste herum zu den Räumen, die dahinter lagen. Einer der Sacri aus der Eskorte des Asketen erklärte Ravenna und mir, wo wir das Gepäck des Halethiters hinbringen sollten, was wir pflichtgemäß taten, ehe wir wie geheißen in die Halle zurückkehrten. Der Tempel war bereits voll, nachdem das Tribunal des Asketen sich versammelt hatte, und ich fragte mich, wo die anderen Inquisitoren logieren würden.

Die beiden ranghöchsten Inquisitoren waren verschwunden, während ihre Kameraden ein wachsames Auge auf die in der Halle Versammelten hatten. Novizen schoben den langen Tisch beiseite und stellten Stühle für die Inquisitoren auf dem Podest auf. Sie versuchten, die Abläufe zu beschleunigen, dachte ich, vielleicht, um sicherzustellen, dass die Gefangenen verurteilt wurden, ehe die Thetianer auftauchten und alles verkomplizierten.

Doch sie hatten keine Chance, die Verhandlung rechtzeitig zu Ende zu bringen, wie sehr sie sich auch beeilten. Gerichtsverhandlungen dauerten mindestens ein paar Stunden, flüsterte Ravenna mir zu, die neben mir an einer Seite des Refektoriums stand, etwas abseits von den anderen. Soweit ich es sagen konnte, schien man mit uns schon fertig zu sein. Oder würden wir zusammen mit den Mitgliedern des Clans Scartaris vor Gericht gestellt werden, wenn die Inquisitoren zurückkehrten? Ich hatte immer noch Angst, allerdings nicht mehr so sehr wie zuvor. Auch wenn es selbstsüchtig klang – es lag daran, dass ich wusste, dass ich nicht im Zentrum der Geschehnisse stand. Und Mauriz, der sich genau dort befand, schien auf eine ganze Menge Unterstützung zählen zu können.

Die Inquisitoren kehrten erst zurück, als alles an Ort und Stelle war; dann betraten sie die Halle in zeremonieller Weise durch eine Seitentür. Sie wirkten noch beängstigender als zuvor, als sie mit jenem mühelosen Gang, der zu ihren zermürbenderen Eigenschaften gehörte, zu ihren Stühlen auf dem Podest emporglitten.

Sobald sie sich gesetzt hatten und sich noch ein dritter Inquisitor zu ihnen gesellt hatte, gab der Halethiter einem der Sacri ein Zeichen, der mich und Ravenna nach vorne zog und zu der Gruppe im Zentrum stieß. Ich war ein Idiot, dass ich wirklich geglaubt hatte, es könnte anders sein.

Ehe sie begannen, intonierte ein weiterer Inquisitor, der auf einer Seite der Halle stand, ein Gebet, in dem er Ranthas' Segen für ihre Taten erflehte.

»Ihr habt Häretikern und Renegaten Hilfe geleistet und Euch damit des Verstoßes gegen das Universal-Edikt Lachazzars schuldig gemacht«, begann der Asket, sobald die Formalitäten vorüber waren. Er sprach jetzt zu Mauriz, der mit dem Zweiten und Dritten Offizier der *Polarstern* vor der Gruppe stand. »Und Ihr habt damit ein Gesetz gebrochen, das von Ranthas geschaffen wurde, und das höher steht als alle irdischen Gesetze.«

»Wir haben einem Schiff geholfen, das sich in Seenot befand«, erwiderte Mauriz sachlich und machte keinen Versuch, die Schuld auf den Kapitän abzuwälzen, der in der Nacht zuvor gestorben war. »Bevor wir angedockt hatten, war es unmöglich zu sagen, dass es ein Schiff von Renegaten war, wie Ihr behauptet. Wir haben ihnen geholfen, ihr Schiff wieder seetüchtig zu machen.«

»Das ist kein Beweis für Eure Unschuld.«

»Ich brauche meine Unschuld nicht zu beweisen, Inquisitor. Wenn man die kaiserlichen Gesetze zu Grunde legt, habe ich nichts falsch gemacht, genauso wenig wie irgendein Mannschaftsmitglied der *Polarstern.* Wir sind Bürger von Thetia, und wir unterstehen nicht Eurer Gerichtsbarkeit.«

Seine Stimme klang entschieden und geringschätzig. Auf dem Schiff war er sich seiner Sache weit weniger sicher gewesen; diese Zuversicht musste etwas mit Ethien zu tun haben.

»Dies ist ein Gericht von Ranthas, kein Gericht der Menschen. Wir unterwerfen uns den Gesetzen Eures Kaiserreichs nicht, auch ohne das Universal-Edikt. Ihr habt es gehört oder gelesen, Ihr kennt den Wortlaut des göttlichen Gesetzes. Ihr werdet beschuldigt, Häretikern geholfen zu haben, was unter dem Edikt ebenso strafbar ist wie Häresie selbst. Könnt Ihr Eure Unschuld beweisen?«

Es war ein Gericht der Domäne, auf der Grundlage halethitischen Rechts, bei dem von der Schuld der Angeklagten ausgegangen wurde – das genaue Gegenteil des archipelanischen Systems, das die Domäne schon immer ignoriert hatte. Außer vielleicht in Thetia. Wie auch immer, Mauriz blieb durch die plötzliche und unglaublich schnelle Ankunft von neun thetianischen Konsuln und dem Gouverneur eine Antwort erspart.

Kapitel XIII

Die Konsuln strömten durch die Tür, die zum Altarraum führte, ins Refektorium und traten zwischen uns und die Inquisitoren. Einige von ihnen trugen Clanabzeichen; das Burgunderrot der Canteni und das Rot und Silber der Scartaris kannte ich, die anderen jedoch hatte ich noch nie gesehen. Eine Frau war ganz in Schwarz und Gold gekleidet, und ich fragte mich, ob dies vielleicht die Farben des Clans Polinskarn waren und gar nichts mit den Gedankenmagiern zu tun hatten.

Ithien war ebenfalls da, doch zu meinem Erstaunen hielt er sich zunächst etwas im Hintergrund. Stattdessen ergriff einer der Konsuln das Wort, ein älterer Mann mit eisengrauem Haar. Seine Farben waren Himmelblau und Weiß – ein weiterer Clan, den ich nicht kannte.

»Ithien hat mir berichtet, dass Ihr einen Schauprozess führt.« Er zeigte überhaupt keine Ehrerbietung, ein Anblick, der mein Herz wärmte. »Das ist nach thetianischem Recht nicht erlaubt.«

»Ihr behindert Ranthas' Werke«, begehrte der Halethiter auf, doch er wirkte nicht mehr ganz so selbstsicher wie noch vor einem Augenblick zuvor. Ich konnte seine Überraschung verstehen – ich hätte nie gedacht, dass alle neun Konsuln und der Gouverneur auftauchen würden, um die Mannschaft des Clans Scartaris zu retten. Zu welcher Fraktion gehörte Ithiens Clan – Eirillia? Ich war mir nicht sicher, aber ich meinte mich zu erinnern, dass es nicht die war, der Mauriz und Telesta angehörten.

»Wie lautet die Anklage?«, wollte der Sprecher wissen.

»Hilfeleistung für Häretiker.«

Ithien gab ein angeekeltes Geräusch von sich und trat zu Mauriz, um ihn zu fragen, was der Inquisitor meinte. Drei oder vier der Konsuln drehten den Inquisitoren den Rücken zu und gesellten sich zu den beiden, um zuzuhören. Nach einem kurzen Augenblick vergrub ein fetter Mann in Grün und Weiß sein Gesicht in einer übertriebenen Geste der Verzweiflung in den Händen, dann schaute er wieder auf und zuckte traurig die Schultern. Grün und Weiß: Clan Salassa, wenn ich mich recht erinnerte. In der Halle wogte ein derart verwirrendes Aufgebot von Prunk und Pracht, dass man leicht durcheinander kommen konnte.

»Was können wir tun?«, fragte der Mann vom Clan Salassa. Ungläubigkeit schwang in seiner Stimme mit. »Diesmal kann ich es gar nicht glauben, was sie hier versuchen.« Er hatte einen sehr starken

Akzent, und es klang, als sei er noch immer dabei, Archipelanisch zu lernen. Er begann auf die Frau einzureden, die ich für die Konsulin vom Clan Polinskarn hielt, wobei er diesmal auf Thetianisch losratterte und dabei die Inquisitoren, die Sacri und alle anderen völlig ignorierte. Nach einem Augenblick deutete die Polinskarn auf die Inquisitoren, sprach mit den Händen, wie es die Thetianer taten. Es war erstaunlich, wie viel kleiner der Raum wirkte, seit die zehn thetianischen Würdenträger erschienen waren, deren unverständliche Gespräche von der Kuppeldecke widerhallten. Die Halle hatte eine wunderbare Akustik.

»Dies ist ein ordentlich einberufenes inquisitorisches Tribunal«, brüllte der Inquisitor, während einer der Sacri mit dem Heft seines Schwertes auf den Tisch klopfte, um für Ruhe zu sorgen. »Ich werde nicht zulassen, dass dieses Verfahren gestört wird.«

»Wenn ich Ihr wäre, würde ich mir gar nicht erst die Mühe machen«, entgegnete Ithien und kräuselte die Lippen. Er sprach über die Schulter mit dem Inquisitor, ließ sich noch nicht einmal dazu herab, sich richtig umzudrehen. »Erspart Euch den Ärger und lasst sie gehen.«

»Seid vorsichtig, Ithien«, murmelte Mauriz, und in seiner Stimme schwang ein ganz schwacher warnender Unterton mit. »Geht nicht zu weit.«

»Sie tun so, als ob alles ihnen gehört«, sagte der Gouverneur wegwerfend. »Lasst sie einmal von ihrer eigenen Medizin kosten. Ist das wirklich alles, wessen sie Euch anklagen?«

Mauriz nickte. »Ich kann mir nicht vorstellen, dass ein Richter sich das auch nur anhören würde.«

»Richter kennen die Bedeutung des Wortes Gesetz«, sagte Ithien, drehte sich mit einer theatralischen Gebärde um und ging zu dem Sprecher der Konsuln hinüber, um mit ihm zu reden – natürlich wieder auf Thetianisch, vermutlich um die Inquisitoren zu ärgern. Seine übertriebenen Gesten hatten die Leichtigkeit jahrelanger Übung, doch dies war kein Mann, den ich beschuldigt hätte, ein Angeber zu sein.

Ich blickte wieder zu dem Podest hinüber, wo die Inquisitoren saßen und auf uns herabstarrten. Das Gesicht des Asketen war verkniffen und angespannt. Wie konnte so etwas geschehen? Es war unglaublich, dass die Thetianer der Macht der Domäne auf diese Weise die Stirn bieten konnten, ohne Rücksicht auf die Konsequenzen. Sicherlich waren die Clans doch eigentlich diplomatischer? Ich hatte immer gedacht, in der Clan-Politik ginge man mit Raffinesse und Verrat vor, nicht mit dieser beiläufigen Anmaßung, dass sie die Macht hatten, zu tun, was sie wollten. Nach allem, was ich gehört hatte, bestand die Versammlung aus einem Haufen rückgratloser Genussmenschen, die beim ersten Anzeichen von Druck einknickten. Das passte nicht zu dem, was ich hier zu sehen bekam.

Oben auf dem Podest schüttelte der Halethiter als Antwort auf etwas, das der Asket gesagt hatte, den Kopf. Sie schienen einmal mehr nicht der gleichen Meinung zu sein, was für uns eigentlich nur gut sein konnte. Die Sacri standen regungslos da wie immer, und meine Blicke wanderten immer wieder zu ihnen hin. Die Inquisitoren könnten ihnen gewiss befehlen, die Konsuln ebenfalls zu ergreifen. Das wäre zwar kein besonders kluger Schachzug, aber die Thetianer waren hier von jeglicher Unterstützung abgeschnitten.

»Als Kaiserlicher Gouverneur von Ilthys«, verkündete Ithien und brach seine Unterredung mit dem Sprecher der Konsuln ab, »beende ich diese Gerichtsverhandlung, weil sie eine Verletzung der Kaiserlichen und der Clan-Gesetze darstellt.« Das klang ein bisschen diplomatischer, doch damit drängte er sie in die Ecke, sorgte dafür, dass ihnen kein leichter Ausweg offen stand.

»Ich glaube, Ihr versteht nicht recht, Ihr alle«, sagte der Halethiter langsam, als spräche er mit einem Kind, »dass Eure hoch geschätzten Gesetze hier keine Anwendung finden. Wir handeln im Sinne des Universal-Edikts, das sich über jegliche Rechtsprechung hinwegsetzt.«

»Eins verwirrt mich, Mauriz«, sagte Ithien, dessen Aufmerksamkeit schon wieder abgelenkt war; er ignorierte den Inquisitor und wandte sich wieder an Mauriz Scartaris. »Wie haben sie die *Polarstern* beschädigt?«

Mauriz antwortete auf Thetianisch, doch ich wusste mehr oder weniger, was er sagte. Empörung malte sich auf Ithiens Gesicht, und der rundgesichtige Mann vom Clan Salassa sah schockiert aus. Er sagte etwas, und ich fluchte im Stillen, dass ich sie nicht verstehen konnte, weil sie alle Thetianisch sprachen. Zwei weitere Konsuln gesellten sich dazu, und ich sah ihre besorgten Gesichter, während sie sich unterhielten.

»Er sagt, deshalb seien die Inquisitoren so zuversichtlich«, flüsterte Palatine. Der Abgesandte der Canteni schien sie noch nicht bemerkt zu haben; er sprach mit einer Frau mit scharf geschnittenen Gesichtszügen, die Farben trug, die ich zwar schon früher gesehen hatte, jedoch nicht zuordnen konnte.

»Hier zählt nur ein Gesetz«, beharrte der asketische Inquisitor. Er wirkte jetzt wieder zuversichtlicher, fühlte sich sicher in dem Bewusstsein, dass seine Magier die ultimative Antwort auf die Arroganz der Thetianer hatten. »Und das ist das Gesetz von Ranthas, das – wie die Angeklagten herausgefunden haben – über allen anderen Gesetzen steht. Seine Gerechtigkeit wird alle niederstrecken, die sich gegen Ihn versündigen.«

»Ithien sagt, wir brauchen uns keine Sorgen zu machen«, kommentierte Palatine das Geschehen leise weiter. »Er sagt, das mit der Magie verschafft ihnen im Augenblick einen Vorteil, aber es wird schon bald eine Lösung gefunden werden; das sei nichts, worüber man sich Sorgen machen müsste … Die anderen sind nicht seiner Meinung.«

Was vor ein paar Minuten noch eine ordentliche Gerichtsverhandlung gewesen war, verwandelte sich in ein Chaos. Die thetianischen Konsuln beherrschten den Raum, diskutierten in Gruppen von zweien oder dreien erregt miteinander, während Ithien und der Sprecher begonnen hatten, sich mit den Inquisitoren über Rechtsfragen zu streiten. Der Geräuschpegel in der Halle erinnerte eher an einen überfüllten Versammlungsraum als an einen Gerichtshof, vor allem, da in erster Linie die raschen, melodischen Sätze der Thetianer zu hören waren.

»Wie können sie damit durchkommen?«, fragte Ravenna Palatine; sie wirkte im Augenblick überhaupt nicht mehr verdrossen, sondern nur noch verwirrt. »So etwas habe ich noch nie erlebt.«

»Thetia mag nicht mehr so mächtig sein wie einst, und der Kaiser mag die Ereignisse mehr kontrollieren, aber das da sind immer noch die großen Clans. Ithien weiß, dass er in dieser Angelegenheit Unterstützung finden wird.« Palatine schien nervös, allerdings eher aus Vorfreude. Sie hatte sich nie anmerken lassen, dass sie Thetia vermisste, jetzt jedoch fragte ich mich allmählich, ob sie sich vielleicht nur verstellt hatte. Inmitten ihrer Landsleute sprach sie lebhafter und bewegte sich mit einer neuen Vitalität, etwas, das mich gleichermaßen erfreute und beunruhigte. Würde sie vergessen, warum sie hierher gekommen war, und in die Welt zurückgezogen werden, in der sie gelebt hatte, bevor wir uns begegnet waren?

»Aber warum sind sie so zuversichtlich?«, fragte ich und versuchte, mein Unbehagen zu verbergen.

»Die Thetianer beherrschen hier noch immer das Meer. Und wir werden niemals gerichtlich verfolgt werden, in tausend Jahren nicht. Nur der Kaiser kann das tun, aber nicht einmal Orosius wird Inquisitoren oder Scheiterhaufen in Thetia zulassen. Er hat sie nicht unter Kontrolle, das heißt, wenn er sie gewähren lässt, mindert er seine Macht. Sie würden ihm nicht gehorchen, und diesen Gedanken kann er nicht ertragen.« Sie brach ab, als der halethitische Inquisitor ein Buch auf den Tisch knallte und die entstandene Stille nutzte, um selbst wieder das Wort zu ergreifen.

»Unsere Rechte im Archipel sind absolut«, verkündete er und erwartete ganz eindeutig, dass diese Aussage die Diskussion beenden würde. »Die Angeklagten mögen thetianische Bürger sein, aber sie haben das Verbrechen, Häretikern zu helfen, im Archipel begangen.«

»Für so etwas haben wir keine Zeit«, sagte Ithien gereizt; nach seinem Gesichtsausdruck zu schließen hatte er mittlerweile genug von der Hartnäckigkeit der Inquisitoren. Der Sprecher legte ihm beschwichtigend die Hand auf den Arm und flüsterte ihm etwas zu. Ithien nickte, und der Sprecher antwortete.

»Gemäß dem Vertrag von Ral Tumar, den der erste Primarch Temezzar und Kaiser Valdur I. unterzeichnet haben, finden religiöse Gesetze auf Thetia und seine Bürger keine Anwendung. Thetianer, die außerhalb der Grenzen Thetias religiöser Verbrechen beschuldigt werden, müssen vor ein weltliches thetianisches Gericht gestellt werden. Nach weltlichen Gesetzen ist kein Verbrechen begangen worden, also ist diese Gerichtsverhandlung ungesetzlich.«

Als er geendet hatte, ging Ithien zur Tür und klatschte in die Hände. Der Sprecher, der plötzlich beunruhigt aussah, folgte ihm. Ithien sagte etwas, er sagte es sehr grimmig und gebieterisch und deutete auf uns; der Sprecher, der weit weniger reizbar war, deutete auf die Sacri.

»Ihr tätet gut daran, Euch daran zu erinnern, mit wem Ihr Euch anlegt«, warnte der Asket. »Selbst nach Euren eigenen Maßstäben ist die Verachtung, die Ihr Seinen Repräsentanten auf dieser Welt entgegengebracht habt, Häresie.«

Ich vernahm weitere Schritte im Allerheiligsten, und dann tauchte ein Mann in Schuppenpanzer und Kammmuschelhelm neben Ithien auf; ein Marine-Kommandant, nach dem wehenden blauen Helmbusch und dem silbernen Putz auf seinem dunkelblauen Umhang zu schließen. Vielleicht der Kommandant von Ithiens Leibgarde? Ich fand es ziemlich widersinnig, den Marine-Offizier und die Sacri im gleichen Raum zu sehen; die glitzernde, fast schon fremdartige Rüstung des Thetianers wirkte neben der stummen Drohung, die die Fanatiker ausstrahlten, beinahe fehl am Platz.

»Sehr opernhaft«, sagte Palatine nachdenklich. »Obwohl in einer richtigen Oper jetzt ein Hohes Tier erscheinen und die Lösung auf den Tisch legen würde. Die Inquisition kriegt, was sie verdient, das Liebespaar zieht gemeinsam von dannen, der Präsident bekommt seinen Clan zurück und so weiter …«

Ich fand, dass das Ganze eher einer Szene aus einem verschrobenen, unglaublichen Traum ähnelte: Die schreckliche Inquisition, gedemütigt von einer bunt gemischten Horde Thetianer. Ich hätte mir nur gewünscht, dass dieser Auftritt auch meine Angst vor der Inquisition gemindert hätte. Doch selbst jetzt, da ihre Autorität dahin war, waren die beiden Männer auf dem Podest immer noch Menschen, die man fürchten musste.

Ich wusste, dass die Thetianer nicht uns retteten, sondern Mauriz und seine Leute. Ithien war hier, um seine thetianischen Landsleute zu schützen, denn es gab bestimmte Arten von Loyalität, die über alle Clangrenzen hinweg galten.

Durch meine Geburt war ich ebenso Thetianer wie jeder von ihnen, und es war merkwürdig, meinen Landsleuten dabei zuzusehen, wie sie in einer Sprache miteinander stritten, die ich nicht verstand. Ich fühlte mich nicht wie einer von ihnen. Sie lebten in einer Welt, mit der ich nicht die geringste Erfahrung hatte. Ich war mir nicht ganz sicher, ob ich diese Welt tatsächlich kennen lernen wollte, doch andererseits wollte ich mich keineswegs für immer davon ausschließen.

»Geht alle hinaus«, ordnete Ithien an. »Beeilt Euch. Um Eure Habseligkeiten kümmern wir uns später.«

»Der General-Inquisitor wird von dieser Angelegenheit erfahren«, schnappte der Halethiter, sprang auf und winkte die Sacri, die sich in Bewegung gesetzt hatten, um den Ausgang zu blockieren, zornig wieder zurück. »Er und der Kaiser werden hören, was Ihr getan habt, und dann werden wir ja sehen, ob Ihr auch ihnen trotzen könnt.«

»Ich lasse Euer Gepäck nach häretischen Texten durchsuchen«, schickte der Asket uns noch hinterher.

»Tut das«, erwiderte Ithien, während wir Mauriz, Telesta und dem Rest der Mannschaft zur Tür folgten. Palatine klopfte Mauriz auf die Schulter und sagte etwas auf Thetianisch zu ihm, worauf er leise antwortete; sie wirkte erleichtert.

Wir waren befreit worden, ohne dass ein einziger Schwerthieb geführt worden war, doch als wir die Halle verließen, um die Ecke des Allerheiligsten bogen und an der ewigen Flamme vorbeigingen, erinnerte ich mich an den Blick des Inquisitors und fühlte mich nicht ganz so erleichtert. Für jeden von uns, der ihnen noch einmal in die Hände fiel, waren die Aussichten düster, und Midian würde von dieser Angelegenheit erfahren, so rasch der Inquisitor ihm eine Nachricht zukommen lassen konnte. Midian hasste die Bewohner des Archipels schon jetzt, und diese Episode würde ihm Thetia nicht gerade ans Herz wachsen lassen.

Der Weihrauchgeruch aus dem Altarraum folgte uns, als wir in die Nachmittagsluft von Ilthys hinaustraten, umgeben von grinsenden thetianischen Soldaten, die nur allzu froh zu sein schienen, dass sie nicht hineingerufen worden waren, um einzugreifen. Wobei die Soldaten nicht alle zu Ithiens Wachen gehörten; alle Konsuln hatten eine Abteilung mitgebracht, wenn auch nur die Männer des Gouverneurs gepanzert waren. Ich fragte mich, ob Ithiens Wachen wohl zu kämpfen verstanden, oder ob ihre Rüstungen und Helme nur für den Exerzierplatz geeignet waren.

Eigentlich hatte ich erwartet, vor der Tür eine Menge Schaulustige zu erblicken, doch dem war nicht so. Nur ein paar Passanten, die wahrscheinlich erstaunt waren, alle neun Fraktionen zusammenarbeiten zu sehen, starrten neugierig zu der großen Gruppe Thetianer herüber.

»Manchmal kann man Thetianer doch ganz gut gebrauchen, findest du nicht, Vetter?«, bemerkte Palatine lächelnd. Es war das erste Mal, dass sie mich so nannte, und es erschien mir irgendwie fehl am Platz. Andererseits jedoch vielleicht auch wieder nicht. Ich nickte glücklich, froh darüber, mich nicht mehr in den Händen der Domäne zu befinden, doch noch ehe ich etwas sagen konnte, stieß plötzlich einer der weniger aufmerksamen Thetianer einen verblüfften Schrei aus, und schlagartig bildete sich eine Menschentraube um Palatine.

»Palatine!« Der Abgesandte der Canteni wirkte wie betäubt, als hätte er gerade ein Gespenst gesehen. Und in gewisser Weise hatte er das natürlich auch getan. »Du lebst! Ich dachte, ich hätte dich da drin irgendwo gesehen, aber ich wollte nichts sagen, falls du Ärger mit diesen Aaskrähen hast.«

»Ich bin sogar sehr lebendig«, sagte sie auf Archipelanisch. Dann redete sie auf Thetianisch weiter. Die Taten des anderen sprachen allerdings für sich, denn einen Augenblick später trat der Canteni-Konsul – ein großer Mann, der mehrere Jahre älter war als Palatine – vor und umarmte sie. Das war das Signal für einen Schwall aufgeregter Stimmen, als die ungläubigen Konsuln einen ganzen Wust von Fragen auf sie losließen.

Ravenna und ich standen ein paar Schritte abseits und schauten zu. Es schmerzte, sich bei einem so offensichtlich freudigen Ereignis ausgeschlossen zu fühlen. Alle schienen erfreut, Palatine zu sehen, doch während es für einige – den fetten Salassa, den Sprecher, die Frau mit den scharf geschnittenen Gesichtszügen, zwei weitere ältere Konsuln – einfach nur die Freude war, eine Kollegin, die sie für tot gehalten hatten, höchst lebendig anzutreffen, war es für ein paar andere etwas ganz anderes.

Für den Canteni und die drei jüngeren Konsuln schien Palatine mehr zu sein als eine thetianische Aristokratin, die von den Toten auferstanden war. Die ernste Polinskarn-Konsulin mit dem traurigen Gesicht umarmte sie stürmisch, und ein großer Mann in Meergrün tat, als wäre sie seine lang verschollene Schwester.

Noch erstaunlicher war, dass der arrogante, gebieterische Ithien zu ihr höflicher war als zu allen anderen. Und sie erwiderte seine Höflichkeit, was mich überraschte; ich musste daran denken, wie sie Mikas Rufele, der Ithien gar nicht so unähnlich war, in der Zitadelle behandelt hatte. Es war ein erstaunlicher Kontrast. Als ich jedoch zusah, wie sie sich begrüßten, wurde mir klar, dass sie mehr waren als nur Bekannte, dass Ithien einer ihrer Freunde in Thetia gewesen sein musste. Ich sah, wie er sie irgendetwas fragte und bemerkte ihre gespielte Empörung. Und dann wurde ich Zeuge von etwas, das ich noch nie gesehen hatte. Sie ließ sich von ihm küssen.

Er tat es sehr förmlich, doch es war das erste Mal, dass ich sie eine solche Vertraulichkeit zulassen sah. In gewisser Weise war sie hier und jetzt wirklich heimgekehrt, und vielleicht hatte es ja auch damit zu tun. Doch für Palatine, den reserviertesten Menschen, dem ich je begegnet war, war so etwas dennoch unerhört.

Es war ein kurzer, bewegender Augenblick, dann setzten sich die Soldaten in Bewegung, und wir wurden von der Woge mehr oder weniger mitgerissen. Ich wusste nicht, wo wir hingingen, und ich wollte nicht fragen. Wir würden schon bald genug ankommen.

»Palatine hat mir erzählt, was sich in Eurem Gepäck befindet«, sagte Mauriz, der plötzlich an meiner Seite auftauchte. »Man wird sich darum kümmern.«

»Warum verhalten sie sich Palatine gegenüber so?«, fragte Ravenna. Sie sprach nur ungern mit Mauriz, doch im Moment war niemand anderes da.

Er musterte sie eine Sekunde lang scharf. »Durch ihren Tod ist sie für die Republikaner fast zu einer Märtyrerin geworden. Sie war schon vorher so etwas wie eine Ikone, einfach weil sie die Tochter ihres Vaters war, aber ich glaube, heute bedeutet sie uns mehr, als Reinhardt es je getan hat. Ich glaube, diesmal wird sich der Kaiser sehr gründlich überlegen müssen, ob er etwas gegen sie unternimmt.«

Dann war Mauriz wieder fort, und kurz darauf sah ich ihn mit einem älteren Konsul sprechen, dessen Gesichtszüge von einem ausschweifenden Leben zeugten. Ich hatte keine Ahnung, zu welchem Clan er gehörte, oder welche der vielen Farben, die er trug, die offiziellen waren. Die Älteren sahen mit Ausnahme der Frau mit den strengen Gesichtszügen alle aus wie Menschen, die das Leben in vollen Zügen genossen hatten. Sie entsprachen mehr meiner Vorstellung von Thetianern als Mauriz oder Ithien.

Während wir hinter den Thetianern her trotteten, fühlte ich mich zum ersten Mal ausgeschlossen. Diese Konsuln gehörten fast schon zu einer anderen Welt, einer Welt, die Palatine gut kannte, zu der jedoch weder ich noch Ravenna jemals gehört hatten.

Wir überquerten den Marktplatz und folgten dabei Mauriz, der von allen, die wir kannten, am besten zu sehen war. Aus einem Laden wehte der Duft von gebratenem Fleisch zu uns heran, und ich stellte fest, dass ich hungrig war. Der Inquisitor hatte an Bord des Schiffes gut gegessen, was jedoch das Essen der Akolythen anging, das man uns gegeben hatte ... Kein Wunder, dass die Inquisitoren niederen Rangs so begierig waren, ihre Inbrunst zu beweisen und die Leiter zu Macht und Status ein bisschen höher hinaufzuklettern. Oder setzten sie den Akolythen absichtlich einen solchen Fraß vor, damit sie immer schlechte Laune hatten? Mauriz täte gut daran, uns nicht von den anderen auszuschließen, wenn es im Konsulat etwas zu essen gab – zumindest was das Essen anging, hatte ich nämlich die Nase voll davon, ein Diener zu sein.

Wir gingen allerdings gar nicht zum Konsulat. Direkt vor uns, hinter einer freien Fläche mit einem Springbrunnen, die wie eine Mischung aus einem Platz und einer Straßenbucht wirkte, lag der Palast des Gouverneurs. Er war kleiner als der in Ral Tumar, und ihm fehlten die großen Tore und die Befestigungsanlagen. Dieser hier wirkte eher wie ein etwas größeres Konsulat.

Ithien und ein paar Konsuln hatten beim Springbrunnen Halt gemacht und unterhielten sich. Es schienen nicht mehr so viele zu sein wie vor dem Tempel, und sie wurden von einem Teil der Soldaten begleitet. Die Frau mit den scharfen Gesichtszügen war nicht mehr dabei, und ich glaubte, dass auch einer oder zwei von den anderen verschwunden waren. Palatine war in ein Gespräch mit Ithien vertieft; sie war in ihre alte Welt zurückgeschlüpft, als hätte sie sie niemals verlassen.

Als wir stehen blieben, löste sich der unordentliche Zug auf. Die Konsuln sagten Ithien Lebewohl und schritten mit ihren Wachen davon, bis schließlich nur noch Palatine, Ithien, Mauriz und Telesta übrig blieben. Ithiens Truppenkontingent stand ein paar Schritte weiter vor der Tür des Gouverneurpalastes.

Palatine schaute sich um, sah uns und winkte uns zu sich heran. Plötzlich wirkte sie ein bisschen zerknirscht. »Es tut mir Leid, ich hätte euch nicht allein lassen sollen, aber ich bin von dem Ganzen einfach mitgerissen worden. Kommt her. Ithien, dies ist Ravenna Ulfhada, sie ist eigentlich eine Qalathari, und das hier ist Cathan Tauro, er ist eigentlich Thetianer.«

»Ich freue mich, Euch kennen zu lernen.« Ithien ließ seinen Blick höflich über uns gleiten. Er mochte arrogant sein, doch er hatte zweifellos Manieren. »Und warum seid Ihr verkleidet?«, erkundigte er sich und lächelte neugierig.

Er hatte es sofort bemerkt – war das Färbemittel schon teilweise verblasst, oder sah er einfach nur sehr genau hin?

»Wir hatten eine kleine Meinungsverschiedenheit mit ein paar Inquisitoren«, erwiderte ich, was auch der Wahrheit entsprach. »Das hier war Mauriz' Idee.«

»Jeder, der anderer Meinung ist als diese Parasiten, ist mein Freund«, sagte er. »Kommt herein.«

Wir folgten diesem eigenartigen, ebenso unbekümmerten wie zuversichtlichen Mann in den Palast, dessen Inneres ziemlich stark dem Konsulat der Scartaris' in Ral Tumar ähnelte. Alles war etwas größer, dachte ich, als ich mich umschaute, und die Bögen der Kolonnaden waren etwas feiner verziert. Der Duft frischer Pflanzen und ein Plätschern drangen vom Garten her in den Hof, wo ein mit stilisierten Blättern verzierter Springbrunnen drei dünne Wasserstrahlen in die Luft spie; in den fallenden Wassertropfen brach sich das Licht.

Als sich die Tür hinter uns schloss und der Straßenlärm wie abgeschnitten aufhörte, hatte ich erneut jenes eigenartige Gefühl, in einer anderen Welt zu sein, das ich auch schon im Haus der Scartaris' gehabt hatte. Traditionelle thetianische Fresken bedeckten die Wände, und irgendwo im Innenhof konnte man einen Gärtner die Büsche schneiden hören. Es war ein besonderer Ort, auf einer anderen, entspannteren Ebene der Existenz als die Welt dort draußen.

»Ilthys ist ein ziemlich verschlafenes Nest«, meinte Ithien entschuldigend. »Geschäftig genug für den Archipel, aber kein Vergleich mit Ral Tumar oder selbst mit einer kleineren thetianischen Stadt wie Sommur. Oder Mons Ferranis. Obwohl das schon ein sehr merkwürdiger Ort ist.«

»Wieso?«, fragte Ravenna.

»Die Atmosphäre dort ist anders als in jeder anderen Stadt des Archipels«, erklärte er. »Die Leute sagen, es ist wie Taneth, nur zivilisierter.« Vom thetianischen Standpunkt aus war das bestimmt so. Und dass es dort anders war, war in Anbetracht der Tatsache, dass die Mons Ferrataner weder mit den Bewohnern des Archipels noch den Cambressianern verwandt waren, nicht wirklich überraschend.

Ithien hatte allerdings nicht vor, sich länger mit diesem Thema aufzuhalten. »Cathan, Ravenna, solange Ihr hier seid, braucht Ihr nicht wie Bedienstete in solchen Lumpen herumzulaufen. Ich werde meinen Haushofmeister beauftragen, ein paar seidene Gewänder für Euch herauszusuchen. Nicht zu auffällig, Ihr braucht den Inquisitor ja nicht bewusst auf Euch aufmerksam zu machen, aber besser als das, was Ihr da anhabt. Mauriz, Ihr habt doch nichts dagegen, dass ich sie angemessen einkleide? Das Vorrecht eines Gouverneurs.« Er schien der Ansicht zu sein, dass wir uns in seiner Sphäre befanden, auch wenn genau genommen Mauriz für uns verantwortlich war.

Einige Zeit später fühlten wir uns deutlich besser und wurden durch die nach hinten hinaus gelegenen Räume des Palasts in einen von Mauern umgebenen Garten geführt. Wasser floss über Terrassen, die auf einem künstlich aufgeschütteten Erdhügel angelegt waren, nahm plätschernd seinen Weg durch eine Reihe kleiner Teiche. Gleich neben dem am tiefsten gelegenen dieser Teiche standen, teilweise von einer hohen halbkreisförmigen Hecke verborgen, ein paar Steinbänke, auf denen die vier Thetianer saßen. Ein Diener hatte ein

Tablett mit Getränken herausgebracht – blauen Wein in hohen, schlanken Gläsern –, und Ithien brachte einen Trinkspruch auf Palatine aus. Dann lehnte ich mich gegen die Hecke, ließ mich ein bisschen in die etwas kratzigen Zweige sinken und fühlte mich zum ersten Mal seit jenem Morgen vor etwas mehr als einer Woche, als die Inquisitoren in Ral Tumar an Land gegangen waren, wirklich entspannt.

»Mauriz«, begann Ithien bestimmt, »ich glaube, jetzt wäre es an der Zeit, mir zu erklären, warum Ihr all diesen Ärger verursacht habt – warum in Ranthas' Namen Ihr überhaupt nach Qalathar wolltet.«

Mauriz erzählte es ihm, und als er fertig war, betrachtete Ithien mich nachdenklich.

»Ja, da gibt es eine Ähnlichkeit, und sie wäre noch größer, wenn er die richtige Haarfarbe hätte. Dann müssen also all diese Geschichten wahr sein, die wir über die Nacht, in der der Kaiser geboren wurde, gehört haben. Und das wirft auch ein ganz neues Licht auf das angebliche Komplott des Kanzlers, wenn es dabei um den Diebstahl eines Säuglings gegangen ist.«

»Meint Ihr Kanzler Baethelen?«, fragte ich unsicher.

»Ihr wisst davon?« Ithien zog die ausdrucksvollen Augenbrauen hoch. »Ihr wisst, was mit Euch geschehen ist?«

»Als Baethelen in Ral Tumar gestorben ist, hat er mich einem Mann aus Ozeanus – meinem Vater – übergeben.«

»Jahrelang sind immer wieder Gerüchte aufgekommen, dass der damalige Kanzler Baethelen Salassa zusammen mit der Kaiserin in ein Komplott verwickelt war«, erklärte Mauriz, an Ravenna gewandt. »Er soll angeblich in der Nacht nach Cathans Geburt ermordet worden sein, aber das haben nicht alle geglaubt. Etwa um die gleiche Zeit ging die Delfinkrone verloren, und die Leute dachten, er hätte sie aus irgendeinem Grund gestohlen, selbst als sie später wieder aufgetaucht ist. Wir haben immer gedacht, es wäre eine dieser Geschichten, die zwar die Runde machen, aber keine Grundlage besitzen. Offensichtlich war das nicht der Fall.«

»Da muss noch viel mehr dahinter stecken«, sagte Ithien. »Baethelen kann so etwas niemals allein getan haben. Er muss Hilfe gehabt haben, das heißt, dass mindestens ein weiteres hochrangiges Mitglied des Hofes darin verwickelt war. Und warum haben sie es getan?« Er machte eine Pause. »Ihr seid sein Zwillingsbruder, Cathan, nicht wahr?«

Ich nickte.

»Und wir haben alle gedacht, diese ganze Geschichte mit den Zwillingen sei zu Ende gegangen, als Valdur die Macht an sich gerissen hatte.« Er warf einen Blick in die Runde. »Was ist mit all den anderen Zwillingen geschehen? Alle Kaiser seit Valdur müssen Brüder gehabt haben, aber die sind samt und sonders spurlos verschwunden.«

»Und, was noch wichtiger ist«, fügte Telesta hinzu, »Cathan hat noch einen anderen Onkel. Denkt einmal nach: Aetius V., Cathans Großvater, hatte drei Kinder, von denen wir wissen. Valentin, Perseus und Neptunia. Valentin hätte eigentlich den Thron erben sollen, doch er wurde bei einem Unfall getötet, also wurde Perseus Kaiser. Neptunia ist natürlich Palatines Mutter. Von Rechts wegen hätte Valentin einen Zwillingsbruder haben müssen.«

»Das ist Vergangenheit, Telesta«, sagte Mauriz wegwerfend.

»Nein, das ist es nicht«, beharrte sie. »Wenn Valentin überlebt hätte, wäre er jetzt in den Fünfzigern. Falls er einen Bruder gehabt hat, könnte er immer noch am Leben sein.«

»Dann werden wir eben Nachforschungen anstellen«, meinte Palatine. »Aber selbst wenn er existiert, ist er sein ganzes Leben lang irgendwo versteckt worden und für uns nicht weiter von Bedeutung. Viel wichtiger ist, dass wir jetzt eine Chance haben – eine Chance, Orosius abzusetzen. Eine solche Gelegenheit kommt so schnell nicht wieder.« Sie wirkte jetzt lebendiger als je zuvor, seit ich sie kannte.

»Was wir tun, tun wir nicht nur für Thetia«, erinnerte Telesta die anderen. »Es geht auch darum, dem Archipel zu helfen.« Trotzdem blieb das unterschwellige Gefühl, dass das zweitrangig und Thetia viel wichtiger war.

»Aber natürlich«, pflichtete Ithien ihr bei. »Im Archipel beginnt schließlich alles. Es sind schlimme Zeiten, die Inquisition ist außer Rand und Band und verbreitet überall ihr Zerrbild von Gerechtigkeit. Schon jetzt gibt es viel Unzufriedenheit, und überlegt nur, was geschehen wird, wenn sie erst Qalathar erreichen.«

»Dann wird es mehr als Unzufriedenheit geben«, sagte Ravenna. »Tribunale, Scheiterhaufen, Denunzierungen ... Habt Ihr eine Ahnung, wie das ist?«

Ithien schien ein wenig verstimmt zu sein, dass er unterbrochen worden war, doch er nickte ihr taktvoll zu. »All das muss verhindert werden, o ja. Sie vernichten sonst den Archipel.« Sein Bedauern hatte wahrscheinlich mehr mit finanziellen Verlusten und eingeschränkten Möglichkeiten zu tun, mit dem Schaden, den die Bilanz des Clans nehmen würde, als mit den Menschenleben, die das Vorgehen der Inquisition kosten würde.

»Wir dürfen aber nicht zu offen vorgehen«, warf Telesta ein. »Wir müssen uns vergewissern, dass wir Unterstützung finden werden, ehe wir losschlagen. In Qalathar muss es genug Leute geben, auf die wir uns verlassen können.«

»Streut Gerüchte.« Das war Mauriz. »Gerüchte sind immer mächtig. Verbreitet, dass ein Anführer kommen wird – das wird sich schnell in ganz Qalathar herumsprechen, und die Menschen werden daran glauben.«

Ich verlagerte mein Gewicht auf der Steinbank. Der Marmor war noch immer ziemlich kalt, und die Zweige der Hecke bohrten sich nun ungemütlich in meinen Rücken.

»Das Problem ist, die Unabhängigkeitsbewegungen in Qalathar und Thetia miteinander zu verbinden«, meinte Palatine. Sie schien Zweifel zu haben. »Benutzt Ihr Qalathar auch nicht nur, um in Thetia eine Revolution zu beginnen? Das hätte der Archipel nicht verdient.«

»Wir brauchen die Flotte«, sagte Ithien und nickte zustimmend. »Wenn wir es schaffen, die Admiräle auf unsere Seite zu bringen, entziehen wir dem Kaiser die Unterstützung und sind gleichzeitig in der Lage, Qalathar zu schützen. Und für die Flotte brauchen wir den Marschall«, fügte er hinzu und sah Palatine bedeutungsvoll an.

Ich ließ meine Blicke durch den Garten schweifen und überlegte dabei, ob sich wohl jemand hinter den Hecken oder den Feigenbäumen versteckte. Die Diskussion, die hier geführt wurde, war Hochverrat, und Ithien schien keinerlei Vorsichtsmaßnahmen gegen mögliche Lauscher getroffen zu haben. Kümmerte es ihn überhaupt? In den gut zwei Stunden, die ich ihn nun kannte, hatte er öffentlich die Inquisition, die Domäne als Ganzes und den Kaiser beleidigt.

»Den Marschall?«, wiederholte Palatine, und Zweifel schwangen in ihrer Stimme mit. »Wir reden davon, den Kaiser zu beseitigen, um Ranthas' willen. Du willst doch wohl nicht den Marschall in die Sache mit hineinziehen. Er hat den Tar'Conanturs mehr als zweihundert Jahre lang gedient – glaubst du wirklich, er wird sich nun gegen sie wenden? Selbst wenn Orosius nicht gerade eine Zierde dieser Familie ist?«

»Er verachtet Orosius, oder nicht?«, fragte ich, denn ich erinnerte mich an ein Gespräch vor ein paar Monaten im Garten unseres heimischen Palasts in Lepidor. Wenn ich sie dazu bringen konnte, tatsächlich Tanais in diese Angelegenheit mit hineinzuziehen, könnte mir das in mancherlei Hinsicht mehr Einfluss verschaffen. Ich mochte zwar in ihren Händen sein, doch das hieß nicht, dass ich keine eigenen Pläne hatte – auch wenn sie verglichen mit dem, worüber die Thetianer sprachen, eher klein waren. »Er hat gesagt, Orosius wäre nicht gerade ein Aktivposten für die Tar'Conanturs, und er wollte mir nicht sagen, wer ich bin. Vielleicht bedeutet das, dass er selbst Pläne hat.«

Palatine warf mir einen argwöhnischen Blick zu, während Mauriz sagte: »Der Marschall ist so oft nicht da, dass wir es auch ohne ihn schaffen könnten. Wenn wir Admiral Charidemus und ein paar andere auch nur überreden können, neutral zu bleiben, sollte das schon reichen. Alles, was wirklich zählt, ist, dass die Flotte den Kaiser nicht unterstützt.«

»Das muss alles noch viel gründlicher durchdacht werden«, sagte Palatine entschieden. »Außerdem haben wir Cathans Zustimmung noch nicht, die wir brauchen, und wir müssen ganz genau planen. Zieht unsere Verbündeten hinzu, stellt sicher, dass wir gemeinsam und im richtigen Augenblick losschlagen. Nichts Hitzköpfiges und keine Alleingänge. Einverstanden?«

Die Thetianer wechselten Blicke, und Ithien nickte widerwillig; er war es nicht gewöhnt, nicht selbst das Sagen zu haben.

»Plant, aber wartet nicht zu lange«, sagte Mauriz gebieterisch. »Wir haben die Gelegenheit. Thetia darf nicht länger unter dem Joch des Tyrannen leiden.«

Während sich das Gespräch anderen, weniger explosiven Themen zuwandte und Ithien und Mauriz Palatine gemeinsam berichteten, was während der letzten zwei Jahre in Thetia geschehen war, gingen mir Mauriz' letzte Worte im Kopf herum.

Mittlerweile war mir mit schmerzhafter Deutlichkeit klar geworden, dass Fanatismus nicht nur aus religiösen Überzeugungen entstehen konnte. Den religiösen Fanatismus hatte ich aus viel zu geringem Abstand erlebt, als mir lieb gewesen wäre, doch Politik war schon immer ein tödliches Spiel gewesen, voller Intrigen und Komplotte. Macht und Ehrgeiz waren überall auf der Welt politische Konstanten; die thetianischen Republikaner jedoch wurden noch von weit mehr angetrieben. Sie folgten einer Ideologie, was sie in gewisser Weise auf eine Stufe mit der Domäne stellte.

Mir war, als hätte man einen Kübel eiskaltes Wasser über mich ausgeschüttet; so groß war der Schock, zu sehen, wie Mauriz' kultivierte, elegante Fassade Risse bekam und der Fanatiker dahinter zum Vorschein kam. Natürlich war er ›nur‹ ein fanatischer Republikaner und somit vielleicht weniger blutrünstig als die religiösen Eiferer der Inquisition, doch das war nur eine Frage der Abstufung. Ithien mit seinem überlegenen Getue und seiner Taktlosigkeit war nicht besser. Sein Fanatismus war von anderer Art, überdeckt von Arroganz und dieser erstaunlichen Selbstsicherheit, doch er war trotzdem vorhanden.

Und Palatine, die zwei Jahre lang meine engste Freundin gewesen war, von der ich gedacht hatte, dass sie Thetia weit hinter sich gelassen hätte – sie steckte mittendrin in all dem. Sie schauten zu ihr auf; für sie war sie genauso eine Ikone wie Lachazzar es für die rigorosesten Fundamentalisten der Domäne war. Sie war schon immer eine Anführerin gewesen, die brillant planen konnte, doch in der Zitadelle oder in Lepidor hatte das nicht allzu viel bedeutet. Hier, im Herzen des Archipels, nur ein paar tausend Meilen von Thetia entfernt, stand viel mehr auf dem Spiel.

Ich schaute Ravenna an, während die Thetianer sich unterhielten und uns nicht weiter beachteten und sah einen ganz bestimmten Ausdruck auf ihrem Gesicht – ganz kurz nur, bevor sie bemerkte, dass ich sie ansah, dann lächelte sie mir schwach zu. Ich war beunruhigt, denn sie hatte eine Entschlossenheit ausgestrahlt, eine Sicherheit, die ich lange nicht mehr an ihr gesehen hatte. Sie war zu irgendeinem Entschluss gekommen, und sie wollte nicht, dass ich etwas damit zu tun hatte. Wäre ich ein bisschen aufmerksamer gewesen, so hätte ich begriffen, was das zu bedeuten hatte. Doch das tat ich nicht – bis es zu spät war.

Kapitel XIV

Zwei Tage später klopfte Ravenna an meine Tür, während ich auf meinem Bett im Konsulat des Clans Scartaris lag und dem Regen lauschte, der gegen die Läden prasselte.

Im Verlauf des Nachmittags war ein Wintersturm über Ilthys hereingebrochen und hatte alle in den Häusern Schutz suchen lassen. Es war natürlich längst nicht so schlimm wie es in Lepidor gewesen wäre; da es hier keine Berge gab, die Turbulenzen erzeugen konnten, fegte der Sturm einfach nur über die flachen Hügel der Insel. Es war eigenartig, zum Himmel aufzublicken und nicht den schwachen, fast unsichtbaren Schimmer eines Aether-Schilds zu sehen, der die Stadt abschirmte, und ich kam mir ohne ihn völlig ungeschützt vor.

Natürlich brauchten sie hier keinen Aether-Schild. Ein Sturm bedeutete für Ilthys nichts weiter, als dass die Fenster geschlossen wurden und niemand nach draußen ging. Das Konsulat lag in der Oberstadt zum Meer hin, und ich konnte schwach die Wogen hören, die gegen den Fuß der Klippen brandeten; dies und der Regen waren jedoch die einzigen Anzeichen dafür, dass hier ein Sturm wütete.

Ithien hatte uns an diesem Abend zum Zeitvertreib ein thetianisches Kartenspiel beigebracht. Es wurde mit einem besonderen Blatt gespielt, das aus deutlich mehr Karten bestand als üblich, und es gehörte unweigerlich eine Menge Feilschen dazu. Sie nannten es

Cambarri, und es war anscheinend in der einen oder anderen Form das populärste Spiel in ganz Thetia, ein Spiel, das verwirrend komplex werden konnte, wenn es von wahren Könnern gespielt wurde.

Und Ithien und Mauriz *waren* Könner. Palatine wusste, wie man spielte, war jedoch sehr aus der Übung; Telesta schien nicht sehr viel gespielt zu haben, während Ravenna und ich absolute Neulinge waren, die ihre Spielmarken sehr schnell los waren. Glücklicherweise spielten wir nicht um Geld, Getränke oder einen der anderen Einsätze, die im Spiel erwähnt wurden. Irgendjemand hatte einen Haufen kleine Münzen von geringem Wert mitgebracht, die stattdessen benutzt wurden.

Cambarri war ein Spiel, das sehr lange dauern konnte, und als ich es einmal schaffte, mich zwei Minuten lang gegen Palatine zu behaupten, konnte ich sehen, wo der Reiz lag, der es zu einer wahren Sucht machen konnte. Wir hörten nach thetianischen Maßstäben ziemlich früh auf, denn selbst wenn Mauriz und Ithien uns alle Vorteile gewährten, so gewannen sie doch immer noch leicht. Es war schwer zu sagen, wie viele von Ithiens Geschichten über vergangene Spiele wahr waren, aber ich war froh, dass wir nicht die Gäste des Präsidenten des Clans Decaris waren, des Clanführers, der als der dekadenteste von allen galt und dessen Feste berüchtigt waren.

Die anderen schienen solche Berichte ernst zu nehmen. Eirillia – Ithiens Clan – war, wie ich herausfand, ein Teil der Decaris-Fraktion und hatte eine Menge Vermögenswerte in Ilthys, genug, dass der Repräsentant der Decaris-Fraktion ein Eirillia war – der in Himmelblau und Weiß gekleidete Konsul, der als Sprecher fungiert hatte. Doch trotz dieser Verbindung empfand keiner von ihnen auch nur ein Fünkchen Respekt für den Präsidenten des Clans Decaris.

Es war fast Mitternacht, als wir aufhörten, daher ging ich zurück zu meinem Zimmer, wobei ich unterwegs ziemlich nass wurde. Ravenna und ich waren in einem separaten Gebäude im Garten untergebracht, das mit dem Konsulat durch einen gedeckten Gang verbunden war, der allerdings wenig Schutz vor dem vom Wind gepeitschten Regen bot.

Ich war ruhelos, unfähig, mich auf den Roman aus dem Archipel zu konzentrieren, den ich mir geliehen hatte, und ganz und gar nicht müde, daher war es eine Erleichterung, als ich Ravenna an die Tür klopfen hörte.

Sie trug zwei Tassen mit dampfendem thetianischem Kaffee. Dankbar nahm ich eine davon und bot ihr den einzigen Stuhl im Raum an, während ich mich aufs Bett setzte. Es war kein besonders großes oder beeindruckendes Zimmer und ganz offensichtlich dafür gedacht, irgendwelche jungen, nicht allzu hochrangigen Mitglieder einer zu Besuch im Konsulat weilenden Delegation zu beherbergen, doch es war sehr viel bequemer als eine Büßerzelle an Bord des Manta der Domäne.

»Kannst du auch nicht schlafen?«, fragte ich und war mir nicht sicher, ob ich die Antwort glauben sollte. Es war eine freundliche Geste von ihr, mir Kaffee zu bringen, aber das hatte sie ganz sicher nicht ohne Grund getan. Vor allem, wenn man bedachte, wie die Dinge zwischen uns im Moment standen.

Sie nickte. »Ich bin wohl nicht an die Stürme hier gewöhnt. Oder vielleicht kommt es auch von dem Spiel. Hamilcar hätte es vielleicht gefallen, wegen dem vielen Handeln, und Palatine weiß zumindest schon, wie man spielt, aber ich war eine glatte Null.«

»Nicht schlechter als ich.« Ich nahm einen Schluck Kaffee, der zum Glück nicht zu heiß war. In anderen Teilen des Archipels tranken sie ihn fast kochend, aber dafür war es in Thetia vermutlich zu warm. »Oder Telesta. Die ist vielleicht Thetianerin – sie war fast genauso schlecht wie wir beide.«

»Ithiens Geschichten haben mich schrecklich beunruhigt. Wie können sie hoffen, irgendetwas zu erreichen, wenn sie solche Menschen in verantwortlichen Positionen haben?«

»Ich weiß es nicht genau.« Der Unterschied zwischen den Thetianern, die Palatine mir beschrieben hatte, und denen, denen ich begegnet war, erstaunte mich noch immer. Ithien und seine Gefährten lebten ganz offensichtlich gut und manchmal locker, ihre Energie und ihre Hingabe jedoch passten nicht zu Palatines bissigen Bemerkungen über die Dekadenz der Clans. »Sie erscheinen mir viel zu zuversichtlich.«

»Du glaubst nicht, dass ihre Pläne funktionieren werden?«

»Sie haben noch ein gutes Stück Weg vor sich. Aber jetzt, wo Palatine die Dinge in die Hand genommen hat, könnte sich auch noch manches ändern. Wenn sie nicht dabei wäre, würde ich ihnen überhaupt nicht trauen.«

Ich hatte Palatine in den letzten Tagen kaum gesehen; sie verbrachte viel Zeit in privaten Besprechungen mit Ithien, Mauriz und einem anderen Clan-Konsul. Sie hatte uns im Voraus gewarnt und gesagt, sie würde versuchen, ihren Plan zu enträtseln, doch sie war noch nicht damit fertig.

»Ich bin nicht ihrer Meinung, wie du wahrscheinlich schon erraten hast. Sie wollen dich für Thetia, und nur für Thetia. Ithien und Mauriz kümmert es ganz gewiss nicht, was mit dem Archipel geschieht; ich weiß nicht, inwieweit Telesta mit ihnen übereinstimmt.« Ich war sprachlos über ihre plötzliche Offenheit, darüber, dass sie darüber sprechen wollte. Das war untypisch für sie – andererseits schien sie ohnehin nicht mehr die Alte zu sein. Sie hatte sich verändert.

»Ich glaube nicht, dass Palatine die Häresie vergisst«, sagte ich. »Selbst wenn alle anderen Republikaner den Archipel nur als Schlachtfeld sehen – ich glaube, für sie bedeutet er mehr. Ich hoffe es zumindest. Sie könnte in Thetia vielleicht sogar mehr für den Archipel tun – wenn sie den Kaiser stürzen kann.«

Ravenna zog sich ein bisschen von mir zurück, und ich begriff sofort, dass ich etwas Falsches gesagt hatte.

»Glaubst du das wirklich?«, fragte sie gleichmütig.

Ehrlich gesagt wusste ich das auch nicht genau, doch dies war nicht der richtige Zeitpunkt, sie gegen mich aufzubringen. Auch wenn ich Mauriz' Plan für weit realistischer hielt als alles andere, was ich bisher gehört hatte, hatte er dennoch zwei verhängnisvolle Schwachstellen. Die eine hatte mit Ravenna zu tun, mit ihrer Rolle, von der Mauriz nichts wusste. Die andere Schwachstelle war einzig und allein meine Unfähigkeit, zu tun, was sie von mir verlangten; Ravenna und die Archipelbewohner hatten damit nichts zu tun. Ich wollte sie weder verletzen noch etwas tun, was ihren Zorn über Mauriz' beiläufige Vermutung vertiefen könnte. Wahrscheinlich waren meine Motive vollkommen selbstsüchtig, denn ich brauchte sie, um selbst einen Ausweg aus Mauriz' Komplott zu finden. Aber welches Motiv war letzten Endes nicht selbstsüchtig?

»Es ist nur so ein Gedanke«, sagte ich, ängstlich bemüht, sie versöhnlich zu stimmen. »Orosius ist zu gefährlich. Wenn er irgendjemandem hilft, dann der Domäne.«

»Er ist dein Bruder. Bedeutet dir das gar nichts?«

Es war das erste Mal, dass jemand es laut aussprach; was für ein bizarres, fast schon abscheuliches Konzept. Jerian war mein Bruder, dieses kleine, wilde Bündel Übermut, der wie alle Siebenjährigen auf der Welt andauernd in Schwierigkeiten geriet. Jene weit entfernte, boshafte Gestalt im Kaiserlichen Palast von Selerian Alastre war nicht mein Bruder – nur, dass er es eben doch war.

»Was sollte es mir denn bedeuten?«, fragte ich Ravenna und stopfte mir eins der Kissen in den Rücken, so dass ich mich an die Wand lehnen konnte.

»Du kannst ihn nicht einfach nur als einen weiteren Feind betrachten, egal, wie schrecklich er ist. Mauriz will dich benutzen, um ihn zu stürzen und eine thetianische Republik zu gründen. Was glaubst du, wie lange Orosius das überlebt? Ein Kaiser ohne Thron, ein Mann, der nicht einmal geliebt wurde, als er noch Macht hatte?« Ihr Blick ließ mich nicht los.

»Was glaubst du denn, wie er mich behandeln würde, wenn er mich gefangen nehmen würde?«

»Darum geht es jetzt nicht. Du brauchst dich nicht so zu verhalten wie er. Tatsache ist, für Mauriz und seine Freunde ist der Kaiser ein Feind, die größte Bedrohung ihrer Pläne. Sie haben überhaupt keine Verbindung zu ihm.«

Der Regen trommelte gegen die Fensterläden; das Geräusch war eine ständige Untermalung unserer Unterhaltung. Hier drinnen jedoch war es angenehm warm, und der Kaffee war von jemandem gebrüht worden, der wusste, was er tat. Ich fragte mich, ob es einer der Köche gewesen war, oder womöglich Ravenna selbst.

»Was willst du damit sagen? Dass ich mich ihm nicht entgegenstellen soll, weil er mein Bruder ist? Natürlich sehe ich ihn nicht so, wie Lachazzar oder Midian es tun, aber er ist immer noch ein Feind, Ravenna. Ich bin nicht mit ihm zusammen aufgewachsen, ich bin ihm noch nie begegnet, und er steht für all die Dinge, die ich ablehne. Wie viel weiter können wir voneinander entfernt sein? Alles, was uns verbindet, ist, dass wir dieselben Eltern haben.« Ich sprach so leise wie möglich, für den Fall, dass jemand lauschte, doch nur die wenigsten Bediensteten des Palasts, unter denen sich vielleicht Spione befinden könnten, sprachen mehr als ein paar Brocken Archipelanisch.

»Bedenke, dass einer von euch beiden verlieren muss, wenn du dich gegen ihn stellst. Und der Verlierer wird sterben.«

Ich sah ein, wieso das für Ravenna, die keine Familie hatte und deren Bruder von den Sacri umgebracht worden war, so wichtig war. *Bruder* war für sie ein leerer Platz, wo eigentlich jemand hätte sein sollen.

»Glaubst du wirklich, dass ich das will?«, fragte ich sie sehr leise. Mauriz hatte noch keine Ahnung, dass ich nicht annehmen wollte, was er mir anbot.

»Ich weiß es nicht«, antwortete sie nach einer Pause.

Ihre Stimme klang jetzt wieder so ausdrucks- und gefühllos wie immer. »Warum nicht?«

»Was hätte ich denn davon, Hierarch zu sein?«

»Macht? Ansehen? Wohlstand? Warum versuchen die Menschen sonst ihr ganzes Leben lang, eine solche Position zu erlangen?«

Wir wichen einander aus; keiner wollte wirklich eine Antwort geben. Tatsächlich wussten wir beide nicht, was wir sagen sollten. Wie sollte ich mit Worten den Grund dafür ausdrücken, warum Mauriz' Plan mich entsetzte? Was auch geschah, es würde Krieg geben. Menschen würden sterben, Scheiterhaufen brennen. Es gab Auswege; es musste welche geben, doch ich musste nicht in jedem davon eine solche Rolle spielen.

»Ein Leben voller Förmlichkeit, umgeben von Gefolge, wo du so leben musst, wie andere es sehen sollen. Petitionen, Dispute, Höflinge … und so weiter und weiter.« Ich trank noch einen Schluck von meinem Kaffee, der gerade eine angenehme Temperatur hatte, und sah sie an. »Kennst du mich so wenig, dass du wirklich glaubst, das würde mir gefallen? Dass ich so etwas will, nach allem, was in Lepidor geschehen ist?«

»Wie gesagt, ich weiß es nicht«, erwiderte sie, wischte meine Worte beiseite. »Ich hätte es nicht gedacht, aber … du hast doch die Berichte über den Krieg gegen die Tuonetar gelesen. Würdest du sagen, dass Valdur immer Kaiser sein wollte? Er wollte sich zunächst weigern, Hierarch zu werden, und dann, ein paar Monate später, hat er seinen Vetter ermordet und den Thron bestiegen.«

Ich schaute wieder weg, ein kaltes, leeres Gefühl im Bauch. Sah sie mich jetzt tatsächlich so? Hatten Mauriz und seine Pläne ihre Sichtweise so sehr verändert? Valdur war ein Ungeheuer gewesen.

»Ich hätte das nicht sagen sollen, Cathan. Du bist nicht wie Valdur – er war nur der einzige Thetianer, der mir als Beispiel eingefallen ist.«

»Warum unbedingt ein Thetianer? Ich bin in Ozeanus aufgewachsen. Und ich gebe einen schlechten Anführer ab, wie du eigentlich wissen müsstest. Ganz anders als alle Beispiele, die du sonst noch anbringen könntest.«

Meine Stimme klang bitter. Zweimal hatten die Mitglieder meines Clans mich als Helden bejubelt, beide Male, nachdem meine Unfähigkeit und Unentschlossenheit das Verderben erst herbeigeführt hatten. Die Tapferkeit, für die sie mich gelobt hatten, war nicht genug gewesen. Sie würde niemals genug sein.

»Du bist der Einzige, der so denkt«, sagte Ravenna heftig. Und dann, als sei ihr das eben nur so herausgerutscht: »Das hat eigentlich nichts damit zu tun. Ehrgeiz und Gier können dich an die Spitze bringen, und Führungsqualitäten spielen erst dann eine Rolle, wenn man da ist. Und selbst wenn, schau doch, wie viele Kaiser es auch ohne solche Fähigkeiten geschafft haben. Und wenn es dir gelänge, den Kaiser zu stürzen, hast du – soweit es die Republikaner betrifft – deinen Zweck erfüllt.«

»So, dann wäre ich also frei, meiner Wege zu gehen? Und wo kommt in diesem Szenario der Archipel ins Spiel?«

»Das ist ein Teil dessen, worum sich alles dreht. Dem Archipel kommt das alles nicht zugute. Es tut mir Leid, Cathan, aber du bist nicht die Antwort – zumindest nicht dein Name.«

»Jeder versucht mich zu überreden«, sagte ich, denn ihre Worte bestätigten meinen Verdacht. Dieses ganze Gespräch hatte nur dem

Zweck gedient, das Angebot der Republikaner noch weniger gut aussehen zu lassen. »Mauriz sagt, dass ich dem Archipel helfen könnte, du sagst, ich würde nur Ärger verursachen.«

»Ich fürchte, du kannst niemals anonym sein. Nicht jetzt. Doch das hindert dich nicht daran, deinen eigenen Weg zu gehen. Je länger du hier bleibst, desto mehr Macht haben sie über dich, denn seit Ral Tumar glauben sie, sie könnten dich kontrollieren.«

»Du willst, dass ich weggehe?«

Ravenna schüttelte den Kopf. »Das kannst nur du allein entscheiden.«

»Und wo sollte ich dann hin? Hinter mir wären sowohl die Clans her als auch die Domäne und der Kaiser. Und ich kenne den Archipel überhaupt nicht, ich habe dort keinerlei Kontakte.«

Sie sah mich bekümmert, sekundenlang sogar fast reumütig an, doch dann zuckte sie die Schultern. »Du kennst doch noch Leute aus der Zitadelle. Laeas, Mikas, Persea – ihre Familie lebt auf der nächsten Insel. Admiral Karao ist nicht immer zuverlässig, aber er mag weder die Thetianer noch die Domäne.«

»Ich muss die *Aeon* finden. Selbst wenn Palatine mit den Thetianern beschäftigt ist, kann ich doch hoffentlich auf dich zählen.« Ich hatte den Kaffee fast ausgetrunken, und merkwürdigerweise wirkte er eher entspannend als anregend. »Wir haben immer noch eine ziemliche Suche vor uns, bis wir die *Aeon* finden. Aber wir dürfen sie nicht in ihre Hände fallen lassen, oder in die des Kaisers oder von sonst wem.«

»Wem kann man trauen, wenn es um etwas so Großes geht?«, fragte sie. »Ich könnte mir vorstellen, dass man schon mehr als zwei oder drei Leute braucht, um allein die Himmels-Augen zu benutzen. Es hört sich an, als wäre das ziemlich kompliziert.«

Wenigstens in diesem Fall hatte ich eine eigene Idee. »Da könnte uns die Zitadelle helfen. Ich weiß, die Anführer der Ketzer sind alle vorsichtige alte Männer, aber wir sollten eigentlich Novizen finden, die bereit wären, uns zu helfen. Vielleicht auch an den Akademien der Ozeanografen.«

»Aber nur die Ketzer aus dem Archipel. Ich würde nicht darauf vertrauen, dass Cambressianer ihrer Regierung wirklich nichts davon erzählen. Und es gibt keine Akademien der Ozeanografen im Archipel. Nicht mehr. Ich fürchte, es dürfte ziemlich schwierig werden, jemandem zu trauen«, wandte sie mit merkwürdig erwartungsvoller Miene ein. Ich wollte sie schon fragen, was sie meinte, doch plötzlich wurde mir schwindlig und ich begann mich sehr müde zu fühlen. Ravenna streckte den Arm aus, um mir die Kaffeetasse wegzunehmen, als ich mich rücklings auf das Bett sinken ließ, wobei ich mir Mühe geben musste, die Augen offen zu halten. *Fast, als hätte sie darauf gewartet,* dachte ich undeutlich. Dann blickte ich wieder in ihr Gesicht, und endlich verstand ich – doch es war zu spät.

Meine Glieder fühlten sich an wie Blei, zu schwer, um sie zu heben, und ich beobachtete merkwürdig losgelöst und erschöpft, wie Ravenna ihren Kaffee austrank. Dann hob sie meine Beine aufs Bett, wandte sich zur Tür, blieb dann jedoch noch einmal stehen. Ich wollte rufen, wollte irgendjemanden warnen, doch ich konnte nicht. Mein Mund wollte sich nicht öffnen.

Sie stellte die beiden leeren Kaffeetassen neben der Tür auf den Boden, kam zurück und kniete neben dem Bett nieder. Sie zögerte, biss sich auf die Unterlippe.

»Es tut mir Leid, dass ich das tun musste, Cathan, aber ich kann dir nicht mehr trauen. Ich kann nicht zulassen, dass sie dich zum Hierarchen ausrufen, um ihre eigenen Ziele zu erreichen, deshalb muss ich zuerst dort ankommen.« Hilflos schaute ich zu ihr auf, versuchte, gegen die Bewusstlosigkeit anzukämpfen, die sich so schnell auf mich herabsenkte. Ich kam mir vor wie eine Marionette, die hilflos dalag, weil man ihre Fäden durchtrennt hatte. Weil Ravenna ihre Fäden durchtrennt hatte.

»Irgendwann, wenn du deinem Namen entkommen kannst, werden wir uns wiedersehen. Vorher nicht. Niemals.« Sie stieß die Worte hastig hervor, vielleicht, weil ich blinzelte, fühlte, wie meine Augen sich schlossen … »Die Menschen dort warten auf mich. Lebwohl, Cathan. Denk immer daran, dass ich dich liebe.«

Ihre letzten Worte schienen aus großer Entfernung zu kommen, und danach erinnerte ich mich an nichts mehr.

Kapitel XV

»Ein Manta ist während der Nacht ausgelaufen«, sagte Mauriz, nachdem der Adjutant seine Meldung überbracht hatte. »Es war eine planmäßige Fahrt, ein Manta des Clans Polinskarn. Ravenna hat vorgestern bei ihrem Agenten eine Passage gebucht.«

Auf den Gesichtern der anderen fünf Personen, die im Atrium des Konsulats standen, spiegelte sich Verwirrung. Das heißt, auf allen Gesichtern außer Palatines. Die anderen Thetianer wussten nicht, warum Ravenna geflohen war, und sie fürchteten, dass sie eine Spionin gewesen sein könnte. Nicht einmal Palatines Bericht darüber, was in Lepidor geschehen war, hatte ihre Befürchtungen zerstreut.

»Aber warum?«, wollte Telesta wissen. »Wenn sie uns nicht verraten will, warum ist sie dann geflohen?«

»Sie hätte uns so oder so verraten«, sagte ich deprimiert. In meinem Kopf pulsierte immer noch ein hämmernder Schmerz. Ich hatte kaum Zeit gehabt, mich von der Attacke der Domäne auf die *Polarstern* zu erholen, als Ravennas Schlafmittel mich umgehauen hatte. Sie hatte viel mehr in die Tasse getan, als notwendig gewesen wäre, um dem Effekt des Kaffees entgegenzuwirken, hatte der Apotheker mir gesagt. Wo es Thetianer gab, gab es auch Apotheker, die keine Fragen stellten, und der hagere Mann, der herbeigerufen worden war, um das Mittel zu identifizieren, war derselbe, der ihr das Gebräu verkauft hatte.

»Und Ihr habt Euch nicht die Mühe gemacht, uns das zu sagen?«, wollte Mauriz wissen. Er war wütend, das erste echte Gefühl, das ich bei ihm bemerkte, und wie wir so im dämmrigen, feuchten Morgenlicht von Ilthys hockten, konnte ich ihm das noch nicht einmal übel nehmen.

»Palatine hat Euch in Ral Tumar gewarnt«, sagte ich, ohne die ganze Wahrheit zu enthüllen. »Ravenna steht der Pharaonin sehr nahe. Ich glaube, sie ist verschwunden, um ihr von unseren Plänen zu berichten, damit sie selbst etwas organisieren können.«

»Sie verrät uns, meint Ihr.«

»Ja, aber nicht an den Kaiser oder an die Domäne«, sagte Palatine. »Sie hasst beide. Sie ist einfach nur eine Patriotin, die nicht will, dass ein Thetianer über Qalathar herrscht. Cathan hatte keine Ahnung, dass sie so etwas tun würde. Niemand von uns hätte das vermutet.«

»Es bleibt dabei, dass das Geheimnis nun bekannt ist«, sagte Telesta. Sie wirkte ruhiger als Mauriz, machte jedoch ebenfalls ein grimmiges Gesicht. »So viel zum Thema Gerüchte. Sie wird die Qalatharis gegen uns aufhetzen. Mauriz, ich glaube, du solltest deinen Leuten dort eine allgemeine Anweisung erteilen. Sie muss festgenommen und verhört werden – und wenn das nicht möglich ist, muss sie beseitigt werden.«

»Nein«, schnappte Palatine. »Auf gar keinen Fall!«

»Sie mag Eure Freundin sein, Palatine, aber sie könnte unsere beste Chance zunichte gemacht haben. Sie hat als Verräterin an unseren Besprechungen teilgenommen; sie verdient Eure Gnade nicht.«

»Und sie ist auch ihrer Anführerin gegenüber loyaler, als jeder von uns es jemals gewesen ist. Sie ist geflohen, weil sie die Pharaonin über ihre Freunde gestellt hat. Ihr könnt das meinetwegen für irregeleitet halten, aber sie ist *keine* Verräterin.«

»Wenn wir sie nicht finden, ist Eure Republik möglicherweise ein tot geborenes Kind. Und dies ist eine Clan-Angelegenheit.«

»Versucht sie meinetwegen zu finden. Aber wenn sie von irgendjemandem umgebracht wird, mache ich Euch dafür verantwortlich. Ihr solltet vielleicht auch bedenken, dass Cathans Gefühle für sie weitaus stärker sind als die aller anderen. Wenn ihr irgendetwas zustößt, habt Ihr nicht die geringste Chance, dass er Euch hilft, das garantiere ich Euch.« Palatine drückte es besser und mit mehr Autorität aus, als ich es jemals gekonnt hätte. Genau wie die anderen war sie wütend, doch alles, was ich fühlte, war Mutlosigkeit.

»Ihr werdet es nicht rechtzeitig schaffen«, sagte Ithien. Er schien das Ganze als eine Art persönlichen Verrat zu betrachten, angesichts der Freundlichkeit, die er ihr entgegengebracht hatte. »Sie wird vor Euch dort sein, und der Schaden wird bereits angerichtet sein.«

»Außerdem gibt es im Moment gar keine Möglichkeit, dorthin zu kommen«, fügte Telesta hinzu. »Das war der letzte Manta, der in diese Richtung gefahren ist. Selbst wenn wir die *Polarstern* den

Klauen der Kirchenmänner entreißen könnten, würde es Wochen dauern, sie zu reparieren. Ravenna hat einen guten Vorsprung.«

»Wir müssen die anderen Clans fragen«, sagte Mauriz widerwillig. »Aber diskret.«

»Cathan, ich fürchte, nach dem, was geschehen ist, werden wir in Zukunft ein Auge auf Euch haben müssen«, verkündete Mauriz, doch es klang nicht wie eine Entschuldigung. »Wir wissen zu wenig darüber, was Ihr wirklich denkt, und wir können nicht riskieren, dass Ihr von irgendjemandem missbraucht werdet. Wie etwa von den Leuten der Pharaonin, wenn es überhaupt welche gibt.«

»Und darüber wird nicht diskutiert«, sagte Ithien ebenso zu Palatine wie zu mir.

Sie nickte widerwillig. »Vergesst aber nicht, dass er ein geehrter Gast ist, kein Gefangener. Das Ganze hängt letzten Endes von ihm ab.«

Wirklich? Ich hatte damals in Ral Tumar Recht damit gehabt, dass ich, indem ich keine Entscheidung getroffen hatte, die Gelegenheit verpasst hatte. Jetzt erkannte ich, wo dies hinführte, wie sie mich unerbittlich auf ihre Seite bringen würden, ob ich wollte oder nicht. Oh, ich könnte mich vielleicht weigern, aber ich war mehr oder weniger in ihrer Gewalt, und sie könnten meine Mitwirkung letzten Endes mit fairen oder unfairen Mitteln sicherstellen.

Ich war es müde, eine Schachfigur zu sein, in ein Komplott nach dem anderen verwickelt zu werden. Auch wenn es keinen Ausweg gab, konnte ich doch zumindest versuchen, eigene Entscheidungen zu treffen.

»Bewacht mich, wenn Ihr wollt«, sagte ich und reckte mich. »Macht Euch keine Sorgen wegen meiner Verpflichtungen. Ich werde Euch helfen.«

Telesta musterte mich einen Augenblick eindringlich, dann nickte sie zufrieden.

»Das kommt zwar ein bisschen verspätet, scheint mir, aber dennoch ist es eine gute Entscheidung«, bemerkte sie zufrieden. »Ich glaube, es ist an der Zeit, dass wir Euch ein paar der anderen vorstellen.«

Ich hatte mich zu spät entschieden, als dass es noch etwas bedeutet hätte, aber zumindest war ich aus freien Stücken beteiligt. Ich konnte nicht wirklich wissen, wozu ich mich verpflichtete, doch das, was Ravenna vergangene Nacht gesagt und getan hatte, war noch sehr präsent. Ich hatte das Gefühl, von ihr verraten worden zu sein, auch wenn es vermutlich genau anders herum war. Aber es war doch wohl nicht nötig gewesen, mich zu betäuben, oder? Es war besser für sie, dass sie einfach in der Nacht verschwunden war.

Doch vielleicht war es nicht genug gewesen. *Irgendwann, wenn du deinem Namen entkommen kannst, werden wir uns wiedersehen. Vorher nicht. Niemals.* Sie hatte das sagen müssen, und wenn es auch ungeschickt ausgedrückt war, wusste ich dennoch, was es bedeutete. Es war nur ein kleiner Trost, dass sie nicht ohne Erklärung hatte gehen können, oder sogar, dass ganz offensichtlich ein Teil von ihr etwas anderes gewollt hatte. Andererseits ...

Bei Thetis, ich wusste nicht einmal mehr, was überhaupt gerade geschah. Sie war fort, das wusste ich. Fort, um ihren Platz als Pharaonin von Qalathar einzunehmen, um dafür zu sorgen, dass nicht ich derjenige sein würde, der ihr Volk gegen die Domäne führte, falls es jemals dazu kommen sollte. Sie hatte mir nicht genug vertraut, um mich zu fragen, ob ich mitkommen wollte, was ich ohne Zögern getan hätte. Ich hätte für sie als Pharaonin alles getan, was in meiner Macht stand, jetzt jedoch hatte ich nur noch eine Wahl – und das war die, der sie sich so erbittert widersetzt hatte.

Die Tage in Ilthys verstrichen; Mantas kamen und gingen, doch keiner von ihnen fuhr nach Qalathar. Einer wurde in Bälde erwartet, hatte der Hafenmeister gesagt, aber der gehörte zum Clan Jonti, und diesem Clan konnte man nicht trauen. Die Jonti waren so religiös wie Thetianer nur sein konnten, erklärte Palatine, und gehörten in der Versammlung zu den eifrigsten Unterstützern des Exarchen – und somit auch des Kaisers.

Obwohl ich nach und nach zu ihren Besprechungen hinzugezogen wurde und mitbekam, wie ihr Plan Gestalt annahm, während Mauriz in der erzwungenen Wartezeit immer reizbarer wurde, blieb ich doch einsam und isoliert. Palatine war jetzt wieder ganz Thetianerin, war in ihrem Element und unter Gleichgesinnten, unter Menschen, die fast schon ihre Schüler waren. Ihnen zuzuhören, wenn sie über die Republik sprachen, war fast ebenso beunruhigend wie den Fanatikern der Domäne zu lauschen. Ich hätte ihr wahrscheinlich immer noch getraut, und ihr Verhältnis zu mir änderte sich nicht. Doch sie war jetzt zu eng mit Mauriz verbunden.

Genau wie die meisten anderen Leute, mit denen ich zusammentraf. Drei der neun Konsuln waren überzeugte Republikaner, die der Clans Canteni, Scartaris und Rohira. Als Repräsentanten der Fraktionen, die von jedem dieser Clans angeführt wurden, hatten sie sich ihre Mitarbeiter nach Möglichkeit so ausgesucht, dass sie die gleichen Ideale hatten.

Drei der sechs übrigen – unter anderem die Frau mit den scharf geschnittenen Gesichtszügen, die sich als die Repräsentantin der Jonti erwies – waren älter und mehr an ihrem Vergnügen als an Arbeit interessiert; das waren Menschen, die wahrscheinlich nicht weiter aufsteigen würden. Diesen drei begegnete ich nicht sehr oft, und vor allem die Mitglieder des Clans Jonti waren im Konsulat der Scartaris' nicht gerade gern gesehen. Dann waren da noch der Sprecher von jenem ersten Tag und der Gourmet vom Clan Salassa, der anscheinend nur nach Ilthys geschickt worden war, weil er hier am wenigsten Schaden anrichten konnte. Er neigte dazu, laut und lyrisch von den Wonnen Selerian Alastres zu erzählen sowie von den Schwierigkeiten, im unzivilisierten Ilthys gutes Essen zu bekommen. Doch trotz seines Hochmuts gegenüber der angeblichen Provinzialität des Archipels konnte er eine angenehme Gesellschaft sein.

Die Konsulin der Polinskarn hingegen – eine wenig reizvolle Frau, die niemals lächelte – blieb mir zwar fremd, doch sie beherbergte Telesta als Gast.

Letztere hatte sich seit unserer Ankunft eher von den Republikanern fern gehalten und war meist mit den Leuten ihres Clans in der nüchternen Umgebung ihres Konsulats geblieben. Sie war ein paarmal zu Besuch gekommen und hatte auch an einigen Diskussionen teilgenommen, jedoch kaum etwas gesagt. Was sie betraf, gab es mittlerweile zu viele unbeantwortete Fragen.

Ein paar Tage später machte ich mich auf, sie zu besuchen, und stellte fest, dass sie mich und meine Fragen bereits erwartet hatte.

Es gab keine Bediensteten im Konsulat der Polinskarn; stattdessen führte mich ein Mitarbeiter der Konsulin über die obere Galerie des Innenhofs zu einem Bibliothekskomplex, der sich weit über die Grenzen des eigentlichen Konsulats hinaus zu erstrecken schien, ein Wirrwarr aus winzigen Räumen und größeren Zimmerfluchten, die alle von den zentralen Räumlichkeiten ausgingen.

In einem dieser Zimmer wartete Telesta, eine düstere Gestalt, die, umgeben von Bücherregalen, auf einem hölzernen Stuhl saß. So viele Bücher! Unzählige Räume mit Regalen vom Fußboden bis zur Decke, alle voller Bücher. Und dies war nur eine kleine Bibliothek in einer Provinzstadt.

Obwohl Ilthys, wenn man es genau bedachte, doch nicht ganz so provinziell war. Es lag an der Grenze zwischen dem Archipel und Thetia, fast genau auf halbem Weg zwischen Qalathar und Selerian Alastre. Im Sommer war es sozusagen eine Kreuzung, im Winter war man hier natürlich genauso isoliert wie überall sonst.

»Cathan«, begrüßte sie mich, stand auf und trat auf mich zu. »Ich habe schon auf Euch gewartet.« Sie nickte dem Sekretär zu, der sich mit raschelnden Gewändern zurückzog.

»Ihr habt auf mich gewartet?«, fragte ich.

»Ja. Niemand mag es, im Unklaren gelassen zu werden, und es gibt viele Dinge, die Euch meine geschätzten Kollegen nicht erklärt haben. Kommt mit in mein Arbeitszimmer.«

Ich folgte ihr über den mit Teppichen belegten Fußboden ins nächste Zimmer und dort zu einer etwas zurückgesetzten Tür. In dieser Bibliothek war von der üblichen beengenden, muffigen Atmosphäre nichts zu merken, was völlig ungewöhnlich und erfrischend anders war. Die Fenster waren natürlich geschlossen, damit die Bücher nicht feucht wurden, doch ich konnte einen leichten Lufthauch auf meinem Gesicht spüren. Waren die Belüftungsschächte möglicherweise in den weiß gestrichenen Wänden verborgen, vor denen keine Bücherregale standen?

»Ich habe gedacht, Ihr wärt hier nur zu Gast«, sagte ich, als sie mich in ein großes Arbeitszimmer mit hoher Decke und zwei breiten Bogenfenstern führte.

»Ich bin Archivarin.« Als würde das irgendetwas erklären. »Das heißt, ich stehe in meinem Clan eine Stufe unter Mauriz' Position in dem seinem«, ergänzte sie. »Es hat keine große Bedeutung, aber hier werden immer drei oder vier solcher Zimmer für reisende Archivare freigehalten. Manche bleiben Wochen oder gar Monate, und sie brauchen Platz, um zu arbeiten. Aber setzt Euch doch.«

Ich war es mittlerweile mehr oder weniger gewohnt, auf einem Diwan zu sitzen, also nahm ich Platz, ohne mich allzu ungeschickt anzustellen oder so ungemütlich zu fühlen wie zu Anfang.

»Es ist schon spät genug für Wein – wollt Ihr ein Glas?«

Ich nickte und blickte mich um, suchte nach Anzeichen, die darauf hindeuteten, dass jemand diesen Raum bewohnte, etwas, das ihn als Telestas zumindest zeitweiliges Heim kennzeichnete. Sie wirkte so zurückhaltend, ja farblos, dass sie unmöglich einzuschätzen war. Doch abgesehen von ein paar Schreibutensilien auf dem Schreibtisch und einigen Büchern auf dem Regal darüber gab es kaum Hinweise auf eine Bewohnerin.

Ich hatte keine Zeit, die Buchtitel zu lesen, bevor sie mir ein Glas Wein reichte und sich mit übereinander geschlagenen Beinen am anderen Ende des Diwans niederließ.

»Was wollt Ihr wissen?«, fragte sie einfach.

Ich war überrascht von ihrer Direktheit, das konnte nur bedeuten, dass sie sich etwas davon versprach. Nun gut, ich würde das Beste daraus machen.

»Zunächst einmal, warum.« Sie wusste, was ich meinte.

»Warum ich Mauriz und seinen Genossen helfe? Warum ich damit zu tun habe, wenn ich keine Republikanerin bin?« Ich hatte schon einige Zeit vermutet, dass es so war, und nun bestätigte sie meinen Verdacht – es sei denn, es gab hier mehr Schichten als ich durchschauen konnte. Doch das schien mir zu kompliziert. Wenn sie keine Republikanerin war – warum sich mit einer Maskerade abgeben? Was konnte sie gewinnen, wenn sie mich auf diese Weise täuschte? Für Mauriz lag mein Wert in meiner Existenz, meinem Namen. Nicht in dem, was ich wusste oder wissen wollte. Das war ihm bisher stets gleichgültig gewesen.

»Unter anderem.«

»Eins nach dem anderen.« Sie strich sich die Haare zurück, eine vollkommen unbewusste Geste, die ich schon zuvor an ihr bemerkt hatte und die mich beruhigt hatte. Sie verfügte nicht über die präzise Kontrolle wie zum Beispiel die Sacri, obwohl sie immer sehr gefasst wirkte. Es machte sie menschlicher. »Was wisst Ihr über die Polinskarn?«

»Ihr seid Historiker und Chronisten, Ihr sammelt Bücher und haltet Euch abseits von den anderen Clans.«

»So werden wir gesehen. Menschen, die Wissen sammeln, nicht einfach nur Bücher. Unsere Archive sind größer als die Großen Bibliotheken, weil wir schon viel länger sammeln – und effektiver. Es gibt nur wenige Bücher, die wir nicht besitzen, vielleicht ein paar Dutzend auf der ganzen Welt.

Größtenteils deshalb, weil sie auf dem Hohen Index der Domäne stehen und schon ihr Besitz Ketzerei ist.«

»Was ist mit den Kriegsarchiven?«

Sie musterte mich einen Augenblick, und ich hielt ihrem Blick stand, obgleich ich mich dabei unbehaglich fühlte. »Später. Soweit es Thetia betrifft, sind wir eine Informationsquelle für die anderen Clans. Wobei das immer einen Preis hat.« Sie lächelte schwach, was mich seltsam an Ravenna erinnerte. Telesta hatte eine gewisse Ähnlichkeit mit der alten, emotionslosen Ravenna – nicht äußerlich, es war eher etwas in ihrem Verhalten. Palatines Vitalität und ihre schnellen, impulsiven Bewegungen und Beurteilungen würde man bei Telesta nicht finden.

»Also sitzt Ihr am Spielfeldrand, immer abseits, und flattert wie Unheilsboten in Euren schwarzen Tuniken herum?«

»Mauriz kann mit Worten umgehen. Ich bin in vielen Dingen nicht seiner Meinung. Eines davon seid Ihr.«

»Auf die gleiche Weise, wie Ihr anderer Ansicht darüber wärt, ob der *Elexiad*-Zyklus den Krieg verherrlicht oder nicht?« Ich würde nicht zulassen, dass sie über mich sprach, als wäre ich gar nicht da.

»Nein. Die *Elexiade* mag an den Höfen von Thetia ihre Bedeutung haben, aber nicht hier. Alles hat seine Zeit, und dies ist eine Zeit für Krieg, nicht für Poesie. Nicht, dass man sie völlig voneinander trennen könnte, oder dass man zu Kriegszeiten die Poesie völlig vergessen sollte.«

»Ich singe von Waffen und dem Mann, der aus den Wällen von Tir trat.« Die erste Zeile der Elexiade, die die Stimmung vorgab, bis zu den letzten Worten: *»Und dieser Geist floh seufzend und zornig in die Schatten.«* Es begann und es endete mit Krieg, aber thetianische Poesie war niemals eindimensional. Selbst die schlechten Verse gaben vor, mehr zu sein als nur das.

»Dann bin ich für Euch also mehr als nur eine intellektuelle Ablenkung?«

»Ihr scheint zu denken, dass wir in Elfenbeintürmen leben, wie die Gelehrten, die man in den Großen Bibliotheken finden kann. Doch im Gegensatz zu denen leben wir in der wirklichen Welt. Wir haben Clanmitglieder, die außerhalb all dieser Dinge stehen und die wir unterstützen müssen. Das sind die Menschen, die leiden werden, wenn Mauriz keinen Erfolg hat.«

»Oder wenn er Erfolg hat.«

»Ihr meint, wenn Ihr Hierarch werdet?«

»Das ist nur ein Teil, der Teil, den ich kenne. Doch da gibt es noch mehr, aber anscheinend bin ich nicht vertrauenswürdig genug, um es jetzt schon zu erfahren.«

»Ihr werdet es auch von mir nicht erfahren.« Ungerührt wie immer. Vor den Fenstern wurden der Himmel dunkler und die Wolken grauer.

»Das habe ich auch nicht erwartet.« Ich war mir sicher, dass sie es wusste, doch es gab für sie keinen Grund, es mir zu sagen. Ich war derjenige, der hier im Nachteil war.

»Ihr seid nicht nur deswegen gekommen, um das herauszufinden«, sagte sie nach einer kurzen Pause sachlich. »Das hätte Euch auch Palatine sagen können. Da gibt es noch etwas anderes, etwas, wobei Euch nur die Polinskarn helfen können; und zwar der Clan, nicht ich im Besonderen.«

Sie war scharfsinniger, als es den Anschein hatte. Selbst eine Bibliothekarin der Polinskarn, so zurückhaltend sie auch war, konnte es sich nicht leisten, nicht scharfsinnig zu sein. Ich konnte nicht sagen, inwieweit sie eine echte Tochter ihres Clans war; es war unmöglich, dass alle hochrangigen Mitglieder der Polinskarn die gleiche Neutralität bewahrten.

»Das könnte sein«, sagte ich ausweichend. »Eure Bibliothek hier gilt als die beste im ganzen Archipel, die nicht der Kontrolle der Domäne unterliegt.«

»Ihr wollt sie benutzen.«

Ich nickte. »Wenn Ihr mich lasst.«

»Es wird nicht umsonst sein«, sagte sie. »Wir wären heute nicht da, wo wir sind, wenn wir zugelassen hätten, dass jeder unsere Bibliotheken ohne Gegenleistung benutzen darf. Und Ihr müsst uns mehr anbieten als Gold.«

Ich hatte gewusst, dass ich einen Preis würde entrichten müssen und dass es etwas anderes als Geld sein würde. »Und was?«, fragte ich.

Telesta schwieg einen Moment, ihr wachsamer Blick wich nicht von mir.

»Etwas Einzigartiges, was nur Ihr uns geben könnt.«

»Bin ich nicht sowieso etwas Einzigartiges, soweit es Euch betrifft? Ihr habt geholfen, mich in Ral Tumar zu retten; Euer Clan wird doch sicherlich nicht tatenlos daneben sitzen, während Mauriz die Macht übernimmt. Ihr müsst einen eigenen Plan haben, oder reicht es schon, zuzusehen, wie Mauriz alles ins Chaos stürzt?«

»Chaos ist nicht gut für Historiker«, bemerkte sie. »Es erzeugt Wellen in den Tintenfässern, und wir müssen dann aufwischen.«

Sie sagte dies so distanziert und ernst wie immer, doch es klang beinahe wie eine Prise Humor. Was bei Historikern so als Humor galt …

»Was dann? Mauriz' Plan wird ganz sicher Wellen schlagen, wenn Ihr also nicht wollt, dass alles zerfällt …

»Ihr seid für alle, die an der Geschichte beteiligt sind, eine Schachfigur. Ihr seid nicht reich, Ihr seid noch nicht bekannt, und was am wichtigsten ist – Ihr habt keine Machtbasis. Wir alle haben unsere Clans, der Kaiser hat seine Agenten, die Domäne ihre Priester und Inquisitoren. Nach allem, was ich gehört habe, gibt es außerhalb von Ozeanus niemanden, auf den Ihr zählen könnt; es gibt keine Gruppierung, die Eurer Sache folgt. Habe ich Recht?«

Das hatte sie, was es noch bitterer machte, es zuzugeben. Selbst wenn ich eine eigene Machtbasis gehabt hätte, hätte ich es ihr nicht erzählt, doch es war tatsächlich so – ich hatte keine. Meine einzigen Verbündeten waren ein unzuverlässiger, aalglatter cambressianischer Admiral und ein vorsichtiger Handelsfürst. Beide mit eigenen Gefolgsleuten, eigenen Plänen. Ich schloss Marschall Tanais in diesem Punkt nicht mit ein – er war eine Naturgewalt, ein Unbekannter, dessen Preis sehr wohl gepfefferter ausfallen konnte als der von Mauriz.

»Jedermanns Hilfe kommt mit einer Rechnung, auch die Eure«, bemerkte ich, ehe sie fortfahren konnte. »Das habt Ihr mir gerade gesagt. Aber ich kenne den Preis nicht, den ich entrichten soll, denn Ihr sagt mir nicht, was ich tun soll.«

»Das könnt Ihr selbst herausfinden«, entgegnete sie, stand auf und holte die Weinflasche. Ich hatte mein Glas leer getrunken, ohne es zu bemerken, und ich fragte mich, ob sie wusste, wie wenig ich vertragen konnte. Mehr als zwei Gläser durfte ich nicht trinken.

Was meinte sie? Was hatte ich, was für den Clan Polinskarn von Wert sein könnte – oder was könnte ich haben, wenn Mauriz Erfolg hatte? Ich folgte ihr mit dem Blick durch den Raum, doch dann nutzte ich die Gelegenheit, mir noch einmal die Bücher auf dem Regal über dem Schreibtisch anzusehen, als könnten diese mir zu einer Eingebung verhelfen.

Ich war zu weit weg, um mehr als ein paar verschwommene Lettern auf den meisten Buchrücken zu erkennen. Einige davon konnten thetianische Geschichtsbücher sein, und auf dem Rücken eines Buches konnte ich das Wort *Alastre* entziffern. Nur auf dem, das mir am nächsten stand, konnte ich auch alles andere lesen; es hatte den Titel *Geister des Paradieses.* Ich kannte diesen Titel, kannte ihn sehr gut, doch ich konnte ihn nicht sofort einordnen.

Ich konnte auch den Namen des Autors nicht erkennen, und dann versperrte mir Telesta wieder die Sicht, reichte mir ein zweites Glas Wein. Ich war mir nicht sicher, ob sie meinen forschenden Blick auf das Regal bemerkt hatte.

»Ihr wollt Wissen, Bücher, irgendetwas in der Art?«, fragte ich ins Blaue. »Etwas, das Euch viel mächtiger machen würde?«

»Das ist sehr zynisch ausgedrückt, aber ziemlich richtig«, sagte sie gelassen. »Glaubt niemals einem Thetianer, der Euch erzählt, er würde für das Allgemeinwohl arbeiten. Oder auch einem Tanethaner.«

Die Tanethaner gingen allerdings wesentlich freizügiger mit der Tatsache um, dass sich ihre Ethik nur um Profite drehte, und sie besaßen auch nicht diese ärgerliche Überzeugung, ein ganz besonderes Volk zu sein. Lord Foryth blickte auf alles und jeden herab, doch das lag daran, dass er reich und mächtig war und es sich leisten konnte. Im Augenblick.

Ich dachte einen Moment nach, fragte mich, was sie von mir erwarten könnten. Ich wusste weder von irgendwelchen Geheimbibliotheken, noch hatte ich Zugang zu geheimem Wissen. Außer zu den Sammlungen der Häretiker, und die waren doch sicherlich zu klein.

»Geht es um die Kaiserlichen Archive in Selerian Alastre?« Mit ein bisschen Glück würde ich den Zugang zu diesen Archiven niemals kontrollieren.

»Die können wir selbst besuchen, sobald der Kaiser nicht mehr da ist«, erwiderte sie mit einem schwachen Lächeln. »Aber es gibt noch einen anderen Ort, einen Ort, den seit zweihundert Jahren niemand mehr gesehen hat.«

Zweihundert Jahre. Eine Stadt, die seit dem Thronraub verschollen war, eine Stadt, die sich mit den Gezeiten bewegte. *Das* verlangte sie als Bezahlung dafür, ein paar Stunden in einer Bibliothek verbringen zu dürfen?

»Das ist zu viel«, sagte ich tonlos. »Ich weiß nicht, was in der Bibliothek von Sanktion zu finden war, aber es ist sicher mehr wert als das, worum ich bitte.«

»Es ist ein faires Geschäft.« Meine Ablehnung schien sie nicht verärgert zu haben. »Ihr verbringt einige Zeit in unserer Bibliothek, und wir verbringen einige Zeit in der Euren.«

Meine Bibliothek. Wie absurd das Ganze doch war. Ich lachte, obwohl ich all das überhaupt nicht witzig fand. »Ihr wollt, dass ich Euren Clan ungehindert in der Bibliothek von Sanktion herumschwirren lasse? Was gibt mir das Recht, so etwas zu tun?«

»Ihr seid der Hierarch, Cathan. Sanktion gehört Euch, so wie es immer dem Hierarchen gehört hat. Ihr mögt im Augenblick keine Macht haben, aber eines Tages werden die Dinge vielleicht anders sein. Wir bitten Euch um etwas, das Ihr uns vielleicht niemals gewähren könnt.«

Sanktion gehört Euch, so wie es immer dem Hierarchen gehört hat. Ihre Worte erschienen mir wie bitterer Spott, so wahr sie auch sein mochten. Die alte Residenz des Hierarchen, noch etwas, das sehr viel älter war als das Kaiserreich, von dem es ein Teil gewesen war. Carausius hatte die Stadt geliebt, obwohl er sie in der *Geschichte* niemals richtig beschrieben hatte. Auch nur zu denken, dass diese Stadt mir gehörte, erschien mir wie die allerschlimmste Arroganz. Ich besaß noch nicht einmal den Titel eines Hierarchen, und würde ihn vermutlich auch niemals tragen. Sanktion war unwirklich, eine Stadt, die vielleicht gar nicht existierte, und sie war sicher nichts, worüber ich bisher lange nachgedacht hatte.

Die Stadt war unwirklich. Ich schluckte hinunter, was ich eigentlich noch hatte sagen wollen, und blickte erneut zu dem Bücherregal über dem Schreibtisch hinüber. *Geister des Paradieses* – jetzt wusste ich, was der Titel bedeutete.

Telesta sah mich fragend an. »Was ist?«

»Das Buch da«, sagte ich und deutete darauf. Ich versuchte meine Stimme normal klingen zu lassen, obwohl mich eine Woge der Erregung durchflutete. »Warum habt Ihr das?«

»Glaubt Ihr etwa, wir scheren uns um den Index der Domäne hinsichtlich verbotener Bücher?«

»Dieses Buch ist mehr als nur verboten.«

»Salderis war eine von uns. Eine Polinskarn. Das zählt immer noch.«

»Könnte ich einen Blick hineinwerfen?« Dass sie ein Exemplar mit sich herumtrug, erschien mir unglaublich. Es konnten kaum noch ein Dutzend übrig sein, vor allem, da nicht allzu viele gedruckt worden waren. Das Buch stand auf dem Hohen Index, und ich hatte gedacht, alle Exemplare, die die Polinskarn besaßen, seien in der zentralen Clan-Bibliothek weggeschlossen worden. Hier eines davon zu finden ... Ich hoffte nur, dass sie nicht unverzüglich eine Gegenleistung verlangte.

Zu meiner Überraschung tat sie es nicht, und einen Augenblick später hielt ich ein Buch in den Händen, das zu den seltensten der Welt gehören musste.

»Ein Exemplar der ersten Neuauflage«, sagte Telesta, die sich neben mich auf den Rand des Divans gesetzt hatte. »In großer Eile gedruckt und daher nicht so gut wie die Originale, aber mehr als ausreichend.«

Es war ein schlichter Band, in imprägnierte Rinde gebunden wie die meisten im Archipel hergestellten Bücher, und ziemlich dünn. Auf dem Einband standen nur der Titel, *Geister des Paradieses,* und der Name der Verfasserin, Salderis Okhraya Polinskarn.

Ich öffnete es fast ehrerbietig und fühlte mich genauso wie damals, als ich das erste Mal die *Geschichte* gesehen hatte. Es gab keine kunstvollen Kapitelüberschriften, keine Widmungen oder Zusätze der einen oder anderen Autorität.

Noch nicht einmal das Symbol eines Verlegers, denn niemand hätte zuzugeben gewagt, dass er dieses Buch herausgebracht hatte.

Das Schriftbild war grob und unregelmäßig, als wäre der Text von einem Lehrling gedruckt worden. Doch es war lesbar. Und das war alles, was es sein musste.

Es war ein Lebenswerk auf weniger als zweihundert Seiten. Ich wusste so wenig darüber, dass ich meine Unwissenheit als frustrierend empfand. Doch wenn es all das war, was es angeblich sein sollte, auch ohne die hysterische Beschreibung der Domäne, die es als ein Werk schwärzester Teufelei und übelsten Heidentums verdammt hatte – Heidentum, um Thetis' willen, so tief waren sie gesunken, um Salderis' Namen anzuschwärzen! –, dann musste ich es unbedingt lesen.

Telesta bemerkte meinen Gesichtsausdruck und lächelte.

»Ich glaube, ich fange allmählich an, ein paar Dinge zu verstehen«, sagte sie. »Wie viel wisst Ihr über Salderis?«

»So viel wie alle, oder so wenig wie alle«, antwortete ich. »Aber über die Ozeanografie weiß ich mehr als die meisten anderen.« Lepidors Meister hatte Tetricus und mir von ihr erzählt, und es war genauso sehr eine Geschichte mit einer Moral gewesen wie alles andere. Ich war mir nie sicher gewesen, ob er sie respektiert oder verabscheut hatte – respektiert für ihre Ideen und verabscheut für den Schaden, den sie der Gilde zugefügt hatte, indem sie eine Ära der Zusammenarbeit zwischen der Domäne und dem Kaiserreich beendete, die mit dem Umbau der *Offenbarung* ihren Höhepunkt erreicht hatte. Salderis' Buch war nicht einmal zehn Jahre später veröffentlicht worden, als die Erinnerungen an den Verlust des Schiffes noch frisch gewesen waren.

»Sie ist nicht mehr sonderlich bekannt.« Telesta starrte auf das Buch hinunter; sie sah bekümmert aus. »Die Domäne hat sie dämonisiert, hat die Aufzeichnungen gefälscht. Hexerei, Heidentum, Häresie, Zügellosigkeit – es gab nichts, dessen sie sie nicht beschuldigt hätten. Noch nicht einmal Kinder dürfen nach ihr benannt werden.«

»Das ist extrem, sogar für die Domäne. Sie hat behauptet, die Stürme würden von Menschen gemacht, und dass wir sie verstehen, ja sogar unschädlich machen könnten. Ja, es ist gefährlich, aber nicht so schlimm.«

»Ihr habt es nicht gelesen, oder?«

Ich schüttelte den Kopf.

»Es scheint von dem zu handeln, was Ihr gerade gesagt habt – an der Oberfläche. Aber es ist nicht einfach nur die Idee, die die Domäne bedroht. Sie ist nicht abhängig von der Kontrolle der Stürme, wenn auch der Schutz, den sie gewähren, sehr wichtig ist.«

Wie wichtig er war, wusste noch nicht einmal sie selbst – aber Salderis hatte es vielleicht gewusst. Ich *musste* dieses Buch lesen.

»Warum haben sie dann versucht, jedes Exemplar des Buches zu vernichten? Das macht doch nur die wenigen Menschen, die vielleicht in der Lage wären, es zu benutzen, erst recht darauf aufmerksam.«

»Sie haben sich mehr Sorgen wegen dem Rest der Welt gemacht.« Telestas Stimme klang ungewohnt heftig. »Für jeden, der es gelesen hat, ist es offensichtlich. Wir können nichts gegen die Stürme tun; was sie vorgeschlagen hat, erfordert weit mehr Energie als alle Magier auf der Welt zusammengenommen erzeugen könnten. Aber sie hat bewiesen, dass man ein religiöses Problem wissenschaftlich lösen kann. Dass die Mitglieder der Domäne nicht die Einzigen sind, die dafür qualifiziert sind, sich mit der Welt auseinander zu setzen.«

Ich starrte sie einen Augenblick an und nickte langsam, als mir klar wurde, was sie meinte. Die Menschen würden Fragen stellen – wenn die Stürme wissenschaftlich erklärt werden konnten, was war dann mit *Ranthas' anderen Werken?* Die Domäne kannte die Macht von Ideen, eine Macht, die sie besser als alle anderen benutzt hatten.

In den falschen Händen könnte sie verheerende Folgen für sie haben.

»Dann geht es in dem Buch also gar nicht so sehr um Stürme, sondern um Wissenschaft an sich?«

»Für Salderis nicht. Es war ihr Lebenswerk, auch wenn sie erst um die vierzig war, als sie es beendet hat. Sie hat über die Stürme geschrieben – es scheint, als hätte sie die Gefahr gar nicht gesehen.«

»Wie kann so etwas sein?« Ich konnte das nicht glauben. Eine Thetianerin, die nicht wusste, was sie tat, wenn sie die Stürme erforschte? Das war ja wohl kaum eine politische Spitzfindigkeit.

»Es ist eine Schwäche meines Clans, dass wir manchmal den Bezug zur Realität verlieren, eingeschlossen in unseren Festungen. Sie scheint in einer eigenen Welt gelebt zu haben, hat sich überhaupt nicht um Politik oder Religion gekümmert. Die Wissenschaft war das Einzige, was für sie wichtig war.«

Ich wollte schon antworten, schluckte die Worte dann jedoch hinunter, ehe sie mir entschlüpfen konnten. Das konnte ich auch zu einem anderen Zeitpunkt loswerden. Ich wollte Telesta nicht verärgern, indem ich ihre Sicht der Dinge in Frage stellte – und nach allem, was ich wusste, war es tatsächlich möglich. Die Polinskarn waren ein eigenartiger Clan.

Andererseits hatten sie ihre eigenen Mythen, ihren Ruf – und was für eine bessere Möglichkeit hätte es gegeben, sich gegen den Makel, mit dem Salderis ihren Ruf befleckt hatte, zu wehren, ohne jemanden zu beleidigen? Ein Genie in einer anderen Realität, die nicht vorgehabt hatte, ein solches Aufsehen zu erregen. Sogar eine Märtyrerin für die Sache des Lernens, obwohl sie es niemals so ausdrücken würden, egal, wie viele Worte sie gebrauchten.

Es war ein kluger Schachzug, und er diente gleichzeitig dazu, den Clan zu entlasten. Salderis war eine Außenseiterin gewesen.

»Darf ich es lesen?«, fragte ich zögernd. »Und außerdem den Rest Eurer Bibliothek erforschen, im Austausch dafür, Euch eines Tages begrenzten Zugang zu Sanktion zu gewähren?«

»Wie begrenzt?« Sie mochte zwar merkwürdig sein, doch sie war immer noch Thetianerin. Und somit auch Händlerin.

Ich hatte ziemlich sicher mehr eingeräumt, als ich es hätte tun sollen, doch sie hatte meinen schwachen Punkt gefunden, und sie wusste es. Letzten Endes kamen wir zu einer Abmachung, durch die ich nicht zu viel preisgab und durch die ich nicht das Gefühl hatte, als hätte ich gerade die Geheimnisse des Universums dem Höchstbietenden dargelegt.

»Ihr müsst es allerdings hier lesen«, sagte Telesta entschuldigend. »Da wir jedoch in den nächsten Tagen ohnehin noch nicht aufbrechen werden, könnt Ihr jeden Tag für ein paar Stunden herüberkommen und lesen. Das müsste reichen. Mauriz darf nicht auf die Idee kommen, wir könnten auf eigene Faust etwas planen.«

»Das heißt, Ihr seid deshalb auf seiner Seite, um nach Sanktion zu kommen?«

»Mehr oder weniger«, antwortete sie fast schon lässig. »Es gibt da und dort noch ein paar andere Dinge, aber das ist das Wichtigste.«

Ich blieb bis zum Abendessen im Konsulat der Polinskarn, wo es zu jeder Stunde etwas zu essen gab. Es war schon viel später, als ich gedacht hatte, und die Niederlassung der Scartaris' würde bereits für die Nacht geschlossen sein. Der mir als Begleitung zugeteilte Soldat war schlecht gelaunt, als er schließlich aus dem Wachraum vertrieben wurde; ganz offensichtlich zog er sein eigenes Durcheinander der Gesellschaft der Polinskarn-Soldaten vor.

Doch ich ging hoffnungsvoller wieder fort, als ich hergekommen war, und stapfte mit der absoluten Gewissheit durch den Regen, dass weder Magie noch Armeen notwendig waren, um der Domäne schweren Schaden zuzufügen.

Kapitel XVI

Zu beiden Seiten erhoben sich graugrüne Steilwände aus dem Wasser. Hier und dort ragten Felsbrocken aus der Vegetation, die die Klippen bedeckte, glatt geschliffen von Wind und Wasser. Die Fahrrinne war bestimmt sieben oder acht Meilen breit, doch sie kam mir viel schmaler vor. Die Berge, die sie umgaben, überragten alles und wurden dabei halb vom Nebel verborgen, der so grau war wie das Meer.

Und dann die Gischt. Die Straße von Jaya war sogar noch rauer als die offene See, ein Trichter, in dem die Wellen, die über den Bug der Galeone wogten und alles mit Wasser tränkten, noch höher wurden als sonst. Da ich auf meinem Platz auf der Kuhl ohnehin schon bis auf die Haut durchnässt war, kümmerte mich das nicht. Ich würde mich jetzt nicht unter Deck verkriechen, und der arrogante Mauriz würde nicht an Deck kommen. Ein perfektes Arrangement.

Ich musterte beide Küsten auf der Suche nach irgendeinem Lebenszeichen, konnte jedoch nichts entdecken; nur noch mehr Klippen, als die Fahrrinne einen Bogen machte und sich in ruhigeres Wasser öffnete, geschützt vor der Wut des Ozeans. Dies war nicht die Inland-See, zumindest noch nicht. Und immer noch keine Gebäude, Siedlungen, Zeichen, dass Menschen hier lebten. Nur ein wilder, urzeitlicher Wald, der wie ein Schatten auf den Berghängen lag.

Es war geheimnisvoll, genau wie Ravenna gesagt hatte, aber nicht bedrückend. Der Himmel und die See mochten düster sein, doch die schiere Wirkung von Qalathar war zu groß, um sie zu überdecken. Mir erschien dies im Vergleich zu den paradiesischen übrigen Inseln des Archipels wie eine völlig andere Welt. Es gab keine Palmen, keine sanft geschwungenen Strände, keine gerundeten Hügel, keine weißen Städte, die sich am Ufer drängten.

Qalathars Städte waren nicht weiß. Das wusste ich aus den Beschreibungen, die ich gehört hatte. Doch wie bei der Insel selbst konnte keine Beschreibung sich auch nur annähernd mit der Wirklichkeit messen.

Als die Galeone ins offene Wasser in der Mitte der Fahrrinne steuerte, erhaschte ich endlich einen kurzen Blick auf die Stadt Jaya, die sich entlang der Küste unter einem Vorgebirge erstreckte. Sie konnte nicht viel größer sein als Lepidor, doch sie schien von einem anderen Planeten zu stammen. Wirr übereinander geschichtete Terrassen mit niedrigen, von Säulen umgebenen Bauwerken stiegen vom grauen Wasser her leicht an, dazwischen sah man immer wieder Bäume und Gärten, die im Archipel allgegenwärtig waren.

Aber Jaya war Welten von Ral Tumar entfernt. Voll Staunen starrte ich auf die kraftvollen Rot- und Blautöne der Stadt, die sie fast wie das Werk eines Töpfers aussehen ließen. Es gab kein Weiß, kein Grau, kein Gold; die Steine selbst schienen diesen unglaublichen Rotton zu besitzen, wie Terrakotta, und sie waren, wo immer es möglich war, mit Zierrat geschmückt, so blau wie die See in einem Märchen.

Jaya war keine Großstadt, lediglich die Stadt, die die Wasserstraße bewachte. Ich sollte noch andere und größere Orte in Qalathar sehen, hier jedoch war der erste greifbare Beweis dafür, wie anders die Insel in den Wolken wirklich war. Und warum Ravenna so gehandelt hatte, wie sie es getan hatte, zum Wohle dieses merkwürdigen, fremdartigen Landes, das in Nebel gehüllt war.

Merkwürdigerweise wirkte die Insel während unserer langen Passage durch die Straße von Jaya niemals zu fremd; die ganze Zeit ging ich nur dann unter Deck, wenn es sein musste. Nicht so, wie Taneth fremd gewirkt hatte, als ich die Stadt zum ersten Mal gesehen hatte – ein riesiger, übervölkerter, feindseliger Ort. Qalathar haftete etwas anderes an, eine Jenseitigkeit, die ich nicht in Worte fassen konnte, noch nicht einmal in verständliche Gedanken. Doch ich wollte dieses Land besser kennen lernen.

Jaya glitt vorbei, ebenso wie zwei kleinere Städte entlang der Küste, deren Namen ich nicht kannte, Ansammlungen roter Gebäude im Windschatten des Waldes. Die Wasserstraße wurde allmählich breiter, die Ufer wichen zu beiden Seiten zurück. Doch sie waren immer noch nahe genug, um sichtbar zu sein, und kennzeichneten die Ränder des grauen Wasserstreifens, durch den wir segelten.

Eine plötzliche Böe peitschte das Wasser auf, ließ das Land zu einem grauen, kaum noch zu erkennenden, verschwommenen Fleck werden; der Regen, der gegen die Segel und auf das Deck trommelte, übertönte alle anderen Geräusche, selbst die Seevögel und ihre einsamen, verzweifelten Schreie. Doch der Schauer war ebenso schnell wieder vorbei, wie er gekommen war, und die Wolkenfetzen huschten über das Wasser wie der Schatten eines Leviathans.

Doch hier gab es keine Leviathane, genauso wenig wie in den flachen Wassern der Inland-See, die an vielen Stellen kaum tief genug war, um sie mit Mantas zu befahren. Dies war zumindest ein Ort, an dem die *Aeon* ganz sicher nicht versteckt war, was lediglich den Rest des Planeten für die Suche übrig ließ. Und es gab hier auch keine Ozeanografen. Vor dem Kreuzzug hatte es in Poseidonis eine große Station gegeben, wegen der Einzigartigkeit der Inland-See und der Kreaturen, die darin lebten. Aber nun war sie dahin, dem Erdboden gleichgemacht, und die Ozeanografen waren als Häretiker verbrannt worden. Die Kreaturen, die im Meer lebten, waren von Ranthas geschaffen worden, hatten die Priester erklärt. Es war nicht Aufgabe der Ozeanografen, sie zu studieren. Sie sollten nur den Seeleuten und den Fischern helfen.

Der Schatten der Domäne war in Qalathar niemals fern.

Am frühen Abend – der bleigraue Himmel begann gerade, sich ohne den geringsten Hinweis auf einen Sonnenuntergang zu verdunkeln – überfuhr die Galeone die Stelle, wo die Ufer sich in dunkle Fernen zurückzogen, und glitt hinaus in die Inland-See.

Zumindest gab es hier noch mehr Schiffe, dunkle Silhouetten im Wasser und vor der grauen Linie der Berge, die alles umgaben. Es waren nicht so viele, wie ich mir vorgestellt hatte – obwohl das an einem ungemütlichen Winterabend auch wieder nicht besonders überraschend war –, jedoch mehr, als man um diese Jahreszeit sonst irgendwo zu Gesicht bekam. Qalathar, das rundum von Bergen umgeben war, war vor der Wut der Stürme geschützt, egal, aus welcher Richtung sie kamen.

Ich war immer noch allein, als das Schiff nach backbord beidrehte und zwischen den Ilahi-Inseln hindurch Kurs auf Qalathars Hauptstadt nahm. Ravenna war dort irgendwo, es sei denn, sie war von ihren loyalen Anhängern versteckt worden. Doch das bezweifelte ich. Ich konnte mir nicht vorstellen, dass sie irgendwo in den Bergen hockte, während andere die Arbeit tun mussten.

Die Berge. Ich schaute über das Achterdeck zurück nach Westen, doch da gab es nur Wasser und Wolken. Die gewaltigen Klippen von Tehama, die Ravenna mir beschrieben hatte, waren zu weit weg, um sie auszumachen. Nur eine dunklere Linie aus purpurnen Wolken, in denen es gelegentlich aufblitzte, war in der Ferne zu sehen.

Wir hatten jetzt günstigen Wind, daher dauerte es nicht lange, bis wir zwischen den äußersten Ilahi-Inseln hindurchglitten, großen

Felsklippen, die hier und da aus dem Wasser ragten; auf einigen wenigen drängten sich Städte unterhalb der Berggipfel. Ich fragte mich, wie man sie wohl erreichte; es schien keine Häfen zu geben, die diese Bezeichnung verdient hätten, und einige der Inseln schienen nur aus Steilküsten zu bestehen. Sehr gut zu verteidigen, aber vermutlich nicht die bequemsten Orte, um dort zu leben.

Allmählich begann ich mir zu wünschen, dass sich jemand zu mir gesellen möge, wenigstens für einen Moment. Nicht unbedingt Mauriz, denn ihn hätte ich im Augenblick nicht ertragen können. Gegen die Anwesenheit von Telesta oder Palatine jedoch hätte ich nichts einzuwenden gehabt. Besonders Telesta hätte ich eigentlich gern gesehen …

Ich hatte zu wenig Zeit in der Bibliothek verbracht, nur drei oder vier Tage, denn schließlich hatte Mauriz die Geduld verloren. Es würden noch weitere vierzehn Tage keine Mantas nach Qalathar fahren, hatte ihm der Hafenmeister mitgeteilt. Ein schrecklicher unterseeischer Sturm zwischen Ilthys und Thetia hatte jegliche Fahrten aus dem Norden unmöglich gemacht.

Mauriz war es nicht gewohnt, dass seine Pläne auf diese Weise vereitelt wurden, genauso wenig wie die meisten seiner Freunde. Selbst Palatine schien in thetianisches Verhalten zurückgefallen zu sein, denn auch sie erwartete, dass die Dinge logisch abliefen, nur weil sie war, wer sie war.

Um der Atmosphäre gegenseitiger Beschuldigungen zu entfliehen, die über dem Konsulat der Scartaris' hing, hatte ich den größten Teil der nächsten Tage bei den Polinskarn verbracht. Es waren niemals viele Leute da, und ich hatte Zeit, Frieden und Ruhe, um Salderis' Buch zu lesen.

Ich war immer der Meinung gewesen, dass das Werk für eine wissenschaftliche Abhandlung einen eigenartigen Titel hatte. *Geister des Paradieses* klang wie eine Ballade oder vielleicht auch wie ein altes thetianisches Oratorium. Doch als ich es las und mich durch Salderis' Theorie hindurcharbeitete, schien er plötzlich nicht mehr so unpassend. Jeder Magier, der sein Geld wert war, wusste, dass die Atmosphäre von Rückständen der tuonetarischen Magie verseucht war, die gegen Ende des Krieges eingesetzt worden war. Trotz ihrer Fortschritte waren die Tuonetar zu weit verteilt gewesen und hatten mehr und mehr auf Magie zurückgreifen müssen, um ihre erschöpften Truppen zu unterstützen.

Salderis, die keine Magierin gewesen war, hatte bemerkt, dass diese Rückstände ein bisschen mehr waren als einfach nur Überbleibsel.

Ihre Theorie war so elegant entworfen, dass ich kaum glauben konnte, dass es sie so viel Zeit gekostet hatte, sie zu entwickeln – und dass niemand anderes ebenfalls zu diesem Ergebnis gekommen war. Für eine angeblich im Elfenbeinturm hockende Gelehrte schrieb sie sehr gut, und es gab Abschnitte, die diese Behauptung offenkundig widerlegten.

Ganz zu schweigen von der Tatsache, dass sie offensichtlich mehrere Jahre lang als Ozeanografin »draußen« gearbeitet hatte.

Am allerersten Tag der Expedition nach Weltende waren wir von der schieren Kraft des Windes im Innern des Gebäudes gefangen, da es uns unmöglich war, die Tür zu öffnen. Dies wäre nicht so schlimm gewesen, wenn es dort etwas zu essen gegeben hätte, unglücklicherweise war das jedoch nicht der Fall. Die Bewohner von Weltende sind so etwas gewohnt und legen für solche Gelegenheiten Vorräte an, doch da wir unwissende Fremde waren, hatten wir keine Ahnung gehabt und verbrachten so ein paar unangenehme Stunden damit, darauf zu warten, dass der Wind wieder abflaute. Ein trauriger Verfall für einen Archipel, der von den ersten Forschern, die dort landeten, als »Inseln der Seligen« bezeichnet wurde.

Soweit sie wusste, hatte nie jemand zu erklären versucht, warum Weltende so verwüstet worden war, wenn scheinbar identische Inselgruppen wie Ilthys ohne größere Schäden überlebt hatten. Sie zählte ein paar Theorien auf, gab einen Kommentar ab, dass die Auswirkungen der Stürme auf das Leben auf den Inseln zumindest genauso detailliert untersucht werden sollten wie die Stürme selbst, und machte weiter. Doch sie hatte eine Spur zurückgelassen, so wie es Thetianer, die ein Buch schrieben, stets taten. Wie wissenschaftlich das Werk auch sein mochte, der Charakter des Autors schimmerte immer durch.

Die Domäne wurde kaum erwähnt, außer an einer Stelle:

Es wurde schon lange vermutet, dass die Domäne über Mittel und Wege verfügt, die Stürme vorherzusagen und ihre Tempel überall auf der Welt irgendwie zu warnen, obwohl nur wenige wissen, wie sie dies bewerkstelligt. Der Kaiserliche Geheimdienst erwies sich als höchst hilfreich, indem er mir (unfreiwillig) mitteilte, wie wenig über die Anlage in den Bergen nordwestlich von Mons Ferranis bekannt ist. Sie wird schwer bewacht, doch es scheint, als wären nicht alle Sacri immun gegen die Bedürfnisse, die den Rest von uns plagen, und könnten gelegentlich dazu überredet werden, ihre Zunge zu lösen.

Soweit ich es sagen kann, hat die Domäne Zugriff auf eine Art fliegendes Observatorium oder zumindest auf seine Bilder; dadurch erhalten sie eine Art Blick von oben auf den ganzen Planeten und können so sehen, wenn die Stürme sich bilden. Der wissenschaftliche Wert dieser Tatsache ist unermesslich, doch die Domäne ist nicht an Wissenschaft interessiert oder an den Erbauern dieses fliegenden Observatoriums, was auch immer es sein mag. Es existierte schon vor den Stürmen, woraus sich eine andere Frage ergibt: Haben die Stürme und das Observatorium irgendetwas miteinander zu tun? Die Tuonetar waren zweifellos die Katalysatoren der Stürme, doch war ihre Fähigkeit, die Welt von oben zu sehen, ein Faktor in der ursprünglichen Erscheinungsform der Stürme? Am entscheidendsten ist dabei eins: Nimmt man das Datum Mittsommer 2559 für den ersten aufgezeichneten Supersturm an, ist es dann möglich, dass die Tuonetar das System dazu benutzt haben, zuzusehen, wie die Stürme sich bildeten?

Sie erwähnte die *Geschichte* mit keinem Wort, noch nicht einmal die alternativen Berichte über den Krieg, den sie schilderte. Nicht einmal die Domäne stellte in Abrede, dass die Stürme aus dem Krieg mit den Tuonetar stammten, dass sie eine Art Nachhall nicht näher benannter Waffen waren. In ihrer Version hatten die Tuonetar sich gegen die ungerechtfertigte thetianische Aggression zur Wehr gesetzt, das Ergebnis jedoch war dasselbe.

Als ich schließlich spät an diesem Abend Salderis' Buch zu Ende gelesen hatte, lehnte ich mich auf meinem Stuhl zurück und starrte es an; es war noch immer auf der letzten Seite aufgeschlagen. Mein Körper war steif und schmerzte, weil ich fast den ganzen Tag in der gleichen Haltung dagesessen hatte; ich war nicht mehr als eine halbe Stunde weg gewesen, und in der Bibliothek gab es keine bequemen Stühle – jedenfalls nicht für jemanden, der noch immer nicht an thetianische Möbel gewöhnt war.

Es spielte keine Rolle. In meinem Kopf verschwamm alles zu einer wirren Masse von Ideen, die ich immer noch nicht vernünftig erfassen konnte. Ich hatte einfach nicht genug Zeit gehabt, Salderis' Theorien in mich aufzunehmen, aber ich hatte alle ihre Worte gelesen.

Es stellte sich heraus, dass der Titel des Buches absolut passend war, doch ich hatte immer noch damit zu kämpfen, mich mit der schrecklichen Vorstellung abzufinden, die sich auf den letzten paar Seiten herausschälte. Erst am Ende des Buches hatte Salderis enthüllt, was sie mit *Geister des Paradieses* gemeint hatte. Es war beinahe so, hätte sie die Grenze überschritten, die das Genie, das den Rest der Welt inspiriert hatte, vom Wahnsinn trennte. All das, was von einer besseren Welt übrig geblieben war … hatte sie wirklich das gesagt, was ich glaubte, oder sah mein müder Verstand Dinge, die gar nicht da waren?

Ich war im Moment nicht in der Verfassung, das zu entscheiden. Es gab keine Zweifel daran, was das Buch besagte, und warum es für die Domäne so gefährlich war. Doch was sie umrissen hatte, war auch für mich gefährlich, und die Idee, in das Sturmsystem einzugreifen, erschien mir plötzlich gar nicht mehr so brillant. Ich befasste mich mit Dingen, die weit außerhalb der menschlichen Erfahrung lagen. Die Magier der Tuonetar, die den Sturmzyklus in Gang gesetzt hatten, hatten menschliche Magie in einem planetaren Maßstab angewendet. Ich wollte genau das Gegenteil tun: planetare Magie in einer Arena nutzen, die viel zu klein war, um Sicherheit zu bieten.

»Cathan?« Ich hatte Telesta nicht einmal hereinkommen gehört. Müde blickte ich auf.

»Ihr seid erschöpft.«

»Wie könnte ich?«, protestierte ich. »Ich habe doch überhaupt nichts getan.«

»Geistig erschöpft. Ihr habt Euch den ganzen Tag kaum bewegt, und Ihr habt das ganze Buch in ein paar Stunden durchgelesen. Die meisten Menschen brauchen Tage dafür, egal, wie sehr sie sich anstrengen.«

»So viel Zeit habe ich nicht.«

»Es ist trotzdem bemerkenswert. Kommt, ich helfe Euch auf die Beine.« Ich klappte das Buch zu und ließ mir von ihr beim Aufstehen helfen. Ich schwankte und verspürte ein Schwindelgefühl, doch es gelang mir, das Gleichgewicht zu halten.

»Danke.« Draußen vor den Fenstern war es dunkel, und es regnete wieder, obwohl der Sturm in Ilthys längst nicht so schlimm war, wie er es zu Hause gewesen wäre.

»Habt Ihr Euch schon immer mit Ozeanografie beschäftigt?«, fragte sie und löschte dabei die Aetherfackeln; dann verließen wir den kleinen Raum, in dem ich gearbeitet hatte, um ihn mit der relativen Bequemlichkeit ihres Arbeitszimmers zu vertauschen.

»Nur mit dem Meer, bis ich so ungefähr fünfzehn war.« Ich hatte zwar auch noch einige andere Interessen, doch ich hatte viel mehr Zeit auf dem Meer oder darin verbracht als alle meine Freunde, sei es mit Tauchen, Segeln oder Schwimmen.

»Ich habe mich lange gefragt, ob wir mit Euch vielleicht einen Fehler gemacht hatten, ob Ihr wirklich ein Tar'Conantur seid. Jeder in Eurer Familie hat ein paar Dinge, denen er sich konzentriert und zielstrebig widmet. Bei Perseus war das angeblich seine Musik und seine Kunst. Palatine hat nicht aufgehört, darüber nachzudenken, wie man Thetia zu einer Republik machen könnte, seit sie mündig geworden ist, während Orosius …« Sie brach ab, starrte ins Leere. »Orosius betreibt alles bis ins Extrem. Es sah aus, als hättet Ihr diese Art von Leidenschaft im Gegensatz zu allen anderen in Eurer Familie nicht. Heute ist mir klar geworden, dass sie nur verborgen war.«

»Seid Ihr Orosius je begegnet?« Es war mir unmöglich, ihn als meinen Bruder zu bezeichnen.

»Ein paar Mal«, gab sie zu, während sie einige Papiere auf ihrem Schreibtisch zusammenfaltete. »Vor ein paar Jahren habe ich in den Kaiserlichen Archiven gearbeitet, das war in der Zeit kurz nach seiner Krankheit, und gelegentlich ist er heruntergekommen. Die Archive sind gruselig – ich glaube, er hat dort so etwas wie eine geistige Heimat gefunden. Keiner seiner Minister ist jemals heruntergekommen, sie hatten Angst, sich zu verirren. Aber manchmal hab ich ihn in einem abgelegenen Winkel angetroffen. Er war ... beunruhigend. Sehr kalt.«

Ihre Stimme war ruhig, doch es hörte sich an, als wären ihre Gefühle stärker als ein simples Unbehagen. Sie war fünf oder sechs Jahre älter als ich, und er war dreizehn gewesen, als er krank geworden war. Es gab eine offensichtliche Erklärung, woran es liegen konnte, dass sich eine sechs Jahre ältere Frau vor ihm fürchtete, aber ich glaubte nicht, dass es das war.

»Macht Euch keine Sorgen«, sagte ich. Telesta wollte nicht darüber sprechen.

»Das tue ich auch nicht. Ich weiß, dass er Euer Bruder ist, Cathan, aber es gibt nur wenige Menschen in Thetia, die um ihn trauern würden, wenn er jetzt sterben würde. Bestimmt niemand aus seiner eigenen Familie. Palatine hasst ihn, Arcadius würde vor Begeisterung krähen und zurückgeeilt kommen, um sich selbst zum Kaiser zu krönen, und Neptunia würde mit keiner Wimper zucken.« Neptunia war Palatines Mutter, Orosius' Tante.

Ich stellte fest, dass ich nicht über Orosius nachdenken wollte, nicht, solange Salderis' Worte noch so präsent waren. Ich verabschiedete mich und ging durch den strömenden Regen zurück zum Konsulat der Scartaris'; in meinem Kopf schwirrten alle möglichen Dinge durcheinander: Strömungsbänder, Sturmzyklen, Wirbelwinde, Korioliszyklen und Bilder der verwüsteten Inseln von Weltende – kahle Felsen, wo einst grüne Dschungel und Plantagen gewesen waren. Das war der Effekt, den die Stürme am falschen Ort haben konnten, wenn sie auf die falsche Weise benutzt wurden.

Zwei Tage später zahlte Mauriz dem Eigner und Kapitän einer Frachtgaleone eine gigantische Summe, damit er uns nach Qalathar brachte. Der Mann weigerte sich, mehr als zehn von uns mitzunehmen, daher ließen wir die Soldaten, die die Vernichtung der *Polarstern* überlebt hatten, in der Obhut des Konsuls zurück.

Sarhaddon und Midian waren bestimmt schon angekommen und hatten ihren triumphalen Einzug gehalten, dachte ich, während ich zusah, wie Tandaris, die Hauptstadt von Qalathar, auf einer Seite des buckligen Hügels vor uns Gestalt annahm. Die Sonne musste inzwischen untergegangen sein, denn der Himmel war von einem eintönigen Dunkelgrau, die Lücken in der Wolkendecke waren nicht mehr sichtbar. Es regnete schon wieder, und ich spürte allmählich die Auswirkungen davon, dass ich so lange in nassen Kleidern an Deck gewesen war. Ich war vor vielleicht einer Stunde unten gewesen, um mich abzutrocknen und umzuziehen und stand jetzt in einen Sturmmantel gehüllt auf dem Achterdeck und beobachtete die Lichter von Tandaris in der Dunkelheit voraus.

»Es wäre schön gewesen, die Stadt bei Tag zu sehen«, sagte Palatine, die zu mir trat. »Glaubst du, es ist immer so?«

Ich war in einer etwas umgänglicheren Stimmung und hatte zumindest zeitweise nicht mehr den Wunsch, allein zu sein; ich war froh, dass sie da war. Genau wie ich trug sie einen Kapuzenumhang, der fast wie der eines Priesters aussah. Der Unterschied war, dass unsere Kleidung schwer und plump war, während die Priester normalerweise leichtere Umhänge erhielten, die speziell für sie und die vorherrschende Witterung geschneidert worden waren.

»Was ist mit Tropenkrankheiten?«, fragte ich. Qalathar sah aus wie einer jener Orte, wo es von stechenden Insekten nur so wimmelte.

»Manchmal hast du wirklich etwas Deprimierendes. Außerdem bist du Thetianer – du kannst dir nichts Ernstes einfangen.«

Es war wirklich ein etwas düsteres Thema, aber es bereitete mir schon die ganze Zeit Sorgen. Die Insel, auf der sich die Zitadelle befunden hatte, war frei von Moskitos und gefährlichem Fieber gewesen, doch außer Palatine hatten fast alle ein paar Tage damit verbracht, sich zu wünschen, niemals gekommen zu sein, weil sie sich irgendeine unbekannte Krankheit zugezogen hatten. Palatine wurde natürlich niemals krank.

»Klingt gut. Wann war ich das letzte Mal in Thetia?«

»Das ist angeboren«, entgegnete sie in einem Tonfall, als wollte sie mir eine Lehrstunde erteilen, was mich ärgerte. »Wenn wir andauernd krank wären, würden wir nicht überleben.«

Ja, dachte ich, *aber das ist Thetia. Das ist ein anderes Klima.* Ich wäre als Hierarch wohl kaum von großem Nutzen, wenn ich mit einer der Krankheiten im Bett lag, von denen diese Insel wahrscheinlich heimgesucht wurde. In so einem Zustand könnte ich auch nicht fliehen, was mich mehr beunruhigte als der Gedanke an die Krankheit an sich.

»Unseren Botschaftern hier fehlt normalerweise auch nichts.« Palatine hatte meine Gedanken erraten. »Bei dir wird es genauso sein.«

Zum Glück war die See ruhig, sonst hätten wir vor der Küste ankern müssen und erst im Morgengrauen anlegen können. So jedoch steuerte der Kapitän sein Schiff in die äußeren Reeden von Tandaris, bis eine Galeere der Hafenmeisterei über das dunkle Wasser herangeglitten kam, an deren Bug und Heck Flammholzlaternen brannten, und uns ins Schlepptau nahm. Einer der Offiziere und ein paar Männer kamen an Bord; sie zogen sich an der Bordwand hoch, um unser Schiff zu überprüfen.

»Aus welchem Grund seid Ihr gekommen?«, fragte der Offizier eine der Gestalten, die im Lampenlicht an Deck kauerten. Er hatte die formelle Frage gestellt. »Hier ist es nicht sicher.«

»Wir wurden gemietet«, sagte der Kapitän. Seine Stimme klang ein bisschen unbehaglich. »Thetianische hohe Tiere.«

»Wie hoch?«

»Hoch genug, hoffe ich.« Das war Mauriz, der in diesem Augenblick den Niedergang heraufkam. »Wie gefährlich ist es denn hier, Zenturio?«

»Vor fünf Tagen ist ein neuer General-Inquisitor mit einem Dekret des Primarchen angekommen. Sie haben schon angefangen, Leute festzunehmen und vor die Tribunale zu schleppen.« Der Offizier drehte sich ein Stück zur Seite. Sein Gesicht war unnatürlich bleich, und er sah hager und müde aus. »Bald werden sie wieder Menschen verbrennen, Ketzer, die sie unterwegs gefangen genommen haben. Ich muss Euch fragen, mein Herr, wer Ihr seid?«

»Mauriz, Hochkommissar des Clans Scartaris.«

»Oh, Ihr habt im Augenblick nicht gerade den allerbesten Ruf.« Der Offizier wirkte jetzt beinahe entsetzt, und ich sah, dass der Kapitän immer beunruhigter aussah. »Ich habe die Anweisung, bei Eurer Ankunft die zuständigen Stellen der Domäne zu benachrichtigen.«

»Wie außerordentlich ermüdend«, schnappte Mauriz. »Ich danke Euch, dass Ihr es mir gesagt habt, Zenturio. Ich nehme an, der thetianische Vizekönig ist noch immer hier?«

»Ja, so ist es.«

»Und ein Repräsentant der Flotte?«

»Ich muss zugeben, dass ich das nicht weiß. Es gibt in ganz Qalathar keine Schiffe des Kaiserreichs.«

Palatine und ich wechselten einen Blick. *Warum nicht?*, fragte ich mich. Hatte der Kaiser sie zurückgezogen, um der Domäne freie Hand zu geben, oder gab es einen anderen Grund?

Wir erhielten keine Gelegenheit, lange zu spekulieren, denn der Offizier fuhr fort: »Die Docks werden von Sacri bewacht sowie von zwei oder drei Inquisitoren.«

Obwohl Mauriz ihn bedrängte, weigerte er sich, mehr zu sagen. In diesem Augenblick wurde die Diskussion von ein paar Seeleuten unterbrochen, die den Kapitän beiseite nahmen. Wir standen ziemlich weit entfernt von Mauriz und dem Offizier im Schatten, und sie schienen uns nicht zu bemerken.

»Kapitän, ist es sicher, hier anzulegen? Den Männern gefällt diese Inquisitions-Geschichte nicht.« Das war der Bootsmann, ein kleiner, kräftig gebauter Mann mit rasiertem Schädel. Ich hatte während der Reise festgestellt, dass er gut mit den Fäusten umgehen konnte, doch er war kein Schläger. »Ich meine, das Ganze hat sich gut angehört, als wir noch zu Hause waren, aber jetzt finde ich es hier nicht besonders witzig.«

»Nicht wenn es hier Scheiterhaufen und Tribunale und solche Dinge gibt.« Ich war mir nicht sicher, wer das gesagt hatte, aber die Stimme klang ziemlich nervös. »Ilthys ist eine Sache, aber das hier klingt ziemlich übel.«

»Vor allem, solange sich diese Inquisitoren hier rumtreiben.« Der

Bootsmann blickte sich um, als hätte er Angst, belauscht zu werden. »Und wenn diese Thetianer gesucht werden …«

»Ihr meint, ihr wollt sofort zurückfahren, ohne auch nur eine Nacht hier zu verbringen?«, fragte der Kapitän.

Ein dritter Mann, möglicherweise der Navigator, brummte zustimmend.

»Wir haben genug Vorräte, und außerdem können wir in Methys anlegen, um frisches Wasser an Bord zu nehmen. Die Passagiere können in die Galeere umsteigen, und noch ehe die Sonne aufgeht, haben wir die Inland-See wieder verlassen.«

»Ich sage es ihnen«, entschied der Kapitän und trat wieder zu Mauriz und dem Offizier. »Zenturio, meine Mannschaft will nicht an Land gehen, könnten wir also die Passagiere an Euch übergeben und gleich wieder ablegen?«

»Wir haben *Euch* angeheuert, um uns nach Tandaris zu bringen, nicht die Behörden von Qalathar.«

»Es tut mir Leid, Lord Mauriz, aber das hier ist ein privates Schiff. Wenn der Mannschaft nicht gefällt, was ich tue, kann sie mich absetzen, und Ihr wärt trotzdem nicht besser dran. Und es nützt auch nichts, uns mehr Geld anzubieten.«

Mauriz warf den drei verantwortlichen Seeleuten einen Blick zu und sah dann wieder den Kapitän an. Es war still, abgesehen von dem unaufhörlichen Plätschern des Regens und dem Tröpfeln des Wassers auf den Decks. Einer der Qalatharis fingerte an seinem Messer herum.

»Nun gut«, sagte Mauriz widerwillig. »Ich ziehe ein Fünftel der vereinbarten Summe ab, schließlich habt Ihr uns nicht wohlbehalten in Tandaris abgeliefert. Fahrt nach Hause und gebt das Geld in Ilthys aus, wo alle Inquisitoren ein Ausbund an Tugend sind.«

Der Kapitän sah aus, als wollte er Einspruch erheben, doch der Bootsmann schüttelte den Kopf. In den wenigen Minuten, seit der Zenturio mit seinen Neuigkeiten an Bord gekommen war, war die Mannschaft eines Kauffahrers, die bereit gewesen war, ohne Wehklagen den Winterstürmen zu trotzen, zu ängstlichen Kaninchen geworden. Und dabei war noch kein Inquisitor in Sicht.

Ich hatte ein nur allzu vertrautes Gefühl im Bauch, als ich unter

Deck ging, um mein Gepäck zu holen. Noch ehe wir den Fuß auf Qalathar gesetzt hatten, war der Schatten der Domäne schon wieder auf uns gefallen.

Die Mannschaft des Schiffs sah schweigend zu, als Mauriz dem Kapitän die restliche Entlohnung auszahlte und dann seinem Gepäck von der schwankenden Galeone auf die Galeere folgte. Einer nach dem anderen taten wir es ihm nach, wobei wir fast den gesamten freien Platz einnahmen. Die Galeere schien gefährlich überladen zu sein, doch keiner der dunkelhäutigen qalatharischen Ruderer beklagte sich, als sie sie von der Galeone fort und in den Hafen ruderten.

Der Regen verwandelte die Galeone schon bald in einen großen, verschwommenen Schemen; die Rufe des Kapitäns und das Knarren der Takelage waren in dem Rauschen und Plätschern kaum zu hören. Und dann waren nur noch die Laternen zu sehen, als das Schiff langsam wendete und in der Nacht verschwand.

»Zenturio, gehen Eure Anweisungen darüber hinaus, die Schergen der Domäne zu alarmieren?«, fragte Mauriz knapp; trotz des schwankenden Decks hatte er keinerlei Probleme, das Gleichgewicht zu halten.

»Nein, aber ich werde Euch festnehmen müssen«, erwiderte der Offizier.

»Dazu seid Ihr nicht befugt. Schickt einen Boten, wenn Ihr wollt, aber das ist keine Rechtfertigung, mich einzusperren.«

»Es ist nicht mehr so wie früher, Kommissar. Ganz Qalathar steht jetzt unter der Herrschaft der Domäne. Wir müssen tun, was sie von uns verlangen, oder die Inquisitoren klagen uns ebenfalls als Ketzer an.«

»Das heißt also, die Domäne steht über dem Gesetz und dem Kaiserreich?«

»Das kommt darauf an, wie Ihr das Gesetz interpretiert, aber tatsächlich ist es so. Die Domäne ist die Macht in Qalathar, nicht Thetia. Wir werden nicht von weltlichen Gesetzen geschützt.«

»Dann ist es jetzt so weit«, sagte Telesta traurig. »Die Domäne macht sich nicht länger die Mühe, irgendwelche Gesetze außer ihren eigenen anzuerkennen.«

»Was für andere Gesetze denn?«, wollte der Zenturio wissen.

»Der Kaiser kümmert sich um nichts, und die Pharaonin ist verschollen. Wenn Ihr hier leben würdet, statt von Euren luftigen Palästen in Thetia aus zuzusehen und zu fordern, dass man Euch Rechte gewährt, wenn es Euch gerade passt, würdet Ihr vielleicht verstehen, wie es ist.«

»Niemand hat Rechte *gewährt.* Ihr habt sie. Einschließlich des Rechts auf Gesetze, das die Domäne so sorglos ignoriert.« Mauriz' Tonfall war wie so oft verächtlich. »Und der Kaiser wird sich schon bald um Qalathar kümmern – denn wenn er es nicht tut, könnte er seinen Thron verlieren.«

Ich wunderte mich – wurde Mauriz allmählich übertrieben optimistisch? Doch der Offizier betrachtete seine Worte nur als leeres Gerede eines thetianischen Adligen und machte sich nicht die Mühe zu antworten.

Überall um uns herum waren jetzt Schiffe, größtenteils aus Qalathar mit Lateinerbesegelung, niedrig und schlank, für schnelle Fahrten über die relativ ruhige Inland-See gedacht. Doch viele Anlegeplätze waren leer, und es waren nur wenige größere Schiffe wie die im Archipel weit verbreiteten Galeonen zu sehen. Eine hatte weiter draußen vor Anker gelegen; das Heckfenster war erleuchtet gewesen und im Innern hatte man die Umrisse von Menschen erkennen können, doch das schien eine Ausnahme gewesen zu sein. Vielleicht war es auch eine Art Wachschiff der Domäne, oder es gehörte jemandem, der mit der Domäne zusammenarbeitete, wie Lord Foryth aus Taneth.

Taneth. Ich fragte mich, wie Hamilcar mit seinem Vorhaben, Lord Foryth zu Fall zu bringen, in jener sonnenbeschienenen Stadt auf der anderen Seite der Welt, wo die Domäne eine Religion und keine Regierung war, voran kam. Er würde nicht erwarten, jetzt schon von uns zu hören, und ich glaubte auch nicht, dass er etwas hören würde. Wir hatten ihm vor einiger Zeit versprochen, für ihn den Dissidenten auf den Zahn zu fühlen, doch damals hatte Ravenna als Führerin dienen sollen – bevor die Inquisition auf den Plan getreten war. Und Elassel, die mit ihm gegangen war, um sich das Leben in Taneth anzusehen, frei von allen Einmischungen der Domäne – ob es ihr wohl gefiel?

Ich dachte noch immer an sie, als die Galeere vor dem Büro des Hafenmeisters am Kai anlegte. Der Zenturio und zwei seiner Männer stiegen aus und bedeuteten dann Mauriz und uns anderen, ihnen zu folgen.

Im strömenden Regen eines Winterabends betrat ich zum ersten Mal Qalathars Küste, die nassen Steine eines verlassenen, dunklen Kais. Der Boden unter meinen Füßen fühlte sich genauso an wie jeder andere, sonst jedoch war alles irgendwie anders. Doch wie auch immer die Umstände sein mochten, ich war endlich in Qalathar angekommen.

Dritter Teil

Die Asche des Paradieses

Kapitel XVII

Links und rechts vom Tor zum Palast des Vizekönigs brannten Flammholzlaternen und warfen ihr geisterhaftes Licht durch den stürmischen Regen. In Nischen in den gigantischen Torpfosten eingelassen – drei an jeder Seite – verliehen sie der ganzen Szene etwas Irreales, wie ein Tableau aus uralter Vergangenheit. Außerhalb des Lichtkreises verloren sich die hoch aufragenden Mauern in der Dunkelheit; die großen, mattroten Steine wirkten beinahe schwarz. Die Farbe der Tuonetar.

Doch das letzte Überbleibsel des Reichs der Tuonetar lag von Wolken verhüllt viele Meilen in der Ferne, und wir standen an diesem Winterabend auf einer regennassen Straße in Qalathar. Der kleinen Gruppe um mich herum, deren Mitglieder sich alle in ihre Umhänge gehüllt hatten, war kaum noch etwas von der Großartigkeit und der Macht geblieben, die sie noch vor wenigen Wochen in Ral Tumar gehabt hatten.

Eine kleine Tür schwang auf, und ein weiterer qalatharischer Offizier trat in einen schwarzen Umhang gehüllt heraus.

»Was soll das, Zenturio?«, verlangte er von unserem Begleiter zu wissen. Er war offensichtlich nicht erfreut über die Störung. Wie nicht anders zu erwarten, bekam der Zenturio keine Möglichkeit, zu antworten.

»Ich bin Mauriz, Hochkommissar des Clans Scartaris, und als thetianischer Offizieller verlange ich unverzüglich eine Audienz beim Vizekönig.«

Ich wusste nicht, wer im Augenblick Vizekönig war. Es hatte meines Wissens bisher drei verschiedene gegeben, von denen keiner ein echter Thetianer gewesen war; die kryptische Bemerkung des Zenturio über die Schwäche des Kaiserreichs hatte mich allerdings beunruhigt.

Der Offizier zögerte einen Augenblick und musterte Mauriz

sorgfältig, dann nickte er. »Die Inquisition will mit Euch reden, aber das ist nicht mein Problem. Kommt herein. Ihr auch, Zenturio.«

Nacheinander traten wir durch die kleine Tür in ein enges Torhaus und waren damit zum ersten Mal seit einer Ewigkeit – zumindest mir war es so vorgekommen – vor dem strömenden Regen geschützt. Hinter dem Torhaus beleuchteten weitere, wahllos verteilte Fackeln einen düsteren Innenhof mit ein paar Palmen und einem geräuschlosen Springbrunnen. Am Rand wand sich ein trocken und einladend wirkender, ebenfalls von Fackeln erhellter Säulengang aufwärts.

Es war mehr oder weniger unausweichlich gewesen, dass wir nach der Landung hierher gekommen waren, da der Zenturio Mauriz' ätzenden Bemerkungen und Drohungen, den Vizekönig herbeizurufen, wenn er nicht unverzüglich zum Palast gebracht wurde, nicht lange Widerstand leisten konnte. Nachdem wir eine Viertelstunde vom Hafen hier heraufgestapft waren, wobei es mir so vorgekommen war, als schwanke das Land wie ein Schiffsdeck, war ich dankbar für die relative Wärme und das Dach, das den Regen abhielt. Ich war immer noch etwas aus dem Gleichgewicht, doch es hätte schlimmer sein können.

Als sich die Tür hinter den Wachen des Zenturio schloss, flüsterten der Wachoffizier und sein Stellvertreter miteinander, wobei ihre Worte im unaufhörlichen Rauschen des Regens praktisch untergingen. Einen Augenblick später rannte der Stellvertreter durch den Säulengang davon; sein Schatten huschte an den bemalten Wänden entlang, während er den Gang hinauflief und im Palast verschwand.

»Wer ist Vizekönig?«, fragte ich Palatine so leise ich konnte.

»Ich habe keine Ahnung«, sagte sie. »Es gab zehn Jahre lang oder so einen guten Vizekönig – er hat die Domäne einigermaßen in Schach gehalten –, aber der nächste hat nichts getaugt. Ich glaube, er wurde von den Clanpräsidenten rausgeworfen – aber ich weiß nicht, wer ihn ersetzt hat.«

Der Zenturio fragte den Wachoffizier, der seinen schwarzen Umhang abgenommen und die Abzeichen eines Tribuns auf seiner ansonsten schlichten Uniform enthüllt hatte, was er als Nächstes tun sollte. Weitere Soldaten tauchten aus dem Wachraum auf; ihr Gesichtsausdruck unterschied sich deutlich von dem der Männer, die uns vom Hafen hierher begleitet hatten. Ich nahm an, dass dies thetianisch-qalatharische Truppen waren, die durch das Kaiserreich vor der Verfolgung durch die Inquisition geschützt waren.

Einen Augenblick später öffnete sich die Tür auf der Kolonnade, und der Unteroffizier trat auf den Balkon.

»Der Vizekönig wird Euch in wenigen Minuten empfangen«, rief er in den Hof herunter. »Kommt unverzüglich herauf.«

Palatine und ich sahen einander fragend an, während wir dem Tribun aus dem Torhaus und die sanft ansteigende Kolonnade hinauf folgten. Das Licht hier drinnen war wärmer, ohne die unheimliche Blässe der abgeschirmten Fackeln draußen, und die Innenseite der Kolonnade war in den gleichen kraftvollen Rot- und Blautönen gestrichen wie der Rest der Stadt. Wir ließen eine Spur aus Wassertropfen auf dem trockenen Steinboden zurück, als wir weitergingen, doch ich war froh darüber, nach einer Ewigkeit auf einer ständig feuchten Galeone endlich wieder in der Zivilisation zu sein.

»Riechst du die Gewürze?«, fragte Palatine im gleichen Augenblick, als die Tür aufs Neue geöffnet wurde und wohl riechende warme Luft die Galerie herunterwehte. Bedienstete kamen heraus und halfen uns dabei, die durchnässten Umhänge abzulegen. Ich konnte zwar keinen großen Unterschied feststellen, denn ich schien auch darunter ziemlich nass zu sein, doch es war zumindest eine Erleichterung, das Gewicht loszuwerden. Nach den Flecken auf dem Umhang zu schließen, hatte der Regen abgewaschen, was noch von meiner Tarnung übrig geblieben war. Ich hoffte sehr, dass ich sie nicht mehr brauchen würde, denn Matifa war in Ilthys geblieben.

Dann wurden wir durch die breite Tür in ein geräumiges, hell erleuchtetes Vorzimmer mit Marmorfußboden geleitet.

Wozu das Willkommenskomitee?, fragte ich mich, während ich dankbar ein Tuch von jemandem entgegennahm, um mir das Gesicht abzutrocknen. Wir schienen durch die Tür in eine völlig andere Welt getreten zu sein, eine Welt, die dadurch, dass wir so plötzlich darin angekommen waren, fast schon überwältigend war.

Einen Augenblick verspürte ich eine leichte Benommenheit, ziemlich sicher vor Müdigkeit, und ich drückte mir kurz das Tuch gegen die Stirn. Die Benommenheit ging fast ebenso schnell vorüber, wie sie gekommen war; ich schaute mich um und konnte sehen, dass die anderen – mit Ausnahme von Mauriz – einfach erleichtert waren, im Trockenen zu sein. Der Scartaris sah natürlich so aus, als hätte er genau dies erwartet.

Als sich die Bediensteten zurückzogen, erschienen zwei weitere Personen in einem der Korridore, die von dem Raum abgingen, und ich starrte sie einen Augenblick verblüfft an. Nur einen Augenblick lang, denn dann schrie eine von ihnen »Cathan! Palatine!«, und kam angerannt, um mich fast in ihren Armen zu erdrücken. Noch ehe ich mich von Laeas' Begeisterung erholt hatte, hieß mich Persea mit einer ähnlich warmen, aber weniger schmerzhaften Umarmung willkommen. Es war ein bisschen verwirrend, hier zwei meiner alten Freunde aus der Zitadelle anzutreffen, obwohl man es in Anbetracht ihrer Beziehungen durchaus hätte erwarten können. Wie wunderbar, endlich wieder ein paar freundliche Gesichter zu sehen!

»Was macht ihr denn hier?«, lachte Persea entzückt. »Wir sind auf Geheiß des Vizekönigs gekommen, um uns mit diesem gefährlichen, hochrangigen Thetianer zu treffen, und dann finden wir euch hier.«

»Das da ist der gefährliche, hochrangige Thetianer«, sagte Palatine und deutete auf Mauriz, der uns mit amüsiertem Lächeln beobachtete, dem ersten, das ich seit langer Zeit von ihm zu sehen bekam.

»Entschuldigung, Lord Mauriz«, sagte Laeas und wandte sich an den Thetianer. »Ich bin hier, um die Grüße des Vizekönigs zu übermitteln.«

»Das scheint mir in Anbetracht des Ärgers, den ich verursache, nicht sehr aufrichtig.«

»Vielleicht. Aber er will Euch auf alle Fälle sprechen.« Sowohl Laeas als auch Persea trugen das Weiß der Mitarbeiter des Vizekönigs zu ihren qalatharischen Gewändern, und sie sahen sehr offiziell aus.

»Es ist schön, euch wiederzusehen«, sagte Laeas, der sich wieder uns zugewandt hatte. »Der Vizekönig wird höchst erfreut sein.«

»Warum denn das?«, wollte Palatine wissen. Der Vizekönig selbst, der in diesem Augenblick in der Türöffnung vor uns auftauchte, gab ihr die Antwort. Er sah sorgenvoll aus, doch sein Gesicht leuchtete auf, als er uns erblickte, und er kam lächelnd auf uns zu. Genau wie seine Männer war er in Uniform, schmucklos bis auf die Admiralssterne – Sterne des Archipels, keine cambressianischen. Die zweite Überraschung dieser Nacht war fast zu viel für meinen erschöpften Verstand. Aber vielleicht wachte ja doch eines der Elemente über uns und hatte uns am Ende dieser langen Reise zu dem einen hochrangigen Bewohner des Archipels gebracht, den wir kannten und dem wir – in gewissem Maße – trauen konnten.

»Mauriz«, sagte er grüßend und nickte dem Hochkommissar zu. »Cathan, Palatine, ich bin froh, Euch zu sehen.«

»Ihr seid aufgestiegen in der Welt«, bemerkte Mauriz, wobei er fast genau die gleichen Worte verwendete, die Ravenna diesem Mann gegenüber gebraucht hatte, als ich ihm erst vor ein paar Monaten zum ersten Mal begegnet war. »Jetzt seid Ihr schon Vizekönig von Qalathar.«

»Und von einer ganzen Welt voller Ärger«, seufzte Sagantha Karao. »Aber kommt herein, ihr alle.«

Während wir mit ihm durch den Torweg und dann einen weiteren, hell erleuchteten Korridor entlangschritten, konnte ich immer noch kaum glauben, dass Sagantha der Vizekönig von Qalathar war. Ravenna hatte ihn als echten Politiker bezeichnet, als einen Mann, der wusste, wann es an der Zeit war, die Seiten zu wechseln, und dessen fraglos vorhandene Sympathie für die Ketzer ein dehnbarer Begriff war. Wären wir – und vor allem sie – in Lepidor gestorben, hätte er der Domäne niemals vergeben und sein Amt als Hüter der Stadt treu erfüllt. Doch es hätte seine politische Ausrichtung nicht im eigentlichen Sinne geändert, und ich bezweifelte, dass er an so etwas wie Rache auch nur gedacht hätte.

Aber wie flexibel war seine Moral wirklich? Cambress, berüchtigt für seine Weltlichkeit, war einer der beiden Todfeinde Thetias; und hier diente nun ein cambressianischer Admiral und Ex-Suffet als thetianischer Vizekönig im von der Domäne beherrschten Archipel. Man brauchte einen echten Logikverdreher von Philosophen, um das zu rechtfertigen.

Zumindest waren wir sicher hier in Qalathar angekommen, und

es hätten eine Menge unangenehmere Menschen im Palast des Vizekönigs residieren können.

Sagantha führte uns durch eine Seitentür in ein Empfangszimmer, das glücklicherweise mit Sesseln und Sofas anstatt mit Diwanen möbliert war, wenn die Möbel auch im qalatharischen Stil gehalten waren. Seine Wahl war ganz offensichtlich wegen Mauriz auf diesen sehr offiziell wirkenden Raum gefallen. Die Farbe an den Wänden war unzweifelhaft Gold.

»Nehmt Platz«, forderte Sagantha uns auf und wies einen der Diener an, etwas zu trinken zu bringen. Er selbst setzte sich nicht, sondern blieb vor dem Fenster stehen und betrachtete uns. Auch Mauriz war stehen geblieben.

»Ich werde ganz offen sein, Kommissar Mauriz, und die Angelegenheit jetzt gleich erledigen. Dann können wir uns vielleicht etwas einfallen lassen«, begann der Vizekönig, ohne auf den Wein zu warten. »Eure Ankunft hier ist unerwünscht; sie stört die Politik des Kaiserreichs und steht ausdrücklich im Widerspruch zu den Wünschen der Pharaonin.«

»Wie schon gesagt, Ad… äh, Lord Vizekönig,« – ich war mir nicht sicher, ob das ein echter Versprecher oder Absicht gewesen war – »ich bin thetianischer Bürger und ein Würdenträger des Clans Scartaris. Ich kann reisen, wohin ich will.«

»Das ist wahr, aber eine Rebellion zu planen ist schon immer missbilligt worden.«

»Wollt Ihr damit etwa andeuten, ich sei ein Revolutionär? Meine republikanischen Ansichten sind wohl bekannt, aber nur ein Priester könnte beides für dasselbe halten.«

»Ich will gar nichts *andeuten,* Mauriz. Ich weiß es«, entgegnete Sagantha kalt. Ich sah die unbehaglichen Mienen von Laeas und Persea, die nicht weit von mir saßen und uns beobachteten. Später würde noch Zeit für eine richtige Begrüßung sein, das hoffte ich zumindest. So bald wie möglich. Ich wollte nicht das Geringste mit alledem zu tun haben, obwohl ich wusste, dass dies eine vergebliche Hoffnung war.

Wie viel hatte Ravenna ihm von dem thetianischen Komplott erzählt? Sie musste hier gewesen sein; es gab keine andere Möglichkeit. Wie sonst hätte Sagantha auch nur den Verdacht haben können, dass Mauriz etwas vorhatte? Vielleicht eine Sekunde lang hoffte ich beinahe, dass sie ihm alles erzählt hatte, dass er in der Lage wäre, diese ganze Sache im Keim zu ersticken. Mittlerweile bedeutete es mehr für mich als eine unerwünschte Komplikation; es war eine Möglichkeit, gegen die Domäne und meinen Bruder zurückzuschlagen.

»Von Euren vielen Spionen?«, wollte Mauriz wissen; anscheinend hatte er vor, sich so gut es ging herauszureden. »Ihr spielt selbst ein gefährliches Spiel, Vizekönig, und lauft weit größere Gefahr, Eure Treue zu brechen, als ich es tue.«

»Darum geht es hier nicht. Ich habe jetzt die Macht in diesem Land, und nur Ranthas und der Kaiser können mich absetzen.« Er seufzte, musterte Mauriz scharf. »Meine Position mag zwar alles andere als sicher sein, aber der Kaiser ist im Augenblick die kleinste meiner Sorgen. Und ich habe großes Interesse daran, dass das auch so bleibt.«

»Es liegt mir fern, die Berufung eines Rebellen und Ausländers zum Vizekönig zu kommentieren.«

»Cambress ist Teil des Kaiserreichs, wie Ihr in Selerian Alastre so gern zu sagen pflegt. Es hat seinen Nutzen. Genau wie die Gesetze von Thetia und Qalathar, die ziemlich eindeutig sind, wenn es um Verrat geht.«

»Auf wessen Anschuldigungen hin?«, fragte Mauriz und kräuselte die Lippen zu einem Lächeln. Er ging – ein Glas Wein in der Hand – um die Rückseite des Sofas herum, auf dem ich saß. Ich hielt ebenfalls ein Glas, was ich noch gar nicht bemerkt hatte, und ich wollte den Wein sowieso nicht trinken. Ich war viel zu müde. »Ihr beschuldigt mich des Verrats an der Pharaonin von Qalathar, womit Ihr Euch, selbst wenn ich ein Qalathari wäre, auf ziemlich unsicherem Terrain befändet. Was Thetia betrifft, so ist es dort kein Verbrechen, Republikaner zu sein.«

»Was den zweiten Punkt angeht, so teile ich Eure Empfindungen voll und ganz, aber es gibt einen Unterschied zwischen Republikanern und Revolutionären.«

»Und ich frage Euch noch einmal: *Wo sind Eure Beweise?* Wer hat

Euch das erzählt?«, fragte Mauriz eindringlich und deutete anklagend mit dem Finger auf Sagantha.

»Die Pharaonin«, sagte Sagantha nach einer kurzen Pause. »Sie hält ihren Informanten für vertrauenswürdig, und als ihr Regent handle ich in ihrem Namen. Die rechtmäßige Herrscherin von Qalathar hat Euch des Hochverrats und der Verschwörung bezichtigt, Mauriz Scartaris.«

»So viel zu Eurer Freundin«, zischte Mauriz mich an.

»Ich war nicht derjenige, der sie alles hat mit anhören lassen«, erwiderte ich und sprang auf. »Sie hat niemanden verraten. Ihr habt nicht die geringsten Vorsichtsmaßnahmen ergriffen oder Euch die Mühe gemacht, zu überprüfen, wer sie war. Ich dachte immer, Verschlagenheit sei die zweite Natur eines jeden Thetianers.«

»Wollt Ihr damit etwa andeuten, ich sei unfähig?«, fragte Mauriz. Seine Gesichtszüge spannten sich an, wie immer, wenn er wütend war. »Ihr habt es die ganze Zeit gewusst.«

»Ja, das habe ich, und natürlich habe ich es Euch nicht erzählt. Ich habe viel mehr Hochachtung vor ihr, als ich je für Euch empfinden werde. Ihr habt einfach auf Eure Arroganz und Eure Position vertraut, wenn Ihr in der Klemme gesteckt habt. Nur wird das hier nicht funktionieren, oder sonst irgendwo, wo Eurem Clan nicht das halbe Land gehört.«

Mauriz sah jetzt richtig wütend aus, doch ich gab nicht klein bei, wobei es mir half, zu wissen, dass ich alle Anwesenden auf meiner Seite hatte.

»*Tace, tace!*«, sagte Sagantha und trat mit einer Haltung, die echte Autorität verströmte, zwischen uns, wobei sich diese Haltung beträchtlich von der Macht der Persönlichkeit unterschied, die Mauriz einzusetzen pflegte, um zu bekommen, was er wollte. »Beruhigt Euch. Mauriz, Ihr werdet zu meinen Beschuldigungen Stellung nehmen.«

»Welche Beschuldigungen? Vergebt mir, dass ich den Eindruck habe, dies hier wäre ein Empfangszimmer und kein Gerichtshof. Ich bin angeklagt, ein Komplott geschmiedet zu haben, das darauf abzielen soll, die Pharaonin abzusetzen«, begehrte Mauriz auf. Er ignorierte mich jetzt völlig und wandte sich an Sagantha. »Vizekönig, Ihr habt keine Zeugen, keinen *Beweis,* dass ich gegen irgendjemanden ein wie auch immer geartetes Komplott schmiede. Wenn wir diese fruchtlose Debatte jetzt vielleicht beenden und uns einem anderen, viel versprechenderen Thema zuwenden könnten, werden wir alle viel glücklicher sein.« Ich war noch immer auf den Füßen und schaute zu, wie die beiden einander gegenüberstanden. Mauriz' Herausforderung hing in der Luft. Er forderte Sagantha heraus, ihn offiziell anzuklagen, damit Ravenna als Zeugin auftreten musste und von der Domäne ergriffen werden konnte.

Und Sagantha war das natürlich vollauf bewusst. Als er antwortete, klangen seine Worte sehr sanft und wohl überlegt.

»Ich könnte Euch genauso gut der Domäne übergeben, die sehr froh wäre, sich mit Euch über Euer Verhalten in Ilthys unterhalten zu können. Ihr Anliegen mag zwar keine rechtliche Grundlage haben, aber sie können Euch das Leben ganz schön schwer machen. Bedenkt, dass ich das höchste Berufungsgericht in Qalathar bin. Nur die Versammlung oder der Kaiser können sich über meine Entscheidungen hinwegsetzen.«

Dann wusste Sagantha also Bescheid. Er forderte Mauriz auf, seine Trumpfkarte auszuspielen und mich zu benutzen, um seine Position zu verbessern. Doch der Thetianer war zu schlau.

»Die Schergen der Domäne sind nicht die Einzigen, die anderen das Leben schwer machen können. Daher würde ich vorschlagen, dass wir aufhören, einander zu drohen, Vizekönig, und uns über andere Dinge unterhalten.«

»Ich glaube nicht«, sagte Sagantha sehr bedächtig. »Ich halte hier alle Trümpfe in der Hand. Die Domäne will Rache dafür, dass sie in Ilthys gedemütigt worden ist. Ich bin der Einzige, der Euch vor den Fanatikern beschützen kann. Die Konsuln der Clans allein können hier nichts ausrichten. Wir sprechen über das, worüber ich sprechen will.«

»Und das wäre?«, fragte Telesta. Wir hatten fast vergessen, dass sie überhaupt da war, weil sie bisher still dabeigesessen hatte.

»Warum Ihr hier seid«, sagte Sagantha. »Niemand wird glauben, dass dies eine Geschäftsreise ist, nicht angesichts der Zusammensetzung Eurer Gruppe. Scartaris und Polinskarn? Oh, wohl kaum. Ich weiß, was Ihr tut und wer Eure Reisegefährten sind. Ich trage ihnen nichts nach, und ich bin glücklich, sie meine Freunde zu nennen. Und ich will auch nicht, dass Ihr oder Lord Mauriz leidet.«

»Wenn Ihr das alles wisst, warum klagt Ihr uns dann an? Ihr habt noch immer keine Beweise vorgelegt«, sagte Mauriz; er trank sein Glas aus und stellte es auf den Tisch.

»Ich habe keine Zeit für so etwas«, sagte der Vizekönig müde. »Ich habe den Kaiser erst vor ein paar Wochen getroffen. Um der Spione willen, die dieses Land heimsuchen, werde ich nichts weiter sagen. Doch Ihr seid nicht die Einzigen, die Spione einsetzen können.«

Jeder, der den Kaiser gesehen hatte, würde die Ähnlichkeit zwischen uns erkennen.

»Ach ja?«, fragte Mauriz, ohne die Andeutungen des Vizekönigs abzustreiten oder zu bestätigen. »Und wenn?«

»Damit ist jetzt Schluss«, sagte Sagantha kategorisch. In seinem Tonfall schwang große Müdigkeit mit. Diese Müdigkeit war auch schon in Lepidor da gewesen, wurde mir im Nachhinein klar, allerdings gut verborgen hinter der Fassade des Politikers. »Ihr wollt die Pharaonin stürzen und Euren eigenen Anführer an ihre Stelle setzen, um den Interessen Thetias zu dienen. Nein, ich habe gelogen. Nicht einmal den Interessen Thetias. Den Interessen der republikanischen Bewegung.«

»Wenn es ein solches Komplott gäbe, würde es Eure Pharaonin doch überhaupt nicht bedrohen. Es gibt einen rechtmäßigen Kaiser und einen rechtmäßigen Hierarchen. Der Hierarch war – ist – ein religiöser Führer.«

»Mauriz, lass es gut sein«, sagte Telesta. »Du machst Thetia heute Abend keine Ehre, und du gräbst dir nur selbst ein Grab.«

»Was spielt Ihr eigentlich für eine Rolle in dieser Geschichte?«, erkundigte sich Sagantha. Er achtete nicht auf den wütenden Mauriz und sah Telesta an. »Den ortsansässigen Wendehals?«

Telesta zog eine dünne Braue hoch. »Wenn wir von Wendehälsen sprechen, könnte ich Euch bessere Kandidaten als mich vorschlagen. Ich bin keine Republikanerin, und ich bin auch keine Anhängerin des Kaisers. Doch aus bestimmten Gründen will ich, dass die Domäne aus dem Archipel verschwindet. In den zwei Jahren seit sie volljährig geworden ist, hat die Pharaonin sich nicht gezeigt, und Qalathar hat nichts getan. Wenn Ihr etwas getan hättet, hätten wir Euch geholfen.«

Offene Verachtung zeigte sich auf den Gesichtern der drei Archipelbewohner.

»Natürlich – genauso, wie Ihr uns vor vierundzwanzig Jahren geholfen habt«, bemerkte Laeas höhnisch. »Ihr entledigt Euch einfach Eures nichtsnutzigen Kaisers und helft uns, wenn Ihr so weit seid.«

»Mein Clan hat vier Schiffe ausgesandt, um Euch zu helfen. Vier Schiffe, die durch den Verrat eines Präsidenten aus dem Archipel im Hafen zerstört wurden. Daraufhin hat niemand mehr Schiffe geschickt.«

»Eine merkwürdige Geschichtsversion, von der wir noch nie gehört haben«, meinte Persea.

»Es ist wahr. Während des Kreuzzugs ist ein bisschen Verstärkung aus Thetia gekommen, obwohl ich nie erfahren habe, welcher Clan sie geschickt hat«, sagte Sagantha. »Ral Tumar hat die Seiten gewechselt und die Schiffe zerstört.«

»Ein weiteres Zeichen dafür, wie einig der Archipel sich ist«, sagte Mauriz wegwerfend. »Habt Ihr über Weltende hinaus um Hilfe gebeten? Konntet Ihr überhaupt eine Armee aufbieten? Wie ich mich erinnere, Vizekönig, habt Ihr wohl zu diesem Zeitpunkt Euer cambressianisches Erbe entdeckt und Euch für die Dauer des Krieges davongemacht.«

»Ich habe versucht, irgendwo Hilfe zu holen, da Ihr ja ganz offensichtlich keine leisten wolltet«, schnappte Sagantha. Zum ersten Mal war er aus der Ruhe gebracht worden. »Es spielt keine Rolle, wessen Schuld der letzte Kreuzzug war. Was eine Rolle spielt, ist Eure Absicht, die Pharaonin durch einen Hierarchen zu ersetzen, einen religiösen Führer, der uns nur als Mittel betrachten wird, den Kaiser zu stürzen.«

»Ich bin nicht gekommen, um Einzelheiten dieses angeblichen Plans mit Euch zu diskutieren.«

»Nein, Ihr seid gekommen, um ihn in die Tat umzusetzen. Das gilt hier als Verrat, und ich kann das nicht zulassen.«

»Ihr täuscht Euch«, beharrte Mauriz kategorisch. Er schritt zur Tür, blieb stehen und drehte sich mit verschränkten Armen wieder zu uns um. »Der Plan ist, das Hierarchat wieder einzusetzen, das durch ein religiöses Dekret vor zweihundert Jahren unrechtmäßigerweise abgeschafft wurde, und Orosius zu zwingen, zu Gunsten der Versammlung abzudanken. Dies wird notwendigerweise beinhalten, die klerikalen Aasgeier hinauszuwerfen, die diese Inseln schon viel zu lange heimsuchen. Die Pharaonin steht, was den religiösen Aspekt betrifft, tatsächlich unter dem Hierarchen, aber der Hierarch hat keinerlei weltliche Macht. Das mag vielleicht Verrat sein, aber nur am Kaiser.«

»Außer wenn es darum geht, diese heilige Rebellion anzuführen«, sagte Sagantha ätzend. »Ich bin mir sicher, dass in Eurer kleinen thetianischen Verschwörung auch für Bewohner des Archipels Platz ist. Ich kann kaum glauben, dass Ihr den Hierarchen davon überzeugt habt, dass seine Dienste auch nur einen Augenblick länger benötigt werden als unbedingt erforderlich. *Abdanken,* in der Tat. Ihr wollt ein Ende der kaiserlichen Linie, des Kaisertums, und das ist erst möglich, wenn drei Menschen tot sind. Der Kaiser, der Hierarch und ihr Vetter Arcadius. Denn solange diese Männer nicht tot sind, wärt Ihr niemals sicher, Mauriz.«

»Wir sind keine Mörder, Sagantha!«, rief Palatine wütend und sprang vor Wut fast aus dem Sessel, in dem sie bisher still gesessen hatte. »Für wie dumm haltet Ihr uns eigentlich? Thetia mag Orosius' Tod in Kauf nehmen, aber mehr nicht. Wir brauchen den Hierarchen! Wir brauchen Arcadius! Glaubt Ihr wirklich, eine thetianische Republik wäre der Domäne freundlich gesonnen? Sie können Monarchen kontrollieren, wie Ihr wisst, aber keine Republiken. Um Ranthas' willen, Ihr seid Cambressianer – Ihr habt sie doch praktisch hinausgeworfen.«

»Verzeiht Palatine, aber Thetia hat sich immer nur um seine eigenen Interessen gekümmert.«

Es war eine merkwürdige Szenerie, die hier für einen winzigen Augenblick gleichsam erstarrt zu sein schien: ein distanzierter Mauriz, der alles mit glitzernden Augen und berechnenden Blicken beobachtete; Palatine, die Sagantha finster anstarrte, der mit entschlossenem Gesicht, die Hände hinter dem Rücken verschränkt, dastand; Laeas und Persea, die das Geschehen angespannt verfolgten; und schließlich Telesta, reserviert und kühl in ihrer Ecke. Die Fackeln flackerten gelegentlich ein wenig, ein Zeichen für Flammholz von minderer Qualität.

Merkwürdigerweise war es Telesta, die das Schweigen brach. »Ihr dagegen kümmert Euch auch um andere – wollt Ihr das damit sagen? Alle unsere Sichtweisen sind natürlich relativ, aber wir tun etwas, woran wir glauben – wir helfen Thetia, weil wir Thetianer sind. Mauriz ist Thetianer, Palatine ist Thetianerin, ich bin Thetianerin – und Cathan ist mehr Thetianer als er glaubt. Entweder Ihr wollt unsere Hilfe, oder Ihr wollt Unabhängigkeit, aber Ihr könnt uns nicht dafür kritisieren, dass wir Isolationisten *und* Imperialisten sind.«

Sagantha nahm ein volles Weinglas vom Tisch und hielt es vor eine der Fackeln; es warf einen länglichen Schatten auf die gegenüberliegende Wand.

»Das Thetianische Kaiserreich ist eine Illusion. Es scheint viel mehr zu sein als es tatsächlich ist, ein Schatten, der über dem Rest der Welt liegt, aber es ist genau das und nicht mehr.« Er nahm die Hand mit dem Glas wieder herunter. »So schön wie dieses Glas hier, aber auch so zerbrechlich.« Er tippte den Kelch mit dem Finger an und erzeugte einen unwirklichen, falschen Ton. Einen Augenblick lang dachte ich, er würde es fallen lassen, doch das hätte nicht zu ihm gepasst. Er stellte das Glas wieder auf den Tisch.

»Und was ist nach zweitausend Jahren Geschichte von Qalathar übrig geblieben?«, fragte Telesta im gleichen ruhigen Tonfall. »Ihr hattet einst Euer Reich, in jenen Tagen, als Tehama noch etwas bedeutet hat. Vor zweitausend Jahren, bevor überhaupt jemand in Thetia gelebt hat, gab es nichts außer Tehama und Tuonetar. Die Republik von Tehama, die sich Tausende von Meilen in alle Richtungen erstreckte. Tausende von Meilen vom Zentrum aus – von der Insel Qalathar.« Was als weiterer Teil des Streits begonnen hatte, war plötzlich zu etwas ganz anderem geworden. Ich sah, dass alle sie anstarrten, als sie uns etwas erzählte, was ich noch nie gehört hatte.

»Damals war die Welt leer. Sie ist außerhalb der Gebiete, die wir kennen, immer noch ziemlich leer. Es gibt nur endlose Meilen unerforschten Ozeans. Aber damals war Qalathar das Herz eines Reiches – Qalathar und das Plateau von Tehama. Da sie Menschen der

Riffe und der Meere waren, war ihnen die Inland-See heilig. Daher haben sie ihre Städte hier gebaut und als Herrscher über die ganze ihnen bekannte Welt hier gelebt.

Die Republik ist nun schon fast tausend Jahre dahin. Es gibt kaum noch Berichte darüber, und von den Menschen, die sie ursprünglich bevölkert haben, ist – außer den Exilanten – niemand mehr übrig. Als die Thetianer hier vor dreihundert Jahren auftauchten, war Qalathar eine Autokratie, der Pharao war ein Gottkönig, und von der Republik war kein einziges Zeugnis mehr vorhanden.

Qalathar hatte seine ruhmreichen Tage, und die hat auch Thetia gehabt. Der Unterschied ist, dass es das Kaiserreich immer noch gibt, dass wir immer noch ein Beispiel abgeben können. Die Domäne ist uns ebenso fremd wie Euch. Wir sind Völker des Meeres, nicht des Landes. Alles dreht sich um den Ozean, die See, und alles was darin ist, und nirgendwo im Wasser gibt es etwas, das auch nur im entferntesten Ähnlichkeit mit Feuer hat. Was hat das also mit uns zu tun?«

Was hat es überhaupt mit irgendjemandem zu tun?, fragte ich mich. Warum Feuer? Im Archipel war es ganz offensichtlich, dass alles vom Wasser abhing, dass alles aus dem Meer kam. Wenn ich mich recht erinnerte, gab es im ganzen Archipel praktisch kein Ackerland, es sei denn, man betrachtete die Obstplantagen und Gärten um die Städte herum als solches. Nichts als Wald und Felsen und Sand, und Hunderttausende von Inseln, die bis weit über den Rand der bekannten Welt hinausreichten. Es war so leicht zu vergessen, dass der Archipel irgendwo endete und die unbekannte Welt begann.

Das war eigentlich gar nicht das, worüber ich nachzudenken versuchte, aber ich war so müde, dass meine Gedanken hierhin und dorthin wanderten, und ich stand immer noch.

»Ich hoffe, Ihr habt jetzt nicht das gesagt, was ich glaube«, sagte Laeas grimmig.

»Ich sage, dass unsere beiden Nationen sich selbst retten müssen«, beendete Telesta ihre Ausführungen, »aber dass Thetia den Rest der Welt mitreißen kann. Der Archipel wird der Pharaonin folgen, doch er wird auch uns folgen. Und wir haben die Ressourcen, das Geld und die Schiffe, um es möglich zu machen. Einfach gesagt – Ihr habt sie nicht.«

»Das ist ja wirklich ein sauberes Argument für die Errichtung eines Imperiums«, mischte sich Persea ärgerlich zum ersten Mal ein. »Hatte Aetius all diese Dinge, als er die Tuonetar besiegt hat? All Euer Reichtum, Eure Ressourcen – was macht Ihr damit? Ihr sorgt dafür, dass der Präsident des Clans Decaris und der Kaiser sich einen Harem halten können. Ihr seid nicht besser als die Halethiter. Lasst Thetia wieder mächtig werden, und die Welt wird Euch respektieren, doch bis dahin werden wir das Kaiserreich mit der Verachtung behandeln, die es verdient. Ich diene der Pharaonin, ihrem Vizekönig – *und sonst niemandem.*«

Laeas nickte zustimmend, und ich sah, wie Sagantha leicht zusammenzuckte. Ich war mir nicht sicher, wann ich angefangen hatte, diese Kleinigkeiten zu bemerken, aber irgendwann hatte ich es wohl getan. Er hatte nicht gewollt, dass sich Laeas und Persea einmischten oder so etwas sagten, was sie jedoch gesagt hatten, lag dem Standpunkt, den er vertrat, zu nahe, um ihnen nicht zuzustimmen.

»Ich danke dir für deinen Beitrag, Persea«, sagte er knapp. »Einige von Euch sind sehr müde. Dürfte ich vorschlagen, dass wir uns jetzt zur Nachtruhe zurückziehen? Man hat Euch Räume zugewiesen, und wir werden unsere Diskussion morgen früh fortsetzen. Bitte versucht nicht, den Palast zu verlassen – meine Männer haben Befehl, unter allen Umständen dafür zu sorgen, dass Ihr hier bleibt.« Er schlug ein Glockenspiel an, das unauffällig an einer Wand hing, und die Tür öffnete sich.

»Laeas und Persea, zeigt meinen Gästen ihre Zimmer und besorgt ihnen alles, was sie brauchen.«

Er blieb, wo er war, während wir hinausgingen, verharrte vor dem Fenster und blickte uns besorgt nach. Dies war der echte Sagantha Karao – im Gegensatz zu dem Mann, den wir in Lepidor kennen gelernt hatten.

Sobald wir auf dem Korridor waren, gesellten sich Laeas und Persea zu Palatine und mir, geflissentlich darauf bedacht, die beiden Thetianer zu ignorieren. Sie schienen beide nicht besonders viel diplomatisches Geschick zu besitzen, daher wunderte ich mich, warum Sagantha sie zu seinen Adjutanten gemacht hatte.

»Es tut mir so Leid, dass das gerade eben sein musste«, beteuerte

Persea und entspannte sich sichtlich. »Ihr seht erschöpft aus, alle beide.«

»Und wir sollten das wissen«, ergänzte Laeas, der mir jetzt, wo er lächelte, wieder vertrauter schien, obwohl die Offenheit dahin war, die ihn immer so ungewöhnlich hatte wirken lassen. Beide hatten sich verändert, und ich war mir nicht sicher, ob zum Besseren oder nicht. »Wir haben uns alle schon mal bei Anbruch der Morgendämmerung gesehen, nachdem wir die ganze Nacht im Wald herumgestolpert sind, und damals haben wir ausgesehen wie lebende Tote, die man aus den Eingeweiden der Erde herausgezogen hat.«

»Manche Leute sehen sowieso wie Erd-Elemente aus«, meinte Persea und betrachtete Laeas eingehend.

»Manche Leute wissen, wie man andere ermüden kann, ohne auch nur in die Nähe eines Waldes zu gehen«, gab er zurück, und einen Moment lang klang er fast wieder wie der alte Laeas. Doch die Neckerei hatte etwas Gezwungenes und längst nicht mehr die Leichtigkeit von früher.

Vielleicht eine halbe Stunde später, nachdem ich eine schnell zubereitete Mahlzeit zu mir genommen und mir das Salz vom Körper gewaschen hatte, saß ich an dem kleinen Schreibtisch in meinem Zimmer. Ich hatte noch keine Lust, ins Bett zu gehen, weil seit Telestas improvisierter Geschichtsstunde ein vager Gedanke ganz am äußersten Rand meines Bewusstseins nagte. Mein Zimmer war nicht besonders prächtig; es war in einem leuchtenden Rostbraun gestrichen, und auf dem gefliesten Boden lagen gelbe Teppiche, doch es war besser als alle, in denen ich gewohnt hatte, seit ich meine Heimat verlassen hatte. Meine Unterkunft in Ilthys mochte ebenfalls annehmbar gewesen sein, aber ich wollte nicht an Ilthys denken.

Ich war nicht allzu überrascht, als Persea ein paar Minuten später an meine Tür klopfte; sie trug nicht mehr das Weiß der Mitarbeiter des Vizekönigs, sondern eine schlichte grüne Tunika.

»Hallo.« Ich lächelte schwach, stand auf und bot ihr den Stuhl an.

»Ich habe den ganzen Tag auf irgendwelchen Stühlen gesessen, ich würde mich lieber aufs Bett setzen – wenn dir das recht ist.«

»Du brauchst nicht zu fragen.«

»Höflich wie immer.« Sie machte eine Pause. »Mein Ausbruch von vorhin tut mir Leid, aber das ist das, was ich glaube. Du willst doch eigentlich gar nichts mit dieser ganzen Geschichte zu tun haben, oder? Du bist dir im Moment über gar nichts sicher.«

Mir war nicht klar gewesen, dass ich so leicht zu durchschauen war. Andererseits kannten wir einander sehr gut – wir waren einmal ein Liebespaar gewesen. Ich fragte mich, ob sie jetzt auch politische Pläne hatte, wie anscheinend alle anderen.

»Nein, bin ich nicht«, gab ich zu und setzte mich wieder.

»Du brauchst dir keine Sorgen zu machen, ich bin nicht gekommen, um dich auf meine Seite zu ziehen. Ich stehe auf gar keiner Seite, aber ich mag Mauriz nicht. Oder Telesta. Sie wirkt harmlos, aber sie ist es nicht.«

»Ich hätte sie vielleicht nicht harmlos genannt, aber …«

»Sie ist Historikerin, und zwar eine gute; das sollten wir respektieren. Aber sie benutzt ihr Wissen, um ihre eigenen Pläne voranzutreiben, greift auf die Geschichte zurück, um ihre Argumente zu untermauern. Und sie macht das so gut, dass man es kaum merkt.«

»Ich dachte, du verfolgst keine eigenen Pläne.«

»Nein, das tue ich auch nicht. Sie scheint eine etwas ausgeglichenere Sicht der Dinge zu haben als Mauriz, scheint eher neutral zu sein. Ich sage nicht, dass das nicht so ist, nur, dass sie nicht so unparteiisch ist, wie sie zu sein behauptet.«

»Und was bist du?«

»Ich bin zuallererst deine Freundin, Cathan. Ich habe eigentlich mit der ganzen Angelegenheit nichts zu tun. Und ich sehe, dass du unglücklich bist.«

Ich machte eine kurze Pause – doch sie war zu lang, um mein Zögern zu verbergen.

»Willst du Hierarch werden?«, fragte Persea gerade heraus. »Sag es mir einfach.«

Die vage Verpflichtung, die ich in Ilthys eingegangen war, schwankte und zerbrach. Ich ließ mich in den Stuhl zurücksinken und schämte mich einmal mehr meiner Schwäche. Seit Ral Tumar war ich herumgestoßen worden, war ich selbst zu unentschlossen, um etwas zu erreichen, um Position zu beziehen. Ich verachtete mich dafür, doch ich schien nichts daran ändern zu können.

»Nein.« Ich zwang mich aufzublicken und sagte sehr deutlich: »Überhaupt nicht.«

»Und warum nicht?«

»Was meinst du damit – warum nicht?«

»Genau das, was ich gefragt habe? Komm schon, sag's mir. Warum um alles in der Welt willst du lieber ein unbedeutender Erbgraf und Magier bleiben, statt Hierarch des Thetianischen Kaiserreichs zu werden?«

»Warum muss ich denn Hierarch werden, Persea? Ich bin kein religiöser Führer. Ich bin überhaupt kein guter Anführer. Wie soll ich jemanden von etwas überzeugen, wenn ich selbst nicht daran glaube? Warum sollte mir so etwas zustehen – weil ich zufällig als der geboren wurde, der ich bin?«

»Ist Lachazzar etwa besser, nur weil er gewählt wurde?«

»Ich bin kein religiöser Führer!«, wiederholte ich. Es machte mich zornig, dass sie es anscheinend nicht erkannte. »Ich bin kein Messias, und ich sollte auch keiner sein. Ich wurde in eine absonderliche Familie hineingeboren, der absonderliche Dinge im Blut liegen, aber ich wäre ihnen fast entkommen. Ich bin nicht als Tar'Conantur aufgewachsen, und ich werde niemals einer sein.«

Persea musterte mich mit ihren ruhigen grünen Augen, während ich sprach, und in ihrem Blick lag eine Mischung aus Traurigkeit und Sympathie.

»Cathan, würde es dir wirklich gefallen, irgendwo als Ozeanograf zu leben? Experimente zu machen, die Küste entlangzufahren, dich mit deinen Kollegen zu zanken, den Budget-Antrag auszufüllen? Ist das wirklich das Leben, das du willst?«

»Ja, das ist es«, erwiderte ich heftig. »Du kannst die negativen Aspekte meinetwegen betonen, so viel du willst. Muss denn letzten Endes wirklich alles auf Politik hinauslaufen?«

»Und wirst du in der Lage sein, dich hinzusetzen, zurückzulehnen und zuzusehen, was geschieht – zuzusehen, wie die Domäne aufsteigt oder fällt? Einen neuen Kreuzzug im Archipel, noch mehr Inquisitoren? Kannst du ein distanzierter Beobachter sein, wenn

Orosius seine Flotte schickt und einen Krieg beginnt? Ein Trauergast bei der Bestattung eines weiteren republikanischen Führers, der von den Männern des Kaisers gemeuchelt auf dem Fußboden der Versammlung stirbt? Was ist, wenn du vom Tod der letzten Pharaonin von Qalathar erfährst?«

»Muss denn jeder Mensch auf dieser Welt in diese Ereignisse verwickelt sein?«

»Jeder Mensch im Archipel ist darin verwickelt. Und nicht jeder hat deine Gaben – ganz gleich, wie du zu ihnen gekommen bist. Ich habe das, was ich vorhin gesagt habe, nicht gern gesagt, über niemanden – und ganz gewiss nicht über die Thetianer. Sie brauchen eine Restauration, eine Renaissance. Wir brauchen eine Befreiung. Du brauchst das nicht allein zu tun, du kannst es nicht allein tun. Aber weil du bist, wer du bist, kannst du helfen.« Persea war sehr rational und gelassen. Ihr wohl überlegter Einwand war das genaue Gegenteil der Standpauke, die Ravenna mir gehalten hätte, und die ich vielleicht auch nötig gehabt hätte, um mich aus meinem Selbstmitleid zu reißen. Doch Ravenna hatte mich verlassen; sie hatte mir nicht genug getraut, um mich mitzunehmen, obwohl ich mit Freuden mit ihr gegangen wäre.

»Helfen, indem ich bei Mauriz' und Telestas Plan mitmache? Wenn sie gewinnen, verbringe ich den Rest meiner Tage mit leeren Zeremonien und Ritualen, um ihre Republik zu unterstützen.«

»Helfen, indem du tust, weswegen du hergekommen bist«, sagte Persea offen. »Deine Idee, dein Plan, der nichts mit Mauriz oder Telesta oder Sagantha oder sonst irgendjemandem zu tun hat. Ravenna kann die *Aeon* nicht allein finden, und Palatine ist zu sehr damit beschäftigt, Komplotte zu schmieden.« Ernst fuhr sie fort: »Laeas wird dir helfen, und wir werden noch ein paar Leute finden, denen man trauen kann und die vielleicht etwas wissen. Ozeanografen, Seeleute – jeder, der irgendwie nützlich sein kann.«

»Die *Aeon* finden?«, wiederholte ich einfältig. Laeas musste ihr davon erzählt haben; ich hatte es in dem Brief erwähnt, den ich ihm geschrieben hatte.

»Ja. Wenn du das Schiff hast, wird dir das Unabhängigkeit verleihen. Es mag schwierig werden, sie zu bedienen, und es wird sogar noch schwieriger, sie zu finden, aber jemand, der ein Schiff wie die *Aeon* kommandiert, wird nie mehr eine Marionette sein.«

Es klang so einfach, ein Rettungsanker. Aber ich sah nur, wie die Wölfe heranhetzen und ihn mir entreißen würden, wenn ich ihn erst hätte, wie sie über meine Schwäche und meine Unentschlossenheit hinwegstürmen würden. Es würde nur den Einsatz erhöhen.

»Nein, das würde es nicht«, erwiderte sie, nachdem ich ihr von meinen Bedenken erzählt hatte. »Wie kannst du nur so negativ sein? Das Schiff steht für alles, was du liebst, und es nagelt dich nicht irgendwo fest. Im Augenblick hast du keine Chance, dich durchzusetzen, weil du immer im Machtbereich eines anderen bist. Aber Mauriz und Telesta haben nicht die geringste Chance, sich der *Aeon* entgegenzustellen. Und sag es gar nicht erst, sie werden sie *nicht* an sich reißen. Bitte, Cathan, nimm deine Suche wieder auf. Du hattest es doch sowieso vor, aber tu es für dich, und wir alle …« Persea verstummte; sie schien angesichts meines Gesichtsausdruck zu verzweifeln. »Es tut mir Leid, wenn ich mich wie irgendeine Politikerin anhöre, aber …«

»Aber das tust du gar nicht«, beteuerte ich und richtete mich auf; dabei dachte ich an die quälend kurzen Beschreibungen eines Schiffs, eines Juwels im Ozean. »Ich werde es versuchen.« Und mit diesen Worten hatte ich eine neue Barriere durchbrochen – zumindest wollte ich das glauben –, hatte zum ersten Mal seit Monaten eine eigene Entscheidung getroffen. Nur die Zeit würde zeigen, ob ich den Willen hatte, auch weiterhin dazu zu stehen, doch immerhin hätte ich es versucht.

»Und alle aus Lepidor und aus der Zitadelle werden dir dabei helfen, so gut sie können. Sagantha nicht … noch nicht – es ist deine Entscheidung, ob du es ihm sagen willst oder nicht.« Als ich aufstand, erhob auch sie sich vom Bett und sah mich fragend an.

»Kannst du hier bleiben?«, fragte ich sie, und es kümmerte mich in diesem Augenblick nicht, ob das nun falsch oder richtig war.

»Natürlich.« Persea schenkte mir ihr schiefes Lächeln, das ich so gut kannte, zog ihre Sandalen aus und ging zur Fackel hinüber, um sie zu löschen.

Kapitel XVIII

Am nächsten Morgen war Sagantha fort. Er sei gerufen worden, weil es irgendwelchen Ärger in den Bergen gegeben habe, sagte Laeas, doch wir alle kannten den wahren Grund. Er wollte, dass Mauriz ein paar Tage ungeduldig darauf warten musste, dass der Vizekönig ihm eine neue Audienz gewährte, zu einem Zeitpunkt, der Sagantha besser passte.

»Wie hat Mauriz es aufgenommen?«, fragte Palatine, als wir vier in einem kleinen, bienenkorbähnlichen Raum im Gästeflügel frühstückten. Persea hatte uns einen Gefallen getan, indem sie den anderen Thetianern klar gemacht hatte, dass dies eine Wiedersehensfeier war und keine Versammlung, zu der sie auch eingeladen waren.

»Überraschend gut, fand ich«, antwortete Laeas, der gerade mit einer riesigen Melone beschäftigt war. »Wisst ihr, ob er noch andere Pläne hat?«

»Er hat wahrscheinlich damit gerechnet. Das gibt ihm Zeit zum Nachdenken.«

»Verzeih mir, Palatine, aber mir war nicht klar, dass Thetianer so arrogant sind«, meinte Persea stirnrunzelnd. »Er ist unglaublich. Telesta ist schon ziemlich schlimm, aber Mauriz scheint alle anderen für Lakaien zu halten.«

»Der Clan Scartaris ist eben so. Aber wenn du ihn besser kennen lernst, ist er nicht mehr ganz so schlimm.«

»Natürlich nicht, du bist ja auch Thetianerin. Dieser herablassende Idiot.« Sie war darüber schon erbost gewesen, als wir noch spät in der Nacht über die Thetianer gesprochen hatten, und ich hatte mir nicht die Mühe gemacht, Mauriz zu verteidigen.

»In dieser Hinsicht ist er tatsächlich ziemlich schlimm«, gab Palatine zu. »Und im Augenblick ist er nicht gerade in bester Verfassung. Die Dinge laufen nicht so, wie er es gerne hätte, und das ist er ganz und gar nicht gewohnt.«

»Pech für ihn«, sagte Laeas knapp. »Hauptsache, es wird nicht noch schlimmer, solange der Vizekönig nicht hier ist.«

Ich hörte zu, ohne etwas zu sagen, und genoss die Gelegenheit, nach Wochen auf der Galeone – deren Vorratskammern in aller Eile gefüllt worden waren, und deren Proviant für die lange Überfahrt nicht wirklich ausreichend gewesen war – wieder einmal etwas Frisches zu essen. Vor allem das Brot, das Persea aus der Küche mitgebracht hatte, war köstlich.

»Verbringt Sagantha die meiste Zeit hier?«

»Er ist erst Vizekönig, seit wir wieder zurückgekommen sind. So gesehen ist seine Entschuldigung tatsächlich gerechtfertigt. Bisher hat er die Stadt nämlich nicht verlassen können. Zu viele Probleme, und dann muss er sich auch noch mit der Domäne herumschlagen. Midian hat die Hälfte von Saganthas Gebäuden beschlagnahmt, um seine Sacri darin einzuquartieren.«

»Ja, und er hat Sagantha ungefähr zweihundert Leute und einen Manta gelassen, um Qalathar zu regieren«, ergänzte Persea voller Abscheu. »Sie haben versucht, sich alle Schiffe unter den Nagel zu reißen, aber wir haben die *Smaragd* behalten. Sie werden sie nicht behalten, selbst wenn sie es schaffen sollten, sie sich zu nehmen.«

Laeas blickte Persea kühl an. »Warum? Was genau hast du mit ihr gemacht?«

»Das werde ich dir nicht sagen, für den Fall, dass jemand zuhört. Doch selbst wenn sie es wüssten, könnten sie nichts dagegen tun.«

»Versuchen deine Freunde, uns noch mehr Ärger aufzuhalsen?«

»Nein, wir versuchen das Gleichgewicht zu halten. Sagantha braucht es nicht zu wissen, und solange die *Smaragd* uns gehört, gibt es keine Probleme.«

»Bitte, Persea. Eines Tages gehst du noch zu weit.«

»Nichts was wir tun ist ein Verbrechen.«

Ich schaute von einem zu anderen, betroffen von dem, was ich da hörte. Selbst hier im Palast, zwischen diesen beiden, herrschte Uneinigkeit? Es hörte sich an, als hätte Sagantha überhaupt nichts unter Kontrolle.

»Du hast doch gesehen, was die Domäne alles als Ketzerei definiert; bei Verbrechen sind sie fast genauso gut.« Laeas machte sich Sorgen, das sah ich ihm an, und ich vermutete, dass dies ein ständiger Zankapfel zwischen ihnen war. »Ein paar von den anderen haben nicht deinen Verstand.«

»Warum spielst du eigentlich andauernd die Stimme der Vernunft, seit wir zurückgekommen sind?«, wollte Persea wissen. »Du willst mir immer noch nicht sagen, warum du ständig mit Sagantha einer Meinung bist. Er ist ein guter Mann, aber wird er ihnen jemals die Stirn bieten?«

Obwohl ich gern mit Sagantha zusammen war, war es schwer, Persea in dieser Hinsicht nicht zuzustimmen. Er war dorthin gekommen, wo er jetzt war, indem er niemals starken Widerspruch hervorgerufen hatte, und ich wusste, dass er vor zwei Jahren wegen seines Rufes, nicht an den Dingen zu rühren, zum cambressianischen Suffeten gewählt worden war. Und vielleicht auch durch Bestechung. Dalriadis, der Admiral meines Vaters in Lepidor, hatte ein oder zwei entsprechende Andeutungen gemacht, und Sagantha hatte sicher keine Probleme, Bestechungsgelder aufzubringen. Nicht dass es eine große Rolle gespielt hätte, da Wahlen in Cambress häufig auf diese Weise gewonnen wurden.

»Er wird sehr viel mehr erreichen können, wenn du ihn nicht in eine Ecke drängst«, erwiderte Laeas. »Je mehr Probleme die Domäne hat, desto mehr Druck wird Midian auf ihn ausüben.«

»Wir werden uns in dieser Angelegenheit niemals einigen, Laeas«, seufzte Persea. »Lass es einfach. Du kannst meinen Leuten vertrauen, genauso wie vielen anderen, auf die ich irgendwie Einfluss habe. Aber ein paar von den anderen Gruppen haben Freunde in sehr hohen Positionen, an die ich nicht rankomme.«

Genau wie ich hatte Palatine die ganze Zeit geschwiegen, doch sie sah nicht so besorgt aus, wie mir zu Mute war. Wahrscheinlich hielt sie dies für eine günstige Gelegenheit. »Weiß Sagantha, dass es diese Gruppen gibt?«

»Vermutlich weiß er von einigen, aber er ist noch nicht lange genug hier, um alles zu wissen, was geschieht, oder um alle Leute zu Rate zu ziehen, die er kennt. Es könnte besser werden, wenn ein paar Verbündete herkommen.«

»Schließt *Leute* auch Cambressianer ein?«

»Thetis behüte«, wehrte Persea schnell ab. »Das würde nur noch mehr Ärger bringen.«

»Ein paar cambressianische Kriegsschiffe hier zu haben, würde uns nicht schaden«, meinte Laeas. »Cambress wird nicht einfach zusehen, wie die Domäne hier die Macht übernimmt –«

»Und der Kaiser wird den Cambressianern erlauben, sich einzumischen?«, unterbrach ihn Palatine. »Komm schon, es würde mehr Schaden anrichten als nutzen. Orosius hasst sie. Er wird toben, wenn sie hier auftauchen.«

»Wann hat dieser nichtsnutzige Nicht-Kaiser das letzte Mal irgendwas unternommen?«, wollte Persea wissen. »Er tut überhaupt nichts – er hat viel zu viel Angst, dass das Militär ihn einfach ignoriert.«

»*Das* erzählen sie euch?« Palatine schien das Frühstück vergessen zu haben, genau wie die anderen beiden; ich war bereits fertig, denn ich hatte mich bisher nicht an dem Gespräch beteiligt. »Dass er Angst hat, ignoriert zu werden?«

»Das hat er auch«, sagte ich. Die Worte rutschten mir einfach so heraus, ohne dass ich es verhindern konnte. Ich wollte die anderen nicht wissen lassen, dass ich über dieses spezielle Thema mehr wusste als sie. »Der Rest der Welt nennt ihn einen Pappkaiser; das Militär respektiert ihn nicht, also hat er das Gefühl, dass er persönlich eingreifen muss, sonst wird er vergessen.«

»Als ich das letzte Mal hinsah, stand das Militär hinter ihm.«

»In Ral Tumar hast du noch anders geredet, und was ich in den letzten paar Wochen gesehen habe, bestätigt nur das, was du dort gesagt hast. Der Einzige, dem sie alle folgen würden, ist Tanais.«

»Woher willst du das wissen?« Palatine starrte mich an, befehlender und zwingender, als Ravenna es jemals gekonnt hätte.

»Ich habe zugehört, wenn du dich mit den anderen Thetianern unterhalten hast. Orosius hat seine Agenten, klar, aber das sind die Einzigen, denen er vertraut.«

Was durchaus stimmen konnte, doch seine Angst, vergessen zu werden, war mir erst in den letzten Tagen klar geworden. Die Vorstellung von einem Zwillingsbruder – jemand, der ihm so ähnlich war wie ich, mit einem Anspruch auf eine fast ebenso hohe Position – machte ihm Angst, irgendwann im Schatten zu stehen.

»Die Militärs sind es leid, dass man sie für schwach hält. Sie würden die Chance nutzen, sich durchzusetzen.«

»Wirklich?«, hakte ich nach. »Die Menschen haben immer noch Angst vor der Marine, doch die Admiräle wissen, dass sie nicht mehr so gut sind wie früher. Wenn die Flotte eingesetzt wird, muss alles klappen, oder es würde ihren Ruf zerstören.«

»Der Kaiser wird keinen Krieg anfangen«, sagte Laeas zuversichtlich. »Wenn er Schiffe gegen die Cambressianer hierher schicken würde, könnte genau das geschehen, und er weiß, dass er auch verlieren könnte.«

»Ich glaube, ihr unterschätzt uns«, sagte Palatine und blickte uns drei nacheinander an. »Cambress wird Thetia niemals besiegen. Ihr glaubt, wir seien im Niedergang begriffen, und auf einige von uns mag das auch zutreffen. Aber die Seeleute werden aus den Clans rekrutiert, und jeder einzelne von ihnen ist ein besserer Seemann, als es ein Cambressianer jemals sein könnte. Cambress kann einen Seekrieg im Archipel niemals gewinnen, weil es eine Kontinentalmacht ist. So einfach ist das.« Sie hatte die entschiedene Zuversicht, die sie immer besessen hatte, die Zuversicht, die sie in der Zitadelle berühmt gemacht und die sie mit ihren Fähigkeiten untermauert hatte.

»Sie sind Nachkommen unserer eigenen Marine«, gab Laeas nach einer kurzen Pause zu bedenken. Es klang ziemlich lahm. »Sie haben die gleichen Traditionen ...«

»Aber sie sind nicht wir. Sie haben einfach die Erfahrung, die wir ihnen vermittelt haben, auf das aufgepfropft, was sie vorher waren. Sie sind Landmenschen, so wie wir Meermenschen sind.« Ich erinnerte mich, dass Palatine in Lepidor einmal genau dasselbe gesagt hatte. Die Idee, »Meermenschen« zu sein, war die älteste aller Überzeugungen der Archipelbewohner, hatte Telesta einmal gesagt, die Überzeugung, die sie zu einem gesonderten Volk machte. Die Bewohner der Kontinente mochten denen des Archipels zahlenmäßig drei zu eins oder mehr überlegen sein, doch das Meer war für sie wie eine Barriere. Vielleicht fußte die Arroganz der Thetianer ja auf demselben Glauben.

Oder sie hatte es einmal getan. Früher. Doch auch die Tausende von Meilen zwischen Äquatoria und Qalathar hatten den Kreuzzug nicht verhindern können. Wer Mantas hatte, konnte den Ozean überqueren, woher er auch kam.

Das sprach ich laut aus und erntete dafür einen düsteren Blick von Palatine.

»Vielleicht können sie das Meer überqueren, aber das heißt nicht, dass sie uns schlagen können.« Sie klang enttäuscht. Wahrscheinlich hatte sie erwartet, dass ich zumindest in dieser Angelegenheit ihrer Meinung war.

»Palatine, denk mal einen Augenblick nach«, sagte ich. »Cambress und Taneth expandieren noch immer – sie bewegen sich noch immer vorwärts. Wenn es nicht so wäre, wären wir nicht hier. Der ganze Archipel, einschließlich Thetia, lebt in der Vergangenheit, und der Kaiser weiß das. Im Augenblick hat er nur eine einzige Möglichkeit: den Anschein kaiserlicher Macht aufrechtzuerhalten – und erst dann etwas zu unternehmen, wenn er ganz sicher sein kann, zu gewinnen.« *Wenn er mich hat,* dachte ich, noch während ich das sagte.

»Glaubst du, Tanais wäre deiner Meinung?«

»Tanais ist über zweihundert Jahre alt. Er hat das Kaiserreich gesehen, wie es war, und er sieht es, wie es jetzt ist. Das ist kein Vergleich.«

»Lass die Cambressianer erst mal noch da raus, Laeas«, sagte Persea, bevor Palatine antworten konnte. »Ob es zum Krieg oder zum Zusammenbruch von Thetia führt, sie hinzuzuziehen steht in Saganthas Überlegungen nicht an erster Stelle. Er hat mehr Erfahrung als wir.«

Und weniger Prinzipien, fügte ich stumm hinzu. Würde Sagantha versuchen, die Glaubwürdigkeit des Kaisers zu untergraben, indem er ihn zwang, Farbe zu bekennen? Und wäre das so schlecht? Orosius würde reagieren müssen, und wenn er scheiterte, wäre seine Herrschaft zu Ende. Die Republikaner hätten die Möglichkeit zum Wiederaufbau, und ich hätte mit alledem nichts zu tun.

Wir ließen das Thema auf sich beruhen, während die anderen ihr Frühstück beendeten. Laeas und Persea erzählten, was sie von den anderen aus der Zitadelle wussten, vor allem von denen aus dem Archipel. Mikas hatte seinen obligatorischen Dienst in der cambressianischen Marine angetreten, hatten sie gehört, doch sie hatten keine Ahnung, wo er stationiert war. Es gab keine Nachrichten von der

Zitadelle selbst – warum auch? Dort wurden jetzt neue Novizen ausgebildet, lernten, was wir gelernt hatten, bekamen die Traditionen beigebracht, damit die Erinnerungen nicht verloren gingen. Es war ein wichtiger Prozess, aber letztlich fruchtlos. Alles, was sie taten, war die wahre Vergangenheit zu bewahren; das half der Ketzerbewegung der Gegenwart nicht weiter.

Als wir mit dem Frühstück fertig waren, gingen Laeas und Persea an ihre Arbeit und überließen Palatine und mich uns selbst. Es war uns nicht gestattet, den Palast zu verlassen, und drinnen schien es nur wenig zu tun zu geben.

Ich lehnte Palatines Vorschlag ab, mit ihr zu den Waffenübungen mit den Soldaten der Garnison zu gehen, und bereute es, kaum dass sie gegangen war. Eigentlich konnte ich sonst nirgendwo hin – Telesta hatte es sich wahrscheinlich in der Bibliothek gemütlich gemacht, und ich hatte nicht den Wunsch, sie zu sehen. Ich hatte jedoch so oder so wenig Hoffnung, hier einen Anhaltspunkt zu finden. Bis zum Kreuzzug hatte sich die Bibliothek der Pharaonen in Poseidonis befunden, dann war sie verbrannt und die Reste gestohlen worden. Was hier war, konnte nicht mehr sein als ein dürftiger Rest.

Meine Wanderungen führten mich schließlich einige Zeit vor Sonnenuntergang ins Kartenzimmer. Es war zwar durch eine Tür mit der Bibliothek verbunden, hatte man mir erzählt, gehörte jedoch nicht dazu. So konnte ich zumindest hoffen, dass Telesta nicht dort sein würde.

Zum Glück war es wirklich so, und ich stieß einen erleichterten Seufzer aus, als ich mich in dem leeren Raum umschaute; er war weiß getüncht und hatte eine gewölbte Decke wie eine Katakombe, und die tiefen Kartenregale waren in Nischen in den Wänden eingelassen. Alles sah sehr alt aus, mit winzigen Fenstern, durch die das Licht des grauen Nachmittags fiel; der Aethertisch mitten im Raum wirkte merkwürdig fehl am Platz.

Ich hatte dem für den Raum zuständigen Wachmann gesagt, ich wolle ein paar ozeanografische Forschungen betreiben – was zumindest teilweise der Wahrheit entsprach. Die Frage war nur, wie viel von der Sammlung lag als Aetheraufzeichnung vor, und wie viel auf Papier? Aetheraufzeichnungen waren in Anbetracht der Zeit, die es dauerte, sämtliche Teile einer Insel ober- und unterhalb des Wasserspiegels zu kartografieren, immer noch schrecklich teuer, und die Thetianer hatten praktisch ein Monopol auf diese Technologie.

Meine Schritte erzeugten ein leichtes, dumpfes Echo, als klopfe man an eine hohle Wand, und als ich die Luke zu der Kammer mit dem Kartenverzeichnis öffnete, gab es einen weiteren gedämpften Nachhall. Der Raum schien Geräusche aufzusaugen.

In der Kammer befanden sich die Register zu allen Karten, die ich in der Hoffnung, dass eine davon ganz Qalathar zeigte, ungeduldig durchblätterte. Es gab drei solche Karten, aber die Referenznummern verwiesen alle auf Karten aus Papier, von denen keine die Unterwassertopografie zeigen würde, die ich brauchte. Die Zahl der Aetheraufzeichnungen war sogar noch kleiner, als ich befürchtet hatte, und sie beschränkten sich auf Qalathar, Thetia und ein paar der größeren Inselgruppen. Für die Suche nach der *Aeon* waren sie somit nutzlos, doch es könnte sich vielleicht lohnen, später einen Blick auf die Karte von Qalathar zu werfen.

Angesichts der Aussicht auf weitere Langeweile beschloss ich, etwas zu versuchen, womit ich mich sonst nicht abgegeben hätte. Ich hatte die *Geschichte* bei mir; Persea hatte mir erzählt, dass dies Buch hier ziemlich gebräuchlich sei, und daher setzte ich mich mit einer großen Karte des Archipels an einen der Tische und versuchte, die Fahrten der *Aeon* während der letzten Tage des Alten Reiches nachzuvollziehen.

Nach zwei Stunden, in denen ich versucht hatte, einem Dokument brauchbare Fragmente zu entnehmen, das in erster Linie ein dramatisches Werk war, erwies sich das Unterfangen als noch frustrierender, als ich ohnehin befürchtet hatte. Carausius' *Geschichte* endete sechs Monate vor der Usurpation, doch ein unbekannter Chronist hatte die Ereignisse mindestens ein Jahrzehnt später weiter beschrieben. Er war ein Wasser-Magier gewesen, so viel war sicher, aber nicht so hochrangig wie Carausius, und er hatte seinen Schwerpunkt ziemlich eindeutig auf das religiöse Chaos gelegt, das der Usurpation gefolgt war. Sein letzter Punkt – und seiner Meinung nach die Totenglocke der alten Religion – war, dass die Magier aus der letzten

Festung nach Süden aufs Meer hinaus geflohen waren. In Anbetracht einiger Namen, die er erwähnte, vermutete ich, dass sie die Zitadellen gegründet hatten.

Der Text des Fortschreibers, wie jemand, dem es an jeglicher Originalität gemangelt hatte, ihn genannt hatte, war außerdem unglaublich niederdrückend zu lesen. Der Mann hatte ein Recht dazu: Er hatte den Fall der Welt beschrieben, die er gekannt hatte, den Tod all seiner Freunde und den Aufstieg eines Mannes, den er aus tiefstem Herzen verabscheute. Und er hatte ziemlich sicher Selbstmord begangen, nachdem er seine Aufzeichnungen beendet hatte.

Das einzige Ergebnis dieser zwei Stunden war letztlich die Gewissheit, dass sich die *Aeon* zu dem Zeitpunkt, da Tiberius ermordet worden war, in Estarientian befunden hatte, südlich von Selerian Alastre. Meine Notizen waren immer unleserlicher geworden, je länger ich weitergelesen hatte, und ein- oder zweimal hatte ich das Papier durchgedrückt. Es machte mich schier krank, von Valdurs Falschheit zu lesen – was er gehabt hatte, was er weggeworfen hatte –, und ich wollte jemanden oder etwas, den oder das ich beschimpfen konnte. Die Verfolgungen, die Morde, die Verbannungen hatten eine Welt zerrissen, die immer noch dabei war, sich von den Folgen des Krieges zu erholen – und sie hatten die Domäne auf Aquasilva losgelassen. Ich hätte niemals gedacht, dass ein Buch mich so wütend machen könnte, doch so war es. Und das Schlimmste war, dass ich tief in meinem Innern wusste, dass das Blut des Mannes, der all das getan hatte, auch in meinen Adern kreiste. Ich war Valdurs Ur-Ur-Ur-Urenkel.

Deine Familie zerstört alles, was sie berührt, selbst die Menschen, die sie lieben ... selbst das Blut, das durch deine Adern strömt, ist befleckt. Verfault bis ins Mark.

Meine Gedanken wanderten zurück zu einem Tag, den ich am liebsten vergessen hätte, jenem Tag, an dem die Invasion Lepidors begonnen hatte, dem Tag, an dem Ravenna so wütend gewesen war und auf die Tar'Conanturs geschimpft hatte. Sie hatte in mir nur noch einen von ihnen gesehen. Genauer gesagt, in Palatine und mir, in uns beiden. Und die ganze Zeit in Ral Tumar und Ilthys hatten

Mauriz und Telesta über die Tar'Conanturs gesprochen, hatten auf mein Erbe angespielt, und ich hatte mich ihnen nicht rundweg verweigert, wie ich es hätte tun sollen.

Eine neue Woge schwarzer Verzweiflung schwappte über mich hinweg, und ich vergrub den Kopf in den Händen. Es gab noch etwas anderes, das ich nie begriffen hatte, weil ich zu sehr mit meinem eigenen Elend beschäftigt gewesen war. Darum hatte sie mich nicht gefragt, ob ich mit ihr kommen wollte, oder mich gar gezwungen; mein Verhalten hatte viele Dinge bestätigt, derer sie mich beschuldigt hatte. Ich hätte weder gegen das eine noch gegen das andere etwas gehabt, um die Wahrheit zu sagen, doch sie hatte mir nicht trauen können.

»Verbringst du dein ganzes Leben in Bibliotheken, Bruder?«, fragte jemand hinter mir, wobei sich der Sprecher nicht die Mühe machte, den Hohn in seiner Stimme zu verbergen. »Vielleicht bist du deswegen so klein und schwach. Hier gibt es nichts zu lernen, nichts, was ich nicht schon wüsste, warum machst du dir also die Mühe? Ich könnte es dir unter den richtigen Umständen mitteilen.« Ich sprang auf, stieß mit voller Absicht den Stuhl nach hinten – dorthin, woher seine Stimme gekommen war – und fuhr ihn an, wobei ich versuchte, seinen Ton zu treffen: »Gibt es eigentlich sonst nichts in deinem Leben, du armseliger Ersatz für einen Kaiser?« Orosius wirkte verschwommen, irgendwie substanzlos, aber ich fuhr fort. »Dein Kaiserreich ist eine Zielscheibe des Spotts, ein kümmerlicher Rest, der mitten im Meer hockt, während du es noch nicht einmal auf eine Stufe mit Valdur geschafft hast. Er hat eine Welt zerstört, während ich mich nicht erinnern kann, dass du überhaupt jemals etwas getan hättest.« Meine Stimme verlor sich, als ich ihn *durch* den Stuhl auf mich zukommen sah. Ich hatte gerade noch Zeit, die Wut auf seinem Gesicht zu erkennen, bevor er mich berührte. Es war, als würde ich von einer Aetherwelle getroffen.

Das letzte Mal, als ich so etwas gespürt hatte, war es schlimm gewesen. Dieses Mal fühlte es sich an, als schabe etwas über sämtliche Nerven meines Körpers. Der Schock war so groß, dass ich aufschrie, doch mein Schrei war nur ein Gurgeln, und meine Beine gaben nach. Als ich auf dem Steinboden aufschlug, krampfte sich mein Körper überall dort, wo er die harte Oberfläche berührte, qualvoll zusammen, eine Agonie, die durch jede noch so geringe Bewegung noch verstärkt wurde. Eine Sekunde lang dachte ich, ich würde einfach das Bewusstsein verlieren, doch das geschah nicht – und Orosius ließ mich auch nicht los. Er muss einfach nur dagestanden und auf mich herabgesehen haben, während ich mich, unfähig zu atmen, auf dem Fußboden wand und meine Haut sich anfühlte, als stünde sie in Flammen.

Ich registrierte es anfangs gar nicht, als er schließlich losließ, denn mein ganzer Körper pulsierte vor Schmerzen. Ich konnte nur keuchend nach Luft ringen. Vor meinen Augen rotierte ein Wirbel aus Farben und Schatten, die meine Sinne ebenso quälten wie alles andere.

»Wir sind vielleicht Brüder, aber du bist mein Untertan, und ich bin dein Kaiser, vergiss das nie.« Orosius' Stimme kam von weit her, doch ich hatte immer noch fürchterliche Schmerzen und war zu schwach, um mich zu bewegen oder zu antworten. »Für wie stark du dich auch halten magst, ich werde immer besser sein als du.«

Es gelang mir, die Augen zu öffnen, und ich sah ein verschwommenes Bild, das einen oder zwei Fuß entfernt stand und leidenschaftslos auf mich herabblickte. *Ravenna hatte Recht,* war mein einziger klarer Gedanke, *absolut Recht.*

»Ich hoffe, du bist jetzt in einer etwas gefügigeren Stimmung, Bruder«, sagte er und verschwand aus meinem Blickfeld. Ich versuchte den Kopf zu drehen, doch meine Muskeln versagten mir den Dienst. »Ich hätte das Recht, dich wegen Hochverrats hinzurichten. Das wäre natürlich lästig, aber du solltest immer daran denken.«

Einmal mehr war ich machtlos, auch wenn er diesmal nicht so subtil gewesen war. Nach dem, was er gerade getan hatte, war die Frage, ob er Magie einsetzte, hinfällig. Bei einem Nicht-Magier hätte es nicht gewirkt; tatsächlich hätte es bei keinem anderen Menschen so gut gewirkt. Er konnte dies nur deswegen tun, weil unsere Magie identisch war, konnte meine Magie praktisch erden … und wie lange würde es wohl anhalten?

»Du fragst dich bestimmt, warum ich hier bin, nicht wahr?« Orosius' Stimme kam jetzt von irgendwoher auf der anderen Seite des

Raums. »Wie kann ich dich immer noch aufspüren, wenn meine Stimme sich auf der anderen Seite der Welt befindet?«

Ich versuchte den Kopf zu schütteln, doch ich war mir nicht sicher, ob er diese klägliche Geste des Widerstands überhaupt gesehen hatte.

»Ich habe dich seit Ral Tumar beobachtet«, fuhr er nach einer Pause fort. »Ich weiß alles über Mauriz' jämmerliche kleine Verschwörung und seine Versuche, dich dafür zu benutzen. Unsere geschätzte Kusine Palatine macht immer noch Ärger; sie ist immer noch zu blind, um zu erkennen, was für eine Närrin sie ist. Sie haben es nicht einmal von Ral Tumar bis Ilthys geschafft, ohne Schwierigkeiten zu bekommen. Noch nicht einmal das, obwohl sie dich als Diener verkleidet hatten. Eine nette Idee, obwohl es dir auch zeigt, wie kleinlich Mauriz wirklich ist.«

Er trat wieder in mein Blickfeld; für meine schmerzenden Augen sah er immer noch ein wenig verschwommen aus, eine gebieterische Gestalt in Weiß. Es war irgendeine Projektion, aber erstaunlich stabil, ohne eine Spur von Transparenz. Noch etwas, wovon ich noch nicht einmal den Hauch einer Ahnung hatte, wie das zu bewerkstelligen war.

»Du kannst dich nicht vor mir verstecken, Cathan«, fuhr er fort. »All die Komplotte und Intrigen kleiner Leute wie Mauriz und Telesta können dich nicht verbergen. Ich weiß mehr über ihre Pläne als jeder von euch. Oh, und du solltest wirklich dafür sorgen, dass du wieder deine alte Augenfarbe bekommst. So sehen deine Augen längst nicht so gut aus, auch wenn es wahrscheinlich besser zu dir passt.«

»Hast du Angst, dass ich dich in den Schatten stellen könnte?«, krächzte ich. Die Anstrengung ließ meine Kehle schmerzen, und ich musste sofort wieder nach Luft schnappen. Ich spürte, wie meine Brust sich verkrampfte, und eine neue Woge der Agonie breitete sich meinen Rücken entlang aus.

Orosius blickte mit einem gönnerhaften Lächeln auf mich herab. »Du könntest mich niemals in den Schatten stellen, Bruder.«

»Und warum machst du dir dann solche Mühe?«, brachte ich mit einiger Anstrengung heraus.

»Das solltest du eigentlich wissen.« Er wandte sich wieder ab, ging langsam im Kreis um mich herum. »Sie sind kleine Leute. Ihnen ist überhaupt nicht klar, wie schwer es ist, einen Kaiser zu stürzen. Sie glauben, sie brauchten einfach nur ein paar Aufstände anzuzetteln und die Flotte dazu zu bringen, mich im Stich zu lassen. Keiner von ihnen hat wirklich Ahnung, sie tappen einfach nur zu Füßen der Riesen herum. Reinhardt hätte es ihnen sagen können. Er mag ein Verräter gewesen sein, aber er würde sie alle beschämen. Sogar seine Tochter.«

Er marschierte weiter am Rande meines Blickfelds um mich herum, und ich musste mich anstrengen, ihm mit den Blicken zu folgen. Bewunderte er Palatines ermordeten Vater tatsächlich? Oder war das auch nur wieder ein Spiel?

»Sie glauben, sie könnten dich als Marionette benutzen; sie geben dir einen bedeutungslosen Titel, den sie in einem von Telestas Büchern ausgegraben haben – und schon bricht Thetia vor ihnen zusammen wie ein Kartenhaus.«

Der Saum seines weißen Umhangs rauschte durch meine Füße. »Hast du aufgehört, darüber nachzudenken, wie sie das machen wollen? In der Versammlung sitzen noch nicht einmal echte Republikaner. Die Clanführer sind fette alte Philosophen, mannstolle Weiber und Lüstlinge, Schwätzer, die sich lieber über Poesie streiten als ein Land zu regieren.« Die Verachtung in seiner Stimme war mit keinerlei Gefühlen verbunden, was mir einen kalten Schauer über den Rücken jagte.

Ich schluckte einmal schmerzhaft, kratzte so viel Mut wie möglich zusammen und sagte: »Deine eigenen Errungenschaften sind ja auch wirklich toll. Diktierst du den beiden unglücklichen Konkubinen, die jede Nacht das Bett mit dir teilen müssen, politische Gedanken? Verwaltest du deinen Harem nach den Traditionen von Cupromenes?« Vor dreihundert Jahren hatte Cupromenes eine Reihe von brillanten Gedichten über das Leben im Harem geschrieben. Er war der Oberste Eunuch gewesen.

Es war ein Schuss ins Blaue und kein besonders achtbarer, aber er saß. Orosius blieb abrupt stehen und starrte wieder auf mich herunter. Kalte Wut verzerrte sein Gesicht.

»Du redest wie einer von den kleinen Leuten, Bruder. Du weißt so wenig über Magie ... Es gibt da ein paar Dinge, die ich dir erklären muss. Eines davon ist, dass eine Restspur zurückbleibt, wenn du eine große Menge Magie erdest, die umso länger braucht zu verschwinden, je mehr Magie du eingesetzt hast.«

»Feigling«, war alles, was ich noch herausbrachte, ehe er mich erneut berührte. Es war, als hätte er mir einen Pflock in die Brust gerammt, und mein ganzer Körper zog sich in Krämpfen zusammen.

Ich verlor das Bewusstsein, ehe er mit mir fertig war, allerdings nur für ein paar Sekunden, eine viel zu kurze Zeit. Es war noch schlimmer als beim letzten Mal, als wäre ich von einer Flammholz-Kanone versengt worden. Meine linke Hand hatte sich um ein Stuhlbein gekrampft, aber irgendwo ganz weit in meinem Hinterkopf blieb allen Schmerzen zum Trotz die Gewissheit bestehen, dass es mir gelungen war, ihn zu reizen. Und ich würde es ganz sicher nicht noch einmal versuchen.

»Du wirst bald sehen, wozu ich fähig bin«, sagte er, anscheinend ungerührt von der Anstrengung, eine solche Menge Magie über diese Entfernung in mich hineinströmen zu lassen. »Ihr alle werdet es sehen. Qalathar, dieses kleine Land voller Selbstmitleid, und der ganze Rest des Archipels. Wir werden die Inseln von den Häretikern säubern, und von den Republikanern, den korrupten Adligen, den kleinen Leuten, und nur die übrig lassen, die es verdienen, übrig zu bleiben.

Zweihundert Jahre lang hat das Kaiserreich sich zurückgehalten, hat die Welt in Ruhe gelassen. Schwächlinge wie unser Vater, arme Tröpfe wie Mauriz und Telesta, sie hatten ihre Zeit. Meine Flotten werden die Welt daran erinnern, was Thetia wirklich ist, und warum sie Städte gebaut haben – und wir ein Kaiserreich errichtet haben.«

Orosius hockte sich neben mich, und seine türkisfarbenen Augen leuchteten.

»Du bekommst nur noch eine Warnung, Cathan. Du wirst nach Selerian Alastre kommen und mir beweisen, dass du mein getreuer Untertan bist. Nicht der Hierarch und auch nicht der Erbgraf irgendeines Provinzclans, sondern ein Untertan des Kaiserreichs. Du wirst dich mir unterwerfen, und wenn ich dich in Ketten quer durchs Meer ziehen muss, und es gibt keinen Ort auf der Welt, wo du dich vor mir oder meinen Helfern verstecken kannst. Lass meine Leute dich nicht hier finden, oder du wirst es bereuen.«

Er stand auf, drehte sich dann jedoch noch einmal zu mir um, ein Lächeln auf dem allzu vertrauten Gesicht.

»Oh, fast hätte ich es vergessen. Sie müssen dir deinen Verstand verwirrt haben, mein Bruder, dass du davon träumst, die *Aeon* zu finden und für dich zu beanspruchen. Sie gehört mir, und ich werde sie finden. Ich habe die Kaiserlichen Archive, die Flottenberichte und das Testament von Admiral Cidelis. Meine Leute können sie finden, ohne auch nur die Stadt zu verlassen, während du durch den Archipel streunst und dich an Strohhalme klammerst. Denk an die *Offenbarung*, Cathan.«

Dann verschwand er aus meinem Blickfeld und sagte nichts mehr. Ich lag kraftlos auf dem Fußboden und konnte mich nicht einmal vergewissern, ob er tatsächlich gegangen war oder noch immer in einer Ecke stand und mich beobachtete.

Ich starrte zur Decke hinauf, sah die rauen Kanten der Ziegel, die nicht völlig übertüncht waren, sah hier und dort feine Schmutzstreifen. Es war bequemer, als den Kopf zu drehen, weil noch immer fast jede Bewegung schmerzte. Und dann gingen die Lichter aus und ließen mich im Dunkeln zurück.

Selbst über eine Entfernung von zehntausend Meilen hinweg hatte Orosius mich ohne Gegenwehr zur Hilflosigkeit verdammt. All meine Pläne, meine Hoffnungen, hatten offen vor ihm gelegen, als hätte ich sie in die Welt hinausgeschrieen. Es gab nichts in den Aufzeichnungen des Fortschreibers, das eine derartige Verzweiflung in mir hätte aufsteigen lassen können wie die, die ich jetzt empfand – machtlos einem Bruder, einem Kaiser gegenüber, der fast allmächtig schien.

Er hatte von einer Säuberung des Archipels gesprochen, und ich fragte mich, was er wohl damit gemeint haben mochte. War das bloßes Gerede gewesen, die Einbildung eines Mannes, dessen Kontrolle vermutlich auf die begrenzt war, über die er direkte Macht hatte, wie jene Konkubinen, die ihm in mehr als vier Jahren kein einziges Kind geboren hatten? Oder bedeutete es diesmal wirklich etwas?

Orosius war immer noch der Kaiser, und er hatte die Macht, die Legionen und die Flotten ins Feld zu schicken, genau wie Palatine es vorausgesagt hatte.

Kapitel XIX

Niemand kam.

Ich lag eine Ewigkeit auf dem Boden des Kartenraums, unfähig mich zu bewegen und von Kopf bis Fuß ein einziges Bündel aus Schmerzen. Ich konnte keine Geräusche von draußen hören, mit Ausnahme des Kreischens der Möwen, das durch die engen Fenster drang. Nach einer Weile begann es zu regnen, und Wasser floss an den Glasscheiben hinunter, vom Wind, dessen Heulen sogar das Gekreisch der Möwen übertönte, dagegen getrieben.

Die Schmerzen schienen nur noch schlimmer zu werden, je länger es dauerte, und kaum hatte ich genügend Energie gesammelt, um mich wieder zu bewegen, wurden alle meine Muskeln gleichzeitig von einem schrecklichen Krampf befallen. Wenn Orosius gewollt hatte, dass ich ihn hasste, hätte er nichts Besseres tun können. Er hatte genau gewusst, wie sich seine Magie auswirken würde, und er hatte genau den richtigen Moment abgewartet, um mich zu provozieren.

Am schlimmsten war jedoch, dass er Bescheid wusste. Was hatte ich angesichts der Mittel, auf die er zurückgreifen konnte, jetzt noch für Chancen, die *Aeon* zu finden? Er konnte den Ort ausfindig machen, an dem das Schiff versteckt worden war – die Information musste irgendwo in den Kaiserlichen Archiven sein –, und sobald er es gefunden hatte, konnte er eine ganze Flotte losschicken, um es zu schützen. Zweifellos würde der Exarch von Thetia, sein von der Domäne bestallter Puppenspieler, ihn begleiten, – wie immer einen Schritt hinter ihm –, um ihn zu überreden, dass dies eine Entdeckung war, die geteilt werden musste.

Wenn sie erst einmal die *Aeon* hatten, hatte es für uns keinen Sinn mehr, weiterzumachen. Die *Aeon* mochte zwar unbewaffnet sein, aber niemand wusste, was für mächtige Technologie sie an Bord hatte. Carausius hatte das Schiff selbst als Waffe benutzt, und Orosius verfügte über weit mehr Macht als Carausius – die Himmel mochten wissen, wie das möglich war. Orosius würde das Schiff als Instrument des Terrors benutzen, wie einen monströsen, künstlichen Leviathan, mit dem er nach Belieben den Ozean durchstreifen konnte, denn niemand wäre in der Lage, sie aufzuhalten. Nicht einmal die Cambressianer.

Wären wir nie darauf gekommen, so hätte sich der Kaiser niemals an das Schiff erinnert, und wir hätten vielleicht immer noch eine Chance gehabt. Doch alles, was ich jetzt sehen konnte, waren Straßen, die in die gleiche Richtung führten – auf einen endgültigen Sieg der Domäne zu. Selbst wenn sie Orosius töteten, wäre es für den Rest des Archipels zu spät, und das Haus Tar'Conantur würde mit ihm enden.

Allmählich begann ich zu glauben, dass das kein Verlust für die Welt wäre.

Niedergeschlagenheit, schwärzer als jede Verzweiflung, an die ich mich erinnern konnte, hüllte mich ein, und wenn ich gekonnt hätte, hätte ich geweint. Das hier war weit, weit schlimmer als von den Stammeskriegern in Lepidor gefangen genommen zu werden, sogar schlimmer als Lepidors Eroberung durch Etlae. Sie waren Feinde aus Fleisch und Blut gewesen, doch ihre Macht hatte Grenzen gehabt. Der Kaiser war mehr als Fleisch und Blut, er musste mehr sein. Es war nichts, das ich hätte erklären können oder auch nur wissen wollen, als ich so dalag, aber seine Fähigkeiten gingen über die Grenzen des Erklärlichen hinaus. Wie schwach er auch erscheinen mochte, er regierte das ganze Kaiserreich, und er hatte ungebändigte Magie durch mich hindurchgeleitet, ohne dass es auch nur die geringsten Auswirkungen auf ihn selbst gehabt hätte.

Mein eigener Bruder, ein echter Spross der Familie, in die ich hineingeboren worden war. Welche Entschuldigung konnte man uns zugestehen? Valdur, der all diese monströsen Übeltaten begangen hatte. Landressa, seine Urgroßmutter, die in zehn Jahren drei Kaiser ermordet hatte, alles nahe Verwandte, um selbst den Thron besteigen zu können. Die von ihrem Sohn Valentin angeordnete kaltblütige Hinrichtung Tausender gefangener Tuonetar. Bei Ranthas, es ging weiter und weiter! Catilin, der Verrückte, Valdurs jüngerer Sohn, der im Palast Amok gelaufen war, bis er aus Versehen von seiner Tochter, der zukünftigen Kaiserin Aventine, getötet worden war. Mein schwacher, unschlüssiger Vater Perseus II., der zu starrköpfig gewesen war, andere an seiner Stelle das Reich beherrschen zu lassen, und der in den Monaten vor dem Kreuzzug die Bitten des Archipels ignoriert hatte.

Es gab nur eine Generation, die von den Häretikern als Beispiele gerühmt wurden, während sie vom Rest der Welt verflucht wurden. Wie konnte jemand wirklich wissen, ob Aetius und Carausius tatsächlich jene Muster an Tugend gewesen waren, als die sie in der *Geschichte* geschildert wurden? *Wie konnten sie das sein?*

Ich würde nicht nach Selerian Alastre fahren. Nicht einmal, wenn es der letzte Ort auf der Welt gewesen wäre. Der Gedanke, mich in Orosius' Macht zu begeben, war ebenso abstoßend wie erschreckend. Doch wo konnte ich mich vor ihm verstecken, wenn er mich selbst über diese Entfernung hinweg finden konnte? Ich konnte meinem Tar'Conantur-Blut nicht entkommen, es sei denn, ich versteckte mich – wie Ravenna es getan hatte – für den Rest meines Lebens an einem Ort, der so weit weg war, dass dieser Name dort nichts bedeutete. Und einen solchen Ort gab es nicht. Erneut überkam mich Verzweiflung, und ich schloss müde die Augen.

Doch alles, was ich in Gedanken sehen konnte, war die *Aeon*, die in der schwarzen Leere hing, eine gigantische Präsenz in der Schwärze. Und dann stieg aus den Tiefen meines Verstandes ein Gedanke in mir auf.

Admiral Cidelis war vor dem Kaiser und vor der Domäne geflohen. Der einzige Ort auf Aquasilva, wo sich ganz sicher kein Hinweis auf den letzten Aufenthaltsort der *Aeon* befand, waren die Kaiserlichen Archive. Natürlich nicht.

Abrupt öffnete ich die Augen, und das Bild der *Aeon* verschwand. Cidelis würde sie irgendwo hingebracht haben, wo sie sich außerhalb der Reichweite des Kaiserreichs befand. Irgendwohin, wo kaiserliche Suchtrupps sie niemals finden würden. Hätte Orosius sie anhand von Hinweisen aus den Archiven ausfindig machen können, wäre sie schon vor langer Zeit gefunden worden. Doch das war nicht geschehen.

Zweihundert Jahre lang hatte betäubendes Schweigen geherrscht, was diese Themen betraf – eine totale, vollkommene Abwesenheit von irgendwelchen Informationen über die *Aeon*. Es war die Aufgabe der Gilde, die Ozeane zu überwachen, alles Ungewöhnliche zu melden. Unsere Sonden konnten sechs Meilen tief tauchen, doch all diese Nachforschungen hatten keinerlei Anhaltspunkte erbracht. Es hatte so sein müssen. Niemand war mehr am Leben, der das Geheimnis hätte schützen können. Sie hatte irgendwo so tief versteckt werden müssen, so abgelegen, dass niemand sie jemals zufällig finden würde.

Orosius würde sie nicht finden, indem er die Archive durchwühlte. Wenn Cidelis sie nicht zerstört hatte – und ich konnte mir nicht vorstellen, dass der Admiral seinem geliebten Schiff das angetan hätte –, musste er geplant haben, sie eines Tages von jemandem finden zu lassen. Jemand, der nicht unter der Kontrolle des Kaiserreichs stand. Und wie könnte er das getan haben?

Meine Gedanken rasten jetzt, die Verzweiflung war für den Augenblick beiseite geschoben, während ich versuchte, diesen Gedankengang weiterzuverfolgen. Es gab nichts, was mich hätte ablenken können; meine Aufmerksamkeit hätte nirgendwo hinwandern können, außer zurück in die trostlose Depression. Wenn ein Kaiser beschloss, nach dem Schiff zu suchen, hätte er sich der gleichen Vorgehensweise bedient wie ich. Er hätte die Bibliotheken durchforsten und die Berichte der Ozeanografen überprüfen lassen, hätte die Legionen von Archivaren und Chronisten mobilisiert, die ihm zur Verfügung standen. Es war nicht einmal undenkbar, dass Valdur in den Tagen von Cidelis das gesamte Reich mobilisiert hätte, um das Schiff zu finden. Nachdem ich Orosius begegnet war, war es so klar. Der Kaiser glaubte, er würde sie finden, wenn er nur lange und intensiv genug suchte.

Cidelis musste das gewusst haben. Es hatte auch zu seiner Zeit bereits Ozeanografen gegeben, daher hatte er sich wahrscheinlich vorstellen können, dass es sie immer geben und dass ihre Technik im

Laufe der Zeit besser werden würde. Sie könnten vom Kaiser kontrolliert werden, also durfte die *Aeon* nirgends versteckt werden, wo sie sie finden könnten.

Was blieb dann noch übrig? Oder, was noch wichtiger war – wer sollte nach Cidelis' Wunsch die *Aeon* finden? Sie war so alt und vermutlich so gefährlich, dass er sie eigentlich nicht in die falschen Hände geraten lassen durfte.

Nicht in die des Kaisers, denn er hatte nicht gewollt, dass Valdur sie bekam. Und auch nicht in die eines anderen, der zufällig darauf stoßen könnte. Oder in die eines Menschen, der sie gegen die Interessen des Reichs einsetzen könnte. Was nur vertrauenswürdige Thetianer übrig ließ. Aus seiner Zeit? Hatte er geplant, dass die *Aeon* von einigen wenigen Menschen gefunden werden sollte, denen er eine Botschaft übermittelt hatte?

Nein, das war zu riskant. Es gab zu viele Unbekannte während der Usurpation, zu viel, was schief gehen konnte. Und Cidelis konnte sich nicht darauf verlassen, dass diejenigen, die die Botschaft schließlich bekamen, auch tatsächlich vertrauenswürdig waren. Daher musste sie an ein Amt gerichtet sein, nicht an eine Person.

Der Hierarch. Valdur hatte das Hierarchat für aufgelöst und abgeschafft erklärt. Der Hierarch konnte nur ein Anhänger der alten Götter sein, der Götter, an die Cidelis geglaubt hatte. Wenn es wieder einen Hierarchen gab, wäre dies ein Zeichen, dass das Kaiserreich wieder genesen war. Und sicherlich musste es der Hierarch sein und nicht einfach nur der Zwillingsbruder des Kaisers. Wo war der Unterschied?

Ich seufzte, neigte den Kopf zu einer Seite und fragte mich plötzlich, ob mein brillanter Einfall tatsächlich so klug war. Es war völlig unglaubwürdig, dass ich der Einzige sein sollte, der diesen Gedankengang entwickelt hatte. Suchte ich also nach Hoffnung, wo es keine gab? Bestimmt nicht.

Doch was wäre, wenn das Schiff irgendwo verborgen war, wo der Hierarch es finden konnte, irgendwo, wo nur ein echter Hierarch hinkonnte?

All meine Schlussfolgerungen hatten mich von einem Ort, wo der Kaiser sie finden konnte, zu einem Ort geführt, wo ich sie nicht finden konnte. Ich wusste, dass die *Aeon* etwas mit Sanktion zu tun gehabt hatte, der Stadt der Magier. War es so undenkbar, dass Cidelis sie schließlich nach Sanktion gebracht hatte? Sanktion war seit zweihundert Jahren verschollen und außerhalb jedermanns Reichweite.

Ich hatte meinen Körper inzwischen wieder genug unter Kontrolle, um mich zur Seite zu drehen; erstickt keuchte ich auf, als ein Dutzend Schmerzlanzen an neuen Stellen durch mich hindurchzuckten. Ich biss die Zähne zusammen und versuchte mich hochzustemmen, doch meine protestierenden Arme wollten mich nicht tragen. Wie lange würde es dauern, bis jemand kam? Sie würden mich doch bestimmt schon vermissen, oder?

Zoll für Zoll begann ich, auf den nächsten Tisch zuzukriechen, um mich an ihm hochzuziehen, hielt jedoch inne, als mir etwas anderes einfiel.

Sanktion war ebenfalls fort, geschlossen, von den Meeren verschwunden. Der Fortschreiber hatte vom Verschwinden der Stadt berichtet, hatte ausdrücklich erwähnt, dass es Carausius und seine Frau Cinnirra gewesen waren, die die Stadt ohne weitere Hilfe Valdurs Zugriff entzogen hatten. Und sie hatten es am dritten Tag der Usurpation getan, nach dem Mord an Tiberius, doch noch bevor Cidelis die Stadt erreicht haben konnte.

Also war Sanktion ebenso weit weg wie die *Aeon*, und vermutlich befanden sich die beiden nicht am gleichen Ort. Wo sonst würde ein Hierarch suchen?

Und hier gingen mir schließlich die Ideen aus. Es gab keinen anderen Ort, der eine besondere Verbindung zum Hierarchen hatte. Seine Sphäre war alles Mystische, Außerweltliche, die Dinge jenseits der Erfahrungen sterblicher Menschen. So war es immer gewesen: der Kaiser der Herr des Körpers und der Hierarch der Herrscher des Geistes, eine Balance, die das Kaiserreich daran hatte hindern sollen, zu weit in die Tyrannei oder die Dekadenz zu schlittern. Was es ohne die Zwillinge in den letzten zweihundert Jahren getan hatte. Wie passte Orosius' unnatürliche Macht mit alledem zusammen?

Doch als ich mich hochzog und dabei nicht darauf zu achten versuchte, dass jeder Muskel in meinem Körper vor Schmerzen aufzuschreien schien, und mich anschließend auf einen Stuhl plumpsen ließ, war Sanktion immer noch die einzige Antwort. Der Hierarch brauchte keinen anderen Ort außer Sanktion. In den letzten paar Jahren vor der Usurpation war die *Aeon* immer wieder gekommen und davongefahren, ein vergängliches Gerät, das sich der Kaiser und der Hierarch geteilt hatten. Die alte Religion hatte keine zentralistische Struktur gehabt, keine gemeinsamen heiligen Orte außer Sanktion, das dem Wasser geweiht war. Und obwohl ich meine Schlussfolgerungen für richtig hielt, hatten sie mich doch in eine Sackgasse geführt.

Ich saß noch immer in der Dunkelheit und starrte ins Nichts, als Palatine mich entdeckte. In gewisser Weise wäre es mir lieber gewesen, wenn Laeas oder Persea mich gefunden hätten, denn auch wenn sie weniger wussten, würden sie weniger Fragen stellen. Von mir aus, zumindest würde Palatine mir glauben, was ich ihr erzählte.

Ich schloss instinktiv die Augen, als Licht durch die sich vorsichtig öffnende Tür in den Raum fiel und hörte das rauschende Geräusch, als die Lichter des Raums angeschaltet wurden.

»Cathan, da bist …« Ihre Stimme erstarb, und ich hörte, wie sie die Tür hinter sich zuzog und damit eine Geistesgegenwart zeigte, die ich niemals besessen hätte. »Was ist passiert? Warum ist das Zimmer so?«

Ich hörte ihre Schritte quer durch den Raum kommen und genau vor mir stehen bleiben. Es war immer noch zu früh, die Augen zu öffnen; das Licht war selbst durch die geschlossenen Lider schmerzhaft hell. Ich würde es erklären müssen – diesmal gab es keine Möglichkeit, so zu tun, als wäre nichts gewesen. Was bedeutete, dass Mauriz und Telesta mir Fragen stellen würden; sie würden wissen wollen, was genau der Kaiser gesagt hatte, und mir Vorwürfe machen, dass ich es ihnen nicht schon beim ersten Mal, als er sich manifestiert hatte, erzählt hatte.

Ich musste für mich behalten, was zwischen uns beiden geschehen war.

»Palatine«, sagte ich langsam; meine Kehle fühlte sich schrecklich trocken und wund an. »Suchen schon alle nach mir?«

»Noch nicht. Nur ich und Persea – Mauriz und Telesta haben sich in einem Anfall von schlechter Laune eingeschlossen. Seit Stunden hat dich niemand mehr gesehen, und Persea und Laeas sollten ein Auge auf uns alle haben. Du siehst schrecklich aus, und deine Haut ist ganz weiß. War das noch mehr Magie?«

»Kannst du mir in mein Zimmer helfen und den anderen sagen, dass ich krank bin? Bitte? Ich erzähle dir, was passiert ist, aber …«

»Nur wenn du es mir wirklich erzählst.« Sie trat an meine Seite, berührte mich am Ärmel – und riss die Hand zurück. »Thetis! Was ist das? Dieser ganze Raum fühlt sich an, als hätte es hier eine Aetherwelle gegeben.«

»Schlimmer«, sagte ich. »Können wir gehen?«

Ich habe keine Ahnung, wie wir es bis zu meinem Zimmer zwei Korridore weiter schafften, ohne dass ich zusammenbrach, doch wir schafften es. Jeder Schritt war reine Agonie – und es war auch für Palatine schlimm, denn meine Haut zu berühren, schien auch anderen Schmerzen zu bereiten. Ich war mir voll und ganz bewusst, wie leicht es war, mich in einen solchen Zustand zu versetzen: Auch wenn Magie von der physikalischen Welt unabhängig war, so machte sich doch bei mir immer Erschöpfung bemerkbar, wenn ich sie einsetzte. Ich hatte nicht die Kraft und das nötige Gewicht, um große Strapazen zu ertragen – wie etwa damals, als ich den eisigen Fluss hinuntergeschwommen war, oder vorhin, als Orosius diese ungezügelte Macht durch mich hindurchgeleitet hatte.

Wir begegneten niemandem, den ich kannte; nur ein paar Bedienstete gingen ihrer Arbeit nach. Palatine sagte zu einem der Diener, ich sei von einer Aetherwelle erwischt worden und trug ihm auf, den Heiler des Palasts zu holen.

Der Heiler kam ziemlich schnell, leider jedoch konnte er nicht allzu viel für mich tun, obwohl er nicht auf die Idee kam, es könnte sich um etwas anderes als die Folgen eines Aether-Ausbruchs handeln. Was er dankenswerterweise tat, war, mir ein paar sehr starke schmerzstillende Mittel zu verabreichen, und er ließ ein Glas mit seinem wirksamsten Schlafmittel neben meinem Bett zurück.

»So, und jetzt erzähl mir, was wirklich passiert ist«, sagte Palatine, nachdem er wieder fort war, und setzte sich auf einen Stuhl neben dem Bett. »Die anderen können meinetwegen glauben, dass das eine Aetherwelle war, aber du hast gesagt, es war etwas Schlimmeres. Ich muss es wissen – für den Fall, dass es eine Bedrohung für uns alle darstellt, eine weitere Trickserei der Domäne.«

Ich schüttelte den Kopf. »Dahinter steckt ausnahmsweise nicht die Domäne. Weißt du noch, wie wir in der Zitadelle auf magische Fähigkeiten getestet wurden?«

Sie nickte, wartete, dass ich weitersprach.

»Wer auch immer den Test durchführt, bedient sich aus einem Machtreservoir – ich kann nicht erklären, wie – und leitet die Magie durch dich hindurch. Wenn du kein Magier bist, geht sie einfach durch, aber wenn du einer bist, dann …«

»Ich weiß, ich habe so etwas Ähnliches gespürt. Das hier war dasselbe, nur schlimmer?«

Ich nickte.

»Wer war es?«

Ich blickte einen Moment ins Leere und wünschte mir, ich hätte es ihr bereits in Ral Tumar erzählt, bevor dies alles angefangen hatte, bevor es so kompliziert geworden war. »Mein Bruder.«

»Wie?«, wollte sie wissen, doch ich drehte mich zu ihr um, schnitt ihr das Wort ab.

»Du hast keine Ahnung, wie groß seine Reichweite ist. Es war eine Projektion, ein Bild von ihm. Aber es hat gereicht, um so etwas zu tun.«

»Dann weiß er also, wer du bist und dass du hier bist.« Sie machte eine Pause. »Was sonst noch? Da ist noch etwas, das du mir nicht sagen willst.«

Es war sinnlos, etwas vor ihr verbergen zu wollen, also gab ich es auf. »Ich bin ihm schon einmal begegnet, in der ozeanografischen Station von Ral Tumar.«

»Du bist ihm schon einmal begegnet und hast uns nichts davon erzählt? Warum? Sobald er dich gefunden hat, kann er dir folgen, und er muss uns die ganze Zeit über auf der Spur gewesen sein.«

Dass Palatine überhaupt nicht vorwurfsvoll aussah, machte alles nur noch schlimmer. Ich konnte ihr nicht in die Augen sehen.

»Er war uns auf der Spur«, sagte sie nach einem Augenblick des Schweigens. »Er weiß alles, was wir getan haben.«

»Natürlich«, erwiderte ich in dem instinktiven Versuch, mich zu verteidigen. »Dieser Handlanger von Mauriz – Tekla – arbeitet für ihn. So hat mich Orosius überhaupt erst gefunden.«

»Althana bewahre und beschütze uns, Cathan. Er ist die rechte Hand des Kaisers. Ich hätte darauf kommen müssen, aber weil du mir nichts gesagt hattest, haben wir unsere Köpfe in den Rachen des Löwen gelegt.« Ihre brutale Offenheit war leichter zu ertragen als falsche Sympathie, doch es machte das Ganze nicht besser. »Gibt es irgendeinen Grund, warum du das alles nicht schon früher gesagt hast?«

Ich schüttelte sehr langsam den Kopf und wünschte mir von ganzem Herzen, ich hätte den Mut gehabt, es ihr schon nach dem ersten Mal zu erzählen, auch nach allem, was geschehen war. »Beide Male hat er … mich … zerschmettert,« beendete ich den Satz lahm, wollte keine Worte verwenden, die das Geschehen genauer beschrieben hätten. Warum nur war ich auf dieser ganzen Reise ein solcher Feigling gewesen, unfähig, eine Entscheidung zu treffen? Warum hatte ich stattdessen zugelassen, dass Mauriz und Telesta mich dahin zerrten, wo sie mich haben wollten? Alles, was ich getan hatte, war so armselig, so schwach; ich war nicht besser, als mein leiblicher Vater es gewesen war. »Er ist mir so himmelweit überlegen, ich kann mich nicht gegen ihn wehren.«

»Cathan«, sagte Palatine langsam, »ich glaube, das Mindeste, was du tun könntest, wäre, mir genau zu schildern, was beide Male geschehen ist. Ich weiß, dass das schmerzhaft für dich sein wird, aber es könnte dir auch helfen. Ich bin immer noch deine Freundin, egal, was du getan hast, und ich werde es Mauriz oder Telesta oder sonst irgendjemandem nicht weitererzählen.«

Also erzählte ich ihr stockend die ganze Geschichte, und am Ende ließ ich nicht die kleinste Kleinigkeit aus, weil ich das Gefühl hatte, dass ich ihr das schuldig war. Sie sagte nicht viel, und ihr Gesichtsausdruck änderte sich nicht. Sie war diejenige, die Kaiserin oder Hierarchin hätte sein sollen, nicht Orosius – und ganz sicher auch ich nicht.

Und als ich endlich fertig war, machte sie ein sehr trauriges Gesicht und ergriff eine meiner Hände, was ihr mehr wehgetan haben musste als mir, da die Überbleibsel von Orosius' Magie noch immer tief in meiner Haut eingegraben waren.

»Es war falsch, so grob mit dir umzuspringen, weil du es mir nicht erzählt hattest, Cathan. Ich hatte angenommen, dass er dich als seinen Zwillingsbruder ein bisschen menschlicher behandeln würde. Ich hätte es besser wissen müssen. Er ist ein Ungeheuer, gleichgültig, mit wem er gerade spricht, und möglicherweise leiden wir um so mehr, je näher wir ihm stehen. Deshalb ist Arcadius in Ozeanus, denn das ist so weit von Thetia entfernt, wie es überhaupt geht.

Die anderen werden es nicht verstehen. Sie können es nicht verstehen, denn sie sind keine Tar'Conanturs, sie sehen ihn nur aus der Distanz«, fuhr sie fort. »Er hat mir ... etwas Ähnliches angetan. Diese Projektion von ihm – das war das gleiche Gebilde, das er bei meiner Bestattung eingesetzt hat, um mich zu ersetzen, als jeder gedacht hat, ich wäre ermordet worden. In Wirklichkeit hat er mich entführt – vielleicht, weil der Exarch es ihm gesagt hatte, ich weiß es nicht. Er hat mir meine Kleider weggenommen und mich mehrere Tage lang in einer eiskalten Zelle gelassen, hat mich nie rausgeholt, außer, um mich mit Drogen voll zu stopfen und mein Abbild bei der Beerdigung zu benutzen. Und danach ist er zu mir gekommen und hat gesagt, jetzt sei ich für die Welt tot und begraben, und die republikanische Bewegung stehe kurz vor dem Zusammenbruch. Ich glaube, er wollte mich bis in alle Ewigkeit dort behalten, aber am nächsten Tag hatte sich irgendwas geändert. Er hat mich in Ketten legen lassen, dann hat er mir eine andere Droge verabreicht ... und an mehr erinnere ich mich nicht. Ich bin erst wieder in Hamilcars Festung aufgewacht.«

Ich starrte Palatine einen Moment lang an, konnte kaum glauben, was sie gesagt hatte. Meine Haut prickelte.

»Ich habe das noch nie jemandem erzählt, und ich werde es auch niemand anderem erzählen, denn es war für mich genauso schlimm wie für dich.«

»Genauso schlimm?« Ich erschauerte. Was sie gerade beschrieben hatte, erschien mir zehnmal schlimmer als alles, was er mir angetan hatte. Sie hatte es mir erzählt, ohne dass ich sie gefragt hatte, während ich geschwiegen und dadurch alle in Gefahr gebracht hatte.

»Er hat niemals Magie gegen mich eingesetzt, niemals an meinem Verstand herumgepfuscht. Trotzdem wäre ich wohl nicht tapfer genug gewesen, den Harem zu erwähnen. Du bist noch gut davongekommen.«

»Dann ist es also wahr?«

Sie seufzte und lehnte sich auf ihrem Stuhl zurück. »Absolut. Er ist verzweifelt bemüht, das Überleben des Geschlechts sicherzustellen. Entweder macht jemand die Konkubinen unfruchtbar, oder er ist einfach zeugungsunfähig, was mich nicht besonders überraschen würde. Trotzdem. Es bleiben noch ein paar Fragen offen – zum Beispiel, was wir jetzt tun sollen?«

»Müssen wir es Mauriz und Telesta sagen?«

»Wir können es ihnen nicht erzählen, ohne es zu erklären, und ich weiß, dass du das nicht willst. Genauso wenig wie ich.« Sie blickte sich misstrauisch im Zimmer um. »Laeas und Persea haben mir versichert, dass hier niemand lauscht, und ich habe hier bereits ein Lauschloch zugestopft, aber man kann nie wissen. Es ist schließlich ein Palast, und Sagantha will uns im Auge behalten. Das ist sicher. Ich hätte früher daran denken sollen, jetzt ist es zu spät.«

»Glaubst du wirklich, dass uns jemand belauscht hat?«

»Ich hoffe nicht. Aber genau kann man das unmöglich sagen. Sagantha hat Ehrgefühl. Vielleicht nicht immer, aber es ist ihm schon hoch anzurechnen, dass er überhaupt welches besitzt.«

»Und die Leute des Kaisers? Orosius muss jemanden hier haben – wie hätte er sonst wissen können, wo ich bin?«

»Ich habe keine Ahnung, wie er dich gefunden hat«, sagte Palatine achselzuckend. »Ich weiß, dass Orosius keine Gespräche belauschen kann – wir haben ihm einmal eine Falle gestellt, um das herauszufinden –, das heißt, alles, was er über uns weiß, hat er durch seine Agenten herausgefunden. Aber genug davon. Er hat uns jetzt in die Enge getrieben, und er hat ganz offensichtlich etwas vor. Es scheint, als wolle er, dass wir uns gefangen fühlen, dass wir glauben, er könnte alles, was wir planen, im Voraus vereiteln.«

»Das kann er auch. Es ist nicht so, dass wir viele Möglichkeiten hätten.« Ich verlagerte mein Gewicht ein wenig; mein ganzer Körper fühlte sich bleiern an. Die Arznei des Heilers hatte gewirkt, zumindest teilweise, obwohl ich noch immer keine einigermaßen bequeme Haltung einnehmen konnte, und allmählich fand ich es unter den Decken in dem geschlossenen Raum erstickend warm. »Könnten ... warte, ich flüstere lieber.« Palatine beugte sich zu mir herüber. »Könnten wir Tanais überreden, ihn abzusetzen?«

»Es wäre ziemlich schwierig, ihn zu überzeugen«, meinte sie zweifelnd, wobei sie sich weiter zu mir herabbeugte und ebenfalls flüsterte. Vielleicht war das alles etwas melodramatisch, doch ich wollte diesmal kein Risiko eingehen. »Er glaubt an die Monarchie mehr als an alles andere, das hat er schon immer getan. Er würde eine Republik nie akzeptieren.«

»Es gibt noch andere Kandidaten für den Kaiserthron.«

»Lass die Finger davon, Cathan. Valdur hat das schon einmal gemacht. Es schüttelt mich, wenn ich daran denke, was Tanais dazu sagen würde.«

»Tanais' Loyalität gilt dem Kaiserreich. Er hat selbst gesagt, dass Orosius seiner Familie keine Ehre macht. Würde er einem solchen Mann wirklich die Treue halten?«

Wieder starrte sie mich mit ihren grünen Augen an, doch dieses Mal konnte ich den Blick erwidern. »Du weißt, wen du vorschlagen willst – wer ihn ersetzen soll?«

»Ich weiß, dass es angeblich drei Kandidaten in der Thronfolge gibt – sag du es mir.«

»Meine Mutter würde es niemals tun, ich glaube nicht daran, und Arcadius ist zu weit weg. Und unverheiratet.«

»Palatine«, sagte ich sanft. »Orosius ist ein Monster. Was er uns, seinen engsten Verwandten, antun kann, kann er jedem antun – und er wird es tun, wenn er die Macht dazu hat.«

»Es ist dir todernst damit, stimmt's? Das ist nicht einfach nur so eine verrückte Idee?«

»Hast du irgendetwas anderes erwartet? Ich habe Angst vor ihm, vor dem, was er mir antun kann, oder dir, oder jedem anderen Menschen. Bis heute hatte ich keinen Krieg mit ihm, aber jetzt muss es sein. Ich weiß, dass er mit der Domäne verbündet ist, aber das ist nicht das Entscheidende. Wenn wir hier irgendetwas erreichen – wie lange wird es dauern, bis er einschreitet und es zerstört? Es spielt keine Rolle, ob es im Namen der Domäne oder in seinem geschieht. Wir sind eine Bedrohung für beide, und sie haben das lange vor uns begriffen.«

Palatine saß lange stumm da. Dann zog sie ihren Sessel so dicht ans Bett, wie sie nur konnte. »Was genau schlägst du vor?«

Ich holte tief Luft. Mir war klar, dass ich das Schlafmittel bald trinken musste, doch zunächst berichtete ich ihr, was ich mir in der Dunkelheit des Kartenzimmers zurechtgelegt hatte, nachdem Orosius verschwunden war und mich dort wie ein Tier in der Falle zurückgelassen hatte. Dass der Kaiser nicht in der Lage sei, die *Aeon* zu finden, und dass ich, wenn das Glück auf unserer Seite war, es vielleicht besser machen könnte.

»Die *Aeon* zu kontrollieren würde helfen, die Herrschaft der Domäne hier zu brechen, denn der Schutz, den die Priester vor den Stürmen gewähren können, ist ihr wichtigster Einfluss auf die Menschen«, sagte ich schließlich. »Sie könnte auch für uns ein sicherer Zufluchtsort sein, bis sie ihren Kreuzzug beginnen. Doch wenn wir das überleben wollen, muss Thetia auf der richtigen Seite sein. Ich will Ravenna finden und sie überzeugen, dass sie die Einzige ist, die einen rechtmäßigen Anspruch auf Qalathar hat, dann will ich mich ihrer Hilfe versichern. Sie könnte in der Lage sein, die letzten Puzzle-Teilchen für mich zusammenzufügen.«

»Während ich Tanais bitte, einen Militärputsch gegen den Kaiser anzuführen und mich auf den Thron zu heben«, beendete Palatine meinen Gedankengang. »Glaubst du wirklich, dass wir damit eine Chance haben?«

»Was für eine Chance haben wir denn sonst? Wenn wir Thetia einfach ignorieren, bauen wir auf Sand, und früher oder später wird die Flut kommen und alles zerstören. Es wäre in Ordnung, wenn wir uns darauf verlassen könnten, dass Thetia neutral bleibt, aber ich glaube nicht, dass Orosius das tun wird. Er wird eingreifen, um seinen Ruf zu retten, und vielleicht auch um uns zu gefangen zu nehmen.«

»Ich denke darüber nach«, versprach sie nach einer weiteren langen Pause. »Du solltest jetzt erst mal schlafen. Wir werden den anderen nicht erzählen, was passiert ist oder was wir vorhaben. Und egal was wir tun – du und Ravenna, ihr solltet euch so bald wie möglich treffen, bevor die Kluft zwischen euch noch größer wird. Ich bin genauso schuld an der ganzen Geschichte wie ihr beide, aber wir müssen einander jetzt vertrauen. Tut mir Leid, ich weiß, dass sich das lahm anhört, aber ich denke nach.«

Sie gab mir das Schlafmittel, das zumindest nicht widerlich schmeckte, und wartete, bis ich es ausgetrunken hatte.

»Wenn es dir irgendwie hilft – ich glaube, du machst dich selbst zu schlecht«, sagte sie und blieb noch einmal stehen, ehe sie die Tür öffnete. »Ich glaube, du wirst Orosius gewachsen sein, wenn du die *Aeon* hast. Und an dem Tag dabei zu sein, an dem er auf jemanden trifft, der genauso mächtig ist wie er – besonders, wenn du dieser Jemand bist –, wäre ein großes Privileg für mich. Gute Nacht.«

Palatine löschte das Licht, als sie ging, und die Tür fiel hinter ihr ins Schloss. Zum zweiten Mal binnen eines Tages blieb ich allein im Dunkeln zurück, doch dies war kein Vergleich zu der Situation im Kartenraum, und ich war sowieso schon halb eingeschlafen.

Trotz des Schlafmittels träumte ich; ich träumte von der *Aeon*, die in den Schatten dahintrieb, ein schwarzer Umriss vor der tieferen Schwärze des Ozeans, immer verborgen, gerade außer Sicht.

Kapitel XX

»›In Ranthas Namen befiehlt euch Seine Exzellenz, diese Flüchtlinge und Sünder der Justiz zu übergeben, auf dass sie büßen für ihre Sünden gegenüber Ranthas und der Domäne, Seine Diener auf Erden … Sie sind der Verbrechen der Häresie und der Blasphemie schuldig sowie der Weigerung, die Autorität Seiner Heiligkeit Lachazzar, dem von Ranthas dreifach Gesegneten anzuerkennen … Mittels der Autorität, die allen Dienern der Domäne durch das Universal-Edikt verliehen wurde, und auf Antrag von *Domine* Abisamar, Oberinquisitor der Provinz Sianor einschließlich ihrer Inseln … In der dritten Stunde nach Sonnenuntergang an diesem dreiundsechzigsten Tag des Winters im Jahr 2775 von Ranthas.‹ Das ist mehr oder weniger alles; nicht dass ihr es nicht bereits gewusst hättet.« Laeas rollte den Brief wieder zusammen und warf ihn vor sich auf den Tisch. »Da in Abwesenheit des Vizekönigs niemand zu irgendwelchen Handlungen ermächtigt ist, kann ich nichts dagegen tun.«

»Unglücklicherweise werden sie eine Weigerung nicht hinnehmen«, sagte der Tribun der Wache, der steif vor dem großen Fenster von Saganthas Empfangszimmer stand.

»Nun, das werden sie müssen, um Ranthas' willen.« Laeas lehnte sich auf seinem Stuhl zurück und sah Mauriz und Telesta anzüglich an. »Ihr habt uns das eingebrockt. Habt Ihr etwas Sinnvolles zu sagen?«

Mauriz war es nicht gewohnt, dass jemand so mit ihm sprach, vor allem, wenn der Sprecher noch nicht einmal ein Thetianer und mehrere Jahre jünger als er selbst war.

»Nur dass es Eure Aufgabe ist, für unsere Sicherheit zu sorgen, sonst nichts.«

»Das ist wirklich sehr hilfreich.« Laeas klopfte mit den Fingerknöcheln auf den Schreibtisch; er strahlte große Autorität aus, wie ich fand. Er – und nicht Persea oder Saganthas Sekretär – tat dies einfach deswegen, weil er beeindruckender war als die beiden. Bis heute Morgen war mir nicht klar gewesen, wie klein der Stab des Vizekönigs war. Anscheinend waren mehrere seiner Mitarbeiter in die Hügel geflohen oder nach Hause zurückgekehrt, als die Inquisitoren aufgetaucht waren. »Diplomatie scheint ein Fremdwort für Euch zu sein, obwohl Ihr doch offensichtlich als Bevollmächtigter für jemanden agiert. Natürlich werden wir Euch schützen, obwohl ich nicht für Eure Sicherheit garantieren kann, falls die Sacri den Palast stürmen. Mehr kann ich dazu jetzt nicht sagen.«

»Ich wünsche, dass sichergestellt ist, dass ich jederzeit Kontakt zum Scartaris-Konsulat aufnehmen kann.«

»Sprecht mit dem Tribun. Er hat die Aufsicht über alle Boten.«

Mauriz und Telesta machten auf dem Absatz kehrt und verließen den Raum, nicht ohne Palatine und mir noch einen finsteren Blick zuzuwerfen. Ich hatte nicht viel von ihnen zu sehen bekommen, seit wir hier angekommen waren, und sie ärgerten sich offensichtlich darüber, dass wir in Qalathar mehr Verbündete und Sympathisanten hatten als sie. Sie mussten damit gerechnet haben, dass sie uns schützen würden, nicht andersherum.

Nach einer kurzen Diskussion mit Laeas über den Urlaub einiger Wachen ging auch der Tribun. Laeas verließ seinen Platz hinter dem großen Schreibtisch mit einem Seufzer der Erleichterung.

»Was habe ich für ein Glück, dass ich mich beim ersten Mal, wo Sagantha weg ist, ausgerechnet mit den beiden herumschlagen muss. Persea, du warst in der Stadt. Wie sieht es draußen aus?«

»Nicht gut.« Sie erhob sich von ihrem Stuhl. »Die Inquisitoren haben nicht allzu viele Leute erwischt, also haben sie ein neues Dekret herausgegeben, das besagt, dass sie der Fischereiflotte den Segen verweigern werden, solange wir nicht uneingeschränkt mit ihnen zusammenarbeiten. Wobei *Zusammenarbeit* in diesem Zusammenhang alles bedeuten kann.«

»Aberglaube«, murmelte Laeas. »Die Fischer werden ohne den Segen eines Priesters und seine Zusage, dass sie vor den Stürmen sicher sind, nicht hinausfahren. Das Zweite ist wesentlich wichtiger, aber sie sind ein abergläubischer Haufen.«

»Komm schon, du bist schließlich genauso abergläubisch«, wandte Persea ein.

»Nur bis zu einem gewissen Punkt«, entgegnete er ärgerlich. »Die Vorstellung, dass irgend so ein Popanz von Priester, der überhaupt nichts mit dem Meer zu tun hat, sie beschützen und ihnen einen guten Fang bescheren wird, ist lächerlich.«

»Du hast es gerade selbst gesagt – das ist nicht das Entscheidende. Sie müssen die Ozeanografen konsultieren, um herauszufinden, in welchem Zustand das Meer ist, und die Domäne, wenn es um das Wetter geht. Und es ist die Domäne, die hier die Macht in den Händen hält. Das ist eine Tradition, die so alt ist wie die Domäne selbst, und nur ein mittleres Wunder könnte daran etwas ändern.« Sie warf mir einen Blick zu, als sie die nächsten Worte aussprach: »Vielleicht bist du ja das Wunder.«

Sie sagte es mit solchem Ernst, dass ich nicht wusste, was ich darauf antworten sollte. Perseas Sinn für Humor war sehr direkt, und ich wusste normalerweise, wann sie scherzte. Diesmal scherzte sie nicht.

»Ich habe ihnen erzählt, was du gestern ausgetüftelt hast, vor der Aetherwelle«, erklärte Palatine entschuldigend. »Wir brauchen mehr Hilfe.«

Ich fragte mich, was sie ihnen wohl noch erzählt hatte, dass Persea einen solchen Kommentar abgab. Doch die anderen schienen es nicht lächerlich zu finden.

»Geschieht eigentlich auf den anderen Inseln das Gleiche?«

»Du weißt in dieser Angelegenheit genauso viel wie wir, aber ich nehme es an. Überall im Archipel wird nach den gleichen Prinzipien gelebt – mit Ausnahme der Zitadellen, und deren Bewohner haben wahrscheinlich immer noch die Köpfe in den Wolken.«

»Nur in der Zitadelle des Windes«, kam ein hilfreicher Hinweis von Laeas, und ich konnte mir ein Lächeln nicht verkneifen. Es hatte in letzter Zeit so wenig geben, worüber man Witze hätte machen können.

»Wie denken die Leute über die Inquisitoren?«, fragte Palatine einen Augenblick später und machte damit die heitere Stimmung zunichte, die für einen kurzen Augenblick aufgekommen war.

»Sie sind nicht beliebt«, erwiderte Persea. »Die Menschen ärgern sich über die Art und Weise, wie sie vorgehen, aber normalerweise fürchten sie sie zu sehr, um offen zu protestieren. Die Stadt hat sich in den letzten paar Wochen verändert – ich kenne sie gut genug, um den Unterschied zu bemerken. Oh, und etwas anderes, das ich schon früher hätte erwähnen sollen: Es sind eine Menge Gerüchte im Umlauf. Viele davon drehen sich um die Domäne und das, was Midian tun wird, aber es gibt auch eine Menge andere, und die sind ziemlich beständig, die sagen, dass die Pharaonin zurückgekehrt ist. Nun, wir wissen, dass das stimmt« – ich wechselte einen blitzschnellen erschrockenen Blick mit Palatine, aber Perseas nächste Worte zerstreuten meine Besorgnis wieder – »denn Ravenna ist zu ihr gestoßen.«

»Und was behaupten diese Gerüchte noch?«, fragte Laeas, der plötzlich viel lebendiger wurde; er wirkte jetzt auch nicht mehr so überarbeitet.

»Genau das, was man erwarten würde. Die Pharaonin ist wieder auf der Insel, sie versteckt sich irgendwo, sie wird zurückkommen und mit der Domäne fertig werden; man hört sogar, dass sie eine Armee aufstellen soll. Ich habe diese Gerüchte schon öfter gehört, daher ist es zu früh, um zu sagen, ob sie absichtlich gestreut werden oder nicht. Aber die Leute wollen sie glauben. Sie wollen glauben, dass das Mädchen, auf das sie vierundzwanzig Jahre lang gewartet haben, jetzt endlich in die Fußstapfen ihres Großvaters tritt und die Domäne vertreibt.«

»Genau wie ihr«, bemerkte Palatine.

»Es ist völlig irrational – schließlich wissen wir, wie schlecht die Dinge stehen –, aber du hast Recht, *ich will unbedingt,* dass es wahr ist. Mauriz und Telesta können das nicht verstehen.«

»Aber glaubst du an die Pharaonin oder nur an jemanden, der euch von der Domäne erlösen wird? Denn genau das wollen doch alle am meisten – zusehen, wie die Fanatiker von der Insel verjagt werden, und zwar so, dass sie nie zurückkommen. Ich glaube, dafür würden sich die Qalathari sogar mit den Stürmen arrangieren. Schließlich sind die hier nicht so schlimm wie auf den Kontinenten, von daher könnten wir schon mit ihnen fertig werden.«

»Wir – das Volk von Qalathar – könnten sie theoretisch selbst hinauswerfen. Aber wir wären nur ein schlecht organisierter Mob. Jedem Kind, das hier aufgewachsen ist, haben seine Eltern wieder und wieder erzählt, wie brillant Orethura war, wie er die Domäne so lange in Schach gehalten hat, wie er ihnen bis zum Ende Widerstand geleistet hat. Sie haben den Kreuzzug überlebt, und sie sind auch diejenigen, die uns von seiner Enkelin erzählt haben.«

»Ich glaube, diesmal gewinnst du nicht, Palatine«, ließ ich mich aus meinem Sessel heraus vernehmen, der dem Tisch zugewandt in einer Ecke stand. Ich fühlte mich wie ein alter Mann und brauchte immer noch Hilfe; Orosius' Magie war wesentlich schädlicher, als ich gedacht hatte, und sie lastete weiterhin schwer auf mir. Ich hatte noch immer überall Schmerzen, vor allem in Armen und Beinen, und ich empfand neuerliche Sympathie für Carausius, der während der letzten Schlacht des Krieges auf dieselbe Art angegriffen und so schwer verkrüppelt worden war, dass er geglaubt hatte, er könne nie wieder Magie einsetzen. Am Ende hatte er es noch ein letztes Mal getan, um

Sanktion außer Valdurs Reichweite zu bringen und sich selbst aus der Geschichte zu tilgen. Ich konnte mir nicht vorstellen, wie er überlebt haben sollte. »Orethura war der erste Pharao seit dreihundert Jahren, der im Archipel geboren worden war; für seine Enkelin gilt dasselbe.«

»Ich verstehe«, lenkte Palatine ein. »Aber wenn sie zurückgekehrt ist, was wird sie dann tun? Keiner von euch scheint darüber nachgedacht zu haben. Midian kontrolliert den Hafen, fast das ganze Militär, die Stadtmauer und die Städte. Nicht zu vergessen eine große Anzahl Magier. Die Pharaonin hat keine nennenswerte Streitmacht. Und was ist mit Sagantha?«

»Wenn die Pharaonin zurückkommt, braucht Sagantha für nichts mehr Verantwortung zu übernehmen«, erklärte ich. »Er behält sein Amt, ist aber nicht länger der oberste Sündenbock. Warum um Himmels willen hat er diesen Posten überhaupt angenommen? Er muss doch gewusst haben, dass es ein Minenfeld sein würde?«

»Sagantha blüht auf Minenfeldern auf«, erwiderte Persea. »Er ist zum Überleben geboren.«

Laut Ravenna war das deswegen so, weil er wusste, wann es an der Zeit war, die Seiten zu wechseln.

Midian hatte Wachen vor dem Tor zurückgelassen, um uns an seine Forderung zu erinnern, doch als zwei Tage später ein heulender Sturm die Stadt heimsuchte, verschwanden sie wieder. Die Wolkendecke war so dicht und dunkel, dass es Stunden früher Nacht wurde. Ich stand am Fenster in meinem Zimmer und schaute eine Zeit lang zu, blickte hinaus über ein dunkelgraues Meer und bedrückende, blaugraue Wolkenberge, die sich bis zum kaum noch erkennbaren Horizont erstreckten. Die einzigen Lichtblicke waren die Blitze und die weißen Schaumkronen der Brecher, die gegen die Ufermauer brandeten, doch selbst das verschwand ungefähr um die Zeit, da normalerweise die Sonne untergegangen wäre.

Es war unmöglich, nur dadurch etwas zu entdecken, dass man inmitten eines Sturms das Fenster aufhielt. Mein Blickfeld war zu begrenzt, zu eingeengt durch die schlechten Sichtverhältnisse und die hereinbrechende Nacht. Es war ein zyklonischer Sturm, so viel konnte ich sehen, der sich wie ein beweglicher Knoten entlang des

Sturmbandes vorwärtsbewegte; der Wind blies aus Norden, nicht entlang der Ost-West-Achse des Sturmbandes.

Schlimmer noch als es nicht genau zu wissen, war, niemanden zu haben, mit dem man darüber diskutieren konnte. Die Ozeanografen hatten alle viel zu viel Angst vor der Domäne, und die einzige Person, die sich je damit beschäftigt zu haben schien, war seit – ja, seit wann eigentlich? – tot. Ich hatte wirklich keine Ahnung, wann Salderis gestorben war; man hatte nichts mehr von ihr gehört, seit sie vor vierzig Jahren ins Exil gegangen war. Ich hatte noch nicht einmal ein Exemplar von *Geister des Paradieses;* es gehörte Telesta, und ich hatte kein Bedürfnis, mit ihr oder Mauriz zu reden. Zum ersten Mal seit Wochen hatte ich das Gefühl, wieder ein Ziel zu haben und wusste, wo ich hinwollte. Mit einem der beiden Thetianer zu sprechen, hätte genau dieses Gefühl nur zunichte gemacht.

Außerdem war Telesta keine Ozeanografin. Vielleicht hatte sie Interesse an der Geschichte der Ozeanografie – ich war mir dessen nicht sicher –, doch sie war keine Naturwissenschaftlerin. Es war wirklich schade, dass Tetricus nicht hier war; er besaß keine der Loyalitäten, die einem immer wieder im Weg standen. Andererseits hätte ich ihn niemals in diese Situation mit hineinziehen wollen.

Wenn Sarhaddon Ozeanograf gewesen wäre … Ich spürte einen Stich des Bedauerns und der Traurigkeit. Was für ein intelligenter, hellwacher Geist – und dann endete er als Fanatiker und Inquisitor.

Ich kannte keine weiteren Ozeanografen, was nicht weiter verwunderlich war, wenn man bedachte, dass ich den größten Teil meines Lebens in Lepidor verbracht hatte. Nur noch ein paar flüchtige Bekanntschaften mit einer Gruppe, die Kula und Lepidor vor einiger Zeit besucht hatte … Ich glaubte mich zu erinnern, dass sie von Liona im nördlichen Archipel gekommen waren, das im gleichen Strömungssystem lag wie meine Heimat. Wenn ich es jemals schaffen sollte, die *Aeon* zu finden, würde ich Hilfe brauchen. Hilfe, um sie zu bemannen, zu verstehen, was die Himmels-Augen mir sagten, sogar dabei, sie auszurüsten. Auch etwas, woran ich bisher noch nicht gedacht hatte. Das Schiff konnte irgendwie selbst Proviant herstellen, so merkwürdig das auch klingen mochte, doch nach zwei Jahrhunderten würde alles, was sich in seinem Innern befand, tot sein.

Und Ravenna ... Ravenna war eine Magierin, keine Ozeanografin, obwohl sie auf eigenen Wunsch ein bisschen Unterricht beim Meister der Ozeanografischen Station von Lepidor genommen hatte, ehe wir aufgebrochen waren. Ich vermisste sie sehr, vor allem, da ich wusste, dass sie mich, als wir uns zum letzten Mal gesehen hatten, als Rivalen betrachtet hatte, als Bedrohung ihres Erbes. Persea und Laeas schickten ihr mittels ihrer Kontakte Botschaften, in der Hoffnung, dass eine davon sie früher oder später erreichen würde – sie dachten noch immer, sie wäre eine Kameradin der Pharaonin. Und ich hoffte, dass sie sich nicht wieder gegen mich gewandt hatte wie in Lepidor.

Eine Reihe Palmen zeichnete sich schemenhaft vor den Lichtern direkt unter mir ab, von der Kraft des Windes zur Seite gebogen, und gelegentlich war ein scharfes Knacken zu hören, wenn ein Palmwedel abbrach. Ziegel fielen von einem Haus auf der gegenüberliegenden Straßenseite und zerbarsten, als sie auf der Straße aufprallten, und einen Augenblick später flog ein loser Fensterladen hinterher. Wenn dies ein großer Sturm war, hatte er bis jetzt kaum begonnen; die Stadt nahm doch bestimmt nicht jedes Mal solchen Schaden?

»Es ist schlimmer als sonst«, sagte Persea, als wir uns einige Stunden später unterhielten; sie saß hinter dem Schreibtisch im Empfangszimmer, in dem wir am Morgen zusammengehockt hatten. Die Vorhänge waren zurückgezogen, um ihr einen Blick auf die Stadt zu gewähren, und alle Lichter waren an. »Ich bekomme von überall Berichte über Schäden, und wir haben das Auge des Sturms noch längst nicht erreicht.«

»Ist ein Schild eingeschaltet?« Ich setzte mich auf die Schreibtischkante und hielt meine Hände unter eine der reich verzierten Leselampen; aus irgendwelchen Gründen war es heute Nacht im Palast sehr kalt.

»Ja, aber nach euren Maßstäben ist er nur sehr schwach. Hier sind die Stürme normalerweise nicht so schlimm. Wenn der hier so weitergeht, wird uns der Schild nicht viel nützen.« Sie kritzelte etwas auf das untere Ende eines Blattes und legte es beiseite.

»All die Magier der Domäne müssen doch für irgendetwas zu gebrauchen sein.«

»Genau das ist das Problem. Sie können den Sturm aufhalten, klar, aber nur, wenn sie wollen.« Sie schauderte, schaute sich irritiert um. »Es ist kalt hier drin. Stimmt was nicht mit der Heizung?«

Ich stand auf und legte meine Hand zwischen zwei der Teppiche aus Mons Ferranis auf den Fußboden. Der Stein, der sich lauwarm hätte anfühlen müssen, war kalt.

»Das Feuer muss schon vor Stunden ausgegangen sein, und niemand hat es bemerkt«, sagte Persea, nachdem sie ebenfalls den Boden befühlt hatte.

»Es ist nach Mitternacht – sie schlafen alle.«

»Und warum du nicht?«

»Ich habe nach diesem Schlafmittel viel zu lange geschlafen. Ich bin überhaupt nicht müde.«

»Ich wünschte, ich könnte einmal zu lange schlafen. Der ganze Palast wird auskühlen, wenn wir nichts tun. Wir sollten runtergehen und nach dem Generator sehen.«

Ich ging zur Tür, doch Persea rief mich zurück. Sie zog einen Vorhang in einer Ecke hinter dem Schreibtisch beiseite, hinter dem sich eine kleine Tür und ein winziger Korridor verbargen. Eine enge steinerne Wendeltreppe, die von einer schmerzhaft grellen, nicht abgeblendeten kugelförmigen Aetherlampe erleuchtet wurde, führte an einer Seite in die Tiefe.

»Du hast doch in einem Palast gelebt; auch bei euch muss es solche Gänge gegeben haben«, sagte sie, als ich ihr die Stufen hinab folgte. »Früher habe ich immer gedacht, Geheimgänge wären etwas schrecklich Bizarres, aber mittlerweile finde ich sie nur noch nützlich. Und sie sind nicht sehr geheim.«

Wir kamen in einen größeren Korridor, von dem ein paar Türen abgingen. Die Wände waren bemalt und bestanden nicht aus schmucklosem, rauem Stein wie bei einem traditionellen Geheimgang, doch dies war auch eher ein etwas bequemerer Weg irgendwohin, als ein typischer Geheimgang. Es gab ein paar solcher Gänge im Palast von Lepidor, von denen jeder wusste, und auch in den Gebäuden der reichen Häuser gab es welche. Einer davon hatte mir während der Besatzung das Leben gerettet.

»Wo führt der Hauptgang hin?«, fragte ich Persea, während ich ihr durch eine andere Tür in einen langen, schmalen Raum folgte, dessen eine Wand mit verschlossenen Schränken vollgestellt war.

»Er verbindet auf dieser Ebene alles miteinander. Dies ist das Untergeschoss, die Ebene, auf der der Garten liegt. Die Generatoren sind darunter.«

»Warum so tief unten?« Meine Stimme hallte plötzlich laut und dröhnend wider, denn wir hatten den langen Raum bereits wieder verlassen und stiegen eine weitere Treppe hinunter; sie war breit und gerade und führte in den Generatorenraum. Hier war es eher noch kälter als oben.

»Weil es so tief unter der Erde sicher ist … Wo ist der Ingenieur?«

Der Flammholzgenerator, der das Heizungssystem des Palasts hätte versorgen sollen, war ein kaltes, lichtloses Ding, das einen Großteil des Raums ausfüllte. Die Kristallschlitze, die vor Aetherblau hätten glühen sollen, waren dunkel, und statt des leisen Summens, das den Raum hätte erfüllen sollen, war es völlig still.

Persea streckte zögernd die Hand nach der äußeren Umhüllung der Reaktorkammer aus und riss sie dann instinktiv zurück, ohne sie richtig berührt zu haben. Dann legte sie die Handfläche auf das Metall, das glühend heiß hätte sein müssen, und sagte: »Kalt.«

Von dem Ingenieur, dessen Aufgabe es war, das System zu überwachen, war nichts zu sehen, genauso wenig wie von seinem Stellvertreter, der die Nachtschicht hatte. Der ganze Palast hing von diesem Reaktor ab – er sorgte für Heizung, heißes Wasser, die Kochfeuer und alle Lampen, die nicht mit einem Aethertank betrieben wurden.

»Wir haben vier Stunden Reservelicht«, sagte Persea, während sie halb um den Reaktor herumging. »Wir müssen den Vorrat schon fast verbraucht haben. Keine Zeit, noch länger hier herumzuhängen.« Sie war jetzt hinter dem Reaktor verschwunden, so dass ich sie nicht mehr sehen konnte. »Äh, Cathan, könntest du dir das hier bitte einmal ansehen?«

In leuchtenden, substanzlosen Buchstaben war eine Passage aus dem *Buch Ranthas* auf die Rückseite des Heizkessels geschrieben.

Feuer ist das Geschenk, das Ranthas uns macht. Jenen, die ihn fürchten, bringt er Wärme und Licht, doch Dunkelheit und Tod jenen, die sich von ihm abwenden. Wenn sie sich ganz allein in der Nacht in Decken hüllen, zitternd angesichts der Kälte, die im Winter von den Bergen herabkommt, werden sie Seine wahre Macht und Seine rechtschaffene Wärme erkennen.

»Ein Interdikt«, sagte ich, und mein Herz sank. »Solange sie es nicht aufheben, werden keine Feuer im Palast brennen.« Feuer war das Element der Domäne, und sie konnten es nach Belieben geben und wieder nehmen. Und uns damit völlig hilflos machen.

Persea schlang sich die Arme um den Oberkörper. »Ich hätte daran denken sollen, dass sie so etwas tun können.«

»Es hat keinen Sinn, hier unten noch Zeit zu verschwenden. Außerdem ist es oben wärmer.«

»Es wird nirgends mehr warm sein.«

Wir rannten so schnell wir konnten wieder nach oben, zurück in das Zimmer, aus dem wir gekommen waren, wo Persea alle Lichter löschte und den Vertreter des Haushofmeisters herbeirief, der während der Nacht Dienst hatte. Sein Gesicht wirkte im Schein der einsamen Aetherlampe aschfahl, als wir ihm berichteten, was geschehen war; unaufhörlich trommelte der Regen gegen die Fensterscheiben und lieferte eine traurige Begleitmusik.

»Ich kann den Haushalt nicht normal weiterführen«, sagte er ganz offen. »Ich bin mir sicher, dass mein Vorgesetzter mit mir übereinstimmen wird, dass wir unter diesen Umständen nicht alle ernähren können. Es wird heute Nacht noch schlimmer werden, viel schlimmer, und morgen wird es weder Licht noch Heizung geben. Vor allem, wenn der Sturm nicht aufhört.«

»Wir müssen jetzt erst einmal weitermachen«, sagte Persea. »Geh und sag deinen Mitarbeitern, was passiert ist, und überlegt euch irgendwas für heute Nacht. Macht sobald ihr könnt alle Lichter aus und sucht alle Decken zusammen, die wir noch haben. Gebt diese Anweisungen an die Wachen weiter; außerdem will ich, dass sich zu der Zeit, zu der es normalerweise Frühstück geben würde, alle im und um den Innenhof versammeln.« Als er gegangen war, wandte sie sich an mich. »Wir gehen in mein Zimmer und ziehen uns noch wärmer an, dann sagen wir den anderen Bescheid. Mach dir keine Sorgen wegen Mauriz und Telesta; sie sind schuld daran – sollen sie ruhig ein bisschen leiden.«

Schließlich brauchten wir beide etwas Wärmeres zum Anziehen, bevor wir die anderen weckten. Laeas musste Bescheid wissen, und Palatine konnte Kälte nicht ertragen – was in Anbetracht der Tatsache, dass sie Thetianerin war, nicht sonderlich überraschend war.

Wir hielten in Palatines Zimmer eine improvisierte Besprechung ab, saßen auf dem Rand des Bettes, das zu verlassen sie sich weigerte. Ich war von uns vieren noch am besten dran, da ich an Schnee und die kalten Winter im Norden gewöhnt war. Doch ich hatte noch nie während eines Sturms in einem unbeheizten Gebäude geschlafen, und der Palast des Vizekönigs war für die Tropen konstruiert worden und nicht dafür, die Wärme im Innern zu halten.

»Und wir können wirklich gar nichts tun?«, fragte Palatine.

Ich schüttelte den Kopf. »Solange sie den Bann nicht aufheben, können wir noch nicht einmal die Feuer wieder anzünden. Was vermutlich erst geschieht, wenn wir alle ausgeliefert wurden.«

»Ich schicke Sagantha gleich morgen früh eine Nachricht«, sagte Laeas. Seine Stimme klang tiefer als sonst – wie immer, wenn er wütend war. »Mit ein bisschen Glück ist er in der Lage, eine Lösung zu finden. Diese Bastarde. Belegen uns mit einem Interdikt, nur weil wir uns weigern, diese erbärmlichen, erlogenen Beschuldigungen ernst zu nehmen. Mauriz kann einem auf die Nerven gehen, klar, aber so ungern ich es auch zugebe, in diesem Fall hat er vollkommen Recht.«

»Aber Sagantha wird frühestens morgen Abend hier sein, und ich bin mir nicht sicher, ob wir die Bediensteten bis dahin hier halten können.«

»Die Bediensteten hassen die Domäne alle genauso sehr wie wir. Sie werden so lange bleiben wie sie können.«

»Was ungefähr bis Morgen zur Mittagszeit sein wird; dann werden wir nämlich fünfzig Leute hier haben, und keine Möglichkeit, etwas zu kochen. Niemand wird wochenlang Obst essen wollen.«

»Und ohne die Lampen muss bei Sonnenuntergang alles aufhören«, fügte Palatine hinzu. »Außerdem ist es durch diesen Sturm schon bei Tag ziemlich dunkel.«

»Wir müssen einfach darauf hoffen, dass der Sturm nicht so lange dauert, aber ich stimme in dieser Hinsicht mit dir überein. Es wird jeden Abend schwarz werden, wenn die Sonne untergegangen ist – es gibt keine Möglichkeit, dann noch etwas zu tun. Wenn es nur der Hauptreaktor wäre, aber der Rest der Lampen ist mittlerweile auch ausgefallen. Meine ist ausgegangen, bevor ihr gekommen seid. Ich habe gedacht, der Aethervorrat wäre einfach nur aufgebraucht.« Laeas starrte aus dem Fenster; der Vorhang war zurückgezogen, damit das schwache Licht von draußen in den Raum fallen konnte.

»Glaubst du wirklich, Sagantha kann Midian dazu bringen, das Interdikt aufzuheben?«, fragte ich zweifelnd. Ich konnte sein Gesicht nicht sehen, als er antwortete. »Normalerweise kriegt Sagantha so etwas hin.«

»Ohne uns auszuliefern?«

»Das wird er nicht tun.«

»Noch nicht«, bemerkte Palatine.

Laeas wandte sich ihr kurz zu, vermutlich, um ihr einen finsteren Blick zuzuwerfen, und sah dann wieder weg. »Er will irgendetwas anderes von euch. Erstens wird er nicht so leicht aufgeben, nicht wenn das eure Exekution bedeutet. Und zweitens liegt das auch gar nicht in seinem Interesse.«

»Warum?«, wollte sie wissen. »Er will, dass Mauriz aufhört, gegen die Pharaonin zu intrigieren. Was gäbe es da Besseres, als ihn Midian auszuliefern? Mauriz' Komplott ist gescheitert, Midian ist glücklich und zufrieden, Sagantha gewinnt seine Gunst und das Leben geht normal weiter. Oder zumindest so normal, wie es hier eben weitergehen kann.«

Laeas ging kommentarlos über diese letzten Worte hinweg. »Und Sagantha verliert das Wohlwollen der Bevölkerung. Er spielt beide Enden gegen die Mitte aus. Wenn er euch und die Thetianer aufgibt, halten die einfachen Qalathari ihn für einen willensschwachen Kollaborateur; er verliert ihre Unterstützung, und wenn die Pharaonin jemals zurückkommt, ist er draußen. Sie sind schon mit Schlimmerem fertig geworden – ich kann mich erinnern, dass einmal die ganze Stadt fast eine Woche lang unter einem Interdikt stand. Das war vor sechs oder sieben Jahren, als meine Eltern einige Zeit hier gelebt haben. Wir alle haben Obst und Reste gegessen, und wenn es dunkel wurde, wurde es eben dunkel. Hat mir nichts ausgemacht«, fügte er hinzu. »Ich konnte mehr Zeit mit meiner Freundin verbringen, ohne dass es jemand gemerkt hat.«

»Das war im Hochsommer, Laeas«, sagte Persea; sie klang ein wenig erheitert. »Um die Zeit kannst du ohne Decke draußen schlafen. Das hast du wahrscheinlich auch getan.«

»Wir fänden das alles wahrscheinlich wunderbar, wenn wir noch in dem Alter wären«, sagte Palatine. »Oder als Kinder. Die Eltern abgelenkt, alles dunkel – solange es nicht zu unbequem wird, ist das zunächst mal ein großer Spaß.«

»Ja, und dann Mörderspiele spielen und ein paar Kerzen anzünden. Obwohl die natürlich auch nicht funktionieren würden.«

»Oder so zu tun, als wäre man ein Pirat und würde in den Höhlen seine Beute verzückt anstarren«, lautete Perseas Vorschlag.

»Und wenn dann die Stallkatze auftaucht, verwandelt sie sich in einen riesigen, dämonischen Tiger«, sagte ich. Ich sprach aus Erfahrung. Die Katze, die wir gehabt hatten, als ich klein gewesen war, war groß und schwarz gewesen, mit gelben Augen wie eine schreckliche Kreatur der Nacht. Sie schlich gern in dunklen Ecken herum und erschreckte die Menschen, wenn sie ganz plötzlich aus dem Nichts auftauchte.

»Ich weiß gar nicht, wozu du überhaupt eine Katze gebraucht hast«, sagte Laeas spöttisch und ein wenig tadelnd. »Wir konnten alles aus der leeren Luft heraufbeschwören – wenn der Wind in den Bäumen wisperte, haben wir uns sofort nach Walddämonen umgeschaut.«

»Eulen«, sagte Persea nachdrücklich. »Die waren am schlimmsten. Wenn ich nachts draußen war, egal, mit wie vielen Leuten, haben mich die Eulen immer erwischt. Sie rufen, und das ist so unheimlich, und dann kommen sie aus den Bäumen herabgeschwebt, und sie sehen so riesig aus. Raben und Krähen machen schrecklichen Krach, aber sie sind nicht so bedrohlich wie Eulen.«

Ich lächelte, genau wie die anderen, und einen Augenblick lang wurde es still im Zimmer. Vermutlich ging anderen dasselbe durch den Kopf wie mir, sie schauten durch die rosarote Brille zurück und dachten daran, wie viel einfacher die Dinge damals gewesen waren. Als alles, wovor man sich fürchten musste, die elterliche Strafe und Geräusche im Dunkeln waren.

Irgendjemand musste den Zauber schließlich brechen, doch ich war es nicht, und Palatine machte es so sanft wie möglich.

»Ich glaube, wir haben genug Zeit, das alles noch einmal zu durchleben, zumindest heute Nacht«, sagte sie. »Und bis der Sturm aufhört.«

Trotz der verfahrenen Situation war die Stimmung besser geworden. Wir froren und hatten eine Nacht ohne Licht und Heizung vor uns, doch irgendwie schien es erträglicher, nachdem man sich wieder an die Nächte erinnert hatte, die man in Baumhäusern verbracht hatte. Außerdem hatte ich es sogar geschafft, auf der Insel der Zitadelle mitten im Regenwald eine Nacht auf nackten Felsen zu schlafen, ganz in der Nähe eines Wasserfalls.

»Ich glaube, er hat sich für die falsche Taktik entschieden«, sagte Laeas plötzlich. »Er nimmt uns Licht und Wärme und sorgt dafür, dass wir eine schwere Zeit durchmachen. Der Rest der Stadt ist nicht betroffen. Wenn er es anders herum gemacht und alle außer uns mit dem Interdikt belegt hätte, hätten wir binnen zwei Tagen einen Mob vor den Toren, der uns lautstark auffordern würde, der Domäne zu geben, was sie will.«

»Meinst du wirklich?«, fragte Persea.

»Es wäre die Mühen nicht wert. Wenn Midian die Pharaonin haben wollte, wäre es sehr viel schwieriger, und ich glaube, der Mob würde an seinen und nicht an unseren Toren rütteln. Aber warum sich wegen ein paar Thetianern all diesen Unbequemlichkeiten aussetzen?«

»Bring sie bloß nicht auf dumme Ideen. Ich hasse Mobs. Selbst wenn man dazu gehört, ist es schrecklich, ganz einfach, weil man jede Kontrolle verliert.«

»Du hast wohl eine Menge Erfahrung, Persea?«, fragte Palatine.

Persea lächelte schwach. »Hier und dort. Ich will nie wieder mitten in einer solchen Menge stecken, außer auf dem Marktplatz von Poseidonis, wo ich darauf warte, dass die Pharaonin auf ihren Balkon tritt und die Neugründung der Stadt verkündet.«

»Darauf würde ich glatt anstoßen, aber es sieht so aus, als hätte ich nichts zu trinken.«

»Tolle Idee«, sagte Laeas. »Bin gleich wieder da.«

Das war er auch, mit einer kleinen, schweren Glasflasche und vier winzigen Gläsern. Ich konnte das Etikett auf der Flasche nicht lesen, doch ich vermutete, dass es einer dieser tödlichen Schnäpse war, die die Bewohner des Archipels so gern tranken.

Ich hatte mich geirrt. »Thetianischer Gewürzbrandy«, verkündete er und goss ein bisschen in jedes Glas. »Er tut dir nichts, Cathan, er ist nicht so stark, wie er schmeckt. Du musst ihn auf einen Schluck weghauen.«

»Auf die Pharaonin«, sagte Persea, als er die Flasche wieder weggestellt hatte. »Und auf Poseidonis.«

»Auf die Pharaonin«, sagten auch wir und tranken.

Ich hätte bei dem fremdartigen Geschmack beinahe gewürgt, doch nachdem ich den Brandy dann doch hinuntergeschluckt hatte und die Wärme in meinem Magen spürte, musste ich zugeben, dass er gar nicht so schlecht war.

Wir schauten einander unsicher an, dann erhoben wir uns von Palatines Bett und gaben Laeas die Gläser zurück. Ich warf Palatine noch ein Bündel zusätzlicher Kleider zu, bevor wir gingen. Da ich gut genug sehen konnte, um mich allein zurechtzufinden, trennte ich mich vor der Tür von Laeas und Persea und ging zurück zu meinem Zimmer, wo ich mich mit allem einmummelte, was ich zu fassen bekam. Ich schlief unruhig, während draußen der Wind heulte und der Regen prasselte und es in meinem Zimmer schrecklich kalt war, und erwachte am Morgen eines noch problematischeren Tages.

Kapitel XXI

Ich wurde von Palatine wachgerüttelt, und als ich die Augen öffnete, sah ich, dass sie sich in einen Militärumhang gehüllt und sich einen Schal um den Kopf gewickelt hatte. Wo hatte sie die Sachen her?

»Nur jemand aus dem Norden kann unter solchen Umständen schlafen.«

Ich warf einen Blick zum Fenster, und mir sank das Herz, als ich vor einem bleigrauen Himmel kleine Bäche an den Fensterscheiben herunterrinnen sah. Ein Donnerschlag krachte und wurde zu einem rollenden Grollen, das gar nicht mehr aufhören wollte, während der Raum von einem Stakkato zuckender Blitze erhellt wurde.

Widerwillig schlug ich die Decken zurück und griff nach meinem eigenen Umhang, der leider kein Militärmantel war. Ich hatte in den zwei Wochen, seit der Reaktor ausgefallen war, immer angezogen geschlafen, aber aus dem Bett zu kriechen, war immer noch ein Schock. »Warum so früh?«, fragte ich sie, während ich frische Kleider und ein Handtuch von dem Stapel nahm, auf den ich sie am Abend zuvor gelegt hatte. Sie hatte ihr Handtuch zusammengerollt unter den Arm geklemmt.

»So früh ist es gar nicht – die Morgendämmerung ist seit drei Stunden vorbei.«

»Welche Morgendämmerung?« Meine Worte wurden von einem weiteren ohrenbetäubenden Donnergrollen verschluckt. »Noch immer kein Anzeichen, dass das mal irgendwann aufhört?«

Sie schüttelte den Kopf. »Unser Heißwasservorrat ist heute Morgen sehr begrenzt; unsere Freunde außerhalb der Mauern sind zu sehr damit beschäftigt, dafür zu sorgen, dass ihre Häuser nicht einstürzen. Ich musste dich wecken, sonst wäre kein Wasser mehr da gewesen.«

»Danke.«

Ich folgte ihr durch die Korridore, in denen hier und da einsame Aetherlampen brannten, hinunter zu dem kleinen Raum im Erdgeschoss, der als Behelfswaschraum diente. Ein Loch war in die Wand geschlagen und eine Kupferleitung zum nächsten uns freundlich gesinnten Haus gelegt worden. Sie schickten jeden Morgen so viel Wasser zu uns herüber, wie sie erwärmen konnten, doch es war noch nicht einmal annähernd genug.

»Gerade noch rechtzeitig«, begrüßte uns Laeas, während ich auf dem feuchten Fußboden beinahe ausgerutscht wäre. Hier drin war es etwas wärmer als in den anderen Räumen des Palasts, doch nur das Wasser war wirklich heiß. »Ich habe ein bisschen was für dich übrig gelassen. Wir sind die Letzten; alle Diener waren schon vor Stunden auf.«

Ich legte meine Sachen in die mit einem Vorhang abgetrennte Kabine an der einen Seite, die als Umkleideraum diente; sie war kaum groß genug, dass zwei Menschen aufrecht darin stehen, geschweige denn sich umziehen konnten.

»Ihr beide zuerst«, ertönte Perseas Stimme von der anderen Seite. »Und beeilt euch, um Thetis' Willen. Das Wasser wird immer kälter.«

Laeas und ich beeilten uns so gut es ging mit der improvisierten Dusche – ein Schlauch, der an einer Trommel am Ende der Kupferleitung befestigt war, in der sich Wasser ansammelte, das dann in kurzen Schwallen herausströmte, wobei zwischen zwei Schwallen normalerweise gerade so viel Zeit verstrich, dass man zu frieren begann. Das Wasser war an diesem Morgen nur lauwarm, und wir durften uns nur jeweils zwei Schwalle gönnen, was reichte, um überall nass zu werden, viel mehr aber auch nicht.

Sobald ich fertig war, wickelte ich mich in mein Handtuch; ich bibberte, während ich den Apparat für Laeas bediente. Dann eilten wir in die Kabine und zogen uns so schnell wie möglich wieder an, ohne uns vorher richtig abzutrocknen. Es war ungemütlich, aber nicht unerträglich. Das war während der vergangenen vierzehn Tage unser aller Motto gewesen.

Mittlerweile war das alles schon zur Routine geworden, und daher war ich in einer halben Minute angezogen; ich sammelte meine Kleider zusammen, während wir warteten, bis die Frauen fertig waren. Da wir die Letzten waren, die den Raum benutzt hatten, machten wir ihn anschließend so gut es ging sauber, bevor wir unsere schmutzigen Sachen in die Tasche für die Wäscherei stopften und in der Hoffnung, etwas zum Frühstück aufzutreiben, die Treppe wieder hinaufstiegen.

»Wir haben heute Morgen nicht viel bekommen«, sagte Laeas. »Der Sturm ist zu heftig.«

»Kannst du dich an so einen Winter erinnern?«, fragte ich.

Er schüttelte den Kopf. »Das ist der schlimmste, den ich je erlebt habe, und es hört sich an, als würde der Rest der Insel genauso darunter leiden. Mitten in der Nacht hat der Sturm ein weiteres Dach abgedeckt; es hat einige Verletzte gegeben. Zum Glück keine Toten, aber wir konnten auch niemand ins Krankenhaus bringen.«

»Und was ist mit dem Vizekönig?«

»Der ist wie immer. Er hat beschlossen, jetzt, wo wir die Verbindung zum Netzwerk der Stadt wiederhergestellt haben, wieder auf volle Beleuchtung zu gehen. Wir sollen heute Nacht jede Lampe anmachen und diesem Bastard im Tempel zeigen, dass es trotz der Macht seiner Magier noch immer ein paar Schlupflöcher gibt. Dem Himmel sei Dank, dass derjenige, der dieses Gebäude gebaut hat, zu geizig war, eine direkte Flammholz-Beleuchtung einzubauen.«

»Ich frage mich, welche theologische Bedeutung Aether eigentlich hat«, grübelte Palatine, als wir in der Küche ankamen.

Es waren fast nur noch Orangen da, und wir nahmen uns alle ein paar, genau wie alles weitere, was wir kriegen konnten. Was nicht besonders viel war, da alle anderen sich schon ihren Anteil genommen hatten. Die Diener wurden mittlerweile von hilfreichen Nachbarn mit Lebensmitteln versorgt; sie aßen viel besser als wir. Allerdings hatte der Vizekönig uns in den vergangenen vierzehn Tagen zweimal zum Essen in ein nahe gelegenes Restaurant mitgenommen, wobei wir eine starke Eskorte dabeigehabt hatten, um Midian davon abzuhalten, irgendetwas zu versuchen.

Ich hatte mich auf den heutigen Tag gefreut, bis der Sturm zugeschlagen hatte. In der letzten Nacht waren die Wachen damit fertig geworden, einen Tunnel wieder zu öffnen – und dieses Mal war es ein echter Geheimgang –, der hügelab zu einem kleinen Haus oberhalb des Hafens führte. Das verschaffte uns nicht nur einen Fluchtweg, sondern auch – und das war noch wichtiger – eine Möglichkeit, in die Stadt zu gelangen. Der Vizekönig erlaubte sogar den beiden Thetianern, gut verkleidet den Palast zu verlassen – auf Ehrenwort sozusagen. Wenn sie zur vereinbarten Zeit nicht zurückkämen, würde er ihnen seinen Schutz entziehen. Es gab keine Schiffe, die bei diesem Wetter den Hafen verließen, daher konnten sie nicht weg.

Doch angesichts dieses schrecklichen Wetters konnte ich mir nicht vorstellen, dass wir wirklich in die Stadt gehen würden. An einem solchen Tag würde kaum ein Laden geöffnet haben, und es sah da draußen wirklich so schlimm aus, dass niemand von uns das Bedürfnis hatte, unbedingt den Elementen zu trotzen. Im Palastgarten konnten wir genauso viel sehen – und genauso nass werden.

Andererseits gab es im Palast kaum etwas zu tun, daher waren Palatine und ich immer unruhiger und reizbarer geworden, je weiter die Zeit vorangeschritten war. Der Palast kam uns fast schon wie ein Gefängnis vor, ein dunkles trübsinniges Gefängnis, in dem die Enthaltsamkeit regierte. Während draußen ein Mob die Sacri anbellte, die jeden Tag, an dem das Wetter es zuließ, vor dem Tor Wache hielten. Midian war nicht von seinen Forderungen abgewichen, hatte Saganthas diplomatischen Bemühungen nicht nachgegeben. Er hielt hier in Qalathar alle Trümpfe in der Hand, und das wusste er.

»Da seid Ihr ja«, ließ sich eine Stimme vernehmen, als ich gerade das letzte Stück meiner zweiten Orange vertilgte. Ich drehte mich um und sah den Sekretär des Vizekönigs im Türrahmen stehen. »Er möchte Euch sehen, sobald Ihr mit dem Frühstück fertig seid.«

»In Ordnung«, rief Laeas zurück. Ich fragte mich, worum es wohl diesmal ging. Hoffentlich nicht um noch mehr schlechte Nachrichten. Es hatte weitere Verhaftungen gegeben; mehr als zweihundert Menschen waren mittlerweile im Gefängnis des Tempels eingekerkert. Sie warteten auf ihre Gerichtsverhandlung wegen Ketzerei – oder steckten bereits mittendrin. Einige von ihnen würden auf dem Scheiterhaufen enden, eine Vorstellung, die Übelkeit in mir aufsteigen ließ, wann immer ich daran dachte. War es das wirklich wert? Die Priester boten einem fast immer einen Ausweg an, doch viele lehnten dies ab. Diesmal würde es schlimmer sein, genau wie in Lepidor: Sie würden ihren Opfern kaum eine Chance geben. Und sie folterten ihre Gefangenen. Das stand im eklatanten Widerspruch zu ihren eigenen Gesetzen, ganz zu schweigen davon, dass es gegen zahlreiche ältere Kaiserliche Dekrete verstieß – doch das galt für den jetzigen Kaiser genauso wie für die Inquisition.

Niemand, der alle seine Sinne beisammen hatte, wollte gefoltert werden oder auf dem Scheiterhaufen verbrennen, daher gaben diejenigen, die gefangen genommen worden waren, nach, nannten Namen, wenn sie erneut bedroht wurden, und dann wurden noch mehr Menschen verhaftet. Die Flotten der Fischer konnten erst auslaufen, nachdem die Inquisitoren sich davon überzeugt hatten, dass sich keine Häretiker unter der Mannschaft befanden. Und noch immer gab es – abgesehen von den (mittlerweile) alten Gerüchten um die Pharaonin – keinen Hoffnungsschimmer am Horizont.

Doch das war nicht mehr der Fall, wie wir entdeckten, als wir in Saganthas Arbeitszimmer ankamen. Der Raum war weitaus prächtiger als der, den wir benutzten, wenn der Vizekönig nicht da war, mit einer hohen Decke und teuren Teppichen auf dem Fußboden, auch wenn all dies im schwachen Licht der Blitze nicht so recht zur Geltung kam. Um seinen Schreibtisch herum lag eine Sphäre der Helligkeit in einem ansonsten ziemlich dunklen Raum, und auf Saganthas Einladung hin schoben wir unsere Stühle darum herum.

»Palatine, Cathan, Ihr und alle anderen müsst fort«, sagte er ohne lange Vorrede; er saß zurückgelehnt in seinem schlichten, aber gepolsterten Sessel. Ein besetztes Land von einem dunklen, ungeheizten Palast aus zu regieren, forderte seinen Tribut, und in seinem Gesicht zeigten sich Falten, die vorher nicht da gewesen waren. Ich hatte immer noch keine Ahnung, warum er das Amt des Vizekönigs überhaupt angenommen hatte. »Ich habe Euch als zeitweilige Maßnahme gelegentliche Besuche in der Stadt erlaubt, aber das kann nicht immer so weitergehen. Es wird zu schlimm hier, und Ihr seid ein Quell steter Spannungen. Ich werfe Euch nicht hinaus oder so etwas, aber hier erreicht Ihr nichts, und ich glaube, der Rest der Insel ist zu gefährlich.«

Palatine und ich schauten einander unbehaglich an. Wir wollten beide nicht im Palast festsitzen, aber der Insel den Rücken zu kehren – und damit auch Ravenna und vermutlich jede Hoffnung, die *Aeon* jemals zu finden –, hörte sich genauso schlecht an.

»Dass Ihr über all das nicht glücklich seid, das weiß ich wohl.«

»Können wir nicht einfach verschwinden?«, fragte Palatine. »Ohne Schutz, wir versuchen unser Glück auf eigene Faust.«

»Ja, aber was wollt Ihr tun? Ihr seid mit einem Plan hierher gekommen, in dem es darum ging, die Pharaonin zu verdrängen.«

»Wir sind als Teil von *Mauriz'* Plan, die Pharaonin zu verdrängen, hierher gekommen«, korrigierte ich ihn. »Ich bin die Schachfigur, erinnert Ihr Euch?«

»Das seid Ihr, Cathan, aber war nicht Palatine tief in diesen Plan verstrickt? Vom politischen Standpunkt aus seid Ihr beide Joker, die niemandem Loyalität entgegenbringen.«

Ich war mir nicht sicher, was für eine Meinung er von mir hatte, aber ich beschloss, dennoch ein Risiko einzugehen und seine Aufmerksamkeit auf etwas anderes zu lenken. Obwohl ich nicht wusste, ob es nicht auf mich zurückfallen würde, selbst wenn es klappen sollte.

»Das stimmt nicht«, widersprach ich. Dann fügte ich lahm hinzu: »Und das gilt für uns beide.«

»Ravenna.« Er stützte einen Moment lang das Kinn auf die Faust, schaute mich forschend an. Ich hatte ihm die Wahrheit gesagt, oder besser, einen Teil der Wahrheit. Hoffentlich würde das reichen. Wir waren übereingekommen, ihm nichts von der *Aeon* zu erzählen, weil wir nicht sicher sein konnten, ob er in diesem Fall nicht die Cambressianer herbeirufen würde. »Ihr wisst, dass sie fortgegangen ist, weil sie Euch nicht traute?«

Es war ein bitterer Schlag, das von Sagantha zu hören, doch ich hatte es schon vorher gewusst.

»Sie hat mir im Zusammenhang mit Mauriz' Plan nicht getraut.« *Weil ich ein Tar'Conantur bin,* fügte ich im Stillen hinzu und fragte mich gleichzeitig, ob es jemals eine Möglichkeit geben würde, das zu umgehen.

»Glaubt Ihr denn, dass sie ihre Meinung geändert haben könnte?«

»Wäre ich jemals etwas anderes als eine Marionette, die sich Hierarch nennt? Nachdem Ravenna geflohen war, habe ich mich entschlossen, bei Mauriz und Telesta zu bleiben, weil es aussah, als wäre das der beste Weg, die Domäne loszuwerden. Aber was haben sie jetzt noch für eine Chance?«

»Realistisch betrachtet gibt es keine Möglichkeit, die Domäne loszuwerden«, sagte er mit schwerer Stimme. »Wir haben keine Truppen, nichts, was es mit ihren Magiern aufnehmen könnte, keinen Schutz vor den Stürmen. Ja, ich weiß, Ihr und Ravenna habt diese unglaubliche Geschichte in Lepidor vollbracht, aber das war auf

Euch freundlich gesinntem Territorium, gegen einen Magier und eine Hand voll Sacri. Alles, was die Pharaonin tun kann, ist, sich im Hinterland zu verstecken. Wenn sie anfängt, Priester zu töten, gibt es noch mehr Verhaftungen und Tribunale.«

Er hätte Recht gehabt – wenn es die *Aeon* nicht gegeben hätte. Die Sacri waren hier nicht der entscheidende Faktor, so gut sie auch ausgebildet sein mochten. Sie beschützten lediglich die Inquisition, die ihre Arbeit tat. Und die ganze Insel war der Gnade der Inquisition ausgeliefert. Würden die Menschen Ravenna auch dann noch unterstützen, wenn bereits die Erwähnung der Pharaonin als Ketzerei betrachtet wurde?

»Wenn Ihr Mauriz und Telesta und ihr Gefolge irgendwie ausschiffen könnt, am besten zurück nach Thetia«, sagte Palatine, »ist alles, worum wir bitten, sicher aus diesem Palast zu kommen.«

»Werden eure Freunde ihnen helfen?«, fragte der Vizekönig Laeas und Persea.

Sie wechselten einen kurzen Blick zu und nickten dann. »Wenn wir Cathans Tarnung ein bisschen abmildern, müsste es eigentlich gehen ... Die Augen lassen, wie sie sind, die Haut etwas dunkler – er wird immer noch ein Thetianer sein, aber nicht so eindeutig.«

»Ich denke darüber nach«, sagte Sagantha knapp und entließ uns mit einer Geste. »Laeas und Persea, ich brauche eure Hilfe bei diesem Schriftwechsel.«

»Wie um alles in der Welt will er uns hier rausbringen?«, fragte Palatine, nachdem wir die Tür hinter uns zugezogen hatten und außer Hörweite waren. »Sie durchsuchen jedes Schiff, das den Hafen verlässt, sogar die Fischerboote. Er hat irgendwas vor, keine Frage. Gestern hat er noch davon geredet, dass wir noch Wochen hier bleiben würden, was ziemlich deprimierend war. Und jetzt sollen wir plötzlich verschwinden, und vor allem Mauriz und Telesta sollen verschwinden. Um uns beide scheint er sich keine allzu große Sorgen zu machen.«

Ich schüttelte den Kopf. »Normalerweise bin ich deiner Meinung, aber dieses Mal klingt das irgendwie falsch. Wir sind doch von größerem Nutzen für ihn als Mauriz und Telesta. Oder etwa nicht?«

»Ja, du hast Recht.« Wir traten in den großen Innenhof mit der ansteigenden Kolonnade hinaus, die im strömenden Regen matt und grau aussah, und rannten drei Türen weiter. Einer der Hauptkorridore war geschlossen, weil dort am Vortag ein Oberlicht zerbrochen war, und die Männer des Tribunen waren eifrig damit beschäftigt, den Schaden zu beheben. »Vor allem du. Als Hierarch bist du zu wertvoll, um dich einfach gehen zu lassen, vor allem, wenn man Cambressianer ist, und da du der Einzige bist, der Ravenna echte Zuneigung entgegenbringt, kann er dich in seinen Verhandlungen mit ihr einsetzen. Du bist immer noch eine Schachfigur.«

»Ich weiß. Aber auch das wird vorbeigehen. Je länger wir hier bleiben, desto größer wird die Wahrscheinlichkeit, etwas von Ravenna zu hören.«

»Es sind jetzt fünf Tage. Selbst wenn du morgen etwas von ihr zu hören bekommst, wird jeder weitere Austausch von Botschaften noch mehr Zeit erfordern.«

Ich lächelte Palatine an und schüttelte den Kopf. Dieses Mal war ich von ganz allein auf eine Idee gekommen. »Wenn die Nachricht wieder zurückgeht, werde ich in der Lage sein, sie zu verfolgen.«

»Mit Magie?« Sie runzelte die Stirn.

»Sozusagen.«

»Wird das den Magiern der Domäne nicht auffallen?«

»Es geht nur aus einem einzigen Grund: Weil wir schon einmal unseren Geist verbunden hatten. Und wenn ich sie finde, wird sie mich zwingen, zu sagen wie ich es gemacht habe, und dann werde ich es kein zweites Mal tun können. Nur dieses eine Mal. Ich werde wissen, wie weit sie weg ist und in welcher Richtung. Das sollte genügen.«

»Das ist ja fast schon beängstigend, Cathan«, sagte Palatine und lächelte dabei schwach. »Wenn ich es nicht besser wüsste, würde ich doch glatt sagen, du hast eine Idee.«

»Habe ich auch«, gab ich kurz angebunden zurück; meine gute Laune war schlagartig dahin. Obwohl es natürlich ein Scherz gewesen war, hatte es so geklungen, als wäre es unerhört, dass auch mir einmal etwas einfiel. Hatten tatsächlich alle eine so schlechte Meinung von mir? Oder lag es nur daran, dass dies hier neben mir Palatine war, die sonst immer die Ideen hatte?

»Es tut mir Leid«, sagte sie und legte mir beschwichtigend die Hand auf den Arm.

Ich zog den Arm weg, drehte mich um und begann, den Weg zurückzugehen, den wir gerade gekommen waren. »Nein, es tut dir nur Leid, dass du es laut ausgesprochen hast. Danke, aber ich brauche dein Mitgefühl nicht.«

Ich ging die Kolonnade entlang zurück, ignorierte den beißenden Wind, und marschierte durch die grauen Korridore zur Bibliothek. Wahrscheinlich würde Telesta dort sein, doch was spielte das für eine Rolle? Sie hatte dieselbe Meinung von mir wie die anderen, nur dass sie sich – genau wie Mauriz – nicht die Mühe machte, es zu verbergen. Ich wusste, dass ich ein miserabler, unentschlossener Anführer war, aber deswegen brauchte man doch nicht so zu tun, als sei eine meiner seltenen Ideen gleich völlig verrückt, oder?

Wie ich erwartet hatte, war Telesta bereits in der Bibliothek; sie stand vor einer der Lampen, einen schweren, schwarz eingebundenen Folianten gegen eines der Regale gelehnt.

»Guten Morgen, Cathan.« Sie warf einen Blick aus dem Fenster, an dem wie immer Regenfäden hinunterrannen. »Oder vielleicht auch nicht. Ich habe Euch lange nicht gesehen.«

»Ich komme nicht sehr oft hierher«, sagte ich unbestimmt.

»Hier drin vergeht die Zeit anders. Die Tage ziehen sich nicht so lange hin.«

Die Zeit vergeht für den Clan Polinskarn anders. Das war meine persönliche Meinung, doch ich sprach sie nicht laut aus. Ich hatte schon seit einigen Tagen vorgehabt, hierher zu kommen und sie zu treffen, doch ich hatte das Vorhaben immer wieder verschoben, da ich eigentlich gar nicht mit den beiden Thetianern sprechen wollte. Ich war jedenfalls nur aus einer plötzlichen Eingebung heraus hier, und hätte es sonst womöglich für immer aufgeschoben.

»Dann könnte ich ja vielleicht etwas von dieser Zeit beanspruchen, wenn Ihr sie für mich übrig habt.«

»Das hängt davon ab, ob ich Euch helfen kann.« Telesta klappte das Buch zu und schob es zurück an seinen Platz auf dem Regal. »Wenn Euer Kontrakt noch immer besteht, dann schulde ich Euch noch mehr Antworten. Geht es um etwas Historisches?«

»Zum Teil. Zumindest die *Frage* ist historisch. Was die Antwort angeht, bin ich mir allerdings nicht sicher.«

»Fragt nur.«

»Tanais Lethien. Wisst Ihr, wer oder was er ist?«

Sie zog zwei Stühle an den Tisch, der der Lampe am nächsten war, und bedeutete mir, Platz zu nehmen. »Um das zu erklären, muss ich Euch eine ziemlich lange Geschichte erzählen. Habt Ihr Zeit?«

Ich nickte und setzte mich.

»Ihr wisst, dass der Krieg gegen die Tuonetar Jahrhunderte gedauert hat, tatsächlich dauerte er so lange, wie es Thetia gegeben hat, bis zur Usurpation. Die Thetianer wussten immer, dass die Tuonetar da draußen, jenseits der äußeren Inseln waren – ein Feind, mit dem es niemals Frieden geben könnte. Niemand hat jemals an einen Vertrag mit den Tuonetar gedacht, obwohl es Phasen gab, in denen nicht gekämpft wurde. Wir waren damals eine Kriegergesellschaft. Die Frauen haben an der Seite der Männer gekämpft, wie sie es noch immer tun würden, wenn man es ihnen erlauben würde. Aber es hat immer einen Unterschied zwischen Kriegszeiten und Friedenszeiten gegeben. Thetia selbst war bis fast ganz zum Schluss sakrosankt, ein Ort des Vergnügens, der Musik, des Tanzes. Alle großen Opern, alle großen Dichter, alle großen Philosophen stammen aus jener Zeit.

Jahrhundertelang haben die Clans gekämpft, wenn Thetia Krieg geführt hat; sie haben die Schiffe ausgerüstet und die Soldaten ausgehoben, die auf dem Feldzug gedient haben und dann wieder nach Hause zurückkehrten. Es gab kein stehendes Heer, außer der Kaiserlichen Garde, die wir immer noch die Neunte Legion nennen, obwohl es heute keine anderen Legionen mehr gibt. Es gab nur eine Hand voll davon, selbst in jenen Tagen. Erst zu den Zeiten von Valentin, Aetius' Vater, wurde die Marine geschaffen, als die Tuonetar plötzlich in größerer Zahl auftauchten.

Die Clans haben sich nur widerwillig von ihren Schiffen getrennt, daher bestand die Flotte in ihren Anfängen aus ausgemusterten Mantas, die mit Außenseitern und Opportunisten bemannt waren. Die meisten Soldaten mussten aus Fischerdörfern weggelockt werden und dienten für einen Hungerlohn, bis der Kaiser die Versammlung überreden konnte, ihm entsprechende Geldmittel zur Verfügung zu stellen. Zunächst gelang ihm das jedoch nicht, und die Flotte musste mit dem auskommen, was die Soldaten in feindlichen Festungen plündern konnten. Zu dieser Zeit war Valentin bereits ein alter Mann, und er konzentrierte seine ganze Energie darauf, Schlachten zu gewinnen. Die Streitkräfte der Clans wurden auf die Probe gestellt, ob sie unzuverlässig waren, und wie die Clanführer gehofft hatten, wurde die Marine an den Rand gedrängt.« Sie zuckte die Schultern. »Die Dinge ändern sich nie, außer dass es jetzt andersherum ist.« Sie trug noch immer Schwarz, und in der allgemeinen Düsternis war ihre Gestalt kaum zu sehen; nur ihr Gesicht war im blassen Aetherlicht gut zu erkennen.

»Ich nehme an, die Marine wäre mit der Zeit einen langsamen Tod gestorben«, fuhr sie fort. »Sie wäre nur dazu benutzt worden, unwichtige Außenposten auszulöschen, wenn es auf dem Flaggschiff nicht einen jungen Offizier gegeben hätte. Er war vom gemeinen Soldaten zum Zenturio befördert worden, wie es immer gewesen war. Sein Name war Tanais Lethien, und er stammte aus den Bergen im Innern des Gebiets der Canteni. Man gibt den Clannamen auf, wenn man in die Marine oder die Garde eintritt, doch ursprünglich war er ein Canteni.«

Das hatte ich nicht gewusst, doch es war logisch. Die kriegerischen Canteni nannten sie sich, selbst jetzt, da ihr kämpferischer Geist nur noch im Vergleich zu den anderen Clans bemerkenswert war.

»Als das Flaggschiff während eines kleineren Scharmützels geentert wurde, ist es Tanais nicht nur gelungen, die Tuonetar zurückzuschlagen, sondern auch das Schiff der Angreifer aufzubringen. Er benutzte es als Köder, um den Rest der Feinde in eine Falle zu locken. Und dank der Art, wie die Flotte der Tuonetar aufgebaut war – sie haben immer ein paar große Transportschiffe und eine Menge kleinerer Einheiten eingesetzt –, schaffte er es, einen der Transporter seiner Verteidigung zu berauben. Die Clan-Streitkräfte unter einem kaiserlichen Admiral befahlen ihm, Abstand zu halten, bis sie das Transportschiff einholen und zerstören konnten, aber Tanais fürchtete, dass es fliehen könnte. So überredete er den ranghöchsten überlebenden Offizier des Flaggschiffs, einen Leutnant namens Cleomenes Cidelis, dem Befehl nicht zu gehorchen und die Verfolgung aufzunehmen.«

Cidelis, der zukünftige Admiral. Das musste fünfundzwanzig Jahre vor dem Ende des Krieges geschehen sein; ich hatte keine Ahnung gehabt, dass Tanais Cidelis so lange gekannt hatte.

»Sie zerstörten das Transportschiff, doch als der Admiral dort ankam, war er wütend und verlangte, dass Tanais und Cidelis verhaftet werden sollten, weil sie Befehle missachtet hatten. Sie weigerten sich – was möglicherweise keine besonders gute Idee war –, und die beiden Flotten eskortierten einander zurück zum Hafen. Tanais und Cidelis wurden in die Hauptstadt gebracht und vor ein Kriegsgericht gestellt, aber ein Sechzehnjähriger namens Carausius überredete seinen Zwillingsbruder, den Kronprinzen, einzuschreiten. Kaiser Valentin begnadigte die beiden Offiziere und beförderte sie, statt sie zu bestrafen.

Das Entscheidende an der ganzen Sache war, dass es das erste Mal war, dass die Kaiserliche Streitmacht ernst genommen worden war. Tanais und Cidelis hatten ihr etwas gegeben, worauf sie stolz sein konnte, und der Kaiser hörte auf, sie zu ignorieren. Binnen eines Jahrzehnts wurden sie von einem Witz zu dem, was wir jetzt kennen. Tanais gründete die Legionen, und Cidelis machte die Kaiserliche Flotte größer als die der Clans – es sind sogar Clanschiffe desertiert, um sich der Marine anzuschließen.

Die beiden begründeten das Kaiserliche Militär, das Militär, das Aetius einsetzte, um den Krieg zu gewinnen. Die Armee hat niemals vergessen, was Tanais und Cidelis getan haben, und sie hat auch nie Aetius' Eingreifen vergessen. Der kluge Carausius überließ seinem Bruder das Verdienst, und das war etwas, wofür sein Sohn ihn verachten würde.

Tanais wurde schließlich Marschall, ein Posten, den Aetius ganz speziell für ihn geschaffen hatte. Er hat die ganze Zeit an den Kämpfen teilgenommen und niemals eine Schlacht verloren – kein einziges Mal in all den Jahren. Ihr wisst, was während des Krieges geschehen ist, wie am Ende die Armee den vieren nach Aran Cthun gefolgt ist. Jedes Jahr am Jahrestag des Falls von Aran Cthun zelebrieren die Marine und die Legionen eine Messe für die Toten, um an jenen Marsch zu erinnern … und an Aetius' Tod, und daran, dass Tanais und Cidelis sie gerettet hatten. Für sie ist Tanais beinahe ein Gott, selbst jetzt noch.

Ich bin mir nicht sicher, was während der Usurpation geschehen ist. In der Nacht, in der Tiberius ermordet wurde, waren weder Tanais noch Cidelis in Selerian Alastre. Von Cidelis hat man nie wieder etwas gehört. Er steht nicht auf der Liste von Valdurs Opfern, und er hat auch nicht zu denen gehört, die zum Usurpator übergelaufen sind. Und sein Name ist auch nicht auf der Rolle mit den Namen der Gründerväter von Cambress zu finden. Es ist, als wäre er vom Angesicht der Welt verschwunden; ich persönlich glaube, dass er Selbstmord begangen hat.

Tanais hingegen nicht. Auch sein Name steht auf keiner der Listen, doch während der ersten fünf Jahre von Valdurs Herrschaft hat jemand alle Mitglieder des Oberkommandos getötet, die zu Valdur übergelaufen waren. Ihr wisst das auch vom Fortschreiber, aber Tanais ist erst wieder aufgetaucht, als Valdur tot war. Auch er wurde ermordet, allerdings nicht von Tanais. Ein religiöser Irrer hat ihn vor dem Palasttor niedergestochen. Was für ein passendes Ende.

Seit damals ist Tanais in jeder Generation ein- oder zweimal für ein paar Monate aufgetaucht, um dann wieder in den Schatten zu verschwinden. Gerade genug, um die Legende am Leben zu erhalten, um dafür zu sorgen, dass die Offiziere ihn sehen, dass der Kaiser weiß, wer er ist. Er ist zu den Beerdigungen der Kaiser gekommen; mein Vater hat ihn gesehen, als Perseus begraben wurde. Er hat sich niemals in die Thronfolge eingemischt, doch wenn er dem Militär sagen würde, sie sollen ihn zum Kaiser machen, würden sie es wahrscheinlich tun.«

»Es klingt nicht so, als ob er so etwas tun würde.«

»Wer weiß? Wie kann er zweihundertfünfzig Jahre lang leben?«

»Für uns sind es Jahrhunderte, aber für ihn?«, sagte ich nachdenklich. »Wann hat man ihn das letzte Mal gesehen?«

»Vor ungefähr vier Jahren, in Thetia. Er hat dort drei Monate an der Militärakademie verbracht – das war die Zeit, in der er Palatine unterrichtet hat. Doch Ihr habt ihn ebenfalls getroffen; das heißt, dass er auch seine Zeit noch woanders verbringt, nicht nur in Thetia.«

»Es ist aber durchaus möglich, dass er in zweihundert Jahren nur … sagen wir mal zehn Jahre aktiv gewesen ist, oder?«

»Daran habe ich auch schon gedacht. Ja, wenn man die Jahre zusammenzählt, von denen man weiß, dass er aktiv gewesen ist, kommt man nur auf einen kleinen Teil dieser Jahrhunderte. Und es gibt viele Arten von Magie, von denen wir spätestens seit den Säuberungen überhaupt nichts mehr wissen. Ich vermute allerdings, dass die Magier der Domäne es erklären könnten.«

»Dann glaubt Ihr also, dass er wirklich Aetius' Marschall ist.«

Sie blickte mich überrascht an. »Wer könnte er denn sonst sein? Alles andere passt ganz genau. Ist es nicht ein Prinzip der Logik und der Naturwissenschaften, dass, wenn alle anderen Dinge gleich sind, die einfachste Lösung die richtige sein wird?«

»Glaubt Ihr denn, dass dies eine Art von Existenz ist, die ein menschliches Wesen ertragen kann?«

»Ich glaube, dass menschliche Wesen alles ertragen können, solange noch Hoffnung besteht. Es ist natürlich eine alte Idee, und wenn Ihr genügend thetianische Philosophie gelesen habt, ist Euch auch das Gegenargument vertraut.«

»Ich fürchte, das ist es nicht. Ich habe ein bisschen Philosophie gelesen, mich aber nur mit den naturwissenschaftlichen Werken wirklich beschäftigt.«

»Manathes' *Naturgeschichte* und Bostras *Über die Natur der Dinge?*«

»Und andere, ja. Ich fand sie immer interessanter.«

»Ich bin mit Bostra nie so recht klargekommen. Er ist mir zu langweilig, zu pedantisch. Cathan, warum genau wollt Ihr etwas über Tanais wissen?«

Sie sagte dies in genau dem gleichen Tonfall wie den Satz davor, stellte mir die Frage ohne jede Vorwarnung. Ich hatte gedacht, ich würde damit durchkommen, dass sie annehmen würde, Tanais wäre bedeutend genug, so dass ich mein Interesse nicht hätte begründen brauchen.

Den wirklichen Grund – dass ich gefragt hatte, um etwas über seine Verbindung zu dem weit geheimnisvolleren Cidelis herauszufinden – wollte ich ihr nicht verraten. »Er ist wichtig. Und ich habe mich gefragt, wie Ihr über ihn sprechen könnt, ohne Euch jemals die Frage zu stellen, wer er ist.«

»Und warum habt Ihr mich gefragt und nicht Palatine?«

»Ihr seid Historikerin.« Die Antwort war vielleicht ein bisschen schwach, und Palatines Verbindung zu Tanais mochte bedeuten, dass sie sehr viel mehr wusste. Und weil ich das Gefühl hatte, dass es bei Telesta wahrscheinlicher war, dass sie sich für sie Einzelheiten interessierte. »Gibt es wirklich keinerlei Berichte darüber, was er während der Usurpation getan hat?«

»Keine, die ich je zu Gesicht bekommen hätte. Ich würde sagen, er wurde von Attentätern außer Gefecht gesetzt, möglicherweise vergiftet, und so aus dem Wege geräumt, damit er keinen Ärger machen konnte.«

»Aber was hätte er denn tun können? Nachdem Tiberius tot war, war Valdur der einzige noch lebende Tar'Conantur.«

»Ihr vergesst, dass Valdur nicht besonders vorausschauend gehandelt hat. Er hat seinen Vetter umgebracht, den rechtmäßigen Kaiser, und es ist gut möglich, dass er Angst hatte, Tanais würde ihn einfach töten und sich selbst auf den Thron setzen. Tanais hätte nicht öffentlich angegriffen werden können, dazu war er zu wichtig, aber wenn er aus dem Weg war, dann hätte Valdur Zeit gehabt, seine Herrschaft zu festigen. Cidelis könnte zum selben Zeitpunkt still und heimlich umgebracht worden sein. Und wenn irgendeine Ausrede nötig geworden wäre, hätte Valdur behaupten können, er – und vielleicht auch Tanais – seien mit dem Flaggschiff untergegangen.«

»Ihr meint dieses Riesenschiff, die *Aeon*?«, hakte ich nach, wobei ich mein Bestes gab, Unwissenheit vorzutäuschen. »Wie hätte er das erklären können? Indem er gesagt hätte, sie wäre in die Luft geflogen?«

»Das ist sie nicht«, sagte sie und betrachtete mich dabei neugierig. Einen Augenblick lang verspürte ich einen eiskalten Stich der Furcht, dass ich mich verraten hätte. Dann jedoch verschwand ihr skeptischer Gesichtsausdruck wieder und ich atmete innerlich auf. »Das war ein Märchen. Er hat sich das ausgedacht, weil es ihm peinlich war, dass er die *Aeon* nicht mehr hatte. Ich persönlich glaube, dass sie letzten Endes tatsächlich zerstört wurde, von Cidelis, denn sie wurde seit damals nie wieder erwähnt, und etwas, das so groß ist, ließe sich unmöglich die ganze Zeit verbergen. Es wäre schon längst wieder irgendwo gesichtet worden. Vielleicht …«

Sie beendete den Satz nicht, denn in diesem Augenblick klopfte es kurz und kräftig an der Tür, und dann kam Persea herein.

»Es tut mir Leid, Euch stören zu müssen, aber wir bekommen neue Probleme. Sarhaddon ist gerade aus Taneth hier eingetroffen; er hat eine Art Vollmacht vom Primarchen bei sich, und er steht vor dem Tor.«

»Um uns gefangen zu nehmen? Mit den Sacri?« Ich war mir so sicher gewesen, dass nichts geschehen würde, solange dieses scheußliche Wetter herrschte – wieso hatten die Sacri sich überhaupt nach draußen gewagt?

»Nein. Er hat überhaupt keine Wachen bei sich, nur zwei Priester. Er will dich sehen, Cathan.«

Kapitel XXII

Ich wartete in jenem Raum direkt neben dem Atrium auf Sarhaddon, in dem Laeas und Persea uns an unserem ersten Abend hier begrüßt hatten. Auf Anweisung des Vizekönigs waren sämtliche Lampen eingeschaltet worden, so dass eine willkommene Helligkeit herrschte, und der Fußboden war sehr sorgfältig gereinigt worden, um den Eindruck zu vermitteln, dass der Palast sich in einem weit besseren Zustand befand, als es der Wahrheit entsprach.

Sarhaddons relativ unbedeutendem Status wegen hatte Sagantha angeordnet, dass niemand von uns zugegen sein sollte, wenn er eingelassen wurde, und ich stand außer Sicht hinter der nächsten Ecke. Sagantha war noch immer in seinem Arbeitszimmer; er hatte nicht die Absicht, sich mit Sarhaddon zu treffen, dem zwar vom Primarchen Autorität verliehen sein mochte, für den Vizekönig jedoch unbedeutend war, solange er keine formelle Audienz verlangte.

Es entstand ein plötzlicher Wirbel von Aktivität: Ich hörte, wie die Tür sich öffnete und die Wachen mehrere Leute in den Raum führten – oder war es nur eine Person gewesen? Die Tür schloss sich wieder, viel zu schnell, als dass tatsächlich drei Menschen den Raum hätten betreten können. Vielleicht hatten die anderen beiden draußen warten müssen. Wasser tropfte auf den Fußboden – jemand nahm dem Besucher den Umhang ab.

»Es wird gleich jemand kommen, *Domine*«, sagte einer der Diener. »Bitte wartet so lange.« Dann musste er gegangen sein, denn danach war es bis auf das Trommeln des Regens auf dem Oberlicht vollkommen still.

Warum war er hier? Glaubte er womöglich, ich könnte ihm vergeben, irgendjemand von uns könnte ihm vergeben, was er in Lepidor getan hatte? Ich hatte ihn einfach wegschicken lassen wollen, doch Sagantha hatte darauf bestanden, dass ich mit ihm sprechen sollte, um herauszufinden, ob er vielleicht eine friedliche Lösung anbieten würde.

Eine friedliche Lösung! Wo lebte der Vizekönig eigentlich? Ein Inquisitor, der – wie Sagantha wusste – an der Invasion von Lepidor beteiligt gewesen war, sollte eine Botschaft des Friedens bringen? Sagantha wollte mich nur dazu benutzen, einen möglichen Fluchtweg einzuschlagen, etwas, das ihm selbst zugute kommen könnte. Ein Politiker wie er im Buche stand, brachte er immer wieder andere dazu, für ihn die Drecksarbeit zu tun.

Der Diener, der den Besucher so kühl begrüßt hatte, betrat den Raum, in dem ich wartete, durch die Tür auf der gegenüberliegenden Seite.

»Was ist mit ihm?«, fragte ich.

»Er trägt Gewänder, wie ich sie noch nie gesehen habe, doch davon abgesehen sieht er aus wie ein Inquisitor. Er hat so einen Ausdruck in den Augen, zumindest was ich davon unter der Kapuze sehen konnte. Die anderen beiden waren genauso, Wölfe im Schafspelz. Oder was diese neuen Gewänder sonst sein mögen. Sie sind im Wachhaus – Sarhaddon ist der Einzige, dem es gestattet wurde hereinzukommen.«

»Sonst noch etwas?«

Der Mann schüttelte den Kopf. »Nichts, was sich auf den ersten Blick erkennen ließe.«

»Danke.«

Er verließ den Raum durch dieselbe Tür, durch die er ihn betreten hatte, aber ich wartete noch ein bisschen länger, bevor ich ins Empfangszimmer hinüberging, wo Sarhaddon stumm unter dem Oberlicht stand. Er trug die Gewänder eines Inquisitors, allerdings in rotweiß und nicht in schwarz-weiß.

Er drehte sich zu mir um, als ich den Raum betrat, die Augen unter der karmesinroten Kapuze verborgen. »Cathan«, sagte er. Sonst nichts.

Ich blieb ein paar Fuß vor ihm stehen.

»Was immer du auch zu sagen hast, sag es jetzt, bevor mir der Geduldsfaden reißt«, sagte ich kalt, um meine Wut zu verbergen. Wie konnte er es wagen, hier zu stehen und mich zu begrüßen, als wären wir alte Freunde, die nur durch die Umstände getrennt worden waren?

»Du musst mir eine Menge vergeben, Cathan«, antwortete er. »Aber –«

»Von Vergebung kann keine Rede sein, Sarhaddon«, unterbrach ich ihn heftig. »Ich habe nichts von dem vergessen, was geschehen ist, und ich werde es auch nie vergessen. Und nichts, was du tust, kann verbergen, was aus dir geworden ist – ein hirnloser Fanatiker deines verschrobenen Glaubens. Wenn du gekommen bist, weil du versuchen willst, mich zu bekehren, kannst du dir die Mühe sparen.«

»Ich würde deine Intelligenz niemals so drastisch unterschätzen. Du bist dennoch tief gefallen, Cathan.«

»Wobei man mir einen Scheiterhaufen und ein paar Reisigbündel nachgeworfen und dadurch kräftig nachgeholfen hat, sicher. Hör dich doch nur selbst mal reden, Sarhaddon. Ich kann mich noch daran erinnern, was du über diejenigen, die den harten Kurs verfolgen, gesagt hast, über die Fundamentalisten, wie vernichtend du sie kritisiert hast. Wie lange hast du gebraucht, um deine Meinung zu ändern? Ein Jahr? Oder nur ein paar Tage – sobald du gemerkt hast, woher der Wind weht, und dich Lachazzars Gruppe angeschlossen hast?« Ich wollte wissen, was geschehen war, was sie getan hatten, um ihn in einen Fanatiker zu verwandeln. Oder ob der Fanatismus schon immer in ihm geschlummert hatte und der Mann, den ich auf jener Reise kennen gelernt hatte, nur eine Illusion gewesen war.

»Du vergisst dich.« Er schlug die Kapuze zurück, und ich war entsetzt, wie verhärmt und angespannt sein Gesicht aussah, als sei all der Lebenshunger daraus herausgesogen und durch etwas anderes ersetzt worden, aber durch was? Er war der einzige Inquisitor, den ich als Mensch kennen gelernt hatte, bevor er das schwarz-weiße Gewand angelegt hatte. Sein Gesichtsausdruck war nicht der eines Mannes, für den das Leben eine Last geworden war, sondern mehr der eines – eines Süchtigen? Eines Besessenen? Wohl am ehesten beides, wenn man es genau bedachte. »Ich hatte – im Gegensatz zu dir – keine Wahl. Ich wurde in ein Seminar geschickt, war fast ein Jahr lang von der Welt abgeschnitten. Ich habe Theologie bei den genialsten Geistern studiert, denen ich jemals begegnet bin, und mir ist plötzlich klar geworden, warum die Welt *einen* Glauben hat, warum man an diesem Glauben festhalten muss. Jeder der Pater im Seminar hätte eine Leuchte in der Großen Bibliothek sein können, aber ihnen war klar geworden, dass Theologie mehr ist als eine Ansammlung trockener Formeln, die man beim Gebet rezitiert. So wenige Menschen sind wirklich gläubig, Cathan, so viele sehen nur das Ritual und die Zeremonie.«

Ich starrte ihn einen Augenblick lang an, überrascht von dem Gefühl in seiner Stimme, als müsste ihm eigentlich das auch genommen worden sein. Doch das war nicht nötig gewesen, denn Hass war als Werkzeug ebenso geeignet wie Liebe und von ihrem Standpunkt aus betrachtet sogar noch nützlicher. Hatte er jemals erfahren, wie die Liebe war?, fragte ich mich, obwohl man mich angesichts meiner Erfahrung auch nicht gerade als Experten betrachten konnte.

»Unsere Wege waren wie Spiegelbilder zueinander. Auf jenem Manta hat Etlae mich in die eine Richtung geschickt und dich in die andere, doch was uns im darauf folgenden Jahr geschehen ist, war mehr oder weniger das Gleiche. Auch du hättest eigentlich in die Heilige Stadt gebracht werden sollen, aber Ravenna hat das verhindert. Zweimal sogar.«

Jener Manta. Die *Paklé,* das Schiff, das uns von Pharassa nach Taneth gebracht hatte, und dem Etlae und die *Schattenstern* aufgelauert hatten. Da wir sie erkannt hatten, hatte Etlae dafür sorgen müssen, dass wir den Mund halten würden, deshalb hatte sie Sarhaddon ein Schweigegelübde abgenommen, und mich ein Jahr in die Zitadelle geschickt. Das war Ravennas Idee gewesen, und da auch Ukmadorian, der Probst der Zitadelle, an Bord gewesen war, hatte Etlae keine andere Wahl gehabt als zuzustimmen.

»Etlae wollte sich nicht auf mein Schweigen verlassen, genauso wenig wie auf deines. Du hättest eigentlich wieder zu mir stoßen sollen, aber die Häretiker haben sich eingemischt und dich auf ihre Insel geschafft.«

Ich war wie betäubt und brachte kein Wort heraus, schaute ihn einfach nur unsicher an. Palatine und ich waren kurzfristig entführt worden, am Ende unseres Aufenthalts in Taneth. Wir hatten bisher immer gedacht, unsere Entführer wären Männer gewesen, die in den Diensten von Haus Foryth gestanden hatten. Aber stimmte das? War das vielleicht nur eine Täuschung gewesen, um es so aussehen zu lassen, dass Palatine – die damals noch Hamilcars Sekretärin gewesen war – das Ziel dieses eher sinnlosen Schlags in der Fehde der beiden Großen Häuser gewesen war.

Wenn Sarhaddon die Wahrheit sagte, und ich musste zugeben, dass das sehr viel logischer klang, dann waren die Entführer Sacri gewesen, die den Befehl gehabt hatten, mich zur Heiligen Stadt zu bringen. Es war nicht ungewöhnlich, dass der Erbe eines Clans oder Hauses ein Jahr lang einer religiösen Schulung unterzogen wurde, und in der Heiligen Stadt hätte ich keinerlei Möglichkeit gehabt, zu fliehen. Aber Ravenna war mir mit zwei Mannschaftsmitgliedern der *Schattenstern* gefolgt und hatte rechtzeitig eingegriffen.

»Bevor du mich noch einmal einen Fanatiker nennst, Cathan, schau dich erst selbst an«, sagte Sarhaddon sanft. »Während ich in der Heiligen Stadt war, habe ich meine Ansichten geändert. Mir ist klar geworden, dass es wichtig ist, dass es überall auf der Welt nur einen einzigen Glauben gibt. Und du hast im entgegengesetzten Sinne das Gleiche durchgemacht.«

»Das ist nicht wahr«, sagte ich automatisch. »Sie haben mir gezeigt, was die Domäne im Verlauf der Jahrhunderte alles angerichtet hat.«

»Dein Verstand ist genauso vernagelt wie du es von meinem behauptest.« In Sarhaddons Stimme lag kein Groll, kein Hass. »Während jener Reise hat sich deine Sicht der Domäne geändert, aber du hast immer noch gedacht, dass sie in ihrem Wesen eine Kraft des Guten ist. Jetzt hast du geschworen, sie zu vernichten. Ist das nicht genauso extrem?«

»Habe ich versucht, dich zu töten?«, wollte ich wissen. »Deine Logik und deine Worte sind überzeugend, aber was ist mit deinen Taten?«

»Midian, Lexan und ich haben alle versucht, Etlae davon abzubringen, dich zu verurteilen. *Denk nach,* Cathan! Was hätte Lexan durch deinen Tod gewonnen? Dein Vater hätte ihm Blutfehde geschworen, und sobald Moritan sich wieder erholt hätte, wäre das Lexans Ende gewesen. Er wollte Lepidor als rivalisierenden Clan ausschalten, keine Fehde, die zu einem Bürgerkrieg hätte führen können.«

»Wie kannst du es wagen, so etwas zu behaupten!« Ich schrie ihn beinahe an, wütend wegen seiner unglaublichen Arroganz, der Ungeheuerlichkeit seiner Lügen. »Du sagst, dass du mit der ganzen Sache nichts zu tun hattest, dass du nicht vorgehabt hättest, diesen Inselbewohner – Tekraea – zu töten, wenn der Kampf nicht aufgehört hätte, dass du den Scheiterhaufen nicht angezündet hättest? Wenn du das wirklich zu behaupten versuchst, dann bist du es noch nicht einmal wert, dass man dich verachtet.«

»Ich hatte den Befehl, dir eine letzte Chance zu geben.«

»Das glaube ich dir nicht.«

»Etlae wollte nicht glauben, dass sie Unrecht hatte. Ich bin mir sicher, dass sie immer noch überzeugt war, dass die Pharaonin in Lepidor war.«

»Etlae war eine verräterische Fanatikerin. Sie hätte sich dem Kaiserlichen Hof anschließen sollen statt der Domäne. Sie und Orosius wären prächtig miteinander ausgekommen.«

»Auch noch Verrat, Cathan?«

»Verrat, Häresie – was macht das in den Augen der Domäne schon für einen Unterschied? Lachazzar glaubt, dass alle anderen Herrscher seine Untertanen sein sollten, obwohl ich mir sicher bin, dass er das praktischerweise vergisst, wenn er mit dem Kaiser zu tun hat. Ich nehme an, du bewunderst ihn jetzt. Ein wahrhafter, unbeugsamer Verteidiger des Glaubens, ein erleuchteter Primarch.«

»Ein Halethiter«, sagte Sarhaddon gleichmütig. »Ich teile seinen Wunsch nach einem Kreuzzug nicht. Er ist wahrhaftig gegenüber dem, was er glaubt, doch nicht alle seine Anhänger sind damit einverstanden, wie er die Sacri einsetzt. Die meisten Menschen, die die Sacri während des Kreuzzugs getötet haben, waren keine Ketzer. Die Domäne hat dadurch eine ganze Generation verloren, und jetzt verlieren wir vielleicht wieder eine. Du hast es selbst gesagt: Es gibt Leute in den oberen Rängen, die anscheinend wollen, dass die Domäne die Welt regiert. Aber warum eine Ödnis regieren?«

»Diese weisen Männer haben dich auch gelehrt, zu heucheln und zu lügen«, sagte ich voller Bitterkeit und trat einen Schritt von ihm weg. »Alles, was ich hier vor mir sehe, ist ein Inquisitor, ein Fanatiker, der sich mit Netzen der Täuschung umgibt, um mich zu umgarnen. In Lepidor warst du bereit – vielleicht sogar mit Freuden? –, auf Etlaes Befehl hin den Scheiterhaufen anzuzünden und dreiundzwanzig Menschen bei lebendigem Leibe zu verbrennen. Ohne Gerichtsverhandlung, noch nicht einmal ein inszeniertes Tribunal, ohne Geständnis, selbst den Gesetzen der Domäne zum Trotz. Du hast gewusst, dass mindestens die Hälfte der Verurteilten unschuldig war, aber du hast Etlae noch nicht einmal gesagt, dass du es nicht tun würdest, dass sie einem der Sacri die Fackel überlassen sollte. Du kannst vielleicht dir selbst vergeben, aber von uns wird dir niemand vergeben. Und es wird niemals gerecht sein, egal, wie du es darstellst.«

»Es war nicht gerecht. Das weiß ich. Als ich in Lepidor angekommen bin, wusste ich nicht, was Etlae vorhatte. Ich habe gedacht, du würdest der Häresie angeklagt und mit uns in die Heilige Stadt zurückgebracht werden. Sie hat sogar gesagt, deine Familie könnte weiterherrschen, solange sie der Domäne die Treue schwören und Midian freie Hand gewähren würde.«

»Und das hast du geglaubt?«

»Ich musste es glauben. Ich hatte das Seminar gerade erst vor einem Monat absolviert. Wir beide – du und ich – waren die Einzigen, die von ihrem Doppelleben wussten. Du bist ein Feind der Domäne, ein Häretiker, aber außerdem auch noch ein überaus mächtiger Magier, und du hättest – übrigens genau wie Ravenna – zu einem Feuermagier ausgebildet werden können. Das war es, was ich wollte, was geschehen sollte, und man hat mir gesagt, dass es geschehen würde.«

»Du kannst es immer noch nicht erklären, nicht wahr? All deine blumigen Ausreden, deine Erklärungen, deine Vergleiche können die Tatsache nicht verschleiern, dass du bereit warst, den Scheiterhaufen anzuzünden.«

»Wie ich schon sagte, Etlae wollte dir eine letzte Chance geben«, wiederholte er; zum ersten Mal wirkte er sichtlich erschüttert. »Ich werde dir etwas erzählen, weil ich es tun muss. Sie hat Terror als Waffe eingesetzt. Sie hat dir im Saal keine echte Chance gegeben, weil sie wütend darüber war, wie nahe du daran gewesen warst, sie zu vernichten, und weil du ihr noch immer die Stirn bieten konntest.« Sein Blick bohrte sich förmlich in mich, seine Augen leuchteten in einer Art unheiliger Inbrunst.

»Wir alle haben ihre Entscheidung angezweifelt. Sie ließ sich erweichen und hat uns gesagt, was wir tun sollten. Ich sollte den Scheiterhaufen anzünden und die Flammen am Rande hochzüngeln lassen. Der Magier war voll und ganz in der Lage, sie zu kontrollieren, wie du sehr wohl weißt.« Er deutete auf den dunklen Korridor auf einer Seite des Zimmers. »Stell das nicht in Frage, du bist selbst ein Magier. Du hattest eine Nacht in den Zellen verbracht, hast gewusst, dass du sterben würdest, und du wurdest auf einen Scheiterhaufen gebunden und solltest zusehen, wie die Flammen auf dich zukommen. Ich würde dir eine Möglichkeit anbieten, nicht nur dich, sondern auch alle anderen zu retten, denn ich war der Einzige, den du wirklich gekannt hast. Du hättest mein Angebot angenommen, denn es hätte bedeutet, dass auch alle anderen gerettet worden wären. Du hättest in alles eingewilligt, was sie von dir gewollt hätte, um das Leben deiner Freunde zu retten.«

Es war, als hätte es mir den Atem verschlagen, und ich machte unwillkürlich einen Schritt rückwärts, streckte die Arme aus, um nicht das Gleichgewicht zu verlieren. »Du …« Ich war bereit gewesen, mich in mein Inneres zurückzuziehen, mich vor der Außenwelt und den Schmerzen abzuschotten. Ich wäre gar nicht in der Lage gewesen, seine Worte zu hören, und Etlae hätte mein Schweigen als Antwort interpretiert. Keiner der anderen hätte die Möglichkeit gehabt, Magie einzusetzen, um die Agonie zu mildern, und meine Bereitschaft, meine magischen Fähigkeiten zu diesem Zweck einzusetzen, hätte ohne Hamilcars Eingreifen das Leben all meiner Mitgefangenen und mein eigenes gekostet. Ich schluckte schwer, war nicht bereit, das Ausmaß dessen zu glauben, was er mir da mitteilte. »Und sie hätte die Flammen gelöscht und uns alle wieder in den Kerker gebracht? Sie hätte wie eine Idiotin ausgesehen.«

»Du wärst nicht verbrannt worden, Cathan. Auch die Inquisition wollte nicht, dass sie dich tötet. Sie müssen gesehen werden, wie sie Ranthas' Willen ausführen, und Massenhinrichtungen standen nicht auf ihrem Plan.«

»Du bist mit der Fackel an den Scheiterhaufen herangetreten und warst bereit, das Holz anzuzünden, aber nicht, uns zu verbrennen? Wie soll ich das wirklich glauben?«

»Weil du vernünftig und intelligent bist. Es war brutal, ja, und es wäre nicht geschehen, wenn nicht ausgerechnet Etlae die Verantwortung getragen hätte. Terror erzeugt nichts als Hass, Cathan, und du bist der lebende Beweis für diese These. Wenn die Inquisition anfängt, hier im Archipel Häretiker zu verbrennen, werden Tausende von Menschen sterben – und alle für nichts und wieder nichts. Lachazzar wird seinen Kreuzzug losschicken, und dieses Mal werden sie dafür sorgen, dass die Zerstörung vollständig ist.«

»Aber danach wird es keine Ketzerei mehr geben. Es wird sich euch nie wieder jemand entgegenstellen. Der Archipel wird in Schutt und Asche liegen, aber ihr habt euch all eurer Gegner entledigt.«

»Hast du jemals Carinus gelesen, Cathan? Den thetianischen Historiker? *Sie verwüsten alles und nennen es Frieden.*« Ich bezweifelte, dass diese Worte jemals in Vergessenheit geraten würden, selbst Carinus selbst vergessen werden würde. Es würde immer einen Menschen oder ein Ereignis geben, zu dem sie passten. »Wir dienen Ranthas nicht, um Seine Welt in eine Wüste zu verwandeln.«

»*Seine* Welt?«, wiederholte ich. »Wir treiben auf der Oberfläche eines endlosen Ozeans dahin, und du willst mir weismachen, dass die Welt nur dem Feuergott gehört? Die Welt besteht aus allen Elementen, nicht nur aus dem einen, das ihr euch erwählt habt.«

»Aber ohne Sein heiliges Feuer gäbe es kein Leben, keine Städte, keine Zivilisation. Nur eine riesige, leere Ödnis.« *Feuer ist der Funke, der allen Dingen das Leben bringt.* »Aber ich schweife ab. Ich will nicht erleben, dass diese Inseln verwüstet werden. Warum sollte ich so etwas wollen?«

»Warum sollte überhaupt irgendjemand so etwas wollen? Weil die Bevölkerung euch hasst, weil einige von ihnen an die alten Götter glauben, deren Verehrung ihr zur Ketzerei erklärt habt. Weil einige von ihnen sich weigern, den Verrat der Domäne zu vergessen.«

»Das ist Vergangenheit«, sagte Sarhaddon wegwerfend. »Natürlich ist es wichtig, was vor zweihundert Jahren geschehen ist, aber wenn es unser Leben beherrscht, werden wir niemals voranschreiten.«

»Voran zu eurem gelobten Land, in dem es keine abweichende Meinung mehr gibt.«

»Für die abweichenden Meinungen sind die *Methoden* der Domäne verantwortlich, nicht die *Botschaft*«, behauptete er im Brustton der Überzeugung. »Es gibt Millionen von Seelen, die für alle Ewigkeit verdammt sind, da sie gelebt haben, bevor wir gekommen sind, und es gibt noch Hunderttausende mehr, die sich geweigert haben, unsere Wahrheit zu erkennen. Und wenn es zu dem Kreuzzug kommt, wie viele werden sich dann noch dazugesellen?«

Ob Sarhaddon nun glaubte, was er sagte, oder nicht – ich hatte auf alle Fälle noch nie einen Inquisitor so sprechen hören, und irgendwo in meinem Hinterkopf tauchte der vage Gedanke auf, dass er trotz seiner Beteiligung an Etlaes Verbrechen irgendwie anders sein könnte. Viele Inquisitoren waren gerissen, spitzfindig, auf eine ganz besondere Weise schlau, doch sie waren auch fanatisch und in mancherlei Hinsicht sogar dumm. Ich wusste, dass Sarhaddon intelligent war, und ich empfand so etwas wie eine vage Hoffnung. Ich konnte ihm nicht vergeben, doch ich wollte glauben, dass er einzigartig war. Dass er nicht einfach eine Kopie von Lachazzar war.

»Wir kommen, um zu predigen, zu retten«, schloss er seine Ausführungen. »Um Seelen zurück zum Licht zu führen. Wenn der Primarch sieht, dass der größte Teil des Archipels zur Herde zurückgekehrt ist, wird er keinen Kreuzzug entsenden.«

»Ihr wollt die Häretiker isolieren, um sie dann zur Strecke bringen zu können, stimmt's?«

»Ich werde zu den Häretikern ebenso predigen wie zu denen, die sich vom Glauben lediglich entfremdet haben. Cathan, wenn die Dinge sich so weiterentwickeln wie im Moment, gibt es *ganz bestimmt* einen Kreuzzug. Die Inquisition wird ihre heilige Pflicht mit viel zu viel Eifer erfüllen, es wird Aufstände geben, und dann wird Lachazzar die Kreuzfahrer schicken. Dieses Mal werden sie hier bleiben, sie werden jeden töten, der der Ketzerei verdächtig ist, und es wird unzählige Tote geben.«

»Und warum erzählst du mir das alles?«, fragte ich schließlich. »Warum bist du gekommen?«

»Weil du ein bekannter Häretiker bist, und ein Mann, den ich kenne – und weil du mit ziemlich großer Wahrscheinlichkeit die Pharaonin kennst. Sie könnte wieder eingesetzt werden. Ich bin danach gefragt worden, und ich habe mit dem Exarchen und sogar mit dem Primarchen gesprochen. Man würde ihr erlauben, ihr Volk zu schützen, solange sie unsere Bemühungen unterstützt, die Bevölkerung zu bekehren. Wir würden dieses Mal nicht auf Gewalt und Zwang setzen, sondern auf die Macht der Worte, wie wir es von Anfang an hätten tun sollen.«

»Du willst, dass ich mit der Pharaonin rede? Ich soll sie davon überzeugen, dass die Domäne – die ihre Familie ermordet und sie selbst gezwungen hat, sich ihr Leben lang zu verstecken – mit ihr zusammenarbeiten will? Das ist ein ziemlich großer Sprung.«

»Ich möchte trotzdem, dass du es versuchst. Doch auch wenn du es nicht tun willst, bitte ich dich, es mich versuchen zu lassen. Gib mir ein bisschen Zeit, und ich werde tun, was ich kann, um das Interdikt des Generalinquisitors von euch zu nehmen. Ich habe ein Schreiben des Primarchen höchstpersönlich, dass mir die Befugnis gibt, zu predigen, und über das sich noch nicht einmal der Generalinquisitor hinwegsetzen kann.« Er zog eine dicke Pergamentrolle aus den Falten seines Gewandes und reichte sie mir.

Ich entrollte sie und begann, die dicht gedrängten Zeilen zu lesen, während meine Blicke zu dem gewaltigen Siegel des Primarchen am Ende des Textes wanderten. Anfangs las ich ziemlich schnell und wurde dann langsamer, hielt inne, um manche Sätze ein zweites Mal zu lesen – Sätze, die ich kaum glauben konnte, die mir kaum wirklich erschienen.

Durch den ausdrücklichen Befehl Seiner Heiligkeit werden hiermit die Aktivitäten der Inquisition, die von besagtem Universal-Edikt autorisiert wurden, innerhalb der Gebiete und Inseln des thetianischen Herrschaftsbereichs des Archipels zeitweilig eingestellt ... allen Mitgliedern des Venatischen Ordens wird hiermit die Macht verliehen, im Namen angeklagter Häretiker einzuschreiten, wenn die solcherart Angeklagten dem Inquisitor beweisen können, dass sie ihre Sünden umfassend öffentlich widerrufen und erneut in die Gemeinschaft der Menschen aufgenommen werden wollen ... all diesen Büßern soll das Mal der Schande erspart bleiben, solange sie allen Dekreten und dem Gesetzeskanon der Heiligen Domäne treu gehorchen ... den Brüdern des Venatischen Ordens wird hiermit die Autorität verliehen, auf öffentlichen Plätzen zu predigen. Fürderhin ist der Venatische Orden autorisiert, bei religiösen Debatten mit angesehenen Häretikern, die sich zu erkennen geben, den Vorsitz zu führen wie auch an ihnen teilzunehmen, wobei besagten Häretikern während einer solchen Debatte sowie einen Monat danach freies Geleit zugesichert wird ...

Warum? Warum hatte Lachazzar das getan? Das klang alles so anders als seine üblichen Vorgehensweisen, diese Idee des Predigens und der religiösen Debatten, etwas, das Primarchen früher einmal gestattet hatten, das jedoch seit vielen Jahren nicht mehr gefördert worden war. Lachazzar glaubte an Feuer und Schwert, er hatte die Inquisition in den Archipel geschickt – und jetzt ließ er die Aktivitäten der Inquisition zeitweilig einstellen, um ein paar Dutzend Priestern freie Hand zu gewähren? Er musste irgendetwas vorhaben.

»Warum hat er das erlaubt?«, fragte ich Sarhaddon gerade heraus. »Ist das dein Plan oder seiner?«

»Die Idee mit dem Venatischen Orden ist von mir, und ich habe einige meiner Lehrer überredet, sich an den Primarchen zu wenden und um seine Billigung zu ersuchen. Ich will offen zu dir sein, Cathan: Wir passen sehr gut zu seinen Absichten. Er hat mir erzählt, warum er uns das tun lässt. Er hat die Inquisition hierher geschickt, und die einheimische Bevölkerung wartet voller Entsetzen darauf, was die Inquisitoren tun werden. Es sind bereits einige Menschen verbrannt worden, und wenn es nach dem Willen der Inquisition geht, werden noch viel mehr verbrannt. Wir bieten Hoffnung, einen Ausweg ohne weiteres Leid. Wenn wir freie Hand haben und die Häretiker sich uns nicht entgegenstellen, bekommt die Inquisition den Befehl, nur diejenigen unter den Ketzern zu verfolgen, die uns offen die Stirn bieten.«

»Zuckerbrot und Peitsche.«

Er nickte ganz leicht. Ich starrte das Pergament in meiner Hand an, das vom Primarchen höchstpersönlich unterzeichnet und abgesegnet worden war. Ich hatte sein Siegel schon früher gesehen, und es gab keine Möglichkeit, wie Sarhaddon es hätte fälschen können. »Alles, worum ich dich bitte, ist dieser Aufschub«, sagte er nach einer kurzen Pause. »Du und alle anderen Häretiker, ihr müsst zulassen, dass wir weitermachen können. Dies ist eine schöne Insel, selbst bei solchem Wetter, und ich will nicht zusehen müssen, wie sie durch den Kreuzzug verwüstet wird. Lachazzar will, dass man sich an ihn als an den Primarchen erinnert, der der Ketzerei ein Ende bereitet hat – obwohl wir beide natürlich wissen, dass das niemals geschehen wird. Aber es würde mir gefallen, wenn ich wüsste, dass die Domäne dir eine Chance gegeben hat, den heraufziehenden Sturm aufzuhalten.«

»Ich habe gar nicht die Macht, einen solchen Aufschub zu gewähren. Du solltest mit dem Vizekönig sprechen.«

»Habe ich dich überzeugt? Wenn die Extremisten unter euch sich dadurch einen Vorteil zu verschaffen suchen, dass sie die Atempause nutzen, um uns anzugreifen, endet der Aufschub. Wenn ihr nichts tut, wird auch die Inquisition nichts tun. In der Zwischenzeit werden wir es versuchen. Der Archipel ist der einzige Ort auf der ganzen Welt, wo die Menschen über die Domäne so verbittert sind, dass der Hass jegliche Vernunft erstickt hat. Wir wissen beide, dass es auch anderswo insgeheim Häretiker gibt, aber Terror ist nicht die richtige Art und Weise, mit ihnen umzugehen. Und es ist auch hier nicht die richtige Methode, sich des Problems anzunehmen.«

Ich rollte das Pergament vorsichtig wieder zusammen und gab es ihm zurück; dann wandte ich mich ab und schaute den Seitengang entlang und aus dem vom Wind gepeitschten Fenster auf einen grauen Himmel. Wenn das aufrichtig gemeint war – konnte das denn sein? Konnte das tatsächlich möglich sein? Es war ein Ölzweig, und ich wollte so sehr daran glauben – doch wenn Sarhaddon Erfolg hatte, dann waren unsere Träume, die Macht der Domäne zu beenden, vorbei.

Aber waren sie das wirklich? Cambress hatte der Domäne getrotzt, ohne den Weg der religiösen Gesetze zu verlassen. Sie hielten Ranthas' Prinzipien in Ehren, doch es gab dort keine Inquisition, es hatte dort in sechs Jahrzehnten keine Verbrennungen, noch nicht einmal Ketzerprozesse gegeben. Mikas hatte mir erzählt, dass in Cambress alles toleriert wurde, solange es sich nicht auf den Staat und die Marine – was in Cambress eigentlich ein und dasselbe war – auswirkte. Vielleicht hatte er ein bisschen übertrieben, aber ich wusste, dass sein Vater nur an einer einzigen Zeremonie im Jahr teilnahm, weit weniger als das ansonsten übliche absolute Minimum. Sein Vater war Suffet gewesen und war nun ein vollwertiger Admiral und ein ranghohes Mitglied des Kanu-Rates.

Außerdem war mir angesichts der Feindseligkeit des Kaisers und der unbestreitbaren Tatsache, dass der Archipel einen Krieg niemals gewinnen könnte, in den letzten Wochen klar geworden, wie zerbrechlich unser Traum gewesen war. Aber Ravenna ... sie würde nie, nie, niemals kooperieren. Sie hatte fast alles an die Domäne verloren, sie hasste sie mit einer Inbrunst, die ich niemals aufbringen könnte. Und sie kannte Sarhaddon nur als den Mann, der unseren Scheiterhaufen hatte anzünden wollen.

»Ich würde gerne mit den anderen darüber reden«, sagte ich endlich. »Was du sagst, macht mir trotz Lachazzars Siegel auf diesem Pergament Hoffnung, aber ohne ihre Zustimmung nützt dir mein Wort überhaupt nichts.«

»Gehört zu diesen anderen auch der Vizekönig?«

»Möchtest du um eine Audienz bitten?«

»Ich glaube, das wäre eine ganz gute Idee, und es würde vielleicht die Basis für ein vertrauensvolles Verhältnis schaffen, wenn er mir eine Anhörung mit dir und diesen anderen – wer immer sie auch sein mögen – gewähren würde. Danach würde ich mich zurückziehen und ihr könntet in Ruhe darüber reden.«

»Ich nehme an, das wäre wirklich nicht schlecht«, pflichtete ich ihm widerstrebend bei und fragte mich dabei, ob es tatsächlich eine gute Idee war, oder ob ich ihm die Gelegenheit verschaffte, die er brauchte, um ... ja, um was zu tun? Vielleicht würde er uns einer Unterstützung berauben, die sich ohnehin auf Gefühle beschränkte, aber ansonsten erschien mir sein Plan aufrichtig. Sogar Lachazzars Zustimmung war nachvollziehbar, wenn man in Betracht zog, wie viel ein Kreuzzug kosten würde. Ich wusste, dass der letzte die Schatzkammer des Primarchen leergeräumt hatte, trotz all der Beute, die die Kreuzfahrer gemacht hatten. Lepidor war nicht zuletzt aus dem Grund erobert worden, Geld für den kommenden Kreuzzug zu beschaffen. »Was für eine Rolle spielt Midian bei dem Ganzen?« Ich wandte mich wieder an Sarhaddon.

»Er wird die Logik des Primarchen anerkennen. Und auch für ihn wird es eine Belohnung geben.«

»Und was ist damit, dass er keine Schlächtereien anordnen kann?«

»Du gehst zu weit. Wenn es klappt, wird er für sein Mitwirken belohnt werden. Wahrscheinlich mit dem Amt eines Avarchen in Äquatoria.«

»Und was ist mit all denen, die in den Gefängnissen der Inquisitoren sitzen und auf ihre Hinrichtung warten?«

»Meine Brüder werden ihnen anbieten, zu widerrufen. Genau das wollen wir nämlich allen klar machen: dass die Domäne diejenigen wieder aufnehmen wird, die vom Glauben abgefallen waren. Einige werden sich weigern, ihren Glauben aufzugeben und auf dem Scheiterhaufen enden, aber nur dann wird es weitere Hinrichtungen geben.«

»Wirst du denn in der Lage sein, die Vorgehensweise der Inquisitoren zu ändern?«, hakte ich nach. »Schuldig, bis die Unschuld bewiesen ist. Das erzeugt den Hass.«

»Bedenke, dass ich keinen besonders hohen Rang bekleide. Ich kann die Welt nicht aus den Angeln heben.«

Das waren nicht zu viele Versprechen: Er würde nicht lügen – zumindest nicht offensichtlich –, um sich meine Unterstützung zu sichern.

»Wenn du hier warten willst, werde ich jetzt zum Vizekönig gehen und mit ihm sprechen, ihm erklären, was du mir erzählt hast.«

»Unvoreingenommen?«

»Unvoreingenommen. Doch du musst hier warten – dies hier ist nicht mein Palast, und ich werde mich nicht erdreisten, dich weiter hineinzuführen.«

»Das ist in Ordnung. Zumindest ist es hier drinnen trocken«, fügte er mit einer Spur seines alten Sarkasmus hinzu.

Ich ließ ihn in dem Empfangszimmer zurück und machte mich auf die Suche nach dem Vizekönig.

Ich wählte dafür den längsten Weg, den ich nehmen konnte. Ich brauchte Zeit zum Nachdenken.

Konnte ich wirklich glauben, was er mir über jene letzten Augenblicke in Lepidor erzählt hatte, dass Etlae uns verschont hätte – uns zumindest den Scheiterhaufen erspart hätte? Sie und ihre Anhänger, zu denen auch Sarhaddon gehört haben musste, hatten meine Heimat überfallen, meinen Vater vergiftet und beinahe meinen Adoptivbruder getötet. Sie hatte mich und die anderen zum Tode verurteilt und uns auf die Scheiterhaufen binden lassen. Wäre sie wirklich nicht weitergegangen?

Doch Sarhaddon war nur ein rangniederer Priester gewesen, jemand, auf dessen Loyalität sie sicher nicht gezählt hatte. Und jetzt war er mit einer Botschaft der Aussöhnung und des Friedens gekommen. Würde der Primarch so etwas tun, nur um mir eine Falle zu stellen? So etwas zu glauben, wäre reichlich arrogant; doch dass ich überhaupt darüber nachdachte, zeigte, wie Orosius' Einfluss war. Ich war keiner der Anführer der Ketzer, und soweit ich wusste, hatten sie von meiner Abstammung nicht die geringste Ahnung.

Natürlich konnte sein Vorschlag auch nichts weiter als eine komplizierte Falle sein, um mehr hochrangige Häretiker zu erwischen. Doch dafür gab es weitaus wirkungsvollere Mittel und Wege. Sarhaddon war gekommen, um mich zu fragen, ob ich sein Bote sein wollte.

»Ich werde mich mit ihm treffen«, lautete die Antwort des Vizekönigs.

Kapitel XXIII

Zwei Tage später schickte zum ersten Mal seit vielen Wochen eine fahle Sonne ihre Strahlen durch die Wolken auf die Stadt Tandaris. Das Licht war zu schwach, um Schatten zu werfen, dennoch sahen die Gebäude anders aus; die roten und blauen Farbtöne hoben sich stärker vom Weiß ab, das Grün der Bäume wirkte viel kräftiger. Tandaris war eine Stadt der Wärme und des Lichts; das Grau des Winters wurde ihr nicht gerecht. Die Stadt war vor dem Krieg erbaut worden, als die Unterschiede zwischen den Jahreszeiten noch nicht sehr ausgeprägt gewesen waren, und die Schäden, die wir zu Gesicht bekamen, als wir vom Palast in Richtung Hafen gingen, bewiesen, wie wenig sie geeignet war, den Stürmen standzuhalten.

Wir gingen um einen Haufen aus zerbrochenen Ziegeln und Zweigen herum; ein umstürzender Orangenbaum hatte eine Gartenmauer zerschmettert. Auf dem Baumstumpf stand ein Mann und hackte mit einer Axt auf die Äste ein, während ein weißhaariger Greis und ein halbwüchsiger Junge die Zweige beiseite räumten, die er bereits abgeschlagen hatte. Neugierig blickten sie auf, als wir an ihnen vorbeigingen; sie grüßten uns zwar nicht, machten jedoch auch keinen feindseligen Eindruck.

Von einem Haus auf der anderen Straßenseite drangen hämmernde Geräusche zu uns herüber; irgendjemand hatte eine Barriere davor aufgebaut, hinter der ebenfalls ein Haufen zerbrochener Ziegel lag.

»Passt auf, dass Ihr keine Splitter abkriegt«, rief jemand uns nach. »Das Dach ist immer noch nicht sicher.«

»Danke«, rief Persea zurück. »Ich habe noch nie solche Verwüstungen gesehen«, sagte sie wieder an uns gewandt. »Seht doch nur, jedes Haus hat etwas abbekommen. Ich bin froh, dass sie nicht die ganze Stadt abgeschaltet haben, das wäre wirklich entsetzlich gewesen.«

Sie hatte Recht, dachte ich, als wir an eine Kreuzung kamen. Jedes Gebäude wies Schäden auf – geborstene Fenster, fehlende oder lose Fensterläden –, und hinter der Kreuzung war ein halbes Dutzend Leute damit beschäftigt, den nächsten Haufen aus zerschmettertem Mauerwerk aufzuschichten.

»Was ist denn mit Agathocles passiert?«, fragte sie, nachdem wir nach links abgebogen waren und einen winzigen Platz überquert hatten, auf dessen gegenüberliegender Seite eine mit Brettern vernagelte Taverne lag. Ein zerbrochenes Schild, auf dem man gerade noch die Worte *Taverna Agathocles* entziffern konnte, hing schief von einer Strebe, während in die hölzerne Tür anscheinend ein Flammensymbol eingebrannt worden war.

»Er ist verhaftet worden«, sagte Laeas grimmig. »Vor einer Woche. Du kommst hier offensichtlich nicht sehr oft vorbei.«

»Es ist nicht gerade der kürzeste Weg«, erwiderte Persea, während wir um eine Ecke bogen und die Taverne aus unserem Blickfeld verschwand.

Vor uns mehrten sich die Anzeichen von Leben: Geschäfte waren geöffnet, ein, zwei Markisen waren ausgefahren, und es waren mehr Leute auf der Straße, als ich in den ganzen drei Wochen gesehen hatte, die ich nun schon hier war. Stimmen und der Geruch von frischem Obst erfüllten die frühmorgendliche Luft. Wir waren immer noch ein paar Straßen vom Marktplatz entfernt, was einer der Nachteile daran war, im Palast zu wohnen. Er war einst die Festung der Stadt gewesen, bevor hundert Fuß höher der jetzt in Trümmern liegende Acrolith gebaut worden war, und die äußeren Wälle waren noch immer dick genug, um selbst Belagerungsmaschinen zu widerstehen.

Um uns herrschte eine angespannte, erwartungsvolle Atmosphäre, während wir die breite, geschwungene Straße entlanggingen, die zum Marktplatz führte. Es war weniger das Gefühl drohenden Unheils, sondern eher so, als hielte die Stadt den Atem an. Als wartete sie darauf, zu hören, ob Sarhaddons Botschaft tatsächlich das Ende der Furcht bedeutete.

»Wir vergessen manchmal, dass die Menschen sich am sehnlichsten wünschen, einfach ihr altes Leben ganz normal weiterzuführen«, meinte Persea, während wir an einer Mutter vorbeigingen, die sechs oder sieben Kinder, von denen einige erkennbar nicht ihre eignen waren, durch eine Tür führte, auf der eine stilisierte Schreibfeder prangte – der Eingang zu einer Schule. »Soweit es sie betrifft, sollte Politik etwas Harmloses sein.«

»Genau wie Religion«, sagte Telesta. »Nirgendwo sonst auf der Welt haben ganz gewöhnliche Menschen so viel Angst vor der Domäne wie hier.«

»So weit würde ich nicht gehen. Es gibt Orte, wo die Leute nervös sind, aber das eigentliche Problem liegt hier.« Persea machte eine Geste, die die ganze Umgebung einschloss. »Wenn es einen zweiten Kreuzzug gibt, geht es Tandaris wie Poseidonis: Alle Menschen werden abgeschlachtet oder nach Haleth in die Sklaverei geschickt. Deshalb geben wir Sarhaddon eine Chance.«

»Wir müssen uns immer noch mit Orosius auseinander setzen.«

»Orosius ist in Selerian Alastre. Die Inquisition ist hier. Wenn Sarhaddon Wort hält ...«

»Was dann?«, wollte Mauriz wissen. »Was genau wird er tun? Wenn sie bereuen und mit ihm beten – dann soll plötzlich alles gut sein?«

»Er bietet eine Amnestie an, wie Ihr vielleicht schon bemerkt habt«, sagte Laeas, der vermutlich seinen Zorn zügelte, da er wusste, dass dies das letzte Mal sein würde, dass er sich mit Mauriz herumzuschlagen hatte. »Es ist seine Sache, wie er das hinbekommt.«

»Und habt Ihr auch schon darüber nachgedacht, was geschieht, wenn er Erfolg hat? Es wird Euch isolieren, Euch jede Unterstützung nehmen. Schön, lasst ihn die Inquisition abblasen. Aber sitzt nicht einfach nur herum und wartet, dass alles auf magische Weise wieder gut wird, denn das wird nicht geschehen. Habt Ihr schon einmal darüber nachgedacht, wie viel Macht er gewinnt, wenn er Erfolg hat?« Er war schon während Sarhaddons Audienz so gewesen, hatte den Vizekönig so sehr verärgert, dass er vor die Wahl gestellt worden war, den Mund zu halten oder zu gehen. Aus irgendeinem Grund verabscheute Mauriz schon die Idee, die Sarhaddons Vorschlag zu Grunde lag.

In einem Punkt jedoch hatte er Recht. Palatine hatte es kommen sehen, und auch nach zwei Tagen voller Diskussionen hatten wir uns nicht einigen können – außer darauf, dass ich so schnell wie möglich mit Ravenna reden sollte. Doch bisher hatten wir noch nichts von ihrem Boten gehört, und ich fürchtete, dass sie ihn zurückgerufen hatte, als wir auf Sarhaddons Vorschläge eingegangen waren. Der Gedanke, mit der Domäne zusammenzuarbeiten, wie Sarhaddon es angedeutet hatte, war widerwärtig, doch was blieb uns anderes übrig? Die *Aeon* würde eine der Säulen der Macht der Domäne zerstören; aber würde das noch eine Rolle spielen, wenn die Bevölkerung von Sarhaddons Reden beschwichtigt worden war?

Wenn sie sich beschwichtigen ließ. Heute sollte zum ersten Mal gepredigt werden; Sarhaddon und einer der weisen Lehrer, von denen er so geschwärmt hatte, würden abwechselnd ihre Reden vortragen, würden den Menschen ihre Leidenschaft und ihre Logik darbieten. Brachte er wirklich eine Botschaft der Versöhnung? Und wenn ja, war diese Botschaft wirklich mehr als nur Worte?

»Die Domäne hat sich zweihundert Jahre an der Macht gehalten.« Ich erinnerte mich an diese Worte. Ravenna hatte sie gesagt, in jener schrecklichen Nacht im Verlies unter dem Palast meines Vaters. »Sie haben die Geschichte umgeschrieben, sie haben sich in einer Weise etabliert, wie es noch nie zuvor geschehen ist. Ich weiß, dass es heilige Kriege gegeben hat. Aber in all der Zeit gab es nur einen einzigen ernsthaften Bruch – vor fünfundzwanzig Jahren im Archipel, weil sie einen Primarchen bekommen haben, der eine zu harte Linie verfolgt hat. Sie waren hier nie besonders beliebt, aber das Leben ist immer weitergegangen. Die Menschen hatten nichts gegen sie, solange sie ihren Streit auf die Herrscher beschränkt haben. Aber im Kreuzzug haben sie das nicht getan, sondern sie haben versucht, der Bevölkerung eine Lektion zu erteilen. Deshalb sind sie so verhasst.«

Die Straße machte jetzt eine scharfe Kehre und verlief dann erneut parallel zum Hang, weshalb sie ein ziemlich sanftes Gefälle hatte; hätte sie direkt bergab geführt, wäre sie viel steiler gewesen – zu steil, um noch bequem zu sein. Hier gab es noch mehr Läden, und zu unserer Rechten befand sich eine Lücke zwischen zwei Gebäuden, eine kleine, gepflasterte offene Fläche mit Bänken und einer Balustrade, die ein bisschen höher war als die Kuppel des Gebäudes genau darunter. Der ganze Platz war mit dem Laub der zwei ansonsten unversehrten Bäume übersät, die dort standen. Durch das steinerne Geländer konnte ich das Meer sehen.

Die Morgennebel hatten sich aufgelöst, und diesmal war es mehr blau als grau und erstreckte sich bis zu einem Horizont, der weiter entfernt zu sein schien, als ich ihn je zuvor gesehen hatte. Die Oberfläche war von kleinen Wellen gekräuselt, doch es waren keine Schaumkronen zu sehen – in dieser Pause zwischen zwei Stürmen war es fast windstill.

Ich bemerkte, dass die anderen weitergegangen waren. Laeas warf jedoch gerade einen Blick über die Schulter und blieb stehen; er nutzte wirklich jede Möglichkeit, Mauriz aus dem Weg zu gehen.

»Schön, nicht wahr?«, sagte er. »Du solltest es im Sommer sehen. Unglaubliche Farben, wie bei der Zitadelle. Und an vielen Stellen ist es so flach, dass man die Sandbänke erkennen kann.«

»Sind das da drüben die Ilahi-Inseln?« Ich deutete auf ein paar weit entfernte, niedrige schwarze Umrisse, die von hier aus beinahe flach wirkten, obwohl ich vermutete, dass sie bergig waren. »Ich glaube, wir sind auf dem Weg hierher daran vorbeigekommen.«

»Ja. Die große Insel links ist Lesath, dann kommen Porös und Chosros, Ixander, Iuvros und Peschata. Die Namen der kleineren – wie die drei da in der Mitte – weiß ich nicht mehr. Ach doch, das sind die Inseln des Aetius.«

»Die Inseln des Aetius? Sind sie nach dem Kaiser benannt worden?«

»Ja. Ein paar Offiziere des Kaiserreichs haben ihm dort aus irgendwelchen Gründen ein Denkmal errichtet. Ich habe mal gehört, dass es noch eine weitere Inselgruppe geben soll, die die Inseln des Tiberius genannt wird; sie liegen mitten in der Wasserwüste genau auf dem Äquator. Jemand hat dort einen Leuchtturm gebaut, als Erinnerung an Tiberius.«

»Aber warum mitten in der Wasserwüste?«, fragte ich. Mein Interesse war erwacht. *Warum? Warum würde sich jemand die Mühe machen, so weit abseits aller bekannten Schifffahrtsrouten einen*

Leuchtturm zu bauen? Vor allen Dingen einen, der nicht regelmäßig instand gehalten werden konnte.

»Keine Ahnung.« Laeas zuckte die Schultern. Dann runzelte er plötzlich die Stirn, als wäre ihm etwas eingefallen. »›Jene, die den Blick nur zu Boden richten, werden niemals die Schönheit der Sterne zu sehen bekommen. Sie wandeln in ihrem Licht, ohne sie zu sehen, hören ihre Musik, ohne wirklich zuzuhören.‹ Das soll angeblich die Inschrift sein. Ich habe es mir gemerkt, weil ich es ziemlich merkwürdig finde, so etwas zu schreiben. Es gibt noch zwei Zeilen mehr, irgendwas von einem Spiegel des Himmels und der Hölle, aber die kriege ich nicht mehr zusammen.«

»Kommt endlich!«, rief jemand von weiter unten. Wir blieben vielleicht noch eine Minute stehen und setzten uns dann widerwillig wieder in Bewegung. *Was sollen diese beiden Denkmäler?*, fragte ich mich. *Warum würden Offiziere des Kaiserreichs so etwas tun – Denkmäler auf kahlen Inseln errichten? Und was noch wichtiger ist: Warum war eines davon Tiberius zu Ehren erbaut worden?*

Die anderen warteten in der Biegung auf uns; sie standen vor einer kahlen Mauer zwischen einem Kaffeehaus und der Werkstatt eines Webers. Direkt vor und ein Stück unter uns lag ein Platz; das musste der Marktplatz sein.

Als Erstes fiel uns auf, wie voll es war – ein Meer aus dunklen Haaren und bunten Farben, mit ein paar Inseln um die Bäume oder Statuen herum; doch selbst dort drängten sich Menschen auf den Säulenplatten der Statuen oder balancierten auf den unteren Ästen der Bäume. Gedämpftes Stimmengemurmel stieg zu uns herauf, und ich spürte eine erwartungsvolle Spannung, die sich auf die leere Rednerplattform im Vordergrund des beeindruckenden, von Säulen umgebenen Marktplatzes konzentrierte.

»Ich hätte nicht gedacht, dass so viele hier sein würden«, meinte Persea, während wir weitergingen; mittlerweile versperrten uns die Menschen am Straßenrand die Sicht auf den Platz. »Schaut euch nur all diese Gesichter in den Fenstern an. Ich glaube nicht, dass ich den Platz schon einmal so voll erlebt habe.«

Auch vor jedem Fenster rund um den Platz drängten sich die Menschen, fast so, als wäre das hier ein großes Fest. Dafür jedoch war die Stimmung zu ernst, die Ungewissheit zu groß. Sie waren in der Hoffnung gekommen, dass dies wirklich ein neuer Anfang war, doch sie waren sich dessen nicht sicher. Im Innern der bedrohlich aufragenden Tempelmauern befanden sich Dutzende von Sacri, nicht zu vergessen die Inquisitoren und ihre Gefangenen.

»Wir bleiben hier, um uns das anzusehen«, sagte Persea zu Mauriz und Telesta, als wir auf der Höhe des Platzes angekommen waren und am Rande der Menge stehen blieben. »Laeas wird Euch den Rest des Weges führen, bevor er wieder zu uns stößt.«

Wir sagten den beiden ohne besondere Wärme Lebewohl, wobei Mauriz zumindest dieses eine Mal die Gelegenheit ungenutzt verstreichen ließ, Kapital aus der Situation zu schlagen. Vielleicht hatte er das Gefühl, dass seine Botschaft inzwischen angekommen war. Dann führte Persea uns an der rückwärtigen Mauer des Platzes entlang und anschließend ein kleines, fast unsichtbares Gässchen hinunter, an dessen weißen Wänden zu beiden Seiten Pflanzen wuchsen. An seinem Ende befand sich ein winziger, bezaubernder Hof mit noch mehr Pflanzen, die in alle Richtungen wucherten, und vier großen verzierten Türen. Eine davon führte zum Domizil eines ›Freundes‹ von Persea, der uns von einem seiner Balkone aus zusehen lassen würde, abseits der Menge, von der man nie wusste, wie sie reagierte.

Sie trat an die Tür und betätigte den Klopfer, doch es dauerte einige Zeit, bis wir von drinnen Schritte hörten und die Tür sich öffnete. Ein Mann, der einige Jahre älter war als Laeas oder ich, begrüßte Persea mit der Vertrautheit eines langjährigen Freundes und geleitete uns eine Treppe mit schiefen Stufen hinauf. Das Haus war ziemlich eindrucksvoll und erinnerte mich an Hamilcars Domizil in Taneth, obwohl die Dekoration weniger prunkvoll war, weil der Besitzer ein Einheimischer und kein Sammler war.

»Wem gehört dieses Haus?«, fragte ich Persea im Flüsterton, als die Aufmerksamkeit unseres Führers durch das Auftauchen einer weiteren Person in der Halle kurzfristig abgelenkt war.

»Oh, habe ich dir das nicht erzählt? Das ist das Haus von Alidrisi, dem Präsidenten des Clans Kalessos, er lebt im östlichen Teil von Qalathar.«

Alidrisi – warum brachte dieser Name bei mir etwas zum Klingen? Ich hatte keine Zeit, es mir in Erinnerung zu rufen, denn wir wurden in ein luftiges Zimmer mit hoher Decke geführt. Sechs oder sieben Leute standen bereits auf dem angrenzenden Balkon.

»Persea und ihre Freunde, Vetter«, rief unser Führer, und die Zuschauer wandten sich vom Platz ab und sahen uns an.

»Wir sind froh, Euch zu sehen«, sagte einer von ihnen und kam herein. Er deutete auf ein paar Flaschen auf dem Rattantisch in der Mitte des Zimmers. »Bitte nehmt Euch etwas zu trinken. Ich bin Alidrisi Kalessos.« Er war auffallend groß und dunkelhäutig und hätte ohne weiteres aus dem südlichen Archipel stammen können. Ich schätzte ihn in Hamilcars Alter. Vielleicht war er aber auch schon ein bisschen älter, so Mitte dreißig.

»Meine Freunde Palatine Canteni und Cathan Tauro«, stellte Persea uns vor. Alidrisi zog die Augenbrauen hoch und warf Palatine einen kurzen Blick zu; mich hingegen betrachtete er eingehender. Dabei wechselte sein forschender Gesichtsausdruck binnen eines Augenblicks von Höflichkeit zu beängstigender Intensität.

»Ich hatte keine Ahnung, dass ich Euch schon so bald begegnen würde«, sagte er schließlich. »Ihr seid nicht ganz der, den ich erwartet hatte.«

Persea sah ihn fragend an.

»Nehmt Euch etwas zu trinken, wir werden uns gleich auf dem Balkon zu Euch gesellen«, sagte er, wobei sein Blick mich kaum eine oder zwei Sekunden losließ.

Eine Frau in der Tunika der Ozeanografen winkte Persea vom Balkon aus mit einer Flasche zu, und plötzlich erinnerte ich mich. Alidrisi. Einer der höchstens sechs oder sieben Menschen in Qalathar, die Ravennas wahre Identität kannten. Was bedeutete, dass er mit ihr Kontakt gehabt hatte, dessen war ich mir sicher.

»Wie geht es ihr?«, fragte ich ihn, sobald die anderen sich etwas zu trinken genommen hatten und außer Hörweite waren. Ich hatte ein ungutes Gefühl bei dem Ganzen.

»Wem?« Sein Gesichtsausdruck veränderte sich erneut; jetzt trug er wieder die Maske des großzügigen Gastgebers, die nur von dem Feuer in seinen braunen Augen Lügen gestraft wurde.

»Ihr wisst genau, von wem ich spreche«, sagte ich vorsichtig.

»Sie hat gesagt, Ihr seid nicht vertrauenswürdig. Ich bin nicht verpflichtet, Euch etwas zu sagen.«

»Sie hat gesagt, man könne mir nicht trauen«, meinte ich in der Hoffnung, es richtig verstanden zu haben.

»Das ist das Gleiche.«

»Wie geht es ihr?«, wiederholte ich meine Frage. »Ihr habt sie in den letzten paar Wochen gesehen, vielleicht erst vor ein paar Tagen. Ist sie zu Euch gekommen, nachdem sie gelandet war?«

»Eure arroganten Mutmaßungen sind hier unerwünscht. Ich brauche Eure Fragen oder die von sonst wem nicht zu beantworten.«

»O doch«, schnappte ich. In meinem Innern kämpfte Zorn mit einem Hoffnungsschimmer, so unerwartet jemandem zu begegnen, der mit ihr Kontakt hatte. »Ihr begrüßt einen Euch völlig Fremden so in der Öffentlichkeit und leugnet anschließend, das zu wissen, was Ihr gerade gesagt habt. Ich frage nicht, wo sie ist, oder wie Eure Pläne aussehen; ich frage Euch noch nicht einmal, ob Ihr sie so behandelt, wie sie es verdient oder sie einfach nur als Schachfigur seht, wie es die anderen getan haben. *Wie geht es ihr?«*

»So gut wie man es in Anbetracht dessen, was hier alles passiert ist, erwarten kann,« erwiderte er knapp. »Nicht vertrauenswürdig sind nicht die ersten Worte, die einem zu Euch einfallen. Unverschämt trifft es wahrscheinlich besser.«

»Ihr habt sie in den Zitadellen besucht, nicht wahr?«, schoss ich zurück. Ich staunte über mich selbst, dass ich mich so verhielt; als wäre ich betrunken oder würde mit einem Widersacher sprechen. »Ich habe den Eindruck, dass sie den Vizekönig besser kennt.« Ich empfand einen unerklärlichen Hass ihm gegenüber und hatte das dringende Bedürfnis, ihn zu schlagen und mit meiner Magie quer durch den Raum zu schleudern.

Ich zwang mich zur Ruhe, zwang mich, hinunterzuschlucken, was mir auf der Zunge lag. Warum tat ich das?

Ich holte tief Luft. »Lord Präsident, ich möchte mich für mein Auftreten entschuldigen. Ich war unverzeihlich grob.«

»Ich nehme Eure Entschuldigung an«, sagte er nach einem Augenblick. Dann lächelte er warm, und dieses Mal erreichte das Lächeln auch seine Augen. Doch ein leicht beunruhigter Ausdruck blieb dennoch. »Auch ich möchte mich dafür entschuldigen, Euch in dieser Weise empfangen zu haben. Mir wird andauernd vorgeworfen, taktlos zu sein – kein guter Zug für einen Clan-Präsidenten.« Ich konnte kaum glauben, dass dieser Mann tatsächlich Präsident eines Clans war. In Thetia wäre das vielleicht möglich gewesen, aber doch nicht in Qalathar. »Sie ist besorgt, sogar bedrückt, um es genau zu sagen. Es war keine glückliche Heimkehr, und sie ist auch alles andere als erfreut über das, was da draußen gleich geschehen wird. Und nein, wir betrachten sie nicht als Schachfigur, wir sorgen nur dafür, dass sie in Sicherheit ist.«

»Ist sie über das da draußen unglücklich, weil Sarhaddons Plan ihr Unbehagen bereitet, oder einfach nur, weil sie der Domäne nicht traut?«

»Ihr seid derjenige, den er dazu überredet hat, nicht wahr?« Jetzt war seine Miene wachsam; dieser Mann war so quecksilbrig, dass er mich ständig aus dem Gleichgewicht brachte.

»Er war vor einiger Zeit so etwas wie ein Freund. Ich bin der Einzige von uns, den er kennt.«

»Und Ihr traut ihm, selbst nach dem, was er Euch angetan hat?«

»Hat sie seine Version der Geschichte gehört?«

»Das hat sie, aber sie ist nicht überzeugt. Genauso wenig wie ich oder sonst jemand hier. Ihr kommt von irgendwoher, wo die Domäne rational handelt, wo sie ein Teil des Lebens ist, wo sie nicht foltert und verbrennt und verfolgt, wie sie es hier tut. Hier … haben sie so etwas noch nie versucht, und das Ganze ist ziemlich sicher nur wieder ein Trick.«

»Wenn er Erfolg hat, gibt es keinen Kreuzzug. Lachazzar gewinnt Vertrauen und spart Geld.«

»Lachazzar ist nicht an Geld interessiert«, widersprach Alidrisi. Sein Tonfall klang schlagartig gehässig, wieder eine plötzliche Veränderung in seinem Verhalten. »Er will die Feuer der Hölle nähren, will sie höher auflodern lassen als jeder seiner Vorgänger. Wenn sie so hoch brennen, dass sie die Welt von unten her versengen – umso besser. Es wird eine Warnung sein. Er will nicht auf diese Weise gewinnen.«

»Können wir es darauf ankommen lassen?« Ich wusste nicht genau, warum ich mich in diese Sache hineinziehen ließ, aber Alidrisi war ein Mann, der nur schwer zu ignorieren war; er war zu eindrucksvoll, um mich von ihm loszureißen. Und er hatte erst kürzlich mit Ravenna gesprochen. Plötzlich war ich ihr so nahe – ich *musste* irgendwie dafür sorgen, dass sie eine Nachricht bekam. »Alle wissen, dass Lachazzar einen Kreuzzug will, und sie wollen nicht, dass das geschieht. Wenn Sarhaddon ihnen eine Möglichkeit gibt, das aufzuhalten, werden sie diese Chance dann nicht nutzen?«

»Ich glaube, der Hass sitzt zu tief.« Alidrisi winkte mit der Hand in Richtung Fenster, in Richtung der Menge, die ich zwar nicht sehen, aber hören konnte. »Er wird sie mit honigsüßen Worten einlullen und dann zuschlagen – wir müssen herausfinden, wie.« Er musste meinen skeptischen Blick bemerkt haben, denn er fuhr fort: »Er scheint Euch überzeugt zu haben, was mich überrascht. Einem angeblichen Freund zu trauen, der bereit war, Euch hinzurichten, erscheint mir ... gefährlich. Sie haben jedes Versprechen gebrochen, dass sie jemals gegeben haben, sie werden jeden verraten, wenn es ihnen mehr Macht verschafft. Könige und Kaiser tun das auch die ganze Zeit, aber die behaupten zumindest nicht, es wäre der Wille Gottes.«

»Aber Qalathar kann die Domäne nicht besiegen. Hat eigentlich schon einmal jemand eine Möglichkeit gefunden, wie das gehen könnte, oder kämpft Ihr Euch nur von einer Krise zur nächsten und versucht einfach, sie abzuwenden,?«

»Wollt Ihr damit andeuten, dass wir ein besiegtes Volk sind?«, fragte er, und seine Miene verfinsterte sich erneut.

Ich hob beschwichtigend die Hände. Er schien sich ebenso schnell wieder zu beruhigen, wie er wütend wurde, doch ich konnte mir dessen nicht sicher sein. »Nicht mehr als Ozeanus. Aber Ihr habt keine Möglichkeit, entschlossen zurückzuschlagen, habt nichts, was Euch schützen wird, wenn es einen neuen Kreuzzug gibt.«

Alidrisi entspannte sich sichtlich, doch auf seinem Gesicht lag ein besorgter Ausdruck, und er schwieg bestimmt eine Minute lang. »Ich führe solche Gespräche so oft, und ich bekomme nie eine Antwort auf diese Frage. Wir haben – vom Vizekönig einmal abgesehen – keine zentrale Autorität.« Aus seiner Geste des Abscheus schloss ich, dass er keine allzu hohe Meinung von Sagantha hatte.

»Aber die Pharaonin wird nur eine Marionette der Domäne sein, oder? Keine Armee, keine Flotte, keine Möglichkeit, sie vor der Domäne oder ihrer Magie zu schützen.«

»Wenn Ihr auch nur eine Sekunde lang glaubt, dass sie jemals mit ihnen zusammenarbeiten wird, habt Ihr Euch vollkommen in ihr getäuscht.«

»Das weiß ich«, sagte ich ruhig, wobei ich mich schon wieder über die versteckte Andeutung ärgerte, dass ich ihrer irgendwie nicht würdig war. Er musste geahnt haben, was ich für sie empfand, und aus irgendeinem Grund wurmte es ihn, so dass er keine Gelegenheit ausließ, mich anzugreifen. »Alle wollen, dass sie als Heldin zurückkehrt, dass sie die Domäne mit einem einzigen Blick vertreibt und Frieden und Freiheit zurückbringt. Schön, sie ist mehr als tüchtig – aber wie soll das gehen?«

»Es gibt Verbündete da draußen, die nur auf genügend große Anreize warten.«

»Und die bereit sind, Interdikte zu riskieren, oder die Exkommunion? Die Menschen gehorchen der Domäne, weil sie angeblich mit Ranthas' Stimme spricht. Nur die Domäne kann die Stürme aufhalten, und sie erlaubt uns, Feuer zu machen. Einmal ganz abgesehen von den Sacri und den Halethitern.«

»Also sollten wir aufgeben und unsere Niederlage akzeptieren, sollten versuchen, einen Kompromiss zu finden? Wollt Ihr das damit sagen? Dass wir sie niemals besiegen werden, also sollten wir lange genug betteln, damit sie uns eine scheinbare Unabhängigkeit gewähren? Das mag für einen Ozeanier in Ordnung sein – bis vor ein oder zwei Jahren wusstet Ihr wahrscheinlich noch nicht einmal, wie ein Sacrus aussieht. Persea und wir anderen haben sie jeden Tag gesehen, während wir aufgewachsen sind, und wir haben gewusst, dass sie die Macht über Leben und Tod haben. Sind sie tatsächlich bereit, diese Macht so leicht abzugeben wie Sarhaddon sagt?«

»Nein, Ihr habt Recht, ich bin nicht mit ihnen aufgewachsen. Aber macht mich das untauglich, ihnen entgegenzutreten? Sie haben auch meine Heimat zerstört, nur dass sie dort nicht Feuer und

Schwert eingesetzt haben.« Es klang in meinen Ohren falsch, Thetia meine Heimat zu nennen, und es klang auch überheblich. Thetia war nicht meine Heimat; ich war nur zufällig dort geboren worden, und ich fühlte mich nicht als Thetianer.

»Eine sehr angenehme Zerstörung, nicht wahr?«, kommentierte Alidrisi säuerlich. »Feste, Nächte voller Musik und Tanz, Opern. Ihr könnt die Schuld daran nicht der Domäne geben: Euer eigenes Volk hat angefangen träge zu werden, sobald niemand mehr da war, gegen den es kämpfen konnte. Die Domäne ist nur ein geeigneter Sündenbock.«

»Und wer ist *Euer* Sündenbock?«, wollte ich wissen. Erneut flammte Zorn in mir auf. »Ihr hattet fünfundzwanzig Jahre Zeit, Euch auf diesen Tag vorzubereiten, und Ihr habt *nichts* getan. Die Pharaonin hat nicht mehr Aussichten, ihren Thron zu besteigen als direkt nach dem Kreuzzug. Diese Bündnisse, die Ihr gerade erwähnt habt, sind nie zu Stande gekommen, die armselige Flotte, die Ihr gehabt habt, war in dem Augenblick verloren, als die Inquisitoren erschienen sind, und Ihr seid genauso machtlos wie Ihr es schon immer wart. Und trotzdem habt Ihr diese Chance zurückgewiesen, noch bevor Ihr auch nur genau gehört habt, worum es sich eigentlich handelt.«

Abrupt hielt ich inne und hatte das schreckliche Gefühl, dass ich gerade die unsichere Verbindung zu Ravenna gekappt hatte. Ich musterte Alidrisi nervös. Warum musste es auch ausgerechnet dieser Mann sein? Ich hatte immer noch einen anderen Kontakt – aber vielleicht war er das sowieso gewesen. Bei Thetis, warum hatte ich auch meinen Mund so weit aufreißen müssen?

»Und Ihr heimst das Lob ein, wenn es funktioniert?«, fragte er sehr leise und drohend. »Weil er mit seinem Vorschlag zuerst zu Euch gekommen ist?«

»Seid Ihr jemals zum Tode verurteilt worden, Alidrisi? Ganz Qalathar ist zum Tode verurteilt, wie Ihr gesagt habt, aber Sarhaddon gibt Euch das Recht, Einspruch zu erheben. Werdet Ihr hier bleiben, wenn der Kreuzzug kommt – und mit dem Rest der Insel leiden?«

»Ich erkenne die Autorität dieses Gerichtshofes nicht an. Keiner von uns tut das – ich nicht, Laeas nicht, Persea nicht, und auch die

Menschen da draußen nicht. Hier wird erst dann wieder Gerechtigkeit herrschen, wenn die Domäne fort ist, wenn sie zerschlagen und davongejagt worden ist. Alles, was wir erreichen, ist ein Aufschub, bis die Strafe vollstreckt wird. Ja, wir müssen einen Plan machen, anstatt einfach nur auf ihre Taten zu reagieren. Das ist genau das, was Ihr getan habt: Ihr habt ihr wieder die Initiative überlassen und uns abgelenkt, während sie ihren nächsten Schritt vorbereiten. Ich werde das nicht einfach hinnehmen.

Niemand von uns wird das tun, und die Pharaonin ganz bestimmt auch nicht. Ihr gebt vor, sie zu lieben? Entweder ist das nur eine Behauptung, oder Ihr seid genauso ein Narr und Verrückter wie der Rest Eures Volkes. Es ist Eure Entscheidung, aber zieht sie nicht in diese Geschichte hinein.«

Alidrisi wandte sich abrupt von mir ab, nahm sein Glas mit hinaus auf den Balkon und begann sich mit zwei anderen zu unterhalten, die bereits dort draußen standen. Ich starrte ihm einen Augenblick lang nach und biss mir auf die Lippe. Im Moment hatte er alle Trümpfe in der Hand, und er hatte mich entschieden in die Schranken verwiesen.

»Das ist nicht gut gelaufen«, bemerkte Palatine, die plötzlich hinter mir auftauchte. »Ich nehme an, er ist gegen Sarhaddon.«

»Er ist gegen alles«, sagte ich wütend; ich konnte meinen Zorn nicht länger unterdrücken. »Er hält das Ganze nur für ein Ablenkungsmanöver, während die Domäne den Kreuzzug vorbereitet, und er wird niemals etwas anderes als ihre Vertreibung akzeptieren. Natürlich hat er nicht die geringste Ahnung, wie das zu bewerkstelligen ist, aber er ist sich ziemlich sicher, dass ich es nicht wert bin, mit Ravenna zu sprechen. Sie ist unglücklich, hat er gesagt, was mich nicht weiter überrascht, wenn Leute wie er um sie herum sind.«

»Tace, tace!«, zischte Palatine und sah sich besorgt um. »Hier gibt es zu viele Ohren.«

»Es gibt immer zu viele Ohren«, knurrte ich. Diesmal jedoch senkte ich die Stimme. Alidrisis letzter Ausbruch machte mir Sorgen; es klang für mich ganz so, als stünde Ravenna unter ihrer Kontrolle. Aber warum hatte er mir dann erzählt, dass sie unglücklich war? War das bewusste Boshaftigkeit gewesen?

»Ich erinnere mich, dass sie einmal gesagt hat, sie sei eine Schachfigur in den Machtspielen der Adligen. So allmählich fange ich an, das zu verstehen. Saganthа ist anders – ich glaube, er sorgt sich aufrichtig um sie –, aber Alidrisi scheint sie als ... als Besitz zu betrachten. Ich habe nicht gehört, was du gesagt hast, aber ich habe sein Gesicht gesehen. Ich kann verstehen, dass du dir Sorgen machst, aber Persea sagt, er sei einer der wenigen wirklich mächtigen Qalathari. Es ist keine gute Idee, ihn sich zum Feind zu machen.«

»Es scheint, als hätte er sich entschlossen, diesen Weg einzuschlagen, sobald er meinen Namen gehört hat.«

»Ja, das ist mir auch so vorgekommen. Warte einen Moment.« Sie ging zurück zum Fenster, zog Persea für einen Augenblick von den anderen weg und fragte sie etwas. Persea schien verblüfft und gab eine ziemlich lange Antwort. Dann kam Palatine zu mir zurück. »Sie sagt, er ist leicht zu durchschauen, das heißt, er ist dir tatsächlich feindlich gesonnen. Es muss an irgendetwas liegen, was Ravenna gesagt hat.«

»Glaubst du, er weiß über meine Herkunft Bescheid?«

»Hat er denn so etwas erwähnt?«

Ich dachte kurz nach und schüttelte dann den Kopf; ich war mir ziemlich sicher, dass er nichts dergleichen gesagt hatte. »Er wusste, dass ich Thetianer bin und hat Thetia einmal beschimpft, aber nicht meine Familie.«

»Alles deutet darauf hin, dass er es nicht weiß, also wird er denken, du wärst ein ziemlich unbedeutender Ozeanier, der irgendwie thetianischer Abstammung ist. Wenn Ravenna mit Zuneigung oder noch etwas mehr von dir gesprochen hat, dann sind sie vielleicht nervös geworden. Es könnte sein, dass sie sie benutzen wollen, um sich Hilfe zu kaufen.«

»Sich Hilfe zu kaufen?« Ich brauchte einen Augenblick, um zu begreifen, wie sie das gemeint hatte.

»Ich weiß, das ist ein barbarischer Brauch. Wahrscheinlich macht ihr es in Ozeanus genauso. Wir tun es nicht.«

»Aber die meisten Orte, an denen sie Hilfe bekommen könnten, sind Republiken wie Taneth oder Cambress. Da reichen familiäre Beziehungen nicht aus; sie mögen es dort noch nicht einmal, wenn ihre Anführer Verbindungen zu irgendwelchen adligen Herrschern haben.«

»Genau das macht mir Sorgen«, sagte Palatine und drehte sich zur Seite, um noch einmal einen Blick auf Alidrisi zu werfen, der auf dem Balkon stand und uns den Rücken zuwandte. »Könntest du mir mehr oder weniger genau erzählen, was er gesagt hat?«

Ich tat es, so gut ich mich erinnern konnte, während sie nur dastand und zuhörte.

»Es hört sich an, als hätte er wirklich keinen Plan, aber das kann ich kaum glauben. Vielleicht ist er scharfsinniger als wir dachten.«

»Und warum machst du dir darüber Sorgen?«

Als der Lärm der Menge draußen plötzlich schwächer wurde, verstummten die Menschen auf dem Balkon. Eine tiefe Stille senkte sich herab.

»Hochzeitsbündnisse neigen dazu, in der Hölle geschmiedet zu werden«, flüsterte Palatine. »Zumindest denken das die meisten Thetianer. Diejenigen, die dort sowieso nicht hingehören.«

Kapitel XXIV

Augenblicke später fand ich mich in einer Ecke von Perseas Balkon wieder, eingequetscht zwischen einem riesigen glasierten Blumentopf und einer kleinen, fast elfenhaften Frau in der Tunika der Ozeanografen. Es war nicht die, die Persea ein paar Minuten zuvor mit der Flasche zugewinkt hatte; es war noch eine andere Ozeanografin hier, deren etwas kräftigerer Wuchs und helleres braunes Haar sie deutlich von den Qalathari unterschied. Ich glaubte, auf dem anderen Balkon auch einen männlichen Ozeanografen entdeckt zu haben, einen grauhaarigen Mann, der sich mit Alidrisi unterhalten hatte, als wir hereingekommen waren. Es war das erste Mal, dass ich qalatharischen Ozeanografen begegnete, doch wir hatten keine Zeit, miteinander zu reden, während wir in angespanntem Schweigen beobachteten, wie die Tore des Tempels aufschwangen.

Nach so langer Wartezeit war es fast eine Enttäuschung, ein halbes Dutzend Mitglieder des Venatischen Ordens in ihren rotweißen Gewändern aus dem Tempel kommen zu sehen. Keine Sacri ließen sich blicken, keine Inquisitoren, nur ein Mann in den Gewändern eines Akolythen, von dessen Weihrauchfass dichte Qualmwolken aufstiegen. Wie durch Magie öffnete sich direkt vor ihm eine Lücke, als die Menschen instinktiv zur einen oder anderen Seite auswichen.

Die Venatier hatten die spitzen Kapuzen zurückgeschlagen, die dadurch sehr viel weniger bedrohlich wirkten, und ich konnte keinerlei Zierrat oder Stickereien auf ihren Gewändern erkennen. Sarhaddon war leicht auszumachen; er war einer der beiden in der Mitte, und neben ihm stand ein älterer Mann von aristokratischem Aussehen. Wahrscheinlich einer der Lehrer, von denen er so viel erzählt hatte. Die anderen vier waren alle älter als Sarhaddon, wenn auch nicht viel; drei von ihnen schienen Asketen zu sein.

Die sechs Venatier erreichten den hinteren Rand der Menge, und die Lücke schloss sich hinter ihnen. Die Tempeltore waren längst wieder zu; nur die beiden wachhabenden Sacri standen wie immer davor. Ich warf einen Blick zum Himmel hinauf und vergewisserte mich, dass es nicht regnen würde. Die Sonne war immer noch ein verwaschener Lichtpunkt an einem beinahe schmerzhaft hellen, konturenlosen Himmel.

Die Menschen unter uns unterdrückten ein Keuchen, als Sarhaddon und der Mann neben ihm die Steinstufen zur Sprecherplattform emporstiegen. Oben angekommen, trat Sarhaddon beiseite und ließ dem anderen den Vortritt, der ganz vorne hinter der steinernen Balustrade Aufstellung nahm, die die Sprecher von der Menge trennte. Der ältere Mann hob die Hand, und die Menschen unten auf dem Platz neigten die Köpfe, wie eine Wellenbewegung, die vom Zentrum der Menge ausging.

»Im Namen von Ranthas, dem Lebensspender, dem Lord der Flamme, der am Anbeginn war und am Ende sein wird. Möge Er, der alle sterblichen Dinge lenkt, mit Wohlwollen auf uns herabblicken am Morgen, Mittag und Abend dieses Tages und uns alle in Seiner unendlichen Gnade annehmen.«

Eine Pause entstand, als er geendet hatte. Als wir zur Plattform hinüberblickten, sahen wir, dass die beiden die Plätze tauschten. Ich war überrascht, dass sie Sarhaddon für die Eröffnungspredigt ausgewählt hatten – es gab doch gewiss ältere, erfahrenere Priester, denen sie den Vorzug gegeben hätten?

Vielleicht aber ging es auch nur um Äußerlichkeiten. Der Gedanke kam mir schlagartig, als Sarhaddon zu sprechen begann. Trotz aller Veränderungen sah er nicht aus wie ein Inquisitor, wie ein unbeugsamer alter Fundamentalist. Ob das der Wahrheit entsprach oder nicht, spielte keine Rolle; hier zählte nur die Erscheinung.

»Bürger von Qalathar«, begann er. Er hatte beide Hände auf die Balustrade gelegt und ließ den Blick nachdenklich über die Menge schweifen. »Ich bin Sarhaddon, ein Bruder des Venatischen Ordens. Ich bin kein Inquisitor, ich komme nicht mit Feuer und Schwert. Ebenso wenig wie meine Brüder, die ihr hier seht, oder wie die anderen, die zu unserem Orden gehören. Wir haben unser Leben dem Dienst an Ranthas geweiht, und wir bringen euch nichts anderes als Worte.

Schon viel zu oft hat die Feder dabei versagt, mächtiger als das Schwert zu sein. Wenn Eroberer mit Feuer und Blut daherkommen, kann man mit Worten nichts gegen sie ausrichten. Alles, was Worte bieten, ist ein Vermächtnis, eine Erinnerung, damit das, was gesprochen und getan wurde, nicht verloren geht, sondern die kommenden Jahrhunderte nachhallt. Euer Volk, das Volk des Archipels, hat eine lange, ruhmreiche Geschichte. Aus einer Zeit, in der mein eigenes Volk in Ozeanus noch im Dunkel der Barbarei gelebt hat, habt ihr die Schriften von Tehama. Für eure Vorfahren war nichts wichtiger als Worte. Ihre großen Führer waren Redner und Advokaten, die vor tausend Jahren in einer verlorenen Stadt so brillante Reden hielten, dass eure Kinder sie immer noch lernen und studieren.

Wenn meine Lehrer am Seminar den Wunsch verspürten, uns ein Beispiel göttlicher Inspiration zu zeigen, hießen sie uns das *Buch von Ranthas* aufschlagen. Wollten sie menschliche Brillanz demonstrieren, lasen wir Ulpian, Claudina und Gerrachos. Sie lebten zu einer Zeit, in der es keine größere Ehre gab, als *Redner* genannt zu werden, als jene, die zu solchen Höhen aufstiegen, debattieren, argumentieren, sprechen konnten. Und diejenigen, die echte Leidenschaft in ihre Reden legen konnten, gelten noch heute als die Allergrößten. Tehama war nicht in erster Linie eine literarische Gesellschaft, aber ihre Reden wurden für alle Zeiten niedergeschrieben.

Ihr alle kennt die Geschichte von Ulpians Verteidigung von Postumio besser als ich, daher werde ich mir nicht anmaßen, sie hier und jetzt nachzuerzählen. Er hat das Leben eines unschuldigen Mannes nur durch die Kraft seiner Worte vor beklagenswert korrupten Geschworenen gerettet. Es gibt noch andere Beispiele – die Bitte um Frieden, die Ansprache um Mitternacht –, von denen ihr alle gehört habt. Mein eigenes Volk, die Pharassaner, hat einst ebenfalls diesen Weg beschritten, wenn auch keiner unserer Redner ähnlich berühmt ist. Dafür haben wir uns den Ruf erworben, gerissene Diplomaten zu sein; wir sind angeblich in der Lage, uns durch geschicktes Verhandeln aus jeder schwierigen Situation – wie schrecklich sie auch sein mag – herauswinden und Kriege beenden zu können, die anscheinend ewig dauerten.

Ich weiß, dass ihr jetzt denkt, das war vor langer Zeit. Wann haben während der letzten paar Jahrhunderte Worte ihren Wert bewiesen? Sie haben kein Feuer und keine Eroberungen aufgehalten, sie haben das Böse, das unter anderem auch wir über euer Land gebracht haben, nicht verhindert. Worte wirken zu häufig auf andere Weise – Worte korrumpieren lautere Absichten, sie deuten an, sie trügen. Sie haben sowohl negative als auch positive Macht, und das Zerstörungspotenzial schlechter Ratschläge ist weit größer als der positive Effekt, den gute Führung erzielen kann. Manchmal.

Ich bin kein Ulpian oder Gerrachos, und – wie ihr gewiss bemerkt habt – ich bin sicher auch keine Claudina.« Bei diesen Worten erklang vereinzelt nervöses Gelächter, aber niemand von uns ließ in seiner Konzentration nach. »Ich bin auch nicht hier, um einen Prozess zu gewinnen oder für Frieden oder Krieg zu sprechen. Ich bin mit den Worten von Ranthas gekommen, die ihr alle kennt, um der Vernunft und dem Nachdenken noch einmal eine Chance zu geben. Es gibt Menschen unter euch, die verschiedenen Göttern folgen, für die es acht gibt anstatt dem Einen.«

Er deutete zum weißen Himmel hinauf, auf jene Stelle, wo die schwache Sonne hinter dem Wolkenschleier verborgen lag. »Spürt ihr die Wärme, seht ihr das Licht – beides drängt sich in diesem Winter zum ersten Mal durch die Wolken. Wochenlang musste die Welt schreckliches Wetter ertragen, viel schlimmer als in früheren Wintern. Es gibt Orte, wo die Wolken so dunkel und dicht sind, dass um die Mittagszeit bereits die Abenddämmerung hereinbricht. Bäume werden krank, Tiere sterben, die Dunkelheit schwächt die Lebensgeister der Menschen.

Drei Monate lang hat sich die Sonne nicht blicken lassen, außer an seltenen Tagen wie heute, wenn Ranthas uns Seine Gunst gewährt. Das Feuer der Sonne ist durch die Wolken vor uns verborgen, und wir können nur mit Hilfe Seines Geschenks an Aquasilva überleben.« Er zog einen Flammholzzweig aus seiner Robe und hielt ihn hoch in die Luft – eine leuchtende Mischung aus rotorangefarbenem Holz und goldenen Blättern, wunderschön, auch ohne dass er in der Sonne aufblitzte. »Wo wären wir ohne das hier? Wir würden in den tiefsten Höhlen kauern, wären auf die Berge und die Kontinente begrenzt, wären nicht in der Lage, uns warm zu halten, das Meer zu überqueren, unseren Städten Licht und Wärme zu geben. Tatsächlich hätten wir gar keine Städte aus Stein, keine Monumente wie die Zikkurate, die Halle des Meeres oder den Akrolith.«

Was für eine merkwürdige Kombination, dachte ich, während ich noch immer den glänzenden Flammholzzweig betrachtete. Ich überlegte, ob ich jemals einen Flammholzbaum gesehen hatte. Ein normaler Priester hätte die Zikkurate und die Tempel aufgezählt, Sarhaddon jedoch hatte auch die größten Errungenschaften der Thetianer und der Qalathari erwähnt, um seine Zuhörer nicht zu sehr an die Domäne zu erinnern. Ich bezweifelte, dass die Halle des Meeres, das größte Monument Selerian Alastres, noch einmal erwähnt werden würde, da sie eindeutig Thetis geweiht war.

»Blickt zurück in die Geschichte, und ihr seht, dass es jene waren, die mit Flammholz beschenkt waren, welche die größten Städte und die größten Reiche erbaut, das größte Zeichen hinterlassen haben. Vor dreihundert Jahren hatten die Thetianer ein Monopol; nur sie kannten das Geheimnis des Flammholzes. Sie haben es benutzt, um ihren Namen und ihre Städte zu verherrlichen, um große Monumente zu konstruieren, um ihre Schiffe in jeden Winkel der Welt zu schicken und die ganze Welt unter ihre Herrschaft zu bringen. Verglichen mit ihnen waren alle anderen nur blasse Schatten.

Doch als Ranthas Sein Geschenk auch anderen machte und das Geheimnis aufhörte, ein Geheimnis zu sein, erhob sich die ganze Welt über diese primitiven Zeiten. Andere große Städte wurden erbaut, die mit denen der Thetianer wetteiferten: Taneth, Cambress, Pharassa, Raneveh, Poseidonis.«

Ein allgemeines Aufkeuchen war auf dem Platz unter uns zu vernehmen, ein schockiertes Japsen. Sarhaddon segelte jetzt in gefährlichen Gewässern. Viele der Menschen aus Tandaris hatten in Vararu oder Poseidonis gelebt, bevor diese Städte während des Kreuzzuges zerstört worden waren. Einige hatten ihren Untergang vielleicht sogar miterlebt. Und niemand würde vergessen, wer das getan hatte.

»Erinnert euch daran, dass wir in Gebäuden leben, deren Steine mittels Flammholz gebrochen und von Flammholz-Mantas über das Meer transportiert wurden, dass wir durch Seine Gnade daraus Aether gewinnen. Den Aether, der euch vor den Stürmen und feindlichen Angriffen schützt, der eure Häuser erleuchtet.

Welchen anderen Schutz gibt es vor der Wut der Elemente? Feuer, um euch warm zu halten, um euch vor der Wut von Wasser, Wind und Schatten zu schützen. Es ist mehr als einfach nur ein Element. Wollt ihr es etwa mit dem Wind vergleichen, der bei jedem Sturm durch eure Städte heult, ein zerstörerisches Kind des Himmels? Mit dem Wasser, das uns umgibt, und das die Ozeanografen zu kartografieren und mittels Instrumenten und Experimenten zu verstehen suchen? Kann sich in etwas, das so leicht von uns verstanden werden kann, eine Gottheit verbergen? Oder in jenen zerbrechlichen Gebilden aus Erde und Fels, träge, tot ohne das Licht der Sonne, die wir Kontinente und Inseln nennen, und die als Plattform für unsere Füße dienen? Und schließlich Schatten, die Abwesenheit von Licht, von Wärme – nur Dunkelheit? Wer unter euch – abgesehen von denen, die erst vor kurzem geheiratet haben –, wünscht sich eine endlose Nacht? In Thure währt sie monatelang, und was ist Thure? Eine wüste Ödnis aus Felsen und Eis, wo nichts wächst, nichts lebt.

Feuer ist mehr als all diese Dinge, nicht einfach nur ein Teil dessen, was die Welt ausmacht. Wir haben die Sonne, die Quelle allen Feuers, größer als wir sie uns vorstellen können, die Verkörperung von Ranthas in Seiner reinsten Form, während Er uns auf Aquasilva einen Teil davon gegeben hat, für die Zeit, wenn Er Sein Gesicht abgewandt hat. Stellt euch eine Welt ohne Sonne vor. Kein Leben, kein Funke von irgendetwas, nur ein Ball aus toter, lebloser Flüssigkeit und Felsen. Es gäbe kein Leben, nicht im Meer und nicht an Land, nur eine Welt der Gletscher und der unvorstellbaren Kälte. Die anderen Elemente wären natürlich vorhanden. Aber wozu wären sie gut, welche Macht besäßen sie? Welche Macht kann ohne Wärme Leben aus gefrorenem Eis erschaffen?

Oder eine Welt mit einer Sonne, in der Er uns Sein Geschenk nicht gebracht hätte. Wo es keine Wärme gäbe, die uns während der Nacht oder im Winter erhält, wo der Lebensfunke nicht vorhanden ist. Alle anderen Elemente mögen präsent sein, aber ohne Feuer, um uns den Weg zu zeigen und zu erleuchten, gäbe es keine Intelligenz, nur die Tiere der Wälder und die Ungeheuer der Tiefe.

Feuer triumphiert über alle anderen Elemente; es flackert, verändert sich ohne Rhythmus oder Grund. Es verwandelt Wasser in Dampf, vertreibt die Kälte aus der Luft, verzehrt die Dinge der Erde. Und es verjagt die Schatten. Niemand kann sich in der Dunkelheit sicher fühlen; sie schützt Diebe, Mörder, Attentäter und Schlimmeres. Das Böse kann nicht in aller Offenheit gedeihen – es sucht sich stets die dunklen Ecken und kann nur mit Feuer und Licht gebannt werden.

Wenn diese anderen Götter existieren, warum ignorieren sie dann diejenigen, die sie anbeten? Wir werden auf allen Seiten vom Meer und den Stürmen angegriffen, monatelang im Jahr in Schatten getaucht. Kann irgendjemand von euch wirklich sagen, dass er den Winter dem Sommer vorzieht? Wochenlanges Halblicht und schreckliches Wetter gegenüber ruhigem Meer, blauem Himmel, Licht und Wärme? *Dies ist eine feindliche Welt,* aber durch Ranthas' Gnade *können wir überleben.* Mehr als das, wir können blühen und gedeihen, Kinder großziehen und ein vor der Wut der Elemente geschütztes Leben führen – aus einem einzigen Grund: Weil Ranthas uns Sein Geschenk gemacht hat.

Viele von euch hassen die Domäne für das, was sie getan hat. Aber bedenkt, dass wir in all den Generationen seit dem ersten Primarchen die Wut der Stürme in Schach gehalten, dass wir euch vor dieser Welt geschützt, dass wir Ranthas' Geschenk in jeden Winkel der Welt gebracht haben. Wir haben euch vor dem Chaos gerettet und vor den Lügen, die im Umlauf waren.

Vor zweihundert Jahren hing die Welt über einem Abgrund, in einer Zeit der Dunkelheit, der Kriege, des Gemetzels. Staubwolken hielten das Sonnenlicht fern, und ganze Kontinente standen in Flammen, während Armeen sich bis aufs Blut bekämpften. Kein einziger Ort auf der Welt wurde vom Krieg verschont, von der Wasserwüste bis zur Eiskappe. Es war Jahrhunderte her, dass die Welt Frieden gekannt hatte, während die Kämpfer ihren Streit vom Heimatland weiter und weiter in die Welt hinaustrugen.

Doch dann kamen die wirklichen Zerstörer – die thetianischen Monarchen und ihre irregeleiteten Magier, die durch ihre Grausamkeit den Namen ihres Volkes mit Blut befleckten, und der Konflikt verschärfte sich. Die Anbeter des Feuers bekämpften sie, trugen zu ihrem Untergang bei und halfen besseren Männern, uns aus jenen dunklen Zeiten herauszuführen. Nach dem Gemetzel gewährten wir Unterstützung, wir bauten auf, wir verbannten die letzten jener Magier vom Antlitz der Welt. Und wir brachten Frieden. Ja, es hat seither Kriege gegeben, zwischen Inseln, Staaten und Reichen, weil es in der Natur des Menschen liegt, Krieg zu führen.

Jene Magier, die die Katastrophen verursachten, bezogen ihre Macht aus den anderen Elementen; manche sagen, diese Elemente hätten ihre eigenen Götter, und sie führen diese Magier als Beweis für die Macht dieser Götter an. Aber da sie aus den ursprünglichen, unverfälschten Kräften in ihrem Innern schöpfen, können sie nichts anderes als Zerstörung bringen. Diese Magier leiden unter der Minderwertigkeit ihrer Magie, und das verwirrt ihre Gedanken. Sie können nicht aufbauen oder bewahren, nur zerstören. Die Macht, die sie entfesselt haben, war mehr als sie kontrollieren konnten, und so gab es endlose Kriege, eine Ära des Chaos', in der nichts und niemand sicher war.«

Wir hörten schweigend zu, wie Sarhaddon der Menge dieses geschichtliche Zerrbild in all seinen erschreckenden Einzelheiten schilderte, eine Geschichte, die die Menschen bereits kannten, aber die noch einmal zu erzählen er und sein Kamerad sich mehr als eine Stunde Zeit nahmen. In gewisser Weise war es noch schlimmer als sonst, da sie Logik und Vernunft statt bloßen Eifers einsetzten. Viele in der Menge würden Teile der *Geschichte* – der echten – gehört haben; ein paar mochten sie vielleicht sogar gelesen haben, obwohl der Besitz eines Exemplars im Prinzip einem Todesurteil gleichkam.

Beide waren intelligente Männer und überzeugende Redner, und die Menge verhielt sich ruhig, während sie sprachen. Ich konnte und wollte mich nicht losreißen, genauso wenig wie die Umstehenden. Wir hörten uns an, was sie erzählten, die Argumente, die sie anbrachten, und ich spürte wie die Saat des Zweifels in meinem Verstand keimte. Wenn Thetias Geschichte tatsächlich ganz anders war, wieso hatten die Thetianer sie dann selbst vergessen? Im Laufe der Jahrhunderte mussten immer wieder Clanführer das Buch gelesen haben, das ihnen eine Chance bot, den Makel in ihrer Vergangenheit auszulöschen, doch sie hatten sie niemals ergriffen. Nur ihr tief sitzender Hass auf Schatten und die Tuonetar war übrig geblieben, und auch das war ein Teil der Geschichte der Domäne.

Das alles hätte mich wohl nicht so bestürzt, wären nicht meine Begegnungen mit Orosius gewesen. Nur in der *Geschichte* und dem Werk des Fortschreibers waren Aetius, Carausius und Tiberius Helden, da sie selbst und ihre loyalsten Anhänger diese Bücher geschrieben hatten. Ich dachte wie schon so viele Male zuvor an all die anderen im Verlauf der vielen hundert Jahre und fragte mich, wie es möglich war, dass sie auf diese Weise wahrgenommen worden waren.

Die Beschreibungen, die Sarhaddon und sein Kamerad von sich gaben, waren fast wie Porträts von Orosius und Landressa! Aetius war ein kompetenter Kommandant gewesen, doch wie verschwenderisch war er gegen einen Feind, der nicht annähernd so stark gewesen war, wie er in der *Geschichte* dargestellt wurde, mit dem Leben seiner Untertanen umgegangen! Er hatte Tausende und Abertausende in seinen Schlachten geopfert, hatte Gefangene ohne Erbarmen gefoltert und getötet, damit der Feind ihn fürchtete. Und am Ende, in jenen letzten Monaten, hatte er wissentlich die meisten

Garnisonen aus Selerian Alastre abgezogen. In der *Geschichte* hatte sich nirgends eine Erklärung dafür gefunden, warum die Stadt so schwach gewesen war, als die Tuonetar angriffen, doch trotz des Entsetzens, das sie auslösten, ergaben Sarhaddons Worte auf schreckliche Weise einen Sinn.

»Aetius hat seine eigene Hauptstadt, sein eigenes Volk als Köder benutzt, um die Legionen und Flotten der Tuonetar aus dem Norden fortzulocken. Sie fielen zu Tausenden über die Stadt her, brandschatzten sie und töteten oder versklavten alle, die dort lebten. Die Stadt, die wir heute kennen, wurde erst danach wieder aufgebaut, nach der Zerstörung«, fuhr Sarhaddon fort. »Während die Armeen der Tuonetar beschäftigt waren, führte sein Bruder ihre eigene Flotte in den Norden, ins Heimatland der Tuonetar, das heute so unfruchtbar ist, dass nichts dort überleben kann. Sie nahmen Rache für eine grausame Tat, die niemals hätte geschehen müssen, doch in jenem Kampf machte ein namenloser Soldat dem Leben des Kaisers und seiner Schreckensherrschaft ein Ende.

Ihr habt vielleicht gehört, dass die Tuonetar zerfielen, davontrieben, weil ihre Hauptstadt zerstört war. Doch das ist nur die halbe Wahrheit. Sie verschwanden tatsächlich, aber nur, weil Carausius, um den Tod seines Bruders zu rächen, die Elemente gegen sie aufbrachte und Arak Cthun hinab in die Dunkelheit schleuderte. Er benutzte die Zerstörung der heiligen Talismane der Stadt, um ein Gemetzel auf die Welt loszulassen, eine so gewaltige Magie, dass sie nicht nur Erfolg hatte, sondern auch ihn selbst verkrüppelte.

Erinnert euch, dies war ein Mann, der zugegeben hat, mit seiner ungezügelten Magie den Tod von Tausenden von Menschen verursacht zu haben, *weil sie Feinde waren.* Wer sonst hätte die Macht, die Flutwellen zu verursachen, die Wogen, die so viele Leben auf beiden Seiten gekostet haben? Die Überschwemmung von so viel Land zu jener Zeit ist längst Geschichte. Die Stürme machten es noch schlimmer, aber hätten sie das auch von alleine getan? Hätten die Tuonetar so etwas erreichen können? Ihre Magie war verderbt, aber es war Schattenmagie. Fragt euch, wer es sonst gewesen sein könnte, fragt euch das, ihr alle, die ihr diese Geschichte glaubt: Wer sonst hätte die Macht gehabt, das Meer als Waffe zu benutzen?

Schließlich kommen wir zur ›Usurpation‹, die jene, die im Schatten dieses Buches wandeln, als das Ende der Freiheit und den Beginn der Schreckenszeit betrachten, das genaue Gegenteil der Realität.

Zwei Vettern, der eine der Sohn des Aetius', der andere der Sohn des Carausius'. Sie hatten im Krieg gekämpft und Soldaten befehligt, hatten das Blut gesehen, die Massaker, die Qualen. Der Vater des einen war tot, der des anderen ein Krüppel, doch der Krieg war vorbei. Die Tuonetar waren als Volk so gut wie ausgelöscht; jene, die überlebt hatten, waren gefangen und abgeschlachtet, waren versklavt und an die elendsten, entlegensten Orte der Welt verbannt worden. Die Hauptstadt lag dank der Strategie ihrer Väter – einer Strategie, die Tiberius zu planen geholfen hatte – in Trümmern, und die Ressourcen ihres Landes waren erschöpft. Die Magier, die während des Krieges so viel Leid und Entsetzen verursacht hatten, waren noch immer mächtig, ihrer Macht waren keine Grenzen gesetzt worden.

Sie begannen mit dem Neuaufbau, ja, aber auf den alten Fundamenten. Tiberius, der die Erinnerung an seinen Vater ehrte, ließ ihm Denkmäler in der neuen Stadt errichten, hob neue Legionen aus, um den Frieden in den Ländern zu erhalten, die sein Vater erobert hatte. Abertausende wurden gezwungen, dabei mitzuhelfen, Selerian Alastre wieder in alter Größe erstrahlen zu lassen, und sie arbeiteten ohne Lohn aus einer dezimierten Schatzkammer, nur damit Tiberius seinen Palast bekam, seine Stadt, einen Ort der Schönheit, während die Welt in Trümmern lag.

Niemand weiß, wie viele durch die Stürme zu Grunde gingen, deren Wut durch die Magie des Tyrannen vervielfacht worden war, doch wurde irgendetwas dagegen getan, wurden zum Schutz Schilde errichtet? Die Magier wurden geehrt und in Ämter mit Macht und Einfluss erhoben, genau wie die Offiziere, die auf Kosten ihres Landes den Tyrannen die Treue gehalten hatten. Sie hatten gewusst, was geschehen würde, wenn der Feind Selerian Alastre einnahm, doch sie hatten nicht dagegen aufbegehrt.

Doch es gab auch Menschen in der neuen Generation, die verabscheuten, was ihre Väter getan hatten. Valdur verachtete seinen Vater; er sah ihn so, wie er wirklich war, und er versammelte all jene um sich, die ähnlich dachten. Viele dieser Getreuen hatten im Krieg Menschen verloren, die ihnen teuer gewesen waren. Viele von ihnen waren an den Ereignissen beteiligt gewesen, doch sie verabscheuten die Erinnerung daran und versuchten zu verhindern, dass solche Dinge noch einmal geschahen, statt eine neue Ordnung aufzubauen, die genau der alten entsprach. Sie lehrten Valdur die wahre Magie des Feuers; zuvor hatte er nur die Grausamkeit der anderen Elemente gekannt. Ranthas sprach zu ihm, und er hörte zu, wie seine Familie es niemals zuvor getan hatte.

Und daher beging er ein Verbrechen, um zu verhindern, dass sich ein noch größeres Verbrechen einfach wiederholte. Es ist etwas Schreckliches, einen Thron an sich zu reißen, doch Valdurs Leben war in Gefahr, weil er mit denen befreundet war, die sich der Magie widersetzten. Menschen, die ihm die Treue geschworen hatten, Freunde und Verwandte, drohten ihm, weil er das Licht geschaut hatte, wo sie nichts sahen. Das waren die Falschen, die während des Krieges geschändet und getötet und sich wissentlich an diesen entsetzlichen Dingen beteiligt hatten.

Und sie waren die Einzigen, die leiden sollten, denn sie waren in den Augen der Menschen und der Götter für ihre Taten verdammt. Ganz Thetia jubelte Valdur zu, und das ganze Kaiserreich wandte sich gegen jene, die es so verstümmelt hatten. Thetia hatte endlich einen Führer, der sich den schrecklichen Taten der Vergangenheit widersetzte, die seine Familie begangen hatte, und auch dem, wohin sie Thetia geführt hatten. Die Menschen sahen zum ersten Mal, was sie getan hatten, doch wie schlimm ihre Sünden auch waren, Ranthas gewährte ihnen, sie zu bereuen, er erteilte ihnen die Absolution durch Seine Priester, die nun so frei sprechen konnten wie nie zuvor.

Die Schlächter und die Komplizen der Tyrannen wurden ergriffen und der Gerechtigkeit überantwortet, die verderbten Magier wurden hingerichtet, denn sie waren jenseits jeder Erlösung. Der Weg, den sie gewählt hatten, vergiftet nach und nach den Verstand, und wenn immer mehr Magie eingesetzt wird, überwältigt sie die, die sie benutzen: Sie werden zu Hülsen, zu Gefäßen der wilden

Macht, die durch sie hindurchströmt. Diejenigen, die noch jung waren und gerettet werden konnten, wurden gerettet, bei den meisten jedoch war das nicht mehr möglich.

Der Fortschreiber nennt es ein Blutbad, eine Schreckensherrschaft, ohne zu erwähnen, dass jene die Väter des Krieges, der Zerstörung und der Hungersnöte gewesen waren; viele von ihnen hatten selbst weitaus mehr Menschen getötet, als zu diesem Zeitpunkt starben. Und seit damals ist die Welt stabil geblieben, während Reiche kommen und gehen ohne die Waagschalen jemals so sehr aus dem Gleichgewicht zu bringen, wie man es jenen Magiern gestattet hatte. Es hat keine derartige Gewaltausbrüche mehr gegeben, und seit damals herrscht selbst im Innern von Thetia ein Frieden und eine Ruhe, die dieses Land nie zuvor gekannt hat.

Abgesehen von der abweichenden Meinung einer kleinen Minderheit – und diese sind es auch, die ich heute zu überzeugen versucht habe, mehr als alle anderen. Wie gesagt, Worte sind mächtig, ob geschrieben oder gesprochen. Sie haben viele auf Wege geführt, die sie sonst niemals eingeschlagen hätten, und Worte, die mit Gewissheit überliefert werden, mit dem Gewicht so genannter Geschichte dahinter, können die überzeugendsten überhaupt sein.

Das, was diesen Worten ihr Gewicht verleiht, ist Tradition, allerdings nicht die Tradition aufeinander folgender Generationen, die das Vermächtnis ihrer Vorfahren erforschen und verstehen. Ich meine das blinde Festhalten an Überlieferungen, an Dingen, die uns von Älteren erzählt werden, die diese Dinge selbst nicht wirklich begreifen. Die Lehre der Domäne hat sich im Laufe der Jahrhunderte geändert, da wir immer wieder neue Aspekte an Ranthas entdecken, neue Möglichkeiten, Ihn zu sehen, die entstehen, wenn man die Vergangenheit und die Gegenwart betrachtet. Wir haben nicht einfach fügsam nachgeplappert, was uns in unseren Seminaren von alten Mönchen erzählt worden ist; sie haben uns verstehen lassen, warum die Dinge sind, wie sie sind.

Für diejenigen, die diesem Buch folgen, hat es keine derartige Fortentwicklung der Ideen gegeben. Den Jungen wird gelehrt, was die Alten von ganzem Herzen glauben, denn ihnen wurde es in ihrer eigenen Jugend beigebracht, und so weiter. Ihr werdet jetzt vielleicht sagen, aber wenn die *Geschichte* falsch und irreführend ist, wie ich sage, warum wird sie dann geglaubt? Warum wurde sie *jemals* geglaubt? Warum gibt es diese Geschichtsschreibung überhaupt noch, wenn wir eine wahre Geschichte dieser Zeit besitzen?

Die Antwort, Volk von Qalathar, heißt Loyalität. Loyalität ist eine der stärksten Kräfte, eine Kraft, die die Welt zusammenhält, doch jene, die korrumpiert wurden und sich weigern umzukehren, können der wahren Natur dessen gegenüber, was sie korrumpiert hat, vollkommen blind sein. Nachdem all das geschehen war, nachdem all die Schrecken der Schlachtfelder der Welt in ihrem ganzen Ausmaß offenbart worden waren, gab es immer noch ein paar, die zum ehemaligen Gefolge der Tyrannen gehörten. Menschen, deren Verbrechen gerechterweise vor der Welt enthüllt worden waren, deren Gerissenheit und Arglist es ihnen jedoch ermöglicht hatte, der Strafe zu entfliehen, die ihren Kameraden zuteil geworden war.

Für den Fortschreiber, der die Tyrannen als Helden betrachtet hat, trotz der Ströme von Blut, die sie durchwatet haben, lag Hoffnung in der Mär, dass ein paar Magier und Offiziere der Flotte in die Wasserwüste südlich von Thetia geflohen seien. Hoffnung, dass vielleicht ein paar überlebt haben könnten.

Das werden wir nie erfahren; sicher ist hingegen, dass einige von ihnen nicht so weit fortgegangen sind. Einige, die noch immer Einfluss und Respekt bei denjenigen genossen, die den Krieg nur aus zweiter Hand erlebt hatten. Der Archipel war das Gebiet, das am wenigsten betroffen war; er war kaum jemals von der einen oder der anderen Seite heimgesucht worden, und sein Volk war damals wie heute klein und tapfer und nicht zahlreich genug, um hier Rekruten auszuheben.

Diese Menschen, die vor der Gerechtigkeit geflohen waren, haben am Rand der bekannten Welt kehrtgemacht und es nicht gewagt, weiter nach Süden auf den Ozean hinauszufahren, um dort vielleicht genau wie ihre Kameraden den Tod zu finden. Sie haben irgendwo auf den südlichen der zehntausend Inseln des Archipels Siedlungen gegründet, Siedlungen, die durch die alte Magie vor den Augen der Welt verborgen waren. Dort draußen ist ein riesiger Ozean, auf dem man sich verstecken kann.

Und diese Flüchtlinge machten ihre Anwesenheit schließlich durch geheime Mittel der Welt bekannt, und sie haben von überallher jene angeworben, die in abgeschwächter Form noch immer die Propaganda der alten Tyrannen glaubten. Die Flüchtlinge lehrten sie dieses Zerrbild der Geschichte, und im Laufe der Zeit lernten es auch ihre Kinder. Sie wurden von den Kriminellen verführt, den Mördern, die den Tyrannen gedient hatten, und als Männer und Frauen starben und die Welt sich weiterdrehte, gerieten die, die geflohen waren, in Vergessenheit, und Generation um Generation glaubte in aller Unschuld die Lügen, die man ihnen erzählt hatte.

Wir leben in der Gegenwart, und die Probleme der Gegenwart sind immer dringlicher als die der Vergangenheit, und im Laufe der Jahre ist für diejenigen, die verführt worden waren – und immer noch verführt werden –, die Domäne zum Inbegriff des Bösen geworden, eines Bösen, das die Welt zerstört hat. Unsere Großeltern schauen immer auf die goldenen Jahre ihrer Jugend zurück, und so sind Generationen von Ketzern vom rechten Pfad abgebracht worden. Sie glauben, wir hätten eine Welt zerstört, die es nie gegeben hat, wir hätten die Namen derjenigen, die in der Tat Tyrannen und Schlächter waren, in Verruf gebracht.

Zu oft wurde dieser Sicht der Dinge mit Intoleranz, Verdächtigungen und offener Verfolgung begegnet. Wir versuchen, das Böse in all seinen Formen zu bekämpfen, ohne zu bedenken, dass es immer Anführer und Gefolgsleute gibt, und wir schauen zurück auf die Berichte über das Zeitalter des Zorns und des Entsetzens und verfolgen diejenigen, die ein solches Zeitalter erneut über uns bringen wollen. Zu selten geschieht es, dass wir uns fragen, warum man diesen Menschen nach so langer Zeit immer noch folgt, oder warum diese Stimmen aus der Vergangenheit die Welt heute immer noch heimsuchen können.

Ich rufe euch allen zu, ganz Qalathar, dem ganzen Archipel, darüber nachzudenken, abzuwägen, zuzuhören, was ich gesagt habe und mir auch in Zukunft wieder zuzuhören. All denen, die mit mir und meinen Brüdern diskutieren wollen, biete ich einen vom Primarchen persönlich unterzeichneten Geleitbrief, wie ihr gesehen habt. Ihr könnt den Ort und den Zeitpunkt wählen – ich bitte nur darum, dass ihr Zuhörer zulasst, so viele, wie zu kommen wünschen.

Und ich sage auch, dass diejenigen, die in die Irre geführt worden sind, durch unseren Segen auf den rechten Pfad zurückkehren und die Vergangenheit hinter sich lassen können. Abertausende haben sich von uns abgewandt, aber wir werden uns nicht von euch abwenden. Jene, die zu uns kommen, werden die Absolution erhalten, und jene, die ihren Glauben vor Zeugen beweisen – wie es Brauch ist und worin kein Häretiker einwilligen wird –, werden als Ranthas' wahre Kinder betrachtet werden. Alle jene, die als Häretiker bekannt sind, und die in die Gemeinschaft der Domäne zurückkehren, werden vor jeder Verfolgung sicher sein, genau wie jene, die ihren Glauben zu festigen wünschen, ob sie nun vorher selbst gezweifelt haben oder aber die Ernsthaftigkeit ihres Glaubens angezweifelt wurde.

Ich biete euch Vergebung, Frieden und Erlösung im Namen von Ranthas, der Licht und Leben in diese Welt bringt, jetzt und immerdar. Möge Er mit euch sein, jetzt und in Ewigkeit.«

Kapitel XXV

Wir standen schweigend auf dem Balkon, als Sarhaddon das Zeichen der Flamme machte und seinem Kameraden von der Rednerplattform folgte, um sich wieder zu seinen Brüdern zu gesellen. Die Menge, die stumm und wie betäubt dastand, rührte sich nicht, als die Priester erneut eine kleine Prozession bildeten, angeführt von dem Novizen mit dem Rauchfass, das längst kalt war. Und dann, als wäre ein Bann gebrochen, kam plötzlich Bewegung in die Menge. Die Menschen strebten in alle Richtungen auf einmal – zumindest sah es so aus –, und alle schienen auch gleichzeitig zu reden. Der Lärm war beinahe schmerzhaft, nachdem stundenlang nichts als Sarhaddons Stimme zu hören gewesen war.

Einige, die am Rand der Menge gestanden hatten, machten sich davon und verschwanden, andere drängten zur Mitte des Platzes, und ein ganzer Strom wälzte sich auf die Venatier zu. Einen angespannten Augenblick lang dachte ich, sie wollten sie in Stücke reißen, und warf einen Blick zum Tempel hinüber, wo ganz sicher Sacri bereit standen, um einzugreifen.

Doch die Stimmung der Menge war nicht zornig, und die Gespräche, die wir oben auf unserem Balkon mitbekamen, waren leise und eindringlich, nicht wütend oder anklagend. Lücken öffneten sich in der durcheinander wogenden Masse unter uns, und die Venatier, die nicht auf den Tempel, sondern auf eine Straße zugingen, die vom Platz abzweigte, waren plötzlich von einem wirbelnden Menschenmeer umringt. Auf ein Wort von Sarhaddons Begleiter hin löste sich die Prozession auf und die Venatier gingen getrennter Wege. Einen Augenblick später waren sechs weiße Inseln zu sehen, die von aufgeregt gestikulierenden Menschen umgeben waren. Es dauerte einige Zeit, bis sich auf dem Balkon jemand rührte. Dann spürte ich, wie der Druck gegen meine Knie nachließ, als jemand zurücktrat und es wieder ein bisschen mehr Raum gab. Alle fingen gleichzeitig an zu reden, und ihre Stimmen klangen genauso aufgeregt wie die, die vom Platz zu uns heraufschallten. Ich starrte noch ein paar Herzschläge länger nach unten und über den Platz und beobachtete, wie die Menge hierhin und dorthin schwappte.

Dann trat die Ozeanografin, die direkt neben mir stand, zur Seite, während noch mehr von den anderen den Balkon verließen.

»Es tut mir Leid, ich habe Euch ja gar keinen Platz gelassen«, sagte sie betreten. »Ihr seid nicht seiner Meinung?«

»Ich bin Thetianer«, sagte ich zum zweiten Mal an diesem Tag, da ich die Dinge nicht unnötig verkomplizieren wollte. »Aber wenn man sich unseren Kaiser ansieht, fällt es einem schwer, Sarhaddon nicht zu glauben.«

»Es ... widerspricht nur allem, was man mich gelehrt hat. Ich weiß überhaupt nicht mehr, was ich jetzt eigentlich glauben soll.«

»Wart Ihr in ...?« Ich beendete die Frage absichtlich nicht, und sie verstand, was ich meinte.

»Ja. Ich war vor drei Jahren in der Zitadelle des Wassers. Ich weiß nicht, ob Ihr sie je gesehen habt, aber sie sieht sehr thetianisch aus. Ich denke gerade über das nach, was er am Schluss gesagt hat – er hat alles auf den Kopf gestellt.« Sie wedelte mit den Händen – eine typische Geste, die unter den Bewohnern des Archipels weit verbreitet war. »Ich habe immer geglaubt, Garausius sei jemand gewesen, den ich gerne gekannt hätte, aber das, was sie über ihn sagen, ist so schrecklich. Und der Gedanke, dass Aetius seine eigene Hauptstadt zerstört hat, all die Menschen – kann jemand tatsächlich so ungeheuerlich sein?«

Jedes Jahr am Jahrestag des Falls von Aran Cthun feiern die Marine und die Legionen eine Messe für die Toten, um an jenen Marsch zu erinnern … und an Aetius' Tod. Telestas Worte hallten in meinem Kopf wider, Worte, die wahr sein mussten, denn sie wollte, dass ich ihr vertraute. Würden sie das für einen Mann tun, der so viele Angehörige ihrer Familien als Spieleinsatz zum Tode verurteilt hatte?

Doch er war ein Tar'Conantur – warum sollte er nicht genauso gewesen sein wie der Rest dieser verfluchten Familie? Warum sollte es in der Litanei von Tod und Blut, die uns jahrhundertelang begleitet hatte, diese drei Ausnahmen geben? Ein Teil von mir wusste, dass all dies für Sarhaddon nur ein Mittel zum Zweck war, und vor vielleicht zwei Monaten hätte ich ihm wahrscheinlich kein einziges Wort geglaubt. Doch das war gewesen, bevor mir Orosius begegnet war.

»Da bist du ja.« Das war wieder Palatine, doch auf ihrem Gesicht spiegelte sich eher Besorgnis als Zweifel. Sie war nicht ganz so erschlagen wie ich und stellte sich der Ozeanografin vor, deren Name Alciana lautete.

»Seid Ihr miteinander verwandt?«, fragte Alciana, nachdem ich ihr meinen Namen ebenfalls genannt hatte, und Palatine nickte. »Ihr scheint nicht ganz so betroffen zu sein.«

»Ich glaube Sarhaddon nicht«, erwiderte Palatine. »Nicht der Art, wie er mit den Dingen umgeht. Möglicherweise wurden die Zitadellen auf diese Weise gegründet, aber bedeutet das zwangsläufig, dass die Gründer die Schlächter waren, von denen er gesprochen hat? Das Militär hält Aetius immer noch für einen Helden, und das täten sie nicht, wenn er so viele Leben geopfert hätte.«

»Aetius war ein Tar'Conantur«, gab ich zu bedenken. »Warum sollte er ein Ausbund an Tugend sein, wenn der Rest seiner Familie so verkommen ist?«

»Man hört immer nur von denjenigen, die tatsächlich so sind«, sagte sie leidenschaftlich. »Die normalen Familienmitglieder sind nicht interessant, die können nicht für Propagandazwecke benutzt werden.«

»Aber warum werden sie dann niemals Kaiser?«, wollte ich wissen. »Oder meinst du diejenigen, die keine Macht haben und sich keinen Namen machen können?«

»Prinzessin Neptunia mag nicht besonders warmherzig sein, und sie ist vielleicht auch keine besonders gute Mutter, aber sie ist kein Ungeheuer. Ganz und gar nicht. Und der alte Kaiser war auch keins.«

»Der alte Kaiser hat uns unserem Schicksal überlassen«, sagte Alciana leise und blickte uns abwechselnd an. »Der neue könnte noch viel schlimmere Dinge tun. Ich glaube, Cathan hat Recht.«

»Dann glaubt Ihr Sarhaddon also?«

»Wie gesagt, ich weiß nicht, was ich glauben soll. Die Eiferer der Domäne sind diejenigen, die Menschen verbrennen, die mit ihrer Religion nicht übereinstimmen. Haben Aetius oder Carausius jemals so etwas getan?«

»Nein, das haben sie nicht. Sarhaddon versucht, die einfachen Menschen zu überzeugen, diejenigen, die nie in einer der Zitadellen waren. Ihre Indoktrination ist viel strikter als es unsere war, wenn man unsere so nennen kann. Kennt Ihr irgendjemand, der mit ihm diskutieren könnte – jemand, der sich nicht fürchten und eine gute Figur abgeben würde?«

»Die Menschen haben Angst«, sagte Alciana bedauernd. »Diodemes da drüben, der Ozeanograf mit den grauen Haaren, hätte es vielleicht tun können, aber was dann? Ganz Qalathar wird erfahren, dass er ein Ketzer ist, und er wird sofort gefangen genommen werden, wenn die Amnestie der Venatier endet. Wer auch immer sich auf diese Diskussion einlässt, muss verlieren und abschwören, um sich zu retten.«

»Vielleicht jemand von einer der Zitadellen?«, schlug ich vor. »Die brauchen sich wegen Vergeltungsmaßnahmen keine Sorgen zu machen, sie können hinterher wieder verschwinden.«

»Aber wer auch immer kommt, wird Wochen brauchen, um herzukommen, und dann könnten sie ihn immer noch aufspüren, wenn er in seine Zitadelle zurückkehrt.«

»Es sieht so aus, als würden die Menschen Sarhaddon beachten.« Palatine deutete auf den fast leeren Platz; wir waren die Einzigen, die noch auf dem Balkon standen. Die Venatier waren noch immer unten, in der Nähe der Plattform, von einer ganzen Menge Leute umgeben. »Das muss genau das sein, was er will.«

»Ich glaube, ich sehe es genauso wie sie«, sagte Alciana. »Alle reden nun schon seit Wochen von einem Kreuzzug, und seit die Inquisitoren angekommen sind, ist es sogar noch schlimmer geworden. Ich sehe die Sacri jeden Tag, wenn ich von unserem Haus zur Station der Gilde gehe, und meine Eltern haben mir erzählt, was letztes Mal passiert ist. Der Rest meiner Familie sind Häretiker, aber sie wollen nicht sterben. Genauso wenig wie ich, aber genau das wird geschehen, wenn es zu einem Kreuzzug kommt. Ich bin nicht aus dem Holz geschnitzt, aus dem Märtyrer gemacht werden.«

Am Ende lief alles auf die Frage hinaus, ob der Glaube wichtiger ist als das Recht, ein normales Leben zu führen – oder überhaupt zu leben, dachte ich. Geschichte war wichtig, ja, aber die größten Fehler hatte die Domäne in der Vergangenheit gemacht, und dafür sollte man sterben? Eine Vergangenheit, die vielleicht nicht einmal so war, wie wir immer geglaubt hatten?

»Ich schätze, die Dinge sind jetzt klarer«, sagte Palatine nachdenklich. »Wir haben uns gefragt, was Sarhaddon will, und ich glaube, jetzt wissen wir es. Er will die Märtyrer vom Rest trennen, weil jetzt jeder die Möglichkeit hat, nachzugeben, ohne Schaden zu erleiden, sich vor noch mehr Inquisitoren und dem Kreuzzug zu retten. Diejenigen von uns, die übrig bleiben, können sie dann jagen.«

»Sarhaddon hat gesagt, er versucht nur, die zu retten, die gerettet werden wollen«, sagte ich.

»Ich habe gedacht, es wäre unmöglich, bei so vielen so etwas zu erreichen, dass das nur sein Traum wäre. Jetzt sehe ich, dass selbst du Zweifel hast, Cathan, und der Traum wird plötzlich ziemlich real.«

»Ihr seid Freunde von Persea, also habt Ihr wahrscheinlich mit den Dissidenten zu tun«, sagte Alciana und schwieg dann einen Moment. »Und Ihr seid keine Qalathari. Die Leute haben Euch das bestimmt schon gesagt, aber Ihr müsst Euch darüber klar sein, dass es das Ende des Archipels bedeutet, wenn es einen Kreuzzug gibt. Diese Stadt wird besetzt werden, und wir werden sämtliche Freiheiten verlieren, die wir noch haben. Das wissen alle. Wir können ihnen keinen Widerstand leisten, wir sind einfach nicht stark genug. Alles, was wir tun können, sind nicht mehr als Mückenstiche. Doch selbst wenn wir kämpfen und siegen würden, haben sie eine ganze Welt, die ihnen neue Truppen zur Verfügung stellen wird, um es erneut zu versuchen, einschließlich des Kaisers.« Sie fingerte am Saum ihres Ärmels herum, was angesichts ihres kultivierten, städtischen Aussehens ein bisschen merkwürdig wirkte und mich an Palatine erinnerte.

»Ich kenne Euch kaum, ich weiß gar nicht, warum ich Euch das überhaupt sage, aber es sind Leute wie Persea oder Alidrisi, die Probleme verursachen werden. Ich versuche, nie darüber nachzudenken, was passieren wird, wenn die Kreuzfahrer kommen, aber manchmal, wenn ich sehr traurig bin, kann ich nicht anders. Sie werden diese Stadt in eine verkohlte Einöde verwandeln und auf dem, was noch übrig ist, ihre Zelte aufschlagen. Und sie werden alle, die ich kenne – einschließlich meiner ganzen Familie – töten oder versklaven.

Und weil ich jung und hübsch bin, werde ich als Konkubine nach Haleth verkauft werden, statt getötet zu werden, falls ich den Untergang der Stadt überlebe. Ihr habt keine Ahnung, wie das ist – zu wissen, dass einem so etwas zustoßen kann und dass man nichts dagegen tun kann. Ich weiß noch nicht, was ich von Sarhaddon und seiner Botschaft halten soll, deshalb werde ich mir noch mehr Ansprachen anhören, aber ich glaube nicht stark genug an Thetis, um für sie zu sterben. Also, bitte, wenn Ihr ihm nicht glaubt, erzählt es nicht jedem und versucht nicht, es zu widerlegen. Lasst dieses eine Mal *uns* entscheiden.«

»Gerechterweise muss man sagen, dass Cathan das bereits getan hat«, sagte Palatine, als Alciana ihren sehr ernsten Blick erneut auf uns heftete. Ich versuchte gar nicht erst, etwas zu sagen. »Sarhaddon kennt ihn – er ist sofort zum Palast gekommen, um ihn zu treffen, sobald er hier angekommen war. Cathan hat geholfen, den Vizekönig zu überreden, es zu erlauben.«

»Dann wart Ihr das also?«, sagte Alciana zu mir. »Ich habe gehört, dass jemand so etwas getan haben soll, aber nicht von Persea oder ihren Leuten. Warum, wo Ihr doch noch nicht mal einer von uns seid?«

»Fragt Persea«, erwiderte Palatine, bevor ich antworten konnte. »Sie wird es Euch sagen.«

Wusste Persea es denn?, fragte ich mich. *Wusste es überhaupt irgendjemand?* Ich hatte es aus dem gleichen Grund getan, den Alciana angegeben hatte, nur dass ich nicht darunter leiden würde.

»Das werde ich tun«, sagte Alciana. »Danke.« Ohne ein weiteres Wort drehte sie sich um. Ich erhaschte einen kurzen Blick auf Alidrisis Gesicht an der Seite des Raums; er beobachtete uns. Dann ging auch er in die andere Richtung.

Alles war genauso wie vor der Rede: das Licht, der Raum selbst – und die Menschen waren immer noch unsicher. Doch die Stimmung war ernster.

»Warum hast du das ins Spiel gebracht?«, fragte ich Palatine. »Es gab keinen Grund, es ihr zu sagen.«

»Wir wollen nicht, dass sie uns als Fremde betrachten, die sich einmischen.«

»Und jetzt werden sie das nicht tun?«

»Kann sein, dass sie es immer noch so sehen, aber sie werden auch wissen, dass du ihnen einen Gefallen getan hast, und wenn wir irgendwann mal richtig Ärger haben sollten, kann das eine Rettungsleine sein.«

»Selbst jetzt kalkulierst du noch politische Vorteile? Es funktioniert nur, wenn das hier kein Trick ist.«

»Was ist los mit dir, Cathan? Du hast kaum etwas gesagt, seit du vor zwei Tagen mit Sarhaddon gesprochen hast. Und du glaubst doch wohl nicht, was er eben über Aetius und die anderen erzählt hat, oder? Könnte das Ungeheuer, von dem er erzählt hat, die *Geschichte* geschrieben haben? Niemand kann ein so langes Buch über Dinge schreiben, die er erlebt hat, ohne dass sein wahrer Charakter durchschimmert. Carausius war kein verrückter Schlächter, also warum hast du so eine schlechte Meinung von unserer Familie? Selbst meine Mutter … wie gesagt, sie ist keine wirklich gute Mutter, aber sie ist nicht grausam. Siehst du dich selbst so? Oder mich?«

»Nein. Ich bin Perseus' Sohn, oder?« Ich starrte sie einen Moment lang an. »Er war immer mehr an seiner Kunst und seiner Poesie interessiert als daran, ein Kaiserreich zu regieren. Mein anderer Vater – Graf Elnibal – hat gesagt, die einzige Entscheidung, die der alte Kaiser selbst getroffen hat, war die, meine Mutter zu heiraten. Nicht dass ihm das wirklich viel gebracht hat.«

»Willst du sie auch schmähen?«, fragte Palatine sehr leise, sehr ruhig. »Sie ist keine Tar'Conantur; in ihr ist nicht einmal eine Spur dieses Blutes. Sie liebt das Meer, genau wie du, und sie ist viel tapferer als dein Vater es war. Du denkst vielleicht, der Tar'Conantur-Teil in dir ist alles, was zählt, aber wir alle haben zwei Elternteile, und du hast noch nie nach deiner Mutter gefragt.«

Der Rest des Zimmers versank in Bedeutungslosigkeit, und ich verspürte eine Mischung aus Schuld und Scham, als mir klar wurde, wie Recht sie hatte. Die Leute redeten über meinen Bruder und meinen Vater, doch nur mein Adoptivvater hatte jemals die Kaiserin erwähnt. Was mich betraf, so war die Gräfin von Lepidor meine Mutter und würde es auch immer sein. Perseus würde für mich nie mein Vater sein; er erschien mir eher wie ein Großvater, der gestorben war, bevor ich geboren worden war.

»Hast du sie gekannt?«, fragte ich Palatine schließlich. »Und warum spricht niemand je über sie?«

»Ich habe sie zum letzten Mal gesehen, als ich fünfzehn war. Perseus ist jung gestorben – er war erst siebenunddreißig. Damals war Orosius gerade drei. Sie ist in Selerian Alastre geblieben, um Orosius großzuziehen. Ich glaube, sie hat ihr Bestes getan, um ihn einigermaßen normal aufzuziehen. Aber der Exarch konnte sie nicht ausstehen, und am Ende hat er Orosius gezwungen oder überredet, sie zu verbannen. Ich nehme an, dass sie in den letzten paar Jahren ziemlich allein war, und Orosius hat sich allmählich in ein Monster verwandelt, so dass sie eigentlich verzweifelt und unglücklich gewesen sein muss. Vielleicht war sie aber auch froh, endlich wegzukommen, und bevor sie gegangen ist, hat sie den Exarchen verflucht. Er ist übrigens immer noch da; er wird allmählich alt und ist nie mehr befördert worden.

Sie war wohl zu lebendig für den Hof, und sie war eine bessere Mutter als meine. Sie hatte kupferrote Haare – eine wirklich unglaubliche Farbe – und grüne Augen. Und obwohl sie viel gelacht hat, war sie am Hof niemals richtig glücklich. Du weißt ja, dass sie eine Exilantin war; sie hat hinaus aufs offene Meer gehört, weit weg vom Land und den Städten.«

»Was ist mit ihr geschehen, nachdem sie weggegangen ist?«

»Ich weiß es nicht. Sie war jünger als Perseus. Ich denke, sie ist zu den Exilanten heimgekehrt und ist wahrscheinlich noch am Leben. Tanais weiß bestimmt Bescheid. Vielleicht kann es dir auch der eine oder andere Clanführer sagen, der zu ihren echten Freunden gehört hat – etwa Aelin Salassa. Aelins Vater war der Kanzler, der hingerichtet wurde, als du geboren wurdest.«

Das wusste ich besser. Baethelen war in Ral Tumar gestorben, bei dem Versuch, mich vor den Klauen der Domäne in Sicherheit zu bringen.

»Cathan, wichtig ist, dass du nicht so bist wie sie. Du siehst deinem Bruder ähnlich, deinem Vater, jedem Tar'Conantur, der jemals gelebt hat. Aber das hat nichts zu bedeuten. Niemand kann vollkommen böse sein, und ganz gewiss keine ganze Familie. Mach dir keine Gedanken mehr, ob Aetius und Carausius nun Helden oder Mörder waren. Und wenn du es doch tun musst, folge deinem Verstand, nicht deinen Zweifeln. Du hast bisher noch keins von den Dingen gefunden, nach denen du suchst, also konzentriere dich darauf. Es gibt nichts, was wir im Hinblick auf Sarhaddon unternehmen können oder sollten, außer ihn zu beobachten.« Palatines Ton war jetzt brüsk, doch er zeigte Wirkung. Ich war zu empfänglich für Zweifel und Sorgen bei allem Neuem, was ich hörte, und all dies diente lediglich dazu, mich von der *Aeon* abzulenken. Nur nachts erinnerte ich mich daran, denn das Schiff trieb durch meine Träume – eine gewaltige Präsenz, für alle Zeit außer Reichweite, in Dunkelheit gehüllt. Noch immer wusste ich nicht, wie sie eigentlich aussah.

»Keins von den Dingen?«, fragte ich.

»Ja. Ich hoffe nur, du bist nicht in beide verliebt.«

Nur ein Thetianer oder eine Thetianerin würde eine derartige Bemerkung machen, selbst eine so normale Thetianerin wie Palatine. »Was ist mit Alidrisi?«

»Frag Persea, ob er dein Kontaktmann ist. Wenn nicht, machen wir so weiter wie bisher. Wenn er es ist«, sie beugte sich ganz dicht zu mir herüber und fuhr im Flüsterton fort, »folgen wir ihm. Bist du bereit?«

»Natürlich.« Ich schaute mich um und sah Alidrisi inmitten einer Gruppe auf der gegenüberliegenden Seite des Raum stehen. Noch schien niemand gegangen zu sein, und die meisten Gäste hatten ein volles oder halb volles Glas in der Hand. Er wollte wahrscheinlich die Reaktion aller anderen hören, um sich für die beste Vorgehensweise entscheiden zu können. Ich hatte den Eindruck, dass auch er von Sarhaddons Redekunst nicht beeinflusst worden war.

Persea. Wo war sie? Sie stand nicht bei Alidrisi, und sie war auch nicht hinter mir auf dem Balkon. Sie schien verschwunden zu sein. Laeas warf mir einen Blick zu und winkte mich zu sich.

»Wenn du Persea suchst, die ist gleich zurück.« Er stellte mich den beiden Männern vor, mit denen er sich unterhielt und die er offensichtlich sehr gut kannte. Der Name des einen, sehr Dunkelhäutigen klang cambressianisch, also waren sie vielleicht hier, um einen anderen Teil des politischen Spektrums zu repräsentieren. Es schienen Repräsentanten verschiedener häretischer Fraktionen anwesend zu sein: Alidrisi und wahrscheinlich noch ein paar weitere Anhänger der Pharaonin, die Ozeanografen. Je mehr ich von ihr hörte, desto mehr kam Persea mir wie eine hart gesottene Dissidentin vor. Ich nahm an, dass Laeas grundsätzlich loyal gegenüber dem Vizekönig war, und ich wusste, dass er eine cambressianische Intervention begrüßen würde. Ob es wohl auch eine pro-thetianische Gruppe gab? »Was meinst du?« Auf seinem Gesicht lag ein Ausdruck vorsichtiger Neutralität; seine beiden Kameraden wirkten nachdenklich. Ich hatte nicht vor, ihn im Nachhinein zu kritisieren.

»Beunruhigend«, sagte ich, was der Wahrheit entsprach, wenn auch nicht aus den Gründen, die ich genannt hatte, »nach allem, was sie uns gelehrt haben –«

»Aber was ist mit dem Hier und Jetzt?«, unterbrach mich der Cambressianer. »Ich entscheide doch nicht auf der Basis geschichtlicher Ereignisse, ob ich einen anderen Glauben annehmen soll oder nicht. Wichtig ist, ob Ihr glaubt, dass Qalathar auf seinen Weg einschwenken wird. Und, was noch wichtiger ist, ob das, was wir heute gehört haben, so offen ist wie es scheint.«

»Ich glaube nicht, dass die Botschaft das eigentlich Wichtige ist. Er muss sie mitreißen, und das ist eine effektive Methode, so etwas zu tun. Aber ich habe bisher nur mit Palatine und Alciana gesprochen, daher kann ich keine allzu große Hilfe sein.«

Der Cambressianer verdrehte wütend die Augen. »Ihr schon, Alciana nicht. Ozeanografen sind alle gleich – sie haben entsetzliche Angst davor, jemanden gegen sich aufzubringen.«

Laeas gab ein Geräusch von sich, das wahrscheinlich ein gekünsteltes Hüsteln sein sollte, das sich jedoch mehr wie ein Grollen anhörte. »Du bist heute nicht besonders diplomatisch, Bamalco.«

»Ihr seid Ozeanograf?« Er stieß ein paar Worte auf Cambressianisch hervor, die ich für Flüche hielt. »Meine aufrichtige Entschuldigung.«

»Sei fair zu den Ozeanografen«, meinte der dritte Mann. »Sie können nicht einfach verschwinden wie wir anderen, wenn die Domäne auf sie losgeht. Wenn sie vor den Inquisitoren fliehen müssen, werden ihre Namen in Umlauf gebracht, und dann können sie keine Ozeanografen mehr sein.«

»Bamalco«, sagte Laeas. »Ich kann wahrscheinlich Wort für Wort wiederholen, was Alciana gesagt hat; ich habe dasselbe auch schon von anderen gehört. Wenn es hier Ärger gibt, wirst du nach Cambress zurückgerufen. Du wirst nichts verlieren.«

»Außer einem Haufen Freunde«, knurrte Bamalco ein wenig gereizt. »Alle haben mehr oder weniger das Gleiche gesagt, weil alle etwas verlieren werden, wenn der Kreuzzug kommt. Es ist nur so, wenn man sich den Rest der Welt anschaut, wird einem klar, dass es da draußen eine Menge Leute gibt, die helfen könnten, aber nicht wollen. Wie die cambressianische Regierung natürlich. Ich warne dich – sie haben vor zwei Wochen Wahlen für die Magistrate des nächsten Jahres abgehalten, und die beiden neuen Suffeten hassen einander wie die Pest. Was auch immer der eine tut, wird der andere blockieren, selbst wenn es der Vorschlag wäre, ihr Gehalt zu erhöhen. Meine Leute werden mächtig zu tun haben.« Dann war er also kein Cambressianer; er musste Mons Ferrataner sein, wahrscheinlich ein Halbblut.

»Die Freuden einer Republik«, murmelte Laeas.

»O ja, aber das passiert nicht jedes Jahr. Es ist einfach Pech, dass dies eine der Phasen ist, in denen nichts getan werden wird. Und vielleicht haben sie ja eine Republik, aber sobald sie außerhalb von Cambress sind, geht der ganze ›Herrschaft des Volkes‹-Schmonzes den Bach runter.«

»Hat hier außer dem Vizekönig noch irgendjemand wirklich etwas zu sagen?«, fragte ich.

»Es gibt eine Clan-Versammlung, theoretisch, die nichts zu Stande bringt. Die Regierungsmannschaft des Vizekönigs ist so reduziert, dass man den Wind durch die Lücken pfeifen hört. In Wirklichkeit sitzen ein paar Einzelpersonen am Ruder, Leute wie Alidrisi und ein, zwei andere Präsidenten. Alles geschieht im Namen des Vizekönigs, und der arbeitet für die Pharaonin.«

»Ich glaube, Schweine können doch fliegen«, sagte Alciana, die plötzlich mit Persea zu meiner Linken auftauchte. Wir traten ein Stück zur Seite, um ihnen Platz zu machen. »Admiral Karao arbeitet für jemand anderen als für sich selbst? Das wird ein Reinfall.«

»Das ist ein bisschen übertrieben«, entgegneten Persea und Bamalco wie aus einem Mund und verstummten dann wieder.

Laeas lächelte. »Sehr vorhersagbar.«

»Nein, ich meine es ernst«, sagte Alciana. Sie sah mich an, obwohl sie mit den anderen sprach. »Wie viele von diesen Leuten arbeiten wirklich für sie? Sie ist jetzt – was, einundzwanzig, zweiundzwanzig? Und sie hat sich die ganze Zeit versteckt gehalten, während die Leute angeblich für ihre Rückkehr arbeiten. Die Clan-Präsidenten können im Moment tun und lassen, was sie wollen, wobei sie sich natürlich auch vor der Domäne in Acht nehmen müssen. Wenn sie zurückkommt und irgendetwas anderes ist als eine Marionette, verlieren sie Macht.«

»Aber sie wäre eine sehr gute Marionette«, sagte Bamalco. »Sie arbeiten für sie und wahrscheinlich auch für ihre Rückkehr. Sie würde für jeden eine großartige Galionsfigur abgeben.«

»Ich glaube nicht, dass sie eine Galionsfigur sein will«, sagte ich. »Würdet Ihr das wollen?«

»Ich glaube, sie muss sehr bald auftauchen, oder die Menschen fangen an, sich zu fragen, ob es sie überhaupt gibt. Oh, *ich* glaube, dass es sie gibt, aber dies sind schlimme Zeiten. Wenn sie jetzt, wo es richtig ernst wird, nicht zurückkommt …« Bamalco schüttelte den Kopf. »Sie ist in keiner besonders günstigen Position.«

»Sagst du eigentlich auch einmal irgendwas anderes als Unheil voraus, Bamalco?«, wollte Persea mit einer zornigen Handbewegung wissen. »Bist du deshalb hier und nicht in Cambress – weil dir dort niemand glauben würde?«

»Wenn ihr meine Hilfe nicht wollt … ich kann mich mit diesem Unheil, von dem du redest, auch woandershin verziehen. Nach Thetia vielleicht. Dort gibt es kein militärisches Ethos.«

»Bamalco ist ein viel zu großer Individualist, als dass es ihm Spaß machen würde, in der Marine von Mons Ferranis zu dienen«, erklärte Persea. »Das behauptet er zumindest. Wir glauben, es liegt eher daran, dass er früher so viel Ärger gemacht hat, dass sie ihn gar nicht nehmen würden.«

»Ihr Pech«, sagte Bamalco wegwerfend. »Wie auch immer. Es endet immer damit, dass unsere Flotte den Cambressianern hilft, was in Ordnung wäre, wenn wir nicht auch noch mit ihren Ingenieuren klarkommen müssten. In Cambress haben sie die beste Maschinenbauakademie der Welt. Sie lassen jeden zu, aber nur Leute, die dort waren, werden jemals Leitender Ingenieur.«

»Und warum seid Ihr nicht hingegangen?«, fragte ich.

»Pah! Glaubt Ihr etwa, ich möchte drei Jahre meines Lebens damit verbringen, Prügel zu beziehen? Auf der Akademie herrscht die gleiche Disziplin wie beim Militär.«

Laeas' anderer Freund erhob sofort Einspruch, und sie begannen einen Streit, der so klang, als führten sie ihn nicht zum ersten Mal. Ich zog Persea beiseite, als sich auch Alciana einmischte, und blickte mich um, um mich zu vergewissern, dass Alidrisi nicht in der Nähe war. Er redete glücklicherweise immer noch mit den Leuten von vorhin und achtete nicht auf uns.

»Persea, ist Alidrisi dein Kontaktmann zu den Leuten der Pharaonin?«, fragte ich sie so ruhig ich konnte, ohne jedoch zu flüstern, denn das würde erst recht auffallen, und genau das wollte ich vermeiden.

»Ja, er und sein Stab. Warum?«

»Er mag mich nicht. Wir haben uns heute schon einmal in die Haare bekommen – er glaubt, ich habe einen schlechten Einfluss auf Ravenna und dadurch wiederum auf die Pharaonin, oder dass Ravenna mir verraten könnte, wo die Pharaonin ist.« Ich fragte mich, ob wir diese Täuschung aufrechterhalten konnten, oder ob sie es doch irgendwann merken würden.

»Gut gemacht. Wenn er dir nicht helfen will, kann ich nichts weiter tun.«

»Trotzdem vielen Dank. Weißt du, ob er in den letzten paar Tagen die Stadt verlassen hat?«

»Er ist gerade erst aus Kalessos angekommen … Cathan, warum fragst du das alles?«

»Ich muss es wissen.«

Persea seufzte. »Du bist verrückt. Schau, ich weiß, dass du Ravenna sehen willst, aber das geht jetzt zu weit. Wenn sie bei der Pharaonin ist, werden sie schwer bewacht, und Alidrisi wäre bestimmt nicht begeistert, wenn du herausfändest, wo das ist.«

»Ich muss sie sehen, nicht nur deswegen. Ich bin mit meiner anderen Suche nicht weitergekommen, und vielleicht kann sie mir helfen.«

»Andererseits kann es dir auch passieren, dass du einfach von den Wachen gefangen genommen wirst. Cathan, ich kann dir dabei nicht helfen. Ich gehöre nicht zum engeren Kreis, ich stehe nicht auf der gleichen Stufe. Alidrisi hat ein paar der guten Soldaten, die es überhaupt noch im Archipel gibt, und wenn er ihnen gesagt hat, sie sollen die Pharaonin und ihr Gefolge bewachen, dann tun sie es. Wenn die Domäne sie findet, weiß niemand, wie schlimm es werden wird, und mein Wort, dass du einer von uns bist, wird ihm nicht reichen.«

»Er ist kein Magier«, sagte ich kategorisch. »Könntest du mir einfach Bescheid sagen, wenn Alidrisi das nächste Mal die Stadt verlässt – falls du es weißt? Ich versuche es dann auf eigene Gefahr.«

»Das ist Palatines Idee, stimmt's?«

»Es spielt keine Rolle, wessen Idee es ist«, wich ich der Frage aus, denn es war keine von Palatines Ideen. Die Menschen hatten mehr Vertrauen in ihre Ideen. »*Wann* bricht er auf?«

Persea blickte sich wachsam um. »Er ist gestern zurückgekommen, wegen Sarhaddon. Soweit ich weiß, bleibt er bis Ende der Woche, danach kehrt er nach Kalessos zurück. Auf einem schnellen Pferd braucht man fünf oder sechs Stunden.«

»Nimmt er kein Schiff?«

»Nach Kalessos, bei diesem Wetter? Die Küste westlich von hier ist mörderisch. Im Winter gibt es da keine sicheren Häfen. Es ist schon über Land schlimm genug, aber niemand würde selbst mit einem Schlachtkreuzer im Winter nach Kalessos fahren.«

Das war die Küste, vor der die *Offenbarung* verloren gegangen war, erinnerte ich mich jetzt. Seltsam, dass sie ihren Rekordtauchversuch ausgerechnet in einem so berüchtigten Gebiet gemacht hatten, doch sie hatten wohl ihre Gründe dafür gehabt.

»Wie reist er also? Doch bestimmt nicht zu Pferde, bei diesem Wetter. In einer Kutsche?«

»Ja, aber fordere dein Glück nicht heraus. Und bitte, Cathan, wenn du ihm unbedingt folgen musst, dann benutze keine Magie. Jeder Magier in ganz Qalathar würde auf dich losgehen. Du hast Sarhaddon gehört. Das ist eines der Dinge, die sie nicht vergeben.«

Und es würde sie zur Pharaonin führen, lautete der unausgesprochene nächste Satz. Außerdem würde es das Leben noch ein bisschen komplizierter machen, obwohl ich keine Ahnung hatte, wie ich mitten im Winter zwölf Stunden lang einer Kutsche folgen sollte. Plötzlich schien das Ganze doch keine so gute Idee zu sein. Ich könnte wahrscheinlich ein *bisschen* Magie einsetzen, draußen, weit weg vom Einflussbereich der Magier, aber auf keinen Fall mehr. Je mehr ich benutzte, desto wahrscheinlicher wurde es, dass sie es bemerkten, und nicht alle würden rechtzeitig aus dem Versteck verschwinden können.

»Ich weiß, du willst nicht, dass ich mich einmische, aber du hast doch gehört, was die Leute heute gesagt haben. Die *Aeon* ist ein Joker, und wenn niemand anderes sie aufspürt, können sie nichts tun, wenn wir sie finden. Sie ist ein Faktor, mit dem sie nicht gerechnet haben.«

»Ich weiß. Aber wenn sie das Schiff in die Hände bekommen ...«

»Sie kriegen es nicht. Denk daran, es wird auch eine Zuflucht sein. Ein Ort, wohin uns die Domäne definitiv nicht folgen kann.«

»Die Domäne wird uns bis ans Ende der Welt folgen, Cathan, wenn sie es für wichtig genug hält.«

»Aber die Enden der Welt unterstehen nicht ihrer Herrschaft. Und wir auch nicht, wenn ich die *Aeon* finden kann. Es war Ravennas Idee, sie zu suchen; sie hat vielleicht schon ein paar Anhaltspunkte, die ich noch nicht entdeckt habe.«

Persea schenkte mir ihr schiefes Lächeln, das ich in letzter Zeit viel zu selten zu sehen bekam. Sie hatte sich verändert in den sechs Monaten, seit wir die Zitadelle verlassen hatten, genau wie wir anderen auch, doch es war schwer, sie so zu sehen, wie alle anderen sie sahen: als eine der entschiedensten Gegnerinnen der Domäne. »Du brauchst dich nicht zu entschuldigen. Ich weiß, dass es dir ernst damit ist, beide zu finden. Nun, es ist besser für uns, wenn wir nicht zu lange hier stehen und miteinander flüstern. Sonst fangen die anderen doch noch an, die Ohren zu spitzen. Rede mit den Leuten. Finde heraus, was sie denken. Deshalb sind wir hier.«

Das stimmt nicht ganz, dachte ich, als wir uns trennten. Wir waren hier, damit Alidrisi herausfinden konnte, was alle dachten, ohne sich allzu sehr anzustrengen. Doch wenn er diese Gelegenheit nutzen konnte, konnten wir es auch.

Kapitel XXVI

»Das alles ist unser Werk«, sagte Alciana und wies mit einer Handbewegung auf die Insel Qalathar, grün und blühend in einem blauen Meer, so wie sie im Sommer aussehen musste. Unter der Wasseroberfläche war das Felsfundament der Insel als dunkler, undeutlicher Schatten zu erkennen. »Wir haben das alles mit einem winzigen Budget aufgenommen; die Gilde hat gesagt, dass Qalathar als Aethermodell mit so vielen Details ganz weit hinten auf der Prioritätsliste steht.«

»Beeindruckend«, sagte ich, die Hände auf den Rand des Aethertischs gestützt, während ich das Bild sorgfältig musterte. Die Details waren unglaublich, selbst im Landesinnern, das nur oberflächlich mit Hilfe von Ballons aufgenommen worden war; ein ganzes Gebiet im Westen war völlig leer, doch ich wusste, warum das so war. Und unter Wasser ... Wir hatten keine auch nur annähernd so präzise Daten in Lepidor, auch nicht von Schiffen, die unseren Hafen anliefen, weil unsere Küste niemals besonders wichtig gewesen war. Zumindest bis vor kurzem.

»Die Gilde hat bisher nur Thetia, Taneth und die Hauptrouten erfasst«, sagte ihr Kollege, ein Ozeanograf namens Tamanes, der außer uns die einzige Person im geräumigen Kartenraum der Gildenstation war.

»Woher habt Ihr die Ausrüstung?«

Tamanes lächelte. »Wir haben den Prototyp bekommen, sobald das Hauptquartier damit fertig war. Er hat die Angewohnheit, immer wieder mal zu explodieren, aber er funktioniert.«

»Seht Euch das an.« Neben mir ließ Alciana ihre Hände in die Kontrolltafel sinken, und das Bild flackerte und wurde größer, als wir uns auf den kleinen weißen Fleck zubewegten, der Tandaris darstellte. Ich sah, wie die Stadt von einem winzigen Punkt zu einem fast perfekten Abbild anwuchs, komplett mit Parks und Bäumen, bevor sie den Blickwinkel neigte und wir unter Wasser sanken. Das Licht im Raum veränderte sich, wurde zu einem sanften blauen Schimmer, und dann erblickte ich auf dem Tisch eine große, dunkle Klippe, die sich mit allen Unregelmäßigkeiten und Öffnungen in beide Richtungen erstreckte. Sie hatten ziemlich weit hinunterschauen können, einer der Vorteile des neuen Aufzeichnungsgeräts, das die Thetianer vor ein paar Jahren entwickelt hatten.

»Wie tief reicht es?«

»Acht oder neun Meilen rund um die meisten Inseln, an der Küste des Verderbens weniger. Niemand wollte riskieren, das Aufzeichnungsgerät dort zu verlieren, und normalerweise halten sich die Leute sowieso von dieser Küste fern.« Sie zog sich ein Stück zurück, die Insel rotierte wild, und dann fuhr sie wieder nah an die nordwestliche Küste heran.

Hier war die Insel gebirgig, und die Berge waren so hoch wie auf den Kontinenten; eine Klippe folgte auf die andere, hier und da von kleinen Buchten unterbrochen, die allerdings niemals als sichere Häfen dienen könnten, wie ich jetzt sah. Das Bild verblasste fast sofort, sobald man sich Richtung Landesinneres bewegte, als lege sich ein feiner Nebelschleier darüber. Irgendwo dort lagen die Bergfeste von Tehama und der Heilige See, und auf der Karte konnte ich die Bucht sehen, nach Westen, dem offenen Meer zugewandt, wo der große Wasserfall aus mehr als einer Meile Höhe vom Plateau in die Tiefe stürzte.

Unterhalb dieser dunklen Klippen waren die Felsen ein einziger Albtraum aus gewaltigen Steilwänden und Vorsprüngen, die – verglichen mit dem Rest des Bildes – merkwürdig verschwommen waren, als seien sie mit einem Aufzeichnungsgerät der ersten Generation erfasst worden. Ganz am Rand des Gebiets, das das Gerät erfassen konnte, und mehrere Meilen vom Ufer entfernt, ragten Felsnadeln wie die Gipfel versunkener Inseln in die Höhe, hoben sich von der sie umgebenden Leere ab.

»Warum um alles in der Welt haben sie die *Offenbarung* ausgerechnet hierher geschickt?«, grübelte ich laut. Das war wahrscheinlich eine Frage, die sie schon oft gehört hatten, doch ich wusste immer noch sehr wenig darüber. Es hatte nichts mit der *Aeon* zu tun – ich war einfach nur neugierig.

»Wer weiß?«, meinte Tamanes schulterzuckend. »Vielleicht haben sie gedacht, das Schiff könnte herausfinden, warum das Gebiet so schlimm ist. Diese Felsen und Klippen sehen eindrucksvoll aus, aber sie sind eigentlich nur für Segelschiffe gefährlich. Aber wir verlieren hier sowie auf einem Streifen, der weit ins Meer hinausreicht, auch Mantas, und niemand weiß, warum.«

»Vielleicht dachten sie auch, es wäre die Hintertür nach Tehama«, schlug Alciana vor. »An dem Versuch waren schließlich auch Priester beteiligt, und wir alle wissen, dass die ganz versessen darauf sind, nach Tehama zu gelangen.«

Tamanes warf ihr einen kurzen, warnenden Blick zu, von dem er glaubte, dass ich ihn nicht sah. »Das wäre aber eine mehr als merkwürdige Hintertür, zu versuchen, vom Grund des Meeres aus auf das Plateau zu kommen. Ich nehme an, sie haben wirklich nur versucht herauszubekommen, warum dieses Gebiet so gefährlich ist.

Erst ein paar Monate vorher waren dort ein paar kaiserliche Schiffe verloren gegangen, und aus diesem Grund hat der Kaiser in einem seiner lichten Momente den Umbau und die Ausstattung des anderen Schiffs finanziert.«

Das war mein Großvater Aetius V. gewesen, schon damals ein alter Mann, der seine Zeit damit verbracht hatte, mit verschiedenen Substanzen zu experimentieren, mit denen ihn sein Exarch zuvorkommend versorgt hatte. Unsere Familie machte der menschlichen Rasse wirklich alle Ehre.

»Gehört der lange Meeresarm da auch zur Küste des Verderbens?« Ich deutete auf einen tiefen, von Klippen umgebenen Spalt in der Küste ganz außen im Bild, am Rande der Berge. »Es scheint dort keine Siedlungen zu geben.«

»Ja, da ist es genauso. Die Menschen haben Verstecke auf unserer Seite des Meeresarms, denn die sind vom Meer aus nicht zugänglich, und von der Landseite kommt man fast genauso schwer dorthin. Wir haben keine Aufzeichnungen von dem Meeresarm, aber aus irgendwelchen Gründen kommt dort eine enorme Strömung heraus; sie ist so stark, dass sie nicht nur auf die drei oder vier kleinen Flüsschen zurückzuführen sein kann, die in den Meeresarm münden. Da unsere Seite so gut wie unzugänglich ist und die andere zu Tehama gehört, können wir nicht nachforschen, warum das so ist. Aber es ist auch nicht besonders wichtig.«

Als ich diese realistische Karte von Qalathar betrachtete, begriff ich allmählich, warum Ravennas Heimatland – ihr Geburtsort – so abgeschieden bleiben konnte, begrenzt von der Küste des Verderbens, dem Meeresarm und einer Kette unüberwindlicher Berge, die für Qalathar viel zu hoch wirkten. Es war ohnehin eine merkwürdige Insel, wenn man genauer darüber nachdachte, bei weitem die größte des ganzen Archipels; sie ließ Beraetha und die größten thetianischen Inseln weit hinter sich. Sie war gebirgig, während alle anderen Inseln lediglich kleine Höcker im Meer waren, und umgeben von unruhigen, aber flachen Gewässern. Bostra hatte in seiner *Geografie* nur wenig über Qalathar geschrieben, stattdessen war er überaus ausführlich darauf eingegangen, dass Thetia wie ein riesiger Krater war, ein Ring aus bergigen Inseln rund um ein unglaublich reiches, flaches Meeresbecken. Qalathar war unglücklicherweise nicht interessant oder bedeutend genug gewesen, um seine Beachtung zu verdienen.

Ich dankte den beiden dafür, dass sie mir das Bild gezeigt hatten, und wir verließen den Raum, nicht ohne vorher den Kartentisch ausgeschaltet zu haben. Tamanes entschuldigte sich, weil er noch etwas zu tun hatte, doch Alciana lud mich ein, mit ihr in einem Kaffeehaus auf der gegenüberliegenden Straßenseite etwas zu essen. Das Kaffeehaus ähnelte Dutzenden solcher Lokale in der Stadt, mit viel Platz draußen, um im Sommer dort zu sitzen, und ein paar Tischen drinnen für Kaffee und leichte Mahlzeiten. Ich kam zu dem Schluss, dass es mehr zum Hafen als zur Stadt gehörte, als mir der Geruch von Kochfisch in die Nase stieg. An den Wänden hingen alte ozeanografische Instrumente, und ein Fischernetz war unter der Balkendecke ausgespannt.

Der Eigentümer kannte Alciana offensichtlich und nickte ihr zu, als wir den Raum betraten; ich entdeckte zwei ältere Männer in blauen Tuniken, die in einer Ecke saßen und aßen, und vermutete, dass die Ozeanografen hier gerne Pause machten und etwas aßen und tranken. Abgesehen von den beiden Männern und zwei Seeleuten, die an der Theke standen und Kaffee tranken, war das Lokal leer.

»Was darf's denn sein?«, fragte der Wirt, während er mich mit seinen tief in ihren Höhlen liegenden Augen argwöhnisch musterte.

»Cathan ist auch Ozeanograf«, verkündete Alciana scharf. Sie wandte sich an mich. »Mögt Ihr gefüllte Weinblätter? Hier sind sie mit kleinen Fischhäppchen gefüllt, das ist wirklich sehr lecker.«

Ich nickte. »Gut.«

»Bitte eine große Platte Weinblätter und zwei Kaffee.« Im Archipel trank jeder Kaffee; davon ging man grundsätzlich aus.

Wir warteten auf den Kaffee und setzten uns dann mit unseren Tassen ein Stück von der Theke entfernt an einen Tisch mit hochlehnigen Stühlen, der vor einem altertümlichen bronzenen Röhrengestell mit mehreren polierten Glasröhren stand. Es war hier viel ruhiger als in allen anderen Kaffeehäusern, an die ich mich erinnern konnte, und dass es hier um die Mittagszeit an einem Arbeitstag so leer war, schien mir kein gutes Zeichen zu sein.

»Ein paar von meinen Freunden kommen vielleicht später noch nach, wenn sie sich losreißen können«, sagte Alciana und trank einen Schluck von ihrem Kaffee. Er war nicht gerade hervorragend, wie ich feststellte, als ich ihn selbst versuchte, aber auch nicht schlecht. »Sie gehören allerdings nicht zur Station – die sind heute alle schwer beschäftigt.«

»Wie viele seid Ihr in der Station?«

»Im Augenblick einundzwanzig. Der Meister hat zwei Lehrlinge zur Universität nach Thetia geschickt, als der Ärger anfing, damit sie aus der Schusslinie sind.«

Es gab keine Universität im Archipel, nicht in der Art, wie wir sie im Rest der Welt kannten. Poseidonis hatte einst eine Lehranstalt gehabt, die auf einer Stufe mit den besten thetianischen Universitäten gestanden hatte, genau wie Vararu, doch beide Städte waren zerstört worden. Deshalb waren die nächsten Universitäten die von Mare Alastre und Burg Polinskarn, beide im südlichen Thetia. Es gab hier auch keine großen Archive.

»Glaubt er denn, dass die Gilde in die Schusslinie geraten könnte?«

»Ich muss zugeben, Cathan, dass ich Euch genau aus diesem Grund gefragt habe, ob Ihr mit mir essen gehen wollt. Ich war noch nie von Qalathar weg, und Ihr seid schon überall im Archipel gewesen, seit die Inquisition angefangen hat, ganz zu schweigen davon, dass Ihr zu wissen scheint, was eigentlich vorgeht.«

»Ich habe noch nicht so viel vom Archipel gesehen, wie ich es eigentlich gerne hätte.«

»Ich auch nicht. Aber wir haben vom Hauptquartier der Gilde nichts über diese Dinge gehört, und die müssten doch jetzt eigentlich wissen, was los ist. Habt Ihr die Stationen in Ilthys und Ral Tumar besucht?«

Ich zögerte einen Augenblick, erinnerte mich an die Rolle, die ich in Ral Tumar gespielt hatte. Alciana hatte es verdient, Bescheid zu wissen, besonders jetzt, wo alles so unsicher war. »In Ilthys war ich nur ganz kurz. Sie haben gedacht, sie hätten den Schutz der Thetianer, das zählt dort etwas.«

»Es zählt überall – außer hier. Und wie sieht es mit Ral Tumar aus?«

»Nicht gut. Ich habe dort ein paar Tage in der Bibliothek verbracht. Am letzten Tag sind die Inquisitoren gekommen und haben mit Ausnahme einer Ozeanografin alle verhaftet. Soweit ich weiß, ist sie nach Thetia geflohen, um der Gilde zu berichten, was geschehen ist.«

Das Entsetzten und die Furcht in Alcianas Gesicht jagte mir einen Schauer über den Rücken; natürlich hatte sie keine Ahnung davon gehabt. Ich hatte seither keine weiteren Verfolgungen mehr erlebt, doch der Gedanken-Magier hatte Amalthea in Ral Tumar gewarnt, dass es eine Säuberung geben würde, und er hatte ihr aufgetragen, es der Gilde mitzuteilen. War sie jemals dort angekommen, oder war sie ein weiteres Opfer seiner Doppelzüngigkeit geworden? Sie mussten es inzwischen von den Mannschaften der Schiffe erfahren haben, der Handelsmantas, die in den vergangenen sechs Wochen in Ral Tumar Halt gemacht hatten. Hier jedoch war schon lange niemand mehr aus Thetia angekommen, kein Wort des Gildenhauptquartiers an seinen bedrohtesten Außenposten.

»Ist das Euer Ernst?«, fragte sie.

»Ich fürchte ja. Sie haben irgendwelche Forschungen mit Delfinen betrieben, ich glaube, sie haben sie in Verbindung mit den Fischereiflotten eingesetzt, und ein paar Fanatiker haben das als unnatürlich denunziert. Ich fürchte, ich weiß nicht, wie es danach weitergegangen ist.«

»Bis jetzt dachte ich eigentlich immer, sie würden uns in Ruhe lassen – bisher ist noch niemand von uns verhaftet worden –, aber wenn sie wegen so etwas eingesperrt werden konnten ... wir haben so viele Dinge getan.«

»Gibt es denn Fanatiker in der Stadt, die sich genau an alle Riten und das ganze Drumherum halten?«

»Nicht wie in Ral Tumar. Hier leiden wir alle unter dem, was die Domäne tut. Ich kann mir nicht vorstellen, dass jemand ein Mitglied der Gilde denunzieren würde. Zumindest konnte ich mir das bis jetzt nicht vorstellen. Ihr müsst wissen, dass die Inquisition gestern zu einer unserer Nachbarinnen gekommen ist; sie haben sie früh am Morgen aus dem Haus gezerrt. Sie verehrt Althana sehr innig, aber das wissen nicht viele. Einer ihrer Freunde muss sie angezeigt haben, und so etwas hat es noch nie gegeben. Normalerweise tun das nur Feinde – geschäftliche Konkurrenten oder feindlich gesinnte Häuser.«

War es Palatine gewesen, die gesagt hatte, diese ganze Inquisition biete manchen die Gelegenheit, alte Rechnungen zu begleichen? Ich hatte bisher nicht daran geglaubt, doch bisher war ich auch noch niemandem begegnet, der sich in der Schusslinie befand. Nur die wirklich überzeugten Ketzer – diejenigen, die in den Zitadellen gewesen waren – würden Sarhaddons Appellen widerstehen.

»Warum sollte sich irgendetwas geändert haben?«

»Habt Ihr Euch die zweite und die dritte Rede angehört, die Sarhaddon gehalten hat?«

»Natürlich, wir waren wieder in Alidrisis Haus.«

»Ich weiß, dass gestern Abend keine Zeit zum Reden war, nachdem er fertig war. Ich habe draußen noch mit Tamanes und Diodemes gesprochen – Ihr kennt doch Diodemes, irgendjemand hat gesagt, er könnte bereit sein, zu diskutieren –, und sie waren nicht besonders glücklich. Sarhaddon hat viel von Frevel geredet, darüber, wie Magie in den unterschiedlichsten Formen auftreten kann, wie gut sie verborgen werden kann.«

»Er versucht, Eure Magier in ein schlechtes Licht zu rücken, die Leute gegen sie aufzubringen. Besonders gegen Schattenmagier.«

Sie lächelte schwach. »Wie kann man einen Schattenmagier in ein schlechtes Licht rücken? Ihr wart in der Zitadelle des Schattens, hat jemand gesagt; das ist merkwürdig für einen Thetianer.«

»Ich lebe in Ozeanus.«

»Ihr müsst wichtig sein, so wie die Menschen Euch ansehen. Aber darum geht es jetzt nicht. Seit dieser zweiten Rede scheint sich etwas geändert zu haben: Leute, die ich gar nicht kenne, schauen mich jetzt misstrauisch an, wenn ich ihnen auf der Straße begegne. Es sind gerade mal drei Tage, aber man merkt schon einen Unterschied, und das macht mir Sorgen.«

»Die Leute glauben, Ihr seid ebenfalls Magier.«

»Nein, ganz so schlimm ist es wohl nicht, aber Ihr wisst ja, dass man uns schon immer für ein bisschen abseitig gehalten hat. Für etwas Besonderes. Sarhaddon hatte Recht: Wir analysieren das Meer und versuchen es zu begreifen, und dazu benutzen wir Alchemie und merkwürdige Versuche, die kein Nicht-Ozeanograf versteht. Wir können sagen, wie es weit draußen auf hoher See sein wird, so ähnlich wie die Domäne die Stürme im Voraus erkennen kann.«

»Was durchaus wie eine Art von Magie aussehen kann.« Die Gilde war schon früher verfolgt worden, obwohl es dabei meist nur um einzelne Mitglieder gegangen war, die sich auf die falsche Art von Forschung eingelassen hatten. »Aber sie sind auf uns angewiesen.«

»Wenn sie eine ganze Station verhaften können wie in Ral Tumar, was ist dann hier? Die Leute wissen, dass Diodemes ein Ketzer ist, dass viele von uns Ketzer sind – tatsächlich wohl ungefähr die Hälfte, und von den anderen ist niemand ein besonders leidenschaftlicher Anhänger von Ranthas. Keiner von uns wäre zu den Ozeanografen gegangen, wenn wir nicht alle mit dem Meer hätten arbeiten wollen.«

Wir unterbrachen unsere Unterhaltung, als der hagere Wirt an unseren Tisch trat. Er brachte einen Teller, auf dem gefüllte Weinblätter aufgestapelt waren, und das flache Brot, das normalerweise dazu gegessen wurde. Als Alciana ihm dankte, stapfte er wortlos davon.

»Er ist ein alter Brummbär«, flüsterte sie, »aber er ist wirklich in Ordnung. Er würde niemals einen von uns denunzieren, denn das würde ihn die Hälfte seiner Gäste kosten. Vor zehn Jahren hat er einmal jemandem geholfen, sich davonzumachen.«

»Was habt Ihr getan, was ihnen möglicherweise nicht gefallen wird?« Ich biss in eines der Weinblätter; es war wirklich so gut wie sie gesagt hatte. Ich hatte sie noch nie mit Fisch gefüllt gegessen.

»Das ist wirklich schwer zu sagen, aber wenn der Versuch, Delfine abzurichten, als unnatürlich gilt, weiß ich nicht, wie wir sicher sein sollen. Wir haben Sender an Robben befestigt und sind ihnen mit einem Rochen gefolgt; Robben sind meist mehr darauf konzentriert, Fische zu finden als Delfine. Und dann gibt es da noch ein paar andere Dinge, eher technische, die sie vielleicht nicht gut heißen, aber wenn sie uns holen kommen, werden sie sich sowieso einen Grund ausdenken. Aber das beunruhigt mich eigentlich nicht so sehr wie die Tatsache, dass Sarhaddon uns in jeder Ansprache erwähnt, und fünf Minuten später fängt er dann an über Frevel zu reden, und über verborgene Magier und wie gefährlich all die häretische Magie ist. Ich glaube, die Leute bringen das alles miteinander in Verbindung, und das ist das Schlimmste, was passieren könnte.«

»Aber sie brauchen Euch trotzdem – ohne ozeanografische Station funktioniert die Stadt nicht.«

»Die Stadt funktioniert auch mit nur ein paar wenigen Ozeanografen», erwiderte sie ernst. »Hört auf, mich beruhigen zu wollen. Ihr wohnt im Palast des Vizekönigs, und Ihr scheint jeden zu kennen – ich frage mich, ob Ihr uns vielleicht helfen könntet? Erzählt es den Leuten, die Ihr kennt, fragt sie, ob sie dasselbe denken. Tamanes und Diodemes sind übrigens meiner Meinung, Ihr könnt also auch ihre Namen erwähnen. Alle denken, ich bin zu nervös und flatterhaft, als dass man mir trauen könnte.«

»Ich werde tun, was ich kann«, versprach ich, »obwohl ich nicht weiß, ob Euch wirklich jemand schützen kann, wenn sie kommen. Der Vizekönig konnte uns beschützen, weil wir im Innern seines Palasts saßen und von seinen Wachen umgeben waren, aber Ihr müsst Euch in der Station aufhalten, und Männer vor den Türen würden nichts helfen.«

»Wir können aber auch nicht fortgehen. Wenn jemand das tut, betrachtet die Domäne es als Schuldeingeständnis.«

Ich hörte, wie die Tür sich öffnete, und spürte, wie die kalte Luft von draußen in den Raum wehte. Es war kälter, als es noch heute Morgen gewesen war – die wenigen Tage der Flaute schienen zu Ende zu gehen. Ein weiterer Sturm war im Anzug. Ich war nur froh, dass wir die Möglichkeit gehabt hatten, die Stadt unter besseren Bedingungen zu sehen, so kurz die Zeit auch gewesen sein mochte.

»Alciana, da bist du ja.« Es war Bamalco, der Ingenieur aus Mons Ferranis, mit Tekraea, der zu der Gesandtschaft aus dem Archipel gehört hatte, die vor einigen Monaten Lepidor besucht hatte. Er war derjenige gewesen, den Sarhaddon zu töten gedroht hatte, wenn die angreifenden Seeleute nicht zurückgerufen werden würden. »Na, wie läuft dein Rendezvous?« Ihre Ankunft zerstörte die ruhige Atmosphäre; sie kamen mir beide sehr groß und laut vor.

Alciana schenkte ihm ein frostiges Lächeln, und wir rückten ein Stück zur Seite, damit die beiden sich zu uns setzen konnten.

»Sind das da diese mit Fisch gefüllten Weinblätter?«, fragte Tekraea hungrig und griff auch gleich nach einem.

»Ja, aber du kannst dir selbst welche bestellen, die hier reichen nicht für vier«, erwiderte Alciana und schlug ihm auf die Finger. Widerstrebend stand er auf, um sich selbst eine Portion zu bestellen.

»Jetzt mal im Ernst, hat sie es Euch erzählt?«, fragte mich Bamalco. Als ich nickte, fuhr er fort: »Gut. Ich habe es auch Laeas berichtet. Er wird es dem Vizekönig sagen, aber ob das etwas helfen wird, bleibt abzuwarten.«

»Ich dachte, Ihr unterstützt ihn«, sagte ich.

»Er ist immer noch Cambressianer, das dürft Ihr nicht vergessen, und er ist sehr gut darin, abzuhauen, wenn es darauf ankommt.«

»Und außerdem ist er nicht die Pharaonin«, fügte Tekraea hinzu und schlüpfte wieder an seinen Platz. »Er muss sie aus ihrem Versteck holen.«

»Ich bin mir nicht sicher, ob er überhaupt weiß, wo sie ist«, sagte ich – und hätte mich im gleichen Augenblick dafür treten können. Nun gut, jetzt war es zu spät. Persea hatte sich als nicht besonders hilfreich erwiesen; vielleicht war es bei diesen beiden ja anders.

»Nun kommt schon, er muss es doch wissen.«

Ich schüttelte den Kopf. »Alidrisi weiß es, aber der Vizekönig hat nie etwas davon erwähnt.«

»Sie sind sich nicht einig«, sagte Bamalco. »Alidrisi findet ihn zu gemäßigt. Wenn Ihr Recht habt und Alidrisi weiß, wo die Pharaonin ist, sind das schlechte Neuigkeiten.«

»Ist Alidrisi beliebt?«, fragte ich vorsichtig.

»In manchen Kreisen schon, aber es ist nicht leicht, mit ihm umzugehen. Ich würde immer den Vizekönig unterstützen: Er hat mehr Erfahrung, und er ist nicht so extrem. Auch wenn er Cambressianer ist.«

»Seine Familie stammt zur Hälfte aus dem Archipel«, mischte Tekraea sich ein. »Wenn er wieder Kontakt zur Pharaonin aufnehmen könnte, könnte sie vielleicht öffentlich erscheinen. Schließlich ist er der Vizekönig, und er hat mehr echte Macht als alle anderen.«

»Der Clan Kalessos hat viel mehr Gefolgsleute als der Vizekönig Truppen. Zumindest jetzt, wo sie fast alle seine Männer eingezogen haben.«

»Der Clan Kalessos befehdet sich auch mit anderen. Es wird Ärger geben, wenn nur ein Clan – wie in diesem Fall Kalessos – die Pharaonin in die Finger bekommt. Sie ist unabhängig und keine Marionette – ich wünschte, sie würden endlich aufhören, sie wie eine zu behandeln.«

»Sie hat sonst niemanden, auf den sie sich verlassen kann«, erinnerte Bamalco ihn freundlich. »Sie haben sie ihr ganzes Leben lang versteckt, deshalb ist sie ihnen etwas schuldig.«

»Und sie schulden uns anderen eine Herrscherin, die etwas gegen die Schakale unternehmen kann, die sich da draußen rumtreiben«, hielt Tekraea heftig dagegen. »Menschen des Nachts wegzuschleppen, sie vor Tribunale zu zerren, in denen Männer sitzen, die Gerechtigkeit noch nicht einmal dann erkennen würden, wenn sie ihnen ins Bein beißt. Das sind doch alles machthungrige Fanatiker. Und Sarhaddon ist kein bisschen besser, was immer Ihr auch von ihm halten mögt, Cathan. Er vergiftet ihre Gedanken; die Leute fangen schon an, in jeder Ecke Magier zu sehen. Das ist seine Schuld. Er erschafft diese umfassende Verschwörung böser Magier – jeder Ketzer könnte einer sein –, die allem Verderben bringen, was sie berühren. Er kann nicht offen auf die Götter losgehen, wie er es am ersten Tag getan hat, also muss er stattdessen uns angreifen.«

»Aber wenn er den Kreuzzug aufhält …«, begann Alciana, während Bamalco den Finger an die Lippen legte, ein Zeichen für Tekraea, leiser zu sprechen.

»Wie denn? Indem er uns einredet, dass es besser sei, sich hinzulegen und alle über sich hinwegtrampeln zu lassen?«

»Wäre es dir denn lieber, wenn sie kämen und alle abschlachten würden?«

»Warum sind sie letztes Mal gekommen?«, wollte Tekraea hitzig wissen. »Weil sie versucht haben, unsere Bräuche zu verbieten, und als wir uns geweigert haben, haben sie unser Land besetzt. Jetzt haben alle solche Angst, dass sich niemand mehr zur Wehr setzt. Sie brauchen uns jetzt nur noch zu sagen, dass wir dies und das nicht mehr tun sollen und ein paar Leute zu verhaften, und alle ordnen sich unter. Die Versammlung tritt nie zusammen, wir müssen unsere Toten verbrennen, das Fest des Meeres ist in ein Fest zu Ehren von Ranthas umgewandelt worden.

Und weil wir uns ihnen in den letzten Monaten widersetzt haben, schicken sie diese Inquisitoren, die roten und die schwarzen. Die schwarzen kommen und zerren die Menschen fort, und dann tauchen Sarhaddon und seine roten Brüder auf, um uns eine Chance der Erlösung zu bieten.« In dem Wort »Erlösung« schwang ungeheure Bitterkeit mit. »Erlösung, wenn wir tun, was sie sagen, denn wir werden alles versuchen, einen Kreuzzug abzuwenden. Sie werden vernichten, was noch übrig ist, und dann behaupten, es sei nur zu unserem Besten gewesen.«

»Aber die Alternative hieße, tot oder versklavt zu sein, verstehst du das denn nicht?«, beharrte Alciana. »Ich habe gehört, was dir und Cathan in Lepidor passiert ist, als der Primarch versucht hat, sich Waffen für einen Kreuzzug zu verschaffen. Es ist nicht bloß eine Wolke am Horizont, Tekraea, es bedeckt den ganzen Himmel. Menschen leben mit unterschiedlichen Bräuchen, aber wenn die Kreuzfahrer kommen, wird keiner von uns überhaupt mehr leben.«

»Und ist das Leben denn immer so lebenswert? Früher waren wir einmal mächtig, wir können es wieder werden. Schiffe kann man bauen oder kaufen, oder nicht? Das Gleiche gilt für Waffen. Orethura war zu friedfertig, um das zu erlauben, aber er hätte die Möglichkeit gehabt. Wenn er eine Flotte gebaut hätte, wären wir vielleicht immer noch unsere eigenen Herren. Und wenn wir stark wären, würden Leute wie die Cambressianer auch einen Sinn darin sehen, uns zu helfen.«

Bamalco schüttelte traurig den Kopf. »Ich bewundere deine Ideale, Tekraea, aber du musst in der wirklichen Welt leben. Wir haben keine Werften, um eine Flotte zu bauen, die die Schiffe der Domäne draußen auf See zerstören könnte. Und wer sollte uns Waffen verkaufen?«

Ich war in den Archipel gekommen, um den Dissidenten Waffen

anzubieten, doch irgendwie war dieser Teil meiner Mission immer in den Hintergrund gedrängt worden. Ich würde mich hüten, Persea jetzt darauf anzusprechen, denn wenn wir wirklich Waffen schickten und sie alle in Alidrisis Hände gerieten, wäre das wahrscheinlich auch nicht besser.

Ich warf einen Blick zur Theke hinüber, doch der Wirt war nirgends zu sehen.

»Gibt es viele, die so denken wie Ihr?«, fragte ich.

»Wie meint Ihr das?« Bamalcos Miene war plötzlich undurchdringlich.

»Tekraea, Ihr seid doch eigentlich nicht an einen der Anführer gebunden, oder?«

»Nein, eigentlich nicht.« Die anderen schüttelten die Köpfe.

»Wenn doch, bist du verdammt gut darin, es dir nicht anmerken zu lassen«, bemerkte Alciana.

»Es gibt Menschen wie Alciana, die nichts tun können, weil sie zu viel zu verlieren haben«, begann ich. »Dann gibt es andere, die einfach nichts tun wollen, und es gibt Leute, die mit Alidrisi und seinen Freunden verbündet sind. Aber all die anderen Menschen – in Lepidor zum Beispiel – was ist mit denen? Persea hat Alidrisi satt. Sie scheint dieselben Dinge zu glauben wie er, aber ich habe mittlerweile das Gefühl, dass sie und ihre Freunde auf eigene Faust arbeiten.«

»Alles ist zersplittert, wenn Ihr das meint«, sagte Bamalco. »Alidrisi benutzt verschiedene Gruppen und hilft ihnen im Gegenzug, aber er ist eigentlich genauso wenig ein Anführer wie der Vizekönig. Das Problem ist, dass wir selbst zusammen noch immer keine schlagkräftige Streitmacht sind, oder auch nur gute Partisanen, wenn Ihr an so etwas denkt.«

»Ich bin mir noch nicht ganz sicher, woran ich denke«, sagte ich und aß das letzte Weinblatt. »Und eigentlich sollte ich mich auch gar nicht einmischen.«

»Wenn Ihr uns helfen könnt, dann solltet Ihr Euch sehr wohl einmischen«, widersprach Tekraea. »Ich weiß, dass Ihr nicht aus dem Archipel kommt, aber nach dem, was in Lepidor geschehen ist, geltet Ihr sowieso als einer von uns. Und außerdem seid Ihr Thetianer, was Euch halbwegs zu einem Archipelbewohner macht. Ein Teil des Problems ist auch, dass wir in der übrigen Welt keine Freunde in hohen Positionen haben.«

»Falle ich denn in diese Kategorie?«

»Ihr habt Verbindungen zu Großen Häusern, Ihr seid mit Palatine befreundet, und Ihr seid mit einer angesehenen thetianischen Familie verwandt. Was uns betrifft sind das schon hohe Positionen. Es bedeutet, dass Ihr uns helfen könnt. Wenn Ihr irgendwelche Ideen habt.«

»Ich muss mit Palatine sprechen«, sagte ich. »Sie ist viel besser als ich, wenn es um Ideen geht, und sie kann etwas aus den planlosen Überlegungen machen, die ich manchmal anstelle.«

Ich blieb bei ihnen, während Bamalco und Tekraea eine weitere Platte mit Weinblättern vertilgten, dann erhoben wir uns. Die beiden Seeleute waren gegangen, nur die Ozeanografen saßen noch in ihrer Ecke.

Als wir am Ende der Theke vorbeigingen, tauchte der Wirt durch den Perlenvorhang auf, der den Zugang zur Küche bedeckte, und tippte mir auf den Arm.

»Ein guter Rat: Wenn Ihr Ozeanograf seid, tragt nicht die Farben der Gilde, solange Ihr hier seid. Ich frage Euch nicht, warum Ihr sie nicht sowieso tragt, aber fangt jetzt nicht damit an. Die Leute hier kennen unsere Ozeanografen, aber Fremden gegenüber könnten sie ein bisschen feindlicher eingestellt sein.« Nach diesen Worten verschwand er wieder hinter dem Vorhang, während wir unbehagliche Blicke wechselten.

»Das gefällt mir nicht«, murmelte Bamalco, als wir uns die Kapuzen unserer Umhänge über die Köpfe zogen und hinaus in den Regen traten. »Alciana, pass auf dich auf. Ihr auch, Cathan.«

Alciana und Bamalco verschwanden in die entgegengesetzte Richtung, Tekraea jedoch begleitete mich auf dem Rückweg zum Palast ein Stück.

»Ich habe Euch und Palatine in den letzten paar Tagen öfter gesehen, aber wo ist Ravenna? Ich dachte, ich hätte sie vor ein paar Wochen gesehen, aber niemand hat sie erwähnt.«

Ich drehte mich abrupt zu ihm um, doch er lächelte nicht. Er war sehr offen, sein rotes Haar passte zu seiner hitzigen Persönlichkeit. Dieser Mann war niemand, der zweideutige Fragen stellte.

»Wir haben uns gestritten«, sagte ich kurz angebunden; das stimmte zumindest zur Hälfte. »Ich weiß nicht, wo sie ist.«

»Ihr seid beide Magier, das weiß ich; wie viele von unseren Magiern würde man brauchen, um mit denen der Domäne fertig zu werden, die hier sind?«

»Ich glaube nicht, dass wir genügend zusammenbekommen könnten.« Tatsächlich kannte ich nur uns beide und die älteren Schattenmagier; Ukmadorian hatte zwar behauptet, dass die anderen Orden mehr Magier hätten, doch er hatte nie gesagt, wie viele. »Warum?«

»Die Magier der Domäne sind ein wichtiger Grund dafür, dass die Menschen solche Angst haben. In Lepidor haben wir alle gesehen, dass die Sacri auch nur aus Fleisch und Blut sind. Die Wachen Eures Vaters und unsere Soldaten waren noch nicht einmal annähernd so gut wie die Sacri, und doch haben wir sie alle getötet. Die Magier sind mehr – Ihr wisst selbst, wie hart es ist, wenn man des Feuers beraubt ist. Wenn sie nicht mehr da wären, würden die Leute ein bisschen mutiger werden, könnte ich mir vorstellen.«

»Wir brauchten ungefähr die gleiche Anzahl, schätze ich.«

»Auch wenn Ihr noch einmal die Stürme einsetzen würdet?«

»Das kann ich nur zusammen mit Ravenna tun, und es ist ein bisschen willkürlich. Wir haben damals mit dem Sturm halb Lepidor in Trümmer gelegt, und Tandaris ist längst nicht so stark gebaut.«

»Dieser Schlächter Sarhaddon redet andauernd von böser Magie. Vielleicht seid Ihr eines Tages gezwungen, ihn daran zu erinnern, wie sich so etwas anfühlt. Warum habt Ihr ihn das tun lassen? Ich meine, Ihr hasst ihn doch bestimmt genauso sehr wie wir?«

Ich hatte nicht vor, Tekraea zu sagen, was Sarhaddon mir erzählt hatte, weil ich nie voll und ganz überzeugt gewesen war, und Tekraea war einer der wenigen Menschen, denen ich bisher begegnet war, deren Überzeugung aufrichtig stärker war als ihre Zweifel.

»Er war einmal mein Freund, und mir gefällt der Gedanke, dass er anders ist. Selbst nach dem, was er dort getan hat, kann ich mich erinnern, dass er alle Fanatiker Wahnsinnige genannt hat. Ich hatte gehofft, er würde zu den Priestern gehören, die nicht wahnsinnig sind. Solche gibt es auch.«

»Er ist keiner von denen«, sagte Tekraea kopfschüttelnd, als wir uns trennten und unserer Wege gingen. »Ihr werdet schon sehen.«

Kapitel XXVII

»Waffen? Deine Waffen?«

»Die Waffen meines Vaters«, entgegnete ich entschlossen und ließ meine Blicke über die Anwesenden schweifen, die auf verschiedenen Möbelstücken saßen oder hockten. Der Raum war eigentlich zu klein für neun oder zehn Personen, doch er war das Beste, was wir außerhalb des Palastes gefunden hatten – wo uns niemand belauschen konnte. »Die Waffen, die Lachazzar unbedingt in die Finger kriegen wollte, für die er Lepidor überfallen hat.«

»Wieso hast du uns das nicht gesagt?«, setzte Persea an, aber Bamalco unterbrach sie.

»Das spielt keine Rolle. Was ich wissen will, ist, wieso alle uns Waffen verkaufen wollen, wenn es doch so gefährlich ist. Besonders, weil so ein Handel über ein Großes Haus abgewickelt werden muss.«

»Wie viele von euch kennen Haus Canadrath?«

Die meisten nickten; nur Tamanes und noch jemand schüttelten die Köpfe.

»Es ist das Haus, das am meisten mit uns handelt«, sagte Laeas. »Etwa das drittgrößte in Taneth, nicht wahr? Ich weiß, dass einige kleinere Große Häuser von ihm abhängig sind.«

»Seine Farben sind Rot und Weiß«, nickte Bamalco. »Das Haus hat hier etliche Verträge laufen und auch einige in Ozeanus. Ist Canadrath euer Vertragspartner?«

»Nein, Haus Barca, aber Barca hatte vor, ein Bündnis mit Canadrath zu schließen, als ich wegging. Es ist zu klein, um seine Unternehmungen jetzt schon auszudehnen.«

»Können wir wieder auf die Waffen zurückkommen?«, rief Persea, als plötzlich mehrere Leute durcheinander redeten. »Wessen Idee war das?«

»Wir haben gerade erst damit angefangen, Waffen herzustellen«, erklärte ich, nachdem alle wieder zur Ruhe gekommen waren. »Gemäß dem ursprünglichen Kontrakt würde Hamilcar sie nach Taneth bringen und dort verkaufen, aber anscheinend gehen inzwischen die meisten Waffen, die dort verkauft werden, an die Halethiter. Haus Canadrath will keinen Kreuzzug, weil sie das ruinieren würde, und weder sie noch Haus Barca wollen, dass die Halethiter noch weiter aufrüsten, vor allem, da Eshar vor einiger Zeit angefangen hat, Taneth zu drohen.«

»Also hat Haus Canadrath ein Interesse daran, dass die Waffen woanders hingehen?«, erkundigte sich Bamalco.

»Ja, natürlich«, bestätigte Palatine.

»Das ist gut«, sagte er nachdrücklich. »Aber wieso ausgerechnet hierher?«

»Damit der Archipel größere Überlebenschancen hat, wenn es wirklich Ärger gibt. Und außerdem«, fuhr ich vorsichtig fort, »ist alles, was der Domäne schadet, gut für Haus Canadrath – denn die Domäne ist nicht gut fürs Geschäft.«

»Und was ist mit dem Verbot, in Qalathar Waffen zu verkaufen?«

»Wir hatten geplant, uns in Thetia nach einem Mittelsmann umzuschauen, sobald wir hier zu einer Vereinbarung gekommen sind. Von einem der aktiveren Clans, die sich wegen der Illegalität keine Gedanken machen. Du kannst doch bestimmt ein bisschen Schmuggel organisieren.«

»Ein bisschen Schmuggel? Wirklich? Du bezeichnest Tonnen von Waffen als ein bisschen Schmuggel?«

Tekraea sah beinahe glücklich aus.

Ich war mir nicht sicher, ob ich mir als Waffenhändler gefiel, obwohl das Ziel war, mit den Waffen gegen die Domäne vorzugehen. Dennoch war es ein Geschäft mit dem Tod – andererseits jedoch würde die Domäne ebenso viel Tod bringen, wenn wir nichts dagegen unternahmen.

»Und was ist mit der Bezahlung?«, wollte Bamalco wissen und

zog eine Braue hoch. In der vom Handel geprägten Atmosphäre von Mons Ferranis aufgewachsen, hatte er am meisten Sinn fürs Geschäftliche, wie sich herausstellte. »Ich weise ja nur ungern darauf hin, aber wir haben keine großen Goldvorräte.«

»Darüber müssen wir uns einigen.«

»Was glauben sie, wo wir das Geld hernehmen?«, fragte Tamanes. »Es ist eine gute Idee, aber nur Leute wie Alidrisi verfügen über genügend Mittel, um so etwas zu finanzieren. Oder der Vizekönig – hast du schon mit ihm gesprochen?«

»Wenn solche Leute etwas von den Waffen erfahren, übernehmen sie das Geschäft selbst, oder sie stimmen der Idee gar nicht erst zu«, wehrte Bamalco ab. »Aber wir haben trotzdem nicht so viel Geld, wie dein Vater und Haus Canadrath verlangen werden.«

»Das stimmt«, erwiderte Palatine. »Aber es gibt eine Person, die in der Lage sein könnte, es für euch zu beschaffen, weil sie über genug Druckmittel verfügt, um Einfluss auf diese Leute auszuüben.«

»Und wer soll das sein?«

»Die Pharaonin.« Wir gingen hier ein Risiko ein, aber Palatine hatte die ganze Nacht darüber nachgedacht, nachdem ich mit ihr gesprochen hatte, und sie war zu dem Schluss gekommen, dass es klappen könnte. Falls Ravenna einwilligte. Das würde angesichts dessen, was die Domäne tat, nicht das Problem sein, hoffte ich. Viel schwieriger würde es sein, die Tatsache zu verbergen, dass Ravenna selbst die Pharaonin war und nicht nur ihre Kameradin, wie alle glaubten. Ich war fest entschlossen, ihre Identität so lange wie möglich geheim zu halten; sie hatte mir dieses Versprechen selbst abgenommen, und deshalb hatte ich es nicht einmal Laeas und Persea gesagt, die ich wirklich gut kannte.

»Niemand von uns hat eine Verbindung zur Pharaonin«, wandte Tamanes ein, doch er wurde von Persea unterbrochen.

»Doch. Cathan, ich muss dich das fragen: Spüre ich hier einen tieferen Beweggrund?«

»Ja, aber das ist nicht der Hauptgrund. Sie sollte sowieso unsere Verbindung zu dir sein, weil sie aus dem Archipel stammt – deshalb ist sie ursprünglich auch hergekommen.«

»Ravenna?«, fragte Tekraea verwirrt. »Wie meinst du das?«

»Sie ist eine enge Freundin der Pharaonin.« Diesmal hatte Laeas gesprochen, der einen der wenigen richtigen Stühle ergattert hatte, weil er zu groß war, um sich gefahrlos auf einen Tisch oder die Lehne eines Sofas zu hocken. Es wurde allmählich heiß hier drinnen, obwohl der Raum ganz oben im Gebäude lag und zugig war. Weshalb ihn Tekraeas Haus vermutlich auch niemals benutzte. »Das hat die Domäne schon in Lepidor in die Irre geführt.«

Wieder redeten alle durcheinander, und Bamalco hob Ruhe gebietend die Hände; alle waren erregt und unruhig. Regelrecht nervös. Wir waren hier weder von Wachen noch von Palastmauern geschützt, und die Inquisitoren hatten das Recht, private Gebäude nach versteckten Häretikern zu durchsuchen. »Ihr glaubt also, diese Ravenna kann die Pharaonin überreden – ja, was eigentlich genau zu tun? Die Pharaonin hat doch auch kein Geld.«

»Aber sie hat Einfluss«, erwiderte Palatine. »Sie ist mündig, wenn sie also einen Befehl gibt, sollte er eigentlich befolgt werden. Das Problem ist, dass sie sich immer in der Gewalt von anderen befindet, Leuten wie Alidrisi und dem Vizekönig. Ich weiß, dass einige von euch diese Leute anerkennen und unterstützen, aber könnt ihr aufrichtig behaupten, dass die Pharaonin besser dran ist, wenn sie von einem von ihnen kontrolliert wird? Beide haben ihre eigenen Pläne und Absichten. Wer von euch würde ihr wünschen, auf den Thron zu gelangen, weil der Clan Kalessos sie hinaufgehoben hat? Das würde Alidrisi viel zu viel Macht verschaffen. Und Sagantha – Verzeihung, der Vizekönig – wäre in der gleichen Position, wenn es seine Leute wären, die gehandelt hätten.«

»Also wir?«, fragte Tamanes ungläubig. »Willst du tatsächlich darauf hinaus – dass wir die Basis ihrer Unterstützung sein sollen?«

»Nicht nur ihr. Ihr alle habt Freunde, die die eine oder andere Gruppierung bevorzugen, aber sie alle sind der Pharaonin treu ergeben, auf wie abstrakte Weise auch immer.

Wir wissen, dass es Leute gibt, die nicht viel unternehmen können – die Ozeanografen zum Beispiel –, weil sie so exponiert sind, aber wenn mit Hilfe derer, die Kontakt zur Pharaonin haben, alle auf das gleiche Ziel hinarbeiten, wird sie ihre eigene Unterstützung bekommen, auf die sie sich verlassen kann.«

»So ein Plan passt übrigens genau zu ihr«, sagte Laeas in der auf Palatines Worte folgenden Pause zu den übrigen Inselbewohnern. Ich sah, dass einige skeptische Gesichter machten. »In der Zitadelle war sie tödlich, sie hat den Rest von uns wie Amateure aussehen lassen.«

»Du meinst das also ernst, das mit dem ... Aufbau einer ... Fraktion für die Pharaonin?«, fragte Tamanes im Tonfall eines Mannes, der versucht, sich über etwas klar zu werden.

»Absolut. Wieso hätte ich es sonst gesagt? Gibt es hier jemanden, der sie nicht gern auf dem Thron sähe? Sie hat ganz Qalathar hinter sich, es ist nur so, dass niemand direkt etwas zu ihren Gunsten tut. Alle arbeiten für Alidrisi oder für Sagantha oder für sonst wen. Nach so langer Zeit im Exil hat sie keine eigenen Anhänger.«

»Aber wie können wir so vielen Leuten so enge Verbindungen zur Pharaonin anvertrauen?«, fragte ein junger Mann, den Tamanes mitgebracht hatte. »Was ist mit Spitzeln?«

»Und was können wir tatsächlich erreichen – wenn wir es schaffen und die Pharaonin uns Geld für die Waffen besorgt? Was dann? Nehmen wir es dann mit den Sacri auf?« Auch das Gesicht dieses Sprechers kannte ich nicht.

»Dann haben wir die Möglichkeit, zurückzuschlagen!«, rief Tekraea mit blitzenden Augen. »Ihnen zu schaden!«

Jetzt begannen drei oder vier Leute auf einmal zu reden, und der Regen, der von draußen gegen die kleinen Fenster an jedem Ende des Raums prasselte, war nicht mehr zu hören. Palatine versuchte, die Ordnung wiederherzustellen, doch alle dachten wohl, sie sei fertig und es wäre an der Zeit, eine generelle Debatte zu beginnen.

»Verstehst du jetzt, was ich immer über die Archipelbewohner im Allgemeinen sage?«, flüsterte sie mir zu und riss dabei trotzig die Hände hoch. »Wir Thetianer sind genauso schlimm.«

Laeas war es schließlich, der die Faust auf den Tisch neben sich krachen ließ und so den Lärm zum Verstummen brachte. Palatine war zu höflich, um so etwas zu tun.

»Das ist die erste ehrgeizige Idee, die in den letzten paar Jahren hier aufgekommen ist«, sagte er offen heraus, stand auf und trat zwischen Palatine und mich. Wir rückten beide etwas auseinander, um ihm Platz zu machen. »Also hört auf, nach Problemen zu suchen.

Falls ihr es nicht wissen solltet, diese Frau hier ist Palatine Canteni. Ihr Vater war Präsident Reinhardt Canteni, der einzige anständige thetianische Clan-Führer in dreißig Jahren, und sie ist von Marschall Tanais persönlich unterrichtet worden. Und als wäre das nicht genug, ist sie auch noch eine Nachfahrin von Carausius. Also haltet jetzt den Mund und hört ihr zu.«

Palatine nickte Laeas dankbar zu, als er sich wieder setzte. Jetzt war es still im Zimmer. »Wir gehen zunächst Schritt für Schritt vor. Wir laufen nicht in alle Richtungen auseinander und erzählen es so vielen Leuten wie möglich. Das Erste und Wichtigste ist, Ravenna zu finden. Vielleicht ist sie bei der Pharaonin, vielleicht auch nicht, aber Alidrisi hält sie für wichtig und behält sie irgendwie im Auge. Hat jemand eine Ahnung, wo sie sein könnte?«

Es blieb lange still, während Laeas und Tekraea ihre Blicke auf Persea hefteten. Ich sah, wie sie unbehaglich hin und her zappelte. Sie schien sich nicht gerade wohl zu fühlen, doch niemand sagte etwas. Schließlich platzte sie heraus: »Ja, ich glaube, ich weiß es. Aber erst seit ein paar Tagen – Cathan, ich habe es nicht gewusst, als wir uns unterhalten haben.«

»Wo ist sie? In Kalessos?«

»Nein, das ist zu weit weg. Ich weiß, dass Alidrisi eine oder zwei Ruinen an der Küste des Verderbens besitzt, an dem Meeresarm, hoch in den Bergen, wo niemand hingeht, der bei klarem Verstand ist. Seine Stallburschen haben sich darüber beklagt, dass die Hufe seiner Pferde jedes Mal in einem furchtbaren Zustand sind, wenn er von Kalessos zurückkommt, und sie waren überrascht, dass er es geschafft hat, zwei Pferde zum Lahmen zu bringen, obwohl er ein guter Reiter ist. Nun, sogar ein schlechter Reiter kann von hier nach Kalessos reiten, ohne dass sein Pferd anschließend lahmt, aber die Berge sind etwas ganz anderes.« »Wie weit ist es zu diesen Ruinen?«

»Du kannst die Berge von hier aus sehen. Die Hauptstraße verläuft nach Osten durch die Hügel und biegt dann nach Süden ab, wenn sie den Rand von Tehama berührt. Auf der ganzen Strecke zweigen immer wieder Nebenstraßen ab, von denen die meisten sehr schlecht sind, weil dort eigentlich niemand mehr wohnt. Ich weiß nicht genau, welche er nimmt, aber ich glaube, es ist ein Ritt von drei oder vier Stunden. Mit einem Boot ginge es schneller, aber das Meer ist dort nicht befahrbar.«

»Es kann nicht zu weit weg sein, sonst würde er nicht so oft dort hinreiten«, meinte Laeas. »Sogar bei schlechtem Wetter.«

»Bei normalem Wetter, meinst du«, sagte Bamalco und schaute hinaus. »Ich finde, einige der Stürme, die wir zurzeit haben, sind einfach zu schlimm, als dass wir einen langen Ritt unternehmen sollten. Gibt es wirklich keinen Zugang vom Meer aus?«

»Es muss einmal einen gegeben haben«, sagte Tamanes, »denn ziemlich weit hinten im Meeresarm befinden sich die Überreste eines Hafens. Es hat dort vielleicht auch einmal einen sicheren Kanal gegeben, aber als die thetianische Flotte den Hafen zerstört hat, haben sie auch die Mündung des Meeresarms in die Luft gesprengt, um zu verhindern, dass der Hafen weiter benutzt wird.«

»Diese Thetianer sind manchmal ein verdammt rachsüchtiger Haufen«, bemerkte jemand. »Ohne Cathan und Palatine beleidigen zu wollen.«

»Wie sind die Thetianer an der Küste des Verderbens vorbeigekommen?«, fragte ich, im Augenblick ein wenig abgelenkt. »Tamanes, du hast gesagt, die Küste erstreckt sich beiderseits des Meeresarms, also muss es einen Weg hinein gegeben haben, den die Tehamaner gekennzeichnet hatten.«

»Anscheinend hat Carausius die thetianische Flotte geführt«, sagte Tamanes. »Ich weiß nicht, ob das eine tiefere Bedeutung hat.«

»Gibt es nun vom Meer aus einen Weg in den Meeresarm und die Klippen hinauf oder nicht?«, wollte Palatine wissen. »Das ist jetzt das eigentlich Wichtige.«

Tamanes schüttelte entschieden den Kopf. »Selbst wenn es einen gäbe, wäre er zu gefährlich, als dass man ihn jetzt ausprobieren sollte.«

»Gut, dann müssen wir über Land. Es gibt dort also eine Villa oder Felsenburg auf oder dicht bei den Klippen, hoch gelegen und leicht zu verteidigen – habe ich Recht?«

Persea nickte. »Sie wird bestimmt bewacht, vermutlich von Mitgliedern des Clans Kalessos.«

»Wie viele Wachen werden ein Auge auf diese Ravenna haben,

wenn sie nicht bei der Pharaonin ist?«, fragte Tekraea. »Wenn ich Alidrisi wäre, würde ich sie zusammenstecken, keine Frage – und vergesst nicht, sie ist keine Gefangene.«

»Aber es ist sehr viel sicherer, zwei solche Orte zu haben. Wenn jemand kommt, kann die Person, die bewacht wird, schnell an den anderen Ort geschafft werden.«

»Wir reden hier doch nicht von Balladen, oder?«, meinte Palatine entschieden. »Für zwei Gebäude braucht man mehr Wachen, und das bedeutet mehr Erklärungen, mehr Verpflegung, mehr Kosten. Ein Gebäude hingegen heißt so wenig Wachen wie nötig und ein paar Bedienstete. Sie müssen irgendwie verpflegt werden, was bedeutet, dass sie ab und zu entweder einen Wagen oder ein paar Maulesel dort hochschaffen müssen. Das Gebäude muss außerdem in gutem Zustand und warm sein, wenn um diese Jahreszeit jemand dort leben kann. Und es darf niemand anderes in der Gegend wohnen, denn Alidrisi bewacht das Kostbarste, was es in ganz Qalathar gibt.

Wir müssen herausfinden, wo genau sich die Burg befindet«, fuhr sie fort. »Wir können nicht einfach in den Bergen herumwandern. Die meisten seiner Leute, vielleicht alle, die hier sind, werden nichts davon wissen – das wäre zu gefährlich.«

»Ich halte es für ziemlich unwahrscheinlich, dass wir die Pharaonin oder ihre Kameradin so einfach finden können«, meldete sich Bamalco wieder zu Wort. »Ich kann deinen Gedankengang nachvollziehen, aber würde Alidrisi sie wirklich an einem so offensichtlichen Ort verstecken? Es klingt einfach zu schön – irgendeine halb verfallene Burg in der Wildnis oberhalb der Küste des Verderbens, meilenweit von hier entfernt.«

»Wo wäre es denn sicherer? Hier in der Stadt jedenfalls nicht – hier droht viel zu viel Gefahr von der Inquisition und anderen. Und die Berge haben den Vorteil, dass viele Wege herausführen; sollte jemand versuchen, sie zu entführen, gibt es genug Trampelpfade und Ziegensteige und jede Menge Stellen, wo man sie verstecken könnte. In der Stadt gibt es keine Verstecke, genauso wenig wie auf einem Schiff oder einer kleinen Insel.«

»Wenn sie also zusammen sind, wieso holen wir uns dann nicht auch die Pharaonin?«, wollte Tekraea wissen. »Ravenna kennt uns;

sie kann der Pharaonin erklären, dass wir auf der richtigen Seite stehen, und dann können wir die Pharaonin selbst verstecken.«

»Aber können wir das denn?«, fragte Persea. »Es mag dir ja vielleicht nicht gefallen, wenn sie in Alidrisis Obhut ist, aber er kann sie beschützen. Er hat überall geeignete Gebäude – er ist ein mächtiger Mann. Wenn wir die Pharaonin holen, wird er Himmel und Hölle in Bewegung setzen, um sie zurückzubekommen. Aber würde er dasselbe für ihre Kameradin tun?«

Erneut verwandelte sich das Treffen in ein heilloses Durcheinander, und Laeas schüttelte resigniert den Kopf, als Palatine ihn ansah. Tamanes und Persea diskutierten lautstark, Bamalco versuchte, zwei andere zur Vernunft zu bringen, und Tekraea erzählte jedem, der ihm zuhörte, dass es doch wohl ganz offensichtlich das einzig Richtig sei, beide aus den korrupten Händen Alidrisis zu befreien.

Palatine packte mich am Ärmel, zerrte mich so weit wie möglich von den anderen weg und drängte mich in eine Ecke zwischen der Tür und einer großen Holzkiste, die von Spinnenweben verhangen war. Die Luft war staubig, und ich musste unwillkürlich husten.

»Wir manövrieren uns mehr und mehr in die Ecke, Cathan; die Geschichte läuft aus dem Ruder. Ihnen gefällt die Idee, aber es ist letztlich alles nur Theorie: Befreien wir die Freundin der Pharaonin, damit sie mit der Pharaonin sprechen und diese wiederum Alidrisi überreden kann, uns ein bisschen Geld zu geben. Damit wir Waffen kaufen können, um was genau zu tun?«

»Du weißt …«

»Natürlich weiß ich es, aber dies sind kluge Köpfe; in Thetia wären sie alle auf der Universität oder innerhalb ihrer Clans auf dem Weg an die Spitze. Aber das hier ist Qalathar, und alle konzentrieren ihre ganze Energie auf die Domäne.«

»Was willst du damit sagen?«, fragte ich; ich fürchtete mich vor der Antwort.

»Sag es ihnen. Sie ist, was sie ist, und wir können es nicht ändern. Irgendwann muss sie aus ihrem Versteck kommen, und zwar bald.«

»Du folgst immer dem Prinzip, den Leuten genau das zu sagen, was sie wissen müssen. Du warst diejenige, die sich in Ral Tumar

Sorgen gemacht hat, dass wir verraten werden könnten, nicht ich; und du hattest Recht.«

»Du hast dich von jemandem, der zu vertrauensvoll ist, in jemanden verwandelt, der zu wenig vertraut.« Noch immer hörte uns niemand zu, doch es schien ein bisschen Ruhe einzukehren; Bamalco leitete jetzt eine Debatte zwischen drei oder vier anderen.

»Wenn ich es ihnen sage, breche ich ihr gegenüber mein Versprechen.«

»Und sie hat dein Vertrauen bereits missbraucht, indem sie in Ilthys weggelaufen ist«, erklärte sie barsch.

»Palatine, wir kennen die Hälfte der Leute hier doch gar nicht. Wenn auch nur einer von ihnen gefangen genommen wird, oder, was Thetis verhindern möge, für Sarhaddon oder Midian arbeitet, hat die Domäne gefunden, was sie seit zwanzig Jahren sucht. Sie hat nur überlebt, weil es ein Geheimnis ist.«

»Und genau deshalb ist sie in der Gewalt von Männern wie Alidrisi. Cathan, wenn Ravenna dir hilft, die *Aeon* zu finden, wird sie sich an einem Ort befinden, der so sicher ist, dass kein Inquisitor sie die nächsten tausend Jahre finden kann. Aber sie muss mitmachen, und sie wird dir nicht vergeben, wenn du sie in eine noch viel schwierigere Situation bringst als die, in der sie jetzt ist.«

»Ich habe ihr Vertrauen schon zu oft missbraucht«, sagte ich dickköpfig. »Nicht schon wieder.«

»Ihr traut euch beiden nicht wirklich, und das weißt du auch. Das können wir uns nicht leisten. Ob ihr euch liebt oder nicht, ihr seid unsere größte Hoffnung. Ihr beide. Ihr habt euch bereit erklärt, zusammenzuarbeiten, als die ersten Magier des Sturms, und das muss weitergehen – unabhängig davon, was sonst zwischen euch ist.«

»Also gut. Dann sag es ihnen. Sollen sie es ruhig verbreiten.«

»Das war eine Bemerkung, die deines Bruders würdig gewesen wäre«, schnappte Palatine und wandte sich wieder den anderen zu. »Darf ich etwas sagen?«, fragte sie Bamalco und unterbrach die von ihm geführte Debatte.

»Du wärst schon längst wieder an der Reihe gewesen«, meinte er mit einem angedeuteten Lächeln.

»Hört mir zu, ihr alle. Wir müssen ein Bekenntnis ablegen, das einiges klären wird, und es tut uns Leid, dass wir euch diesbezüglich in die Irre geführt haben. Ihr habt Zweifel an dem, was wir gesagt haben, besonders was die Bemühungen betrifft, die Kameradin der Pharaonin zu befreien, aber nicht sie selbst. Mit dem, was ich euch jetzt sage, brechen Cathan und ich ein ernstes Versprechen, das wir beide gegeben haben, und ich möchte, dass ihr alle einzeln und jeweils vor den anderen als Zeugen, schwört, es niemandem weiterzuerzählen. Ist das klar?«

Allgemeines zustimmendes Gemurmel war zu vernehmen, und wir gingen durch den Raum und ließen alle einzeln bei den Elementen schwören, das Geheimnis zu bewahren. Das würde uns nicht wirklich vor Verrat schützen, doch ich hoffte um unser aller willen, dass es die Lippen all derer versiegelte, die keine Agenten der Domäne waren. Wir gingen langsam und so feierlich vor, wie es in einem heißen Zimmer voller starker Persönlichkeiten möglich war. Und während wir es taten, legte sich die aufgeregte Stimmung, die Anwesenden lehnten sich zurück, und Ruhe kehrte ein.

Niemand beschränkte sich bei seinem oder ihrem Schwur auf die Elemente; viele fügten ein Versprechen bei ihrer Clan-Ehre hinzu, einige bei ihrer Stadt – ein oder zwei gaben Poseidonis als ihre Heimat an –, und in Tamanes' Fall bei seiner Loyalität gegenüber der Gilde.

Zum ersten Mal in dieser Nacht herrschte absolute Stille, als Palatine ihren Eid beendet hatte und nochmals den bestätigte, den sie gleich brechen würde – obwohl sie es nicht wirklich so versprochen hatte wie ich. Dann gab ich mein Versprechen.

»Ich schwöre im Namen von Thetis, der Mutter des Meeres; bei Tenebra, der Lady der Schatten; Hyperias, dem Lord der Erde; Althana, der Herrin des Windes; Phaeton, dem Bringer des Lichts; Ranthas, dem Herrn des Feuers und Einem unter den Acht, und bei Ethan von den Geistern und Chronos, der über Vergangenheit und Zukunft wacht; bei der Ehre meines Clans, dass ich vor allen lebenden und sterbenden Seelen geheim halten werde, was heute gesprochen wird. Und ich bitte euch alle, zu bezeugen, dass ich, indem ich dies tue, einer Sterbenden gegenüber ein Versprechen breche, und so lange unter Meineid stehen werde, bis ihr seht, wie jene, deren Vertrauen ich gebrochen habe, mir vergibt.«

Ich verstummte und trat zurück, um die Bühne wieder Palatine zu überlassen; ich war zutiefst dankbar, dass ich keine Verachtung auf den Gesichtern der anderen sah und fragte mich, wieso nur Persea die Bedeutung dessen erfasst hatte, was ich gerade gesagt hatte.

Es war ein Eid gewesen, den ich einer Sterbenden geschworen hatte, so unvollkommen er auch gewesen sein mochte, denn jene, die zum Tod verurteilt waren, wurden als Sterbende betrachtet. Ich erinnerte mich an jedes Wort, das in jener schrecklichen Nacht in den Zellen gesprochen worden war, und ich hatte meine Freunde und meine Familie angelogen, um den Eid gegenüber Ravenna zu wahren. Jetzt würde ich daneben stehen, während Palatine gleich an meiner Stelle diesen Eid in einem Raum voller Menschen brechen würde, von denen ich die meisten nie zuvor gesehen hatte. Und es diente dem Schutz Ravennas, geschah also aus dem gleichen Grund, weshalb sie ihn mir damals abgenommen hatte. Ich konnte noch immer Asche in meinem Mund schmecken.

»Die Pharaonin hat keine Kameradin«, erklärte Palatine schlicht. »Einige von euch sind Ravenna bereits begegnet, andere noch nicht. Sie ist die Pharaonin von Qalathar und Orethuras Enkelin. Wir brauchen eure Hilfe, um die Pharaonin von Qalathar aus den Händen ihrer Feinde und derjenigen zu befreien, die vorgeben, ihre Freunde zu sein.«

Diesmal war der Aufruhr so laut, dass ich schon fürchtete, man könnte uns im Tempel hören.

»Dann war sie also da«, meinte Persea verwundert. Verwirrung stand in den Gesichtern, die uns alle zugewandt waren. »Sie wäre lieber gestorben, als sich von der Domäne als Marionette benutzen zu lassen.«

»Genau wie wir«, sagte Tekraea hitzig. »Ich verpflichte mich bei meinem Leben, ihr zu dienen! Wieso sollten wir ihr nicht dienen, wie die Wachen ihrem nutzlosen Kaiser dienen?«

»Du kannst dich ihr verpflichten, wenn wir sie gefunden haben«, sagte Laeas freundlich. »Jetzt habt ihr zunächst einmal den Eid geschworen. Hat noch jemand Zweifel? Falls nicht, hört Palatine zu. Wir sind uns alle einig, *was* zu tun ist. Nun müssen wir entscheiden, *wie* wir es tun. Palatine?«

»Wir haben zwei Möglichkeiten. Entweder wir versuchen es mit ein oder zwei Leuten, vertrauen auf Heimlichkeit, oder alle kommen mit, was uns mehr Möglichkeiten gibt, aber schwieriger ist. Und wir müssen davon ausgehen, dass sie einen Fluchtweg haben, damit sie sich aus dem Staub machen können, wenn sie sehen, dass sich Feinde nähern.«

»Alidrisi bricht morgen auf; er kehrt nach Kalessos zurück«, sagte Persea. »Cathan wollte ihm allein folgen, aber vielleicht sollten wir alle mit ihm gehen.«

»Das ist zu offensichtlich. Er würde es merken, wenn ihm eine ganze Horde Reiter folgt. Wir dürfen keine Aufmerksamkeit erregen. Selbst ein einzelner Reiter, der ihm folgt, braucht eine gute Ausrede, und wenn wir ihn nicht die ganze Zeit im Blick behalten, riskieren wir es, ihn zu verlieren.«

»Und wenn jemand irgendwo auf ihn wartet?«, schlug Laeas vor. »Ich weiß nicht, wie viele Straßen es dort gibt, aber es können nicht mehr als ein halbes Dutzend sein. Wenn sich an jeder Abzweigung jemand versteckt und ihm so weit das Tal hinauf folgt, wie es möglich ist – würde das nicht funktionieren?«

»Das könnte klappen«, meinte Persea nachdenklich. »Aber da oben ist die Anwesenheit eines Reiters noch viel schwerer zu erklären. Auf der Hauptstraße vielleicht, ja, aber nicht in den Bergen. Und wenn er in die Berge will, muss er die Kutsche irgendwo zurücklassen. Er wird sich auf vertrautem Gelände bewegen, während wir herumtappen. Außerdem könnte er an den Abzweigungen Leute zurücklassen.«

»Was ist, wenn wir einfach nur beobachten, welche Straße er nimmt?«, meinte ich. »Ja, ich weiß, das bedeutet, dass wir das Gelände stärker auskundschaften müssen, aber die Gefahr, entdeckt zu werden, ist gering. Wenn wir es wissen, können wir alle hochschicken, um die Stelle zu suchen.«

»Du vergisst, dass wir gesehen werden könnten. Sie dürfen nicht wissen, dass wir nach ihnen suchen.«

»Warum stehlen wir Alidrisi nicht einfach die Pferde und tun so, als wären wir er und seine Schurken?«, fragte Tekraea. »Die Wachen werden es erst bemerken, wenn wir sehr nahe herangekommen sind.«

»Damit das funktioniert, müssen wir wissen, wo dieser Ort ist«, entgegnete Bamalco. »Wenn jemand, der vorgibt, Alidrisi zu sein, sein eigenes Versteck sucht, wird das die Wachen wohl kaum überzeugen.«

»Cathan, hast du nicht gesagt, du wüsstest, wie du sie finden kannst?«, fragte Palatine. »Vor ein oder zwei Wochen – irgendetwas über Magie, glaube ich.«

»Das hätte nur mit einem Brief funktioniert. Wenn sie ihn berührt, wüsste ich, wo sie sich befindet. Aber wir können Alidrisi keinen Brief mitgeben.«

»Gibt es keine andere Möglichkeit?«

Ich dachte einen Moment nach; es musste doch etwas geben, das sie uns in der Zitadelle beigebracht hatten. Aber sie hatten immer wieder nachdrücklich – mit gutem Grund – darauf hingewiesen, dass wir niemals Magie einsetzen sollten, wenn es entdeckt werden könnte. Denn Magie hinterließ einen schwachen Rückstand an uns und an der Stelle, wo wir sie benutzt hatten; einen Rückstand, der stark genug war, um über Meilen hinweg entdeckt zu werden.

»Wie weit sind die Berge von hier entfernt?«

»Mindestens fünfundzwanzig Meilen, vielleicht vierzig bis zur letzten Abzweigung.«

»Wenn wir herausfinden können, welche Abzweigung es ist«, sagte ich vorsichtig und wusste dabei nur allzu gut, dass ich mich mehr oder weniger verpflichtete, »kann ich den Ort vermutlich im Dunkeln finden. Ich bin ein Schattenmagier, die Dunkelheit ist kein Problem für mich.«

Ich sah verwirrte Gesichter um mich herum. Anscheinend hatten Persea und Laeas nicht vielen davon erzählt. Das war etwas, wofür ich dankbar sein musste, angesichts der Art, wie Sarhaddon all unsere Magie und das damit verbundene Übel anprangerte. Besonders Schatten. Die Menschen haben Angst vor der Dunkelheit.

»Aber wie viele von uns können dich begleiten?«

»Das ist das Problem. Ich kann meinen Weg dort in absoluter Schwärze finden, aber ich werde euch führen müssen. Es kann richtig kompliziert werden, wenn wir den Ort erreichen und klettern müssen.«

»Das ist machbar«, meinte Palatine. »Und ich weiß, dass du an senkrechten Mauern und so weiter hochklettern kannst, also kommst du auch rein. Und wieder raus. Wenn wir anderen solange unten auf dich warten ...«

»Einige von uns«, sagte Bamalco. »Wir brauchen einen sicheren Ort, wo wir sie hinterher unterbringen können, und auch darum muss sich jemand kümmern. Wenn wir das Ganze nachts machen, werden wir schreckliches Wetter haben, also je weniger von uns auf der Straße sind, desto besser. Blitze werden die Dunkelheit erhellen, und sie könnten uns sehen. Wo finden wir einen sicheren Ort? Es spielt keine Rolle, ob für kurze Zeit oder für länger, aber er muss vor Alidrisi und dem Vizekönig geschützt sein.«

»Es gibt vielleicht etwas, das sich auf Dauer eignet«, sagte Palatine. »Aber wir müssen erst mit Ravenna sprechen. Was den Augenblick betrifft, vielleicht könnte Haus Canadrath uns helfen? Sie hat ja nicht gerade ein Schild mit der Aufschrift ›Pharaonin‹ um den Hals hängen, und Gefahr droht ihr nur von den Leuten, die sie erkennen könnten. Alidrisi wird sie nicht in Gefahr bringen, indem er zur allgemeinen Jagd auf sie aufruft, sondern vorsichtig vorgehen. Und leise.«

»Was ist denn nun mit der fraglichen Nacht? Die Stadt ist nach Sonnenuntergang geschlossen – wir werden erst am nächsten Morgen zurückkehren können.«

»Keine Dörfer, keine Herbergen«, sagte Persea sofort. »Die Leute würden reden. Es sei denn, irgendwer hat ein Haus oder so mitten im Nirgendwo?«

Niemand stammte aus einer Bauernfamilie, was angesichts der geringen Ackerflächen in Qalathar nicht überraschend war »Holzfällerhütten«, sagte einer von denen, die ich nicht kannte. »Die Holzfäller arbeiten im Winter nicht, ihre Hütten werden leer stehen, und niemand wird Fragen stellen.«

»Danke«, antwortete Palatine. »Jetzt müssen wir nur noch die kleineren Einzelheiten besprechen, die Pferde, die Vorräte, und genau festlegen, was jeder tun soll. Wir müssen das Ganze gut planen; wir können uns keine Fehler leisten. Und die Küste des Verderbens ist keine freundliche Herrin.«

Vierter Teil

Die Küste des Verderbens

Kapitel XXVIII

Wir verließen Tandaris im Regen, einem zwar sanften, jedoch alles durchdringenden Nieselregen, der aus dunklen Wolken fiel, die noch Schlimmeres ahnen ließen. Sechs Reiter auf unauffälligen Pferden mit bronzefarbenen Mähnen, die sich gegen den Regen in schwere Umhänge gehüllt hatten; weder die Inquisitoren noch die Wachen am offenen Tor erhoben Einwände gegen unseren Aufbruch. Sicher, es war mitten im Winter, aber noch immer benutzten viele Leute die Hauptstraße der Insel, und so hatten sie keine Zeit, jeden zu verhören, auch wenn sie es gerne getan hätten.

Niemand von uns konnte ein Schwert tragen, was mir ein bisschen Sorgen bereitete. Da es in Qalathar praktisch keine Banditen gab, hatten wir keinen triftigen Grund, uns mit etwas anderem als den im Archipel gebräuchlichen Kampfstäben zu bewaffnen, die die Domäne für nutzlos hielt. Ich war im Umgang mit diesen Stäben außer Übung, denn ich hatte keinen mehr angerührt, seit ich die Zitadelle verlassen hatte.

Wir ritten zunächst parallel zum Meer an dem Hügel entlang, auf dem die Stadt errichtet worden war. Ein paar Schritte rechts von uns klatschten die Wellen an die Mauer. Eine steife Brise wehte vom Meer, zerrte an unseren Umhängen und besprühte uns hin und wieder mit Gischt. Die Steine der Straße waren glitschig, und die Klippe über uns schien in einem schlechten Zustand zu sein; ich sah Stellen, wo der Fels erst kürzlich abgebröckelt war und Narben zurückgelassen hatte, in die der Pflanzenbewuchs noch nicht wieder richtig Fuß gefasst hatte. Diese Straße war den größten Teil des Winters unpassierbar gewesen, hatte Persea gesagt, und ich verstand jetzt auch, wieso.

Tandaris geriet außer Sicht, sobald wir die erste Biegung umrundeten, und verschwand hinter den ungleichmäßigen Klippen. Vor uns schlängelte sich die Küstenlinie dahin, zunächst eher flach, dann immer steiler, als die sanften Hügel rasch hoch aufragenden Klippen wichen, deren Gipfel in den Wolken verschwanden. Die Landzunge am Ende war etwa vierzig oder fünfzig Meilen entfernt und bei diesen Sichtverhältnissen nicht auszumachen; die Küste des Verderbens begann zwar bereits auf dieser Seite der Landzunge, war jedoch ebenfalls nicht zu sehen.

Der Hügel neben uns senkte sich allmählich, und terrassenförmig angelegte Äcker säumten die Hänge, kaum dass sie flach genug dazu waren. Ich warf einen Blick zurück und konnte die Stadt wieder sehen, deren weiße Mauern sich ungleichmäßig den Hang entlangwanden. Obwohl ich die andere Seite des Gebirgsausläufers sah, der zur Zitadelle hinaufführte, und der größte Teil des Stadtzentrums außer Sicht war, sah die Stadt vom Land aus doch fast genauso aus wie vom Meer her. Das Rotbraun des Tempelturms leuchtete etwas fehl am Platz inmitten all der weißen und blauen Häuser; vermutlich hockten dort oben jetzt ein halbes Dutzend Sacri, die die Stadt und das umliegende Land beobachteten. Ich wünschte ihnen aufrichtig, dass sie keinen Spaß dabei hatten.

Nicht dass ich mich auf den langen Ritt gefreut hätte, der vor mir lag. Es war Monate her, seit ich das letzte Mal geritten war, damals in Lepidor, und jetzt hatte ich fünfzig Meilen auf einem Pferderücken vor mir, noch dazu bei fürchterlichem Wetter. Ich hoffte, dass ich noch in der Lage sein würde, in der Gegend herumzuschleichen und über Mauern zu klettern, wenn ich nach vier oder fünf Stunden mein Ziel erreicht hatte.

Selbstverständlich hatten alle mitkommen wollen, aber die kühleren Köpfe hatten sich durchgesetzt. Palatine war natürlich bei uns, zusammen mit Persea und einer ihrer Freundinnen, die ebenfalls in Lepidor gewesen war. Auch Tekraea und Bamalco waren dabei. Laeas hatte Dienst im Palast und hatte die Aufgabe, Saganthas Ängste zu beschwichtigen; davon einmal abgesehen musste er ein Versteck für Ravenna vorbereiten. Tamanes, der sich seinen Pflichten als Ozeanograf nicht hatte entziehen können, würde ihm helfen. Von den beiden anderen, die bei dem Treffen dabei gewesen waren und die ich beide nicht kannte, beobachtete einer Alidrisi und der andere war bereits vorausgeritten, um sich die Straße und die Abzweigungen anzusehen.

Wir wandten uns vom Meerwall ab und folgten der Straße zwischen leeren Feldern und Baumreihen hindurch, die mich an Zuhause erinnerten. Die Ebene schien jetzt viel größer zu sein als es von der Stadt aus den Anschein gehabt hatte, obwohl die umgebenden Berge, die mit Terrassen versehen oder mit Bäumen bestanden waren, noch immer sehr nah waren. Qualathar musste im Sommer sehr schön sein, jetzt jedoch schien es voller böser Vorzeichen. Ich hätte nicht sagen können, ob es das Wetter war oder die Atmosphäre. Oder der Mangel an Bewegung hier draußen auf den Feldern, wo eine Reglosigkeit herrschte, die nur von ein paar weißen Dörfern an den Hängen unterbrochen wurde.

»Wird diese Ebene jemals überschwemmt?«, wollte Palatine von Persea wissen, als wir eine mit Zypressen bestandene Allee erreichten. Die Bäume bildeten eine Art Windschutz, erstreckten sich mehr oder weniger die ganze Strecke von der Stadt zu den Gebirgsausläufern auf der anderen Seite und breiteten sich gelegentlich auch zwischen den Feldern aus. Man schien hier Bäume an Stelle von Mauern zu benutzen – vielleicht, weil hier nie ein sehr starker Wind wehte. Zypressen hätten einen wirklich kräftigen Sturm, wie ich ihn von Zuhause kannte, niemals überstanden.

Sie nickte. »Ein- oder zweimal, und in diesem Jahr war das Wasser sehr hoch. Aber es gibt nur kleine Flüsse, die nicht groß genug sind, um wirklich Schaden anzurichten.«

»Also kann man die Ebene auch nicht zur Verteidigung fluten?«

»Das könnte man wohl, aber das Wasser würde schnell versickern. Es würde ohnehin nicht helfen. Tandaris kann keine Belagerung überstehen, dazu sind die Mauern zu schwach. Auf der ganzen Insel ist es überall dasselbe: Sie wollten sicherstellen, dass wir nie wieder zuversichtlich genug sind, um uns ihnen noch einmal zu widersetzen. Deshalb haben sie den Acrolith zerstört – sie haben ihn nicht einmal für ihre eigenen Zwecke benutzt.«

»Es gab ja den Tempel, also hatten sie das auch nicht nötig.«

Wir begegneten keiner Menschenseele, bis die Zypressenallee drei Meilen von den Stadtmauern entfernt auf die Hauptstraße stieß, die vom Landtor der Stadt ausging. Dort waren ein paar Reiter und ein oder zwei Wagen zu sehen, aber niemand war zu Fuß unterwegs.

Die Reisenden hatten die Kapuzen tief heruntergezogen und die Gesichter zusätzlich mit Tüchern bedeckt. Sie sahen niemanden an, an denen sie vorüberritten. Eine offizielle Clan-Kutsche ratterte mit verhängten Fenstern an uns vorbei; der Kutscher kauerte unter einem kleinen Vorsprung auf dem Bock.

»Gibt es Inquisitoren in dieser Gegend?«, fragte ich Persea, während ich näher zu ihr heranritt und Palatine sich etwas zurückfallen ließ. »Oder sind die alle in der Stadt?«

»In jeder Stadt sind ein paar, und in den Dörfern halten sie Tribunale ab. Sie tauchen immer mitten in der Nacht auf und sorgen dafür, dass niemand plötzlich abhauen kann. Deshalb können wir uns da, wo andere Leute sind, nie sicher fühlen.«

»Aber oben an der Küste ist das kein Problem.«

»Nein, darüber brauchen wir uns keine Gedanken zu machen. Cathan, glaubst du nicht, Ravenna hätte sich längst ihren treuesten Anhängern gezeigt, wenn sie gewollt hätte?«

»Nein«, antwortete Palatine nachdrücklich; sie ritt auf Perseas anderer Seite. »Wir dürfen zwar nicht vergessen, dass sie keine Gefangene ist, trotzdem kann Alidrisi sie nicht aus seinen Fängen lassen. Midian sucht sie, auch wenn er nicht weiß, dass sie die Pharaonin ist. Das ist der beste Grund dafür, sie irgendwo in der Mitte von Nirgendwo festzuhalten. Und solange sie, sagen wir, keine ordentlichen Stiefel oder keinen festen Umhang hat, kann sie nicht weg. So einfach ist das.«

»Könnte sie sich die nicht von den Wachen nehmen?«

»Stell dir das doch mal praktisch vor. Würdest du in Stiefeln, die dir viel zu groß sind, bei strömendem Regen über die Berge klettern wollen? Und sie kennt diese Berge nicht, in denen man sich nur zu leicht verirren kann. Nein, ich an ihrer Stelle würde das nicht versuchen. Es gibt andere Möglichkeiten, wie zum Beispiel die Wachen auf ihre Seite zu ziehen. Das würde funktionieren, wenn sie jemand anderes wäre. Aber sie sperren sie nicht ein, sondern sie beschützen sie, und wenn sie wissen, wer sie ist, würden sie sehr vorsichtig sein.«

»Wir können nur hoffen, dass sie sich aus ihrer Gewalt befreien will«, meinte ich, während wir einen kleinen, rasch dahinfließenden

Fluss überquerten. Er war zu schmal, als dass man ihn hätte befahren können, jetzt jedoch war er vom Regen angeschwollen, und das Wasser hatte beinahe die Brückenbögen erreicht.

»Cathan, du machst dir zu viele Sorgen«, sagte Palatine fest. »Wir reden hier schließlich von Ravenna – glaubst du wirklich, sie will da draußen eingesperrt und Alidrisis Launen ausgeliefert sein? Er war einer derjenigen, die sie wie eine Schachfigur benutzt haben, und das tut er heute noch. Natürlich wird sie von ihm wegwollen.«

»Wie ist sie überhaupt dorthin gekommen? Bei unserer Ankunft hat der Vizekönig gewusst, was passiert ist. Er muss mit ihr gesprochen haben. Wie kommt es, dass nicht er sie bewacht, Persea?«

»Ich habe schon überlegt, wann du das fragen würdest.« Die Straße bog jetzt um einen kleinen Hügel, nackte braune Erde mit einer Reihe von Feigenbäumen, die an der zum Meer hin gelegenen Seite als Windbrecher gepflanzt worden waren. »Ja, sie hat ihn am gleichen Abend aufgesucht, an dem sie angekommen war. Laeas und ich haben sie nicht gesehen, wir waren schon zu Bett gegangen und haben lediglich am nächsten Morgen von ihr gehört. Sie haben sich eine Weile unterhalten, und er hat entschieden, dass es nicht sicher für sie sei, im Palast zu bleiben, da das Midian auffallen würde. Ich glaube nicht, dass Midian vor Saganthas Ankunft gewusst hat, dass ihr hier seid; er war hinter Mauriz und Telesta her. Aber jetzt schweife ich ab. Sagantha hat dafür gesorgt, dass sie irgendwo die Nacht verbringen konnte, und am nächsten Tag hat er sie in ein sicheres Haus außerhalb der Stadt gebracht. Sie wollte das nicht, und ich nehme an, sie ist seinen Männern entschlüpft. Sagantha hat eine Suche in Gang gesetzt, aber eine seiner Wachen war ein Mitglied des Clans Kalessos und hat Alidrisi Bescheid gesagt, der sie dann erwischt hat.«

»Dann hatte sie auch nicht mehr Glück als wir«, bemerkte Palatine, »aber vermutlich eine angenehmere Reise. Ich wüsste gern, wie ihr die Flucht aus Ilthys gelungen ist. Sie hat es aus dem Konsulat und auf diesen Manta geschafft, ohne dass es irgendjemand bemerkt hätte.«

»So viel zu Scartaris' tollen Wachen«, meinte Persea verächtlich. »Die tragen diese Rüstungen, die sie wie Fische aussehen lässt, und sie sind ähnlich nützlich. Und was den Clan Polinskarn betrifft, so ist deren Vorstellung von Geheimhaltung vermutlich, Eindringlingen mit ihren Büchern den Schädel einzuschlagen. Nein, nicht ganz. Sie schlagen dir mit den Büchern den Schädel ein und finden dann eine historische Begründung, wieso sie das tun mussten, und rechtfertigen damit alles.«

»Hat Sagantha versucht, sie zurückzubekommen?«, erkundigte ich mich.

»Nein. Er hat gesagt, Alidrisi könnte sich um sie kümmern, da er nicht genug Soldaten hätte, um es selbst zu tun. Das klingt, als wäre es ihm egal, aber das stimmt nicht. Ich nehme an, er weiß, wo sie ist, und plant, sie irgendwann zurückzuholen.«

»Wieso hast du uns das nicht gestern Abend erzählt?«, wollte ich wissen.

»Weil es noch nicht an der Zeit ist und wir versuchen, Ravenna dem Zugriff aller anderen zu entziehen, wie du dich vielleicht erinnerst. Sagantha ist besser als Alidrisi, aber sie traut beiden nicht. Ich hoffe, das ist bei uns nicht ebenso, denn wir sind ihre Freunde.«

»Mach dir keine allzu großen Hoffnungen«, bemerkte Palatine. »Es kann einige Zeit dauern, sie dazu zu bringen, überhaupt jemandem zu vertrauen.«

»Nein, das stimmt nicht.« Ich war plötzlich verärgert, allerdings ebenso über mich als über sie. »Sie hat sich nicht auf uns verlassen, weil sie es nicht konnte, denn kaum hattest du die Möglichkeit dazu, hast du wieder angefangen, eine Republik zu planen und dabei vergessen, was wir eigentlich vorhatten. Und ich hatte zu wenig Rückgrat, um mich dagegen auszusprechen. Vielleicht hat sie nach allem, was in Lepidor geschehen ist, geglaubt, sie könnte sich widersetzen, aber wir haben sie beide im Stich gelassen. Wieso sollte sie sich dieser Gefahr noch einmal aussetzen?«

»Weil wir, selbst wenn wir so wenig vertrauenswürdig sind, wie du sagst, trotzdem das kleinere Übel sind.«

»*Wenn* wir das sind. Sie wird einfach nur denken, dass wir zurückgekommen sind, weil der letzte Plan schief gegangen ist und sie wieder nützlich für uns ist, und weil ich es nicht ertragen habe, nicht bei ihr zu sein.«

»Weißt du, es kann sein, dass sie dich ebenso dringend sehen möchte wie du sie«, entgegnete Palatine. Sie ließ sich eine Pferdelänge zurückfallen und begann ein Gespräch mit Bamalco.

Ich trieb mein Pferd an, um mich vor Persea zu setzen, und sah durch den Regen zu, wie wir den Bergen immer näher kamen. Die Pferden waren auf Ausdauer gezüchtet worden, doch es war klar, dass wir zwischendurch eine Pause würden einlegen müssen; wir konnten es uns nicht leisten, jetzt schnell zu reiten und sie auszulaugen. Ob sie später in der Verfassung sein würden, uns auch zurückzubringen, wusste ich nicht. Es gab so viele Unsicherheiten bei diesem Unternehmen, und unser Plan war wirklich verrückt, besonders, da wir nicht genau wussten, ob Ravenna sich wirklich dort befand, wo wir sie vermuteten. In ein oder zwei Stunden würde Alidrisi nach Kalessos aufbrechen. Was war, wenn er nicht anhielt oder einen Abstecher in die Berge machte, sondern direkt nach Kalessos ritt? Wir hätten uns geirrt, und das wäre es dann gewesen, es sei denn, wir erzählten Sagantha, was wir vorhatten.

Ich hatte mir diese Frage noch nicht beantwortet, als die Straße anzusteigen begann; wir näherten uns dem Ende der Ebene. Die Stadt war jetzt nur noch als ausgedehnte Fläche weißer Gebäude in der Ferne zu erkennen, und wir ließen die Kornfelder hinter uns und ritten jetzt durch Olivenhaine. Die Hänge um uns herum, ob terrassenförmig oder nicht, waren mit ordentlichen Reihen knorriger Bäume bepflanzt, hier und da unterbrochen von den schweren Reihen der Windbrecher. Sie wirkten jetzt nackt und freudlos; die Terrassen verhinderten, dass die dünne Erde, in der sie standen, weggeschwemmt wurde. Hinter dem ersten Hügel gab es noch mehr, ein ganzes kleines Tal voll, in dessen Mitte ein vom Regen angeschwollener Fluss dahinströmte. Ich sah ein oder zwei Steinhäuser an kleinen Pfaden, die von der Straße wegführten, doch sie waren unbewohnt. Wieso sollte auch jemand dort wohnen? Schließlich war es mitten im Winter.

Oder nicht? Wie viel war vom Winter noch übrig? Er schien sich ewig hinzuziehen, eine fruchtlose Zeit des Wartens, Sich-Verbergens und Zitterns in Saganthas Palast. Davor die unglückselige Schiffsreise, Wochen in Ilthys, Ral Tumar … nicht zu vergessen, dass wir Lepidor erst zwei Wochen nach Wintereinbruch verlassen hatten. Ich rechnete sorgfältig nach, selbst die einzelnen Tage hier und dort. Es war beinahe drei Monate her, seit wir auf dem Berghang gesessen und über das Meer geblickt hatten, damals, als Palatine gekommen war und uns erzählt hatte, dass der Winter begonnen hatte. Drei Monate mit furchtbarem Wetter, Kälte und Stürmen.

Es konnte nicht mehr lange so weitergehen. Ich spürte, wie sich meine Stimmung hob, als ich begriff, dass es nicht mehr lange dauern konnte, vielleicht zwei Wochen, vielleicht auch vier, wenn wir Pech hatten. Es war allerdings ein schlechtes Jahr gewesen, und das bedeutete, dass sich der Winter noch hinziehen konnte. Und wir hatten noch immer keine Mitteilung von der Domäne oder der Gilde.

Doch es fühlte sich nicht mehr so an, als würde der Winter ewig dauern. Ein paar Tage mit etwas absonderlichem Wetter, und wir würden ihn hinter uns lassen; die Wolken würden sich lichten und die Temperaturen steigen. Und ich würde Qalathar so sehen, wie man es sehen sollte, nicht so mitgenommen von den Launen des Wetters dieses Planeten, einem Muster von Winter und Sommer, das niemand verstand.

Vor dem Krieg war es einfacher und weniger dramatisch gewesen, so wurde es zumindest in der *Geschichte* behauptet, und warum hätte Carausius lügen sollen? Sofern er überhaupt jemals gelogen hatte. Damals hatte ein paar Monate lang etwas kühleres Wetter geherrscht und es hatte viel geregnet, nichts weiter. Die Sonne hatte trotzdem die meiste Zeit geschienen, und im tropischen Thetia, wie auch in Qalathar, hatte es Tage gegeben, die sich in nichts vom Sommer unterschieden hatten. Wie aus dieser milden Kühle die dämonischen, lichtarmen Monate geworden waren, die wir kannten, konnte man nicht einmal erahnen. Ich bezweifelte, dass die Domäne oder die Gilde es wusste. Vielleicht war das ein Geheimnis, das die *Aeon* enthüllen konnte.

Ich dachte immer noch sehnsüchtig an den Beginn des Sommers, als wir das Tal mit den Olivenbäumen verließen und die nächste Stufe aus Wald und Weideland erreichten; die Berge zu beiden Seiten der Straße stiegen jetzt steil an. Die Straße war hier nicht sonderlich gut gepflastert; gelegentlich gab es Löcher, und die Ränder waren ungleichmäßig gezogen. Wir hatten die letzte Abzweigung zu irgendeinem Dorf passiert, und jetzt gab es weniger Verkehr; wir überholten zwei Reiter und einen Wagen, die nach der nächsten Biegung in Sicht kamen, ansonsten jedoch war niemand zu sehen. Das war für Qalathars Hauptstraße nicht sehr beeindruckend, und ich fragte mich, ob es damit zu tun hatte, dass Winter war. Wir würden es in ein paar Tagen sehen, wenn der Winter vorüber war.

Ich unterhielt mich eine Weile mit Persea, bis die Straße sich scharf um einen gewaltigen Felsvorsprung herumwand und der Regen uns direkt ins Gesicht prasselte. Die Berge rechts von uns wurden immer felsiger, aber noch gab es keine Abzweigungen.

»Bilde ich mir das nur ein, oder ist der Wind wirklich stärker geworden?«, brüllte sie, nachdem wir um die Ecke gebogen waren und wieder aufschauen konnten.

»Nein, das bildest du dir nicht ein.« Ich blickte zum Himmel empor und sah dunkle, graue, bedrohliche Wolken. Ein weiterer Sturm, und nach meinen Berechnungen war es gerade erst Mittagszeit. Es gab hier keine Aether-Uhren, die die Zeit hätten angeben können.

»Der Regen ist auch stärker geworden. Typisch. Das wird eine schreckliche Nacht.«

»Aber hoffentlich schlimmer für sie als für uns.«

Um den Pferden etwas Erholung zu gönnen, machten wir eine halbe Meile weiter in einer Ruine Halt, die einmal ein kleines Wirtshaus gewesen sein mochte, jedoch seit vielen Jahren verlassen war. Es hatte viele davon gegeben, sagte Perseas Freundin; Orethura hatte sie als Poststationen gebaut, doch wie so vieles andere waren sie während des Kreuzzugs den Weg alles Irdischen gegangen. Diese Schänke sah nicht aus, als wäre sie niedergebrannt worden, und ich glaubte nicht, dass die Kreuzfahrer-Heere so weit gekommen waren. Die Bewohner des Archipels hatten sich ergeben, noch ehe irgendein Feind den Fuß auf Qalathar gesetzt hatte; die Verwüstung der Ilahi-Inseln und die Plünderung von Poseidonis hatten sie gelehrt, dem Heer seine Beute freiwillig zu übergeben.

Bamalco reichte Vorräte herum, die zum Glück trocken waren, da er sie in einer geölten Tasche aufbewahrt hatte, und wir nahmen eine

Art Mittagsmahl zu uns, während die Pferde zunächst gefüttert wurden und sich dann ausruhen konnten. Später würden sie noch eine zweite Ruhepause bekommen, während ich versuchte, in die Villa oder Felsenburg zu gelangen. *Bitte, Thetis, lass Ravenna da sein!* Es spielte keine Rolle, ob sie mitkommen wollte, damit konnte ich umgehen. Aber sie musste *dort* sein. Nach all diesen Wochen des Wartens und Nichtstuns, der Furcht vor den Schatten der Inquisition …

Dann stiegen wir wieder auf und ritten weiter, ließen links von uns, im Süden, ein bewaldetes Tal nach dem anderen zurück. Hügel erhoben sich im Hintergrund, doch es waren immer noch nur Hügel. Was wir schließlich erblickten, als wir einen ziemlich reißenden Strom auf einer baufälligen Steinbrücke überquerten, waren Berge. Riesige, düstere Schemen zeichneten sich gegen einen dunklen Himmel ab, türmten sich unbestimmt über uns auf. Ihre Gipfel waren von Wolken verhüllt, und ich konnte nur Grau hinter ihnen sehen. Vielleicht hätte ich an einem klaren Sommertag durch die Lücke direkt vor uns über den Meeresarm hinweg bis zum Rand von Tehama sehen können. Aber nicht heute.

Jetzt, da die Berge in Sicht waren, beschleunigten wir unser Tempo eine Weile; wir kamen an einer Wiese vorbei, auf der Ziegen grasten – die ersten Lebenszeichen, die wir seit der Straße gesehen hatten, abgesehen von den kreischenden Vögel, die überall zu sein schienen. Ich sah keinen Hirten, doch ich vermutete, dass er irgendwo war; ein ungleichmäßiger Haufen aus übereinander gestapelten Steinen auf der anderen Seite des Flusses konnte durchaus eine Hütte sein.

Wir begegneten einer anderen kleinen Gruppe, die uns entgegenkam, die erste seit geraumer Zeit. Die Leute beeilten sich offensichtlich, die Berge hinter sich zu lassen, ehe der Sturm richtig losbrach. Und dann erblickten wir in einer zunächst ganz gewöhnlich wirkenden gewundenen Schlucht die graue Linie einer Straße, die einen kleinen Hügel hinaufführte. Ich folgte ihr mit dem Blick und sah etwa zweihundert Schritt weiter eine Haarnadelkurve, und dann war die Straße erneut zu erkennen, als sie den nächsten Hügel erklomm. Selbst aus dieser Entfernung sah sie holprig und uneben aus, doch es gab keinen Zweifel daran, wohin sie führte. Wir hatten die erste Abzweigung erreicht.

Wir wurden jetzt langsamer, ritten gemächlich zu der Abzweigung hinab. Die Muskeln meiner Beine begannen zu schmerzen, allerdings war es nicht so schlimm, wie ich befürchtet hatte. Doch wir hatten in dieser Nacht noch etliche Meilen zu reiten, und es würde nur schlimmer werden. Palatine hatte aus dem Vorrat des Palasts eine Salbe mitgenommen, die nach langen Ritten sehr gut war, wie sie sagte; ich hoffte, dass sie Recht hatte.

Als wir an der Biegung Halt machten, blickte Persea sich um; sie wollte sich vergewissern, dass hinter uns niemand zu sehen war. Ich musterte die Büsche und den Waldrand ein paar Schritt links von der Straße. Wo war der Kundschafter? Auch wenn er bei Anbruch der Morgendämmerung mit zwei Pferden aufgebrochen war – er hatte weiter reiten müssen als wir alle und hatte es möglicherweise noch nicht geschafft.

Aber dann hörte ich einen Ruf, und ein Mann tauchte aus einer Felsspalte unterhalb der Straße auf.

»Da bist du ja!«, rief Palatine. »Hattest du Erfolg?«

Er nickte müde. »Kommt von der Straße runter, damit ihr nicht gesehen werdet – hier ist eine Höhle.«

Das war noch eine von Orethuras Verbesserungen, eine Höhle, die vergrößert, aufgeräumt und in einen Zufluchtsort für Reisende verwandelt worden war, wo man Halt machen und bei schlechtem Wetter Zuflucht suchen konnte. In einem Nebenraum war Platz für die Pferde. Dies war eine unerwartete Pause für uns alle.

»Wie viele Straßen gibt es hier?«, fragte Palatine, als wir uns auf den breiten Vorsprüngen niederließen, die die Höhle säumten. Es gab sogar eine Feuerstelle, obgleich der Rauchfang zerschmettert und kein Feuerholz zu sehen war.

»Fünf Abzweigungen«, berichtete er. »Diese hier, dann zwei weitere dicht hintereinander etwa vier Meilen von hier, eine vierte neun Meilen von hier, und dann eine letzte nach etwa elf Meilen. Wenn er mit einem Wagen kommt, wie Persea sagt, lässt er ihn entweder hier zurück, während er hinaufgeht, oder er lässt ihn allein weiterfahren.«

»Und wie erklärt er dann, dass der Wagen ohne ihn in Kalessos eintrifft?«

»Richtig.« Der Kundschafter nickte, und lockige Haare fielen ihm über die Augen. Er schob sie mit einer ärgerlichen Geste zurück und sprach weiter. »Ich habe also nach einer Stelle gesucht, wo man einen Wagen verstecken könnte. An der entferntesten Abzweigung gibt es im Umkreis von einer oder zwei Meilen keine Möglichkeit, und die Straße fällt zu steil ab. Die Abzweigung nach neun Meilen und die beiden nach vier Meilen haben Unterstellmöglichkeiten, und bei der nächsten von ihnen haben auch ganz sicher erst kürzlich Wagen gehalten, in der letzten Woche oder so. Alle Straßen führen in die Berge hinauf; ich bin ihnen nicht sehr weit gefolgt, weil ich keine Zeit hatte. Oh, und bei dieser Abzweigung gibt es nirgendwo einen Platz, wo man einen Wagen lassen könnte. Interessanterweise habe ich ein paar Dutzend Schritt oberhalb der ersten Abzweigung nach vier Meilen ganz frische Hufspuren gefunden.«

»Sehen wir uns mal die Karte an«, schlug Palatine vor. Persea reichte ihr eine Karte aus Wachstuch, die wir uns aus dem Kartenraum des Palastes geliehen hatten und die dieses Gebiet zeigte. Wir entrollten sie auf einer trockenen Stelle in der Höhle.

»Wir sind hier«, sagte der Kundschafter und deutete auf eine Stelle, an der keine Abzweigung eingezeichnet war. »Die nächsten beiden und die letzte sind hier und hier, die Abzweigung nach neun Meilen ist zwar nicht verzeichnet, aber sie ist bei diesem kleinen See hier.«

»Dies hier ist Sidino … Matrodo … die nach neun Meilen hat nicht mal einen Namen, die letzte heißt dann Prothtos.«

»Wir können sie nicht alle beobachten«, sagte Bamalco. »In Tandaris hat das vielleicht noch so ausgesehen, aber denkt jetzt mal darüber nach. Wenn wir jemanden zu der am weitesten entfernten Abzweigung schicken, und Alidrisi biegt hier ab, muss jemand zu dem Kundschafter reiten und ihn holen. Zwei Leute müssten also zusätzlich noch einmal zweiundzwanzig Meilen reiten. Das ist ungefähr so weit wie die Strecke, die wir bisher zurückgelegt haben. Eine Person würde bis zu der Abzweigung nach neun Meilen insgesamt achtzehn zusätzliche Meilen reiten, was fast genauso schlimm ist. Ich würde sagen, solange wir keinen guten Grund haben, sollten wir diese beiden auslassen.«

»Ich habe diesen Ritt gemacht, und ich kann euch sagen, dass es keine Kleinigkeit ist«, pflichtete der Kundschafter ihm bei.

»Wahrscheinlich hast du Recht », meinte Palatine und musterte die Karte eingehend.

»Nein, er hat *ganz sicher* Recht«, sagte Perseas Freundin mit fester Stimme. Sie war größer und muskulöser als die meisten Qalathari; ich vermutete, dass sie ebenso wie Laeas wahrscheinlich aus dem südlichen Archipel stammte. »Solange wir nicht einfach auf ein paar Leute verzichten und ihnen sagen, dass sie zu einer bestimmten Zeit zurück sein sollen.«

»Auch das ist nicht sehr praktisch«, erklärte Bamalco.

»Er kann sich nicht im Prothtostal versteckt haben«, meinte Tekraea plötzlich. »Mein Clan besitzt dort oben ein paar Bergfestungen, und unser Gebiet grenzt an das des Clans Kalessos. Das Gelände dort ist zu offen, und wir mögen sie nicht besonders. Ich glaube nicht, dass Alidrisi das riskieren würde.«

»Danke«, meinte Palatine. »Die nächste Abzweigung sieht deutlich viel versprechender aus. Hier ist nichts eingezeichnet – es scheint nicht einmal genug Platz für eine Straße zu sein. Schwer ranzukommen, wie es aussieht.«

»Es gibt Grenzen«, sagte der Kundschafter. »Diese da ist sehr steil und felsig. Da wir einige ausschließen müssen, können wir sie genauso gut weglassen, weil es schwierig sein dürfte, die Pferde dort hinauf zu bekommen.«

»Gut, gut«, erwiderte Palatine gereizt. Sie war nicht froh darüber, nicht alle Straßen beobachten zu können, doch ich stimmte den anderen zu. Es war zu weit. Wenn Alidrisi keine der ersten drei Abzweigungen genommen hatte, konnten wir davon ausgehen, dass es die nächste war. Und wenn er und Ravenna nicht dort waren, hatten wir uns eben geirrt, oder als letzte Möglichkeit konnte Tekraea die Mitglieder seines Clans um Hilfe bitten. Mit ein wenig mehr Zeit hätten wir das Ganze etwas sorgfältiger durchführen können, doch letzte Nacht hatten wir alle das Gefühl gehabt, nicht viel Zeit zu haben. Übermorgen war der Tag von Ranthas, und es würde Argwohn erregen, wenn wir dann durch die Gegend ritten. Wir mussten es jetzt tun oder noch drei weitere Tage warten.

Am Ende beschlossen wir, dass vier von uns gemeinsam die doppelte Abzweigung beobachten würden – der Kundschafter erklärte, dass die beiden Straßen in Sichtweite voneinander waren. Palatine, Tekraea, Bamalco und ich würden die Doppel-Abzweigung übernehmen, während Persea, ihre Freundin und der Kundschafter hier bleiben würden.

»Leider nicht in dieser warmen Höhle«, sagte Palatine. »Wenn sie hier anhalten, kundschaften sie sicher die Umgebung aus, also müssen wir uns an beiden Stellen einen sicheren Aussichtspunkt suchen. Einen Ort, von dem aus wir sie sehen können, ohne gesehen zu werden, und wo wir einen Reiter losschicken können, ohne dass die Leute im Wagen es bemerken.«

»Dann ist vielleicht der Wald am besten geeignet.«

»Nicht wenn es dunkel wird«, wandte der Kundschafter ein. »Wir wollen doch nicht, dass jemand zwischen den Bäumen herumstapft und sich bei dem Versuch, auf die Straße zurückzugelangen, verirrt.«

»Darüber machen wir uns Gedanken, wenn es so weit ist«, entschied Palatine. »Wenn sie an der ersten Abzweigung vorbeifahren, wartet ihr hier, Persea. Dann reitet ihr weiter und macht außer Sichtweite Halt. Ansonsten schickt ihr besser jemanden durch den Wald bis zur nächsten Biegung.«

»Das mache ich, wenn es nötig werden sollte«, sagte der Kundschafter. »Auf einem anderen Pferd. Meine beiden müssen sich ausruhen.«

»Bist du nicht erschöpft?«, fragte ich.

»So schlimm ist es auch wieder nicht.« Er grinste. »Ich bekomme selten die Gelegenheit, etwas so Sinnvolles zu tun wie das hier.«

»Wie weit wird Alidrisi hinter uns sein?«, fragte Palatine. Sie starrte noch immer auf die Karte. »Ich habe keine Ahnung, wie lange man mit einem Wagen gewöhnlich für weite Entfernungen braucht.«

»Wenn er zum geplanten Zeitpunkt aufgebrochen ist – also etwa eine halbe Stunde nach uns –, dürfte er eine, vielleicht auch anderthalb Stunden hinter uns sein.«

»Aber sie werden keine Pause eingelegt haben, also machen wir lieber, dass wir weiterkommen. Die nächsten Stunden werden sehr anstrengend für uns alle, und das Wetter wird immer schlimmer werden. Achtete darauf, dass ihr nicht von diesen Flüssen abgeschnitten werdet. Weiß jemand, wie lang diese Täler hier sind?« Sie deutete auf die Doppelkreuzung in vier Meilen Entfernung, wo die Straßen aus zwei Seitentälern an der gleichen Stelle auf der Karte aufeinander stießen.

»Das Matrodotal ist ungefähr zehn Meilen lang. Es endet am Meer«, sagte Tekraea. »Zumindest glaube ich das. Über den Klippen. Das andere sieht auf der Karte länger aus, aber ich bin mir nicht sicher, ob das wirklich so ist.«

»Das zweite endet auch am Meer«, sagte Perseas Freundin.

»Sind wir sicher, dass der Meeresarm nicht schiffbar ist?«, fragte ich. »Wenn das alle glauben, wäre es dann nicht die beste Verteidigung überhaupt? Einen Seerochen am Boden der Klippe festzumachen, immer bereit, einfach zu verschwinden?«

»Du hast die Küste des Verderbens nicht gesehen«, wandte Tekraea ein. »Tamanes hatte Recht. Man brauchte schon einen überragenden Steuermann mit einem großen Schiff – und selbst dann ginge es nur im Sommer.«

»Trotzdem sollten wir das nicht vergessen«, sagte Palatine und faltete die Karte wieder zusammen. »Kann ich die behalten?«

»Na klar, nimm sie nur. Wir sollten jetzt lieber aufbrechen. Ihr habt noch vier Meilen in diesem Regen vor euch.«

»Erinnere mich bloß nicht daran.«

Der Regen prasselte jetzt draußen auf die Steine, und so dunkel und grau es auch in der Höhle war, zögerten wir doch, sie zu verlassen. Erst als Palatine ihren Umhang fest um sich zog und ihr Pferd hinausführte, hörte ich das Hufgetrappel mehrerer Pferde – und es war schon sehr nah.

Ich sah das Entsetzen in den Gesichtern der anderen, packte Palatine am Arm und zerrte sie in den Schutz des Felsens zurück.

»Kampfstäbe bereithalten!«, zischte sie, als das Hufgetrappel langsamer wurde und dann verstummte. Nur ein paar Schritte entfernt stieg jemand vom Pferd, und ich glaubte, eine Stimme zu hören, obwohl die Worte bei dem Lärm, den der Regen und der Wind verursachten, unmöglich zu verstehen waren.

»Zu spät«, sagte Palatine. Wir traten hinaus ins Freie und erblickten fünf Gestalten in Kapuzenumhängen, die noch immer auf ihren Pferden saßen; einer, der einen Bogen über der Schulter trug, stand neben seinem wunderbaren silbermähnigen Hengst.

»O nein«, murmelte Persea leise.

»Du lässt nach, Palatine«, sagte Mauriz ruhig.

Kapitel XXIX

»Was machst du denn hier«, wollte Palatine wissen, während Tekraea und die anderen hinter uns aus der Höhle traten. Der vorderste Reiter musste Telesta sein, kleiner und schmächtiger, aber ebenfalls auf einem prächtigen Pferd. Was die anderen betraf – nun, sie waren vermutlich Wachen, denn sie trugen jeweils einen Bogen über der Schulter und einen Köcher mit Pfeilen am Sattel.

»Du warst unvorsichtig«, sagte Mauriz und reichte die Zügel seines Pferdes dem nächsten Bewaffneten. »Jemand ist euch gefolgt.«

»Uns gefolgt?«, fragte Persea. »Wer?«

»Sacri. Vielleicht mehrere. Wir haben zwei getötet, aber das heißt nicht, dass sie allein waren. Midian weiß, dass ihr die Stadt verlassen habt. Im Namen der Elemente – was habt ihr vor?«

»Wir versuchen, Eure Fehler wiedergutzumachen«, erwiderte Persea, bevor Palatine etwas sagen konnte. »Das hier hat nichts mit Euch zu tun.«

»Aber natürlich hat es das.« Mauriz kam auf uns zu, und ich sah Metall unter seinem Umhang glänzen. Ein thethianischer Schuppenpanzer, vermutlich die einzige Rüstung auf der Welt, die tatsächlich bequem war, wie Palatine einmal gesagt hatte, aber sehr schwierig herzustellen und für Fremde schrecklich teuer. »Palatine ist meine Freundin, und ich will nicht, dass sie oder Cathan in die Hände der Domäne fallen. Und das wollt Ihr doch auch nicht. Was macht Ihr hier?«

»Persea hat Recht«, sagte Palatine gereizt, doch ich merkte, dass sie nicht so wütend war, wie sie es gewesen wäre, wenn jemand anders so unpassend aufgekreuzt wäre. Würde ihre Freundschaft mit Mauriz die Dinge schon wieder verkomplizieren? Wir sollten neutral sein, nur der Pharaonin ergeben und sonst niemandem. Was nutzte es, wenn Leute aus den verschiedensten Gruppierungen anfingen, sich ins Geschehen zu drängen? Vor allem diese beiden, deren Plan überhaupt erst der Anlass für Ravennas Flucht gewesen war. »Wir versuchen, deine Fehler wiedergutzumachen.«

»Wir tun das Gleiche«, ergriff Telesta jetzt zum ersten Mal das Wort. »Es ist sehr gut möglich, dass die Domäne euch verfolgt, und sie sind euch zahlenmäßig deutlich überlegen.«

»Es gibt so etwas wie Heimlichkeit«, entgegnete Palatine verärgert. »Ich glaube nicht, dass Menschen zu töten, die uns folgen, das Richtige ist, um geheim zu halten, was wir tun. Was werden die Inquisitoren Midian sagen? ›Ach, wisst Ihr, wir verlieren andauernd Sacri in diesen Bergen, Euer Gnaden, macht Euch nicht die Mühe, herauszufinden, wieso diejenigen, die Ihr ausgeschickt habt, nicht zurückgekommen sind.‹ Habt ihr uns in der Stadt beobachtet?«

»Wir haben euch beobachtet, seit wir den Palast verlassen haben«, sagte Mauriz. »Es tut mir Leid, aber ich bin sicher, dass du der Domäne ebenso wenig traust wie wir.« Auf dem aristokratischen, halb unter der Kapuze verborgenen Gesicht zeigte sich nicht einmal ein Hauch von Reue.

»Aber Tekla traut Ihr«, meinte ich vernichtend. »Einem Gedankenmagier, von dem Ihr genau wisst, dass er für den Kaiser arbeitet – und Ihr glaubt ihm, wenn er behauptet, er sei auf Eurer Seite? Das ist wirklich eine sehr gute Idee.«

»Er hat uns geholfen, aus Ral Tumar rauszukommen.«

»Und er hat dem Kaiser geholfen, indem er ihm all Eure Pläne verraten hat. Kommt uns bloß nicht damit, dass wir in Gefahr sind, wenn auf Euch selbst in Selerian Alastre vermutlich ein Haftbefehl wartet.«

»Wir werden sehen«, erwiderte Mauriz kurz angebunden, dann wandte er sich wieder an Palatine. »Was tust du hier draußen in dieser gottverlassenen Wildnis?« Er musterte die Berge, ließ den Blick über die graue Landschaft schweifen. »Ich weiß, dass es etwas mit Alidrisi zu tun hat, aber was?«

»Das geht Euch nichts an«, sagte Tekraea, und ich sah andere zustimmend nicken.

»Ihr wollt einfach nicht verstehen«, sagte Mauriz, und jetzt schwang auch in seiner Stimme ein gereizter Unterton mit. »Wir sind den ganzen Weg hier heraus geritten, um alle auszuschalten, die Euch verfolgen könnten, und haben zwei Sacri getötet. Wir stecken jetzt in dieser Geschichte mit drin, ob es Euch gefällt oder nicht.«

»Das Entscheidende an der ganzen Sache ist«, entgegnete Palatine mit einem Seufzer, der ein Widerhall meiner eigenen Gedanken war, »dass niemand sonst etwas damit zu tun hat. Ihr habt lediglich euch selbst belastet, und unsere Pläne helfen euch nicht im Geringsten.«

»Aber wenn der Kaiser wirklich weiß, was vor sich geht, wie Cathan behauptet, ist es nicht sicher, in Tandaris zu bleiben und nichts zu tun.«

»Das sind Spitzfindigkeiten«, wehrte Persea rundheraus ab. Sie trat jetzt neben Palatine und sah den Thetianer an. »Ihr seid hergekommen, um Ärger zu machen, und das tut Ihr immer noch. Niemand traut Euch, am allerwenigsten diejenigen von uns, die wissen, wieso Ihr gekommen seid und was für einen Aufruhr Ihr verursacht habt.«

»Das mag sein, wie es will«, antwortete Mauriz darauf. »Was immer Ihr plant, es ist schon schief gegangen. Ihr könnt uns nicht loswerden, aber wir könnten Euch helfen.«

»Uns helfen? Und wie? Ihr seid bei allen unbeliebt – bei der Domäne, bei der Pharaonin, dem Vizekönig und dem Kaiser. Es ist Euch gelungen, jeden auf dieser Insel zu kränken, der nur ein bisschen Macht und Einfluss hat sowie noch eine Reihe anderer Leute, ohne dass Ihr auch nur eines Eurer ursprünglichen Ziele erreicht hättet. Das Einzige, was Ihr bewirkt, wenn Ihr hier bleibt, ist, Aufmerksamkeit zu erregen. Alles, was Ihr getan habt, war, Aufmerksamkeit zu erregen.«

»Ja, und in ein oder zwei Tagen wird die Domäne sich fragen, was mit ihren Leuten passiert ist. Sie sind vom Angesicht der Welt verschwunden, und fürs Erste wird was immer ihr vorhabt nicht gestört werden. Wir bleiben hier; wir sind zu sechst, und Ihr werdet in ganz Qalathar keine bessere Bogenschützen finden. Und nach allem, was wir von Euren Vorbereitungen gesehen haben, glauben wir, dass das hier sehr wichtig ist, etwas, von dem Ihr nicht wollt, dass die Domäne es weiß.«

»Wie du aufgezeigt hast, haben wir eine Menge gemeinsamer Feinde«, fügte Telesta hinzu.

»Wir sollten nicht hier draußen im Regen herumstehen«, sagte Palatine. »Bringt die Pferde rein, wenn noch Platz ist.«

Erstaunlicherweise war genug Platz für alle, obwohl wir ein bisschen gedrängt auf den inzwischen nassen Felsbänken hockten. Die vier Wachen saßen still in einer Ecke, während wir übrigen uns besprachen.

»Hört zu«, sagte Palatine. »Ich werde alle fragen, ob sie eure Hilfe annehmen wollen, also sei still, Mauriz.«

»Schön.« Er lehnte sich gegen das grobe Felsgestein und sah mit kühlem, ausdruckslosen Blick zu. Palatine beachtete ihn nicht weiter und wandte sich an uns andere.

»Ihr habt gehört, was die beiden gesagt haben. Für diejenigen von euch, die sie noch nicht kennen: Dies sind Mauriz Scartaris und Telesta Polinskarn. Sie sind thetianische Republikaner, deren oberstes Ziel es ist, den Kaiser zu stürzen – auf welche Weise auch immer. Mauriz ist ein alter Bekannter von mir. Sie arbeiten nicht für die Domäne, das kann ich euch versichern. Cathan ist zu wertvoll für sie, und sie würden es nicht riskieren, ihn oder mich noch mehr gegen sich aufzubringen, als sie es ohnehin schon getan haben.« Mauriz sah bei diesen Worten einigermaßen amüsiert aus, doch er hielt den Mund.

»Unglücklicherweise sind sie bei den Leuten, die uns interessieren, nicht sonderlich gern gesehen. Genauer gesagt sind sie zum Teil sogar der Grund, warum wir hier sind, statt gemütlich in Tandaris zu sitzen.« Sie blieb hier mit Absicht sehr vage, um nicht zu viel zu verraten.

»Was sie damit sagen will«, mischte Persea sich ein, »ist, dass vor allem eine bestimmte Person ihnen nicht trauen wird und sie ganz und gar nicht mag.«

»Das ist wahr«, räumte Palatine ein. »Aber wie sie schon gesagt haben, sind sie nun einmal hier, und daran können wir nichts ändern. Und auch wenn sie vielleicht ein bisschen übertrieben haben – sie sind trotzdem Thetianer und hervorragende Bogenschützen.«

»Palatine, das wird nicht funktionieren«, sagte ich. »Was ist, wenn wir mit ihnen auftauchen? Denk doch daran, weshalb wir eigentlich hier sind.«

»Wir sollten es diesen Thetianern nicht sagen«, mischte sich jetzt Tekraea ein und musterte Mauriz böse. »Wie du gesagt hast – sie sind genau das, was wir hinter uns lassen wollten. Jetzt mögen sie noch auf sich gestellt sein, aber im Laufe der Zeit werden sie immer mehr werden, bis sie uns zahlenmäßig überlegen sind und sich nehmen können, was sie haben wollen.«

»Hat das etwas mit dieser Freundin der Pharaonin zu tun?«, wollte Mauriz wissen. »Die inneren Angelegenheiten von Qalathar interessieren uns nicht.«

»Es sei denn, Ihr wollt sie Euch für Eure eigenen Pläne zu Nutze machen«, sagte Persea. »Wie Ihr es schon früher getan habt, und weshalb Ravenna auch geflohen ist.«

»Erzählt mir bloß nicht, ihr hättet den Plan aufgegeben«, meinte Palatine.

»Nein, das haben wir nicht, aber ich muss zugeben, dass die Unterstützung für die Pharaonin sehr viel größer ist, als wir gedacht hatten. Du hast uns geholfen, Palatine, bestreite das nicht. Und Ihr auch, Cathan.«

Ich sah, dass Bamalco und ein oder zwei andere uns argwöhnisch musterten. Dann fuhr Persea dazwischen:

»Aufhören! Wenn Ihr hier seid, um zu helfen, dann helft auch! Ihr fangt nur wieder neue Streitereien an. Cathan und Palatine sind beide auf unserer Seite; sie hätten mit Mauriz und Telesta gehen können, aber das haben sie nicht getan. Cathan würde nie etwas tun, was Ravenna schaden könnte, also hört nicht auf sie. Mauriz, Telesta, wenn Ihr schwört, es für Euch zu behalten und uns zu helfen, können wir Euch vielleicht in Zukunft helfen.«

»Schön«, sagte Mauriz. »Sind alle einverstanden?«

Es gab noch etwas Widerstand, doch Persea war bisher die schärfste Kritikerin der Thetianer gewesen, und als sie sich auf ihre

Seite stellte, war der Streit mehr oder weniger beendet. Mauriz, Telesta und ihre Wachen, die die ganze Angelegenheit wahrscheinlich hochdramatisch fanden, schworen bei ihrer Clan-Ehre, uns zu helfen, solange wir sie benötigten. Vielleicht waren all diese Eide in gewisser Weise kindisch, aber auch wenn die Domäne behauptete, jeden Menschen von einem Schwur entbinden zu können, hatte ein solches Versprechen doch mehr Gewicht als eine einfache Übereinkunft.

»Mauriz, wir haben nicht viel Zeit«, sagte Palatine, als wir fertig waren. »Wir warten auf Alidrisi, weil wir glauben, dass er Ravenna in einer Festung an einer der Nebenstraßen hier gefangen hält. Wir werden diese Straße und die nächste beobachten, um herauszufinden, welche er nimmt, und wenn er dann wegfährt, werden wir versuchen, sie zu befreien. Verstanden?«

»Wir haben Alidrisi vor etwa zwei Stunden überholt«, berichtete Telesta. »Wir haben also nicht viel Zeit.«

»Dank Euch«, murmelte Tekraea.

Da sie gerade einen härteren Ritt hinter sich gebracht hatten als wir, kam es nicht in Frage, sie zu einer der weiter entfernten Abzweigungen zu schicken. Mauriz und zwei seiner Männer würden die verbleibenden vier Meilen mit uns reiten; Telesta und die anderen würden mit Persea und dem Kundschafter bei der Höhle bleiben.

Diesmal zögerte niemand. Wir schafften die Pferde so schnell wie möglich nach draußen und stiegen auf. Der Regen war schlimmer geworden, oder zumindest fühlte es sich so an, nachdem wir eine Zeit lang im Trockenen gewesen waren. Und wir hatten noch vier, vielleicht auch acht Meilen unter immer schlechter werdenden Bedingungen zu reiten.

»Wir verkriechen uns da drüben im Wald«, verkündete der Kundschafter und deutete auf die düsteren Bäume auf der anderen Seite der Straße. »Ihr solltet auch den Wald nutzen, wenn ihr dort seid; vielleicht findet ihr eine trockene Stelle – es gibt da ein paar große Bäume.«

»Danke. Und viel Glück!«, rief Palatine, während wir unsere Pferde wendeten und die Straße entlanggaloppierten. Schwach drang Perseas Antwort noch an mein Ohr, dann waren wir zu weit weg, und der Regen und das Hufgetrappel waren zu laut, um noch irgendetwas anderes zu hören.

Die vier Meilen auf dieser glitschigen, trostlosen Straße zwischen den Bergen, dem Wald und den Hügeln kamen mir wie eine Ewigkeit vor, während der Himmel immer dunkler und unheilvoller wurde. Ich hatte vergessen, wie es war, während eines Sturms draußen zu sein, und dieser hier schien wirklich sehr schlimm zu werden. Weiter oben in den Bergen würde das Gelände noch unwegsamer werden, und der Gedanke daran, Mauern zu erklimmen oder etwas Ähnliches zu tun, war viel entmutigender, seit ich hier war. Die Realität hatte die Pläne des vorangegangenen Abends eingeholt, wie es nicht anders zu erwarten gewesen war, und jetzt hatten wir auch noch zwei unangenehme Thetianer bei uns.

Wie sollte ich Ravenna dazu bringen, mir auch nur einen einzigen Augenblick zu vertrauen, wenn Mauriz und Telesta bei uns waren? Sie war ihretwegen weggegangen, und jetzt würden sie dabei sein, wenn wir sie befreiten – falls »befreien« das richtige Wort war. Es war gut möglich, dass Alidrisi ein Netz aus Lügen über mich gesponnen und behauptet hatte, ich würde immer noch mit den Thetianern gemeinsame Sache machen – und warum sollte es anders sein? In Ral Tumar war ich zu schwach gewesen, eine Entscheidung zu treffen, und sie hatten mehr oder weniger kampflos gewonnen. Seither hatte Ravenna nichts mehr von mir gehört – außer durch Alidrisi.

Ich versuchte mich abzulenken, indem ich stattdessen über die *Aeon* nachdachte, die so versteckt war, dass nur ein einziger Mensch auf der Welt sie finden könnte. Oder vielleicht auch so irgendwo verborgen, dass andere selbst dann, wenn sie wussten, wo sie war, nicht an sie herankamen. Doch wie war in diesem Fall die Besatzung davongekommen? Selbst eine Notbesatzung hätte in der Lage sein müssen, das Schiff zu verlassen, und wenn es mittels Magie verborgen war oder sich an einem Ort befand, den nur der Hierarch aufsuchen konnte, dann hätte es für sie auch eine Möglichkeit geben müssen, von Bord zu gehen. Und wenn eine Notbesatzung herauskonnte, dann schaffte ich es vielleicht, hineinzukommen.

Was dieses Problem betraf, waren zwei Köpfe sicherlich besser als einer. Und ohne Ravenna hatte es wirklich keinen Sinn. Ich könnte Stürme erkennen und voraussagen, wo und wann sie zuschlagen würden. Aber allein könnte ich sie nicht kontrollieren.

Während ich darüber nachdachte, stellte sich mir die Frage, wie ich überhaupt zu dem Schiff gelangen wollte, wenn ich erst einmal wusste, wo es war? Ich hatte immer vermutet, dass es einfach in irgendeiner verborgenen Ecke des Ozeans versteckt war, aber auch dann würde ich einen Manta brauchen, um dorthin zu kommen. Und ein Manta würde eine Besatzung benötigen ... eine solche Reise konnte kein Geheimnis bleiben. Ich würde Leute finden müssen, die wussten, wie man mit einem solchen Monstrum umging, denen ich trauen konnte, und die das Schiff vor den forschenden Augen des Kaisers und der Domäne verstecken konnten.

Ich hatte nichts mehr über die Suche des Kaisers gehört, doch das hatte ich eigentlich auch nicht erwartet. Es würde eine geheime Angelegenheit sein, und nur die hohen Kommandeure der Marine oder vielleicht auch nur die Agenten des Kaisers würden wissen, was sie überhaupt suchten. Orosius wollte nicht, dass das Schiff jemand anderem in die Hände fiel, und die Cambressianer oder die Tanethaner würden ganze Städte verpfänden, um die *Aeon* in die Hände zu bekommen.

Ich selbst war kein bisschen weiter als vor zwei Wochen, und ich hatte nicht die geringste Ahnung, wo ich als Nächstes suchen sollte, nur die Hoffnung, dass Ravenna die Angelegenheit aus einem anderen Blickwinkel betrachtet und vielleicht ein paar Dinge begriffen hatte, die mir entgangen waren. Ihr Verstand arbeitete anders als meiner; sie dachte viel abstrakter.

Wir brauchten etwa eine Stunde, um die nächsten Abzweigungen zu erreichen; beide führten am äußeren Rand einer lang gezogenen Kurve, wo das Gelände auf der Bergseite sanft anstieg, von der Hauptstraße weg. Eine riesige Felsklippe ragte über uns in die Höhe, kahl und gewaltig. Dahinter konnte ich noch mehr Berge sehen, deren Gipfel sich im grauen Nebel verloren. Es gab zwei Täler. Eins verlief mehr oder weniger genau nach Westen, auf den Meeresarm zu; das musste das Matrodotal sein. Das andere führte in einem spitzen Winkel vom ersten weg, durch einen Wall aus Klippen und Gebüsch von der eine halbe Meile entfernt gelegenen Straße getrennt.

Ich schaute in die andere Richtung, zum Wald, und verstand, was der Kundschafter gemeint hatte: Gleich hinter dem Gebüsch am Waldrand erhoben sich riesige alte Zedern. Der breite, flache Fluss, neben dem wir die letzten beiden Meilen hergeritten waren, trennte die Bäume von der Straße; das Wasser floss schnell, doch wir mussten dennoch darauf hoffen, dass die Strömung für die Pferde nicht zu stark sein würde.

»Wir müssten noch ein paar Minuten Zeit haben, ehe Alidrisi auftaucht«, sagte Palatine, zügelte ihr Pferd und stieg an der Stelle ab, wo der zweite Weg begann. »Der Kundschafter hat doch gesagt, er hätte hier Spuren von Pferdehufen gefunden. Wir sollten uns das lieber ansehen.«

»Wo ist die Stelle, wo man einen Wagen verstecken kann?«, fragte Tekraea.

»Man könnte den Hang hoch fahren«, sagte Mauriz und sah sich prüfend um. Er schwang sich vom Pferd und reichte die Zügel einem seiner Männer. »Nun, dann kommt.«

Wir gingen die Straße entlang, vorsichtig darauf bedacht, uns nur auf den Steinen zu bewegen, damit wir keine Spuren hinterließen. Der Kundschafter hatte Recht gehabt, die Hufspuren waren da, allerdings waren auf der aufwärts führenden Straße keine zu finden.

»Da drüben könnte man einen Wagen verstecken«, sagte Mauriz, kaum dass wir oben auf dem Hügel angekommen waren. Vor uns senkte sich die Straße leicht, und an einer Seite, zum Teil von Bäumen verborgen, war ein offener Platz, der nur mit Steinen bedeckt war. Hier und dort am Rand der Straße waren Hufabdrücke zu sehen, einmal sogar etwas, das eine Wagenspur hätte sein können.

»Sie müssen zurückgekommen sein, um ihre Spuren zu verwischen«, sagte Palatine. »Den Wagen hier verstecken, und dann … da die Straße hinauf.«

Kaum mehr als ein Pfad, stieg die Straße zunächst steil an und wand sich dann in einem weiten Zickzack über die Flanke des Hügels. Das Tal dahinter sah keineswegs ungewöhnlich aus; seine Ränder und das andere Ende verloren sich im Regen und in den Wolken. Dafür mussten wir eigentlich dankbar sein; selbst wenn die Leute in dem Versteck normalerweise weit sehen konnten waren die Witterungsverhältnisse im Augenblick zu schlecht, als dass sie uns kommen sehen könnten.

»Kein Anzeichen dafür, dass hier in der Nähe irgendetwas ist«, sagte Tekraea. »Und wenn wir an der richtigen Stelle sind, haben wir noch einen ganz schönen Ritt vor uns.«

»Wir gehen besser zurück in den Wald. Alidrisi könnte bald hier sein.«

Wir kehrten zu den Wachen zurück und lenkten die widerstrebenden Pferde zum Fluss. Mauriz überholte mich auf seinem Hengst und bespritzte meine Beine, als er lässig hindurchritt. Wir übrigen hatten mehr Schwierigkeiten; mein Pferd war zwar unsicher, verlor jedoch nie den Boden unter den Füßen, und ich erreichte das schlammige Ufer auf der anderen Seite, ohne allzu nass zu werden. Es war dunkel hier, und von jedem Zweig schien Wasser zu tropfen, das von irgendeiner boshaften Macht gelenkt immer wieder genau jene Stellen fand, die mein Umhang nicht bedeckte.

»Hierher«, rief Mauriz, obwohl ich ihn kaum sehen konnte.

Ein paar Dutzend Schritt im Innern des Waldes gab es eine geschützte Stelle; zwei große, dichte Bäume und ein Dickicht aus Sträuchern und kleineren Bäumen bildeten hier eine Art Dach. Es war immer noch nass, aber nicht ganz so schlimm, wie es hätte sein können. Der schwache Geruch des feuchten Zedernholzes stieg mir in die Nase.

»Bindet die Pferde an diesen Baum«, sagte Mauriz und stieß mit dem Fuß einen Zweig weg. »Sie werden es nicht mögen, aber wir auch nicht.«

Ich war bereits abgestiegen und führte mein Pferd hinüber zu dem niedrigen Ast, auf den er gedeutet hatte, um es anzubinden. Meine Stiefel quietschten im nassen Schlamm, und mein Umhang verfing sich an einem abgebrochenen Zweig.

»Ich bin wirklich unersättlich, was Strafe betrifft«, meinte Bamalco. Wir standen auf dem trockensten Flecken, den wir hatten finden können, und starrten die Straße entlang. »Möchte jemand was essen? Ich wünschte, wir hätten etwas, womit man Kaffee warm halten könnte – so was könnte ich jetzt wirklich gebrauchen.«

»Wie wäre es mit Thetianischem Gewürzbrandy?«, fragte Mauriz ihn. »Natürlich nur zu medizinischen Zwecken.«

Das hatten wir in Palatines Zimmer getrunken – in jener Nacht, als der Aether-Generator ausgefallen war –, und ich war froh über einen Schluck; er wärmte meine Kehle und meinen Bauch. Ich musste vorsichtig sein und ein paar Stunden warten, ehe ich mehr davon trank, denn da die Gewürze den Geschmack des Alkohols überdeckten, wusste ich nicht, wie stark er war.

»Nur zu Heilzwecken«, sagte Palatine, nachdem wir gegessen hatten und die Flasche die Runde gemacht hatte. »Du hast das Zeug in Selerian Alastre dabei gehabt; wie kann es dort als Heilmittel wirken?«

»Für mich ist es ein Heilmittel«, erwiderte Mauriz. »Es hält mich wach, während der Präsident endlos daherleiert. Bei Thetis, er wird jeden Monat langweiliger. Manchmal wünschte ich, wir hätten einen der Exzentriker gewählt. Es wäre viel lebhafter, wenn er bei den Besprechungen Beerdigungsmusik spielen würde.«

»Rezitiert Flavio Mandrugor noch immer Gedichte vor der Versammlung?«

»Ich fürchte ja, obwohl er ein bisschen vergrämt ist, seit sein Partner Präsident Nalassel gestorben ist. Ich gehe nur noch selten zum Palast, außer wenn sie über etwas reden, das meinen Bereich betrifft. Ich muss lange mit dem Präsidenten reden, was keine gute Idee ist. Und es passiert auch nicht wirklich etwas: All die Anträge, die eingebracht werden, werden zerredet.« Er seufzte. »Dein Vater muss sich jedes Mal im Grabe umdrehen, wenn die Versammlung zusammentritt. Ich schätze, selbst du wärst überrascht, wie schlimm es geworden ist.«

»Das bezweifle ich.« Palatines Miene war traurig. »Schon als ich noch dort war, war bereits eine Ebene erreicht, wo es keine Rolle mehr spielt, wo alles schlimmer und schlimmer werden kann, ohne dass sich etwas ändert, weil alle darüber hinwegsehen.«

»Vielleicht. Möglicherweise hat es auch eine gute Seite, hier im Regen im Wald zu sitzen – es fühlt sich wieder wie richtiges Leben an. Gerade jetzt findet vielleicht eine Ratssitzung statt, und alle erzählen dem Präsidenten höflich dass dies und jenes geschehen werde, und nach einer halben Stunde ist alles vorbei; sie stopfen ihre Papiere in ihre Taschen und machen sich auf die Suche nach irdischen Genüssen. Ein weiterer Abend voller Vergnügen, Leute!«, verkündete er wie der Erzähler bei einem Marionettenspiel. »Der Präsident des Clans Decaris veranstaltet eine seiner berühmten Orgien, auch wenn es große Konkurrenz seitens der Clans Thamharoth und Vermador gibt! Eine Ladung tanethanischer Rotwein ist soeben eingetroffen, und die Tavernen in der Bucht wollen ihn in einer einzigen Nacht ausschenken! Ein gewisser glatzköpfiger unfähiger Offizier der Nordflotte hat eine üppige neue Produktion von *E Pescliani* mit einer Hunderte von Leuten starken Truppe ermöglicht, die einen Monat im Meereshimmel, dem Opernhaus gespielt hat; und für diejenigen, die religiöse Darbietungen vorziehen, treten die Derwische von Khemior in der Halle des Meeres auf.«

Plötzlich schwang in seiner Stimme die gleiche Leidenschaft und Traurigkeit mit, wie sie auch bei Palatine manchmal zu hören war, wenn sie von zu Hause sprach, und es lag eine Intensität darin, die an Selbstekel grenzte. Doch es war nicht so, dass sie sich selbst hassten, sondern das, was sie waren. Weder Tekraea noch Bamalco nutzten die Gelegenheit zu einer scharfen Bemerkung, wie ich feststellte.

»Außerhalb von Thetia ist man besser dran, wie ich zugeben muss«, sagte Mauriz nach einer langen Pause. Dann wandte er sich an mich. »Es muss Euch unglaublich vorkommen, wie wir über Thetia reden, aber ich hoffe, Ihr erkennt, wieso wir Eure Hilfe brauchen. Ich schaue mir die Versammlung an und denke, wieso kümmert mich das alles? Aber andererseits ist jede Veränderung besser als keine, denn ich sehe nicht, wie es noch lange so weitergehen kann.« Es war seltsam, dass Palatine auch nach zwei Jahren, die sie von Thetia weg war, noch einen Akzent hatte, während Mauriz, der sein ganzes Leben dort verbracht hatte, einen viel klareren archipelanischen Akzent besaß.

»Mauriz, ich glaube, ein großer Teil deiner Probleme hat damit zu tun hat, dass du nicht gewusst hast, mit wem du sprichst«, sagte Palatine und hob dabei die Stimme, als ein plötzlicher Windstoß aufkam und die Bäume rund um uns rauschen ließ. »Wir konnten es dir nicht sagen, aber jedes Mal, wenn wir uns getroffen haben, hast du dich tiefer hineingeritten. Cathan hat sich darüber geärgert, was du getan hast, und Ravenna ... du hast sie in einen Plan eingebaut, der sie ihres eigenen Throns beraubt hätte.«

»Sie ...« Zum ersten Mal machte Mauriz ein wirklich verblüfftes Gesicht. So viel zur Macht seines Clans und seinem ganzen Benehmen; nichts davon konnte den Fehler ausmerzen, den er gemacht hatte. »*Sie* ist die Pharaonin?«

»Ja. Deshalb sind wir hier, um sie aus Alidrisis Gewalt zu befreien.« Sie wandte sich an die anderen. »Es ist besser, es ihm jetzt zu sagen als später – er muss es ohnehin erfahren.«

Bamalco nickte mit ausdruckslosem Gesicht. Tekraea blickte verdrossen vor sich hin.

»Und ihr versucht, sie zu befreien. Jetzt verstehe ich, wieso ihr euch dem ganzen Plan widersetzt habt. Bei Thetis, du hast mich nicht einmal gewarnt.«

»Weil Ihr sie dann woanders hingeschickt hättet«, erklärte ich. »Ihr hättet genau das getan, was Alidrisi gemacht hat: Ihr hättet sie irgendwo am Rande von Nirgendwo eingesperrt, wo sie kein Problem wäre. Sie wird nicht sehr glücklich sein, Euch zu sehen.«

»Nein, wahrscheinlich nicht«, gab Mauriz zu. Er trug wieder seine Maske distanzierter Selbstsicherheit. »Wie schon gesagt, haben wir wohl die Stärke der Gefühle unterschätzt, die hier im Spiel sind. Aber wir haben eine Chance, die noch niemand zuvor gehabt hat, und ich werde sie nicht wegwerfen.«

»*Ich* bin Eure Chance«, sagte ich ärgerlich. »Ich will nicht Hierarch werden, und ich habe es auch nicht vor. Ihr habt meine Unterstützung, wenn Ihr den Kaiser beseitigen wollt, aber das könnt Ihr auch auf andere Weise tun. Ihr wolltet genauso mit mir verfahren, wie alle Ravenna behandelt haben. Der Unterschied liegt darin, dass ihr Volk sie braucht. Euer Volk braucht mich nicht, es erinnert sich nicht einmal daran, was ich eigentlich sein sollte.«

»Da irrt Ihr Euch«, widersprach Mauriz. »Ihr habt gehört, was ich gerade gesagt habe. *Unser* Land verdient jede Chance, die wir ihm geben können. Telesta wird Euch zustimmen, dass die Domäne einen großen Teil der Schuld auf sich nehmen muss. Aber seht Ihr denn nicht, dass ein starkes Thetia in der Lage wäre, etwas zu unternehmen? Dass es den Archipel zur Abwechslung mal beschützen könnte?«

»Wieso solltet Ihr den Archipel beschützen? Alles, was Ihr tun werdet, ist, mich gegen Orosius benutzen, und wenn ich alles in meiner Macht Stehende getan habe und Thetia eine Republik ist, werde ich entbehrlich sein. Es bestünde keine Notwendigkeit, Eure Versprechen zu halten und dem Archipel zu helfen. Vielleicht würdet Ihr Euch damit rechtfertigen, dass zu Hause noch zu viel wieder in Ordnung zu bringen wäre, aber was für eine Ausrede Ihr Euch auch einfallen lassen würdet, Ihr würdet nichts tun.«

»Die Domäne mag Republikaner nicht«, sagte Palatine. »Sie hassen schon die Vorstellung, weil sie ihrer eigenen Art so fremd ist. Eine thetianische Republik würde zu Hause und außerhalb um ihr Überleben kämpfen müssen. Das schließt auch den Archipel mit ein.«

»Ich würde dir gern glauben«, sagte ich. »Aber ich glaube nicht, dass es so laufen würde. Es liegt nicht in eurem Interesse, die Domäne aus dem Archipel hinauszuwerfen, solange ihr ihn nicht selbst erobern wollt. In einer Republik wärt ihr vielleicht zu sehr mit Streiten beschäftigt.«

»So wie wir uns gestern Abend alle gestritten haben? Aber wir sind jetzt hier, oder? Und du bist derjenige, der Orosius beseitigen will. Hättest du lieber einen neuen Kaiser, dessen Sohn oder Enkel den gleichen Pfad beschreiten könnte? Oder eine Republik, in der das nicht passieren kann?«

»Vergesst nicht, was ich über die Suffeten gesagt habe«, warf Bamalco ernst ein. »Sie hassen einander. Wir stehen gerade am Anfang eines ganzen Jahres, in dem nichts geschehen wird, während sie daran arbeiten, einander loszuwerden.«

»Aber Ihr habt gute Jahre, die das ausgleichen können. Wir hatten nur schlechte Jahrhunderte …«, sagte Mauriz und hielt inne. »Höre ich da Wagenräder?«

Wir rückten etwa zehn Schritt vor, so nahe wir uns an den Waldrand heranpirschen konnten, ohne bemerkt zu werden, und warteten. Das Geräusch von tropfendem Wasser war überall um mich herum, und ich spürte Rinnsale an meinem Umhang hinablaufen. Der Fluss war aufgewühlt, die Oberfläche gekräuselt, und auf seiner anderen Seite verlief die Straße. Noch immer leer. Wir konnten von hier aus beide Abzweigungen sehen, aber …

Da war es. Das Klappern von Hufen und das Geräusch der Räder, die sich in gemessenem Tempo bewegten. Ich sah zwei, vier Reiter in Sicht kommen, dann die Wagenpferde und den Wagen selbst, unauffällig und schwarz, mit schlammverschmierten Rädern. Nur an der Tür hing ein Zeichen, doch aus der Entfernung konnte ich es nicht erkennen.

»Das ist Alidrisi«, zischte Bamalco. »Kein Zweifel.«

Aber würde er anhalten oder weiterfahren? Ich sah sie an der ersten Abzweigung vorbeifahren, spürte, wie mir das Herz gegen die Rippen hämmerte, als sie sich der zweiten näherten, langsamer wurden – und abbogen. Ich schloss kurz die Augen und gab einen stummen Seufzer der Erleichterung von mir und sah dann zu, wie die Kutsche langsam den sanften Hang empor und um die Biegung rollte. Ich fragte mich, wie sie sie wieder heil herunterbringen wollten. Dann gerieten Reiter und Kutsche außer Sicht; nur das Hufgetrappel und die Räder waren noch zu hören. Schließlich hielten sie an, und es wurde wieder still, abgesehen von dem trommelnden Regen.

»Vermutlich lässt er ein paar Leute bei der Kutsche«, sagte Tekraea. »Damit sie sie bewachen, während er hinaufreitet. Wir können jetzt Stunden hier sitzen.«

»Das werden wir auch tun«, sagte Bamalco. »Da wir jetzt wissen, wohin sie gehen, werden wir warten, während er die fünf oder zehn Meilen das Tal entlangreitet, mit Ravenna spricht und wieder zurückkommt.«

»Dieses Tal ist länger. Das mit den zehn Meilen ist das Matrodotal.«

»Wir warten also ab, bis er wieder weg ist, und reiten dann *im Dunkeln* in das Tal?«, fragte Mauriz ungläubig. »Ihr seid verrückt. Der Himmel allein weiß, wie schlecht der Weg ist – und wie wollt ihr ihn überhaupt finden?«

»Cathan ist ein Schattenmagier, abgesehen von den vielen anderen Talenten, die er besitzt«, erwiderte Palatine. »Das ist etwas, worum du dich nie gekümmert hast. Er sagt, er kann das Haus im Dunkeln besser finden.«

»Wir alle werden unseren Tod im Dunkeln besser finden.« Mauriz schwieg einen Augenblick. »Wisst ihr, wenn ich an seiner Stelle wäre und meine Spuren verwischen wollte, würde ich so viele Vorkehrungen treffen wie möglich. Unter anderem würde ich den Wagen an der einen Straße stehen lassen und eine andere nehmen. Würdet ihr das nicht tun?«

Wir starrten uns einen Moment lang an und fragten uns, wieso wir nicht selbst an diese Möglichkeit gedacht hatten. Vermutlich weil niemand von uns so verschlagen und argwöhnisch war wie Mauriz.

»Das bedeutet, wir müssen es herausfinden, und zwar schnell«, sagte Palatine. »Der Wald scheint mir plötzlich kein sehr geeigneter Ort mehr zu sein. Sie werden jemanden an der Straße postiert haben, also wird es schwierig werden, den Fluss ungesehen zu überqueren.«

»Sie können die Hufspuren doch nicht den ganzen Weg entlang verbergen, oder?«, fragte ich. »Bestimmt müssen wir jeden Weg einfach nur ein kleines Stück entlanggehen, um herauszufinden, welcher der richtige ist.«

»Es sei denn, er ist besonders schlau. In dem Fall sind wir geschlagen.«

»Es nützt nichts, sich darüber den Kopf zu zerbrechen«, sagte Mauriz. »Jetzt warten wir erst mal.«

Kapitel XXX

Am Ende blieb uns nichts anderes übrig als zu warten, und das taten wir mehrere Stunden lang, während der Himmel immer finsterer wurde. Dann begann es zu blitzen; die großen Lichtblitze erhellten sogar den Wald und zwangen uns, vom Waldrand zurückzuweichen, damit die Wache, die hinter dem Hügel postiert sein musste, uns nicht zufällig entdeckte. Wir konnten uns kaum unterhalten, so laut prasselte der Regen auf die Flussoberfläche, und die Donnerschläge klangen wie ein endloser Angriff gewaltiger Rösser. Es war wie ein Albtraum, jeder einzelne Blitz erleuchtete die Berge, ließ die zerklüfteten Konturen der Klippen und Felsen für einen Bruchteil lebendig werden.

Es war ein Sturm, der meiner Heimat würdig gewesen wäre, und wir befanden uns hier in den Bergen, ohne Schutz von Mauern, Gebäuden oder einem Aetherschild; es war erst das zweite Mal in meinem Leben, dass ich in einem echten Sturm draußen war. Immerhin versuchte ich dieses Mal nicht, auch noch zu schwimmen, doch wieder war es Palatines Idee gewesen.

Gelegentlich unterhielten wir uns kurz, doch da es zu anstrengend war, sich regelrecht anzuschreien, dauerten die Gespräche nie sehr lange. Es würde auch später fast unmöglich sein, sich zu unterhalten, und nicht zum ersten Mal fragte ich mich, wie um alles in der Welt ich sie alle meilenweit die Straße entlangführen sollte. Es konnten zehn oder noch mehr Meilen sein, und der größte Teil würde über steiles Gelände führen. Und wie sollten die Pferde etwas sehen? Wenn wir sie auch nur einen Teil des Weges führen mussten, würde es sehr viel länger dauern. Während das Tageslicht verblasste, schwand meine Zuversicht mehr und mehr, und ich wurde immer besorgter.

Bamalco war der Erste, der darauf hinwies, dass noch nichts von der Nachhut zu sehen war, die uns eigentlich hätte folgen sollen; sie hätten hinter der letzten Biegung sein und sich dort irgendwo unterstellen müssen, doch während der Sturm immer stärker wurde, tauchte niemand auf.

Er bedeutete uns, ihm zu der verhältnismäßig trockenen Stelle zu folgen, wo die Pferde standen; sie lag ein gutes Stück vom Fluss entfernt, und es war spürbar ruhiger. Die beiden Wachen haben wir als Beobachter zurückgelassen. »Alidrisi hat noch immer einen weiten Weg vor sich, und er muss unter diesen Umständen auch noch im Dunkeln reiten«, sagte er. Wasser rann an seinem Umhang hinab, so dass er wie ein urzeitlicher Flussgeist aussah – wie wir alle. »Wäre es nicht vernünftiger, wenn er mit all seinen Leuten über Nacht dableibt und sich erst morgen Früh wieder auf den Weg macht? Es würde keinen Verdacht erregen, wenn er bei diesem Wetter zu spät in Kalessos ankommt.«

»Er wäre einen ganzen Tag zu spät dran», wandte Tekraea ein.

»Niemand hat damit gerechnet, dass der Sturm so schlimm wird, also hat sein Clan bestimmt Verständnis dafür. Abgesehen davon, wer sollte ihm denn Fragen stellen?«

»Die Domäne.« Tekraea warf Mauriz erneut einen unfreundlichen Blick zu. »Nicht sofort, aber wenn sie merken, dass ihre Männer verschwunden sind.«

»Auch das könnte man auf den Sturm schieben«, sagte Mauriz. »Aber –« Jetzt krachte ein wirklich ohrenbetäubender Donnerschlag, und ich zuckte zusammen. »Bei Thetis, ich habe im Archipel noch nie so fürchterliches Wetter erlebt. Wir sollten wirklich nachsehen, ob Bamalco Recht hat. Wenn Alidrisis Leute weitergezogen sind, bedeutet das, dass wir früher aufbrechen können. Wenn nicht, müssen wir vielleicht etwas sehr Drastisches unternehmen.«

»Das ist ein letztes Mittel«, sagte Palatine entschieden. »Es wäre besser, wenn Alidrisi nicht mitbekommt, dass etwas nicht stimmt, ehe er nach Kalessos aufbricht.«

»Und was macht er mit dem Wagen?«, fragte ich. »Und mit den Pferden? Sie alle über Nacht hier lassen? Sonst hätten sie vom Versteck und wieder zurück zusätzliche zehn Meilen oder so vor sich, und das ist bestimmt keine einfache Strecke.«

»Sie sind gut ausgebildet. Mit einem Marsch durch ein felsiges Tal mitten in einem Sturm kommen sie bestimmt gut klar«, meinte Palatine. »Er kann sie nicht zurücklassen. Dem Wagen würde das nichts ausmachen, aber den Pferden schon. Und den Wachen. Cathan, ich fürchte, du musst hingehen und nachsehen.«

»Ich muss den Fluss irgendwo überqueren, das heißt, ich muss ein Pferd nehmen.« Ich ließ den Blick über die regennassen Felsen schweifen. »Können wir nicht alle hinreiten und nachsehen? Glaubt ihr wirklich, dass da noch jemand Wache hält? Er muss inzwischen halb tot sein.«

»Versuch es mit deiner Schattensicht, falls es funktioniert.«

»Gut.« Ich ging wieder an den Waldrand, dorthin, wo wir zuvor gestanden hatten. Schattensicht war die am leichtesten auszuübende Art von Magie und so in meinen Kopf eingegraben, dass es wie meine zweite Natur war, sie zu benutzen. Ich wandte sie allerdings nachts nur dann an, wenn es unbedingt sein musste, denn sie verwandelte die Welt in einen grauen Ort, wie die Landschaft eines schlechten Traums, ohne Farbe oder Leben und von Geistern bevölkert.

Doch sie machte die Dinge klarer. Ich schob die Kapuze etwas zurück, schloss die Augen und konzentrierte mich einen Augenblick lang. Ich spürte meine Augen leicht kribbeln, öffnete sie und blickte auf eine öde, ganz andere Welt. Alles andere war unverändert – das Prasseln des Regens, der Donner, der Geruch nach nassem Holz und Blättern und der Feuchtigkeit in meinen Kleidern. Nur das, was ich sehen konnte, hatte sich verändert. Die Berge waren jetzt viel deutlicher, dunkelgrau mit schwarzen Einzelheiten – und dann blickte ich plötzlich in ein blendendes, schmerzhaft helles Licht, grau in weiß, und ich schloss instinktiv die Augen. Sie fühlten sich an, als wären sie versengt worden.

Warum hatte ich nicht daran gedacht? Die Schattensicht funktionierte umso besser, je weniger Licht vorhanden war, aber es war schwer, etwas Helleres zu finden als einen Blitz. Er würde mich jedes Mal wieder blenden – und für wie lange? Ich riskierte es, die Augen wieder zu öffnen, fürchtete mich vor einem weiteren Blitz und musterte das gegenüberliegende Ufer so rasch wie möglich, hörte erst auf, als der nächste Blitz aufzuckte. Das war das Schlimmste – dass ich die Blitze nicht vorhersehen und die Augen rechtzeitig schließen konnte. Wie um alles in der Welt sollte ich so das Versteck finden?

Meine Augen begannen bereits zu brennen, als ich endlich aufhören konnte, weil ich ausreichend davon überzeugt war, dass niemand mehr Wache hielt. Ich wechselte so rasch wie möglich zur Normalsicht und ging zurück zu den anderen, wobei ich mir nicht ganz sicher war, ob meine normale Sehfähigkeit nicht etwas gelitten hatte.

»Nun?«, fragte Mauriz, aber Palatine musste bemerkt haben, dass ich blinzelte.

»Was ist los?«, wollte sie wissen.
»Blitze«, sagte ich und schüttelte den Kopf, um meine Sicht zu klären, als würde das helfen. »Die machen die Schattensicht die Hälfte der Zeit nutzlos.«
»Na wunderbar«, sagte Mauriz. »Der Blinde führt die Blinden.«
»Ist das eine Bitte? Weil ich sie nämlich gerne gewähren werde«, sagte Tekraea verärgert. »Zumindest Euch.«
»Bitte, das reicht«, sagte Bamalco und trat zwischen sie. »Tekraea, wir sind nicht hier, um zu streiten.«
»Er anscheinend schon.«
»Hört auf«, sagte auch Palatine. »Beide. Mauriz hat in gewisser Weise Recht: Das bedeutet, dass wir jetzt gehen müssen. Ob Alidrisi nun zurückkommt oder nicht, wir werden unseren Weg dort hinauf nicht finden, wenn wir warten, bis es dunkel wird. Das heißt, wir müssen sofort gehen. Also, was tun wir, wenn noch jemand den Wagen bewacht?«
»Jedenfalls niemanden umbringen«, sagte Tekraea, der anscheinend einen seiner seltenen vernünftigen Augenblicke hatte. »Wenn noch Leute da sind, müssen wir versuchen, sie gefangen zu nehmen.«
»Wie unpraktisch.« Das war Mauriz.
»Wie vernünftig«, sagte Bamalco; er machte ein angeekeltes Gesicht. »Wir können sie entwaffnen und fesseln – das hält sie davon ab, uns zu folgen oder Hilfe zu holen. Wenn wir sie töten, dann höchstens aus Versehen; Ihr habt heute schon genug Leute umgebracht.« Er wandte Mauriz den Rücken zu und ging zu den Pferden, um sie loszubinden. Wir übrigen folgten ihm.
»Wenn wir eine Weile auf dieser Seite des Flusses bleiben, ist das Risiko, dass sie das Hufgetrappel hören, nicht so groß. Die anderen müssten irgendwo hinter der Biegung warten.«
Wir kamen nur langsam voran, suchten uns unseren Weg durch den Wald, wichen Wurzeln und herabgefallenen Ästen aus. Wir führten die Pferde, weil so die Gefahr wesentlich geringer war, dass sich jemand von uns oder eines der Tiere verletzte; schließlich konnten wir es uns nicht leisten, auch nur ein einziges Pferd zu verlieren. Als wir wieder auf den Fluss zuhielten, stießen wir auf einen tiefen

Teich und mussten noch ein Stück weitergehen, doch beim zweiten Mal hatten wir mehr Glück. Wir rollten die geölten Decken hoch, die wir den Pferden über den Rücken gelegt hatten, um sie möglichst trocken zu halten, und stiegen auf – keine einfache Angelegenheit, wenn man knietief im Schlamm stand.

Nachdem wir so lange im Wald gewesen waren, hatte das ständige Tröpfeln bereits angefangen, uns auf die Nerven zu gehen; wir waren daher froh, von den Bäumen weg und wieder in freies Gelände zu kommen. Die Erleichterung währte jedoch nur so lange, wie wir brauchten, um den Fluss zu durchqueren, während der Regen unablässig auf meine Kapuze und meinen Umhang prasselte.

Wir waren beinahe außer Sichtweite der beiden Straßen, und es dauerte nur ein paar Augenblicke, hinter eine Klippe zu reiten, um uns zu verbergen. Irgendwo hier hätten die anderen sein müssen, aber wo? Es waren keine anderen Menschen auf der Straße zu sehen, und es hatte auch nicht den Anschein, als hätten sie sich irgendwo neben der Straße versteckt. Wir ritten noch etwas weiter, und ich war erleichtert, als ich sah, wie sich das Unterholz am Waldrand bewegte; einer der Soldaten, die bei Telesta geblieben waren, trieb sein Pferd das Ufer hinunter und in den Fluss, kurz darauf gefolgt von Persea und den anderen. Wir warteten auf sie, als sie die Straße erreichten.

»Was ist passiert?«, fragte Persea sobald wir in Hörweite waren. »Alidrisi ist vorbeigekommen, aber er ist noch nicht lang genug weg, als dass er zu seiner Festung geritten und wieder zurück sein könnte.«

»Es gibt Probleme«, sagte Palatine und erklärte es dann genauer. Dankenswerterweise gab Telesta im Gegensatz zu Mauriz keinen beißenden Kommentar ab, doch die anderen machten betroffene Gesichter, als Palatine ihnen erklärte, wieso wir zurückgekommen waren.

»Das klingt nicht besonders gut«, meinte Persea zweifelnd. »Ich meine, wenn Cathan zum Beispiel versucht, die Palastmauer hochzuklettern, und dabei nicht sehen kann, was er tut.«

»Wir sind aber jetzt hier draußen, und es ist zu spät, um umzukehren. Der Sturm wird uns helfen, wenn wir sie erst einmal rausgeholt haben, denn sie sind dadurch ebenso benachteiligt wie wir.«

»Und die zusätzlichen Wachen und Alidrisi selbst?«, fragte Persea. »Wird es jetzt nicht alles noch viel schwieriger?«

»Damit beschäftigen wir uns, wenn wir dort sind«, sagte Palatine. »Im Augenblick sollten wir uns um den Wagen und die dort zurückgelassenen Männer kümmern.«

Wir beschlossen, auf der Straße zu bleiben, statt in den Wald zurückzukehren, hielten uns jedoch von den Pflastersteinen fern und ritten am Straßenrand im Schlamm, wo die Pferdehufe weniger Lärm machten. Die Pferde waren alle bis zum Widerrist mit Matsch verschmiert, und Mauriz' Hengst sah jetzt gar nicht mehr so prächtig aus.

Es schien viel zu lange zu dauern, die etwa zweihundert Schritt von der Ecke bis zur zweiten Abzweigung zurückzulegen – falls ich einen Wachposten übersehen haben sollte, musste er uns längst entdeckt haben. Die Thetianer griffen nach ihren Bogen und zogen die Abdeckungen der Sehnen ab – Palatine hatte gesagt, die Sehnen selbst bestünden aus wasserfestem Material, würden jedoch zusätzlich abgedeckt, um ganz sicherzugehen. Bei den Bogen handelte es sich um doppelt geschwungene Kompositbogen; sie waren vermutlich sehr teuer und ganz eindeutig speziell dafür gedacht, vom Rücken eines Pferdes oder aus anderen unangenehmen Positionen benutzt zu werden.

»In Ordnung«, sagte Palatine, während wir an der zweiten Abzweigung anhielten. Die Thetianer legten die Pfeile an die Sehnen. »Alle Kampfstäbe bereit, ja? Wir reiten bis zur Kuppe: Wenn dort jemand ist, müssten sie uns sehen. Mauriz und seine Leute müssen sie in Schach halten, während wir ihnen befehlen, sich zu ergeben. Wenn einer von ihnen einen Bogen hat und versucht, ihn zu benutzen, schießt ihm in den Arm. Das schafft ihr doch bestimmt.«

Alle nickten. Ich griff nach meinen Kampfstab, den ich mir auf den Rücken geschnallt hatte. Er bestand aus einem langen Stück Hartholz mit Metallspitzen und sah nicht gerade beeindruckend aus, war aber in den Händen eines Meisters eine tödliche Waffe. Unglücklicherweise war er gegen Schwertkämpfer nicht sehr brauchbar, solange man nicht *wirklich* ein Meister war – und das war niemand von uns.

»Jetzt!«, sagte Palatine leise, und wir trieben unsere Pferde den Hang hoch. Sofern Wachen dort waren, mussten sie uns jetzt hören, aber von der anderen Seite des Hügels war kein Geräusch zu vernehmen, während wir auf die Kuppe zuritten. »Verteilt euch! Die Bogenschützen bleiben hinten!«

Ich brauchte nur einen einzigen Blick, um zu erkennen, dass das alles überflüssig war. Der Wagen stand verlassen an seinem Platz, die Vorhänge waren zugezogen. Die Pferde waren nirgends zu sehen. Ich riskierte es, kurz die Schattensicht einzusetzen, nachdem der nächste Blitz verblasst war, und schaute schnell nach rechts hinter die Bäume.

»Nichts«, sagte der Kundschafter. »Sie müssen weitergegangen sein.«

»Passt trotzdem auf. Wir reiten runter. Mauriz, halte die Augen offen.«

Wir ritten langsam in die kleine Senke hinab, in der die verlassene Kutsche stand, und schauten uns dabei pausenlos um, weil wir einen Hinterhalt fürchteten. Doch wir erreichten die Kutsche ohne unvorhergesehene Probleme.

Ich warf Palatine einen erleichterten Blick zu. »Und jetzt – wo entlang?«

Wir mussten nur ein kleines Stück in jedes Tal hineinreiten. Nach etwa zweihundert Schritt fanden Mauriz und ich auf dem Matrodopfad Hufspuren im Schlamm, während sie sich im anderen Tal verloren.

»Er muss hinter dem Hügel da kehrtgemacht und sein Pferd zwischen den Felsen hindurch hierher geführt haben«, sagte Mauriz. »Es müssen mehrere Pferde gewesen sein, und ein paar davon sind sehr groß.«

»Zugpferde«, sagte ich. »Danke, Mauriz.« Diesmal hatte sich sein scharfer thetianischer Verstand als nützlich erwiesen, denn sonst wären wir vielleicht das andere Tal entlanggeritten und um nichts schlauer gewesen. Das Tal eignete sich hervorragend für ein solches Manöver, meinte Palatine, als wir uns wieder sammelten, weil der Pfad ein Stück voraus wieder steinig wurde und es unmöglich war, den Hufspuren weiter zu folgen.

»Also ist es das Matrodotal«, sagte Persea und betrachtet durch den Regen die dahintreibenden Wolken, die die höheren Gefilde des Tals verbargen. »Kannst du mit deiner Schattensicht auch etwas sehen, das weiter weg ist, Cathan?«

»Ja, aber dazu brauche ich mehr Magie.«

»Versuch es erst mal mit einem Teleskop«, riet Bamalco und holte eins aus seiner Satteltasche. »Ich dachte, es würde vielleicht nützlich sein. Es ist ein echtes thetianisches, keins von den minderwertigeren Dingern, die die Tanethaner herstellen.«

Wir versuchten reihum, so viel wie möglich vom Tal zu erkennen, suchten nach Anhaltspunkten – Rauch, gerade Kanten, Lichter –, fanden aber nichts. Wir hatten es auch gar nicht erwartet, denn das wäre viel zu leicht gewesen. Das Versteck würde weiter oben sein, vermutlich hinter einem Felsvorsprung oder in einem kleinen Seitental, und Alidrisi hatte bestimmt dafür gesorgt, dass es schwer zu finden war.

»Was glaubst du, wie weit können wir sehen?«, fragte Persea den Kundschafter. »Oder, noch wichtiger, wie weit können sie sehen, wenn sie in unsere Richtung schauen?«

»Realistisch betrachtet nur eine oder zwei Meilen. Sie werden uns vermutlich eher bemerken als wir sie, wenn wir nicht sehr vorsichtig sind.«

»Deshalb wollten wir ja auch nachts los«, sagte Tekraea.

»Jetzt, wo es andauernd blitzt, gibt es keinen Unterschied zwischen Tag und Nacht.«

»Verfluchtes Wetter. Vielleicht hat Sarhaddon Recht – Althana ist uns jedenfalls nicht gerade eine Hilfe.«

»Mach Althana nicht für die Stürme verantwortlich«, sagte Palatine. »Wir könnten Ihre Hilfe immer noch benötigen.«

Wir ritten in lockerer Formation den Pfad entlang und auf den Eingang des Tals zu. Der Weg durch das Matrodotal war noch gewundener und anstrengender als die Strecke, die wir bereits zurückgelegt hatten. Zerklüftete Vorsprünge ragten aus den Bergen zu beiden Seiten, und häufig verlief die Straße unter überhängenden Klippen. Manchmal schützten die Felsen uns vor dem Wind; manchmal ritten wir direkt in ihn hinein, und unsere Umhänge wehten waagerecht hinter uns her. Auf diesen Abschnitten war es am Schlimmsten, denn der Pfad war tückisch und veränderte sich dauernd, so dass wir immerzu nach vorne schauen mussten, um zu sehen, was als Nächstes kam – und dann schlug uns der Regen mitten ins Gesicht. Es war, als liefen mir hundert kleine Rinnsale den Nacken hinab und durchweichten meine Haut.

Es war hier noch dunkler als im Haupttal, zumal die Berge zu beiden Seiten immer höher wurden, und die Blitze uns manchmal regelrecht bannten, wenn sie Felsen erhellten, die so aussahen, als würden sie jeden Augenblick auf uns herabstürzen. Donnerschläge krachten unaufhörlich am Himmel, und ein- oder zweimal, als ich es wagte, aufzublicken, sah ich wirbelnde Wolken, die sich hoch auftürmten und zwischen denen fast ununterbrochen Blitze zuckten. Soweit ich es beurteilen konnte, war dies ein echter Wintersturm, der vermutlich von Thure bis nach Taneth wütete.

Wir umrundeten eine Biegung nach der anderen, folgten der sich immer höher windenden Straße. Mauriz und der Kundschafter ritten voraus und suchten nach Alidrisis Spuren. Was schon unter normalen Umständen eine schwierige Aufgabe war, erwies sich bei diesem Regen als beinahe unmöglich, zumal die Reiter, die wir verfolgten, Zweige hinter sich hergezogen hatten, um ihre Spuren zu verwischen. Immerhin bewies uns diese Tatsache, dass wir auf der richtigen Fährte waren. Wieso hätte er sich sonst solche Mühe geben sollen? Ravenna war irgendwo in diesen Bergen, und mit ihr auch, wie ich hoffte, der Schlüssel zur *Aeon;* vielleicht sogar, wagte ich zu denken, eine Möglichkeit, die Stürme eines Tages beenden zu können.

Immer wieder hielten wir an, wenn wir an eine Stelle kamen, von der aus wir freie Sicht hatten, damit ich das unheimliche Grau der Berge mit meiner Schattensicht absuchen konnte. Ich fand drei oder vier Bergfestungen, von denen eine auf Schwindel erregende Weise auf einem Felsüberhang hockte, der aussah, als könnte er jeden Augenblick abbrechen und zu uns ins Tal herabstürzen. Doch keine davon war bewohnt, keine wies jenen besonderen Unterschied auf, der anzeigte, dass es in ihrem Innern wärmer war als draußen.

»Wieso werden sie nicht benutzt?«, brüllte Palatine in Perseas

Richtung, während wir uns eine schwierige Steigung hinaufmühten; schräg über uns thronte eine weitere Festung. Diese war jedoch auf konventionellere Weise mit dem Rücken zum Berghang auf der Kuppe eines kleineren, vorgelagerten Hügels errichtet worden.

»Keine Ahnung«, rief sie zurück. »Vielleicht sind sie verflucht oder baufällig.«

Oder sie waren absichtlich so belassen worden. Ich hätte nicht sagen können, welcher Clan Anspruch auf diese Berge erhob – es konnte Tandaris oder Kalessos sein. Aber vielleicht gehörte dieses Gebiet hier auch schon zu Tehama, obwohl ich das bezweifelte.

Ich wusste nicht genau, wie hoch wir waren, doch es musste ziemlich hoch sein – ich konnte mich nicht erinnern, dass wir irgendwo bergab geritten wären. Es war sicherlich hoch genug, um ein bisschen kurzatmig zu sein – und außerdem noch wund geritten, was kein gutes Zeichen war. Das Meer musste ein paar Meilen vor uns sein, doch wir befanden uns ein gutes Stück über dem Meeresspiegel und stiegen immer noch höher. Gab es da vorn Klippen und Abgründe? Ich erinnerte mich an die Karte der Ozeanografen, die gezeigt hatte, dass der Meeresarm auf allen Seiten von hohen Klippen umgeben war; die einzige Ausnahme bildete das hintere Ende bei Tehama, wo der inzwischen zerstörte Hafen am Rand eines schüsselförmigen Kraters errichtet worden war. Er war von unserer Seite aus unzugänglich, und inzwischen wahrscheinlich auch von Tehama aus.

Aber die Fährte, der wir folgten, brach niemals zur Seite aus oder veränderte sich. Wir ritten also weiter und weiter, bis ich keinen trockenen Faden mehr am Leib hatte; auch dem Pferd klebte die Mähne schon seit langem traurig am Hals. Und dann die Kälte! Bei den Elementen, es war genauso schlimm wie einen eiskalten Fluss in Lepidor hinunterzuschwimmen.

Jeder Schritt des Pferdes erzeugte ein schmatzendes Geräusch; ich kümmerte mich nicht mehr darum, ob es der Matsch oder meine Stiefel waren. Meine Beine rieben an einigen Stellen durch den nassen Stoff gegen den Sattel, so dass ich in ein paar Stunden ziemliche Schmerzen haben würde. Hier und da öffneten sich Seitentäler vor unseren Blicken, doch es schien keine Wege dorthin zu geben, es sei denn, man war eine der Bergziegen, die ich ein- oder zweimal meckern hörte. Es gab Tiger und auch Löwen in Qalathar, aber diese klugen Tiere waren vermutlich irgendwo, wo es warm und trocken war, zusammen mit den Bergkatzen, den Vögeln und allen anderen Geschöpfen, die ein bisschen Verstand besaßen. Im Gegensatz zu uns.

Einmal erklommen wir eine Stelle, die wie das oberste Ende des Tals aussah, denn wir konnten nicht erkennen, was dahinter lag. Oben angekommen stellten wir fest, dass das Gelände dahinter sich nicht nennenswert von dem unterschied, das bereits hinter uns lag, abgesehen davon, dass es in eine kleine Senke abfiel und sich seitlich von dieser Senke eine einigermaßen ebene Felsplatte befand. Und, wie ich einen Augenblick später sah, ein Seitenpfad.

»Halt, zurück!«, sagte Palatine. »Wir sind hier zu ungeschützt.«

Es war beinahe dunkel, die Farbe des Himmels lag – wenn er nicht gerade von Blitzen durchzuckt wurde – irgendwo zwischen Graublau und Schwarz, und so bezweifelte ich, dass irgendjemand uns sehen konnte, selbst wenn er es versuchte. Ohne Schattensicht konnte ich nicht einmal mehr die Berge ringsum erkennen. Jetzt musste ich sie allerdings benutzen, und mein Blickfeld wurde größer, sobald ich die Augen öffnete. Die Klippen auf der rechten Seite waren steil, aber zwischen zwei weiteren Hügeln auf der linken Seite gab es eine Spalte, eine Schlucht, die zu einer sehr hohen, schmalen Öffnung hinaufführte. Und an einer Seite, beinahe hinter ein paar Felsen verborgen, befand sich ein Gebäude – eines, das nicht verfallen war. Ich konnte das Dach sehen, aber meine Sinne waren inzwischen beinahe betäubt, und so war ich mir nicht sicher, ob von dem Bauwerk Wärme ausströmte oder nicht. Und ich sah auch keinerlei Licht, was allerdings auch daran liegen mochte, dass die Fensterläden geschlossen waren.

»Ich weiß nicht genau«, sagte ich, nachdem ich so schnell wie möglich zu meiner normalen Sicht zurückgekehrt war. Ich kam mir vollkommen nutzlos vor. Ich hatte ihnen gesagt, dass ich das Haus bei Dunkelheit finden würde; deshalb waren wir in der Nacht hergekommen. Aber jetzt stand ich hier, halb von den Blitzen geblendet und unfähig, ihnen zu sagen, ob dies der Ort war, den wir suchten, oder nicht.

»Macht nichts«, meinte Palatine. »Es sieht gut aus.«

Mauriz und der Kundschafter ließen ihre Pferde ein Stückchen weiter gehen, bis zur Abzweigung. Keiner der beiden stieg ab, dann jedoch sah ich, wie sie sich vorbeugten und den Boden betrachteten. Mauriz sagte etwas, woraufhin der Kundschafter den Kopf schüttelte, aber der Thetianer schien bei seiner Meinung zu bleiben. Kurz darauf ritten sie in verschiedene Richtungen weiter – Mauriz die Nebenstraße entlang, der Kundschafter den Hauptweg.

»Wieso habe ich das Gefühl, dass uns da wieder jemand zum Narren hält?«, fragte Persea.

»Wer? Mauriz?«

»Er oder Alidrisi, ich weiß es nicht. Er hat wahrscheinlich falsche Fährten gelegt.«

»Eigentlich müsste er Thetianer sein«, bemerkte Bamalco. »Alidrisi, meine ich. Mauriz ist der Einzige, der verschlagen genug ist, all seine Tricks zu durchschauen.«

Nach einer Weile kehrten Mauriz und der Kundschafter zurück und berichteten, dass Alidrisi und seine Begleiter zum zweiten Mal vorgetäuscht hatten, einen anderen Weg genommen zu haben. Diesmal waren sie offensichtlich gerissener vorgegangen, aber es war dennoch derselbe Trick.

»Wahrscheinlich erprobt und bewährt«, sagte Bamalco, während wir weiterritten. Ich spürte, wie die kurze Hoffnung, wir hätten unser Ziel gefunden, wieder erlosch. »Mauriz hat diesen Trick vermutlich selbst schon angewandt.«

»Ihr meint, er legt falsche Fährten, um sich aus Clan-Versammlungen verdrücken zu können?«, fragte Telesta mit einem leichten Lächeln. Sie hatte die meiste Zeit geschwiegen und Mauriz das Reden überlassen. Vielleicht war sie nicht ganz so betont zuversichtlich wie er. »Ich nehme an, Alidrisi ist wegen des Wetters etwas nachlässig. Er kann sich nicht vorstellen, dass ihm unter diesen Umständen jemand folgt. Diese Reise mag im Sommer einfacher sein, aber wir hätten es sehr viel schwerer, ihm zu folgen.«

Niemand von uns sagte etwas, wir konzentrierten uns darauf, im Sattel zu bleiben und den Blick auf den Pfad zu richten. Noch immer war kein Ende des Sturms in Sicht, was ich auch nicht erwartet hatte. Es konnte noch tagelang so weitergehen. Wären wir nur irgendwohin unterwegs, wo wir uns ausruhen könnten. Wenn wir unser Vorhaben ausgeführt hatten, stand uns noch ein endloser Ritt zurück bevor, und Thetis allein wusste, wie weit es dann noch war, ehe wir einen Unterschlupf fanden.

Als wir das nächste Mal anhielten, waren wir alle der Meinung, dass wir bereits seit drei Stunden unterwegs seien. Selbst bei diesem Schneckentempo mussten wir uns irgendwann dem Ende des Tals nähern. Es war jetzt dunkel, in jeder Hinsicht, und wir folgten weiter dem Pfad, der nur noch von Blitzen erleuchtet wurde. Die Hufspuren waren noch immer vorhanden, als der Weg wieder matschiger wurde, und wir kamen an einer anderen eingestürzten Bergfestung vorbei, zu der ein Pfad emporführte, der eindeutig breit genug für Pferde war. Der Donner und der heulende Wind, die unsere ständigen Begleiter waren, wann immer wir uns nicht in einer Schlucht befanden, schienen jetzt zu einem Zusammenspiel gefunden zu haben. Es klang, als bearbeite ein dämonischer Schlagzeuger wie wild seine Instrumente, besonders die Becken.

»Hier stimmt was nicht«, rief ich und blinzelte durch den Sturm nach vorn, wo die Straße eine leichte Biegung machte und sich senkte. »Anhalten!«

Das taten wir auch, und ich blickte genau in dem Augenblick auf, als der nächste Blitz über den Himmel zuckte.

»Bei Thetis!«

»Heilige Mutter des Meeres!«

Entsetzt starrte ich nach vorn, und mit einem Schlag hatte sich das Bild in meinen Kopf gebrannt: ein Felsenpanorama, Wasser und Berge. Sie türmten sich einige Meilen entfernt von uns auf, doch sie schienen so nah, und ihre riesigen Felsmauern sprengten jede Vorstellungskraft, stellten alles andere um uns herum in den Schatten. Ein Wall nach dem anderen, so hoch, dass es keine Lücken gab, ehe sie in den Wolken verschwanden. Es war ein Ehrfurcht gebietender Anblick, der alles andere in armselige Bedeutungslosigkeit versinken ließ.

Und unterhalb dieser Wälle, am Grunde einer Schlucht, die so tief war, dass sie unendlich wirkte und deren Seitenwände von Regen und Gischt nass waren, lag das Meer. Der Meeresarm, dessen weiße Wogen gegen den Fuß der Klippen krachten, was selbst aus dieser Entfernung noch gewaltig aussah. Das schwarze Wasser wurde von der weißen Brandung umgeben und unaufhörlich aufgewühlt und aufgepeitscht.

»Tehama«, sagte Persea; das Wort ging in dem Lärm beinahe unter.

»Das Ende der Straße«, flüsterte Mauriz. »Thetis, in deinem ganzen Reich gibt es nichts Vergleichbares.«

Ich starrte wieder hinüber, als der nächste Blitz die Umgebung erhellte, und dann noch einer, und jedes Mal war der Anblick derselbe, immer wieder atemberaubend in seiner Unermesslichkeit. Palatine packte mich am Arm, zog mich und das Pferd so weit wie möglich den Weg entlang.

»Benutze deine Schattensicht – hier muss etwas sein.«

Zögernd, da meine Augen schmerzten, tat ich, worum sie mich gebeten hatte. So war es sogar noch schrecklicher, mehr wie eine Landschaft der Hölle, die der Vorstellungskraft irgendeines kranken Künstlers entsprungen war. Es gab keine Spur einer menschlichen Behausung hier und auch keinen Hinweis darauf, dass außer uns noch andere Menschen existierten; auch wir standen an einem Ort, an den wir sicherlich nicht gehörten. Die Klippen von Tehama türmten sich nur wenige Meilen von uns entfernt auf, ragten durch die Wolken hindurch Tausende von Fuß in die Höhe, bis sie sich sogar der Schattensicht entzogen.

Auf unserer Seite, wo die Berge bis eben noch so überwältigend gewirkt hatten und jetzt im Vergleich zu denen jenseits des Meeresarms so winzig schienen, verlief der Weg zur Rechten parallel zum Klippenrand und ein paar Dutzend Schritt davon entfernt. Ich bedeckte meine Augen mit nassen Händen, als der nächste Blitz alles in Weiß tauchte, und ließ meinen Blick dann den Pfad hinaufwandern, wo er hinter ein paar Felsen verschwand … und da war es. Auf einer Felsplatte, die etwas von den Klippen zurückgesetzt zwischen zwei Felsen lag, waren unmissverständliche Zeichen von Wärme zu erkennen, wie auch die Spuren auf dem Weg vor uns.

Alidrisis Festung war vollkommen von Felsen verborgen; nur von hier aus, am äußersten Rand des Gebietes, das man einigermaßen ungefährdet betreten konnte, konnte man sie sehen, wobei ich nur wenig mehr als die Umrisse ausmachen konnte.

Die anderen starrten noch immer erstaunt auf das Panorama, hatten die Augen beinahe blicklos in die Dunkelheit gerichtet und warteten auf mehr Licht, als wir wieder zu ihnen traten.

»Da ist sie«, sagte Palatine. »Da ist die Festung.«

»Wahrhaftig«, murmelte Mauriz schaudernd und sah uns in der Dunkelheit an. »Dies ist wahrhaftig die Küste des Verderbens.«

Kapitel XXXI

Wir zogen uns ein Stück hinter die letzte Biegung zurück, außer Sichtweite irgendwelcher Wächter, die möglicherweise auf den Felsen standen. Ich glaubte nicht, dass Wachen postiert worden waren, denn selbst wenn sie irgendwo im Trockenen standen, würden sie wegen der unaufhörlichen Blitze im Tal nicht viel sehen können. Wir hatten nicht allzu sehr darunter leiden müssen, weil wir ohnehin gezwungen gewesen waren, den Blick auf den Boden zu richten, aber es schädigte auf Dauer die Sehfähigkeit. Und wer wäre schon verrückt genug, Alidrisi bei diesem Wetter zu folgen?

»So, da sind wir also«, sagte Palatine. »So unglaublich es scheinen mag, aber wir haben es geschafft. Gehen wir jetzt nach dem ursprünglichen Plan vor oder greifen wir einfach an?«

»Sie haben bestimmt einen Fluchtweg«, meinte Persea. »Wenn wir angreifen, haben sie vielleicht Zeit, uns zu entwischen.«

»Ich glaube nicht, dass Cathan in der Verfassung ist, zu tun, was wir geplant hatten. Und wir anderen auch nicht«, fügte Palatine schnell hinzu.

»Ich sollte lieber gehen und mir das alles ansehen«, sagte ich und stieg ab. Einen Augenblick fühlte ich mich seltsam, beinahe benommen, doch es ging vorüber. Ich war froh, dass es so dunkel war, dass die anderen nicht sehen konnten, wie ich taumelte, als ich den Fuß auf festen Boden setzte. »Wenn kein anderer Weg hineinführt als der durch das Haupttor, müssen wir angreifen, aber ich hoffe, es geht auch anders.«

»Wie sollen wir durch das Tor kommen?«, fragte Perseas Freundin. »Wenn wir uns dafür entscheiden.«

»Wir jagen es in die Luft«, sagte ich. »In aller Stille.« Damit ließ ich sie stehen und ging zurück zur Kammlinie, wo ich mich hinter einen kleinen Felsen kauerte. Weiter unten im Tal hatte es noch kleine Bäume und Gras gegeben, hier oben jedoch wuchs nichts mehr – das Gelände war zu ungeschützt und karg. Der Wind blies mit unglaublicher Macht, er war so stark, dass er mich umwerfen könnte, wenn ich nicht aufpasste.

Die Straße führte um eine von Felstrümmern bedeckte Fläche herum, die genau zwischen mir und einer Seite der Klippe lag, die das Haus verbarg. Langsam und so vorsichtig wie möglich begann ich, mich zwischen ihnen hindurchzutasten. Alles war nass und glitschig; zweimal verlor ich den Halt und schürfte mir die Hand an dem scharfkantigen Gestein auf, als ich mich abstützen musste. Es war in mancherlei Hinsicht schlimmer als Eis, denn Eis war immerhin glatt, während die Felsbrocken zerklüftet und spitz waren. Einige waren groß genug, dass ich mich dahinter verstecken konnte, und ich huschte so schnell wie möglich von einem zum anderen. Es war, als klettere ich über einen Felsstrand, immer auf der Suche nach den flachen, glatten Steinen, auf denen man stehen konnte, während sich darum herum ein ganzes Meer aus kleinen, bösartigen Kieseln erstreckte.

Ich versuchte, so oft wie möglich nach unten zu schauen, aber jedes Mal, wenn ich während eines Blitzes nach links schaute, erblickte ich die apokalyptische Vision von Tehama und die schreckliche Helligkeit des Himmels. Felsblock für Felsblock, Schritt für Schritt bahnte ich mir meinen Weg auf die Klippe zu, die eine Seite des Hauses verbarg. Wenn es einen Fluchtweg gab, dann auf der anderen, vom Tal abgewandten Seite des Gebäudes.

Schließlich erreichte ich den Fuß der Felsklippe und blieb stehen, um einen Augenblick Kraft zu schöpfen, dann bewegte ich mich so dicht wie möglich am Felsen entlang durch den beständigen

Regen weiter. Das Brüllen der Brandung – die beständige Begleitmusik für das Donnergrollen – war hier, im Windschatten, sogar noch lauter.

Ich blieb stehen, als ich auf einen in Brusthöhe aus der Wand ragenden Felsvorsprung stieß, sah an dem Felsen hoch und bekam dafür einen Wassertropfen genau ins Auge. Ich wischte ihn weg, trat zurück, um zu überprüfen, ob ich an dem Felsen hinaufklettern konnte. Vielleicht, aber ... ich berührte den Vorsprung mit einer behandschuhten Hand, und meine Finger rutschten ab. *Nein, zu gefährlich.*

An dieser Stelle war ich für einen Augenblick außer Sichtweite irgendwelcher Wachen, doch wenn ich um die Ecke bog, würde das anders sein. Der Felsen verbreiterte sich an seiner Basis und fiel bis zur Straße hin ab. Wenn ich an dieser Stelle vorbei war, würde ich eine wunderbare Sicht auf das vordere Eingangstor haben, aber wer immer von dort hinausschaute, würde mich sehen können, und wenn schon sonst nirgendwo eine Wache stand, dann ganz sicherlich dort.

Wieder ging ich in die Hocke, sah mich um, benutzte diesmal meine Schattensicht. Etwa zwanzig, fünfundzwanzig Fuß vor und über mir stieß die Straße auf eine Mauer und ein festes Tor – die Vorderseite des Hauses. Es sah nicht sehr nach einem Haus aus, musste ich zugeben. Die Mauer verlief zunächst entlang des Felsvorsprungs und knickte dann in Richtung Meer ab; in regelmäßigen Abständen waren Schießscharten ins Mauerwerk eingelassen. Die Mauer war mindestens zwölf Fuß hoch – wobei sie über dem Tor noch ein bisschen höher aufragte – und zweifellos gut zu verteidigen.

Das Haus war weitaus größer, als ich es mir vorgestellt hatte, vielleicht stand es eher in einer Schlucht als auf einem Vorsprung – ich konnte die Ziegeldächer mehrerer Gebäude jenseits der Mauer sehen. Vielleicht war »Burg« ein besseres Wort. An der einen Ecke erhob sich ein hoher Turm, und mein Herz hüpfte in der Brust, als ich in einem der ansonsten schwarzen Fenster einen schwachen Lichtschein sah.

Es sah alles nicht sehr ermutigend aus. Die Straße blockierte jeden Zugang zur anderen Seite des Tors, und vor mir gab es nur ein dunkles Loch, das in dem Fels endete, auf dem die Burg errichtet war. Und auf der anderen Seite der Straße stand eine weitere Mauer, von der ich vermutete, dass sie sie vom Klippenrand abgrenzen sollte. Dahinter, Hunderte von Fuß darunter, war nur noch das Meer.

Falls es also auf der Rückseite der Burg einen Weg gab, konnte er nur von diesem Tal aus zu erreichen sein. Gab es dort vielleicht einen Gang, einen Tunnel, der parallel zum Klippenrand verlief und irgendwie in die Berge auf der anderen Seite führte? Dann konnten Alidrisi und seine Leute fliehen und uns in der Dunkelheit entwischen. Die Burg war gegen einige wenige Angreifer gut zu verteidigen, und eine große Streitmacht würde lange genug aufgehalten werden, so dass die Verteidiger Zeit hatten, zu fliehen. Genau das Richtige für Alidrisis Zwecke.

Ich zog mich vorsichtig zurück, außer Sicht des Tors, und begab mich wieder zu den anderen, um ihnen zu erzählen, was ich herausgefunden hatte.

»Es sieht so aus, als hätten wir keine andere Wahl«, sagte Palatine. »Ich möchte das Ganze nicht offen angehen, es ist zu schwierig. Wir müssen reinkommen, was bedeutet, dass wir Magie einsetzen müssen, dann müssen wir etwa ein Dutzend Wachen in einem engen Raum besiegen, Alidrisi daran hindern, zu fliehen, und dann jede Verfolgung so lange verzögern, dass wir entkommen können, was wiederum bedeutet, mitten in der Nacht dieses Tal hinunterzureiten. Es wird Verletzte geben – vermutlich auf unserer Seite, denn wir haben nur Bögen und Kampfstäbe.«

»Wenn es heute Tote gibt, schaffen wir mehr Probleme als wir lösen«, gab Bamalco zu bedenken. »Ich möchte lieber keinen von euch begraben, und wenn wir einen von Alidrisis Männern töten, könnte daraus eine Fehde werden.«

»Das passiert so oder so«, sagte der Kundschafter. »Es wird für ihn eine Frage der Ehre sein, die Pharaonin zurückzuholen und dabei uns zu erledigen.«

»Bist du sicher, dass es unmöglich ist, die Klippen hochzuklettern?«, fragte Palatine. »Wenn es zu gefährlich ist, sag es; wenn es aber eine Möglichkeit gibt, selbst wenn du nicht glaubst, dass *wir* es könnten, dann erzähl uns davon.«

»Die Mauern kommen ganz sicher nicht in Frage«, sagte ich. »Was die andere Klippe betrifft, die ist zu glitschig. Im Sommer könnte ich es vielleicht schaffen – oder mit einem Seil, auch wenn ich nichts gesehen habe, woran ich es befestigen könnte.«

»Habt Ihr denn ein Seil?« Das war Telestas Stimme, aber ich konnte ihr Gesicht nicht sehen.

»Ja, aber …« Ich hatte eins in meiner Satteltasche.

»Mauriz hat einen Pfeil mit einer Flammholz-Spitze. Er hat die Wucht einer Kanonenkugel, wenn er entfacht ist, und er durchschlägt Holz wie nichts. Er könnte sich auch in Felsgestein bohren. Es ist ein weiter Schuss, aber wenn er ein Seil an den Pfeil binden und ihn bis zur Spitze der Klippe schießen kann, kommst du vielleicht hinauf.«

»Aber wird es halten?«

Ich hörte ein Rascheln, und kurz darauf spürte ich, wie mir jemand etwas in die Hand drückte. Es war ein Pfeil, doch ich war verblüfft, wie schwer er war. Die Befiederung war sehr kräftig, und er roch streng nach Flammholz – ein ähnlicher Geruch wie Sandelholz, nur schärfer.

»Er muss aus dem stärksten Holz gemacht sein, das es gibt«, meldete Bamalco sich unerwartet zu Wort. »Sonst zerbricht er unter der Wucht des Aufpralls und der Hitze des Flammholzes.«

»Es könnte funktionieren«, meinte Palatine nachdenklich. Die Thetianer wollten anscheinend beweisen, was sie wert waren; dabei gründete sich ihre normalerweise mühelose Überlegenheit hauptsächlich darauf, dass sie Ausrüstungsgegenstände hatten, für die alle anderen eine Riesensumme hätten bezahlen müssen. Aber trotzdem waren sie noch längst nicht vertrauenswürdig. Sollte das hier funktionieren, wären wir ihnen noch mehr verpflichtet, und für Mauriz und Telesta stand zu viel auf dem Spiel, als dass sie ihre Schulden nicht eingetrieben hätten, wann immer es ihnen passte.

»Wie kommtst du auf der anderen Seite wieder runter?«, fragte Persea. »Vielleicht fällt dort der Felsen genauso steil ab.«

»Das glaube ich nicht«, meinte Palatine. »Ich an ihrer Stelle würde die Spitze dieser Klippe als Brustwehr nutzen. Heute Nacht nützt sie nichts, weil sie zu ungeschützt ist, aber bei gutem Wetter könnte man dort Bogenschützen aufstellen, vielleicht sogar ein kleines Katapult, wenn genug Platz ist, und eine ganze Armee abwehren. Es müsste also einen Weg hinein geben, wenn du oben bist.«

Ich starrte mit Hilfe der Schattensicht zweifelnd die Klippe an. Im grauen Licht konnte ich zwar tatsächlich Stellen entdecken, wo ich mit den Händen und den Füßen Halt finden würde, aber sie sahen nicht besonders zuverlässig aus. Doch wenn ich es nicht versuchte, bestand unsere einzige Chance in einem direkten Angriff, und ich würde die ganze Zeit jede Menge Magie einsetzen müssen. Genug, um von den Magiern der Domäne entdeckt zu werden, selbst so weit von Tandaris entfernt.

»Dann werde ich es also versuchen«, sagte ich, während ich gleichzeitig daran dachte, wie viel schief gehen konnte, wie leicht es war, abzurutschen und abzustürzen; dann wäre alles umsonst. »Wenn ich gefangen genommen werde, wende ich Magie an, wahrscheinlich Wasser, um die Gänge zu fluten. Beobachtet alles von hier aus; ich gebe euch ein Zeichen. Reitet zum Fuß des Zugangs und wartet darauf, dass das Tor einstürzt. Sobald das geschieht, müsst ihr nur noch hineinreiten und so schnell wie möglich mit Alidrisis Männern fertig werden.«

»Selbst wenn du Magie anwenden solltest, wird die Domäne einige Zeit brauchen, um hierher zu kommen und Nachforschungen anzustellen, das verschafft uns ein paar Stunden Vorsprung.«

»Wenn wir angreifen müssen, wird es zu einem Kampf kommen und Verletzte geben, also werde ich mich bemühen, mich nicht erwischen zu lassen. Macht euch nicht gleich Sorgen, eine Stunde kann das Ganze schon dauern; viel länger allerdings nicht – wenn doch, ist etwas schief gegangen. Dann seid ihr dran.«

»So weit wird es nicht kommen«, sagte Palatine. »Denk immer daran: Ob nun zum Guten oder zum Schlechten – unsere Familie hat das Glück der Verdammten.«

»Die Verdammnis wurde eigens für die Tar'Conanturs erfunden«, sagte Mauriz. »Vom ersten Primarchen, um Aetius erwähnen zu können. Ihr solltet Euch geehrt fühlen.«

Niemand sagte etwas, als Palatine und der Kundschafter Mauriz dabei halfen, das Seil an dem Pfeil festzubinden. Es war ein sehr gutes Seil, das ich in der Zitadelle bekommen hatte, und es würde mir Leid tun, es zurücklassen zu müssen. Aber würde es jemals einen lohnenderen Grund geben, es zu benutzen? Ich konnte es mir nicht vorstellen. Persea hielt meinen Umhang, während ich mir den leichten Klettergurt umschnallte, den ich mitgebracht hatte.

Bamalco holte einen Zunderkasten aus seinem wasserdichten Beutel, und wir stellten uns um Mauriz herum, um ihn ein wenig vor dem Wind zu schützen, während er versuchte, im Regen den Pfeil anzuzünden. Da das Licht sicherlich jeden Wächter aufmerksam machen würde, der es sah, hatten wir uns eine Stelle gesucht, die von der Festung aus nicht zu sehen war.

»Der Pfeil wird abkühlen, sobald er auftrifft, also wird das Seil nicht Feuer fangen«, sagte Mauriz, nachdem es ihm gelungen war, den Pfeil anzuzünden. Er glühte in einem lebhaften Orangerot, der ersten warmen Farbe, die ich seit Stunden zu Gesicht bekam. Das helle Glühen war schnell vorüber: Als er den Pfeil an die Bogensehne legte, schrumpfte es zu einem kleinen, brennenden Lichtpunkt, der von nichts anderem als einem hellen Kreis umgeben in der Dunkelheit leuchtete.

Dann schoss er, und der glühende Pfeil surrte über die zerschmetterten Steine hinweg – und traf die Klippe etwa einen Fuß unterhalb der Spitze.

»Ich habe es ja gesagt, wir sind verflucht gute Bogenschützen«, sagte Palatine, als ich bestätigte, dass der Pfeil genau dort eingeschlagen war, wo er hinsollte. »Viel Glück – möge Thetis mit dir sein.« Sie umarmte mich kurz. »Vergiss nie, wieso du das hier tust.«

Dann war ich wieder unterwegs durch die Felsbrocken, diesmal zuversichtlicher, denn ich ging einen Pfad entlang, den ich schon zweimal gegangen war. Zum Glück stolperte ich nur ein einziges Mal, fiel jedoch nicht hin. Jeden Augenblick rechnete ich damit, einen Warnschrei von der Brustwehr zu hören, aber nichts geschah.

Ich erreichte den Fuß der Klippe, in der weiter oben der Pfeil steckte, fand das Seil und befestigte es an den Kletterringen, die sich an meinem Gurt befanden. Sie waren mit Garn umwickelt, damit sie nicht klimpern konnten. Dann zog ich zaghaft an dem Seil; es gab kein bisschen nach. Ich zog kräftiger, holte tief Luft und begann zu klettern.

Ich kletterte nicht auf die übliche Weise, und ich hätte lieber Kletterhaken benutzt, doch es ging auch mit dem Seil, indem ich mich

Hand über Hand hochzog, wenn ich an der Felswand keinen Griff oder Tritt fand; ansonsten suchte ich nach den sichersten an Stelle der leichtesten Griffe, um mich festzuhalten. Es hatte auch Vorteile, wenn man klein und schlank war, Vorteile, die es vielleicht ausglichen, dass es mir an Kraft mangelte. Mein Aufenthalt im Archipel – und besonders der Umgang mit Mauriz und Telesta – hatte mich außerdem daran erinnert, dass ich eigentlich gar nicht so klein war, wenn man nicht gerade den Norden von Ozeanus oder Taneth als Maßstab nahm.

Ich war mir nicht sicher, wie Orosius es schaffte, größer zu sein als ich, da wir eigentlich identische Zwillinge waren. Vielleicht war er auch gar nicht wirklich größer, vielleicht hatte seine Projektion auf den Agenten einfach nur so ausgesehen.

Als ich einmal beinahe ins Leere griff, konzentrierte ich meine Gedanken wieder auf das Hier und Jetzt, darauf, weiterzuklettern. Siebzig Fuß etwa waren es, hatte ich geschätzt; viel weiter hätte Mauriz den Pfeil auch gar nicht schießen können. Nicht gerade eine Strecke, die ein geistig gesunder Mensch bei Nacht in diesem Wetter in Angriff nahm. Dank Thetis lag die Felswand zum größten Teil im Windschatten, sonst wäre ich gegen die Klippe geprallt oder immer wieder von einer Seite zur anderen geweht worden. Es war schon schlimm genug, ohne Umhang klettern zu müssen, obwohl ich bereits ziemlich nass gewesen war, bevor ich ihn abgenommen hatte. Aber die Kälte setzte mir zu, und jeder Windstoß machte es schlimmer. Ravenna würde mich vermutlich für einen Geist halten, wenn sie mich sah.

Es schien eine Ewigkeit zu dauern, im strömenden Regen und begleitet von Donner und Blitz an der Felswand hinaufzuklettern, während unterhalb der Klippen an der Küste des Verderbens die Brandung tobte. Das hier war sicher einer der aufregendsten Orte der Welt, und ausgerechnet hier erklomm ich im schlimmsten Sturm seit Jahren eine Felswand. Wenn ich ein paar Albträume der Domäne Wirklichkeit werden lassen könnte, sagte ich zu mir, wäre es das trotzdem wert. Und wenn es dem Kaiser Albträume bescheren würde – umso besser.

Meine Augen tränten von der Anstrengung, bei all den Blitzen die Schattensicht zu benutzen, auch wenn ich nur auf den Fels starrte, doch schließlich sah ich den Pfeil ein kleines Stück über mir. Ich brachte genug Energie auf, auch die letzten paar Fuß zu erklimmen, ihn zu packen und mich auf die Spitze der Klippe zu ziehen.

Ich spürte eine Leere unter mir. Abgrundtiefes Entsetzen erfasste mich, ließ meine Muskeln völlig erstarren, doch dann begriff ich, dass ich es geschafft hatte und auf der anderen Seite nur drei Fuß tiefer massiver Fels war. Ich schwang mich über die Brustwehr und spürte Erleichterung, als meine Füße festen Boden berührten. Unschlüssig, wie ich den Abstieg schaffen sollte, da der Pfeil gleich unterhalb der Spitze im Fels steckte, machte ich das Seil los und rollte es auf der Brüstung rasch zusammen.

Um mich herum war alles so, wie Palatine es vorhergesagt hatte: eine freie Fläche mit einer aus dem Fels gehauenen Brustwehr. Sie war ziemlich schmal, nur fünf oder sechs Schritt breit, und auf der anderen Seite führte eine Holztreppe hinunter in den Hof. Die Burg lag ausgebreitet vor mir – Türme, Gebäude und all das. Doch es gab keinen Spalt im Felsen im hinteren Bereich, keinen zweiten Weg nach draußen. Die Klippe, auf der ich stand, endete an einem Vorsprung des Berges über uns; ein Gehweg verband ihn mit einer ähnlichen Plattform auf der anderen Seite. In der Mitte schmiegte sich die Burg in die Höhlung, die dazwischen lag. Es gab sogar Platz für einen kleinen Garten mit ein paar Orangen- und Zitronenbäumen auf der anderen Seite, wo die Sonne scheinen würde.

Wo war dann der Fluchtweg? Ein Tunnel unter der anderen Seite, vermutete ich. Ich hatte keine Zeit, es genauer zu untersuchen. Ich musste Ravenna finden, wozu ich nur ein bisschen Magie benötigte. Sie war hier, das konnte ich irgendwie fühlen. Das sollte eigentlich nicht möglich sein – Ukmadorian hatte ausdrücklich betont, dass ein Magier einen anderen Magier nur dann aufspüren konnte, wenn sie sich berührten oder der andere Magier gerade Magie anwandte. Aber die geistige Verbindung, die wir in Lepidor eingegangen waren, änderte alles, und es bestand ein dünnes Band zwischen uns. Das hatte nichts mit Liebe zu tun, sondern einfach mit der Tatsache, dass ihr Geist und meiner ein paar Minuten lang miteinander verschmolzen gewesen waren, dass wir zusammengearbeitet hatten, ohne dass Worte nötig waren.

Und wenn ich Ravennas Anwesenheit spüren konnte, dann wusste sie ganz sicher auch, dass ich hier war.

Ich konzentrierte mich, leerte meinen Verstand von allen unwesentlichen Gedanken, wie ich es so viele ermüdende Monate geübt hatte. Dann sah ich nach unten, spürte die Magie eines anderen Menschen in einem Raum, der zum Meer hinausging, auf der anderen Seite der Burg. Von dort aus konnte sie Tehama sehen, ihre Heimat, die sie gleichzeitig zu lieben und zu hassen schien, und die vermutlich jahrhundertelang von der Welt abgeschnitten gewesen war.

Jetzt kam der schwierige Teil. Ich zog die Schatten an mich, die überall um mich herum waren, benutzte die Macht, die aus der Abwesenheit des Lichts entstand, und hüllte mich in Dunkelheit, Schicht um Schicht, band sie, so dass sie sich nicht durch Donner, Flammen oder etwas anderes auflösen würden. Ich konnte jetzt nur die Schattensicht anwenden, doch mein Schutz gegen neugierige Blicke schützte mich auch vor den Blitzen, und das würde eine Zeit lang so bleiben.

Dann griff ich ähnlich einem Geist, einem Wesen der Nacht, dessen einzige Gestalt die absolute Dunkelheit war, vorsichtig nach dem Handlauf, ging die rutschigen Stufen hinunter und folgte einem kurzen Gang zwischen zwei Gebäuden hindurch in den Hof. Selbst hier waren die Fensterläden geschlossen oder die Fenster mit Vorhängen verhängt, doch an den Rändern von einigen davon konnte ich Licht erkennen. Die Frage war nun, wie ich durch ein Gewirr von Korridoren, in denen sich ganz sicher Menschen aufhielten, die zum Meer gewandte Seite erreichen konnte. Es war noch immer früh am Abend und es würde noch einige Zeit dauern, bis die Leute sich zur Ruhe begaben; mein Tarnmantel aus Schatten würde im hellen Licht jedoch nicht funktionieren.

Ich kroch zu einer Tür an der vorderen Mauer des Hofs und legte mein Ohr dagegen. Von innen war kein Laut zu hören. Ich suchte nach einem Schlüsselloch, um hindurchzusehen, doch es gab keins. Es kam mir etwas seltsam vor, dass es keine Schlösser gab für den Fall, dass jemand über die Mauer kam, dennoch drückte ich vorsichtig gegen die Tür.

Sie gab nach, und ich erstarrte, als sie leise quietschte. Doch das

Geräusch musste vom Donnergrollen verschluckt worden sein, denn es rührte sich nichts.

Ich öffnete sie weit genug, um hindurchzuschlüpfen und schloss sie dann so sanft wie möglich wieder hinter mir. Innen gab es einen Riegel, der vermutlich seinen Zweck mehr als erfüllt hätte, aber er war nicht vorgeschoben worden.

Ein Korridor mit weiteren verschlossenen Türen auf beiden Seiten führte im spitzen Winkel vom Eingang weg. In einem Wandleuchter brannte eine einsame Flammholzfackel, ansonsten gab es glücklicherweise keine Lichtquellen.

Von irgendwo ein Stück vor mir hörte ich Stimmen, leise und undeutlich, als wären sie sehr weit weg. Die Richtung stimmte grundsätzlich, aber das Problem war, wie ich dorthin kam, wo ich hin wollte. Ravenna war vor und ein Stück rechts von mir.

Der Korridor endete in einer runden Halle, von deren gewölbter Decke ein Aether-Kandelaber hing. Säulenreihen säumten die Wände, und der Boden war mit einem Mosaik im qalatharischen Stil verziert. Wer immer diese Burg errichtet hatte, hatte keine Kosten gescheut. Die Halle wirkte beinahe wie die Eingangshalle eines eleganten Hauses, abgesehen davon, dass es keine Tür gab, sondern nur vier Gänge, die in die vier Himmelsrichtungen führten. Deshalb führte der Korridor auch im spitzen Winkel von der Eingangstür weg, damit er hier an der richtigen Stelle ankommen konnte.

Weiter voraus war Licht zu sehen, und Stimmen ertönten. Es waren mehrere Leute, und sie unterhielten sich ungezwungen; ich hörte Geschirr klappern und Gelächter. Sie saßen also beim Essen. Das vereinfachte die Dinge. Mit etwas Glück waren die meisten von Alidrisis Leuten hier und konnten mir nicht in die Quere kommen. Andererseits jedoch war dadurch auch der Weg versperrt, der in diese Richtung führte. Einige wenige Schritte weiter konnte ich im Innern des Gangs, der auf der rechten Seite der Halle mündete, eine Treppe erkennen, die sich in die Höhe schraubte. Der Hof, über den ich gekommen war, lag auf der gleichen Ebene wie das Tor, doch wenn ich mich recht erinnerte, war das Gebäude an der Vorderseite zwei Stockwerke hoch. Das bedeutete, dass ich nach oben musste.

Ich hörte Schritte, zog mich in den dunkelsten Teil des Korridors zurück und sah einen Mann, der mit einer Flasche Wein in der Hand die Treppe heraufkam und auf den beleuchteten, belebten Teil des Hauses zuschritt. Erst als Geschrei aus dem Esszimmer zu hören war, wagte ich wieder, mich zu bewegen, lief quer durch die Halle in den Gang und ein paar Stufen hinauf. Die Treppe führte auch nach unten, vermutlich zum Weinkeller.

Ich hörte keinerlei Geräusche von oben, also stieg ich die letzten paar Stufen empor und riskierte einen Blick in den oberen Korridor. Auch hier fiel durch die Fenster an den beiden Enden des Gangs Licht herein, und alle paar Herzschläge erhellten die Blitze den gesamten Korridor.

Sonst gab es allerdings kein Licht.

Ich konnte spüren, dass sie da war, nur ein paar Schritte von mir entfernt. Vielleicht in einem Raum am Ende des Korridors, mit einem Fenster ohne Läden oder Vorhänge, das einen freien Blick auf den Meeresarm und Tehama gewährte. Der Boden hier oben bestand aus Holz, was einigermaßen ärgerlich war, denn er drohte bei jedem Schritt zu knarren. Glücklicherweise lag ein langer Teppich in der Mitte des Korridors. Zumindest waren die Mauern nach den Wandgemälden zu schließen aus Stein oder Gips, also würden sie keine Geräusche von sich geben, wenn ich sie versehentlich berührte.

Ich war bis zum Äußersten angespannt, während ich mich Schritt für Schritt zu dem Zimmer vorarbeitete, manchmal in völliger Dunkelheit, manchmal in grelles Licht getaucht. Selbst das leiseste Geräusch erschien mir grauenhaft laut, wie immer, wenn man versuchte, möglichst leise zu sein.

Schließlich erreichte ich das Ende des Korridors und sah zwei flache Nischen auf beiden Seiten, von denen Türen abgingen. Die Frage, welche Tür die richtige war, stellte sich mir nicht – es musste die rechte sein. Ich ging weiter, hob die Hand, um leise zu klopfen, und zögerte, ohne zu wissen, warum. Dann klopfte ich vorsichtig dreimal.

Es kam keine Antwort. Vielleicht schlief Ravenna. Ich legte die Hand an den Türgriff und spürte, dass sich die Tür nach links öffnen ließ. Dahinter war ein großer, unbeleuchteter Raum, in dem ein paar Möbelstücke standen, ein zerwühltes Bett. All dies nahm ich im Bruchteil einer Sekunde wahr, bevor ich die schlanke Gestalt erblickte, die dem Fenster zugewandt auf einem Stuhl saß. Aus irgendeinem Grund trug sie eine Kapuze. Sie war hier.

»Ravenna?«

Die Gestalt im Kapuzenumhang erhob sich langsam und drehte sich um, während mein Schattenumhang sich auflöste und verschwand.

»Erkennst du deinen eigenen Bruder nicht?«

Kapitel XXXII

Die Tür schlug hinter mir zu, und ich sackte kraftlos dagegen, unfähig, mich zu bewegen oder etwas zu sagen; aber ich war nicht durch Magie oder durch Gift erstarrt, sondern durch einen absoluten, ungläubigen Schock. Einen Schock, der sich in Verzweiflung verwandelte, als die Gestalt die Kapuze zurückschob und ich im Licht des nächsten Blitzes das Antlitz meines Bruders erkannte. Er sah mich einen Moment lang an, und ein schwaches Lächeln umspielte seine Lippen, dann kam er zu mir, ergriff eines meiner Handgelenke, schob einen Armreif darüber und verschloss ihn, ehe ich reagieren konnte.

»Ich bitte um Vergebung, Bruder«, sagte er, »aber ich halte nicht viel von Schatten.«

Seine Worte rissen mich aus meiner Erstarrung, und ich warf einen Blick auf den verzierten, silbernen Armreif, in den Edelsteine eingearbeitet waren, die wie Jett aussahen. Meine Schattensicht war verschwunden, und sosehr ich mich auch bemühte, ich konnte sie nicht heraufbeschwören. Eine Barriere hatte sich über meinen Geist gelegt, die mich an die erinnerte, die der Gedankenmagier dort errichtet hatte, auch wenn sie etwas anders war.

»Du hast deine Sache wirklich gut gemacht und bist weit gekommen. Nicht, dass ich jemals daran gezweifelt hätte – bei diesem Ansporn.«

»Wie –?«

»Einen Augenblick.« Er hob die rechte Hand und streckte sie mir entgegen.

»Nein«, schrie ich verzweifelt.

»Eine Vorsichtsmaßnahme. Ich traue dir leider nicht – eine Ansicht, die ich anscheinend mit vielen anderen teile.«

Der Schmerz war so groß, dass ich augenblicklich auf dem Boden zusammensank, während mein Schrei von einem gewaltigen Donnerschlag übertönt wurde. Wie beim letzten Mal fuhr die Pein durch mich hindurch, raubte mir jede Kontrolle über mich selbst. Meine Muskeln fühlten sich an, als würden sie auseinander gerissen.

Zum Glück hörte er schnell wieder auf, und ich schnappte mühsam nach Luft, wobei jeder Atemzug meine Lunge zugleich mit Agonie füllte. Ich hatte noch genug Gefühl in den Händen, um sie bewegen zu können – gerade so viel, dass ich mir wie gelähmt vorkam.

»Du kannst dich noch immer nicht gegen mich wehren. Ich dachte, du wärst diesmal vielleicht besser vorbereitet. Nicht, dass es dir etwas genützt hätte.« Er drehte mir den Rücken zu und starrte aus dem Fenster. »Eine schöne Aussicht, nicht wahr? Mit einem treffenden Namen. Diese gewaltigen Klippen, das Meer, die Gefangene in der Burg ... es hat ein bisschen was von einer Oper, abgesehen davon, dass kein Komponist sich jemals etwas so Wunderschönes wie das hier hätte vorstellen können.« Er wandte sich plötzlich ab, und mein Blick folgte ihm zu dem Bett mit dem zerwühlten Bettzeug. »Oder das hier.« Mit einer einzigen, geschmeidigen Bewegung zog er die Decke weg.

Es waren keine Kissen.

»Deine Instinkte haben dich nicht getäuscht, mein Bruder. Nur deine Naivität und deine Urteilskraft.« Er beugte sich zu ihr hinab, verstellte mir kurz die Sicht, dann ging er wieder zum Fenster. »Endlich vereint.«

Ravenna starrte ihn keuchend an, und ich sah Mordlust in ihren Augen aufblitzen. Sie musste geknebelt gewesen sein, als ich hereingekommen war, daher hatte sie mich nicht warnen können, sondern hatte gefesselt und hilflos unter der Bettdecke gelegen. Ich war so benommen, dass ich erst einmal gar nichts sagte, nicht einmal, als sie mich ansah. Für einen Augenblick trafen sich unsere Blicke, und auf ihrem Gesicht lag ein seltsamer Ausdruck.

»Keine Worte der Zuneigung?«, fragte der Kaiser. Er schien überrascht. »Selbst ich könnte das besser. Oder liegt es daran, dass ich hier bin und ihr lieber allein wärt?«

»Ihr besudelt die Welt mit Eurer bloßen Existenz«, sagte Ravenna wütend. »Es spielt keine Rolle, wo Ihr Euch aufhaltet.«

»Ich dachte, Ihr hasst die Domäne«, meinte Orosius und tat so, als wäre er verwundert. »Oder habt Ihr genug Hass für uns alle – für die Edlen Eures eigenen Landes, die sich erhoben und Euch Schutz gewährt haben, die Anführer der Häretiker, die Euch gelehrt haben, eine Pharaonin zu sein, die Leute, die Euren Traum nur als Teil ihres eigenen Traums Wirklichkeit werden lassen wollen?«

»Und *Ihr* behaltet Euch *Euren* Hass für jene vor, die Ihr kennt, aber als Fremde anseht«, antwortete sie sofort. »Für Eure Kusine, Euren Bruder, für diejenigen, die Euch am nächsten stehen sollten.«

»Für diejenigen, die versuchen, mich zu vernichten«, erwiderte Orosius. »Cathan hat mit Palatine auf meinen Tod hingearbeitet. Verhalten sich so Verwandte – oder Feinde?«

Ravenna antwortete nicht.

»Das Leben ist launenhaft, nicht wahr?«, fuhr er fort. »Selbst die besten Pläne führen am Ende zu nichts. In den Tagen des alten Kaiserreiches wärt ihr beide meine mächtigsten Vasallen gewesen. Die Pharaonin von Qalathar und der Hierarch von Sanktion. Wir drei hätten die Welt verändern können, wenn wir es gewollt hätten. Aber ihr beide habt nie eure Kronen getragen, und ihr vagabundiert durch die Welt, werdet in die Intrigen anderer hineingezogen und von dieser oder jener Fraktion als Marionetten missbraucht. Ihr seid Schachfiguren – und ihr seid anscheinend so hilflos, dass selbst die kleinen Leute euch bewegen können, wohin sie wollen.«

»Habt Ihr eine Ahnung, wie absurd das klingt?«, fragte Ravenna. »Ihr sprecht von *kleinen* Leuten? Ihr, ein kleiner Kaiser, dessen Name niemals anders als im Spott ausgesprochen wird?«

»Noch nicht einmal wenn Ihr die vornehmste meiner Untertanen wärt, könnte das solche Worte entschuldigen«, sagte er. »Aber ich habe keine Zeit, mich zu streiten. Die Zeit dieser Insel und ihrer Abweichler ist vorüber. Was für ein erbärmlicher Auftritt! Nach vierundzwanzig Jahren Besatzung durch die Domäne bringen sie gerade mal sieben Personen auf, um die Pharaonin zu retten. Und drei davon sind noch nicht einmal Qalathari! Ravenna, Euer unterdrücktes Volk ist heute Nacht hergekommen, um Euch aus der Gewalt des verstorbenen, unbeweinten Präsidenten Kalessos zu befreien. Aber ist es eine Armee von Qalathari, die Euren Namen ruft, die dies alles geplant hat? Nein, es sind zwei Thetianer, ein Mons Ferrataner und vier Angehörige Eures eigenen Volkes. Es war nicht einmal ein Qalathari, der die Idee hatte, sondern meine Kusine und mein Bruder.«

»Und was geschieht jetzt?«, fragte ich. Dabei wusste ich genau, dass wir wieder versagt hatten, egal, was er sagen würde – und dass es diesmal keine Rettung geben würde.

»Das dürft ihr selbst herausbekommen. Oh, ihr werdet nicht sterben, beide nicht. Die einzige Archipelbewohnerin zu töten, die so etwas wie Initiative besitzt, wäre schlichtweg Verschwendung, während dich zu töten mir eine der Freuden des Lebens nehmen würde. Unten warten Leute auf uns, Bruderherz; kannst du dich vielleicht ausnahmsweise einmal dem Unausweichlichen beugen? Oder muss ich dich fesseln? Meine Leute werden problemlos mit dir fertig, und deine Freunde werden inzwischen entwaffnet sein und bewacht werden.«

»Ich komme mit«, sagte ich und versuchte aufzustehen, was mir jedoch nicht gelang. Der Kaiser blickte einen Augenblick auf mich herunter, dann lächelte er und streckte die Hand aus. Ich sah ihn kurz an und ergriff sie. Ich berührte festes Fleisch, keine Illusion.

»Ich bin diesmal keine Projektion«, sagte er und öffnete die Tür. Zwei Männer traten aus der gegenüberliegenden Tür. Sie trugen goldene Schuppenpanzer und königsblaue Umhänge, und ihre Gesichter waren von Triton-Helmen bedeckt. Im Halbdunkel konnte ich nur das Symbol *IX* auf ihren Masken ausmachen. Die Neunte Legion also, die Kaiserliche Garde. Wie war sie hierher gekommen? Sie mussten schon vor Alidrisi hier gewesen sein.

»Bindet dem Mädchen die Füße los und bringt sie her«, sagte

Orosius, während er mich mit dem Anschein vollkommener Höflichkeit durch die Tür geleitete. Die Wachen wussten es gewiss besser.

Dem Mädchen. Sie war gerade mal sechs Monate jünger als wir beide.

Jeder Schritt den Korridor entlang und die Treppe hinunter war beißender Schmerz, und Orosius machte keinerlei Anstalten, mich davor zu bewahren, hinzufallen, oder, nach jenem ersten Mal, mir wieder aufzuhelfen. Er trug keine Rüstung, nur eine weiße Tunika und eine Hose unter dem schweren indigoblauen Umhang, den er benutzt hatte, um mich für einen Sekundenbruchteil zu täuschen.

Er drängte uns durch die runde Eingangshalle und den Korridor entlang, der zur Vorderseite des Gebäudes führte. Es waren keine Zeichen von irgendwelchen Bediensteten oder anderen Mitgliedern des Haushalts zu entdecken, die ich ein paar Minuten zuvor gesehen hatte. Wir gingen durch das Zimmer, in dem vorher jemand zu Abend gegessen hatte – die Kaiserliche Garde vermutlich –, und weiter durch die vordere Halle; dann traten wir hinaus in den Sturm.

Wir standen auf der Terrasse unterhalb des Raums, in dem Ravenna gewesen war, und blickten aufs Meer. In der hinteren Ecke hielten Mauriz, Telesta und die vier Wachen Palatine und die anderen mit ihren Bogen in Schach. Daher hatte er also gewusst, was vorging. Wir waren auch noch verraten worden. Palatines Kapuze war heruntergerutscht, doch sie hatte sich nicht die Mühe gemacht, sie wieder hochzuziehen. Sie stand einfach nur aschfahl im strömenden Regen.

Orosius hob in einer dramatischen Geste die Hände, und ich sah ein paar seiner Leute zusammenzucken. Dann hörte der Regen auf, wurde stattdessen ein Vorhang aus Wasser an den Rändern der Terrasse, während der Kaiser trocken blieb.

»So sind wir jetzt schließlich alle vereint«, sagte Orosius. Kaiserliche Gardisten mit Flammholz-Fackeln in den Händen standen an allen Ausgängen der Terrasse; die beiden, die oben gewesen waren, hatten Ravenna zwischen sich, deren Hände noch immer gefesselt waren. »Palatine, teure Kusine, es ist viel zu lange her.«

»Es ist nie zu lange her, Orosius«, sagte sie und hob den Kopf, an dem ihre völlig durchnässten Haare klebten, um ihn anzusehen. In ihren Augen lag ein ungeheurer Schmerz, und sie schien kurz davor zusammenzubrechen. Aber sie bewahrte Haltung. »Hast du ihnen ihr Leben versprochen, wenn sie uns verraten?«

Ich sah Mauriz und Telesta an, doch die Gesichter der beiden lagen im Schatten ihrer Kapuzen. Deshalb war Mauriz so schlau gewesen: weil er genau wusste, was er tat. Er musste die ganze Zeit über gewusst haben, wo die Festung sich befand. Und wir hatten ihnen vertraut. War auch die letzte Vertrauenshürde geplant gewesen, die Mauriz mit seinem Pfeil mit der Flammholzspitze genommen hatte? Hatte der Kaiser etwa sogar gewusst, wie ich in die Festung eindringen würde?

»Ich habe ihnen ihr Leben dafür geboten, dass sie ihrem Kaiser dienen. Nur ein Narr oder ein Ketzer wählt den Tod, wenn es die Möglichkeit eines angenehmen Lebens gibt. Genau das ist das Problem, das ihr alle habt: dass ihr allzu rasch bereit seid, für euren falschen Glauben zu sterben, aber niemals zu leben.« Orosius machte eine kleine Geste, und die Wachen schoben Ravenna nach vorn.

»Hier ist eure Pharaonin, auf die ihr all diese Jahre gewartet habt. Da ihr die einzigen Archipelbewohner auf der ganzen Welt seid, die sich um sie bemüht haben – wie armselig eure Bemühungen auch gewesen sein mögen –, verdient ihr es, sie euch noch einmal anzusehen. Und ihr verdient es, einen letzten Blick auf euer Heimatland zu werfen, bevor ihr seine Ufer für immer verlasst.«

Er machte eine Bewegung mit der Hand, die den ganzen Himmel und die Berge und das Meer umschloss. »Erinnert euch daran. Genießt es. Auch Ihr, Ravenna. Werft einen Blick auf Euer wahres Heimatland jenseits des Wassers. Sogar jetzt verstecken sie sich vor Euch. Werden sie zu Eurer Rettung kommen? Nein, das werden sie nicht! Tehamas Zeit ist vorbei, genau wie die Zeit des Archipels vorbei ist. Vor tausend Jahren war die Zeit des Archipels, aber unglücklicherweise lebt Ihr nun einmal in der Gegenwart. Es gibt nur eine religiöse Autorität, nur einen Gott auf Seiner Welt – und Ihr werdet Ihm gehorchen.

Ihr denkt vielleicht, dass auch Thetias Zeit gekommen und mittlerweile wieder vorbei ist, aber da irrt ihr euch. Palatine, Mauriz, Telesta, ihr habt die Ehre, es als Erste zu erfahren. Von jetzt an wird der wahre Glaube auch dort durchgesetzt, wo es so lange nicht der Fall gewesen ist, wo seine Abwesenheit das Land verdorben und dazu geführt hat, dass ihr weich und verderbt geworden seid.

Ich werde per Dekret eine Säuberung vornehmen lassen, eine Säuberung des Reiches von all dem Übel, das es so lange verdorben hat. Die Inquisition wird zu einem neuen Leben führen: Schluss mit den Orgien, den Banketten, Schluss mit all den Dingen, deretwegen wir verachtet werden! Ist es nicht das, was du an Thetia immer so gehasst hast, Palatine?«, fragte Orosius. In seiner Stimme schwang jetzt ehrfürchtiges Staunen mit, wie bei einem Idealisten oder Visionär, der über seinen Lebenstraum spricht. »Ihr werdet die Veränderung mit eigenen Augen sehen, wenn die Trägheit und die Dekadenz hinweggeschwemmt werden. All der Ballast der Jahrhunderte, all jene, die mein Land zur Zielscheibe des Gespötts gemacht haben ... das alles wird verschwinden. Eine neue Epoche wird anbrechen, eine Epoche, die nicht von Luxus und Habsucht bestimmt wird, sondern von Ruhm und Wohlstand. Ein Ende der Häresie im Heimatland und noch weit darüber hinaus. Ist es nicht so, Sarhaddon?«

Ich wagte nicht, mich umzudrehen, denn ich wusste, dass ich nicht genug Kraft oder Standfestigkeit dazu besaß, nachdem ich den ganzen Tag über geritten und geklettert war und Orosius mir seine Macht entgegengeschleudert hatte. Doch ich war nicht überrascht. Sarhaddon und ich waren auf vielfältige Weise miteinander verbunden, und so tauchte er stets im Augenblick meiner Niederlage auf. Und hier war er wieder, flankiert von sechs Sacri und zwei Magiern. Er sah nicht sonderlich eindrucksvoll, fast schon zerbrechlich aus in seinen weißroten Gewändern, in den Schatten gestellt von den verschleierten Sacri, dem Gepränge der Kaiserlichen Garde und der unbestreitbaren Präsenz des Kaisers. Aber man konnte ihn unmöglich ignorieren.

»Eine Heimsuchung«, sagte Sarhaddon, der die Sacri stehen ließ und sich neben den triumphierenden Kaiser stellte. »Eine, gegen die nicht einmal eure geliebten Zitadellen gefeit sind. In Ozeanus sind Säuberungen im Gange, mit denen der König seine Clans von ihrem Übel befreit. Ein König, der sich größte Mühe gibt, sein Land rein zu halten. Jetzt, da ihr einen Kaiser habt, der des wahren Glaubens ist, wird das Übel, gegen das wir so lange gekämpft haben, endlich niedergerungen werden.« Er schlug das Zeichen der Flamme über dem Kaiser, und Orosius neigte dankend den Kopf.

»Aber was springt bei diesem teuflischen Pakt für dich heraus?«, fragte Palatine mit zitternder Stimme.

»Ein wahrer Glaube, ein wahres Kaiserreich und ihr.« Orosius lächelte. »Kraft des auf ganz Aquasilva gültigen, von mir und dem General-Inquisitor unterzeichneten Dekrets seid ihr alle zum Tode verurteilt. Aber ich habe das Urteil ausgesetzt. Es wird keine Wiedereinsetzung der Pharaonin geben. Ihr alle, sie eingeschlossen, gehört jetzt mir. Morgen früh wird sie in Tandaris ihre Abdankungsrede halten, während ich die Ernennung eines Vizekönigs verkünden werde, der mir dienen wird statt sich selbst. Aber wir halten uns schon zu lange hier auf. Sarhaddon, hast du alles, weshalb du gekommen bist?«

»Allerdings«, sagte er. »Doch gewährt mir noch einen Augenblick, bevor sich unsere Wege trennen.«

»Natürlich.«

Sarhaddon kam zu mir und trat vor mich hin.

»Ich bin einzig und allein ein Diener des wahren Glaubens«, sagte er leise. »Ich werde keinerlei Ketzerei dulden. Es ist meine Pflicht, die Welt von ihr zu reinigen, mit allem, was dazugehört. Ranthas wird dir seine Strafe schicken, aber ich kann mir nichts Passenderes vorstellen, als dich in die Hände des Bruders zu übergeben, der all das ist, was du hättest sein sollen. Es tut mir wirklich Leid, dass du deine Chance zur Erlösung nicht genutzt hast, aber da es so ist, bin ich froh, dass du durch die Hand eines Mannes leiden wirst, der ein wahrer Diener Ranthas' ist. Oh, und ich werde deiner Familie in Lepidor die Einzelheiten über dein Leiden ersparen. Sie werden nur von deinem Tod erfahren, so falsch die Berichte auch sein mögen.«

Er wandte sich wieder ab. »Eure Majestät, unsere heilige Arbeit ist für heute getan. Wenn Ihr Euch jetzt einschiffen möchtet, werde ich mich Euch anschließen.«

»Ich danke dir, Sarhaddon«, sagte der Kaiser. »Bringt die Gefangenen – wir brechen auf.«

Zwei Kaiserliche Gardisten öffneten eine große, schwere Tür am Ende der Terrasse, und ein Lichtschein fiel aus dem dahinterliegenden Gang. Der Kaiser ging voran, während zwei Gardisten mich packten und mehr oder weniger hinter ihm herschleppten. Es tat weh, allerdings nicht so sehr, wie wenn ich hätte laufen müssen.

Der Gang war breit, hell erleuchtet und verlief ein kurzes Stück durch festen Fels, bevor er auf eine freie Fläche mündete, auf der Maschinen standen. Es war eine breite, ebene Plattform mit Abflüssen an den Rändern und einem komplizierten Kettenmechanismus, der durch die Mitte der Plattform verlief.

Warum um alles in der Welt würde jemand hier draußen einen Flammholzlift bauen, fragte ich mich, als sie mich auf die Plattform zerrten und aufrichteten. Er war gerade groß genug für zwölf von uns, und so blieben einige der Gefangenen, Sarhaddons Leute und die restlichen Gardisten für die zweite Fahrt zurück.

Dann sanken wir in einen Schacht, dessen Wände an allen Seiten ein paar Zoll entfernt waren, immer weiter hinunter, bis über uns nicht viel mehr als ein winziger Lichtpunkt übrig blieb und ich die Brandung ganz in der Nähe rauschen hören konnte. Der Fels war hier unten nass und grün vor Schimmel, und die Luft war sehr feucht. Niemand sprach; das einzige Geräusch außer der Brandung war das Klicken des Mechanismus', als sich ein Kettenglied nach dem anderen abrollte.

Schließlich tauchte in der Felswand des Schachts eine Tür auf und der Lift hielt an. Die Tür führte in eine riesige Höhle, die mich auf seltsame Weise an die in Ral Tumar erinnerte, wo Mauriz und Telesta uns hingeführt hatten, um unser Äußeres zu verändern. Was war das alles für eine Verschwendung gewesen, und jetzt hatte der Mann, der erst vor ein paar Stunden betrübt mit Palatine über ihre Heimat und ihren gemeinsamen Hass auf den Kaiser gesprochen hatte, der mich entführt hatte, um ihn zu vernichten, uns an ihn verraten.

Wir erreichten einen hölzernen Kai, an dem zwei Seerochen festgemacht waren; einer war so groß, dass er eine eigene Verlängerung benötigte, um an den Pier heranzureichen, an dem er vertäut war. Seine Oberfläche war glatt, noch nicht von den Stürmen des Meeres gezeichnet, und auf der Oberseite prangte der Kaiserliche Delfin.

Wir wurden zu diesem Rochen gebracht, während sich der Lift wieder nach oben in Bewegung setzte.

»Darf ich allein gehen?«, fragte ich Orosius, ehe die Wachen mich in das Schiff stoßen konnten.

»Wenn du stark genug bist«, sagte er und winkte die Männer weg. Ich taumelte einen Augenblick, sah den Ausdruck auf seinem Gesicht und riss mich zusammen, packte den Rand der Luke, um mich festzuhalten.

»Er ist nicht schwächer, als Ihr es wärt«, sagte Ravenna. »Ungeheuer.«

»Lasst auch sie allein gehen«, sagte er lässig. »Folgt mir.«

Im Innern des Manta sah es aus wie in einem Palast, mit einem kleinen einstöckigen Zentralschacht und einer Steuerkanzel, die groß genug war, um als Brücke bezeichnet zu werden. Sie führten uns in eine riesige Kabine, die mit gepolsterten Sitzen ausgestattet war, auf deren Rückseite jeweils das Delfinwappen eingraviert war. In der Mitte standen breitere Stühle, die reich verziert waren. Auf einem von ihnen nahm der Kaiser Platz.

»Kann ich dir noch trauen?«, fragte Orosius und deutete auf einen Sitz hinter sich.

»Sosehr du willst. Dann traust du ihr also nicht? Ist sie so gefährlich, dass du Angst hast, ihr die Fesseln abzunehmen, obwohl sich ein Dutzend bewaffneter Legionäre im gleichen Raum befindet?«

»Ich ziehe es vor, es so zu lassen, wie es ist.«

»Ich habe ihm in den Bauch getreten, deshalb«, sagte Ravenna trotzig. »Vor vier Stunden. Also rächt er sich jetzt auf seine erleuchtete Weise.« Sie setzte sich neben mich, obwohl sie sich wegen ihrer gefesselten Hände nicht richtig anlehnen konnte.

»Gut gemacht«, sagte Palatine. »Orosius, ich hätte nicht gedacht, dass du dich noch weiter zurückentwickeln könntest, aber ich habe mich wohl geirrt. Ist das die Rechtfertigung für ihr Todesurteil?«

»Ich rate euch, den Mund zu halten, und zwar ihr alle«, erwiderte der Kaiser gereizt. »Ihr besitzt keine Immunität, ob ihr nun Angehörige meiner Familie seid oder nicht.«

Ich fühlte mich vollkommen leer, wie ich hier in der Kaiserlichen Barkasse saß und darauf wartete, dass der Rest von Orosius' Eskorte herunterkommen und die Luke hinter sich schließen würde. Die Dinge hatten sich so schnell geändert – und zwar zum Schlechteren –, dass ich noch immer nicht alles begriffen hatte. Was immer der Kaiser mit uns vorhatte, wir waren am Leben und würden am Leben bleiben, solange das kein leeres Versprechen gewesen war. Was natürlich durchaus der Fall sein konnte, um uns nach Selerian Alastre zu bringen, wo wir verurteilt und als Feinde seiner neuen Ordnung hingerichtet werden würden.

Viel zu schnell kamen die anderen; die Gardisten und die Gefangenen setzten sich auf die übrigen Plätze, und jemand zog die Landungsbrücke ein. Ich hörte das dumpfe Geräusch, als die Luke geschlossen wurde und das Summen des Reaktors, das ganz leicht die Tonlage änderte. Orosius, der vor uns saß, hatte freie Sicht durch die vorderen Fenster, und obwohl er mir teilweise den Blick versperrte, konnte ich doch sehen, wie Sarhaddon an Bord des Seerochens der Domäne ging, und wie das Schiff vom Kai ablegte und tauchte.

Im Winter ist der Meeresarm nicht befahrbar, hatte Tamanes gesagt, und doch waren der Kaiser und Sarhaddon mit Schiffen hierher gekommen und erwarteten anscheinend keinerlei Probleme bei der Rückfahrt. Was wussten sie sonst noch, was wir nicht wussten?

Während das Wasser über die Fenster stieg und die Höhle verschwand, wandte ich den Blick ab. Es gab nichts zu sehen außer Schwärze, während unsichtbar über uns die Klippen der Küste des Verderbens lagen.

Und zum ersten Mal – abgesehen von jenem kurzen Augenblick im Zimmer – kratzte ich genug Mut zusammen, um Ravennas Blick zu begegnen. Auch sie litt Schmerzen, mehr, als sie jemals zeigen würde. In ihrem Gesicht war keine Spur von Niederlage oder Verzweiflung zu erkennen, nur Stolz und Wut glitzerten in ihren dunkelbraunen Augen. Und irgendetwas anderes, wie ich feststellte, als sie mich ansah und traurig lächelte. Ich hielt ihren Blick einen Moment fest und brachte ein schwaches Lächeln zu Stande, vergaß eine Weile den Raum um mich herum, die Anwesenheit des Kaisers, einfach alles. Und dieses eine Mal fehlte nichts, nur weil es ungesagt blieb.

Dann senkte Ravenna ganz leicht den Kopf und starrte auf mein linkes Handgelenk, das mit dem Armreif des Kaisers, verdrehte dann die Augen, als versuchte sie, hinter ihren eigenen Rücken zu sehen. Ich blickte auf ihre Hände und sah, wie sie sie in den Seilen bewegte, genug, um die Daumen zu kreuzen und sofort wieder auseinander zu ziehen.

Ich biss mir auf die Lippen, um einerseits keine Miene zu verziehen, ihr andererseits jedoch zu zeigen, dass ich sie verstanden hatte. Trotz all der Macht, die der Kaiser besaß, gab es noch immer einige Dinge, die er nicht wusste.

Ich vermied es eine Weile, sie anzusehen, obwohl es draußen nichts anderes zu sehen gab als Schwärze. Ich konnte die Aetherkontrollen auf der Brücke nicht sehen und somit auch unseren Kurs nicht verfolgen, aber vermutlich fuhren wir den Meeresarm hinunter auf das offene Meer zu, um zu den Mantas zu gelangen, die dort draußen warteten. Zumindest zwei würden dort sein, einer von der Domäne und ein Manta der Kaiserlichen Flotte, und dazu vermutlich noch ein Geleitzug aus Kaiserlichen Schiffen. Dies musste eigentlich eine geheime Reise sein, aber Orosius schien mir nicht zu den Menschen zu gehören, die ohne angemessene Begleitung unterwegs waren.

Wie hatten sie es nur geschafft? Die Schiffe mussten irgendwo an der Küste des Verderbens warten, und nach allem, was ich gehört hatte, war das tiefe Wasser dort genauso wie an der Oberfläche. Niemand wusste, wieso das Meer hier so tückisch war, hatte Tamanes gesagt, aber die Strömungen waren ein unbarmherziger Albtraum, unberechenbar und sehr stark. Stark genug, um Mantas zu zerstören, die gewöhnlich genug Maschinenkraft besaßen, um sich aus jedem Sog oder Wirbel zu befreien – vielleicht waren es die insgesamt chaotischen Bedingungen, die Tatsache, dass es nicht einfach nur darum ging, gegen eine einzelne, sehr starke Strömung anzukämpfen, wie sie draußen im Ozean herrschten.

»Wie haben eure Leute die Küste des Verderbens früher befahren?«, fragte ich Ravenna einige Zeit später leise. Von der Spitze des Matrodotals bis zur Mündung des Meeresarms mussten es etwa zehn Meilen oder sogar mehr sein, also würden wir einige Zeit hier verbringen – oder lagen die Schiffe weiter im Innern? Ein meisterhafter Steuermann in einem großen Schiff, hatte Tamanes gesagt, was mir nachvollziehbar erschien. Je kleiner das Schiff, desto verwundbarer war es, und so wartete der Manta des Kaisers irgendwo draußen im Meeresarm.

»Gute Lotsen«, sagte sie, ohne wissen zu wollen, warum ich gefragt hatte. »Und es gab einen sicheren Kanal, von dem alle glaubten, er wäre versperrt.«

Wie der Kaiser ihre Abstammung herausgefunden hatte, wusste ich nicht, doch ich vermutete, dass er sie in den zwei Stunden bevor ich aufgetaucht war, von ihr erfahren hatte. Oder vielleicht von Alidrisi.

Wir unterhielten uns eine Weile leise. Das Gespräch bot etwas Ablenkung und war gleichzeitig eine trotzige Geste, die Orosius wohl ohnehin erwarten würde. Als er uns erneut drohte, schwiegen wir; es hatte keinen Sinn ihn jetzt herauszufordern. Er war sehr gereizt heute Nacht, mehr noch als bei unseren früheren Begegnungen, und sein Geduldsfaden schien mir sehr dünn zu sein. Wenn er nicht davon überzeugt gewesen wäre, dass wir seiner Macht vollkommen ausgeliefert waren, wäre er vermutlich noch viel unruhiger gewesen.

»Die *Valdur* ist in Sicht, Eure Majestät«, verkündete sehr viel später der Steuermann. Nur Ravenna und ich hatten in der Kabine miteinander gesprochen; der Kaiser hatte außer uns Gefangenen niemanden, mit dem er hätte reden können, und wir waren im Augenblick unter seiner Würde. »Und die *Feuerofen*.« Sarhaddons Schiff vermutlich.

»Gut. Überprüfe ihren Status.«

»In Ordnung … Eure Majestät, eine dringende Meldung vom Kapitän. Sie haben den Kontakt mit dem Geleitzug draußen verloren.«

Orosius erhob sich und ging nach vorn zur Brücke. »Was ist los?« Schwach vernahm ich eine andere Stimme; sie musste aus einem Kommunikationsgerät kommen, das von unserem Platz aus nicht zu sehen war. »Ist das Wetter schlechter geworden? Ich hatte ihnen doch befohlen, ihre Position beizubehalten, egal, was geschieht … Ich weiß, dass diese Küste gefährlich ist … Schön, versucht es weiter. Diese Narren.«

Er kam zurück zu seinem Platz, ohne einen von uns anzusehen, und ich bedauerte den Mann, mit dem er gerade gesprochen hatte – wahrscheinlich der Kapitän seines Flaggschiffs. Er hatte die Geleitschiffe draußen gelassen, im Windschatten der Küste des Verderbens? Wie abgebrüht war er eigentlich?

Ich sah die *Valdur* erst, als wir direkt über ihr waren – ein riesiges Gebilde mit Lichtern an den Seiten, das plötzlich aus der Düsternis auftauchte. Eins, zwei, drei ... vier Decks? Bei den Elementen, sie war riesig, und als wir unter sie glitten, hatte ich den Eindruck, als würde die blasse Unterseite, die von in die Schiffshülle eingelassenen Aetherlampen erhellt wurde, kein Ende nehmen. Mir war schon die *Schattenstern* mit ihren drei Decks groß vorgekommen, dieses Schiff jedoch war größer, als ich es je für möglich gehalten hatte.

Wir stoppten schließlich unsere Vorwärtsbewegung und begannen langsam zu steigen. Ich konnte die Einfassung der Andockbucht sehen, dann die Seiten, als unsere Barkasse sich sanft nach oben in die Klammern schob. Selbst die Bucht war riesig, wie ich sah, als ich aus dem Bullauge auf die hellen Lichter und die makellos weißen Wände mit dem Kaiserlichen Delfin blickte.

Der Rochen erzitterte, als wir Kontakt bekamen, und dann hörte ich ein zischendes Geräusch von draußen, das dumpfe Klacken der Andockklammern und eine Tür, die sich viel leiser als üblich schloss. Zwei Mannschaftsmitglieder in faltenlosen schwarzen Uniformen tauchten von der Brücke auf und öffneten die Luke. Wir waren so hoch über dem Deck, dass ich nicht erkennen konnte, ob ein Empfangskomitee bereitstand, aber ich bezweifelte es.

»Schafft sie hinaus«, befahl Orosius und stand auf. »Wie vorhin.« Er verschwand durch die Luke.

Der Anführer der Gardisten, dessen Helm ein weißer Helmbusch zierte, winkte ungeduldig, und seine Männer begannen die anderen von ihren Sitzen zu scheuchen. Ich war froh, dass ich endlich aufstehen konnte, denn meine Kleider waren immer noch nass; sie hatten den Sitz durchnässt, was das Sitzen immer unangenehmer gemacht hatte.

Ravenna erhob sich unsicher, und ich folgte ihr aus der Kabine, durch den Zentralschacht und dann die Treppe hinunter. Dort standen drei oder vier Offiziere und andere Soldaten herum; sie alle trugen Schwarz an Stelle des Königsblau, das normalerweise bei der Marine üblich war. Zwei weitere Männer unterhielten sich mit Orosius. Ein Kapitän und ein Admiral, nach den Sternen auf ihren Schulterklappen zu urteilen.

»Wie ist es möglich, dass wir noch immer keine Nachricht haben?«, fragte der Kaiser; er war jedoch nicht wütend. Noch nicht. Er klang eher verwirrt als verärgert. »Mit dem Schutz, den ich um die Schiffsrümpfe gelegt habe, hätten sie in der Lage sein müssen, an Ort und Stelle zu bleiben.«

»Es gibt nur einen sehr schmalen Streifen, der sicher ist«, sagte der Admiral. »Wenn sie ihn aus irgendeinem Grund verlassen haben, um zum Beispiel auf einen Notruf zu reagieren, brauchen sie eine Weile, um gegen die Strömungen zurückzukommen.«

»Hier draußen ist niemand, der in Not geraten könnte. Ich komme auf die Brücke.« Er ging auf das Schott zu, blieb dann aber stehen und wandte sich dem Anführer der Gardisten zu. »Tribun, schließt die Gefangenen in den Zellen ein. Alle außer diesen drei. Die schafft Ihr in mein Quartier – ich habe noch einige unerledigte Dinge mit ihnen zu besprechen. Mauriz und Telesta werden mich begleiten.« Er runzelte die Stirn, deutete mit der Hand auf mich, und ich spürte, wie meine Haut kribbelte; Dampf stieg aus meinen Kleidern auf. Als es vorüber war, waren sie wieder trocken.

»Jawohl, Eure Majestät«, sagte der Tribun, als der Kaiser die Andockbucht verließ. »Dekurio, nehmt drei Männer und tut, was er befohlen hat. Alle anderen zurück zu ihren Pflichten. Ihr drei da« – er deutete auf Palatine, Ravenna und mich – »folgt mir.«

Mir hatte der Ton nicht gefallen, in dem der Kaiser von *unerledigten Dingen* gesprochen hatte, doch ich konnte nichts dagegen tun. Wir folgten dem Tribun aus der Andockbucht und einen breiten, hohen Korridor entlang. Auf einem normalen Manta wäre dies der Laderaum gewesen, der hier vermutlich dazu benutzt wurde, das Gepäck des Kaisers unterzubringen und zusätzliche Waffen zu lagern. Die *Valdur* hatte also in Wirklichkeit fünf Decks, nicht vier. Die Wände waren gestrichen, der Boden war mit denselben Matten bedeckt wie auf jedem anderen Manta – um für sicheren Halt zu sorgen – und war hier scharlachrot gestrichen. Seidenbanner hingen an den Wänden; ich vermutete, dass auch Staatsgäste hier entlanggeführt wurden, wenn sie an Bord kamen.

Schließlich stiegen wir eine breite Treppe mit Geländer hinauf und kamen in einen runden Raum, der auf seltsame Weise dem in der Festung ähnelte, auch wenn er im Stil der Thetianer ausgeschmückt war. Dann ging es weitere Stufen hoch und in einen wirklich riesigen Zentralschacht. Ich ließ meine Blicke erstaunt über die üppigen Verzierungen, das vergoldete Holzwerk und das künstliche Mosaikmuster auf dem Fußboden gleiten. Es gelang mir, einen raschen Blick auf die Brücke zu werfen, als wir vorbeikamen, und bei dieser Gelegenheit stellte ich fest, dass ein zweiter, kleinerer Zentralschacht, von dem Räume abgingen, sich zwischen uns und der Brücke befand – die vorderen Fenster, die ich einen winzigen Augenblick sehen konnte, mussten gut und gerne zwanzig Schritt entfernt sein.

»Dies ist das Kaiserliche Flaggschiff«, sagte der Tribun, als spräche er zu einer Gruppe in Ehrfurcht erstarrter Stammeskrieger. »Der größte Manta der Welt; was erwartet Ihr also?«

Er hatte ja keine Ahnung: Die *Aeon* war viel größer als dieses Schiff hier. Doch das hielt mich nicht davon ab, das Innere der *Valdur* zu bewundern, auch wenn sie für mich ein Gefängnis war.

Auf der nächsten Etage kamen wir an weiteren prunkvoll ausgestatteten Räumen vorbei, in denen möglicherweise Gäste untergebracht wurden, doch das Quartier des Kaisers lag auf dem obersten Deck, wo unter einem Oberlicht aus Kristallglas ein gut verzurrter Flammholzkronleuchter hing.

Zwei Wachen vor einer Doppeltür mit Blick nach achtern nahmen abrupt Haltung an, als der Tribun die Treppe heraufkam, dann öffneten sie die Tür.

»Er schränkt sich nicht gerade ein, was?«, fragte Palatine, während sie auf den blauen Teppich starrte, die thetianischen Wandmalereien, die gewölbte Decke des Eingangsbereichs.

»Er ist der Kaiser«, sagte der Tribun nur.

Ein kleiner, drahtiger Mann ganz in Schwarz trat aus einer Tür. »Tribun.«

»Diese drei Gefangenen sollen im Empfangszimmer warten und in Ruhe gelassen werden.«

»Gut. Der Kaiser wird allerdings keinen Gefallen daran finden, wenn seine schönen Teppiche mit Schlamm verschmiert werden.«

Eine zusätzliche Vorsichtsmaßnahme, vermutete ich, als wir barfuß in einen riesigen Raum mit Fenstern geführt wurden; der Boden war mit dick gewebten Teppichen ausgelegt. Dies war eher ein Palast als ein Schiff, fand ich, während ich den Blick über die Stühle und Sofas, die Schränkchen mit Weinflaschen und den mit einer Elfenbeinplatte versehenen Tisch an dem einen Ende des Raums schweifen ließ.

»Ihr rührt euch nicht von der Stelle«, befahl der Tribun. Er blieb auf seinem Weg hinaus noch einmal an der Tür stehen, nachdem er uns auf dem Teppich hatte niederknien lassen. »Der Kaiser wird sich gleich um euch kümmern.« Dann schloss er die Tür hinter sich.

Kapitel XXXIII

Bleierne Stille herrschte, als hielten wir alle den Atem an, während die Schritte des Tribuns verklangen. Dann, nachdem wir das leise Klicken gehört hatten, mit dem sich die äußeren Türen schlossen, ließ die Spannung etwas nach.

»Orosius zerstört alles, was er anfasst«, sagte Palatine mit kummervoller Stimme. »Und er weiß, wie er es anfassen muss. Was wir auch tun, er ist uns immer einen Schritt voraus. Es ist, als hätten wir uns ihm auf einem silbernen Tablett ausgeliefert. Wir hätten uns genauso gut gleich ergeben können.«

»Ist das wirklich Palatine, die da spricht?«, fragte Ravenna.

»Palatine war eine Freundin von Mauriz«, erwiderte sie. »Palatine konnte sich einen Plan ausdenken, ohne dass er daneben ging.«

»Hättest du dich lieber für den anderen Weg entschieden?«

»Lieber als diesem Ungeheuer zu dienen?« Palatine warf uns einen resignierten Blick zu. »Ich hatte nie die Wahl. Weil sie alles vorhersehen, was wir tun; jedes Mal, wenn wir gegen sie losschlagen, sind sie es, die gewinnen. Nach dem, was in Lepidor geschehen ist, haben wir uns gegenseitig geschworen, so etwas nie wieder zuzulassen, aber es ist passiert, und dieses Mal ist es kein hochnäsiger kleiner Halethiter.«

»Nein, es ist ein verschrobener Wahnsinniger, der ohne seinen Thron und seine Magie ein Nichts wäre. In ein paar Jahren wird er sich selbst vernichtet haben.«

»Wir haben aber keine paar Jahre mehr. Cathan weiß, was er mir angetan hat, und damals war er noch längst nicht so raffiniert und einfallsreich wie heute. Ich weiß noch, wie ein paar Leute – mit einem oder zweien davon war ich befreundet – verschwunden und dann ein paar Monate später als seine Kreaturen zurückgekehrt sind. So bekommt er die meisten seiner Agenten. Das Todesurteil bedeutet, dass wir nirgends auf Aquasilva Schutz finden werden.«

»Dies ist sein eigenes Todesurteil«, sagte Ravenna ruhig. »Er will Thetia das Gleiche antun, was die Domäne dem Archipel angetan hat.«

»Es ist niemand mehr übrig, der ihn töten wird.«

»Jemand wird es tun, wenn er so weitermacht. Er hat nicht die Macht dazu, hast du gesagt.«

»Auch nicht mit Sarhaddon an seiner Seite?«

»Sarhaddon ist ein Gleichgesinnter.« Sie seufzte und beugte leicht die Arme; ein Ausdruck des Schmerzes huschte einen Moment über ihr Gesicht.

»Soll ich die Stricke ein bisschen lockern?«, fragte ich. Es kam mir so seltsam vor, dass wir uns als Gefangene in diesem herrlichen Raum befanden, mit all den Plüschsofas, den vorzüglich ausgeführten Wandmalereien, dem Teppich, auf dem ich kniete. Ein Raum, der tatsächlich eines Kaisers würdig war, aber nicht *dieses* Kaisers.

»Nein. Es ist zwar schlimm, aber wenn du dich daran zu schaffen machst, dauert es noch länger. Er wird mich bestimmt noch ein paar Stunden gefesselt lassen, aber das spielt keine Rolle. Ich denke einfach daran, dass es mir gelungen ist, ihm wehzutun. Nicht so sehr, wie ich es gern getan hätte, aber immerhin.«

»Das Schiff bewegt sich«, sagte Palatine plötzlich. Dann kehrte sie zum Thema zurück. »Wie hast du das geschafft?«

»Er ist mir zu nah gekommen. Er genießt es, anderen Menschen Schmerzen zuzufügen, darin ist er schlimmer als die Inquisitoren.

Die tun es, weil sie glauben – so übel das auch sein mag –, dass sie Ranthas' Werk tun. Bei ihm ist es anders. Als ich ihn getreten habe, ist er vor Wut schier wahnsinnig geworden. Ich hatte fürchterliche Angst. Wie in einem Albtraum, in dem man von wilden Tieren gejagt wird oder in einem Käfig voller Schlangen gefangen ist.«

»Er hat dich nicht nur gefesselt, nicht wahr?«

»Ich war bereits gefesselt. Er hat Alidrisi und seine Männer getötet, ohne dass ich es gemerkt habe, und dann ist er heraufgekommen. Ich dachte, du wärst es, Cathan, das hat ihm genug Zeit verschafft, meine Magie auszuschalten. Du hast Recht, er hat mich nicht nur gefesselt, aber es wird heilen.«

Der Groll, der schon zuvor in mir geschwelt hatte, loderte jetzt hell auf und wurde zu heißem Zorn, doch ich konnte nichts tun, auf niemanden einschlagen, so nutzlos das auch gewesen wäre. Ich musste ... *wir* mussten ihn irgendwie dafür bezahlen lassen, und es würde eine sehr große Rechnung werden. Meine Wut blieb, eingeschlossen und ohne Möglichkeit zu entweichen. Ich scherte mich nicht darum, was er mir dafür antun würde, ich wollte ihm einfach nur wehtun. Irgendwie.

»Und ich danke euch beiden, dass ihr versucht habt, mich zu befreien«, sagte Ravenna ernst. »Sag jetzt nichts, Cathan. Wir sprechen ein andermal darüber, aber nicht jetzt.«

Ich beugte mich näher zu ihr, da ich mir nicht sicher war, ob der Kämmerer mithörte, und fragte leise: »Bist du mit unserer Suche nach dem Schiff weitergekommen?« Vielleicht war dies für eine Weile die letzte Gelegenheit, miteinander zu reden. Ich konnte mir nicht vorstellen, dass Orosius uns nicht trennen würde, was immer er auch mit uns vorhatte. Es war zehnmal schlimmer, zu wissen, dass auch sie und Palatine seiner Gnade ausgeliefert waren, als wenn seine Grausamkeit auf mich beschränkt geblieben wäre.

»Nur ein bisschen, fürchte ich«, flüsterte sie zurück, und ich rückte noch näher, damit sie fortfahren konnte. »Einige Kaiserliche Offiziere wollten einst die Leiche ihres Admirals suchen und ihm ein Denkmal errichten. Tanais hat so etwas gesagt wie ›Er hat sein eigenes Denkmal, und das Meer schützt es vor allen, die es besudeln wollen.‹ Das stand in einem Geschichtsbuch der Marine; Alidrisi hat mir von irgendwoher einen ganzen Stapel Bücher besorgt, um mich zu beschäftigen.«

»›Das Meer schützt es‹«, wiederholte ich nachdenklich. Dann teilte ich ihr die wesentlichen Punkte meiner neuen Erkenntnisse und Überlegungen mit. Als ich fertig war, lehnte ich mich zurück, um ihr die Möglichkeit zu geben, meine Worte zu verarbeiten. Sie biss sich in einer unbewussten Geste auf die Unterlippe, während sie nachdachte.

»Irgendwo, wo nur du es finden kannst«, sagte sie. »Das klingt nachvollziehbar. Carausius hat sich selbst als Kind des Meeres bezeichnet, und du bist genauso, du verstehst das Meer auf eine Weise, wie es sonst niemand tut. Du müsstest wissen, wie man ihm seine Geheimnisse entlockt, während andere Gewalt anwenden müssten oder Magie. Das ist der Unterschied zwischen dir und deinem ... zwischen dir und Orosius: dass er zwar viel mächtiger ist als du, aber niemals verstehen wird, wieso oder warum.«

»Er dürfte eigentlich gar keine Macht haben.«

»Dann ist also irgendetwas schief gegangen. Aber wenn wir beide Recht haben, müsste das Schiff an einem Ort liegen, den nur du erreichen kannst, der die Versuche aller anderen fehlschlagen lassen würde. Ein Ort wie diese Höhlen in Thetia, die du erwähnt hast. Tief unter einer der Inseln vielleicht. Erinnerst du dich an diese Schlacht während des Krieges? Die Flotte der einen Seite hat sich dort versteckt und dem Feind einen Hinterhalt gelegt.«

»Falls du die Schlacht von Immuron meinst«, schaltete Palatine sich leise ein, »damals wurde unsere Flotte von Admiral Cidelis befehligt. Ich habe es in der *Geschichte* gelesen.«

»Der Schauplatz eines großen Sieges, aber seither in Vergessenheit geraten. Das klingt plausibel.«

Konnte es sein, dass wir die *Aeon* so schnell gefunden hatten? So leicht – einfach, indem wir die Köpfe zusammensteckten? »Aber wie passt das in diesem Fall damit zusammen, dass das Meer es beschützen soll?«, fragte ich und wies auf unseren Denkfehler hin.

»Carausius war bei Cidelis, deshalb wissen wir von Immuron«, sagte Palatine. »Carausius hat navigiert, unten in der Dunkelheit, wo sie sich nicht mehr auf normale Methoden verlassen konnten.«

»Also selbst wenn jemand anderer es herausfände ...«

»Selbst dann wären sie nicht in der Lage, das Schiff zu finden. Nicht einmal Orosius kann das.«

»Es sei denn, er zwingt mich, es zu tun«, sagte ich, und meine Hochstimmung verflüchtigte sich. Es war nicht völlig auszuschließen, dass man uns belauscht hatte, obwohl wir geflüstert hatten, und wenn Orosius' Suche weiterhin so enttäuschend verlief, verfiel er vielleicht auf andere Methoden. Möglicherweise kam er sogar zu dem gleichen Schluss wie ich.

»Das ist unsere Schwäche«, sagte Palatine. »Eine von vielen. Deshalb sind wir zusammen und nicht getrennt, weil er dich dann besser unter Druck setzen kann. Keiner von euch beiden wird etwas tun, was dem anderen schadet.«

Ich starrte sie einen Augenblick lang an; ich hatte verstanden, was sie meinte, und der Gedanke ließ Übelkeit in mir aufsteigen. Doch ich erinnerte mich noch gut, wie Sarhaddon in Lepidor die Seeleute mit Hilfe der Geiseln dazu gebracht hatte, ihren Angriff abzubrechen, und ich erinnerte mich auch an die Version der Geschichte, die er mir in Saganthas Palast erzählt hatte. Es war so einfach, jene zu bedrohen, die noch am Leben hingen, selbst wenn wir selbst es nicht mehr taten.

»Es wird eher früher als später passieren«, flüsterte Ravenna. »Aber nicht allzu bald. Sorge dafür, dass seine Wachsamkeit etwas nachlässt, dass er glaubt, wir hätten Angst vor ihm. Ich werde ihn nicht wieder herausfordern, solange es nicht unbedingt nötig ist.«

Der Kaiser mochte zwar unsere persönliche Magie neutralisiert haben, doch sie glaubte – vielleicht wusste sie es auch –, dass wir zusammen immer noch etwas erreichen konnten, wenn er am wenigsten damit rechnete. Aber würde es ausreichen? Er war womöglich stärker als wir beide zusammen – einzeln war er uns beiden weit überlegen –, also käme es weniger auf unsere Stärke an als vielmehr darauf, dass wir ihn auf unerwartete Weise angriffen.

Wir bekamen nicht die Möglichkeit, noch weiter darüber zu sprechen, denn wir hörten draußen leise Schritte und dann öffnete sich die Tür. Der Kaiser blickte auf uns herab; er lächelte kalt.

»Wie erfreulich zu sehen, dass ihr mir bereits gehorcht. Ihr habt schnell gelernt.«

»Hast du deine verlorenen Geleitschiffe inzwischen gefunden?«, erkundigte sich Palatine, nicht schroff, aber auch nicht unterwürfig.

»Wir suchen nach ihnen. In ein paar Minuten passieren wir den Eingang zum Meeresarm, und ihr werdet die Möglichkeit haben, die Küste des Verderbens aus nächster Nähe zu sehen. Sarhaddon hat freundlicherweise zugestimmt, uns bei der Suche zu helfen; seine Magier können Flammholz über große Entfernungen hinweg ausfindig machen, sogar unter Wasser.«

»Wieso ist es dir eigentlich gestattet, einer dieser korrupten, verkommenen Elementarmagier zu sein, von denen er in seinen Predigten andauernd spricht?«, fragte ich in der Hoffnung, Orosius' Aufmerksamkeit so lange wie möglich zu fesseln. Mit etwas Glück würde die Suche nach den Geleitschiffen ihn ablenken ... doch selbst wenn es uns gelingen sollte, ihn zu überwältigen, stünden wir vor dem Problem, was wir auf dem Kaiserlichen Flaggschiff und von Wachen umgeben unternehmen sollten. Ich fragte mich, ob es wohl besser wäre, zu erdulden, was immer er tat, und darauf zu warten, dass seine Wachsamkeit nachließ – vorausgesetzt, dass Palatine Recht hatte und er uns gemeinsam als Geiseln halten wollte, die er gegeneinander ausspielen konnte.

»Weil ich im Gegensatz zu dir, teurer Bruder, nicht an falsche Götter glaube. Meine Magie steht im Dienst von Ranthas, nicht im Dienst der Dunkelheit und des Schattens. Die Inquisition und ich haben viele gemeinsame Ziele, genau wie wir dich auch gleichermaßen verachten.«

»Das betrachte ich als Kompliment.«

»Du wirst deine Meinung vielleicht noch ändern«, sagte er und trat zu einem der Weinschränkchen, um sich ein Glas klaren, perlenden thetianischen Blauen einzuschenken. »Auf Sarhaddon.« Ich beobachtete ihn aufmerksam, um zu sehen, wie viel er trank; ich fragte mich, ob er die gleiche Unverträglichkeit Alkohol gegenüber geerbt hatte wie ich. Doch er trank wie jeder normale Mensch es täte, leerte allmählich das ganze Glas, während er zu uns sprach. »Mein Vater hat alle Menschen mit kriegerischer Veranlagung verschmäht, doch von ihm verachtet zu werden, kann man als Auszeichnung betrachten. Wie ich dir schon häufiger gesagt habe, bist du ihm sehr ähnlich, Cathan. Deine Gaben liegen mehr in Richtung Ozeanografie – Talente, die vermutlich noch nutzloser sind als die unseres Vaters. Zumindest hat er Kunstwerke und Gedichte hinterlassen, an die man sich vielleicht erinnern wird.« Orosius nahm die Haltung eines Kenners an, der mit anderen Kritikern über Kunst diskutiert. »Ein bisschen zu konventionell vielleicht, aber dennoch inspiriert. Besonders seine Bilder unserer Mutter, so habe ich mir sagen lassen, als er sie das erste Mal gesehen hat. Aber sie sind bedauerlicherweise verloren gegangen.«

Sie hatte sie vermutlich mitgenommen, damit Orosius sie nicht bekam. Vielleicht gefielen ihm einige der thetianischen Gemälde ja tatsächlich; außerdem wusste ich nicht, was das bevorzugte Motiv meines Vaters gewesen war.

»Wenn ich so nutzlos bin, warum warst du dann so wild darauf, mich gefangen zu nehmen?«

»Weil – wie schon mehrfach gesagt – dein Wert mehr darin liegt, was andere in dir sehen, als darin, was du erreicht hast. Und es ist ja nicht so, als hätte ich mir sehr viel Mühe geben müssen, oder? Du fällst den Leuten so leicht in die Hände. Sogar den Stammeskriegern.«

Ich unterdrückte eine Erwiderung, da ich ihn noch nicht provozieren wollte; er bemerkte es, deutete meine Reaktion jedoch glücklicherweise als Furcht.

»Du hast gehört, wie unklug es ist, mich zu erzürnen?«, fragte Orosius und nippte an dem Wein. Ich bekam gewaltigen Durst, als ich ihm dabei zusah; seit ich die Klippe hochgeklettert war, hatte ich nichts mehr getrunken. Das Ganze erschien mir jetzt gar nicht mehr wie eine große Leistung; schließlich hatte Orosius mich erwartet, und Mauriz hatte gewusst, dass die Klippe unbewacht und nicht unüberwindlich war. Niemandem von uns war aufgefallen, wie verdächtig praktisch Mauriz' Flammholz-Pfeil gewesen war.

»Behauptest du deshalb, dass dir Narren dienen?«, platzte Palatine heraus. »Weil du so leicht wütend wirst? Oder weil sie Skrupel und Würde besitzen, woran es dir selbst mangelt?«

»Wohin haben deine Skrupel dich gebracht?«

»Dass du keine besitzt, macht noch längst keinen erfolgreichen

Kaiser aus dir. Vielleicht glaubst du, gelegentlich jemanden foltern lassen zu müssen – aber sich am Schmerz der Opfer zu weiden, und sie nur deshalb eigenhändig zu quälen??«

»›Wenn du glaubst, dass etwas Unangenehmes getan werden muss, tu es selbst und prüfe, ob es wirklich notwendig ist.‹ Bei all seinen Fehlern hat Aetius doch eine ganze Menge begriffen.«

»Das funktioniert aber nur bei jemandem mit einem gewissen Maß an Moral. Ich weiß nicht, ob du deine Konkubinen genauso behandelst, aber du bist ein thetianischer Kaiser. Glaubst du, die Leute hätten auch nur ein bisschen Respekt vor dir, wenn sie wüssten, was du Ravenna angetan hast?«

»Ich hätte das Recht gehabt, sie *hinzurichten,* weil sie mich angegriffen hat.«

»Nein, das hättest du nicht!«, schnappte Palatine. »Wir haben so etwas wie Gerichtsverhandlungen, wie du weißt, es gibt Zeugen, Gesetze, einen Richter, der nicht zugleich auch der Ankläger ist. Erinnerst du dich? Oder bis du zu einem halethitischen Wilden herabgesunken?«

»Oh, eine Verhandlung wegen Hochverrats, weil sie mich in den Bauch getreten hat. Du und die paar republikanischen Freunde, die dir geblieben sind, ihr fändet das sehr lustig, nicht wahr? Hältst du meine Methode nicht auch für besser?«

»Was denn, zu ...« Sie unterbrach sich und warf mir einen Blick zu. »Es gibt einen Unterschied zwischen Rache und Folter, Orosius. Folter ist keine Strafe in Thetia, sie ist das Mittel zu einem Zweck, zu dem nur wenige Leute Zuflucht nehmen.«

»Was für eine Moralpredigt. Bei dir klingt Thetia so herrlich, Palatine, dabei haben doch all eure Gesetze und eure Barmherzigkeit nur dazu geführt, dass wir zum Gespött verkommen sind. Hat Aetius während des Krieges gezögert, Menschen zu foltern, um Informationen aus ihnen herauszubekommen? Wiegen die Bedürfnisse der Mehrheit nicht weit schwerer als die Bedürfnisse einiger weniger?«

»Ich habe gar nicht gewusst, dass Ihr mit Qalathar im Krieg liegt«, sagte Ravenna.

Ich schwieg während der Auseinandersetzung; die Hände zu

Fäusten geballt, bemühte ich mich, nicht zu reagieren. Was immer er Ravenna angetan hatte – Palatine wusste es und sagte es mir nicht. Dieses Gefühl war schlimm genug, um die brüchige Selbstbeherrschung hinwegzuschwemmen, die ich im Angesicht der Abscheulichkeit des Kaisers so verzweifelt zu bewahren versuchte.

»Du und ich, Palatine, wir haben vollkommen unterschiedliche Ansichten, aber es ist meine Methode, die mir jedes Mal den Sieg gebracht hat. Religiöse Gesetze haben jetzt im ganzen Reich absoluten Vorrang vor den weltlichen Rechten und Gesetzen, daher werden sich jene, die der Häresie angeklagt sind, nicht länger herauswinden können, wie Mauriz es getan hat. Die Ansicht, dass das Kaiserreich ohne den von Ranthas ernannten Führer besser dran wäre, nun, das ist Häresie. Jene, die den gleichen merkwürdigen Überzeugungen anhängen wie ihr, werden unglücklicherweise erkennen müssen, dass sie sich auf einem Irrweg befinden. Es spielt keine Rolle, die meisten von ihnen sind es nicht wert, gerettet zu werden. In ein paar Wochen sind eure Überzeugungen ausgerottet. Und Thetia wird umso reicher sein, wenn sie verschwunden sind.«

»Warum muss alles, was du tust, Blut und Tod über die Menschen bringen?«, fragte Palatine mit gebrochener Stimme. »Du hast meinen Vater bewundert – hätte er so etwas getan?«

»Dein Vater war fähig, aber fehlgeleitet, im Gegensatz zu seiner Tochter. Begreifst du eigentlich, wie wenig du in deinem Leben vollbracht hast, Palatine? Stets die große Anführerin der kleinen Leute, diejenige mit den Plänen, die vielleicht erfolgreich waren, wenn ihr Übungskämpfe in der Schule oder auf einer entlegenen Insel ausgetragen habt. Aber jedes Mal, wenn du versuchst, darüber hinauszukommen, versagst du. Die Republikaner haben dich nur deshalb respektiert, weil du Reinhardts Tochter bist, Tanais hat dich nur deshalb unterrichtet, weil du meine Kusine bist.

Hast du in deiner Zeit in Thetia irgendetwas *vollbracht*? Hat es irgendwelche Erfolge gegeben, irgendwelche neuen Gefolgsleute?« Orosius schüttelte den Kopf, leerte das Glas und stellte es auf den großen, niedrigen Tisch mit der Elfenbeinplatte, der ein paar Schritte entfernt zwischen einigen Stühlen stand – der Tisch war am Boden festgemacht, wie ich sah, wie auch die anderen schweren Möbelstücke, damit sie bei rauer See nicht wegrutschen konnten. Er zog einen der leichteren Stühle zu sich heran und setzte sich, was ich schon seit einer ganzen Weile erwartet hatte. Es würde sein Gefühl der Überlegenheit verstärken. »Hast du seither irgendetwas getan? In Lepidor hat dich ein merkwürdiger ozeanischer Tribun vor der Hinrichtung bewahrt. Weshalb du auch hergekommen bist, du hast versagt, und du hast auch Ravenna nicht gerettet. Ein abgrundtief schlechtes Ergebnis. Du hättest in Ozeanus bleiben und gegen die Stammeskrieger kämpfen sollen, mit denen du auf einer Ebene stehst.«

»Ich möchte lieber von der ganzen Welt vergessen werden, als dass ich so in Erinnerung bleibe wie du!«

»Als Erneuerer von Thetia? Wie armselig. Vielleicht wird dein Name ein-, zweimal in den Geschichtsschreibungen auftauchen, irgendwo als Fußnote. Cathan will nicht einmal das, stimmt's? Nun, sein Wunsch, im Verborgenen zu leben und zu sterben, wird sich erfüllen.« Osorius lachte, doch in diesem Lachen lag nicht eine Spur von Humor. »Das ist es doch, wonach du dich in den vergangenen paar Monaten gesehnt hast, nicht wahr, mein Bruder? Diesen Clan-Namen loszuwerden, den du immer von dir gewiesen hast. Ich werde dir diesen Wunsch erfüllen, ich lasse den Exarchen ein Dekret gegenzeichnen, das dich der herrschaftlichen Würde beraubt, die du so offensichtlich nicht verdienst. Und was Ravenna betrifft – nun, Ihr seid die Pharaonin, die es niemals gegeben hat. Euer Volk wird Euch nur ein einziges Mal zu Gesicht bekommen: Wenn Ihr morgen abdankt und Eure Krone und Euch selbst mir übergebt. Ein ruhmvolleres Ende, als es Eure Dynastie verdient hätte; ein einziger Emporkömmling, der zwanzig Jahre geherrscht hat, und dann ein Mädchen, das eine halbe Stunde lang regiert. Ihr seid alle Versager.«

»Wieso machst du dir dann so viel Mühe?«, fragte ich. »Wieso willst du uns am Leben lassen, wenn wir so wertlos sind? Ich dachte, du willst in deiner schönen neuen Welt nur die Besten. Wäre das nicht der sicherste Weg, damit wir dich nie wieder bedrohen können?«

»Ihr werdet mich nie wieder bedrohen können, oder auch nur in einer Situation sein, in der ihr es versuchen könntet. Das genügt, und im Laufe der Zeit gebt ihr vielleicht gute Palastdiener ab.«

Ich war nicht überzeugt. In diesem Fall ging es Osorius sicher nicht nur darum, uns Schmerzen zuzufügen; er musste etwas anderes von uns wollen, es musste einen anderen Grund geben, uns am Leben zu lassen. Er war intelligent genug, um zu wissen, dass wir erst aufhören würden, ihm Schwierigkeiten zu bereiten, wenn wir tot waren, doch aus irgendeinem Grund wollte er das nicht. Warum? Ich bekam eine Gänsehaut, als mir die *Aeon* wieder einfiel. War es das? Was er erst erwähnen würde, wenn er sicher war, uns gebrochen zu haben? Nein, dazu schien er mir nicht geduldig genug. Wenn er die *Aeon* wollte, wollte er sie bald, um mehr Macht und Sicherheit zu haben, wenn er seine Säuberungen durchführte.

»Wir waren ein Teil des Preises, den die Domäne bezahlt hat, damit du sie ins Kaiserreich hineinlässt«, sagte Palatine. »Entdecke ich hier die Mentalität eines Kaufmanns, der nicht verschwendet, was er gekauft hat?«

»Da spricht gute Ware. Ja, ich habe euch gekauft, nicht wahr?« Er lächelte amüsiert.

»Ich fühle mich geschmeichelt, dass du denkst, wir wären es wert. Denn umsonst hast du uns ganz sicher nicht bekommen.«

»Die Inquisition wollte euch aus dem Weg haben«, sagte er schulterzuckend. »Entweder ich musste euch nehmen – oder das Meer.« Er stand plötzlich auf und ging um uns herum zu den Fenstern. Vielleicht eine Minute lang herrschte Schweigen.

»Wir passieren gerade die Mündung des Meeresarms. Jetzt sind unsere Kommunikationssysteme nicht länger blockiert, und die Mannschaft müsste unsere Geleitschiffe ausfindig machen können. Dann können wir uns auf den Weg machen. Immer unter der Voraussetzung, dass sie nicht wegen Reparaturarbeiten anhalten müssen, was uns etwas aufhalten könnte.« Orosius ging in Richtung der Tür, blieb aber hinter uns stehen.

»Deine Angst vor mir ist bereits größer als deine Zuneigung zu ihr, nicht wahr, Cathan? Kein heldenhaftes Lockern der Fesseln? Ich bin enttäuscht. Aber vielleicht mag sie es so ja besonders gerne.«

Glücklicherweise brauchten wir nicht zu antworten, da der Aether-Bildschirm summte, der unauffällig in der Wand eingelassen und als Gemälde getarnt war. Orosius trat davor und drückte auf irgendeinen verborgenen Knopf, und an Stelle des Gemäldes wurde die riesige Brücke der *Valdur* sichtbar. Im Vordergrund stand der Kapitän.

»Eure Majestät, wir haben einen Notruf von der *Wildkatze* aufgefangen. Sie ist in westlicher Richtung aufs Meer hinausgezogen worden, aber sie melden, sie haben ein Ortungsecho von der *Peleus* in großer Entfernung. Sie bekommen keine Verbindung, und die *Peleus* wird immer tiefer in die Küste des Verderbens hineingezogen.«

»Warum?«, fragte der Kaiser. »Ist es denn so schwer, die Position zu halten?«

»Das zweite Schiff der Domäne ist ebenfalls verschwunden, wahrscheinlich auf die gleiche Weise wie die *Peleus.*«

»Wir folgen ihnen«, erklärte Orosius. »Ich werde keine Schiffe auf diese Weise verlieren. Haltet Kurs auf die Position der *Peleus,* und signalisiert der *Wildkatze,* sich vom Ufer fern zu halten. Sagt Sarhaddon, was wir vorhaben.«

»Ja, Eure Majestät.« Der Bildschirm wurde schwarz, aber kurz darauf tauchte der Kapitän erneut auf. *»Domine* Sarhaddon bietet Euch bei der Suche nach Euren Geleitschiffen seine Hilfe an, allerdings warnt er auch, dass das Meer hier sehr tückisch ist.«

»Dankt ihm und nehmt sein Angebot an. Ich komme gleich runter.« Orosius beendete die Verbindung und wandte sich uns zu. »Rührt euch nicht von der Stelle. Ihr habt mit eurem Gerede meine Zeit verschwendet.« Er ging ohne ein Wort des Abschieds.

»Offensichtlich ist seine Magie nicht so stark wie er gedacht hat«, bemerkte Palatine mit grimmiger Zufriedenheit. »Die Küste des Verderbens befolgt seine Befehle nicht.«

Ich blickte aus dem Fenster, und genau in diesem Augenblick kam an Steuerbord der Manta der Domäne in Sicht; er glitt etwas unterhalb von uns in etwa hundert Schritt Entfernung durchs Wasser. Verglichen mit der *Valdur* wirkte er nicht sonderlich beeindruckend, aber seine Feuerkraft würde durch die an Bord befindlichen Magier verstärkt werden. Nicht, dass es etwas gab, auf das er hätte feuern können, oder dass irgendjemand im Umkreis von ein paar Tausend Meilen das Kaiserliche Flaggschiff hätte angreifen wollen.

»Spricht irgendetwas dafür, dass wir versuchen, ihn zu töten oder zu überwältigen?«, flüsterte ich Ravenna zu. »Wir können natürlich nirgendwohin, das Schiff wimmelt von Kaiserlichen Gardisten, und dann ist da noch dieser Aasfresser von Kämmerer da drüben.«

»Wir werden Wochen auf diesem Manta verbringen«, erwiderte sie. »In dieser Zeit kann alles Mögliche geschehen. Wir sollten eigentlich keine Probleme haben, mit dieser Mannschaft fertig zu werden, aber das Schiff wird sich möglicherweise nicht mehr erholen, und dann sind da auch noch die anderen.«

»Wir sollen das Kaiserliche Flaggschiff übernehmen? Du bist verrückt.«

»Cathan, das bin ich nicht. *Er* ist verrückt.« Sie schloss die Augen und holte bebend Luft, und mir fiel plötzlich auf, wie blass und angespannt sie war. »Sein Geist ist krank, wahnsinnig, und ich kann den Gedanken nicht ertragen, auch nur ein paar Stunden länger in seiner Gewalt zu sein. Ich habe geglaubt, ich könnte es aushalten, aber ich hatte noch nie in meinem Leben solche Schmerzen. Wir müssen nachdenken – jetzt, während er nicht da ist.«

Das auf jedem Manta allgegenwärtige Summen des Reaktors war bisher kaum zu hören gewesen, mehr ein leichtes Vibrieren, das ich unter den Knien spüren konnte, als ein hörbares Geräusch. Jetzt jedoch wurde es stärker, so dass es gut zu hören war.

»Wir werden schneller«, sagte Palatine. »Ich glaube, sie hat einen verstärkten Reaktor – sonst wäre sie ein schwerfälliger Wal von einem Schiff –, und daher ist sie jetzt wahrscheinlich ziemlich schnell.«

Ein Blick aus dem Fenster zeigte mir, dass die Frequenz der Flügelschläge zunahm, und einen Augenblick später folgte der Manta der Domäne dem Beispiel der *Valdur.* Wir rasten tiefer und tiefer in die Küste des Verderbens hinein, in jene tückischen Gewässer, die schon lange vor der *Offenbarung* Schiffe verschlungen hatten und dies auch in Zukunft tun würden.

Auch wenn wir plötzlich Zeit hatten, so lange miteinander zu reden, bis Orosius zurückkehrte, konnte niemand von uns etwas vorschlagen. Wir würden nur eine Chance haben, und wir würden ihn töten müssen. Es war die einzige Möglichkeit. Vielleicht versetzte sein Tod uns sogar in die Lage, das thetianische Edikt aufzuheben, aber zuerst mussten wir eine Möglichkeit finden, ihn zu töten, und zwar mittels einer Technik, die er nicht mit der bloßen Kraft seiner eigenen Magie abwehren konnte.

Wir wussten, dass es Mord – genauer gesagt Hochverrat – war, was wir da planten, aber das kümmerte uns nicht. Orosius mochte mein leiblicher Bruder sein, doch ich hasste ihn jetzt mehr, als ich die Domäne hasste. Für das, was er mir angetan hatte, für das, was er Palatine angetan hatte und Thetia antun würde – und am meisten für das, was er Ravenna angetan hatte.

Aber die Tatsache blieb bestehen, dass er mächtiger war als wir alle, oder auch als wir alle zusammen, und dass er uns nur voneinander zu trennen brauchte, um unsere magischen Fähigkeiten nutzlos zu machen. Sofern wir seine Aufmerksamkeit nicht zuerst dadurch auf uns lenkten, dass wir uns von den Armreifen befreiten, die unsere Magie blockierten. Ravenna war sich nicht sicher, ob wir dazu in der Lage wären.

Die Minuten vergingen, und die Atmosphäre wurde immer angespannter, während wir auf Orosius' Schritte warteten. Aber die *Valdur* wurde weder langsamer noch hielt sie an; stattdessen entfernte sie sich weiter und weiter von dem sicheren Kanal, gefolgt von dem Manta der Domäne, der wie ein Kätzchen an seiner Mutter an ihr klebte.

Trotz der ungeheuren Größe des Flaggschiffs spürten wir, wie immer wieder Unregelmäßigkeiten in der gleichmäßigen Vorwärtsbewegung auftraten, mal trieb sie auf das andere Schiff zu, das anscheinend Schwierigkeiten hatte mitzuhalten, mal von ihm weg. Und jetzt fiel der Manta der Domäne mehr und mehr zurück.

»Das andere Schiff wird uns jeden Augenblick verlieren«, sagte Palatine. »Ich kann es kaum noch sehen.«

»Es ist nicht groß genug«, meinte Ravenna. »Das Geleitschiff auch nicht, es sei denn, es handelt sich auch um ein Schlachtschiff.«

»Orosius muss glauben, dass die *Peleus* noch immer irgendwo da vorne ist, sonst würden wir nicht weiter und weiter in dieses Gebiet hineinfahren.«

Ich reckte den Kopf, versuchte, die verschwommenen Umrisse des anderen Manta zu erkennen, der jetzt nur noch anhand der dunstigen Lichtpunkte seiner Bullaugen zu erkennen war. Noch während ich zusah, verschwanden auch diese Lichter, und es gab nichts mehr zu sehen außer einer schwachen Röte, die wir mehrere Minuten anstarrten.

»Warum ist es rot?«, fragte Palatine. Ihre Aufmerksamkeit war geweckt. »Das Schiff war vorher nicht rot, und es muss jetzt drei oder vier Meilen weit weg sein, also wieso können wir es sehen?«

»Ich weiß es nicht.«

Einen Augenblick später sah ich, wie sich Entsetzen auf Ravennas Gesicht ausbreitete. Das Glühen war noch immer da, ein roter Fleck in der Schwärze, kaum sichtbar.

»Cathan, binde mich los, schnell!«

»Warum?«

»Frag nicht, tu es einfach! Bitte, wir haben nur ein paar Sekunden Zeit.«

Ich schob mich rückwärts, schüttelte heftig den Kopf, um die plötzliche Benommenheit loszuwerden, und machte mich an ihren Stricken zu schaffen. Orosius hatte ihr nicht viel Spielraum gelassen, so dass sie sich unmöglich selbst hätte befreien können, aber ich versuchte mein Möglichstes. Ich fand den Knoten und riss eher verzweifelt als gekonnt daran. »Was ist los?«, fragte ich und verfluchte im Stillen meine Finger, weil sie so unbeholfen waren, wenn ich sie am dringendsten brauchte.

»Feuermagie. Sehr starke Feuermagie – sie tun irgendetwas. Bitte mach weiter!«

Ich zerrte schließlich am losen Ende des Knotens, riss den Strick so schnell wie möglich los und zog ihre Hände auseinander. Sie schwankte, aber Palatine war da, um sie vor einem Sturz zu bewahren. Sie schrie vor Schmerz auf, als das Blut wieder in ihre Arme schoss.

»Cathan, verbinde deinen Geist mit meinem, schnell!«

Ich hastete vor sie, packte Ravennas Hände, während Palatine sie aufrecht hielt, und leerte meinen Geist. In meinem Kopf war eine Mauer, errichtet von dem Armreif; eine solche Mauer hatte ich schon einmal gesehen – damals, als ich Palatines Geist erforscht hatte, bevor ihre Erinnerungen zurückgekehrt waren.

Ravenna packte meine Hände so fest, dass es schmerzte, doch es genügte, um mich daran zu erinnern, was ich versuchte, und plötzlich öffnete sich alles, die Barriere löste sich auf, und wir waren beide da, ein miteinander verbundenes Bewusstsein, das im Nichts schwebte.

Zerstöre die Armreifen. Ich streckte die Hand aus und spürte, wie mein Geist im Bruchteil einer Sekunde mit dem ihren verschmolz, und dann betrachtete ich uns von außen, sah graue Gestalten in totaler Dunkelheit. Wir lösten erst meinen Armreifen, dann den ihren, und sahen zu, wie sie zu Boden fielen. Erst in diesem Augenblick sah ich die Male, die über Ravennas ganzen Körper verteilt waren und sich schwarz und bläulich von dem unwirklichen Grau abhoben, und der Schmerz in ihren Armen verblasste zur Bedeutungslosigkeit.

Meine eigene Wut zog uns auseinander, unterbrach die Verbindung abrupt, als ich die Augen wieder öffnete und den Namen des Kaisers rief, mich suchend nach ihm umsah. Ich zog Schatten von außen herbei, schleuderte sie gegen die Tür und sah zu, wie sie in einer schwarzen Wolke zerstob, wie ein verwundeter Fisch, der von Piranhas angegriffen wurde.

»Vergeude deine Kraft nicht, bitte«, flehte Ravenna, die noch immer dort kniete, wo ich sie verlassen hatte. Ich hatte gar nicht gemerkt, dass ich aufgestanden war.

»Thetis beschütze uns«, stieß Palatine hervor, den Blick auf das Fenster gerichtet.

Ich drehte mich um und sah eine Flammenkugel durch das Wasser heranrasen; sie zog eine Spur aus Blasen hinter sich her und zielte auf einen Punkt direkt unter der *Valdur*. Ein greller Schmerz schoss durch meinen Kopf, ein Schmerz, von dem ich von früher wusste, dass ich ihn nicht beachten durfte, wenn wir das hier überleben wollten.

»Verkriecht euch irgendwo!«, rief ich, packte Ravenna und stieß sie beinahe unter den Tisch, zwängte mich neben sie, während Palatine sich unter das Sofa quetschte, als sie begriff, was ich meinte. Ich stieß mir das Handgelenk und ein Bein an, doch ich beachtete den stechenden Schmerz ebenso wenig wie die qualvolle Agonie in meinem Schädel. Ich war froh, dass Ravenna und ich so dünn waren, denn der Platz reichte gerade für uns beide.

Ich hatte noch nicht einmal Zeit, ein Stoßgebet zu sprechen, dass die *Valdur* stark genug sein möge, um dies zu überstehen, bevor der Hammerschlag das Schiff traf und wir gegen die Unterseite des Tisches geschleudert wurden.

Die Aetherleitungen entlang der Wand explodierten, Funken sprühten quer durch den Raum, und sämtliche Lichter gingen aus, und dann spürte ich, wie der Manta sich hob und hörte Ravennas Schmerzensschrei.

Kapitel XXXIV

Es war hundertmal schlimmer, als es auf der *Polarstern* gewesen war, ein Albtraum aus Chaos und Lärm, als die *Valdur* in die Höhe geschleudert wurde. Als die orangefarbenen Funken erstarben, herrschte absolute Dunkelheit, doch ich hatte keine Zeit, mir darüber Gedanken zu machen. Das Deck kippte plötzlich und neigte sich mit Übelkeit erregender Geschwindigkeit. Ich fiel hart zurück und gegen die Tischbeine auf meiner Seite, so dass es mir den Atem nahm, während Ravenna über das Deck rutschte und auf mir zu liegen kam. Sich auch nur ein paar Zoll zu bewegen, bereitete höllische Qualen, und das unheimliche Kreischen des gepeinigten Metalls schoss wieder durch meinen Kopf.

»Achtung!«, schrie Palatine, als ein schwaches, rotes Glühen den Raum erfüllte. Wir stiegen noch immer, bekamen in einem aberwitzigen Winkel Schlagseite nach Steuerbord, als der zweite Treffer einschlug. Ich griff blind nach Ravenna, um zu verhindern, dass sie noch weiter rutschte, dann drückte ein weiterer brutaler Schlag das ganze Schiff hinunter. Diesmal schrie ich, als mein Fuß gegen ein Tischbein prallte und einen schmerzhaften Stich durch meinen gesamten Körper schickte. Es krachte laut, und der grässliche Schmerz ließ mich einen Augenblick glauben, mein Bein sei gebrochen; doch es war nur das Weinschränkchen, das von der Wand gefallen war und quer durch den Raum schlitterte.

Das Deck stand jetzt beinahe senkrecht, und aus dem Schränkchen ergossen sich die Weinflaschen in einem Durcheinander aus Glasscherben und Flüssigkeit. Es krachte laut, als die Holztrümmer auf die gegenüberliegende Wand prallten, gefolgt von einem tiefen Rumpeln, als sie diese Wand glatt durchschlugen. Der Lärm steigerte sich zu einer ohrenbetäubenden Kakophonie, in der ich keine einzelnen Geräusche mehr unterscheiden konnte. Die Sekunden schienen sich ewig in die Länge zu ziehen; wir stürzten unglaublich schnell, als bewegten wir uns durch die Luft und nicht im Wasser. Luftblasen strömten an den Fenstern vorbei und wurden jetzt vom orangefarbenen Glühen von Flammen irgendwo im Raum erhellt.

Ich schnappte keuchend nach Luft und betete, dass der Tisch halten würde. Warme Flüssigkeit floss über das Deck, nässte meine Haare und mein Gesicht. Blut? Wer blutete? Ich konnte den Arm nicht heben, um nachzusehen, ob ich eine Wunde am Kopf hatte, aber einen Augenblick später roch ich Alkohol und begriff, dass das »Blut« Wein aus den zerbrochenen Flaschen war.

Das Wasser draußen vor den Fenstern wurde wieder rot und warf ein gespenstisches Licht in die brennende Kabine. *Bitte nicht noch eine,* betete ich verzweifelt und wartete auf den Einschlag, der ganz sicher den Tisch zerbersten und uns das Deck hinunterkrachen lassen würde. Ich bewegte meine Füße etwas, um den Schmerz zu lindern. Dann spürte ich, wie wir fielen, und griff nach dem nächsten Bein – zu spät. Diesmal bekam Ravenna die ganze Wucht ab; glücklicherweise traf es ihre Schultern und nicht ihren Kopf, doch das, was ich auf ihrem Gesicht fühlte, war Blut, kein Wein. Die Tischbeine verbogen sich, aber sie hielten, Thetis allein wusste, wie.

Es blieb keine Zeit zum Denken, als die Klammern eines wuchtigen Sofas abrissen und es durch die gegenüberliegende Ecke brach, wobei es den Rest der Wand abräumte und in den Korridor krachte. Wir tauchten jetzt noch schneller; das rote Glühen blieb, und vor dem Fenster war nichts zu sehen außer Luftblasen. Etwas Schweres kam das Deck heruntergerollt und landete auf meinen Beinen, während weitere Möbelstücke in Richtung Bug über unsere Köpfe hinwegflogen.

Das Deck erbebte. Es gab ein weiteres lautes Krachen. Ein paar

Schritte von uns entfernt wölbte sich der Boden auf, und etwas Metallisches fetzte durch die Planken und den Teppich, als wären sie gar nicht da.

Dann erdröhnte die Außenhülle direkt über uns unter einer Reihe gewaltiger dumpfer Schläge, und etwas Riesiges, Dunkles schoss am Fenster vorbei – der abgebrochene Schwanz des Manta. Wieder packte mich das Entsetzen, und ich stellte mir vor, wie das Schiff sich um die eigene Achse drehte, so dass all die Gegenstände auf uns zurückfallen und uns zermalmen würden.

Noch mehr Lärm, noch mehr Schläge. Der Krach, den all die unbefestigte oder losgerissene Ausrüstung verursachte, die jetzt quer durch das Schiff polterte und dabei Schotts und Wände durchschlug, war ohrenbetäubend. Ich verlagerte vorsichtig mein Gewicht und spürte einen weiteren scharfen Schmerz, als mir etwas in die Seite stieß. Noch immer umklammerte ich Ravenna, versuchte, sie vor den schweren Gegenständen zu schützen, die weiterhin in Bewegung waren, flehte den Tisch stumm an, zu halten und betete, dass Palatines Sofa da bleiben möge, wo es war. Die Flammen erstarben jetzt, aber ich konnte durch die zersplitterten Türen und Wände weitere Brände unter uns sehen. Der beißende Gestank von Flammholz-Qualm lag in der Luft, vermischte sich mit dem Geruch des Weines, der nur wenige Zoll vor unseren Gesichtern aus dem vollgesogenen Teppich quoll.

Der Manta wurde langsamer, ich konnte es spüren. Es war mir schon beinahe gleichgültig, was gerade geschah; ich wünschte mir nur, dass die Qual auf die eine oder andere Weise ein Ende haben möge. Wieder ging ein Ruck durch das Deck, warf uns gegen die Tischplatte, und ich hielt den Atem an, wartete darauf, dass das Schiff kenterte, wartete auf all die Trümmer, die zurückrutschen und uns wie ein Erdrutsch mitreißen und zerquetschen würden.

Eine endlose Sekunde lang blieb der Manta so hängen. Dann verwandelte sich der Sturz der *Valdur* allmählich in ein Gleiten, und sie kam allmählich wieder in die Horizontale, während sie langsamer wurde. Das rote Glühen vor den Fenstern war jetzt endgültig verschwunden. Wie weit waren wir gesunken? Ich wusste es nicht, aber wir mussten inzwischen sehr tief sein.

Ein anhaltendes, unheilvolles Ächzen erklang, und das Schiff erzitterte und knirschte. Es gab ein weiteres Krachen unter uns, und irgendwo auf dem Deck knisterten Flammen, doch auf das Dröhnen und Donnern des Sturzes in die Tiefe folgte jetzt plötzlich Stille. Ich lag wieder auf dem Teppich, endlich, nachdem ich so lang an den Tisch gepresst worden war. An Dutzenden von Stellen pochte mein Körper vor Schmerz, die Begleiterscheinungen ebenso vieler Schnittwunden und blauer Flecken.

Doch ich lebte, genau wie Ravenna, obwohl ihre Atemzüge abgerissen und ungleichmäßig waren. Ich hob meine Hände und drückte gegen den Tisch. Er gab sofort nach, die verbogenen Beine brachen schließlich. Es dauerte nur einen Augenblick, ihn hoch und zur Seite zu stoßen, so dass er mit einem dumpfen Poltern auf dem Deck landete. Einen Augenblick lag ich nur da, zu mitgenommen, um mich zu rühren, und ich tat nichts außer Ravennas Kopf zur Seite zu drehen, damit sie keine Weinschwaden mehr einatmete.

»Palatine«, rief ich mit schwacher Stimme. Es kam keine Antwort. »Palatine, wo bist du?«

»Hier«, ließ sich ihre Stimme von irgendwoher vernehmen, kaum mehr als ein Krächzen. »Ich komm hier schon raus, kümmere du dich um Ravenna.«

Ravennas Gesicht wirkte selbst im Feuerschein sehr blass, als ich sie vom Tisch wegzog. Ich suchte vergeblich nach einer Stelle, die nicht mit Glas- und Holzsplittern übersät war. Es gab keine; ich drehte sie so sanft wie möglich herum, schob alle Glasscherben zur Seite, doch sie schrie trotzdem auf.

Ich hörte ein Klirren ein paar Fuß entfernt, und als ich aufsah, tauchte Palatines blutverschmierter Kopf unter einem der wenigen schweren Stühle auf, die noch an Ort und Stelle waren; die Rückenlehne war abgebrochen wie ein Zweig. Ihre Haare waren zerzaust, und auf ihrer Stirn war ein hässlicher blauer Fleck. Sie zog sich sehr langsam heraus, jede Bewegung schien sie große Anstrengung zu kosten. Ich versuchte, ihr zu helfen, doch ich taumelte unsicher, und sie winkte mich weg.

»Ich komm schon zurecht. Wie geht es ihr?«

»Ich bin hier«, sagte Ravenna sehr leise. Ihre Lippen bewegten sich kaum. Sie schloss die Augen und öffnete sie langsam wieder; in ihren Pupillen spiegelten sich tanzende Flammen. »Ich werd's überleben.«

»Diesmal sind wir dir alle was schuldig, Cathan«, sagte Palatine, während sie ihren Fuß aus einem Gewirr von zerbrochenem Holz und Glas zog. »Autsch. Überall liegt dieses Zeug herum, und wir sind barfuß.« Sie richtete sich in eine halb sitzende Position auf, schnappte mühsam nach Luft.

»Ich glaube, unsere Schuhe haben sich auf eigene Faust davongemacht«, bemerkte Ravenna mit schwacher Stimme.

Erneut erklang ein Quietschen, gefolgt von einem beängstigenden Krachen irgendwo im Schiff, als fiele ein hohler Gegenstand gegen Metall, das Echo dröhnte durch das ganze Schiff. Das Feuer im Korridor schien an Boden zu gewinnen.

»Wir haben nicht viel Zeit.« Mein Kopf pochte, als liefe eine Herde wilder Bullen darin Amok, und jedes Mal, wenn ich mich bewegte, bemerkte ich eine weitere schmerzende Stelle. »Die Reaktoren sind entweder tot oder instabil, das heißt wir werden entweder irgendwann gegen das Ufer krachen oder in die Luft fliegen.«

»Optimist«, sagte Palatine. »Aber selbst wenn wir hier irgendwie rauskämen, könnte ein kleiner Seerochen nicht mit der Strömung fertig werden.«

»Außerdem sind die anderen noch in den Zellen«, sagte ich. »Sie konnten es nicht kommen sehen und hatten auch nichts, wo sie sich verstecken konnten.«

»Sie könnten trotzdem überlebt haben«, meinte Palatine. Sie versuchte zu lächeln, aber es misslang. »Die Zellen müssen starke Wände haben, sie sind vielleicht nur ein bisschen herumgewirbelt worden. Wer weiß, wenn sie angekettet waren, haben sie es möglicherweise sogar besser überstanden als wir. Dann sind sie längst nicht so durch die Gegend geschleudert worden.«

»Wir brechen nicht ohne sie auf«, entschied Ravenna. »Aber wir dürfen hier drinnen nicht eingeschlossen werden.«

Die Flammen krochen auf der anderen Seite des Korridors an den Holzwänden entlang, an denen sie reiche Nahrung fanden. Unterhalb der brennenden Wände erblickte ich den Kämmerer, dessen

Kopf in einem seltsamen Winkel verrenkt war. Tot, wie vermutlich auch die übrige Mannschaft. Ohne den Schutz des Tischs und des Stuhls hätten auch wir nicht überlebt.

»Wir müssen einen der Seerochen erreichen, oder die Barkasse«, sagte ich. Ich fragte mich, wie ich aufstehen sollte, ganz zu schweigen vom Gehen. »Lieber die Barkasse. Glaubst du, es gibt achtern eine Treppe?« Ich versuchte, in die entsprechende Richtung zu zeigen, aber die Finger meiner linken Hand waren zerschunden und fast steif, blutige Rinnsale liefen mir über die Handfläche, und alles tat unerträglich weh. Ich wusste nicht mehr, wann das geschehen war. Sicher hatte niemand sonst überlebt oder war zumindest nicht in der Verfassung, sich zu rühren. Es gab nur die schwache Hoffnung, dass der Zellentrakt unsere Freunde ein wenig geschützt hatte. Es mussten Hunderte von Menschen auf der *Valdur* gewesen sein. Und der Kaiser …

Ich blickte zu Palatine hinüber. Zum ersten Mal begriff ich, was es bedeuten würde, wenn der Mann, den ich so hasste, tatsächlich tot sein sollte, und ich verspürte angesichts dieser Vorstellung ein eigenartiges Entsetzen.

»Sie haben ihn verraten«, brachte ich heraus und konnte dabei meinen eigenen Worten noch nicht ganz glauben. »Sarhaddon hat ihn verraten.«

»Wenn er tot ist, ist das nichts weiter als das, was er verdient hat«, sagte Ravenna mit stockender Stimme.

Ich erinnerte mich an die dunklen Flecken, die ich ein paar Sekunden bevor die Domäne angegriffen hatte in meinem Gedankenbild von ihr überall auf ihrem Körper gesehen hatte, und die auf etwas hindeuteten, was ihr tatsächlich passiert war. »Was hat er getan?«

Palatine schaute weg und versuchte erneut, aufzustehen – irgendetwas zu tun, um meiner Frage auszuweichen.

»Es nützt nichts, es Cathan nicht zu sagen«, meinte Ravenna. »Er hat eine mit Aether präparierte Peitsche benutzt. Es fühlt sich an, als würde man verbrannt. Ich habe noch nie in meinem Leben solche Schmerzen gehabt. Aber jetzt ist keine Zeit dafür. Bitte hilf mir hoch.«

Ich stellte mir die zerschmetterte Leiche des Kaisers auf der dunklen Brücke vor und fühlte einen wilden Hass in mir aufsteigen, hoffte, dass Osorius unter ebenso vielen Qualen gestorben war, wie er sie anderen so gerne zugefügt hatte. Und ich hoffte, dass er vor seinem Tod begriffen hatte, dass er in seinem Leben ebenso versagt hatte wie er es mir vorgeworfen hatte und dass sein Nachfolger all das Ansehen für die großartigen Programme einheimsen würde, die er in Angriff genommen hatte …

»Wer wird ihm auf den Thron folgen?«, fragte ich laut, dann wiederholte ich die Frage mit mehr Nachdruck; mir war etwas schwindelig von dem Weingeruch, und ich wusste selbst nicht so recht, warum ich mir um den Kaiserthron Gedanken machte und nicht ums Überleben. Aber die Domäne hatte sich gegen ihn gewandt, hatte seinen Tod gewollt. Warum? Er war ideal für sie gewesen, hatte sie absolut unterstützt. Wo konnten sie einen anderen finden, der genauso gut zu ihren Plänen passte?

»Arcadius«, sagte Palatine. »Oder ich.«

»Aber du giltst als tot. Und wieso sollten sie Orosius töten, um Arcadius einzusetzen? Er ist eher gemäßigt.«

»Ich weiß es nicht«, sagte sie.

»Kannst du mir bitte aufhelfen?«, fragte Ravenna. In ihrer Stimme schwang ein wenig Furcht mit. »Das Feuer kommt näher … ich will nicht noch einmal verbrannt werden.«

Eine Aetherpeitsche …, dachte ich, während ich ihr meine unverletzte Hand unter die Schulter schob und sie einen Arm um meinen Rücken schlang, sich an meiner Tunika fest hielt. Palatine, die inzwischen auch aufgestanden war, bahnte sich ihren Weg durch ein Meer von Glasscherben zu uns und stützte Ravenna von der anderen Seite. Wie hatte er so etwas tun können? Aether verbrannte alles, was er berührte … Es war unmenschlich, Aether gegen jemanden einzusetzen, ganz besonders jedoch gegen eine gefesselte, hilflose Frau – ein Mädchen, so hatte er sie genannt. Selbst wenn jemals die Andeutung einer Verbindung zwischen mir und meinem Bruder bestanden haben sollte, so war sie jetzt zerrissen … abgestorben. Mittlerweile wäre mir sogar Lachazzar auf diesem Thron lieber gewesen als Orosius. Selbst wenn wir hier an der Küste des Verderbens sterben sollten, hatte Sarhaddon uns einen Gefallen getan.

Aber wir würden hier nicht umkommen. Während wir Ravenna auf die Füße halfen und ihre Schmerzenslaute gezwungenermaßen ignorierten, wusste ich, dass sie nicht sterben würde. Wir würden überleben. Wir würden überleben, weil der Kaiser uns zu seinen Sklaven hatte machen wollen und ich beweisen wollte, wie sehr er sich geirrt hatte. Weil die Welt es verdiente, dass nach Orosius' Tod etwas Besseres kam. Und weil ich die *Aeon* finden würde; weil sich herausstellen würde, dass auch Sarhaddon Unrecht gehabt hatte und weil ich von Sanktion aus mit Ravenna den Sonnenuntergang betrachten würde ... so viele Dinge. Das Leben ging weiter. Worin lag der Sinn des Lebens, wenn es nichts gab, worauf man sich freuen konnte?

»Palatine, hast du eine Ahnung, wo der Zellentrakt sein könnte?«, fragte ich. Die Prellungen an meinen Beinen, wo ich gegen den Tisch gestoßen war, schmerzten so heftig, dass ich nach Luft schnappte.

»Normalerweise auf dem Frachtdeck, aber man kommt vermutlich nur vom Brückendeck aus dorthin. Erinnerst du dich an die *Schattenstern*?«

»Ich habe auf der *Schattenstern* nie nach den Zellen gesucht.«

»Sie haben sie für Proviant benutzt, und ich musste ein paarmal etwas daraus holen, während du noch Unterricht hattest.«

»Wenn du weißt, wo der Zellentrakt ist, dann nichts wie los. Ravenna und ich gehen zu den Andockbuchten der Seerochen und suchen nach einem, der noch funktioniert. Wir haben nicht mehr viel Zeit.« Das war eine Untertreibung, doch es war sinnlos, jetzt in Panik zu geraten.

»In Ordnung. Aber ich werde die anderen nicht allein rausholen können – ich brauche dich, um die Tür aufzubrechen.«

»Du bist schneller als wir«, sagte Ravenna. »Der Rest des Schiffs liegt in Trümmern, also müsste der Zellentrakt zumindest ein paar Beulen abgekriegt haben.«

»Bin schon unterwegs. Schnappt euch ein Schwert von irgendjemandem, der es nicht mehr braucht. Aber ihr ...«

»Wir schaffen es«, sagte ich fest. »Geh!«

Palatine verließ den Raum, wobei sie hin und wieder auf Glasscherben trat, die unter ihren bloßen Füßen knirschten und blutige Spuren auf dem Boden hinterließen.

Ravenna und ich tasteten uns aufeinander gestützt langsam und unsicher weiter. Es war unmöglich, nicht auf Scherben zu treten, und bei jedem Schritt holten wir uns neue Schnitte. Glücklicherweise war es hauptsächlich Flaschenglas, das nicht ganz so stark zersplitterte, aber es gab auch immer wieder üble kleine Scherben, die sich wie Splitter tief in die Haut bohrten.

Wir kamen bis zu der Stelle, an der die Tür gewesen war, doch dann mussten wir uns erst einmal hinsetzen und möglichst viele Splitter aus unseren Fußsohlen ziehen. Es war schwer, sie im unsteten Licht der Flammen zu erkennen, und daher steckte der eine oder andere immer noch in unseren Füßen, als Ravenna meinte, wir sollten die Prozedur abbrechen, und wir weiterhumpelten.

Das Deck stand immer noch leicht schräg; der Manta sank weiter, vermutlich wurde er jetzt von der Strömung in die Tiefe gezogen, wie es bei der *Offenbarung* der Fall gewesen war. Die *Offenbarung*, dachte ich. Eine Abwärtsströmung. Wieso sollte in dieser Tiefe eine Gegenströmung herrschen? Sie waren ein paar Meilen über den Rand des Felssockels hinausgefahren – warum hatte sie dann eine Gegenströmung wieder hineingezogen?

Wir erreichten den vorderen Zentralschacht und kamen überein, ihm nach unten zu folgen, wenn es ging, denn die achtern gelegene Treppe würde entweder nur eine Leiter oder sehr schmal sein, und das wollten wir uns beide nicht zumuten, wenn es möglich war, die Haupttreppe zu benutzen.

»Zumindest ein bisschen ist noch übrig«, sagte Ravenna. »Das vordere Schott hat gehalten.« Ein Dutzend oder mehr zersplitterte Ausrüstungsgegenstände häuften sich jedoch davor, unter anderem die Überreste des Weinschranks und der Stühle. Die Doppeltüren waren natürlich weg; unter einer von ihnen lag die zerschmetterte Leiche eines Wachpostens. Wenn die Inquisition den Kaiser töten wollte, warum hatte es dann auf diese Weise sein müssen? Warum hatte auch sein ganzes Gefolge sterben müssen?

Ich atmete erleichtert auf, als ich sah, dass die Treppe noch halbwegs in Ordnung war, obwohl sie kein Geländer mehr hatte und auf halber Strecke ein großes Stück herausgerissen war. Im Oberlicht spiegelten sich ein paar Flammen, die von zwei oder drei verstreuten kleinen Bränden am Grund des Schachts stammten, wo ein Durcheinander aus verdrehten Leichnamen und Trümmerstücken lag. Mir wurde schlecht.

»Sie wollten nicht nur ihn töten«, sagte Ravenna; ihre Hand drückte meine Schulter wie ein Schraubstock, als wir uns mühsam die Stufen hinunterquälten. Von ganz tief unten kam ein rumpelndes Geräusch, und dann ein hohes Jaulen von irgendwoher, das unglaublich an den Nerven zerrte. »Es ging um dich und Palatine. Und vermutlich auch um mich. Deshalb waren sie so schnell bereit, uns Orosius zu übergeben, und deshalb hat Sarhaddon gesagt, er würde deinen Tod verkünden. Wir alle wären auf einen Schlag ausgelöscht worden, und man hätte das Meer für unseren Tod verantwortlich gemacht.«

»Aber wieso den Kaiser?«

»Ich weiß es nicht. Dein Arcadius scheint nicht sehr radikal zu sein, wie du gesagt hast, also warum wollen sie ihn einsetzen, wenn sie doch eigentlich einen für ihre Zwecke bestens geeigneten Kaiser haben?« Ravennas Stimme klang, als würde sie jeden Augenblick zu schluchzen beginnen, und plötzlich klammerte sie sich weinend an mich und vergrub ihren Kopf an meiner Schulter. Dies war die Frau, die niemals Schwäche gezeigt hatte, vor allem mir gegenüber nicht, die solche Striemen und stundenlang die Stricke ausgehalten hatte .... Was hatte Orosius ihr angetan?

Einen Augenblick später hörte sie auf zu weinen und sah mich mit noch immer tränennassen Augen an. »Ich tue das nicht, ich kann das nicht ... Cathan, was rede ich da?« Sie schüttelte den Kopf, wischte sich über die Augen, und wir gingen weiter, drückten uns flach gegen die Wand, um das gähnende Loch zu umgehen. Hier lagen noch mehr Leichen, zu viele, um sie alle nicht zu beachten. Es war ein grotesker Anblick, der sich in meinen Kopf einbrannte und mich niemals wieder verlassen würde, solange ich lebte. Das Schlimmste war, dass sie nicht verstümmelt waren, nicht einmal blutverschmiert, sondern einfach nur verrenkt und zerschmettert.

Wir gingen so schnell wie möglich an ihnen vorbei, noch immer vier Decks über unserem Ziel. Der nächste Absatz war die Brückenebene, und hier war es am schlimmsten. Wir machten einen Bogen um die Flammen, unfähig, sie zu löschen. Verbogenes Metall hing überall, und hier waren die Toten verstümmelt, die Gesichter waren verbrannt oder verschmort, als die Aetherleitungen explodierten.

Als wir den Fuß der Treppe erreichten, deutete Ravenna mit zitternder Hand auf einen Leichnam. Einen Augenblick lang begriff ich nicht, wieso. Dann erkannte ich die schwarze Kleidung ohne Rangabzeichen, die langen Haare, die Figur. Ich starrte sie einen Moment benommen an. Dann stolperten wir zu ihr hinüber und knieten neben ihr nieder. Telestas leere Augen starrten zum Oberlicht, und eine Blutspur zog sich über eine Wange.

»Es hat ihr nichts gebracht«, sagte ich traurig. »Sie sind beide schuld daran, der Kaiser und Sarhaddon. Sie hat das nicht verdient.«

»›Nicht alle Omen sind gut, Mauriz. Es ist im Augenblick schwer zu sagen, wohin dieser Weg führen wird.‹«, sagte Ravenna. »Das hat sie in Ral Tumar gesagt, als wir ihr zum ersten Mal begegnet sind. Ich war nicht ihrer Meinung, aber du hast Recht.«

Ich streckte unbeholfen die rechte Hand aus und schloss Telesta die Augen, dann sah ich aus dem Augenwinkel eine Bewegung. Ein Gardist bewegte sich schwach, seine Schulter war ausgerenkt. Ich ging zu ihm; er war der Erste, den wir lebend antrafen.

»Imperatore mei«, murmelte er hustend, ein Husten, der sich zu einem krampfartigen Anfall auswuchs. Irgendetwas hatte ihn an der Brust getroffen, hatte ihm die Rüstung in den Leib getrieben. Ravenna schüttelte leicht den Kopf; auf ihrem Gesicht lag Verzweiflung und Hilflosigkeit. Sie sah aus, als wäre sie wieder den Tränen nahe.

»Te no adiuvi.« Sein Blick war fest auf mich gerichtet, doch er konnte offensichtlich nicht richtig sehen. *»Cuite?«*

Ich schwieg einen Augenblick, sah, wie er zitternd Luft holte und sein Blick sich trübte.

»Requiescete en Rantaso«, sagte ich leise, in der Hoffnung, dass er es noch hatte hören können. Ravenna schloss ihm die Augen, während ich auf ihn hinunterstarrte und spürte, wie sich meine eigenen Augen mit Tränen füllten. Es hätte niemals so weit kommen dürfen. Ein Sterbender hatte mich auf einem Schiff des Todes für meinen Bruder gehalten, auf einem Schiff, das dank des Verrats der Domäne dem Vergessen entgegensank. Die *Peleus,* das Geleitschiff, war

auch verloren, begriff ich, ebenso wie die *Wildkatze.* Und das alles nur, weil Sarhaddon irgendwelche verschrobenen Absichten verfolgte. Wie viele Menschen würden wegen dieser beiden Verrückten noch sterben müssen?

»Imperatore«, wiederholte Ravenna und starrte in die Flammen, die langsam vorwärtskrochen; ihre Ausbreitung war von dem Kühlmittel gehemmt worden, das alles durchnässt hatte. »Es tat ihm Leid, dass er dir nicht helfen konnte.«

Ich konnte ihre Worte kaum verstehen, denn die Flammen knisterten laut und von achtern ertönte ein weiteres, lang gezogenes Brüllen. Im Gang brannten stärkere Feuer, die sich auf den Maschinenraum zufraßen, doch vom Bug her hörte ich ein schwaches Stöhnen; es klang, als ob jemand weinte, aber nicht vor Schmerzen, sondern aus Verzweiflung.

»Auf der Brücke lebt noch jemand«, sagte ich.

»Ich höre nichts.«

»Ich aber, gleich da vorn.«

»War da nicht auch zuletzt der Kaiser? Was ist, wenn er noch ...«

Er war noch am Leben. Deshalb hatte ich ihn auch gehört, weil es mein Bruder war, der weinte. Wieso hatte er überlebt, während so viele andere gestorben waren? Er verdiente es nicht. Ich würde das Werk vollenden, das Sarhaddon begonnen hatte.

Ich zupfte Ravenna am Ärmel und deutete mit meiner verletzten Hand in die entsprechende Richtung, und schließlich gab sie nach. Wir humpelten gemeinsam den Gang entlang, über noch mehr Leichen hinweg, durch den kleinen Schacht und erreichten schließlich die Brücke. Eine einzige noch funktionierende, aber flackernde Aetherlampe tauchte alles in ein unheimliches, fahles Licht. In den Fensterscheiben spiegelten sich die Flammen der Brände im Gang.

Noch vor einer halben Stunde war dies ein prachtvolles Schiff gewesen, mit einer Brücke, die jede andere, die ich bisher gesehen hatte, in den Schatten gestellt hatte, ein Wunderwerk des Schiffsbaus. Jetzt war es hoffnungslos zerstört; die Decke war an einigen Stellen heruntergebrochen, sämtliche Steuerpulte waren tot, und überall lagen verbogene Metallteile, zersplittertes Holz und zertrümmerte Stühle herum.

Die meisten Mannschaftsmitglieder lagen am Rand des Raums, unter den Fenstern oder an ihren Plätzen. Es war unangenehm warm, was ich jetzt zum ersten Mal bemerkte; draußen war es ebenso gewesen, doch hier auf der Brücke war auch Dampf dabei, und die Luft war feucht und drückend.

Ravenna gab ein Geräusch von sich, das irgendwo zwischen einem Zischen und einem Fauchen lag, als wir Orosius fanden, begraben unter den Trümmern des Kapitänsstuhls. Blut befleckte die weiße Tunika, doch ich konnte nicht erkennen, ob es sein eigenes war.

Sein Gesicht war zu einer Grimasse der Verzweiflung und des Kummers verzerrt, seine Wehklagen wurden von Schluchzern und Schreien unterbrochen, die wie das Heulen einer verlorenen Seele klangen. Die ganze Situation hatte etwas Schauerliches, als befänden wir uns in einem verlassenen Irrenhaus, in dem nur noch ein Insasse übrig geblieben war.

»Wird er sterben?«, fragte Ravenna hitzig.

»Bald.« Ich deutete auf ein kleines, rot blinkendes Licht auf der einen Seite des Fensters, das die Zerstörung irgendwie überlebt hatte, während alle anderen beschädigt worden waren. Es bedeutete, dass der Reaktor überlastet war, obwohl der umgebende Ring fehlte, der auf eine unmittelbar bevorstehende Kernschmelze hinweisen würde.

»Wieso verschwenden wir dann hier noch Zeit?«

»Ich weiß es nicht.« Ich wusste es tatsächlich nicht genau, doch ich konnte kaum glauben, dass diese verkrümmte Gestalt, die so unmenschlich weinte, der Kaiser war, der uns gefangen genommen und Ravenna gefoltert hatte. Doch er war es. Ich hätte dieses Gesicht niemals verwechseln können.

Ich sah, wie Orosius zurückzuweichen versuchte, als er unsere Stimmen hörte; er starrte uns an, die Augen wild und weit aufgerissen. Augen, die grau waren, nicht meerblau, das konnte ich sogar in dieser Düsternis erkennen. »Nein!«, schrie er. »Nein! Bitte! Kommt nicht näher! Ich bin unrein!«

»Du bist mehr als unrein, Ungeheuer«, sagte Ravenna, als wir uns über ihn beugten. Sie hatte die Hände zu Fäusten geballt, und einen Augenblick lang glaubte ich, sie würde ihn schlagen, erbärmlich und schutzlos, wie er war. »Du bist abscheulich.«

»Ich weiß«, sagte er mit einer Stimme, die mehr wie die eines verängstigten Kindes klang als die eines erwachsenen Mannes. »Ranthas, nein! Du!« Er versuchte sich zu befreien, gab ein gequältes Husten von sich und sank wieder zurück. »Nein …« Sein Schrei ging in Geheul über, und ich schaute weg, vermied es, in sein verzerrtes Gesicht zu blicken.

»Wie fühlt es sich an?«, fragte Ravenna grimmig. »Falls du gedacht hast, ich hätte dir wehgetan – dies hier muss zehnmal, hundertmal schlimmer sein. Schlimmer auf jeden Fall als alles, was du bisher gespürt hast.«

»Dann war es kein Traum … ich hatte gehofft … Was ist das?« Er ruderte mit den Armen und trat wild um sich, hielt sich eine Hand vor den Kopf, als wollte er sich vor uns schützen. »Mutter, wo bist du? Ich brauche dich!«

»Er ist vollkommen verrückt geworden«, sagte sie. In ihrer Stimme schwang Abscheu und noch etwas anderes mit. Vielleicht Befriedigung, vielleicht aber auch nicht. »Er ist endgültig wahnsinnig, nicht einfach nur verkommen.«

»Wo bist du? Wieso ist es dunkel? Ich hasse es, wenn es dunkel ist … aber sie kommen und schließen mich ein, sie sagen, das Licht tue weh. Das tut es nicht, Mutter, bitte komm und mach die Läden auf!« Der Kaiser stammelte im Delirium weiter vor sich hin.

»Mutter?«, wiederholte Ravenna. *»Mutter?«*

»Er hat sie weggeschickt«, sagte ich leise. »Nachdem er krank gewesen war, vor etwa sieben oder acht Jahren.« Mein Vater hatte mir erzählt, dass die Krankheit ihn verändert hätte. Das war kurz nach dem Tod von Reinhardt Canteni gewesen und hatte das Ende der »Canteni-Renaissance« bedeutet, die während Perseus' letzter Jahre auf dem Thron bevorgestanden hatte. War Orosius, während er im Sterben lag, in seinen Halluzinationen dorthin zurückgekehrt?

»Töte mich«, sagte er, plötzlich wieder vollkommen klar. Seine Gliedmaßen waren wieder still. Er sah Ravenna unverwandt an. »Bitte! Du hast jedes Recht dazu, nach allem, was ich … Du hast geschrieen, immerzu geschrieen, aber ich habe weitergemacht. Weiter und weiter und weiter … und weiter. Ich habe dich an den Füßen aufgehängt … o nein, das warst nicht du, das war jemand anderes, jemand mit roten Haaren. O Ranthas, was habe ich getan? Wie konnte ich so etwas nur tun?«

Ich kniete neben ihm nieder, ergriff die Hand, mit der er seinen Kopf bedeckte und konzentrierte mich, schickte mein Bewusstsein über diese Verbindung. Ich schloss die Augen; die Brücke verschwand, und ich schwebte in der Dunkelheit meines eigenen Geistes, blickte auf Orosius' Körper, der dort lag. Ein Bein zwar zermalmt, die Knochen vom Oberschenkel bis zum Fuß zertrümmert, und er hatte innere Blutungen. Hinzu kamen ein dunkler Bluterguss seitlich an seinem Kopf sowie Dutzende von Abschürfungen, Schnittwunden und Verbrennungen an seinem Oberarm.

Und wie bei Palatine lag über allem eine fremdartige Schicht aus Magie; Generationen davon konzentrierten sich in jeder Zelle seines Körpers. Hier jedoch schien es nur ein Nachglühen zu sein, als wäre einst mehr da gewesen, das jetzt verschwunden war, etwas, das auch nicht zurückkommen würde.

Ich glitt eine Schicht tiefer, vorsichtig bestrebt, von ihm getrennt zu bleiben, während ich in seinen Verstand blickte. Die Wut, die Verbitterung traf mich wie eine Welle, doch es war auch so viel Kummer dort, in diesem chaotischen, verschrobenen, vernarbten Geist.

Und da war eine Mauer, wie früher bei Palatine, die gleiche Art Mauer an genau der gleichen Stelle, nur älter und stärker. Aber sie war eingerissen worden, und es waren nur noch Ruinen übrig. Sein Geist war ein Strudel aus Emotionen. Ich spürte fürchterliche Schuldgefühle und riss mich los, zog meine Hand von ihm weg.

»Alles in Ordnung?«, fragte Ravenna mich; ihre Stimme klang besorgt. Sie kniete neben mir nieder und nahm einen Augenblick mein Gesicht zwischen ihre Hände, wie eine Heilerin, die nach Symptomen Ausschau hält. Dann streckte sie die Hand nach der des Kaisers aus, wie ich es getan hatte. Er zog sie weg, aber sie packte seinen Ärmel und holte seine Hand zurück, zerriss dabei seine Tunika.

Es schien eine Ewigkeit zu dauern, ehe sie die Verbindung abbrach und er die Hand wegziehen konnte.

»Das ist der Geist eines Wahnsinnigen, Cathan«, sagte sie, und ihre Augen hatten wieder jenen gehetzten Blick. »Wir können nichts tun.«

»Er hat seine Magie verloren, nicht wahr?«

»Ja. Deshalb sind seine Augen auch wieder so, wie sie ursprünglich gewesen sind. Er wird machtlos sterben, wie all die, die er im Laufe der Jahre gequält hat. Es ist entsetzlich. Ich bin noch einmal davongekommen – das, was er Menschen angetan hat, was er andere hat tun lassen ... wenn dies nicht geschehen wäre ...« Sie schloss die Augen und packte meinen Arm, um das Gleichgewicht zu halten, während ich mich fragte, wie ich auch nur den Anschein von Ruhe bewahren konnte. Doch ich konnte keine Wut empfinden, wenn ich auf den Mann hinunterblickte, der vor weniger als einer Stunde der Kaiser von Thetia gewesen war und jetzt fantasierte, während er auf der Brücke eines zerstörten Schiffes langsam starb.

»Bitte töte mich, bevor du gehst«, flehte Orosius. »Ich weiß, dass du mir diesen Gefallen tun kannst, Bruder, auch wenn sie es nicht will.«

Ich schüttelte stumm den Kopf, ohne zu wissen, warum.

»Warum? Warum will mich nach all dem, was ich euch angetan habe, keiner von euch töten? Cathan, ich verdiene es nicht zu leben, ich bin ein Ungeheuer, wie du selbst gesagt hast. Mutter hat es gesagt, alle haben es gesagt. Sie alle wissen, was ich getan habe.«

»Das Leben ist ein größerer Fluch als der Tod, sagen jene, die nicht wissen, wie man lebt.«

»Cathan, nein!«, drängte Ravenna. »Vergiss nicht, wer du bist, wer er ist.«

Ich hatte es mir selbst gesagt, vor ein paar Monaten, als ich in Lepidor meinem eigenen Tod gegenüber gestanden hatte. Aber ich würde heute Nacht nicht sterben, und auch der Kaiser nicht. Ich hasste ihn noch immer für das, was er Ravenna angetan hatte, doch in meinem Kopf war das Bild eines dreizehnjährigen Jungen, der in einem verdunkelten Raum lag, vor Fieber zitterte und nach seiner Mutter rief. Ich war krank gewesen, sehr krank, als ich dreizehn gewesen war. Genau wie er, aber während meine Adoptiveltern immer da gewesen waren, waren seine leiblichen Eltern es nicht gewesen. Perseus war tot gewesen, seine Mutter hatte man von ihm fern gehalten ... die Priester hatten sie von ihm fern gehalten. Ich sah Fetzen seiner Erinnerung, wie ich jetzt begriff. Wir waren eineiige Zwillinge.

Es schien dumm, jemanden retten zu wollen, der mein Feind war. Es war eine Tat, die mich sicherlich verfolgen würde, denn wenn er geheilt war, würde er möglicherweise wieder zu dem werden, was er gewesen war, und ich hätte die Chance verpasst, über die ich vor wenigen Minuten noch so froh gewesen war, nämlich die Welt von ihm zu befreien.

Aber das träfe auch auf Sarhaddon zu. Orosius hatte seinen Zweck erfüllt, er war sogar von denen verraten worden, die seine grauenhafte Vision teilten. Die Domäne wollte seinen Tod. Sie wollte einen neuen Kaiser. Und wenn ich auch niemals jemandes Erlöser sein konnte, so hatte Thetia doch einst Orosius als neue Hoffnung gesehen, und er mochte noch immer das sein, was sie wollten.

»Er ist mein Bruder«, sagte ich. »Und der Feind der Domäne, seit Sarhaddon sich gegen ihn gewandt hat.«

»Und er ist auch unser Feind!« Ravenna nestelte an den Schnallen ihrer Tunika herum, löste sie zur Hälfte und riss sie sich dramatisch von den Schultern. Sie achtete nicht auf die Anwesenheit des Kaisers. »Siehst du diese Narben, sogar in diesem Licht?« Über ihre Schultern und Arme, die Spitzen ihrer Brüste, selbst über ihre Kehle, wo der Kragen der Tunika es verborgen hatte, verliefen die bläulichen, offenen Striemen, die ich an ihrem Geistkörper gesehen hatte. Und um die Striemen herum war die Haut verbrannt oder blutverkrustet. »Das hat er getan, und du willst ihn verschonen?«

Bei den Elementen, was für Qualen musste sie in all den Stunden erlitten haben, in denen er über uns triumphiert hatte. Wie konnte ich einen Menschen retten, der das getan hatte? Die hässlichen Male bedeckten Ravennas gesamten Körper, und ich wusste nicht, ob sie heilen würden, ohne Narben zu hinterlassen. Bestimmt nicht, wenn wir sie nicht zu einem Heiler brachten – und ich hatte keine Ahnung, wo wir einen finden konnten, wenn wir wieder an Land waren. Nicht in einer Stadt – dort würden die Sacri sein –, und ich bezweifelte, dass ein altes Weib aus einem Dorf genügen würde.

»Sie hat Recht, Cathan«, sagte der Kaiser. »Ich habe das getan, ich habe nicht auf ihr Flehen um Barmherzigkeit geachtet. Begreifst du nicht, wieso die Welt von mir befreit werden muss? Ich habe so etwas in den letzten paar Jahren so vielen Menschen angetan, sie gefoltert, sie zu leeren Hüllen gemacht … zu wandelnden Leichen, in denen kein Geist mehr war, kein Leben. Das war ich, das war alles ich …« Seine Stimme erstarb wieder, ging in einem neuen Anfall von Tränen und Geheul unter.

Ravenna zog ihre Tunika wieder über die Schulter und beeilte sich, die Schnallen zu schließen. »Dies eine Mal in seinem erbärmlichen Leben stimme ich ihm zu. Lass ihn hier mit dem Schiff und all denen sterben, die er durch seine Taten verdammt hat.«

Sie war was das betraf keiner Vernunft mehr zugänglich; sie war so verbohrt, wie sie nur sein konnte, und ich konnte es ihr nicht verübeln. Aber wenn ich jetzt ging und Orosius hier zurückließ, um auf das Ende der *Valdur* zu warten, würde mich das für den Rest meines Lebens verfolgen. Ich mochte es bereuen, ihn mitgenommen zu haben, doch ich wusste, dass ich es noch mehr bereuen würde, wenn ich ihn zurückließ.

»Ravenna, er will sterben. Du willst ihm wehtun; wenn das so ist, dann tu es, indem du ihn am Leben lässt – jetzt, wo er weiß, was er getan hat. Seine Magie ist verschwunden, und seine Krone ist verloren. Wir alle gelten als tot, und noch heute Nacht wird es einen neuen Kaiser geben, wer immer es auch sein wird.«

»Wieso dann nicht du?«

»Weil ich kein Kaiser bin!«, schrie ich, und sie zuckte zusammen. »Ich bin keiner, und ich werde auch niemals einer sein! Diese Krone gehört jemand anderem. Willst du, dass ich dasselbe tue, was Valdur getan hat, einem Bruder die Krone zu rauben, den ich getötet habe? *Ich bin der Hierarch.* Ich bin als Hierarch geboren, und wenn ich überhaupt irgendeinen Titel haben muss, dann diesen. Am liebsten aber gar keinen. Lass Orosius für seine Fehler büßen. Bestrafe ihn, wenn es sein muss, Ravenna, aber um Thetis' willen, denk nach! Er hat sich an dir auf eine Weise gerächt, die jedes Maß gesprengt hat. Du tust das Gleiche, wenn wir ihn hier lassen.«

»Warum willst du ihn retten?« Jetzt schrie auch sie. »Warum? Als du geglaubt hast, dass er tot wäre, warst du genau so froh wie wir.«

»Du hast selbst einen Bruder verloren!«, erwiderte ich, und sie wich zurück, als hätte ich sie geschlagen. »Sie sind diejenigen, die sinnlos morden, nicht wir!«

»Mein Bruder war ein unschuldiges, sieben Jahre altes Kind. Dieses ... dieses Wesen da ist nicht im Geringsten unschuldig. Denk an all die Menschen, die er vernichtet, deren Leben er zerstört hat.«

»Denk an das Kind, das im Kaiserlichen Palast mit Palatine gespielt hat, als der alte Kaiser noch gelebt hat. Mein Vater hat ihn geliebt, genau wie meine Mutter, während sie mich gar nicht gekannt haben. Mein Vater hat nicht einmal gewusst, dass es mich gibt; für ihn war Orosius der einzige Sohn, den er hatte. Er ist wahnsinnig geworden, aber es muss eine Möglichkeit geben, das zu heilen. Ich war auch krank, als er es war, Ravenna. Graf Courtières hat meinen Vater ... Elnibal ... die besten Heiler sämtlicher Kontinente aus seinem Krankenhaus geschickt, um mich zu retten. Sie hatten Erfolg, während die Kaiserlichen Heiler versagt haben. Eine Laune des Schicksals, das war alles. Siehst du das denn nicht? Wenn die Priester die Sache nicht in die Hand genommen hätten, als er krank war, wäre er nie so geworden. Mauriz hatte Unrecht in Ral Tumar: Orosius ist mir viel näher, als du glaubst.«

»Du kannst nicht alles, was er getan hat, mit seiner Krankheit entschuldigen. Er hatte seither alle Möglichkeiten, sich zu ändern, aber hat er sie jemals genutzt?«

»Hat er jetzt die Möglichkeit, sich zu ändern?«

»Ich weiß es nicht, Cathan! Warum sollte er am Leben bleiben, wenn sonst niemand auf diesem Schiff überlebt hat? Wer immer Kaiser wird, wird Thetia mit *seinem* Edikt vernichten, einem Edikt, das *er* der Domäne gegeben hat. Der Preis, den sie dafür bezahlt haben, waren wir; sie haben uns verkauft, als wären wir Sklaven. Wir wären am Ende tatsächlich Sklaven geworden.«

»Das war es, was ich wollte!«, sagte der Kaiser, als eine Reihe von ohrenbetäubenden Schlägen von achtern durch die Brücke dröhnte, und ich dachte, ich hätte jemanden meinen Namen rufen hören. »Euch alle zu Sklaven machen – meinen eigenen Bruder, die Kusine, die einst meine Freundin war, ein Mädchen, das ich stundenlang gefoltert habe, weil sie sich gegen mich gewehrt hat. Kann ich mich nach all dem noch als Mensch bezeichnen? Und es gibt noch so viel mehr, so viel Schlimmeres.«

»Er wird leben«, sagte ich, verzweifelt bemüht, Ravenna zu überzeugen. »Denk daran, was Palatine vor kurzem gesagt hat. Wenn wir ihn hier zurücklassen, sind wir um nichts besser als er! Wer sind wir, dass wir uns zu Richtern aufwerfen, wenn wir auch die Ankläger sind?«

»Wer sind wir, dass wir ihm seinen Wunsch zu sterben verweigern?«, sagte Ravenna, und Tränen liefen ihr übers Gesicht. »Er hat sich selbst verurteilt.«

»Dann ist er vernünftig und würdig, gerettet zu werden. Nach all dem Luxus, der Bequemlichkeit, die er gekannt hat, wird er ein mittelloses Leben im Exil führen, zusammen mit einer Gruppe heruntergekommener Flüchtlinge. Bitte, Ravenna, hilf mir! Ich liebe dich deshalb nicht weniger, aber *ich kann ihn nicht zurücklassen.*«

Ich konnte Orosius nicht allein von der Stelle bewegen, ich konnte noch nicht einmal allein aufstehen. Angespannt wartete ich; ich wusste, dass mein Gesicht genauso viel verriet wie eben noch meine Stimme. Ravenna blickte unsicher von mir zu ihm, sie schwankte, während weitere ächzende Geräusche das Schiff erschütterten und der Ring um das rote Lämpchen herum aufleuchtete, ein rot gerändertes warnendes Auge in der Dunkelheit. Bis zum Ende der *Valdur* waren es nur noch wenige Minuten.

»Also dann – auf deine Verantwortung«, sagte sie. Doch in diesem Augenblick gab der Kaiser ein seltsames Husten von sich, gefolgt von einer Reihe würgender Atemzüge. Sein Gesicht verzerrte sich vor Schmerz, und Blut quoll ihm aus dem Mund. Ravenna packte wieder seine Hand und hielt sie einen Augenblick. »Er stirbt. Bitte lass ihn hier – wir werden ihn niemals heilen können, sondern bringen höchstens auch noch uns selbst um.«

Sie hatte Recht. Wir hätten ihn den ganzen Weg zurück mitschleppen müssen, und niemand wusste, ob er es überleben würde, oder ob wir ihn überhaupt tragen konnten. Aber wir mussten es versuchen.

»Wer könnte ihn retten?«, fragte ich Ravenna, als mir eine verrückte Idee kam. »Schlag irgendjemanden vor, irgendwo, der es könnte. Dann haben wir es nicht mehr in der Hand, dann ist es ihre Verantwortung.«

»Dein Krankenhaus«, erwiderte sie etwas verwirrt. »Mein Volk, das Volk deiner Mutter. Aber sie sind alle zu weit weg!«

»Wie machst du einen Spalt in der Welt?«, fragte ich Orosius. Dann schrie ich. »Sag es mir!«

»Nein! Ich verdiene es nicht zu leben. Sie haben andere Patienten, die es mehr verdienen.«

»Deine Mutter auch? Sag mir wie, und du wirst sie wiedersehen!«

»Sie wird mich verstoßen, so wie ich sie weggeschickt habe, weg ... Sie weiß, was ich jetzt bin.«

»Wenn sie dich also verstößt, wird das das Ende sein«, sagte ich. »Sag es mir, sonst versuchen wir, dich zu retten, und das wird weit schlimmer sein.«

»Ich habe so viel Schmerz verursacht«, sagte er und rang nach Luft. Sein Gesicht war schweißnass. Er starb. Ich wusste es jetzt ganz sicher: Er hatte die ganze Zeit im Sterben gelegen. Er würde sterben, wenn wir versuchten, ihn zu bewegen, aber vielleicht war es mit den Künsten anderer nicht so, mit der Macht jener, die etwas für ihn empfanden. »Das ... es ist nur recht ... es selbst zu erleben.«

»Dein Schicksal liegt jetzt in unseren Händen! Du hast keine Macht mehr über dein eigenes Leben, und du wirst dich vor jenen zu verantworten haben, die eines Tages das Urteil sprechen. Wenn du wirklich bestraft werden willst, werden sie dich bestrafen. Aber nicht jetzt.«

Orosius starrte mich lange an – mich, seinen Bruder, seinen Gefangenen, seinen Feind. Ich blickte auf seinen Körper hinab, sah noch mehr Blut unter einem Teil der Trümmer hervorsickern und bemerkte, wie blass er geworden war. Er fuhr sich mit der Hand schwach an die Brust, deutete, und ich sah die Umrisse eines Medaillons unter seiner Tunika.

»Nimm mir das ab ...«, befahl er. »Schnell.« Ich überlegte, ob er meinem Wunsch nachkam, doch ich tat wie mir geheißen und zog einen silbernen Delfinanhänger hervor, in den ein einzelner, fehlerhafter blauer Saphir eingearbeitet war. Ich legte ihn in seine Hand. Seine Finger schlossen sich darum, und ich sah den Anhänger schwach schimmern, als er ihn sich unbeholfen auf die Brust legte.

»Cathan, mein ganzes Leben ist ein Fehler gewesen, eine Parodie«, sagte er, kämpfte jetzt um jeden Atemzug. »Jetzt ist es zu spät, die Inquisition hat mich getötet ... Ist Palatine noch am Leben?«

Ravenna nickte, antwortete an meiner Stelle.

»Dann soll sie meine Nachfolgerin werden. Bitte sorge dafür, dass sie das Amt annimmt, denn sie wird besser sein als … wer auch immer es ist, den sie auf meinen Thron setzen wollen. Sie wird Kaiserin sein, und du wirst ihr Hierarch sein. Vertreibt die Domäne mit meinem Segen aus Thetia, aus dem Archipel. Macht Thetia wieder groß, so wie ich es hätte tun können, aber nicht getan habe. Lass … einen von uns etwas wert sein, sei all das, was ich nicht war.« Er richtete seinen trübe werdenden Blick auf Ravenna, anscheinend unfähig, den Kopf zu bewegen. Ich begriff, dass all unsere Bemühungen, ihn zu retten, zu spät kamen, dass sie umsonst gewesen waren. »Ravenna, du bist die Pharaonin von Qalathar, ebenso wie deine Nachfahren, solange dein Geschlecht existiert. Du bist – gleich nach dem Kaiser – die zweitmächtigste Herrscherin.

Macht bitte so viel wie möglich von dem, was ich getan habe, ungeschehen und rettet meine Opfer, wenn ihr könnt …« Orosius verstummte, als er von einem weiteren Hustenanfall geschüttelt wurde. Seine Finger tasteten nach den meinen. Ich gab ihm die Hand, ließ ihn schwach meine Finger umklammern. »Sag unserer Mutter, dass es mir Leid tut, so unendlich Leid, und dass ich sie liebe … dass ich begriffen habe, was ich getan habe, bevor es zu spät war. Es ist dunkel, Cathan. Lebwohl.« Er tat noch einen letzten zitternden Atemzug, dann lag er still. Das Medaillon auf seiner Brust glühte plötzlich qualvoll hell auf, dann verblasste das Licht wieder, doch jetzt hatte der Saphir einen Glanz, der zuvor nicht da gewesen war.

Ich rührte mich nicht, sondern starrte reglos auf den Leichnam hinunter; alles, was ich hätte sagen können, blieb mir im Hals stecken. Einen Augenblick lang hatte ich eine schwache Ahnung von dem bekommen, was hätte sein können, eine Ahnung von dem Knaben, der vor all diesen Jahren in einer hoffnungsvolleren Zeit in den Palastgärten von Selerian Alastre gespielt hatte. Bevor sein Geist von seiner Krankheit und den Priestern vergiftet worden war. Und doch … durch ihren Verrat hätten sie ihm beinahe eine zweite Chance gegeben, die Chance, wieder wirklich zu leben und das Unrecht wiedergutzumachen, das er angerichtet hatte.

Ich streckte die Hand aus und schloss ihm die Augen.

»*Requiena el'la pace ii Thete atqui di immortae, nate'ine mare aeternale'elibri orbe*«, flüsterte ich. Es war der thetianische Segen für die Toten, auch wenn ich mich nicht daran erinnern konnte, ihn gelernt zu haben. *Ruhe in Frieden mit Thetis und den unsterblichen Göttern, schwimme durch den Ozean, für immer befreit von der Welt.* »Ich werde tun, worum du mich gebeten hast. Aquasilva selbst wird deinen Tod rächen.« Die Inquisition hatte dem, was die Stürme in unseren Händen anrichten konnten, nichts entgegenzusetzen. Der Planet selbst würde sich gegen sie wenden, gegen sie wüten, sie vernichten, sie über das Ende der Welt hinaustreiben.

Und dann vergaß ich alles – die drohende Zerstörung der *Valdur*, Palatine, die anderen –, und in mir brach alles zusammen, während ich über Orosius' Leiche weinte. Durch die Tränen hindurch nahm ich die Welt nur noch verschwommen wahr, wie durch einen Schleier. Ich sah nicht, wie Ravenna sanft nach dem Medaillon griff und es in die Tasche meiner Tunika schob, spürte kaum, wie sie mich zu sich drehte, damit ich an ihrer Schulter weinen konnte.

Ich hatte ihn kaum gekannt. Mein Bruder war tot.

Kapitel XXXV

Viel zu bald schüttelte Ravenna mich sanft, rief mit drängender Stimme meinen Namen. Ihre Finger strichen weich über meine Augen. »Cathan, wir haben nicht mehr viel Zeit. Wir müssen hier weg.«

Ich wischte die Tränen mit dem Rücken meiner gesunden Hand weg, starrte sie mit trüben Augen an und blinzelte.

»Natürlich«, murmelte ich, und die Vernunft kehrte zurück, als ein unheimliches Kreischen von achtern ertönte. »Du hast Recht.«

Wir standen auf, doch ich ließ die Leiche des Kaisers nicht aus den Augen, als wir um sie herumgingen. Die Flammen wurden jetzt wilder; ich sah sie am Ende des Korridors, wo sie sich rasch voranfraßen. Wie viel Zeit hatten wir verloren? Wir hätten ein Rettungsschiff finden sollen, statt zu versuchen, einen Sterbenden zu retten.

Immer wieder musste ich mich umdrehen und einen Blick zurückwerfen, als wir die Brücke verließen. Ein schwaches Glühen umgab die Leiche des Kaisers, wurde immer heller, bis es schmerzhaft war, hinzusehen. Das geschah im Tod mit jenen, die zum Teil Elementare waren, wie ich wusste, und stumm sahen wir zu, wie sich etwas wie ein leichter Nebel von dem Leichnam erhob und durch die Fenster verschwand. Zurück blieb nur das Glühen, das langsam verblasste. Ich hatte aus dem Augenwinkel Mauriz' Leiche erblickt, als das Glühen am hellsten war, aber wir hatten keine Zeit mehr.

»Er ist zum Meer gegangen«, sagte Ravenna, zugleich Abschied und Bestätigung, dass es vorüber war. Jetzt schaute ich mich nicht mehr um, als wir durch den kleinen Korridor zum Schacht halb humpelten, halb rannten. Eine Feuerwand wälzte sich durch den Steuerbord-Korridor heran, während die Feuer im Schacht selbst allmählich die Backbordtreppe einhüllten, die Einzige, die nach unten führte und noch intakt war.

Wir drängten uns gegenseitig weiter, stiegen über Leichen und zerbrochene Möbel, spürten die Hitze des Feuers nach uns greifen. Das Treppengeländer stand in Flammen, stürzte an einigen Stellen bereits ein, und der Teppich, der hier und da glimmte, fing an den Rändern bereits Feuer.

»Magie«, sagte ich und blieb stehen, um das Feuer mit Wassermagie zu löschen.

»Dafür ist keine Zeit«, protestierte Ravenna. »Da ist noch immer ein Weg, und ein bisschen angesengt zu werden, kann auch nicht schlimmer sein als das, was wir bereits durchgemacht haben.«

Wir hakten uns unter und stiegen so die Stufen hinab. Der Teppich war schmerzhaft heiß unter unseren bloßen Füßen, und die Haut meiner Fersen schmerzte, als wir an den kleineren Flammen vorbeistolperten, die am Teppich leckten. Als ich einen Schritt über eine Stufe hinweg machte, die schon zu sehr brannte, zog ich meine Hose so hoch wie möglich; ich hatte furchtbare Angst, dass ein verirrter Funke meine Kleidung in Flammen aufgehen lassen könnte.

Aber auf irgendeine wunderbare Weise geschah das nicht, und wir schafften es am Feuer vorbei zum Fuß der Treppe, zur unteren Schachtebene.

»Palatine!«, brüllte ich und fragte mich, ob die Zellen irgendwo auf dieser Ebene waren, doch es kam keine Antwort. Die Treppe zum unteren Deck war glücklicherweise noch frei, doch es stand Wasser bis zur dritten oder vierten Stufe. Eiskaltes Wasser, wenn es von draußen stammte. Schon ein oder zwei stecknadelgroße Löcher würden reichen, um das Schiff in dieser Tiefe und bei diesem Druck voll laufen zu lassen. Und hier brannte keine einzige Lampe mehr.

Es kam keine Antwort, und ich spürte Besorgnis in mir aufsteigen. Was war, wenn Palatine von den Flammen achtern eingeschlossen worden war, oder wenn es ihr nicht gelungen war, den Zellentrakt zu erreichen? Es konnte so vieles passiert sein, während wir unsere Zeit vertan hatten, und ich war derjenige gewesen, der sie allein losgeschickt hatte, weil sie in besserer Verfassung gewesen war als wir beide, denn sie hatte weder die Aetherpeitsche noch die Magie des Kaisers kennen gelernt.

»Wir müssen weiter«, sagte ich und deutete hinab in die Dunkelheit. »Wenn das Wasser zu hoch steigt, kommen wir nicht mehr in einen Seerochen rein.«

Vorausgesetzt, dass einer der Rochen es überhaupt überstanden hatte, in den Andockbuchten hin und her geschleudert zu werden.

»Schattensicht«, sagte Ravenna. »Und wir versuchen es zuerst mit der Barkasse; sie ist am größten.«

Ich nickte zustimmend, und wir gingen die Stufen hinunter. Ich steckte vorsichtig einen Fuß ins Wasser und riss ihn dann schleunigst wieder zurück, als hätte mir jemand tausend Nadeln hineingestochen.

»Ich kann es ein bisschen besser machen«, sagte ich, froh, dass meine Magie endlich einmal von Nutzen war. »Wir müssen uns völlig nass machen.«

»Was?«

Ich riss mich zusammen, packte ihre Hand und begann, die Stufen hinunterzugehen. Schon einen Augenblick später bereute ich es.

»Nicht gerade der beste Weg«, meinte Ravenna und zögerte kurz vor dem nächsten Schritt. Dann gab sie mir einen Stoß in den Rücken, und einen Augenblick später lag ich im eiskalten Wasser; der Schmerz war beinahe schlimmer als die Magie des Kaisers. Ich hörte ein lautes Platschen, als Ravenna neben mir landete und kurz darauf auftauchte, von Kopf bis Fuß nass und zitternd. »U-u-u-n-nd w-was j-jetzt?«

»Tauchen«, sagte ich mit klappernden Zähnen.

Ich tauchte unter – nach dem ersten Schock stellte ich fest, dass es besser war, als an der Luft zu sein – und leerte meinen Geist, reinigte ihn von allem Unwesentlichen, wie ich es gelernt hatte, saugte Wasser ein, um eine Hülle um unsere Körper zu bilden, wie eine flüssige Rüstung. Ich verschloss sie, so gut es mir in dieser Situation gelang. So eiskalt das Wasser im Augenblick auch war, unsere Körperhitze würde es erwärmen, und der Schild würde wie ein thetianischer Taucheranzug funktionieren.

Ravenna machte mir ungeduldig Zeichen, und ich deutete hartnäckig nach unten und den Korridor entlang. Wir mussten eine Weile unter Wasser schwimmen, sonst würde der Schild nicht funktionieren; wir würden auch lange keine Luft atmen können, da das Wasser auch unsere Gesichter bedeckte.

Es schien eine Ewigkeit zu dauern, durch das dunkle Wasser den Korridor entlangzuschwimmen, gelenkt von der Schattensicht. Nur die unteren Teile der Türen zeigten uns, wo wir waren. Wir bewegten uns direkt auf die Kreuzung zu, und ich sah, dass die Tür am Ende offen war und in die tiefe Dunkelheit der Barkassenbucht führte. Die Schattensicht reichte unter Wasser nicht sehr weit, und so konnte ich nicht erkennen, wie es im Innern der Bucht aussah oder was sich oberhalb der Wasserfläche befand.

Ich tastete mich jetzt langsamer vorwärts, als ich es getan hätte, wäre ich allein gewesen; ich wartete auf Ravenna, während uns allmählich wärmer wurde, da das Wasser um uns herum unsere Körperwärme einschloss wie eine zweite Haut. Es musste eine Variante der Schattensicht unter Wasser geben, dachte ich, doch ich wusste nicht, wie ich so sehen können sollte. Vielleicht fand ich eines Tages einen Wassermagier, der es mir verriet, oder vielleicht würde ich es auch selbst herausfinden.

Dann erreichten wir die Bucht, und ungläubig sah ich, dass ganz in unserer Nähe die schattenhafte Barkasse noch in ihren Halteklammern lag, obwohl der Raum ansonsten ziemlich verwüstet aussah … und aus der offenen Luke des Bootes und den vorderen Fenstern drang Licht.

»Palatine!«, rief ich erneut, als ich an die Oberfläche kam. »Palatine, bis du das?« Gelbliche Lichter strahlten in der Dunkelheit, als sähe man im Regen ein gemütliches Haus vor sich; noch nie hatte ich mich so sehr danach gesehnt, zu diesen Lichtern zu gelangen. Ein lautes Platschen ertönte neben mir, als auch Ravenna auftauchte, sich wild umblickte und dabei heftig nach Luft schnappte. »Du kannst so nur Wasser atmen! Tu so, als wärst du noch unter Wasser.« Sie sah seltsam aus: Ein Nimbus aus Wasser umgab ihren Kopf, als wäre sie in Glas eingeschlossen – doch ich selbst sah vermutlich genauso aus.

Einen Augenblick blieb es still, bis jemand in einem schweren Mantel sich aus der Luke beugte und eine Aether-Fackel hochhielt. »Cathan, Thetis sei Dank! Wo seid ihr?«

»Hier.« Ich winkte. »Bei der Tür. Wir müssen schwimmen – kannst du die Gangway herunterlassen?«

»Ja.«

Wir warteten nicht länger, sondern tauchten wieder unter und traten heftig mit den Beinen aus; wir wollten nichts sehnlicher, als endlich die Barkasse erreichen, die Licht und Wärme versprach. Es war tatsächlich angenehmer zu schwimmen als zu laufen, aber natürlich wäre es mir am liebsten gewesen, mich gar nicht bewegen zu müssen.

Diese letzten Schwimmzüge dauerten ewig, doch dann sah ich das Ende der Gangway im Wasser und zog mich hinauf. Zu erschöpft, um irgendetwas anderes zu tun, krabbelten wir hinauf, nachdem ich den Wasseranzug aufgelöst hatte, und brachen gleich hinter der Luke auf dem Teppich zusammen.

»Bei den Elementen, ihr Armen«, ertönte Bamalcos tiefe Stimme. »Schnell, sie brauchen Wärme.« Wir wurden hochgehoben und in schwere Umhänge der Gardisten gehüllt, die sie irgendwo gefunden hatten. Ich blickte mich um und sah Bamalco, Palatine, Persea … und Tekraea, der bewusstlos auf dem Boden lag, ebenfalls in Umhänge gewickelt.

»Die anderen haben es nicht geschafft«, sagte Persea traurig. »Bamalco und ich haben nur überlebt, weil diese Ungeheuer uns an die vordere Wand gekettet hatten. Tekraea ist in einem schlimmen Zustand, aber er wird überleben.«

Diese Toten hatte ich zu verantworten. Ich war derjenige gewesen, der den Plan geschmiedet hatte, weil ich Ravenna retten wollte.

»Sie haben gewusst, dass sie möglicherweise nicht überleben würden«, sagte Persea. Ihre Miene war traurig, aber gefasst. »Für Qalathar. Gibt es keine anderen Überlebenden? Wir haben uns schon gefragt, wo ihr steckt.«

»Wir haben noch Überlebende gefunden«, erklärte ich. »Ich erzähle es euch später. Aber keiner von ihnen hat es geschafft.«

»Wir haben nicht mehr viel Zeit«, sagte Bamalco. »Der Reaktor hat den kritischen Punkt erreicht, und wir können aus dem Schiff nicht raus, ohne es zu fluten.«

Es war noch nicht vorbei. »Dann versuchen wir ein letztes Mal herauszufinden, ob noch jemand da draußen ist und schließen dann die Luke. Funktioniert dieses Ding?«

»Ja – soweit wir wissen«, sagte Persea. Sie und Bamalco sahen bei weitem nicht so mitgenommen aus wie wir, abgesehen von den bläulichen Druckstellen an Handgelenken und Knöcheln, die von den Ketten stammten, die ihnen ironischerweise das Leben gerettet hatten. »Und hoffen«, fügte sie trocken hinzu.

Palatine rief in die Dunkelheit, aber es kam keine andere Antwort als ein Beben, das das gesamte Schiff erschütterte. Es war ein schreckliches Gefühl, nicht zu wissen, wie viele andere noch in irgendwelchen Ecken des Schiffes überlebt hatten und bald zurückgelassen werden würden. Wenn wir jedoch jetzt nicht verschwanden, würde es überhaupt keine Überlebenden geben.

»Niemand«, sagte Palatine, während sie die Luke schloss und ich auf die Brücke humpelte und mich auf den Stuhl des Navigators setzte. Die Türen der Barkassen-Bucht mussten in einer Situation wie dieser funktionieren, auch wenn alle anderen Systeme auf dem Schiff zerstört waren. Oder war dies Beiboot nur für irgendwelche feierlichen Anlässe gedacht und gar nicht für Notfälle konstruiert worden? Ich fragte Bamalco, ob er es wusste.

»Ja, es ist ordnungsgemäß für einen Notfall ausgestattet, offensichtlich, damit der Oberschurke selbst davonkommen kann. Es gibt Proviant und diese Umhänge, dann noch ein paar andere Dinge, zwei kleine Schlafkabinen und achtern eine Zelle, die sogar eine Dusche hat. Orosius hat nicht geknausert.«

»Gut, wir werden es brauchen. Wer ist der beste Steuermann?«

»Du«, antwortete Palatine. »Vergiss nicht, wir sind unter Wasser. Niemand von uns ist annähernd so gut wie du.«

»Danke, aber ich muss dafür sorgen, dass das Wasser nicht in die Bucht eindringt, während wir rausfahren.«

»Dann steuere ich«, sagte Palatine. »Es sei denn, du bist besser, Bamalco, was vermutlich der Fall ist.«

»Ich bin Ingenieur, kein Steuermann. Ich werde neben dir sitzen und dir helfen.« Die Brücke war groß genug, dass vier Leute dort sitzen konnten, indem man jeweils einen zusätzlichen Stuhl rechts vom Steuermann und links vom Navigator hinstellte. Palatine ließ sich auf dem Platz des Steuermanns nieder, während Persea Ravenna auf den Stuhl neben mir half und sich dann mit Bamalco anschickte, Tekraea in eine der achtern gelegenen Kojen zu verfrachten.

»Maschinen bereit?«, fragte Palatine, wobei sie genau wie wir alle einigermaßen fehl am Platz wirkte, eine zerlumpte Gestalt mitten in einer Barkasse des Kaisers. Dabei war lediglich ihre Hose nass, während Ravenna und ich von oben bis unten durchnässt waren. Das war unnötig, wurde mir plötzlich klar, und dann fragte ich mich, wie ich einen solch grundlegenden Teil der Magie hatte vergessen können.

Es wäre das Werk eines Augenblicks gewesen, unsere Kleider zu trocknen, wie der Kaiser es getan hatte, doch ich hatte die Grenzen meiner Kraft erreicht. Magie existierte nur so lange, wie der Körper sie unterstützen konnte; so mitgenommen, zerschunden und erschöpft wie ich jetzt war, würde ich nicht viel zu Stande bringen.

Es gelang mir dennoch, und die anderen warfen mir dankbare Blicke zu. Jetzt gab es nur noch eins zu tun, und dafür hatte ich ganz sicher genug Kraft. Als Bamalco zurückkehrte und auf seinen Sitz glitt, während Persea sich hinter uns auf den Stuhl des Kaisers setzte, startete Palatine die Motoren. Die Bucht draußen wurde heller, vom Glühen des Dampfaustritts ausgeleuchtet.

»Ich löse die Klammern, sobald du es sagst, Cathan.«

»Gleich.« Wieder diese Leere, stärker noch als auch nur eine Minute zuvor. Ich begann, von überall um mich herum Magie heranzuziehen, spürte meine Haut kribbeln und vor Anstrengung brennen, bis Ravennas Bewusstsein sich plötzlich mit meinem verband, passiv danebenstand, damit ich von ihrer Energie zehren konnte. Dies war ganz und gar meine Magie … wirklich? Ich rief ihr lautlos zu, mir zu helfen, das Wasser unter uns wegzustoßen, unter Kontrolle zu bringen …

»Jetzt!«, sagte ich. Wie aus weiter Ferne hörte ich das dumpfe Geräusch, als die Klammern sich lösten, und dann das Schleifen, mit dem die Türen sich öffneten. Unsicher, wie sich das Wasser in dieser Tiefe verhalten würde, hielt ich einfach nur eine Barriere über dem sich allmählich öffnenden Raum aufrecht, hinderte das Wasser daran, hereinzukommen. Vielleicht war das auch vollkommen unnötig, aber ich wollte es nicht riskieren.

Wir hielten die Barriere aufrecht, während die Barkasse durch den Boden und aus dem Schiff nach draußen sank, bis sie sich von der Hülle der *Valdur* gelöst hatte. Dann ließ ich das Wasser los, ließ meine Magie los, hielt nur noch Ravennas Hand fest und sank zurück auf den Stuhl, von dem aus ich zusah, wie Palatine die Maschinen hochfuhr und uns so weit wie möglich von dem angeschlagenen Kaiserlichen Flaggschiff wegmanövrierte.

Der ovale Aethertisch zwischen uns und dem vorderen Fenster erwachte zum Leben, zeigte, wie die *Valdur* immer weiter über und hinter uns zurückfiel. Eine Reihe von Ziffern an den Rändern und die Aetherdiagramme darum herum zeigten unter anderem unsere Tiefe an.

»Achteinhalb Meilen«, sagte Ravenna, und wir musterten misstrauisch die Hülle. Würde die Barkasse dem zermalmenden Druck lange standhalten können? Wenn es nicht so war, würde ich wieder meine Magie einsetzen müssen.

»Es gibt hier irgendeine Art Strahlströmungs-Mechanismus«, sagte Palatine. »Das könnte uns etwas helfen, das Schiff in den Strömungslinien zu halten … Bei den Elementen, was für eine Strömung!«

Wir waren noch immer tief unter der Küste des Verderbens, vermutlich nur ein paar Meilen von jener Stelle entfernt, wo die *Offenbarung* ihren letzten Ruheplatz gefunden hatte. Die Gegenströmung. Ich ließ meine Hand auf die Aetherkontrollen sinken, zog das Sensor-Bild bis zur höchstmöglichen Vergrößerung hoch.

Um uns herum erstreckte sich eine albtraumhafte Landschaft aus Schluchten, kleinen Bergen und zerklüfteten Felsen; wir waren sogar noch tiefer als einige der versunkenen Inseln, die ich in der sicheren ozeanografischen Station in Tandaris gesehen hatte. Das war erst zwei Tage her. Es kam mir vor wie ein ganzes Leben. Ich konnte sehen, warum das Gebiet so tückisch war, aber wie kam es zu diesen Gegenströmungen? Warum hatte ...

Das Meer beschützt es. Höhlen.

Palatine kämpfte mit dem Schiff, versuchte es unter Kontrolle zu halten, doch es gelang ihr nicht; die Strömung war zu stark für die Maschinen. Die *Valdur* sank noch immer und trieb unaufhaltsam der Küste entgegen, wurde auf etwas zugezogen, das auf dem Aetherbildschirm als gähnender schwarzer Schlund erschien. Der Eingang zu einer Höhle, Hunderte von Schritten breit.

Wir waren noch immer nicht so tief wie die letzte Position der *Offenbarung*, begriff ich. Sie war am Rand des Felssockels getaucht, hatte nicht darauf zugehalten ... was bedeutete, dass es unter uns noch einen anderen Höhleneingang geben musste, vermutlich einen wirklich gewaltigen, der direkt in den Felssockel von Qalathar führte. Zum offenen Meer gerichtet, viele Meilen tief unten. Viel leichter mit einem riesigen Schiff zu erreichen als die thetianischen Höhlen, so nützlich diese auch für eine Flotte von Mantas gewesen sein mochten. Um Thetia herum war das Wasser überwiegend flach. Ich griff nach den Sitzgurten und schnallte mich an.

»Palatine, gib mir die Steuerung«, sagte ich ruhig. Sie sah mich an, als wolle sie Einwände erheben, doch ich legte meine Hände auf die Kontrollen und spürte, wie sie mir die Steuerung übergab. Ich wendete, brachte uns tiefer und tiefer. Die anderen folgten hastig meinem Beispiel und schnallten sich an, um nicht nach vorn zu fallen.

»Was machst du denn?«, fragte Bamalco. »Wir müssen hoch, nicht noch weiter runter.«

»Wir fahren zu einem sicheren Ort«, sagte ich. »Ich bringe uns schon durch die Strömung.«

Und so begann ein endloses, stummes Abtauchen durch vollkommene Schwärze, fort von der Welt des Lichts und der Luft, tiefer und tiefer in den Abgrund hinab. Den Abgrund, der vor vierzig Jahren das modernste Schiff der Welt verschlungen hatte und jetzt auch uns verschlingen würde.

Oder es getan hätte, wäre ich nicht das gewesen, was ich durch Zufall geworden war. Ich benutzte meine eigenen Sinne ebenso sehr wie die Aethersensoren. Dies hier war buchstäblich mein Element, und das sich ständig verändernde Gewirr der Strömungen und Strudel passte absolut zusammen. Es war, als hätte ich bisher ein wildes Durcheinander aus schwarzen Fäden gesehen und bemerkte plötzlich, dass jeder Einzelne von ihnen eine eigene Farbe hatte und leicht zu entwirren war.

Ich wob den großen Seerochen in dieses Gewirr hinein und hinaus, glitt auf den Strömungen dahin, als wären sie die Wellen an der Küste von Ozeanus, auf denen man im Sommer reiten konnte. Ich sprang von einer zur anderen, folgte dem Faden, den ich als Richtschnur ausgewählt hatte, der uns hinunterführen sollte. Die Strömungen führten hier unten weiter ins Meer hinaus, als man ahnen konnte. Die *Offenbarung* war Meilen vom Felssockel erfasst, war von einem der Abertausend Strudel oder einer der unzähligen Strömungen weggezerrt worden. Sie alle führten in die gleiche Richtung, als gäbe es dort unten einen riesigen Strudel, der auf die Seite gekippt war.

Ich hörte jemanden nach Luft schnappen, als wir über den Rand des Abgrunds glitten. Auch ich starrte ungläubig und ehrfürchtig zugleich die gewaltige Höhle an, die sich unter uns im Fels öffnete, in jede Richtung etwa drei bis vier Meilen reichte und mindestens zwei Meilen tief war. Doch nur ich konnte die Strömungen sehen, die sie von allen Seiten bewachten, die zerklüfteten Felsen, die verborgenen Gefahren, die sich Schicht um Schicht auftürmten, so weit mein Auge reichte. Sogar die Passage zum offenen Meer, die zwischen zwei unregelmäßigen unterseeischen Felsgebirgen hindurchführte, wurde von tückischen Strömungen gekreuzt, die stark genug waren, um alles, was kleiner war als die *Aeon*, in Stücke zu reißen.

Unsere Barkasse bockte und hüpfte, während ich sie einen riesigen Kreis beschreiben ließ, so dass wir das Zentrum der Höhle ansteuerten. Der Rumpf knirschte gefährlich, gab jedoch nicht nach; das würde er auch nicht tun, denn als letzten Ausweg konnte ich auf Ravennas Magie zurückgreifen, um erneut den Druck zu verringern. Aber ich war mir nicht sicher, ob wir den Aufstieg überleben könnten, wenn ich mich geirrt hatte. Ich konnte die *Aeon* spüren. Sie war irgendwo dort unten.

Ein winziger Fleck in der ungeheuren Schwärze, trieben wir in das Zentrum der Höhle, während die Mauern und die Decke uns vom offenen Meer abschnitten. Selbst hier drinnen blieb das Meer wachsam; es gab Nebenhöhlen, Risse in Wänden und Decke, die zur Seite oder nach oben zum Fuß der Küste wegführten. Ich fühlte mich stärker mit dem Ozean verbunden als jemals zuvor.

Niemand sagte etwas. Alle starrten wie versteinert auf das Bild im Aethertank, während die Wände in der Dunkelheit verschwanden und wir durch eine riesige Galerie fuhren, von allen Seiten von totem, schwarzem Fels umgeben. Hier unten konnte nichts leben; wir befanden uns an einem Ort, wo seit zwei Jahrhunderten niemand mehr gewesen war. Vielleicht war auch noch nie jemand hier gewesen.

Es zog sich Meilen weit hin, diese Galerie, oder der Tunnel, der sich mal verengte, mal breiter wurde, manchmal zu riesigen Höhlen ausdehnte, aber immer sehr sanfte Biegungen aufwies. Es war noch immer kein Zeichen von der *Aeon* zu sehen, aber selbst etwas so Großes hätte diesen Weg bis hier befahren können.

Und dann schließlich, elfeinhalb Meilen unter dem Meeresspiegel und direkt unter dem enormen Gebirge von Tehama, verloren sich die Mauern, der Boden und die Decke in einer Höhle, die so gewaltig war, dass sie jeder Vorstellungskraft trotzte. Die Strömungen endeten hier, und ich brachte den Seerochen langsam zum Stillstand, so dass wir nun in der absoluten Schwärze einer gigantischen Unterwasser-Kathedrale schwebten, deren Wände wir nicht einmal auf den Aethersensoren sehen konnten.

Und dann verschwanden hier unten, am dunkelsten Ort der ganzen Welt, die Schatten in meinem Geist, als ich sah, was wir alle sahen: ln Ehrfurcht gebietender Unermesslichkeit schwebte das Schiff, das so alt war wie sein Name, in der Finsternis. Es war unmöglich, den Anblick zu beschreiben, und kein Bericht hätte mich je darauf vorbereiten können.

Ich hatte die *Aeon* gefunden.

Epilog

Ein thetianischer Offizier erschien auf dem Bildschirm des Manta; ein grauhaariger Mann in den frühen Fünfzigern, der die Ruhe eines Berufsoffiziers ausstrahlte, stand auf der Brücke. Offiziere und andere um ihn herum gaben vor, sich den Kontrollen zu widmen, während sie verstohlen auf ihren eigenen Schirm starrten.

»Ich bin Admiral Charidemus, Kaiserlicher Marinekommandant von Ost-Thetia, an Bord der *Meridian.* Bitte nennt eure Nationalität und Euer Anliegen.«

»Admiral, dies ist die *Najade*.«

Admiral Charidemus lächelte breit. »Dann bitten meine Schwadron und ich um die Ehre, als Eure Geleitschiffe dienen zu dürfen.«

Der Kapitän der *Najade* drehte sich um und sah den Mann, der im hinteren Teil der Brücke im Schatten stand, fragend an. Er nickte und trat ins Licht.

»Eure Kaiserliche Majestät«, sagte Charidemus und verbeugte sich. »Es ist uns eine große Ehre, Euch als Erste begrüßen zu dürfen. Möge Eure Herrschaft lang und glorreich sein.«

»Ich danke Euch, Admiral. Und die Ehre ist ganz meinerseits.« Er bemerkte zufrieden die Blicke, die ihm von der Brücke der *Meridian* zugeworfen wurden; in ihnen lag eine militärische Disziplin, die nicht einmal der Wunsch, zu den ersten Thetianern zu gehören, die den neuen Kaiser zu sehen bekamen, verbergen konnte. Es lag Hoffnung in diesen Blicken, wie er es erwartet hatte.

Sie hatten noch viel zu lernen, ebenso wie er selbst. Es war das erste Mal, dass er das Meer durchquert hatte; aber während diejenigen, die er sein ganzes Leben lang gekannt hatte, sich unbehaglich fühlen würden, war es für ihn, als würde er in sein Element zurückkehren. Er konnte Armeen befehligen, und dank Ranthas' Gnade konnte er genauso gut oder noch besser auch Flotten befehligen. Es war eine Herausforderung, die er genoss.

»Wir sind in ein paar Stunden zu Hause, Majestät. Euer Reich erwartet Euch.«

»Darf ich Euch bitten, mir beim Mittagessen Gesellschaft zu leisten, Admiral? Bevor wir eintreffen?«

»Ich nehme dankend an, Majestät.«

»Dann also bis zur zweiten Mittagsstunde, Admiral. Ich freue mich darauf.«

»Die Freude ist ganz meinerseits, Majestät.«

Das Bild verschwand, und der Schirm löste sich auf; jetzt boten nur noch die Fenster Ausblick auf das sonnenlichtgetüpfelte blaue Wasser. Es war der erste Tag des Sommers. Er trat zu den Fenstern und blickte hinaus aufs Meer, sah, wie Charidemus' Schwadron um ihn herum einen kleinen Geleitzug bildete. Die Mantas waren so anmutige, wunderschöne Schiffe. Selbst die Boote auf den Gebirgsseen mit ihren weißen Segeln waren verglichen damit nichts. Sie sahen aus, als wären sie wirklich am Leben, und sie gehörten einem Volk – jetzt seinem eigenen Volk –, das das Meer als sein eigentliches Element bezeichnete, das sich im Wasser ebenso wohl fühlte wie andere Menschen an Land.

Er würde die Dinge nie wieder genauso sehen wie früher, begriff er. Er hatte sein ganzes Leben an einem Ort verbracht, der so begrenzt gewesen war, so beengt, und er hatte sich gefragt, wieso er nie wirklich Frieden empfunden hatte. Er hatte die Antwort gewusst, seit er die *Najade* zum ersten Mal betreten hatte, und die folgenden Wochen hatten ihn in seiner Überzeugung bestärkt. Hier draußen zwischen den grünen Inseln und im klaren, sandig-blauen Wasser von Thetia und dem Archipel konnte er mehr erreichen, ein besseres Leben leben, als er es in tausend Jahren in dem Land hätte tun können, das er sein ganzes Leben gekannt hatte.

Kaiser Aetius VI. lächelte zufrieden in sich hinein, während er aufs Meer und auf seine neue Flotte hinausblickte – die Flotte, die ihn nach Hause bringen würde.

BLANVALET

DRACHENLANZE

Der Fantasy-Welterfolg

Die legendären Abenteuer aus Krynn – der phantastischen Welt, in der Magie und Zauber, dunkle Mächte und tapfere Kämpfer regieren.

Die Zitadelle des Magus
24538

Schattenreiter
24673

Die Ritter des Schwerts
24887

Drachennest
24782

BLANVALET

DIE KRIEGER DER DRACHENLANZE

Drachenlanze – der Fantasy-Welterfolg

Neue Abenteuer aus Krynn – der phantastischen Welt, in der Magie und Zauber, dunkle Mächte und tapfere Kämpfer regieren.

Theros Eisenfeld
24888

Der Lanzenschmied
24889

Diebesglück
24890

Die Ritter der Rose
24891